우리 小說과의 대화

우리 小說과의 대화

金允植

평 론 집

문학동네

책머리에

어째서 그대는 다른 일 제쳐두고 유독 소설읽기에 몰두해왔고 또 하고 있는가. 이렇게 묻는 분들이 제 주변에 더러 있습니다. 그럴 때마다 저는 다만 씁쓰름한 표정으로 대하곤 합니다. 그럴 법한 대답을 할 수 없었는데, 저 자신도 잘 설명할 수 없기 때문입니다. 제가 쓴 글 속에 그 해답이 들어 있다고 말해보고 싶긴 하나 그럴 용기도 제겐 여전히 모자랍니다. 한번 더 이 모자람을 스스로에게 다짐하기 위해 여기 한 묶음의 글을 모았습니다. '우리 소설과의 대화'라 이름한 것도 이 사실과 무관하지 않습니다.

소설과의 대화이되, 그냥 소설이 아니라 '우리' 소설입니다. 제 머릿속엔 늘 그냥 소설과 우리 소설이 마주하고 있습니다. 인류가 창안해낸 근대적 산물로서의 소설이 있고, 그와 마주하여 우리 소설이 있습니다. 둘은 그러니까 대화 상태에 놓여 있지 않겠는가. 목소리가 겹치기도 하고 불협화음을 일으키기도 하면서 인류사와 더불어 나아가고 있지 않겠는가. 대화이기에 서로 닮으면서도 변하고 있지 않겠는가. 그러니까 본질이 규정되어 있지 않고 만들어져가고 있지 않겠는가. 이때 대화란 소설 고유의 것입니다. 독백으로 일관된 시와 무대를 전제로 한 희곡과 구별되는 것. 이와 같은 현황이 우리 소설 쪽에서도 그대로 일어나고 있다고 저는 믿고 있습니다.

'우리' 소설이란 무엇이겠는가. 여기에도 대화성이 깃들여 있지 않겠는가. 『무정』(1917) 혹은 「날개」(1936) 이래 무수한 우리 소설들이 씌어졌고 또 씌어지고 있습니다. 새로운 소설이 나올 때마다 그것은 그 앞의 소설에 대한 비판, 그러니까 자의식의 산물이 아니었던가. 대화 관계 속에 놓여 있었던 것이지요. 혹은 서로 닮기도 불협화음을 일으키기도 하면서 진행되었던 것. 소설읽기란 그러니까 이 대화 속의 목소리 듣기에 다름아닙니다.

소설이란 무엇이겠는가. 작가가 있고 독자가 있습니다. 대화성의 도식이 여기에도 잠복해 있습니다. 둘의 목소리의 울림이 함께 소설을 발명해가고 있지 않겠는가.

그런데 그 목소리란 또 무엇이겠는가. 다음성이라 주장하고 그것을 읽어내는 일이 큰 의미를 갖고 있다고 보는 견해도 있긴 하나, 제 생각은 이와 조금 다릅니다. 다음성이란 무엇이겠는가. 목소리의 여러 갈래와 그 겹침과 또 그 불협화음 속에서 모종의 의미 판독도 소중하지만 그 의의는 일회적일 터입니다. 판독되는 순간 의미는 없어지는 법. 대화도 소멸되지 않겠는가. 의미가 판독되어도 여전히 남는 것, 그런 목소리란 무엇인가. 의미를 떠난 목소리와의 만남, 의미를 넘어선 대화란 무엇일까. 아마도 그것은 울림끼리의 마주침이 아니겠는가. 이 울림에 귀기울이기, 그것은 먼 시원(始原)의 부름이 아니겠는가.

이 시원의 부름이란, 당초에 원리적으로 있었던 것이 아니라는 사실. 소설과 우리 소설에서 새로이 만들어진다는 사실. 전대의 소설과 끊임없는 대화 속에서 새로이 창출된다는 사실. 시원의 부름에 귀기울이기란,

그러기에 소설의 본질 형성에 동참하기라는 사실. 소설읽기를 통해 '소설이란 무엇인가'의 물음에 동참함이라는 사실. 작가는 씀으로써, 독자는 읽음을 통해 함께 궁극적으로는 이 물음 속에 수렴된다는 사실. 제가 소설 읽는 궁극적인 이유가 여기에 놓여 있습니다.

제가 너무 많은 말을 했지요? 읽어주신 분들, 이런 자리를 베풀어준 문학동네, 고맙습니다.

2001년 8월 저자

| 차례 |

생성하는 기호와 인간, 그것의 지우기에 대한 한 가지 사례 연구

—김연수의 『꾿빠이, 이상』에 부쳐

1. 『이상전집』과 『김일성저작전집』

『이상전집』은 「오감도」(1934)의 시인 이상(1910~1937)의 작품 모음집이고, 『김일성저작전집』은 김일성 주석의 생각과 느낌을 묶은 것이다. 언어로 발표된 점에서 둘은 같다. 그러나 전자가 근대문학이고 후자가 한 혁명가의 사상이란 점에서 둘은 결정적으로 구분될 성질의 것이다. 그럼에도 이 둘이 한반도의 지정학적인 아이덴티티의 두 가지 지표라 생각해버린 사람이 있다면 어떠할까? 조금은 황당무계하다고 할 수밖에 없다. 그도 그럴 것이 이렇게 생각해버린 당사자는 무엇보다 자기 정체성 찾기에 너무도 힘겨운 처지에 놓여 있었기 때문이다. 겉으로 드러난 그의 신분은 부모가 한국계이기에 한국계 미국인으로 되어 있다. 그의 이름은 피터 주. 그는 한때 스스로를 막연히 동양계 이민의 미국인이라 믿었다. 그가 다닌 고등학교는 제20대 미국 대통령 제임스 가필드를 기념하여 창설된 가필드 고등학교였다. 밴드부로 이름난 학교이기도 했는데, 피터 주, 그는 밴드반원이었으며, 어느 날, 재즈 전공의 밴드 지도자가 자연스럽게 던진 다음과 같은 말이 그를 한국계로 자각케 하는 모종의 실마리였다.

(지도자) : "한국민요 중에 아는 것은 없어?"

(피터 주) : "제가 어떻게 한국민요를 압니까?"

(지도자) : "왜 몰라? 너는 한국계 미국인이잖아."

이른바 박자가 틀린 것이다. 동양인 피부를 갖고, 미국인으로 살아온 그가 고등학교에 와서야 '한국계 미국인'으로 스스로를 확인한 계기가 재즈였음은 주목할 만한 대목이다. 유년기부터 그는 스스로의 정체성을 막연히는 알고 있었겠지만 그것이 음악으로 증명되어야 함을 요구받았을 때 비로소 그는 자각적으로 되지 않으면 안 되었다. 음악(리듬)으로 정체성 증명하기란 무엇인가. 그것은 피의 부름이 아니었겠는가. 피의 부름이란 또 무엇이겠는가.

이 대목은 일단 음미될 사항이라 할 만하다. 바야흐로 21세기에 인류사는 접어들었다. 만일 사람이 있어 지난 20세기를 한마디로 요약하라면 '피의 부름'으로 말해버릴 사람도 많지 않겠는가. 이른바 민족주의(국가주의)가 그것. 내 것, 우리 것, 우리끼리만이 제일 소중하며, 따라서 진·선·미가 이곳에서만 보존되며, 또한 여기에서만 인간적 평등이 있고 다른 것은 모조리 저질이자, 최하이며 동시에 '비인간적'이라는 사상, 요즘 말로 하면 이는 도저한 '왕따' 사상이 아닐 수 없다. 그것이 야만인의 사상인 것은 '비인간'이기에 식용으로 사용해도 상관없다는 식의 식민지주의자들의 행위에서 뚜렷이 확인된다. 피터 주가 이 사실을 깨달아가는 과정으로 작가 김연수의 장편 『꾿빠이, 이상』(문학동네, 2001)을 읽어본다면 과연 어떠할까.

이 글은, 이러한 왕따사상의 형성과정과 그 해체과정을 엿보기 위해 씌어지기도 하지만 동시에 이상문학의 텍스트성의 실상을 알아보기 위해서 씌어진다.

2. 한국계 미국인의 정체성 알기와 이상문학

여기에 한 청년이 있다. 이름은, 앞에서 보인 대로 피터 주. 한국계 미국인 신분. 그가 자기 정체성 확인을 위해 한국에 온 것은 1997년이었으니까 4년이 경과한 시점이다. 부모가 한국인인 만큼 그 2세이니까 한국계 미국인일 수밖에. 이처럼 당연함에도 그는 왜 한국에 와야 했던가. 그야 부모의 조국을 한번 체험해보기 위함일 수도 있고, 부모의 종용에 의한 것일 수도 있으리라. 그런데 그 이유가 이상문학 때문이라면 어떠할까.

피터 주는, 스스로 밝힌 바에 따르면, 가필드 고교시절, 재즈 밴드에 들었고, 거기서 전자기타 깁슨 ES-150을 1939년에 손에 넣은 기타계의 귀재 찰리 크리스찬의 생애를 알았다. 그 귀재는 결핵으로 25세에 숨졌다. 기타계에서는, 그러니까 1939년은, 이포크 메이킹인 셈. AC(After Christian)에 해당되기에 찰리의 죽음은 AC 4년이다. 이 사실을 가르쳐준 재즈 선생이 피터 주에게 한국민요를 물었던 것. 모른다고 하자 '왜 몰라?' 라 반문하지 않겠는가. '한국계 미국인' 이라면, 좌우간 그의 피의 부름 속에 뭔가 울리고 있지 않으면 안 된다는 것. 이것이 곧 20세기적 발상법, 이른바 왕따사상의 근거이기도 하다. 네 핏줄이 무엇이냐를 재즈 밴드가 일차적으로 요구하고 있었을 때 이 요구에 피터 주는 다름아닌 리듬(음악)을 통해 자기의 정체성 알아보기로 향하지 않으면 안 되었다. 그 제1차적 행위가 한국어 익히기였고 그 연장선상에 이상문학이 놓여 있었다. 어째서 하필 이상문학이어야 했던가는, 그의 정체성 확인의 난해성에서 온 것임은 새삼 말할 것이 아니다. 자기찾기의 절박성과 그 난해성은 이 점에서 등가였다. '나는 나를 찾아 떠난다' (I go to prove my soul)라는 명제가 소설 주인공의 운명이라 갈파한 것은 불세출의 저작인 『소설의 이론』(1916)의 루카치였다. 소설의 주인공을 문제적 개인(문제아)으로 보고, 문제아의 자기찾기의 과정이 소설임을 밝히고자 한 점에 견주어볼 때, 작가 김연수의 소설 『꾿빠이, 이상』은 따라서 일단 소설의 정석을 밟고 있다고 할 것이다.

'한국계 미국인'인 까닭에, 그렇게 공인된 판이기에 그가 그 뿌리를 찾아가는 것은 소설 주인공뿐 아니라 그 누구에게도 일단 치러야 할 통과제의에 해당될 터이다. 피터 주는, 한국말을 배우기 시작하고, UCLA에서 비교문학을 공부하고, 한국근대문학을 전공했다. 이러한 과정은 순리라 할 만하다. 중국근대문학을 하지 않겠느냐는 지도교수의 충고를 물리친 것은 사필귀정이 아닐 수 없다. 이상의 「오감도」(1934)의 영역(英譯)이 그의 전공 결정의 한 가지 실마리였던 것이다. 피의 부름에 응하기, 뿌리찾기, 그러니까 자기 정체성 확보를 위한 당연한 선택이며, 『이상전집』이란 일종의 핑계가 아닐 수 없다. 만일 그가 정치학이나 역사학을 택했다면 『김일성저작전집』 쪽으로 나아갔을 것이다.

일단 자기 선택이 피의 부름에 의거된 것이기에 그 부름에 치열하게 달려들면 되는 것이다. 그는 젊은지라 그렇게 할 수 있었다. 가장 난해한 그래서 가장 해볼 만한 극복의 대상이란 이상문학이 아니겠는가. 그가 서울에 와서, 모 대학 연구실에서 「오감도」 해독에 온몸으로 부딪쳐가는 과정이 이 소설의 육체를 이루고 있다. 그는 온갖 수단방법과 추리력을 동원하여, 이상의 데드마스크의 진위여부에도 관여했고, 텍스트가 지닌 수수께끼풀기에 나아갔다. 이 과정 자체는 작가 김연수의 자질 및 역량에 관련된 것인 만큼 단연 이중적이다. 한편으로는 그것이 소설이자 동시에 「오감도」 연구영역의 수준작이며 따라서 이 영역은 추리력의 응집력에 해당되는 것으로 그 독창성이 상당한 수준에서 인정될 터이다. 그러나 중요한 것은, 다른 한쪽에 있는바, 자기 정체성 확인의 불가능성의 증명이 그것이다. 김연수가 작가인 까닭, 『꾿빠이, 이상』이 소설인 까닭이 후자에 있다.

그리고 더욱 중요한 것이 따로 있는바, 작가도 텍스트의 일종이라는 상상이 그것이다. 그러기에 아무리 작가 이상을 탐구하더라도 그 실체에 닿을 수 없다는 것. 자기 정체성 확인작업 및 그 과정에 대한 열정, 추리력 등의 치열성과 깊이에 그 불가능성의 밀도가 비례한다는 사실이 그것. 이 밀도가 막바로 소설성의 성과를 뜻하는 것은 아닐지라도 이 작품의 무게가 이 점에 달려 있을 터이다.

3. 밑그림으로서의 「지도의 암실」과 「오감도」 시제6호의 관계

한국에 온 피터 주가 연작 「오감도」 연구에 온 정열을 쏟은 것은 새삼 말할 것도 없다. 이상문학의 본질이랄까 핵심인 텍스트의 난해성이 이 연작 속에 고스란히 깃들여 있다고 판단한 까닭이다. 그 판단의 근거는 물론 『이상전집』을 토씨 하나에까지 세세히 검토, 분석한 결과에서 나왔다. 이 검토 · 분석 과정은, 매우 특출한데, 작가 김연수의 이상문학에 대한 연찬과 공부에서 온 것이겠지만 작가적 추리력에서 왔음도 사실이다. 그중에서 돋보이는 대목은 산문으로 분류되는 또는 소설로 치는 「지도의 암실」(1932. 2. 13) 집필과 「오감도」 시제6호와의 관련성을 추적하는 부분이다. 총독부 관리용의 잡지인 『朝鮮』(1923. 4)에 발표된 「지도의 암실」 속에는 이러한 대목이 들어 있다.

> JARDIN ZOOLOGIQUE
> CETTE DAME EST-ELLE LA FEMME DE
> MONSIEUR LICHAN?
> 앵무새당신은 이렇게 지껄이면 좋을 것을 그때에 나는
> OUI!

— 김윤식 편, 『이상문학전집 2』, 문학사상사, 1991, 168쪽

앞줄은 불어로 '동물원'을 가리킴이고, 두번째 행과 세번째 행은 '이상씨, 그 여자가 당신 부인입니까?'이며 다섯번째 행은 '예'에 해당된다. 동물원에서 앵무새가 사람 목소리를 흉내내고 있다. 이에 대해 사람들은 재미있어한다. 어째서? 사람과 달리 흉내만 있으니까. 사람이라면, 흉내내는 대신 자의적 호오감정으로 반응할 터이니까. 이 대목 다음에 '원숭이와 절교한다'고 막바로 이어짐에서도 짐작할 수 있는 일이다. 물론 중요한 것은 이런 해석 따위에 있지 않다. 이 대목이 「오감도」 시제6호에 그대로 들어 있다는 사실, 또 그것이 무슨 의의를 갖는가에 그 중요성이 있다.

앵무 ※ 이필
　　　　이필
　　※ 앵무는포유류에속하느니라.

내가이필을아아는것은내가이필을아알지못하는것이니라. 물론나는희망할것이니라.

앵무 이필

『이소저(小姐)는신사이상의부인이냐』『그렇다』

나는거기서앵무가노한것을보았느니라. 나는부끄러워서얼굴이붉어졌었겠느니라.

앵무 이필
　　이필

물론나는추방당하였느니라. 추방당할것까지도없이자퇴하였느니라. 나의체구는중축(中軸)을상실하고또상당히창랑(蹌踉)하여그랬던지나는미미하게체읍(涕泣)하였느니라.

『저기가저기지』『나』『나의—아—너와나』

『나』

sCANDAL이라는것은무엇이냐. 『너』 『너구나』

『너지』 『너다』 『아니다 너로구나』

나는함뿍젖어서그래서수류(獸類)처럼도망(逃亡)하였느니라. 물론그것을아아는사람혹은보는사람은없었지만그러나과연그럴는지그것조차그럴는지.

—「오감도」 시제6호(김연수씨가 원시의 한자를 한글로 바꾸었음)

어째서 「오감도」 시제6호에 「지도의 암실」의 한 장면이 그대로 옮겨졌을 뿐 아니라, 좀더 복잡하게 발전된 형태를 취하고 있을까. 〔이에 대해서는 사에쿠사 교수의 「이상의 모더니즘」(1991)에서도 지적된 바 있다.〕 이 물음은 「오감도」의 생성과정을 밝히는 일에 일정한 해답을 던져줄 수 있다.

모두가 아는 바와 같이 「오감도」는 조선중앙일보(1934. 7. 24~8. 8)에 발표된 것이며 단지 모두 15편으로 중단되었던 것이다. 이 강요된 중단에 대해 이상의 항변은 이러했다.

"왜 미쳤다고들 그러는지 대체 우리는 남보다 數十年씩 떨어져도 마음 놓고 지낼 作定이냐. 모르는 것은 내 재주도 모자랐겠지만 게을러빠지게 놀고만 지내던 일도 좀 뉘우쳐보아야 아니하느냐. 여남은 개쯤 써보고서 詩 만들 줄 안다고 잔뜩 믿고 굴러다니는 패들과는 물건이 다르다. 二千點에서 三十點을 고르는데 땀을 흘렸다. 三十一年 三十二年 일에서 龍대가리를 떡 꺼내어놓고 하도들 야단에 배암꼬랑지커녕 쥐꼬랑지도 못 달고 그만두니 서운하다. 깜빡 新聞이라는 답답한 조건을 잊어버린 것도 실수지만 李泰俊 朴泰遠 두 兄이 끔찍이도 편을 들어준 데는 절한다. 鐵—이것은 내 새길의 暗示요 앞으로 제 아무에게도 屈하지 않겠지만 호령하여도 에코—가 없는 무인지경은 딱하다. 다시는 이런—勿論 다시는 무슨 다른 方途가 있을 것이고 위선 그만둔다. 한동안 조용하게 工夫나 하고 따는 정신병이나 고치겠다."(「散墨集 — 오감도 작자의 말」, 『이상문학전집 3』, 353쪽)

작품 2천 점을 미리 써놓았다는 것, 그중 겨우 30점을 뽑았고 그중 15점을 실었을 따름이라는 것, 1931년에서 1932년에 쓴 것들이라는 것, 이들 작품은, 당시 흔히 발표되던 다른 시인들의 작품과 비교할 때 그 물건이 다르다는 것, 당분간 조용히 공부나 하겠다는 것, 앞으로 무슨 방도를 찾겠다는 것 등이 위의 인용에서 항변되어 있다.

이로써 추리되는 것은 다음 두 가지.

2천 점에 15점을 뺀 나머지 1985점의 행방찾기가 그 하나. 여기에는 설명이 없을 수 없다. 이상문학 연구자라면 모두가 아는 사실이지만 이상의 유고의 존재방식의 특이함이 그것이다. 첫번째 유고 발견자는 임종국씨였다. 이상의 모친 소장의 유품 중 앨범 속에 들어 있던 이상의 시 9편(일어)이 이에 해당된다. 두번째 발견자는 『현대문학』지 주간 조연현씨였다(정확히는 지물포에서 모 대학생이 발견한 노트). 그러나, 이들 두 가지 유고란 과연 이상의 진짜 유고일까. 이런 의문이 솟는 것은 불행히도 매우 자연스럽다. 임종국 발견의 유고 9편의 필체는 이상 자신의 것으로 보기 어려우며(이상의 육필을 당시의 초를 입힌 원지에 뾰족한 철필로 글씨를 써 등사하는 '등사판' 식으로 누군가가 대필한 것) 조연현 발견의 그것은, 이상 자신의 육필로 보이긴 하나(그 증거로, 「불행한 계승」의 한 대목을 들 수 있다. 〈箱〉이 바로 나오기 때문이다. 뿐만 아니라 이상이 아우 운경에게 보낸 1937년 2월 8일자 엽서의 필체와 견주어보아도 이 점이 어느 정도 인정된다. 졸저, 『이상문학 텍스트연구』, 서울대학교출판부, 1998 참조) 그렇더라도 100퍼센트 단정할 수는 없다. 누군가에 의해 모방될 수도 있을 가능성은 원리적으로는 여전히 배제될 수 없겠기 때문이다. 이상문학 연구에 임하는 어떤 연구자라도 일단 이 유고에 대한 의심에서 완전히 자유로울 수 없다. 여차하면 모조품 텍스트를 대하고 있다는 공포심에서 자유로울 수 없으며 동시에 그 때문에 멋대로의 상상력을 발동시키고 싶은 충동을 물리치기 어렵게 되어 있음도 사실이 아닐 수 없다. 게다가 이상문학 자체가 일종의 수수께끼 모양을 하고 있음에랴. 요컨대 이상문학 자체가 한없이 열려 있는 극히 예외적인 '텍스트스런 것' 인데, 여기에다 불을 붙여놓은 것이 두 번씩이나 벌어진 유고의 발견이었다.

이상문학의 '텍스트성' 이 가장 전형적으로 응집된 것이 「오감도」 15편이며 그중에서도 시제1호이다. 조감도(鳥瞰圖, 식민지에 세운 수탈용 토목과를 표상하는 기본항인 유클리트 기하학의 교재를 상징하는 것)에서 획 하나를 덜어냄으로써 오감도(烏瞰圖)를 만들고 이로써 수탈용으로 세운 식민지 토목과에 모욕을 주었을 뿐 아니라, 일어 자체에 모욕을 준 형국(당초 이상은 日語로 썼다)의 「오감도」에서 시제1호는 단연 스캔들이 아니면 안 되었다. 일어의 어법(語法)에 낯선 순종 한글세대들이 이상연구에 나아갈 때, 시제1호는 단연 수수께끼 그 자체가 아니면 안 되었다. 띄어쓰기 무시(일어 어법), 13인의 아이, 공포에 질리기와 공포스런 아이들의 질주와 막다른 골목과 열린 골목 등등의 대칭성(대칭구조, 유클리드 기하학)의 의미는 무엇일까.

많은 연구진들이 이런저런 해석을 일삼았고, 그 숫자는 산을 만들고도 남을 것인데 왜냐하면 텍스트 자체가 열려 있는, 그러니까 진행형 속에 놓여 있기 때문이다. 연구자들은, 대부분의 경우 자기의 추리력 만족에 멈추기 쉬우며 그것에 비례하여 우쭐대거나 멀쑥하거나 하면 그만일 터이다. 이상문학 텍스트가 연구자의 바깥에 놓여 있는 만큼 연구자로서도 어쩔 수 없다. 그러나 만일 그렇지 않은 예외적 연구자가 있다면 어떠할까. 그렇지 않은 연구자란, 말을 바꾸면 이상문학 텍스트가 연구자 속에 있음을 가리킴이다. 텍스트 바깥에 있는 연구자와 텍스트 속에 있는 연구자의 의식구조가 크게 다른 만큼 이 두 부류의 연구자의 업적 또한 판연히 구별될 성질의 것이다.

피터 주, 그는 후자에 속한다. 정확히는 작가 김연수의 선 자리가 이 범주이다. 피터 주는 절체절명의 자리인 자기 정체성의 위기의식에 전면적으로 노출되어 있는 형국이다. 소설인 『꾿빠이, 이상』은 이 점에서 소설성을 보장받고 있다.

4. 기호의 네 가지 범주

자기의 정체성 확보를 위해 피터 주, 그는 이상문학 연구자로 되지 않았던가. 말을 바꾸면 그에 있어 이상문학의 '텍스트'는, 그의 바깥에 있는 것이 아니라 내부에 들어와 있는 형국이다. 그는 물러설 수도 자기 만족에 이를 수도 없는, 절체절명 속에 놓여 있었다. 다시 말해 이상문학의 모든 텍스트는 그 자신의 것이며, 그의 유고가 둘이든 셋이든, 또는 가짜든 진짜든 상관없는 다른 연구자들과는 결정적으로 구분된다. 피터 주에 있어 이상문학의 텍스트는 '열려 있되 닫혀 있음'이어야 했다. 곧 '작품'이어야 했다. 절대적이어야 했다. '가짜일 수도 진짜일 수도 있다'가 아니라, '절대로 진짜'여야 했다. 만일 그렇지 않으면 자기 정체성 확보라는 이 절체절명의 명제란 애당초 성립되지 않기 때문이다. 피터 주가 가장 난해한 「오감도」에 매달리고, 「지도의 암실」과 이를 연결시키며 치열하게 달려든 것은 이로써 어느 정도 설명될 터이다.

당초 피터 주는 한국계 미국인이었다. 이상문학 연구에로 치달은 것은 이를 통해 자기의 정체성을 확보하면 그만이었고, 또 그럴 수 있을 것도 같았기 때문이다. 그가 정치학을 선택했더라면 서울 대신 평양으로 갈 수도 있었고 『김일성저작전집』 연구에로 나아갔으리라. 그런데 서울에 와서 그는 이상문학에 매달렸다. 어째서 하필 「오감도」였을까. 이에 대해서는 분명한 이유가 있었다. 그것이 한국어로 씌어진 가장 난해한 작품(기호)이라는 사실만큼 분명한 이유가 달리 있었겠는가. 이 난해한 기호를 풀기만 한다면 그는 금방 한국인이 될 수가 있지 않을 것인가. 온 힘을 기울여 이상문학 연구에 매달렸음은 이 확신 때문이었다. 그럴 가능성이 저만치 보이는 것 같았다. 그런데 중도에, 정확히는 연구에 착수한 지 일 년쯤의 시점에서 돌발사건이 발생했다. 사회보장증 재발급을 받기 위해 다시 미국으로 갔을 때, 그곳 여직원이 요구한 사항이 그것이다. 피터 주를 증명할 수 있는 '운전면허증'이나 '입양기록증'(the adoption record)이 그것. '입양기록증'이라는 뜻밖의 말에 접한 그의 놀라움은 너무나 컸는데, 그도 그럴 것이 지금껏 스스로 한국계 미국인으로 알며 살아온 까닭이다. 그의 부모인 한국계 양친으로부터 아무런 암시도 받은 바 없을 뿐 아니라, 동양인이 동양인을 입양하는 사례 자체가 극히 예외적인 사건이었던 까닭이다. '혹시 나는 동양인으로서의 동양인 입양고아인지 모른다'라는 의혹이 서서히 싹트기 시작했는데, 그것은 사회보장제에 가입된 유색인종에 대한 미국인의 일반적인 견해였다. 그가 입양기록 확인 전문 탐정소를 찾아간 것은 이로 보면 불가피한 현실적 과제였음이 판명되거니와 그 결과는 과연 어떠했던가.

새로운 이민법이 민주당에 의해 미국 의회에서 통과된 것은 1965년이었다. 미국 법률에서 '원 국적'란을 없애버린 점이 이 법안의 핵심사항이었다. 현실적으로 그 결과는 어떻게 되었던가. 이민 쿼터 법안이 사실상 폐지된 형국을 빚어 그야말로 미국 이민자가 급격히 불어나, 정작 이 법안을 통과시킨 의회가 난처한 처지에 놓이게 된 것인데, 이 물결을 타고, 타이완의 처녀 수전 챈이 미국으로 건너왔다. 이민 브로커를 통해 불법으로 들어온 이 처녀는 노동자로 온갖 잡일에 종사하다 겁탈당해 사생아를 낳았다. 키울 수 없는 아이는, 하필 한국인 가정에 입양되었다. 피터 주는 그런 아이였다. 자기의 핏줄의 근거를 어른이 된 뒤에야 알아버렸을 때 사람은 어떻게 행동해야 하는 것일까. 이상연구에 몰두한 주의 경우, 그 연구는 어떤 새로운 양상으로 전개돼야 했을까. 「오감도」 연구를 포기하고 새로운 출구찾기에 나아가기와, 「오감도」 연구에 철저히 매달리기가 가로놓여 있었다면 그는 후자를 택했다. 그러기에 이는 선택이기에 앞서 절체절명의 조급성으로 치닫게 마련이었다.

'중국인 핏줄의 한국인 가정에 입양된 미국 사람' 으로서의 정체성 찾기란 어떠해야 하는가. 이상문학이라는 프리즘으로 이 정체성 찾기에 나아간다면 어떠할까.

이 후자의 선택은 선택이기에 앞서 피터 주에 있어서는 무의식의 힘을 빌린 모종의 필연이었음에 주목할 것이다. 김해경=이상은 생후 두 살 적에 백부집에 양자로 들어갔다. 비록 백부집과 한 동네에 생부모가 있긴 했으나, 일종의 '입양고아' 와 그 근본에서 다르지 않았다. 수필「슬픈 이야기」에서도 이 점이 암시되어 있음에랴. '중국인 핏줄의 한국계에 입양된 미국인' 인 피터 주와 백부집 입양아 이상=김해경은 그 근본에서 과연 어떠할까. 어째서 강릉 김씨 집안의 김해경은 철나자 스스로를 '이상' 이라, 창씨(創氏)는 물론 개명(改名)까지 한꺼번에 해치우지 않으면 안 되었을까. 무의식 속에서 이 사실을 감지한 쪽은 피터 주, 바로 그였다. 중국 핏줄의 피터 주에 있어, 이 무의식은 피의 부름에 다름아닐 터이다. 참주제가 걸린 대목이 아닐 수 없거니와, 이때 문제적인 것은, 이상문학이 이러한 참주제의 실현을 가능케 하는 잠재태(潛在態)라는 사실에서 온다.

이 잠재태의 성격을 정리한다면 다음 두 가지 범주로 될 터이다.

이상문학이 지닌 완벽에 가까운 텍스트성(열려 있음의 성격)이 그 하나. 이상문학, 특히「오감도」란 말의 본래의 의미에서 텍스트성에 가장 근접된 것 중의 하나이다. 두 차례에 걸친 유고사건이 이를 말해주기도 하지만, 그의 작품들은, '작품' (작가에 국한된, 그러니까 폐쇄된 상황)이기에 앞서 열려진 기호로 존재하고 있는 형국이었다. 열려진 기호란 또 무엇인가. '확립된 기호' 이기에 앞서 '유동하는 기호' 이거나 또는 '생성되어가고 있는 기호' 그리고 마침내 '소멸되어 가고 있는 기호' 를 가리킴인 것. 이상문학 연구자는 이 네 가지 범주 앞에 서면 일단 어지럼증에서 자유로울 수 없게 되어 있다.

(A) '확정된 기호' 의 범주에 나아감이란 새삼 무엇인가. '작품' 으로

읽기이다. 이 경우 문제되는 것은 '작가' 라는 존재의 확실성이다. 그런데, 불행히도 작가로서의 이상은 많은 점에서 불확실한 만큼(두 살 적에 양자로 간 인간 김해경 자체의 불투명성) 이 범주에 나아간 연구자도 당황하게 되어 있다.

(B) '유동하는 기호' 의 범주에서 보면 어떠할까. 이 범주의 연구자도 끝내는 당황하기 마련인데, '이상≠김해경' 의 도식 때문이다. 작가 김해경을 부정하거나 적어도 간섭하고 있는 존재가 기호 '이상' 이 아니겠는가. 텍스트성이라 할지라도 이 경우 기호는 산란되거나 혼선을 일으키기에 모자람이 없다.

(C) '생성되어가는 기호' 의 범주에서 보면 어떠할까. 연구자를 유혹하는 함정으로서의 이 범주에 너도나도 알게 모르게, 많건 적건 빠져들게 되어 있음도 가릴 수 없는 사실 중의 하나이리라.

중국인 핏줄의 한국계 미국인 피터 주가 빠져든 곳도 이 함정이었다. 그가 필사적으로 자기 정체성 확인을 위해 이상문학전집에 매달렸을 때 그는 2천 점에서 30점을 추려놓고 그중 15점만 발표된 「오감도」의 원형을 찾고자 했다. 이 원형(원점)찾기란, 자기의 피의 확인을 위해 푸조탐정소에 의뢰하여 입양기록찾기 그것의 더도 덜도 아니었다. 마침내 그가 「오감도」의 원형(점)을 「지도의 암실」에서 찾았음이란, 그 자신의 입양고아기록 찾기와 엄밀히 대응된 사건성이 아닐 수 없다. 「지도의 암실」(1932)에서 「오감도」 시제6호의 원형을 찾아냈을 순간 피터 주는 마침내 해방될 수조차 있었으리라. 한국계 미국인 되기가 그것. 중국계 핏줄 잊기가 그것. 「지도의 암실」이란 그러니까 피터 주의 살아온 삶 자체의 '지도' 가 아닐 수 없다. 그 '지도' 의 어두운 부분을 드디어 찾아낸 형국이기에 그는 핏줄의 공포에서 자유로운 신분이 될 수조차 있었다. 그러나 이로는 제1차적 해방에 지나지 않았는데, 왜냐하면 그는 아직도 '한국계 미국인' 인 까닭이다. '중국 핏줄' 에서 해방되었을 뿐 '한국계' 에서도 해방되어야 비로소 세계인으로서의 자유인이 될 수 있지 않겠는가.

이 관점을 좀더 증폭시켜 효과적인 장치로 인식되게끔 이 소설의 작가 김연수가 마련한 장치가 야심에 찬 한 신진 여류 이상문학 연구가의 등장이다.

'이상 탄생 90주년 심포지엄'(실제로 문학사상 주최, 이상 탄생 60주년 심포지엄이 세종문화회관에서 열린 것은 1997년 11월)에서 이 여류 연구가(권진희)의 폭탄적인 발표란 「오감도」 시제16호 「실화」의 발견이었다. 대체 이 시제16호 「실화」란 무엇이며 어떻게 하여 발견되었을까.

이런 물음은 별로 중요하지 않다.

이상문학의 모든 기호, 특히 「오감도」 15편의 기호를 분석하여 그 근거 위에서 재조립만 하면 되는 것이다. 약간의 공부만으로도 누구나 시제16호, 17호를 조립할 수 있으니까.

이 작품은 물론 연구자인 권진희가 만들어낸 가짜이다. 그렇지만 권진희가 멋대로 만들어낸 것일까. 결코 그렇지 않음이야말로 문제적이다. 권진희는 「오감도」 전체를 면밀히 검토하여 그 어법, 그 분위기, 그 단어, 그 토씨 그대로를 원자료로 하여 그 원자료가 스스로 시제16호를 만들어가게끔 유도한 대필자(기록자)에 지나지 않는다. 이는 두 권투선수의 특징을 입력하여 TV화면에서 가상게임을 연출하기와 흡사하다. 이 점에서 시제16호 「실화」는 진위의 판단이 불가능해진다. 이상 텍스트가 놓인 자리를 보여주는 극단적 사항이라 함은 이런 문맥에서이다. 실상 이상 자신이 스스로를 누누이 이렇게 표현한 바 있지 않았던가. '모든 크레타(희랍)인은 거짓말쟁이라고 한 크레타인이 말했다' 라고. 자기 언급(self-reference)적인 모든 언술이 진위판별 불능에 빠진다는 것은, 이상의 경우 적어도 수사학은 아니다. 삶 자체가 바로 그러했기에 시제16호는 이상 자신이 쓴 것이며 권진희는 다만 대필자였던 것이다.

지금까지 작가 김연수가 보여준 두 가지 사례, 곧 피터 주의 발견과 권진희의 발견은 이상문학의 텍스트성 곧 '생성과정으로서의 텍스트'의 한 범주를 증폭시켜 보여준 것으로 볼 것이다. 단지 후자 쪽이 좀더 본격적이라는 차이가 있다 할지라도 범주 자체는 같다. 그러나 피터 주와 권진희의 신분은 서로 넘을 수 없는 벽을 갖고 있지 않겠는가. '중국계 핏줄' 에서 벗어났다고는 하나 피터 주는 엄연히 한국계 미국인이다. 이에 대해 권진희는, 순종 한국인이다. 이 사실을 작가 김연수는 어떻게 처리하고자 했을까.

(D) '소멸되어가는 기호' 의 범주가 소설 『꾿빠이, 이상』이 지닌 이른바 비장의 카드이다.

5. '소멸되어가는 기호' 범주와 정체성 찾기

권진희가 발견했다고 주장하는 「오감도」의 시제16호 「실화」의 진위는 판단불가능하다. 그렇다면 이러한 '생성하는 과정' 의 범주란 얼마든지 확산가능한 '잠재태' 속에 놓여 있지 않겠는가. 피터 주라고 해서 '시제16호' 를 만들어내지 못할 이유는 아무 데도 없다. 혹은, 일개 전직 기자였던 김연화라고 해서 만들어내지 못할 이유도 없다. 김연화가 만들어낸 그러니까 이상이 김연화의 손을 빌려 지어낸 오감도 시제16호의 전문을 보이면 이러하다. 김연화 아닌 피터 주의 이름으로 발견자를 바꿔치기해도 조금도 이상할 것 없다.

"나는내兒孩다. 아버지가나의거울이무섭다고그런다. 사람의팔그속의水銀. 싸움하지아니하는二匹의平面鏡은없다. 네가보아도좋다. 싸움하는上脂에사기컵이손바닥만한하늘을구경한다. 銃은鸚鵡의꿈이있다. 그러나그것으로부터그중의나비떼가죽었다. 무서워하는혹은自殺하는비둘기의손. 들窓이하얀帽子를쓴나를날아가게하려한다. 드디어나는城으로들어간다. 또무서운무엇이白紙처럼거대한가슴의결인이있다. 13을아는게적당하다. 試驗에서나는쏘지아니할것이로다." (위조된 「오감도」의 시제16호, 『꾿빠이, 이상』, 228쪽)

이 순간 피터주는 '한국계 미국인'의 그 '한국계'에서 자유로워질 것이다. 어째서 그러한가. 순종 한국인 권진희와 일대일로 맞서기가 바로 이로써 가까스로 가능해졌음이 움직일 수 없는 그 이유이다. 이왕 진위 확인불능의 마당이 되면 권진희의 발견인 「오감도」 시제16호 「실화」와 피터 주(혹은 김연화) 발견의 시제16호는 등가인 것이다. 이 사실을 피터 주가 확인하고 또 확신했을 때 그는 구제당할밖에 없다. 피터 주가 자기 정체성 확보에 나아가는 당당한 목소리를 작가 김연수는 이상 연구가인 국내 학자 김태익을 향해 이렇게 외쳐 마지않았다.

"닥치시지. 나는 학부 졸업하고 이상 연구에 뛰어든 사람이지만 당신만큼이나, 내 손바닥에 새겨진 손금만큼이나, 아니 내 머리털의 개수만큼이나 이상의 작품에 대해 잘 알고 있는 사람이야. 그따위 알량한 자존심 따위는 이제 버리는 게 어때? 이봐, 말을 함부로 하지 말라구. 알았어?"(『꾿빠이, 이상』, 226~227쪽)

이 당당한 목소리, 곧 자존심 회복의 근거란 무엇인가. 이 물음의 정답은 의외로 단순명쾌한 데 있었다.

(D) '소멸되어가는 기호' 범주에 온몸을 맡기기가 그것. 권진희의 발견도 자기 자신의 발견도 깡그리 부정하기가 그것. 이상문학이란, 「오감도」란 '소멸되어가는 기호' 범주에 속한다는 인식이 그것. 권진희, 피터 주, 또 누구가 끊임없이 새로운 이 시제16호, 17호를 창출해낼 것이지만 동시에 누군가가 끊임없이 이를 해체해버릴 것이다. 이것만큼 확실한 일은 달리 없지 않겠는가.

"하루가 늦은 2000년 9월 24일 일요일, 나는 통인동 154번지를 찾았다. 나는 154번지 담벼락을 바라보며 한참 서 있었다. 비가 내리면서 담벼락으로 짙은 회색의 빗줄기가 내리쳤다. 나는 감미로운 음악 소리를 듣듯이 빗물받이에서 쏟아져내리는 빗물 소리를 들었다. 조만간 김태익은 내가 발표한 원고가 「오감도」 열다섯 편에 등장하는 단어들을 빈도순으로 재배치해 엮어낸 조작이라는 사실을 어떤 식으로든 발표할 것이다.

그러나 나는 권진희가 공개한 또다른 원고가 지닌 모순점을 지적하지 않기로 했다. 그 비밀이 나를 한국인으로 만들어줄 것이라는 생각이 들었기 때문이다. 내게 공개되지 않은 비밀이 있을 때만이 나는 날아오를 수 있다."(『꾿빠이, 이상』, 242쪽)

정작 이런 투의 발언을 한 것은, 피터 주가 아니라 이상 자신임에 주목할 것이다.

(가) "비밀이 없다는 것은 재산 없는 것처럼 가난할 뿐만 아니라 더 불쌍하다."(「19세기식」, 1936. 12 ; 『이상문학전집 3』, 182쪽)

(나) "사람이 ― 비밀 하나도 없다는 것이 참 재산 없는 것보다도 더 가난하외다그려! 나를 좀 보시지요?"(「실화」, 『이상문학전집 2』, 370쪽)

진위의 판별불가능이 창출해낸 범주로서의 '생성되어가는 기호'와 이를 지우고자 하는 '소멸되어가는 기호'로서의 균형감각 확보, 여기까지 이른 사람이라면 응당 그는 자기 정체성 확보에 성공하지 않겠는가.

피터 주는 구원된다. 그의 정체성은 확보된다. 그 방법은 아주 원시적임에 주목할 것이다. 텍스트를 넘어선 자리, 그러니까 이상문학을 '작품'의 범주에로 되돌리기가 그것. 작품이란 무엇이뇨. 텍스트와 달리 그것은 특정 작가를 전제로 한다. 구체적 인간 아무개가 쓴 글이 작품이다. 어떤 작품도 폐쇄성 또는 완결성(이 점에서 독일어 geschlossen은 그럴법하다)을 전제로 한다. 이 점에서 열려 있는 텍스트와는 근본적으로 구별된다. 정체성을 문제삼는 한 이 완결성(폐쇄성)에 자유로울 수 없다. 피터 주가 이를 확인해가는 과정이 소설 『꾿빠이, 이상』의 참주제이다.

어째서 피터 주가 귀국(미국행 또 중국행도) 가방을 두고, 이상의 태생지 통인동 154번지를 찾아갔던 것일까. 그것도 이상의 탄생일인 9월 23일이 아닌, 하루 지난 24일에 말이다. 거기서 피터 주가 목도한 것은 무엇이었던가. 피터 주는 거기서 비를 피해 책보를 인 채 무식하고도 겸손한, 손톱이 일곱 개밖에 없는 아비가 몰래 사준 경제화(당시 유행했던 신식 신발)를 신고 골목으로만 다니는 소년을 보고 있었다. 두 살 적에, 백부집에 양자로 차입되어, 본가에 가서는 안 된다는 금기사항을 저주처럼 안고 몰래 골목으로만 다니는 소년. 그 소년의 목소리가 분명 골목을 울리고 있었다. 피터 주의 귀엔 그 목소리가 너무도 또렷이 울려오지 않았겠는가.

"꾿빠이.

그대는 이따금 그대가 제일 싫어하는 음식을 탐식하는 아이러니를 실천해보는 것도 좋을 것 같소. 위트와 패러독스와…… 그대 자신을 위조하는 것도 할 만한 일이오. 그대의 작품은 한 번도 본 일이 없는 기성품에 의하여 차라리 경편하고 고매하리다. 그러나 인생 혹은 그 모형에 있어서 디테일 때문에 속는다거나 해서야 되겠소? 화(禍)를 보지 마오. 부디 그대께 고하는 것이니……

테잎이 끊어지면 피가 나오. 상(傷)채기도 머지않아 완치될 줄 믿소.

꾿빠이."(『꾿빠이, 이상』, 244쪽)

그 순간 '중국인 핏줄의 한국계 미국인' 피터 주는 중국인 핏줄에서도, 미국인의 신분에서도 벗어나, '한국인'의 자격을 얻게 되지 않았겠는가. 인간, 그것만큼 굉장한 '텍스트'란 없는 법이니까. 진짜 텍스트란 이상의 작품이 아니라 '인간' 이상이라는 사실이 그것.

한 젊은 작가 김연수의 소설적 탐구열에 새삼 감동하면서 문득 사족 한 가지를 덧붙이고 싶음은 웬 까닭일까. '이상≠김해경'의 음미방식이 그것. 그 방식의 범주들에 대한 음미사항이 그것. 이상 연구진의 또다른 범주에 대한 음미사항이 그것.

(1) 국내의 연구진의 그 방법상의 강점과 한계에 대한 음미사항.

(2) 일본인 연구진의 그 방법상의 강점과 그 한계에 대한 음미사항. 가령, 川村湊, 「東京에서 죽은 사내」(『취한 배의 청춘』, 講談社, 1986, 수록)라든가, 三枝壽勝, 「이상의 모더니즘」(『조선학보』, 1991. 10)을 들 수 있다.

(3) 한국계 미국인 연구진의 그 방법상의 강점과 그 한계에 대한 음미

사항. 월터 K. 류(Walter K. Lew)의 「거울 속의 장 꼭토 — 이상의 거울시의 혼성텍스트적 읽기」(*MUAE* 1호, 1995), 「이상의 산촌여정, 성천기행 중의 몇 절에 나타나는 활동사진과 공동체적인 동일시」(*Trans*, 1999년 겨울호), 제임스 리(James Lee)의 「거꾸로 된 이상의 미학」(『풀브라이트 코리아』, 1994. 6) 등이 있다.

이런 현상들은, 이상문학의 텍스트성 곧, '생성하는 기호' 범주와 '소멸해가는 기호' 범주의 동시적 전개에 대한 음미사항에 연결된다고 할 수 없겠는가. 그 한가운데 놓인 기점(원점)이 '텍스트로서의 인간 김해경' 이다.

소설 넘어서기의 어떤 몸부림
—공지영의 경우

1. 실명소설의 두 계보

사실과 허구는 준별되는 것일까. 된다면 어떤 측면에서 그러하며, 안 된다면 또 어째서인가. 여기에 소설이 끼어들 때 이 물음은 어떤 표정을 보여주게 될까. 다음 장면을 잠시 엿보기로 한다.

"그들은 모두 내가 들어가자, 뭐 하는 거냐고, 일제사격을 퍼부었다. 나는 답변을 하기 전에 먼저 왜 저쪽편 작년 집으로 하지 않고 이 집으로 정했느냐고 묻는다. 그랬더니 황순원이 '그것도 모두 김형을 위해서, 김형이 빨리 찾아내기 쉬우라고 한 겁네다. 여기서 이렇게 바라보믄 이내 뵈잖습니까' 한다. 딴은 그러고 보니 이쪽이 건넛집보다 더 환히 바라다 보이는 셈이기도 하였다.

'조연현, 오영수는 어떻게 됐소?' 하고 물으니, '조형은 여기 어디 와 있는 모양인데……' 하는 곽종원의 흐리멍덩한 대답이다. '그럼 좀 찾아보지 왜. 요기 빤할 텐데 어찌된 셈이야?' 한즉, '전활 거니, 이리로 간다고 하고 아침에 떠났다는데……' 하고 이종환이 설명을 보충한다. 그러자 내 머릿속에는 오오라 거짓말이로군! 못 가게 될 형편이니 거짓말을 한 게로군! 유회를 시키지 않으려고 돌려댄 수작이야! 하는 생각이 왈칵 들었다.

(……)

'근데 오영수는 또 어떻게 됐어요?' 하니까, 곽종원이 '오형은 본래 못 오게 된 모양이고……' 한다. '이상한 일이다. 모두 같이 온다고들 했는데……' 하고 내가 혼잣말같이 중얼대니까, 이번엔 황순원이 연방 자기 손의 화투짝을 들여다보며, '그보다 김형은 늦게 오신 벌을 톡톡히 해야 합니다' 하고 화살을 나에게 돌려댄다. '그거야 물론이지' 하고 다른 사람들도 모두 찬성을 한다. 완전히 고립상태다. '그건 관대히 해야 돼요' 하고 내 자신이 변명을 하는 수밖에 없다. '그건 안 됩니다' 하고 황순원이 준열한 검사같이 대어든다. 나는 이종환의 번대머리를 한번 흘겨본다. 아까 전화로나마 대강 양해를 구해놓았으니 이럴 때 혹시나 내 대신 나를 위해서 변명을 해주지나 않을까 해서다. 그러나 그는 뜻밖에도 '아까 다방에서도 몇 시간이나 기다리게 하고, 여기 와서도 지금까지 기다리게 했으니 김 선생님 한 분 때문에 몇 사람이 피해를 입게 됐습니까?' 하고 단연 검사 편이 되어 나온다.

이제는 할 수 없다. 스스로 변론을 전개할밖에, 그런데 자리를 살펴보니 소녀가 둘뿐이다. 옳지 됐다. 한 사람이 소녀 한 사람씩을 동반하기로 했는데 이건 뭐야, 여기도 규칙 위반자들은 얼마든지 있지 않으냐."(김동리, 「강유기」, 1958, 『김동리대표작선집 1』, 삼성출판사, 346~347쪽)

황순원, 곽종원, 이종환, 이설주, 김동리 등 다섯 명이 1958년 7월 23일 광나루로 하루 소풍 간 사실을 작품화한 것이 「강유기」이거니와, 위의 인용에서 보듯, 등장인물 전부가 실명으로 되어 있다. 이러한 창작은 물론 이것이 처음은 아니다. 최정희의 「화투기」(『현대문학』 1980년 8월

號)엔 문단 섰다판의 교장 김동리와 그 판꾼들인 황순원, 최정희, 박영준, 이종환, 유주현, 백철, 곽종원, 정태용, 박연희 등이 실명으로 등장하고 있을 뿐 아니라 그들의 성격조차 눈에 잡힐 듯이 묘파되어 있다. 아무리 좋은 끗발이더라도 두 번 연거푸 들어오면 던져버리고, 끗발이 계속 안 나오면 자리를 떴다가 엎드려 뻗쳐를 열 번쯤 한다든가 아주 먼 데까지 나가서 막걸리를 마신다든가 여자의 머리카락 한 올이라도 만지고 와야 하는 김동리, '재수 없게스리!' 라는 소리를 내뱉으며 화투짝을 던져버리는 황순원, 엉터리짓을 잘하는 유주현, '들어가!' 라고 호통치는 백철, 시종 말없는 박영준 등의 표정뿐 아니라, 이들 일당이 여관 하녀의 신고로 파출소에 붙들려 긴 나무걸상에 처량히 앉아 있는 모습조차도 「화투기」는 담고 있어 인상적이기까지 했다. 그렇지만 「화투기」는 다음 두 가지 점에서 「강유기」와 구별된다.

첫째, 「강유기」는 소설을 가르치는 서라벌예대 제7대 학장 김동리의 작품이라는 것. 두루 아는 바와 같이 소설이란 교과서상으로는 허구(가공의 진실)임을 가리킴이다. 가공의 진실이기에 일회성의 '역사' 보다 보편성을 갖는다고 『시학』의 저자 이래 주장될 경우 주의할 점은 '역사' 와는 달리 소설은 일단 '가공' 에서 출발한다는 사실이다. 소설강의 첫 장면에서 이렇게 가르쳐온 김동리의 제자들 처지에서 보면 「강유기」란 난처한 물건이 아니면 안 되었을 터다. 실제로 그러한 질문들이 쏟아졌고 작가 자신이 나서서 이에 대한 나름대로의 해명을 한 바 있었다(「사실과 허구」, 『신문예』 1959년 3월호).

둘째, 「강유기」가 김동리에게도 예외적이라는 점. 「강유기」가 픽션이냐의 질문에 대한 작가의 답변을 간추리면 이러하다. 우선 어디까지가 '사실' 인가를 작가는 스스로 묻고 또 대답했다. 여사여사한 것들은 모두 '사실' 이지만, '사실' 과 다른 점은 (1) 황순원, 이종환, 미스 신 3인이 먼저 돌아갔는데, 작품에서는 그렇지 않고 또 이종환이 하유상, 김지헌으로 바뀐 점, (2) 대화에서의 등장인물의 순서 및 내용, 그 빈도수의 차이,

(3) 작가의 느낌, 심리변화, 관찰점 등이다. 김동리의 「강유기」에 대한 변론은 이로써 다음처럼 확고했음이 판명된다.

첫째, 등장인물들의 성격, 취미, 인품, 기타의 특징 등에 작가의 강렬한 관심과 이해가 기울어져 있고, 따라서 그것의 표현면에 비중이 있다는 점. 이 점은 황순원의 대화, 표정 등의 묘사에서 특히 뚜렷하다. 위의 「강유기」 인용 대목에서 드러난 바지만, 곽종원의 원만스러움, 황순원의 가시 돋친 날카로움, 이에 대한 김동리식 상황타개 방식의 독자성(역공격) 등이 이 점을 새삼 말해주고 있다. 둘째, 이 점이 중요한데, 소설적인 문장을 통해 「강유기」가 '독립세계' 를 가졌다는 점. 이 '독립세계' 란 무엇인가.

"'소설세계' 에서 '현실세계' 를 본다면 그것은 생성 이전의 카오스와 같은 것이다. 따라서 현실세계에 속하는 '사실' 이란 것은 길가에 뒹구는 돌덩이나 기와 조각과도 다를 것이 없으며, 어느 항구에서 혼자 울고 떠나가는 뱃고동 소리나 '화신' 앞을 돌아가는 전차바퀴 소리가 제각각인 것과도 같은 그러한 카오스의 파편에 지나지 않는 것이다.

이로써 본다면, 「강유기」가 '허구' 의 세계를 성립시켰다는 말은, 이러한 '사실' 의 '파편' 과 '파편' 을 일정한 규범 속에 주워모아서, 적당히 배열시켜서, 그 '파편' 과 '파편' 사이에 인과관계를 붙임으로써 '파편' 을 설명의 세계에 환생시켰다는 말이 된다. 다시 말하자면 '길가에 뒹구는 돌멩이와 기와 조각' 사이에 혈연관계를 맺어놓고, '어느 항구에서 혼자 울고 떠나가는 뱃고동 소리와 '화신' 앞을 돌아가는 전차바퀴 소리' 사이에 '제각각' 이 아닌 유대관계를 맺어놓았다는 뜻이 되는 것이다."(김동리, 「사실과 허구」, 『신문예』 1959년 3월호, 15~16쪽)

여기서 말하는 질서부여야말로 '사실' 과 '허구' 의 변별성이라는 점을 위의 인용대목이 강조해 마지않는다. 카오스의 반대어로 되어 있는 것이 질서라면 질서는 창조의 세계이고, 카오스는 자연의 세계인 셈이다. 카오스가 일종의 과잉을 가리킴이라면 무수한 파편과 파편으로 이루어진 현실, 곧 우연성에 질서를 부여함이란 모종의 인과관계를 설정함이다. 모종의 인과관계가 이른바 작품의 주제인 만큼 「강유기」의 소설 성립여부란 결국 주제에서 결판날 성질의 것이다. 광나루라는 특정 공간 속의 특정 인물들의 하루가 일상성과 구별되는 것은, 따지고 보면 작가인 '나'의 '눈'과 '마음'에 있지 않으면 안 된다. 「강유기」의 경우 그것은 등장인물의 성격, 곧 곽종원의 원만스러움, 사사건건 문제제기를 하는 까다로운 황순원, 이에 대한 '나'의 상황타개 방식 등으로 집약된다. 작가 김동리는 「강유기」를 통해 가까운 동료 문인의 성격을 부각시킴으로써 허구적 창작에서 감행하는 보편성으로서의 성격창조에 대응시키고자 했던 것이다. 이러한 일이 문학스러운 것은 물론 그가 구사한 문체를 통해서다.

이로써 「강유기」가 사실의 기록에서 벗어나 허구적 사실임이 어느 수준에서는 설명되었다고 할지라도 이 점이 어째서 김동리가 「강유기」를 제하고는 두 번 다시 이런 창작행위를 하지 않았느냐에 대한 설명이 되기는 어렵다. 두 가지 이유에서 그러한데, 하나는 문체의 경우다. 동료 문인들의 성격부각이라는 측면의 묘사가 다른 허구적 인물의 형상화 방식과 변별되는 모종의 기법상의 특징이 발견되지 않는다면, 굳이 그럴 필요가 없다. 다른 하나는, 동료 문인들 쪽이 또다른 「강유기」를 쓰지 않는다면 여기엔 김동리 쪽이 부담해야 될 이른바 모종의 윤리적 과제가 개입되지 않을 수 없게 된다. 자기를 소재로 한 '사소설'의 전통이 희박한 우리의 문학판에서 보면 이 윤리적 과제는 김동리로서도 감당하기 어려웠을 터다.

작가, 곧 창조자이며 신이라는 전제가 모르는 사이에 굳어진 상황을 연상하면 이 점이 좀더 뚜렷해질 터다. 김동리, 그는 소설가를 창조자로 상정하고, 그 최고의 자리에 자기가 올라 있으며, 따라서 자기의 사적 · 일상적 삶의 하루가 곧바로 세계 그 자체임을 저도 모르는 사이에 「강유기」를 통해 주장한 형국으로 이 사정이 정리된다. 그러니까 본격소설(김동리가 자주 쓴 용어)의 주장과 「강유기」가 상통한다고 볼 수 있는 것도 이와 관련되었을 경우에서다. 그러나 일상적 삶 속의 김동리는 기껏해야 운명에 번롱당하는 한갓 보통인간이라는 사실로 말미암아 신의 자리에까지 이른 창조자로서의 작가 김동리와의 메울 수 없는 거리감에 대한 자의식이 곧바로 뒤따라왔다고 보는 것은 자연스럽다. 이를 윤리적 과제라 부를 것인데, 왜냐면 개인이 창작의 주체이며 따라서 그 창작에 모든 책임을 져야 되는 그러한 세계인식의 지평에 놓여 있음을 전제했기 때문이다. 만일 개인이 창작주체의 유일한 존재가 아니라면 사정은 어떻게 될까. 개인이란 집단주체에 지나지 않는다든가 무의식까지 계산에 넣어야 그 한 개인의 전체상이라 한다든가 계층의식과 동질적인 것에다 개인을 놓는 세계인식의 범주에서 보면 「강유기」는 어떠할까.

2. '나=공지영'의 도식

실험작 「강유기」를 가운데 놓고 볼 때 송기원의 「폰개 성」은 어떠할까. 이 작품에서 우선 다음 몇 대목부터 보기로 한다.

(A) "그해 늦가을이었다. 광화문에서 문인들이 모여 '자유실천 문인 선언문'을 낭독하는 일종의 데모를 하는 자리에 우연히 내가 끼어들게 되었다. 일찍이 문학청년 시절부터 동고동락해온 시인 이시영과는 당시 흑석동 연못시장 근처 하숙집의 한 방에 동숙하고 있었는데 그가 나를 데모현장에 데리고 나온 것이었다." (『창작과비평』 2000년 가을호, 164쪽)

(B) "그때 박 정권은 소설가 이호철 정을병, 평론가 임헌영 등을 간첩이라고 잡아들여 감옥에까지 보냈는데, 시국이며 역사를 보는 눈이 거의 까막눈이다시피 한 내가 보기에도, 다른 사람은 몰라도 이호철 선생만은 절대로 간첩이 아니었다. 내가 그렇게 단정한 것은 (……) 부드러운 한편 은근히 겁도 많은 그의 성정을 익히 알기 때문이다." (164~165쪽)

(C) "형사들이 잠시 쉬러 가서 잠깐 문인들끼리만 있을 틈이 나자, 고은 선생이 드러내놓고 얼굴을 찌푸린 채 나를 바라보았다.

'지금 여기는 우리 문학에서 중요한 역사가 탄생하는 현장입니다. 그런 자리에서 짭새를 보고 아저씨가 뭡니까, 아저씨가? 체통을 차리세요.'

이를테면 고은 선생은 다분히 문인이라는 신분의 격을 떨어뜨리는 나의 언동과 함께 적과 아군마저 구별하지 못하는 한심한 역사인식을 나무랐던 것이다." (165~166쪽)

(D) "다시 한번 두루두루 인사를 마친 그(폰개 성 — 인용자)가 정보과 문을 열고 나서기가 무섭게, 옆에 있던 이문구 선배가 나에게 작은 소리로 물었다.

'어이, 거기 형이라는 사람, 혹시 택시운전사 아녀?'

나는 놀란 눈이 되어 되물었다." (166쪽)

이시영, 이호철, 고은, 이문구 제씨가 등신대로 등장하고 있음은 무엇을 뜻하는 것일까. 이런 물음에 「강유기」가 한 가지 잣대가 될 수 있다. 황순원, 곽종원, 이종환, 이설주 등을 등장시킨 「강유기」의 작가는 이들 등장인물에 대한 성격부각에 주력함으로써 고유명사인 실명을 일반화시킴이 그것. 황순원, 곽종원 등의 특정 작가나 평론가를 인간 일반으로 환원시켰을 때 그것은 H나 K에 지나지 않게 된다. 이 경우 주목되는 것은 「강유기」의 성패가 작가 김동리의 권위랄까 역량에 달려 있다는 것이다. 어느 경지에 오른 작가에 있어 실명의 일반화 현상이란, 리얼리즘의 기초임에 변함이 없다. 특정인을 대상으로 하여 인간의 보편성에 이르고자 함이 리얼리즘(미메시스)의 기본항이라면 「강유기」도 이 점에서 크게 벗어나지 않을 터다. 이러한 잣대에서 볼 때 「폰개 성」의 경우는 어떠할까. (A)에서는 시인 이시영과 작가이자 작중화자인 '나'의 우정과 사회적 정의감, (B)에서는 작가 이호철의 여린 인간성, (C)에서는 시인 고은의 정치적 감각, (D)에서는 작가 이문구의 관찰력 등이 그려져 있음으로 보아 「강유기」의 성격묘사와 같은 범주에 든다고 할 수는 있겠으나, 전자가 부분적이라는 점에서 후자와 구별된다. 「폰개 성」의 경우 이들 실명의 문인 등장은 그들의 성격묘사에 주안점이 있지 않고, 단지 '나' 자신의 위치를 알리기 위한 기호(보조장치)에 지나지 않는다. 「강유기」처럼 등장인물들에 대한 대결의식이나 우위성 드러내기 쪽이 아니고, 그들의 명성을 빌려 오직 '나'를 드러내기 위한 장치에 불과하기 때문이다. 「강유기」의 실명과 「폰개 성」의 실명이 이처럼 각각 나름대로의 유형을 이룬다면, 공지영의 「우리는 누구이며 어디서 와서 어디로 가는가」(『21세기문학』 2000년 겨울호)의 실명 사용은 또하나의 유형을 이루고 있다. 뿐만 아니라 모종의 문제성까지 안고 있는 만큼 소설사적 검토가 불가피해진다. 그 문제성이란 소설의 존립에 알게 모르게 걸려 있기 때문이다.

"약속된 장소로 출발하려고 자동차 문을 여는데, 내가 지금 만나기로 한 여자가 5년 전에 끈질지게 내게 전화를 걸어왔던 그 여자가 아닌가 하는 생각이 문득 들었다"로 시작되는 이 작품의 주인공이자 작중화자인 '나'는 곧바로 38세로 두 아이의 어미이며 이혼 경력이 있고, 군인의 막내딸이며 가톨릭 신자인 인기작가 '공지영'이다. 5년 전 어떤 여인이 이 공지영을 찾아온 적이 있다. 그녀는 다짜고짜 공지영을 두고, 6·25 때 살기 어려워 군인 공씨 집에 버린 동생 최인향이라고 우기는 것이었다. 공지영은 이런저런 이유를 들어 알리바이를 내세웠다. 그 결과는 어떻게 되었던가. 승패가 없었다. '최인향≠공지영'의 도식이 5년의 세월 속에서 새삼 음미되고 있지 않겠는가. 5년이 흐른 지금의 시점에서 그 도식은 어떻게 되었던가.

"그것도 그럴려면 그럴 수 있는 일이었다. 뭐 이런 우연이 있어, 싶게 정황은 척척 맞아떨어져갔다. 거액의 유산 문제만 얽힌다면 헐리우드 영화 소재감이군. 농담처럼 스쳐가는 생각의 꼬리를 물고 알 수 없는 소름이 돋아났다. 나는 팔뚝을 쓸어내렸다. 그러나 내가 정말 공지영이 아니라 최인향이라는 여자라면…… 내가 공지영 마리아가 아니라 최인향 테레사라면…… 그러자 내 팔뚝의 피들이 일제히 둘로 갈라져 흐르는 듯했고 몸 전체가 약간 부어오르는 듯도 했다. 5년 전의 혼란이 다시 내게로 엄습했다. 이게 출생에 관한 문제가 아니라 살인 사건에 대한 추궁이라 해도 내게는 빠져나갈 알리바이가 별로 없겠다는 생각이 들었다. 그 여자는 이렇게 많은 개연성을 들이대는데 내게는 아니라고 할 증거가 없는 것이다. 아니 없는 정도가 아니라 나 역시 의심하고 있었다. 나도 내내 물어왔던 것이다. 나 진짜 우리 엄마 딸 맞아? 하지만 5년 전의 전화 이후 나는 스스로 그 일에 대해 마음을 정리했다. 가끔 거울 속에서 어머니의 윤곽을 희미하게 발견하기도 했고 사촌들의 얼굴에서 내 모습을 찾아낼 수도 있었다. 그리고 무엇보다 내가 컸고 아이의 엄마가 되었고 그래서 정말 우리 어머니의 친딸이 맞을까 고민할 일이 사라져버린 것이 무엇보다 큰 이유였다.

'이렇게 우연들이 겹쳐지는데 그걸 그냥 우연이라고 할 수 있나요?'

여자가 답답하다는 듯이 말했다.

'게다가 우리가 이 일을 밝혀서 뭘 어쩌자는 것도 아니잖아요. 우린 그냥 동생이 이렇게 잘 자라주었구나 아는 것만으로도 그걸 확인하는 것만으로도 행복할 거예요. ……그저 가끔 만나고 그저 가끔 연락하고……'

나는 아무것도 모르겠는 기분이었다." (168~169쪽)

정황으로 보아 5년 전의 혼란이 지금에도 그대로 혼란으로 되어 있음이란 '최인향≠공지영'의 도식에 대한 재확인이 아닐 수 없다. 이 도식이 소설의 기원일지 모른다는 지적을 한 것은 프로이트였다. 「노이로제 환자의 가족소설」(1909)이라는 프로이트의 짤막한 텍스트에서 이른바 '가족소설(Familienroman)'이란 개념이 이루어졌다. 가족소설은 자기의 부모란 가짜이고 진짜 부모가 따로 있다고 망상하는 인간 유년기의 증상을 두고 붙인 학술적 명칭이다. 어머니가 부정한 짓으로 자기를 낳았다든가 자기의 핏줄이 고귀한 쪽이라든가 자기만 적자이고 형제자매들은 모두 핏줄이 다르다든가 기타 이런 종류의 망상이 오이디푸스적 상황과 관련된다는 것이 프로이트의 생각이었다. 한편으로는 부모를 추어올리기, 다른 한편으로는 깎아내리기, 어른이 되고자 하는 욕망, 근친상간에 대한 울타리 치기, 형제간의 경쟁심의 표현 등등이 이 범주에 든다. 이러한 '가족소설'이 '소설(망상, 거짓말하기)'의 기원이라 보고, 정밀한 소설론을 펼친 것이 M. 로베르의 『기원의 소설과 소설의 기원』(1972)이다. 스스로를 버린 자식이거나 사생아라 망상하고, 여기에서 줄줄이 거짓말을 꾸며내고 이로써 자기 만족에 빠지며 그 만족함에의 갈망이 기교를 발명하여 정밀해질 때 마침내 그가 소설가로 변신된다는 이 이론의 근저에는, 프로이트가 노이로제 환자들을 치유하던 그 무렵의 주네브의 상류층이거나 적어도 부르주아층(중산층 · 시민계급)의 계층의식이 놓여 있었다. 소설을 두고 '시민계층의 서사시'(헤겔)라 한 것도 이런 문맥에서다. 작가 공지영이 가족 앞에서 "나 진짜 우리 엄마 딸 맞아?"라고 의심하는 것은 자신의 출신성분을 스스로 공언한 것에 더도 덜도 아니다.

"어제 이상한 일이 있었다. 밤에 하느님의 소리를 들은 거였다. 사실을 이야기하자면 내가 간절한 기도를 하고 잤던 것이다. 하느님 제발 우리 엄마가 진짜 엄마인지 아닌지 가르쳐주세요. 만약 진짜 우리 엄마가 어딘가에 있다면 아무리 가난해도 난 그 엄마에게 가서 살래요. 오늘밤에 꼭 알려주세요. 아멘.

그런데 깜깜한 꿈속에서 '아니다'라는 목소리가 들렸다. 꿈에서 깨어나니 뭐가 아닌지 물어보지 못했다는 생각이 났다. 새엄마가 아니라는 건지, 진짜 엄마가 아니라는 건지, 어떻게 하지?"(173쪽)

'나'가 유년기에 가졌던 망상의 기록이 이러하며, 여기에다 줄줄이 망상을 키워온 것이 이른바 '나'의 '일기'였으며, 이를 두고 훗날 한 친구가 이렇게 말했던 것이다.

"그러니까 니네 엄마가 니 문장 실력을 키워준 거야. 본의 아니게 널 훌륭한 소설가로 만들어준 거지. 사춘기 때 그렇게 죽자 사자 자세히 일기 쓰는 사람이 어디 흔하니? 니네 남편은 니 안의 착한 여자를 본의 아니게 '착한 여자'로 탄생시켜준 거고……"(175쪽)

군인가족의 막내로 태어난 '나'가 훗날 소설가로 변신한 것은 '가족소설'에서 '소설'에로 나아간다는 로베르의 견해에 썩 어울린다. 그렇다면 무엇이 인기작가로 성공한 공지영을 다시 괴롭히기 시작한 것이었을까. 이 물음에서 공씨는 로베르와 결별한다. 로베르가 말하는 그 '소설'에 도전하기, 곧 소설이 지닌 서구적 기제의 과감한 돌파가 그것이다. 공씨 어머니의 몫이 끝났을 때 공씨는 작가로 되었거니와, 남편의 몫이란 무엇이었던가.

소설가 공지영에서 '착한 여자≠공지영'은 어떻게 가능했던가. 『고등어』(웅진출판, 1994/1999년 푸른숲에서 재출간됨)와 『봉순이 언니』(푸른숲, 1998)에서 그 해답의 실마리를 찾을 수 있을 터다.

3. 형이상학으로서의 '러시아의 푸른 눈동자'

"한때 넉넉한 바다를 익명으로 떠돌 적에 아직 그것은 등이 푸른 자유였다"(정종목, 「생선」)라는 에피그램을 머리에 인 『고등어』는 『무소의 뿔처럼 혼자서 가라』(문예마당, 1993)에 이어진 작품이다. 페미니즘을 깃발처럼 내세운 이 작품의 매력의 상당부분이 그 제목과도 관련되었음을 사람들은 자주 잊기 쉽다. 초기 불경의 하나인 『슈타니파타(Sutta Nipata : 말의 모음)』 제1장의 제35~75행까지에 걸쳐 나오는 구절은 수도자의 몸가짐을 가르치는 대목이다. 『슈타니파타』는 『법구경』과 마찬가지로 시구절로 되어 있기에 시적 울림에 그 비중이 놓여 있다 해도 과언이 아니다.

"큰소리에도 놀라지 않는 사자와 같이
그물에 걸리지 않는 바람과 같이

물에 젖지 않는 연꽃과 같이
저 광야를 가고 있는 코뿔소의 외뿔처럼 혼자서 가라"(석지현 역)

인도 코뿔소의 외뿔에 강음부가 쳐져 있음. 그리고 제35~75행까지 이 대목의 후렴으로 반복되고 있음이 이 소설과 어떤 관련성을 맺고 있었던가. 81학번 세대의 저 무의식의 심연을 울리는 그러한 모종의 울림에 대응되는 것이 아니었을까. 여기 81학번의 세 여대생이 있다. 혜완, 경혜, 영선이 그들. 헤엄치기 기술도 연습도 없이 삶의 물 속에 뛰어든 이들 여자 삼총사의 10년에 걸친 삶의 모습이 이 작품의 내용이다. 초점화자인 혜완은 이혼했고, 경혜는 결혼해서 그냥저냥 살고 있고, 영선은 자살했다는 것. 사는 방법을 몰랐기에 각자가 그때그때의 사태에 대응한 결과에 다름아니었고, 그러기에 거기엔 필연성도 우연성도 끼어들 틈이 없다. 여자이기 때문에 또는 한국의 여성이기 때문에, 더구나 80년대의 한국적 현실이기 때문에 이런 실패에 이른 것이 아님이 분명하다면, 이를 두고 굳이 페미니즘 소설이라 부를 필요가 있겠는가. 남자의 경우도 사정은 같기 때문이다. 혜완이 그러했듯, 그의 남편 역시 삶의 기술을 모르기는 마찬가지였던 것이다. '무소의 뿔처럼 혼자서 가라'고 외치고 있지만, 삼총사 그 누구도 그렇게 하지 못했음이 그 증거다. 이 작품의 가장 핵심적이자 감동적인 장면은 혜완과 시골로 낙향한 아비와의 대면이 아니었을까. '나는 어쩌면 좋으냐'고 절망적으로 묻는 딸에게 아비는 끝내 연민을 보내지 않았다. 행복한 가정(남편, 아이 기르기 등)과 나만의 일(직장, 취미 등 자기 세계)의 둘을 동시에 갖기란 과욕이었을까. 이 과제는 비단 여자에게만 국한되지 않으며 시대성이라든가 특정 지역과도 별 상관이 없다. 현실과 이상, 이 둘을 동시에 갖기란 그 자체가 불가능하다는 사실이 이에 엄밀히 대응되지 않았던가. 『무소의 뿔처럼 혼자서 가라』는 그러기에 수행자처럼 한쪽을 택하라는 것의 울림이 아닐 수 없다.

"아내(남편)와 자식

그리고 부모도, 친척마저도, 재산마저도
이 모든 것에 대한 짐작마저도 모두 버리고
저 광야를 가고 있는 코뿔소의 외뿔처럼 혼자서 가거라"(석지현 역)

현실을 버리지 않고는 이상에 이를 수 없음, 여기서 이 작품의 참주제를 읽는다면 제목의 울림에 부합될 터다.

장편 『고등어』는 이 울림을 한층 증폭시킨 작품이다. '러시아의 푸른 눈동자'로 불린 한 여대생이 있었다. 이름은 노은림. 대학시절 운동권에 뛰어들고, 감옥에 간 투사와 결혼했고, 노동자 출신의 사내를 사랑했고, 이혼했고, 병에 걸려 30대 초반에 죽는다. 고등어처럼 싱싱하던 그들이 어째서 오장육부가 뽑혀나간 채 소금에 절여져 시장 좌판대에 진열되게 되었던가. 이런 물음에도 상당한 의미가 없지는 않겠으나, 핵심적인 것은 따로 있다. 어째서 여대생 노은림이 운동권에 뛰어들었느냐가 그것이다. 그 물음에 대한 모종의 해답은 훗날 노은림이 마르크스, 엥겔스를 '바보들'이라고 무심코 던진 다음과 같은 회고에서 엿볼 수 있다.

"자신들이 노동자도 아니면서 노동자들이 왜 저렇게 비참한지를 연구하다니. 그런 점이 나랑 통할 것만 같았던 거야. 고민하지 않아도 되는 걸 고민하는 게 마음에 들었단 말이야. (……) 그들은 마치 예수처럼 말이야. 그들도 바보 같았던 거야."(웅진판, 129쪽)

노은림의 이런 고백이 공허함은 웬 까닭일까. 핵심적인 것이 은폐되었기 때문이다. 핵심이란 새삼 무엇인가. 어째서 스스로 바보가 되고자 했는가에 대한 자의식의 결여가 이 문제에 관여될 터다. 이상을 향한 추구, 그러니까 지상의 현실을 뛰어넘는 천상의 세계 추구, 이를 두고 사람들은 유토피아 사상이라 부르거니와, 이에 대한 자의식이란 따지고 보면 인간이 가진 형이상학적 질병인지도 모를 일이다. 일찍이 이 과제에 대해 『악령』의 작가는 스타브로긴의 입을 빌려 "인류를 미치고 황당케 하는 것"이라 규정한 바 있다. 공씨의 고등어 타령도 이런 문맥에 놓여 있지 않았던가. 『고등어』가 이런 문맥에 놓이는 한, 81학번 세대의 시대성에서 숨쉬고 사라질 그런 작품에 지나지 않을 터다. 그러나 만일 작가 공씨가 이러한 문맥에서 벗어나 자기 자신에로 시선을 돌려 스스로를 '러시아의 푸른 눈동자'라 부르기와 어째서 그것이 하필 소설쓰기에로 나아갔는가를 묻는다면 어떻게 될까. 다시 말해 어째서 『고등어』는 1987년 10월에서 1993년 11월에 이르는 노은림의 일기에 의존하지 않으면 안 되었을까. 이 근본적인 문제를 작가는 은폐하고 있지만, 그래서 『고등어』란 한갓 시대성에 함몰될 처지지만, 다행히도 이에 대한 모종의 자각적 징후가 아주 없지는 않았다. 작가는 '작가후기'에서 이렇게 적었던 것이다.

"아마도 이 지상에 사랑을 남겨두고 몸만 떠난 노은림 때문인지도 모른다. 내가 나 하나가 아니고 내 글이 나의 글이 아니며 나의 이름이 나를 부르지만은 않다는 것을 아프게 깨닫게 한 것은"이라고. 이러한 자각이 그 나름의 무게를 지녀 상당한 성과를 거둔 『봉순이 언니』를 낳기까지 4년의 세월이 걸렸다. 마르크스, 엥겔스 그리고 예수처럼 '바보 노릇'에 이르게 된 작가 공지영의 심중고백록이기에 이 작품은 '나=공지영'의 '봉순이화 과정'이 아닐 수 없거니와, 이 사실의 중요성은 프로이트와 로베르에 대한 도전적 의의로 읽을 때 한층 선명해진다.

4. 프로이트의 시선에서 본 '봉순이≠공지영'

「우리는 누구이며 어디서 와서 어디로 가는가」에서처럼 『봉순이 언니』는 모종의 '예감'에서 시작되고 있다.

"나는 가끔 어떤 알 수 없는 예감 때문에 자주 진저리를 치곤 했다"라고 서두에 적혀 있는 이 대목이 이른바 '열려라 참깨!'에 해당된다. (1) 몇 년이나 소식을 끊고 살던 대학 선배가 난데없이 꿈에 보이는 다음날이면 그가 음독자살했다는 소식 듣기, (2) 외국으로 시집 간 친구와 옛

교정을 거니는 꿈을 꾼 어름이면 어김없이 그녀의 반가운 전화 받기 등이 그 예감의 내용인 만큼 그로서도 어쩔 수 없는 이상한 무력감의 일종이라 할 만하다. '꿈' 자리를 가리킴이기에 그로서는 맘대로 할 수 없는 '무력감' 이며, 그 연장선상에 점성술이라든가 점치기가 놓이며, 급기야는 운명론자로 향하게 마련이다. "무소의 뿔처럼 혼자서 가라!"고 외치며, 스스로를 "초록의 등을 한 탱탱한 생명체"의 삶이었다고 우기며, 설사 그런 삶이 환각이었더라도 절망이라는 희망(80년대를 아파한 모든 젊은이들은 영원히 젊다는 명제)을 외치던 작가 공씨가 어째서 운명론자로 되고 말았을까. 『무소의 뿔처럼 혼자서 가라』가 페미니즘이기보다는 남자와 더불어 가기(최재봉, 「끝내는 남자들과 함께 걸어가기 위하여」 참조)이며, 『고등어』가 81학번의 시대착오적이지도 않고 '시대와 화해하는' 소설이라면 『봉순이 언니』는 '무기력함' 의 소설이다. 스스로도 통제할 수 없는 꿈이 현실의 삶들을 간섭한다고 믿기 시작함이란 그 삶이 무기력한 까닭이다. 그것은 실로 도망치고 싶은 두려운 그 무엇이지만 그렇다고 피할 수도 없다. 운명론자로 되어감은 시간 문제가 아닐 수 없다. 그녀로 하여금 무기력으로 몰아가는 예감 중의 하나가 봉순이 언니에 관한 것이다.

무소의 뿔처럼 또 등 푸른 생선처럼 달려가던 주인공 '나' 는 지금 미친개처럼 지쳐 있다. 왜? 한 달 전 겨울날 이 산비탈 동네로 이사를 했으니까. 잘난 남편과 별거, 달동네로 혼자 옮겨온 이 81학번 여자의 첫번째 예감이 봉순이 언니였다. 대체 봉순이 언니란 누구인가. 60년대 서울의 한 가정이 있었다. 가장은 미국 유학중이고, 어미와 장남인 아들과 두 딸이 식구인데 여기에 시골에서 식모로 들어온 소녀가 봉순이 언니다. 당시 서울 삶이란 웬만하면 식모를 둘 수밖에 없었는데, 그만큼 시골의 삶이 어려웠던 까닭이다. 어미는 친정의 도움으로 시장에서 장사해서 생계를 꾸려나갔다. 가장이 그 잘난 미국 유학중이었기에 아비 몫까지 겸한 살림이었다. 장남과 장녀가 학교에 다니는 만큼 빈집에서 막내딸과 봉순이만 남을 수밖에 없었다. 이 막내에 있어 봉순이란 세계 자체일 수밖에 없다. '나=81학번=공지영' 인 이 막내딸과 열세 살 연상인 봉순이 언니와의 30년에 걸친 관계를 다룬 것이 이 소설의 내용이다.

"30년이 지난 지금도 나는 그녀의 얼굴을 자세하게 기억할 수 있다. 두툼한 눈자위와 뭉툭한 코, 얽은 곰보가 진 얼굴과 비어져나온 입술, 웃으면 빨갛게 드러나던 잇몸, 내가 화가라면 늙어가는 모습을 순차적으로 그릴 수도 있으리라. 왜냐하면 그녀는 내 인생의 첫사람이었으니까. 어떤 얼굴로 변한대도 나는 그녀를 알아볼 수 있으리라. 하지만," (푸른숲판, 187쪽)

봉순이 언니의 외모란 일종의 비유이거나 상징이다. 봉순의 실제모습과는 관계없는 이런 묘사의 제시란, '나' 가 실제 인물을 제치고 만들어낸 허상이다. 이 작품은 60년대 서울의 한 중 · 하류층 가정이 여사여사한 곡절을 겪으면서 중 · 상류층으로 나아가는 과정의 소설적 서술이다. 초점화자인 '나' 에 있어 봉순이 언니는 태어날 때부터 함께 살아온 식구이거니와, 그래서 '나' 에겐 '첫사람' 이겠지만, 봉순이의 운명과 관련된 소설적 구성은 이 가정의 중 · 상류층화에서 찾을 수 있다. 아비가 미국으로 유학 가고 없는 가정이 있다. 달동네와 중산층 그 접점에서 살아가는 가정에서 식모 봉순이의 역할은 '나' 에겐 거의 절대적이었다. 봉순이 역시 그만큼 정직 · 성실할 수 있었음은 물론이다. 그러나 아비의 귀국으로 이 가정은 크게 달라진다. 외국 회사에 취직한 아비로 말미암아 이 가정은 중 · 상류층으로 진입, 고급 동네로 이사 갔고, 식단도 빵과 커피로 바뀌었다. 봉순이의 역할 축소는 물론, 설자리가 점점 좁아졌다. 봉순이의 타락화(비극화)는 이에 엄밀히 대응된다. 중국집 배달부와 눈이 맞아 도망치기, 배신당하기, 후살이 가기, 거기서도 쫓겨나기 등의 비극적 현상은 봉순이 언니의 운명이라지만 일차적으로는 중 · 하류층에서 중 · 상류층으로 진입한 가정의 정신적 구조에서 비롯된 것이었다. 작가 공씨가 언니 봉순이의 운명적 비극에 대한 모종의 죄의식이 싹튼 곳은 바로 계층이동에서 왔다. 이 점을 드러내는 방식으로 선택된 이른바 '가족소설'의 구도와 이에서 벗어나고자 하는 몸부림으로 나타난 것이 『봉순이 언니』라면, 이 구도는 무엇이라 부르면 적절할까. '가족소설 계층화' 라 부를 수 있는 성질의 것이 아닐까. 가족에서 사회적 계층에로의 확대개념이 그것이다.

'내 부모는 가짜다(나는 고아거나 사생아라는 명제)' 에서 '내 가정은 가짜다(나는 이 중산층 또는 상류층에 속하지 않고 진짜 내 계층은 하층민에 속한다는 명제)' 로의 전환으로 이 사정이 요약된다. '나' 의 유년기가 중 · 하류층 소속이었다면, 철들 무렵의 '나' 가 어느새 중 · 상류층이었다는 사실이야말로 '나' 로서는 감당하기 어려운 혼란이었다. 이 혼란은 철이 들수록 축소되기 시작했는데, 80년대 시대의식이 이에 불을 당긴 형국이었다. 이것이 '예감' 의 근거다. 예감이 무기력의 그것으로 출몰하는 것은 두 계층에 대한 혼란스러움에 대한 자의식에서 말미암았다.

이 혼란스러움은 3단계로 이루어졌는데, 첫 단계가 '나' 가 태어난 집이다. 봉순이가 지켜보는 데서 태어난 '나' 의 집은 아현동 산동네의 셋집이었다. 두번째 이사 간 집은 아현동 아랫동네에 위치한 제법 큰 한옥이었다. 아비가 취직이 된 덕분이었다. 우유와 빵으로 식단이 바뀐 서구식 삶이 시작되었으며 피아노를 들여놓았고, 엄마는 다이아반지까지 장만하는 처지로 진입했다.

이러한 변화에 양친 및 오빠, 언니는 잘도 적응해갔지만, 봉순이만은 예외였다. 그렇다면 '나' 는 어떠했던가. 그 중간에 낀 '나' 는 이러지도 저러지도 못하는 혼란에 빠져든다. 한편으로는 이 가족의 질서에 속하면서 다른 한쪽 발목은 봉순이의 질서 속에 놓여 있었다. 정확히는 심정적 · 감각적으로는 봉순이의 세계 속에 속하며 그 울림에 육체가 공감하지만, 철이 들어가면서 피아노를 치고 아비의 칭찬을 받게 되자 의식의 측면에서는 부모의 질서 속에 놓여 있었다. 육체의 울림에 기울어짐이란 심정적 질서에의 편향성이 아닐 수 없다. 이 점에서 '나' 는 이 집안의 아이가 아니며, 따라서 주워온 아이거나 사생아 범주에 들게 된다. 이 망상이야말로 '가족소설'의 근거를 이루는 것이거니와, 이 장면에서 작가 공씨의 육체적 울림은 그 누구보다 심각했던 것으로 볼 수 있다. 봉순이의 타락화 과정이란 산동네 셋집에서 아랫동네 한옥으로 이사해온 이 집안의 계층이동에 엄밀히 대응되고 있음에 거듭 주목할 것이다. 봉순이의 이러한 타락화, 비극화의 과정을 온몸의 울림으로 체험해온 '나'의 처지에서 보면, 이를 방관만 할 수밖에 없었다는 사실이야말로 '나'의 깊은 상처가 아닐 수 없게 된다. 죄의식, 이른바 '무기력'함의 근거가 여기에서 말미암는다. 이 죄의식에서 벗어나는 길은 없는 것일까. 이 물음에 대해 작가가 발견한 명민한 방도가 '가족소설'에서 '계층소설'로의 전환이다. 작가는 봉순이가 속한 계층에 스스로를 놓음으로써 "재수 없는 주인집 딸년! 에이 우라질!"에서 가까스로 벗어날 수 있었다. 이 죄의식의 심도에 비례하여 '계층소설'에의 밀도가 결정되는 형국을 빚는다고 할 때 비로소 『고등어』의 의의를 논의할 수 있다.

5. 『고등어』의 놓인 자리

『고등어』는 과연 어떤 소설일까. 앞에서 조금 살폈던 『고등어』는 '시대착오이지도 않고 시대와 화해하는 소설'(작가 후기)로 규정되거니와, 그렇다면 어떤 점에서 시대착오적일까. 그 해답은 『봉순이 언니』 속에 고스란히 들어 있다. '가족소설'에서 '계층소설'로의 진입 과정에 놓인 허위의식의 발견이 그것이다. 이를 두고 시대착오적이라 부르는 것은 81학번 세대의 의식의 한계성에 관련될 터다. 봉순이 언니에 대한 육체적 친밀감은 논리(현실)의 처지에서 보면 일종의 허위의식의 소산이며, 따라서 센티멘털리즘에 지나지 않는다. 이 센티멘털리즘을 위장한 것이 80년대스런 시대성에 다름아니었다.

이 허위의식의 정체랄까 실상은 어떠했던가. 『고등어』는 이 점에 소중한 해답을 담고 있다. 봉순이를 언니로 둔 '나(노은림)'가 시대성에 휩쓸려 운동권 사내를 사랑하고, 재학중 결혼하고, 위장취업에 나아가 아기를 사산하고, 남편 뒷바라지하고, 마침내 그 남편으로부터 배신당하고 33세에 이르러 죽었음이 『고등어』의 줄거리다. 이 소설에서 가장 비논리적인 곳이 여대생 노은림을 '러시아의 푸른 눈동자'로 자타가 공인하는 대목이다. 이 점은 봉순이를 언니로 둔 노은림이 아니라면 어떤 설명도 불가능하다. 이 점에서 『고등어』 다음에 『봉순이 언니』가 씌어짐은 필연이 아닐 수 없다.

'가족소설'에서 '계층소설'로 전환되지 않을 수 없는 원인을 밝힌 작품이 『봉순이 언니』라면, 그리고 그 위에 시대성도 가세했다면, 『고등어』에서 드러난 자기 반성, 곧 '시대와의 화해'란 어떤 부분일까. 남편 건섭과 애인 명우 사이에 낀 노은림의 사랑의 방식이란 봉순이의 세계일 수 없음이 분명하다. 그것은 미국유학을 하고 중·하류층에서 바야흐로 중·상류층으로 진입하고자 하는 '나'의 부모계층의 모럴이 아닐 수 없다. 노은림이 마음속의 애인 명우 앞에서 퍼붓는 다음 대목은 이 점에서 음미의 대상이 아닐 수 없다.

"건섭씬 날 버리지 않았어요. 날 미워하고 내내 고문하듯이 괴롭혔지만 날 떠나지 않았어요. 하지만 형은 날 버렸지요. 단 하룻밤 나를 차지하려고 지키지도 못할 약속을 했어요. 그런데 대가를 치른 것은 약속을 어긴 형이 아니라 나였어요. 나하고 죄도 없는 건섭씨였지요. (……) 그래요. 턱도 없는 희망에 사로잡혀서 내가 뱃속의 아이를 죽이고 이미 죽어버린 형의 아이를 사산하기 위해 두 다리를 벌리고 미친 듯이 비명을 지르고 있을 때 내 손을 잡아준 것도 그였어요. 그런데 형은 잠깐 건섭씨한테 다녀왔다고, 한때 형의 친구였던 오빠까지 들먹이며 빈정거리고 있어요. 고작 이건가요?"(『고등어』, 224쪽)

그렇지만 저수지에서 노은림과 명우가 향어낚시에 임하는 장면은 봉순이의 세계질서라 할 것이다.

시대착오적이면서 시대타협적인 자리 모색이란 과연 가능한가. 의식의 측면에서 작가는 가능하다고 보아 『고등어』를 썼다지만, 무의식의 심층에서는 불가능함을 쓰고 있었다. 노은림의 죽음이 그 증거다. 그렇다면 '가족소설' 의 변형인 '계층소설' 은 막다른 골목에 다다른 것이 아닐까. 이것도 저것도 아닌 곳에까지 나와버린 형국이 아니었겠는가.

6. 중산층 의식 넘어서기와 소설 넘어서기

이런 물음에 대한 작가의 몸부림이 「우리는 누구이며 어디서 와서 어디로 가는가」이다. 이 작품이 '예감' 과 그것의 '무기력함' 을 다시 펼쳐 보인다는 점에서 『봉순이 언니』의 연장선상에 놓인다고 할 수 있다. 무엇보다 이 작품의 특징은 '나≠공지영' 의 도식의 제시에 있다. 작가의 이름이 등신대로 제시된 소설이란 무엇이며 이래도 소설이라 할 수 있을까. 이 두 물음에 대한 정면도전이기에 이 작품은 문제적이라 하지 않을 수 없다.

'가족소설' 의 틀을 깨고 이를 '계층소설' 로 전환시킨 것이 『고등어』 및 그와 유사한 작품들, 가령 『인간에 대한 예의』『존재는 눈물을 흘린다』 등이라면, 그리고 이러한 것들이 일정한 성과를 거두었으며 이제 이들이 시대착오적이었음이 판명되었다면, 그 다음의 돌파구는 어디로 어떤 형태로 전개되어야 할까. 이 물음에 응답해오는 한 가지 길이 '나≠공지영' 의 도식이다. 이 도식에서 주목되는 것은 '가족소설' 에서 '계층소설' 로의 이행과정 속의 곡절들에 있다. '가족소설' 에 어머니가 개입되었다면 '계층소설' 에는 시대성이 개입되었음은 앞에서 자세히 살핀 바 있고, 오늘의 시점에서 이 둘이 함께 막다른 골목에 이르렀음을 살펴보았다. 이를 돌파하는 방도 중의 하나가 '나≠공지영' 의 도식이라면 그 핵심에 놓인 것은 무엇이었을까. 이 물음에 구체적으로 응답해오는 것이 글쓰기의 기원에 관한 것이다.

"훗날 친구가 내게 말했다. 그러니까 니네 엄마가 니 문장 실력을 키워준 거야. 본의 아니게 널 훌륭한 소설가로 만들어준 거지. (……) 니네 남편은 니 안의 착한 여자를 본의 아니게 '착한 여자'로 탄생시켜준 거고…… 다 고마운 사람들이야."(「우리는 누구이며 어디서 와서 어디로 가는가」, 175쪽)

이처럼 '나≠공지영'에겐 두 개의 '본의' 아닌 것이 있었다. '가족소설'도 '계층소설'도 '본의' 아닌 것이었음이 드러났다면 이제부터라도 '본의'로 돌아가면 어떠할까. 소설가를 포기하는 길이 그것이다. 사람은 소설가가 되지 않아도 살아갈 수 있기 때문이다. 그러나 또다른 '본의' 아닌 것은 어떻게 해야 적절할까. '나' 안의 착한 여자를 '착한 여자'로 탄생시켜준 장본인이 남편이라면 어떻게 될까. 착한 여자 공지영과 또다른 '착한 여자' 사이에 매개항으로 놓인 것이 남편인 셈이라면, 이제 문제의 해결점은 뚜렷해질 터다. 어머니와 남편, 이 둘을 동시에 수용하기가 그것. '가족소설'에서 '소설'로 나아가기와, 두 아이를 가진 이혼 경력 있는 '나≠공지영'의 동시적 수용이 그것. 이때 생겨난 현상이 '나'의 '우리' 되기이며, 그러한 일이 가능한가에 대한 모색으로 제시된 것이 작품 「우리는 누구이며 어디서 와서 어디로 가는가」라면 이때 문제되는 것은 새삼 무엇이겠는가. 소설의 울타리를 넘어서기로 이 사정이 정리될 터다.

소설가 '나≠공지영'이 소설가를 포기하기 위해서는 두 가지 절차가 요망되지 않으면 안 되었다. 그녀의 두 아이로 하여금 '가족소설'을 쓰지 못하게 하는 일이 그 하나. 그것은 실로 간단명료하다. 아이들에게 자연스럽게 상처주기가 그것. 왜냐면 '나'도 상처를 받았으니까. 누구나 타인에게 상처를 주며, 자기도 알게 모르게 남에게 상처를 주는 것이니까. 요컨대 마음놓고 생긴 대로 살기가 그것. 이는 분명 최상류층이거나 최하류층의 모럴감각이지 위선적 중산층의 그것은 아니다.

다른 하나는 사회적 의의, 가령 '김병걸 선생 영결식'이나 '유전자 감식' 등에 기울어지기보다 앓는 자기 아이에로 향하기가 그것. '착한 여자'란 그러니까 울고 있는 자기 새끼에게로 달려가는 여인이 아닐 수 없다.

"열기 때문에 상기된 뺨으로 축 늘어져 뚝뚝 눈물을 흘리고 있을 아이의 얼굴이 미국에서 왔다는 여자의 얼굴을 제치고 최인향을 제치고 공지영도 제치고 수화기 너머로 내게 다가왔다."(186쪽)

이 역시 위선으로 알몸뚱이를 가리는 중산층의 모럴감각과는 거리가 멀다. 중산층 의식에서 벗어나고자 그토록 힘겨웠던 작가 공지영이 아니었던가. 소설의 틀을 깨뜨리는 대가를 치르고 이제 '나≠공지영'은 조금 자유로워진 형국이라 할 수 없겠는가. 이처럼 '나≠공지영'의 도식은 큰 대가를 요구하고 있었다.

7. 헤겔의 시선에서 본 공지영

지금까지 프로이트의 시선에서 논의를 해왔다면 이 자체로는 일정한 한계가 그어져 있다. 어디까지나 개인적인 심리의 범주에서 벗어날 수 없음이 그것이다. '나'의 '우리'에로의 전환이란, 다시 말해 '나=우리'의 도식의 성립이란, 엄밀히 말해 프로이트의 논리에서 벗어나지 않은 상태, 곧 '무의식'의 범주에 속한다. 거기엔 특정인으로서의 고유명사가 끼어들 수 없는 세계인 까닭이다. 고유명사란 무엇이겠는가. 「강유기」에 있어 그것은 황순원, 곽종원, 이종환 등이었고, 「폰개 성」에서의 그것은 이호철, 고은, 이문구 등이었다. 이에 대응되는 것이 '공지영≠봉순이'인 것이다. '나'의 '우리'에로의 전환이 '공지영≠봉순이'의 도식으로 바뀌는 곡절 속에는 프로이트에서 헤겔에로의 전환에 해당되는 과정이

들어 있다. 이 사실은 강조될 필요가 있는바, 이른바 후일담계 소설 해명의 소설사적 과제에 관련되기 때문이다.

'나≠공지영'의 유년기에 결정적인 영향을 미친 것은 봉순이였다고 할 때, 그 봉순이는 어떤 존재였던가. 의붓아비 밑에서 기아와 다름없는 신세였지만 '나'에게는 부모형제보다도 앞서는 존재, 곧 '타자'였다. '나'가 봉순이를 닮아 점점 동일화되어갈 수밖에 없는 상황에 놓일 때 '나'는 이른바 '자기'를 상실하지 않으면 안 된다. '짱아('나'의 별명)'가 봉순이화되어감이란 '공지영=봉순이'인 만큼 이른바 자기 상실이란 그 닮아감의 밀도에 비례한다. 이를 헤겔의 시선에서 보면 한층 분명해진다. '나'의 유년기에 있어 봉순이 언니는 자연적 의식의 대상이었을 터다. 자연 그대로의 의식으로서의 봉순이 언니는 '나'에게 있어서는 단지 머릿속에 생각되는 것일 뿐 실제로는 그것이 무엇인지 알지 못한다. 그럼에도 불구하고 의식은 자기가 실제로 지식을 가졌다고 생각해버리므로, 앎에의 길은 자기를 부정하는 꼴이 된다. 본래의 앎의 실현이란 의식에 있어 자기 상실이라 생각하게 된다. 앎에의 길이란, 따라서 의식이 생각하는 진리를 상실해가는 과정이 아니겠는가. 의심의 길, 절망의 길이라 할 것이다.

"결국 이러한 자연적 의식은 단지 지(知)의 개념에 불과하거나 아니면 비실제적 지임이 드러날 것이다. 그런데 다시 이 자연적 의식은 직접적으로 그 자신을 마치 실제적인 지인 듯이 취급함으로써 오히려 이러한 의식의 전개방향이 자연적 의식에 대해 부정적 의미를 지니게 된다. 그 결과 오히려 이것이 자연적 의식에는 자기 자신의 상실, 즉 개념의 실현을 의미하게 된다. 왜냐면 바로 이와 같은 도정에서 자연적 의식은 스스로의 진리를 상실할 수밖에 없기 때문이다. 그러므로 이제 자전적 의식이 진행돼가는 길은 회의로 이어진 오솔길 혹은 더 합당한 표현을 빌린다면 절망의 길이라 불릴 수도 있겠다."(『정신현상학 I』, 임석진 역, 지식산업사, 143쪽. 문맥불통으로 조금 수정했음. 『헤겔전집 3』, 슈장프, 72쪽)

앎에의 길이 의심하는 길(Weg des Zweifels)이자 더 자세히는 절망의 길(Weg des Verzweiflung)이라 할 때 그것도 자기 부정의 길임을 가리킴이 아닐 수 없다. '자기 부정' '자기 상실'의 과정을 거치지 않고는 결코 참된 자기에 이를 수 없다는 것이 참된 앎의 길이라 헤겔이 설파했을 때, 그것은 의식이 어떻게 자기 의식으로 나아가고 마침내 절대정신에 귀착하는가에 대한 고투의 과정을 가리킴이겠지만, 작가 공지영에 있어서도 사정은 마찬가지라 할 수 있다. 봉순이 언니란 유년기의 '나'에겐 자연상대의 의식이었기에 그 자체로서의 참된 앎이라 할 수 없다. 봉순이 속에 '나'를 투입시켜 '나≠봉순이'로 돼가면 갈수록 '나'는 엷어져 점점 '나'를 상실해가게 되기 마련이다. 이번엔 '나≠봉순이'의 쪽에서 빈곤해진 '나'를 바라보게 된다. 이것이 이른바 의식의 '자기 의식' 화되기다. 의심의 길, 절망의 길을 거쳐 자기 의식은 스스로를 다시 찾아내야 하는 것이다. 자기 부정, 자기 상실, 그리고 자기에 대한 의심의 과정을 거쳐 비로소 참된 앎의 세계로 나아감이 헤겔의 『정신현상학』의 시선이라면, 이 시선에서 보면 『봉순이 언니』는 어떠할까.

이런 물음은 따지고 보면 본말전도라 할 것이다. 당초 『고등어』가 있었다. 다시 말해 81학번 세대가 먼저 있고, 그들은 자연 그대로의 '의식'을 의심, 부정하는 과정을 거치지도 않은 상태에서 저 81학번스런 세계에로 뛰어들었고, 위장취업에 나아갔고, 사랑조차 했고, 유치장을 출입하였고, 마침내 '시대착오적'인 인식에 도달하지 않았던가. 이 시대착오적 인식이 '시대타협적' 인식으로 바뀌는 지점에서 고안해낸 구실이랄까 반성적 의식이 『봉순이 언니』로 나타난 형국이 아니었던가. 소설 『봉순이 언니』를 먼저 쓰고, 『고등어』가 씌어져야 순서에 합당하다. 그렇기는 하나 중요한 것이 시대착오적 인식과 시대타협적 인식의 현재적 수용방식이 아닐 수 없다면, 소설 「우리는 누구이며 어디서 와서 어디로 가는가」는 현시점의 잠정적 결론의 의의를 갖는다고 할 것이다. 더 잃을 것도 없는 상태, 그러니까 시대착오도 시대타협도 동시에 수용하기, 이른바

'통째로의 삶' 의 수용이 그것이다.

"중요한 것은 과거가 아니고, 중요한 것은 미래도 아니며 현재는 더더욱 아닌 것" (179쪽)으로 이 사정이 정리될 터다.

「폰개 성」의 입법계품(入法界品)

—송기원의 소설에의 귀환과정

1. 냉혹한 진리와 순례의 길

『숲속의 방』(1985)의 작가 강석경씨의 『인도 기행』(1990)에는 이런 대목이 들어 있다.

"한국은 내게 개인적으로도 상처의 나라여서 늘 도망치고 싶어했지. 어느 땐 내가 모국어로 글을 써야 하는 작가라는 것이 야릇한 올가미처럼 느껴지기도 해. 그러나 나는 용감하게 돌아가야겠지. 나는 이번 여행으로 '인도'를 잃었어. 나는 자신을 변화시킬 그 어떤 것을 찾으려 목마른 순례자처럼 길을 떠났지만 어떤 것도 결국은 내 속에서 찾아야 한다는 냉혹한 진리에 다시 부딪혔을 뿐이야." (민음사, 243쪽)

1989년 넉 달 동안 인도를 헤매고 쓴 글이다. 이로부터 수년 뒤에 장편 『세상의 별은 다, 라사에 뜬다』(1996)를 내놓았다. 의상실을 하는 이혼녀 문희가 인도에 살고 있는 동생 주원을 만나기 위해 처음으로 인도를 여행하고, 라사에 가보지도 않은 인도 태생 티베트 유민 청년 빠쌍을 만나 그로부터 티베트의 얘기를 일방적으로 듣는 것으로 이 소설은 끝난다. 그러니까 정작 등장인물 그 누구도 라사에 가보지 않은 채 말이 이룩해놓은 티베트의 이미지로 채워졌다고 할 것이다. 그만큼 라사가 매력적이었다고나 할까.

"라사. 사각거리는 비단 소리 같기도 하고……"(양귀자)라는 표현이 이 작품의 분위기를 말해주고 있다 해도 큰 잘못은 아니지 싶다. 그만큼 인도행 및 그 연장선상에 있는 라사에의 매력의 어떠함을 새삼 상기시켜준다고나 할까. 대체 그 매력의 근거란 과연 무엇일까. 작가 강씨의 말에 따르면 '한국' '지금 여기' '이곳'에서 늘 도망치고 싶은 강박관념이 있었고, 인도에 가면 모종의 갈증이 해소될 것처럼 생각했다는 것이다. 그러나 중요한 것은 인도를 넉 달이나 헤매보아도 '어떤 것'도 찾지 못하고 되돌아왔다는 것이다. 갈증의 해소란 다름아닌 '내 속'에서 찾아내야 한다는 사실을 인도가 가르쳐주었다는 것이다. 이를 두고 작가 강씨는 '냉혹한 진리'라 불렀다.

이 '냉혹한 진리'란 나를 찾기 위해 몸부림치는 인간이 부딪히는 절벽과 같은 과제가 아닐 수 없다. 그렇지만 이 냉혹한 진리에는 미묘한 역설이 잠복되어 있음도 쉽사리 간파된다. 순례길에 나서본 연후에야 이 '냉혹한 진리'를 깨칠 수 있음이 그것이다. 고래로 수많은 구도자들이 순례길에 나섰던 것이 이를 새삼 말해주는 현상인지도 모른다. 혹자는 원효와 의상을 들어 이에 반론을 펼 수 있을 법하지만, 이 경우도 잘 따져보면 같은 사항의 시차적 현상이라고 볼 수 있다. 무덤체험을 통해 순례길을 포기하고 냉혹한 진리에로 나아갔음이 원효라면, 그럼에도 순례길을 계속한 연후에야 냉혹한 진리에로 나아갔음이 의상이다. 이 두 가지 사정은 어떠할까.

『대승기신론(소)(별기)』에 이른 원효의 도달점이 냉혹한 진리에서 얻어진 결과라면 해동의 화엄종 창건자 의상의 경우도 냉혹한 진리에서 그 결과가 이루어졌을 터다. 당초 두 분에겐 순례길의 의지가 선험적으로 있었다고 보는 것은 이런 문맥에서다.

2. 입법계품의 사상

순례의 길을 통해 비로소 저 냉혹한 진리에 이를 수 있다는 생각의 틀이 어떤 곡절을 겪어 이루어졌는가에 대해서는 잘 알지 못하나, 이러한 틀이 종교적 구도자에게만 국한되지 않음에 주목할 것이다. '나란 무엇인가' 라는 화두를 전문적으로 다루는 영역이 철학이라면 이에 대응되는 형식으로 선명한 것이 헤겔의 유명한 『정신현상학』(1807)이다. 이 작품에서의 주인공은 일상성 속의 인간이 아니라 '의식' 이다. 의식이라는 주인공이 자칫하면 자기를 잃을 수도 있는 무수한 자기 부정과 자기 긍정의 곡절을 겪고 마침내 '절대정신' 의 경지에 이르는 과정이 관념적으로 묘파되어 있기에 헤겔의 이 작품은 단연 의식이 겪는 '순례의 길' 이라 할 만하다. 이를 두고 교양철학이라 부를 수도 있을 법하다.

이러한 교양철학과 나란히 교양소설이란 것도 있다. 특히 괴테의 『빌헬름 마이스터의 수업시대』(1796)는 실연한 청년 빌헬름의 세상 편력을 다룬 것으로 가까스로 '탑의 결사' 에 이르는 과정에서 교양소설이 지닌 특징이 선명하다.

이런 사례에 비추어 교양종교도 있다고 할 수 있을까. 실상 이런 물음은 본말전도라 해야 옳지 않을까 싶다. 구도자의 길의 원본적 현장이 종교라면, 저 교양철학이라든가 교양소설 따위란, 종교의 모방이라 보아질 수 있기 때문이다. 순례자란, 그러니까 순례의 길이란 종교에서 비롯된 것이며 이를 모방한 것이 철학, 문학, 기타의 구도자적 구조의 틀이었을 터다. 이 사실을 잘 보여주는 사례의 하나로 『화엄경』 속의 '입법계품' 을 들 수 있겠다.

『화엄경』(60권) 속에서 가장 많은 분량을 차지하는 이 입법계품의 주인공은 선재동자(善財童子). 글자 그대로 하면 재산가의 아들이다. 동자라 하나, 내용상으로 보아 청년이기에, 재산가의 청년으로 볼 수 있겠다. 문수보살께서 남향, 복성(福城)이란 곳에 이르렀을 때, 이 소문을 듣고 복성인들이 무리를 지어 모여들었는데 그 속의 한 사람이 선재동자다. 그는 과거 여러 부처님께 선근(善根)을 많이 얻은 인물. 또한 선지식을 항시 가까이 섬기길 좋아했는데, 그가 문수보살에게 나아가 간청한 내용은 이러하다.

"보살은 어떻게 보살의 행을 배우며, 어떻게 보살의 행을 닦으며,어떻게 보살의 행에 나아가며, 어떻게 보살의 행을 행하며, 어떻게 보살의 행을 깨끗이 하며, 어떻게 보살의 행에 들어가며, 어떻게 보살의 행을 성취하며, 어떻게 보살의 행을 따라가며, 어떻게 보살의 행을 기억하며, 어떻게 보살의 행을 더 넓히며, 어떻게 보현의 행을 속히 성취할 수 있습니까?" (법정 역, 『화엄경』, 동국대역경원판, 198~199쪽)

이에 대한 문수보살의 대답은 실로 간단명료했다. 덕운(德雲)이란 비구를 찾아가면 된다는 것이었다.

문수보살은 직접 가르쳐주지 않고 이런 방편을 썼다. 깨달음의 심도랄까 단계의 어떠함을 보여주는 장면이라 할 것이다. 선재동자를 접견한 덕운은 자기의 가르침을 준 뒤에 곧바로 남쪽나라 달리비다 성에 있는 미가장자에게로 인도했고, 미가장자는 또 주림에 있는 해탈장자에게로 인도한다. 이렇게 그가 순례한 인물이 53명. 이중 20명이 여자. 다시 문수보살을 만나자, 문수보살은 선재동자의 머리를 만지면서 보현보살의 모습을 접하기에 이른다(문수보살이 두 번 나오고 보현보살까지 만나니까 도합 55개의 만남의 장소가 이루어졌다).

입법계품이 뜻하는 경지라든가 그것이 말하고 있는 의미가 무엇인지 잘 알지 못하나, 분명한 것이 한 가지 있다면 선재동자가 주인공이라는 것, 53명의 인물들과의 만남과 헤어짐, 그러니까 그의 편력기라는 구조적 특성이다. 그 구조적 특성의 측면에서 보면 철학도 소설도 동일하다. 진리에 대한 탐구의 최고 영역이 종교라면, 저 『정신현상학』의 의식이나 『빌헬름 마이스터의 수업시대』의 빌헬름은 선재동자의 모방이라 보아도 될 것이다. 릴케의 소설 『말테의 수기』(1910)를 비롯해 많건 적건 알게 모르게 의미를 찾고자 하는 소설들은 이 범주에 들 것이다.

3. 무대로서의 히말라야

순례의 길이란 무엇일까. 삶의 밑바닥까지 이르렀다고 스스로 느낀 사람들, 그 타는 목마름에서 한 방울 물을 얻기 위해 어째서 사람들은 하필 인도행이어야 했을까. 이 물음에는 송기원씨의 장편 『안으로의 여행』(1999)에서 한 가지 대답을 잠시 엿볼 수 있다. 자칭 종교사기꾼이며 파계승 출신의 인물 한태인이 인도 북부 리시케시의 다리 난간에 서서 긴 머리칼과 수염을 강바람에 휘날리며 눈 덮인 히말라야의 골짜기에 나를 방생하고 싶다는 얼치기 친구에게 이렇게 곧바로 지적한다.

"이 리시케시라는 데가 바로 이런 거짓이며 환상으로 너 같은 얼뜨기들을 상대로 장사를 해먹는 곳이다. 배경이 얼마나 그럴듯하냐? 바로 코앞에 장엄한 히말라야가 우뚝 서 있겠다, 발 아래는 그 많은 순례자들이 엎드려 입맞추는 어머니와도 같은 갠지스가 흘러가겠다…… 이런 곳에서 지내다 보면 금방이라도 저절로 신의 반열에 오를 것 같은 경관 아닌가? 이런 배경을 뒤에 두고, 만일 그럴싸하게 신비스러운 폼만 잡을 줄 알면, 깨달은 자 노릇을 하기란 그야말로 누워서 떡 먹기겠지." (『안으로의 여행』, 문이당, 44쪽)

인도에 이른바 '나를 찾기 위해' 발을 딛은 40대의 정상적인 사회인인 주인공 박연호에게 우연히 만난 대학동창인 이 종교사기꾼은 잇따라 이렇게 내뱉는다.

"앞으로 조심해라. 모르긴 해도 이 리시케시에서 얼쩡거리며 요가나 명상을 가르쳐주겠다는 힌두 사두라는 놈들이며 요기, 구루, 스와미, 바바지 같은 칭호를 사용하는 놈들은 열이면 열 다 바로 나 같은 사기꾼들이다. 서양 놈들이야 원래 돈이 많으니까 적선하는 셈 치고 몇 푼 손해본들 대수겠냐만, 너 같은 노란둥이까지 걸려들어서 이 교활한 힌두 녀석들 밥이 되어서는 곤란하겠지. 이 녀석들, 한번 걸려들었다 하면, 돈도 돈이지만, 자칫 처참한 경우까지 서슴지 않는 녀석들이야."(앞의 책, 45쪽)

종교사기꾼 한태인의 이런 발언이 이중적임은 분명하다. 실상 그는 뜻밖에도 인도 설산에서 만난 대학동창생 박연호에게 또 이렇게 외치고 있었던 까닭이다.

"히말라야는 그저 히말라야일 뿐이다. 방생 따위하고는 전혀 무관한 곳이다. 기실 방생에 있어서 그 장소야 어디든 하등에 상관이 없다. 그럴 바에는 차라리 저 남대문 시장 한복판이 더 적격이다. 오히려 자신을 눈덮인 골짜기 속에 가두는 것은 방생이 아니라 자신으로부터의 도피일 뿐이다."(『또 하나의 나』, 문이당, 2000, 117쪽)

원효와 의상이 구도방식의 이중성을 대표하듯 한태인의 태도도 이와 다르지 않다. 그럼에도 히말라야라야 함에는 변함이 없다. 무대를 떠나선 춤출 수 없음이 인간본성에 자리잡고 있지 않다면 어떤 설명이 따로 가능하랴. 종교마다 감각적 형상으로서의 부처나 십자가를 가운데 두는 이유도 이런 심성에서 나온 것이 아니었던가. 배경의 그럴듯함, 그것이 인도이자 히말라야라는 것, 이런 배경에서 비로소 질문이 가능하다는 것, 그것은 연약한 인간의 빈약한 질문이라는 것, 그러기에 그 질문내용은 이렇게 요약될 수밖에.

"절대냐? 신성(神性)이냐? 초월이냐? 신비주의냐? 순수자아냐? 아니면 그 흔한 '나는 누구인가' 하는 질문이냐."(45쪽)

10년이 넘게 다니던 잡지사에 사표를 냄과 동시에 아내에게 이혼서류를 넘겨주고, 허탈감에 빠져 있을 때 불쑥 뇌리에 떠오른 것이 인도 여행 전문가 모씨의 글 '생명의 원형질론' 이었다. '인도로 가자!' 라고 결심한 주인공 박연호의 출발은 이런 수준에 지나지 않았다. 이 인도여행 전문가의 조언으로 박연호가 방생할 곳으로 먼저 택한 데가 히말라야 산 속의 강코트리였고 두번째 간 곳이 리시케시였고, 여기서 종교사기꾼 한태인을 만났고, 또 다음의 편력지를 거쳐 코사니라는 설산을 마주 보는 산골짜기 작은 여관에 이르기까지를 다룬 것이 『안으로의 여행』이다. 바야흐로 선재동자의 입법계품의 흉내라고나 할까.

4. 제3의 시선과의 마주침

설산을 마주하여 꽃이 가득 핀 골짜기를 바라보며 박연호가 마음의 평온을 얻기까지가 비교적 진솔하게 형상화되어 있음이 이 장편『안으로의 여행』의 무게이거니와 그 무게는 당연히도 그가 지은 혹은 그와 관련된 운명이랄까 삶의 행로에 대한 자의식의 밀도에 비례한다. 불교에서 말하는 업(業 : 카르마)에 대한 인식이라고나 할까.

"돌이켜보면, 나는 일찍이 어린 시절부터 누구에게도 자신이 지닌 어떤 한계 이상의 깊은 감정을 보인 적이 없었다. 아내는 바로 그 점을 지적한 것이었다. 그것을 번연히 알면서도 나로서는 어쩔 수가 없었다. 비록 아내에게일망정 어떤 한계 이상의 깊은 감정을 드러낸다는 것은, 나로서는 그런 생각 자체만으로도 두려움을 넘어서서 혐오감마저 불러일으킬 뿐이었다. 갓 태어나자마자 아버지가 죽고 미처 첫돌이 지나지 않은 젖먹이 무렵 어머니가 개가해버린 다음에는 큰아버지 집에서 줄곧 고아나 다름없이 자란, 그리하여 단 한 번도 남에게 자신의 마음을 내보인 적이 없던 나의 성장 조건이 어쩌면 나를 그렇게까지 편벽되게 만들었는지도 몰랐다." (『안으로의 여행』, 81쪽)

이러한 운명적 사실이 가정파탄의 원인일 뿐 아니라, 한 여인을 죽음에까지 몰아넣은 원인이기도 했다. 요컨대 빈 껍데기의 삶이었음을 자각하기에 이른 것이다. '밑바닥이다' 라는 느낌에서 벗어나고자 설산 히말라야의 무대가 요망되었는바, 이를 방생이라 불렀고, 새로운 자기 찾기의 순례길에 나선 형국이었다. 이 순례길에서 나름대로의 한 깨침의 단계에 접어든 것은 코사니에서다. 그는 무엇보다 먼저 온몸으로 달려드는 '살기' 를 제압하지 않으면 아무것도 할 수 없었다. 대체 그 살기란 무엇이며 어디서 온 것일까.

"……태어날 무렵 죽었다는 아버지, 어린 핏덩이를 큰아버지 댁에 내던지다시피 버려두고 개가한 어머니, 그런 핏덩이를 거두어 길러준 큰아버지, 큰어머니, 사촌들, 그리고 사춘기에 접어들면서부터는 5월의 난만한 꽃들, 아침이슬, 박하 향기, 고궁의 비둘기, 하교길에 서로 지나치며 나를 향해 얼핏 미소를 지어 보였던 하얀 얼굴의 단발머리 여학생, 좀더 성장하여서는 자신의 빈 껍질 같은 삶을 채워줄 어떤 가능성, 그렇게 이따금씩 열병처럼 시작되었다가 덧없이 사라지는 정체를 알 수 없는 생명감, 어느 날 우연히 맺게 된 불장난 같은 관계 속에서도 나로 하여금 조개처럼 굳게 닫혀 있던 가슴을 열게 했던 한 여자……"(『또 하나의 나』, 59쪽)

공포로서의 이 살기란 박연호에겐 일종의 카르마에서 유래되었던 것. 이를 알아차리는 순간 그는 살기에서 벗어날 수 있었는데 그 계기는 홀로 있는 아이를 발견함에서였다. 그 아이는 유년기 버림받은 자기 자신이었다. 살기, 공포의 정체를 그는 직시한 셈이었다. 이른바 살기와의 정면대결이 아니라, 살기의 정체에 닿은 것이었다.

이 관문을 넘어서기까지 박연호에게는 인도행 4개월이 소요되었다. 이는 인도가 그에게 베푼 첫번째 선물로 보일 수 있는데, 왜냐하면 히말라야 설산의 무대장치가 아니면 살기 극복은 불가능했던 것으로 보이기 때문이다.

설산을 배경으로 벌어지는 장대한 자연의 변화무쌍함을 결가부좌하여 바라보며 명상하기 열흘 남짓 되었을 때 박연호는 비로소 생애 처음으로 모종의 행복감을 느낀다. 그것은 자신의 마음을 바라볼 수 있는 준비, 곧 관법(觀法)에 나아감이었다.

이 첫번째 관문에서 드러난 자기 마음 엿보기는 어떠한 모습이었을까. 마음에 떠오른 상념들, 그러니까 마음이라는 스크린에 떠오르는 형상들이란, 한결같이 '한 겹의 엷은 막' 에 의해 가려진 것들로 특징지어졌다. 이른바 사실성의 부족이랄까 사실성의 결여현상이었다. 한 겹의 엷은 막이 쳐진 듯 뿌옇게 탈색되어 보이거나 윤곽만이 보이거나 냄새나 소리도 아득하게 느껴지는 상념들이 스크린에 펼쳐지는 것이었다. 이 단계의 또 다른 특징은 고통의 사라짐, 마음의 평온이었다. 온갖 살기를 누르고 이 평온에 이른 상태란 결국 사실성의 결여에 지나지 않았다. 주범은 상념들을 가로막는 '엷은 막' 이었다. 이 '엷은 막' 의 정체를 그가 깨닫는 단계가 두번째 관문이었다. 그것은 '누군가가 보고 있다!' 의 자각으로 정리되거니와 이를 '제3의 시선' 이라 부를 것이다. 스크린에 펼쳐지는 상념들을 감싸는 '엷은 막' 이란 기실 제3의 시선이 빚어낸 거리감에 다름 아니었던 것.

"그러던 어느 날 나는 결가부좌를 한 채 마음속에 일어났다가 사라지는 상념들을 지켜보다 말고, 문득 소리를 내어 외치고 말았다.

'누군가가 보고 있다!'

불현듯 나의 안에 있는 어떤 존재가, 상념과 나 사이에 있는 또다른 제3의 시선이 뚜렷하게 느껴진 것이었다. 제3의 시선은 상념과 그 상념을 바라보는 나의 의식을 아울러 함께 지켜보고 있었는데, 기이하게도 그 시선의 각도로 보아 머리의 윗부분에 위치하고 있는 듯했다. 바로 그 각도에서 누군가는 결가부좌를 하고서 마음을 들여다보고 있는 나와, 그 마음 안에서 일어나는 갖가지 상념들과, 그 상념에 따라 반응하는 감각들까지 모조리 지켜보고 있는 것이었다." (『안으로의 여행』, 271쪽)

이 제3의 시선이 헤겔의 자기 의식 그대로임은 새삼 말할 것도 없다.

'나(주체 · 주관)' 가 '사물(객체 · 객관)' 을 바라본다는 구도와, 이 구도를 제3의 시선이 바라보고 있다는 구도, 이 두 가지 구도의 변증법적 전개가 이른바 '의식' 이 '자기 의식' 으로 나아가는 헤겔적인 정신운동이라면, 박연호도 이제 이 단계에 접어든 형국이었다. 서양철학의 경우, 이 헤겔적 구도와 후설적 구도 역시 서로 닮았지만, 문제는 출발점(원점)인 '의식' 의 실체 여부에서 둘의 인식체계가 갈라진다는 점이다. 헤겔에 있어 '의식' 이란 데카르트의 그것처럼 실체로 규정되지만 후설에 있어서 그것은 실체가 아니라 어디까지나 작용태(作用態)에 지나지 않는다. 그런 점에 비추어볼 때 박연호가 본 제3의 시선이란 어떠한가. 스크린에 나타난 상념들도, 그것을 에워싼 제3의 시선도 실체일 수 없지만 그렇다고 작용태일 수도 없는 그 무엇이 아니었던가. 박연호의 스크린에 나타난 상념들과 거기 엉겨붙어 있는 제3의 시선이 어느 순간 암흑으로 변하는 일이 벌어졌을 뿐 아니라 그 암흑이 단순한 암흑이 아니라 모종의 '실체' 로 작동해왔다면 이는 대체 무엇이라 규정해야 적당할까.

"얼핏 무슨 블랙홀 같기도 한 어둠의 중심부위에서 소용돌이치며 일어나는 예의 흡인력이 느껴지면 나는 금방이라도 자신의 몸뚱어리가 거기에 휘말려들 듯한 두려움마저 없지 않았다."(『안으로의 여행』, 279쪽)

블랙홀이 되어 어떤 존재감(실체)이 느껴졌다는 것, '나' 를 가만히 두지 않는 흡인력으로 작동해온다는 것, 이는 대체 무엇일까. '나' 가 만들어낸 허깨비일까, '나' 자신일까 혹은 또다른 그 무엇일까.

문제는 '블랙홀로서의 존재감' 에 있었다. 이 실체이기도 하지만 작용태이기도 한 지점에 박연호가 서 있는 장면이 장편『안으로의 여행』이다.

5. 제3의 시선 극복과정—광대무변

어떻게 하면 이 벽에서 벗어날 것인가. 장편 『또 하나의 나』는 여기서부터 시작된다. 제목이 말해주듯 문제의 그 제3의 시선의 인식에 이르는 과정을 묘사한 이 작품에서 주목되는 것은 다시 순례의 길이 요망되었다는 점이다. 레, 실버스타, 콤파, 알치, 마날리, 스피티, 핀 계곡, 다람살라, 안나푸르나 등에로의 순례길이 요망되었고, 삶의 밑바닥까지 헤맨 한국 여자 임영아, 자칭 땡중이라는 몽몽스님, 수녀 글라라, 프랑스인 미셸, 독일인 요한슨 등등을 만나야 했는데, 이러한 행로란 화엄경 입법계품의 선재동자의 행로의 모방이 아닐 수 없다. 53명의 만남에서 한 순례의 길이 끝나는 저 입법계품이 세속인을 위한 불교의 한 방편이듯 소설 『또 하나의 나』 역시 독자를 위한 문학의 한 방편일 터이겠는데, 이 점에서 보면 종교와 문학의 관계항이 문제점으로 부상될 터다.

이 점에서 볼 때 헤겔은 민첩했던 것처럼 보이는데, 그는 절대정신의 경지를 예술, 종교, 철학으로 살피고 예술을 최하위, 그 중간에 종교, 그리고 철학을 마지막 단계로 설정한 바 있다(『미학강의』). 송기원씨의 이러한 소설들이 음미의 대상일 수 있는 것은, 종교와 예술(소설)의 영역 한계선이랄까 그 접점에 대한 탐구라는 측면에서일 터다. 만일 여기에서 소설의 소실점이 발견된다면 어떻게 될까. 혹은 소설의 영역확대가 이루어졌다면 어떻게 될까. 이런 물음을 앞세우면서 『또 하나의 나』에로 접근하게 마련인데 이런 문제점은 『안으로의 여행』에서는 채 인식되지 않은 측면이었다. 『또 하나의 나』는 주인공 '나'가 스크린에 나타난 블랙홀의 벽에 부딪쳐 몸부림치는 장면에서 출발, 사라진 스크린의 블랙홀을 찾는 순례길을 펼쳐보인다.

『또 하나의 나』 첫 장면을 열면 밑바닥까지 이른 한국 여인 임영아가 등신대로 등장한다. 인도 순례 두 해의 경력을 가진 '나'의 스크린에서 블랙홀이 사라진 것은 바로 임영아의 출현 때문이었다. 그녀가 바로 블랙홀이었다. 스크린에서 빠져나와 현실 속에 등장한 블랙홀이라면 대체 이 사태를 어떻게 감당해야 했을까. 실체로서의 블랙홀에 마주치기의 장대한 드라마가 해발 5천 미터 설산을 배경으로 펼쳐질 수밖에.

이 임영아 블랙홀에 활기를 불어넣는 존재로 등장한 것이 자칭 땡중 몽몽스님이고, 수녀 글라라였을 따름. 생보석 같은 별떨기, 계곡 가득 핀 꽃밭을 일시에 앗아간 장본인이 바로 임영아였기에 지금부터 새로운 순례의 길을 떠나지 않으면 안 되었다. 소설『또 하나의 나』란 그러니까 임영아 블랙홀을 찾아가는 순례길에 다름아니었음이 판명된다. 임영아 블랙홀이란 다름아닌 '나 자신' 이었던 까닭이다.

'나의 블랙홀' 이란 무엇인가. 존재감으로서의 이 블랙홀의 정체를 과연 밝힐 수 있을 것인가.

스크린 속의 블랙홀이 현실 속으로 등장한 실체가 임영아라는 사실은 이 소설의 강점이라 할 것이다. 두 가지 점에서 그러한데, 감각적 대상이라는 점이 그 하나라면, 임영아라는 대상에 '나' 를 일치시킴으로써 자아와 대상의 거리를 소멸시킴이 그 다른 하나다. 소설이기에 비로소 감당할 수 있는 이 두 가지 점이 종교의 추상성에서 벗어나게끔 하는 요인으로 볼 수 있기 때문이다. '나' 를 임영아 속으로 이끌어들어감이란 이른바 헤겔적인 의미의 자기 부정에 해당된다. 그만큼 '나' 는 빈약해지는 대신 대상을 '나' 와 동화시킴으로써 대상을 나 속으로 동일화시킴에 이르게 된다. 이번엔 나와 동일화된 그 대상이 빈약해진 '나' 에로 흘러들어오며, 그러한 일이 되풀이될 터다. 이 변증법의 과정 속에서 나와 대상의 초극이 가능해진다는 것이 헤겔의 도식이라면 작가 송기원의 방식은 어떠할까.

임영아를 처음 만났을 때 '나' 가 본 것은 무엇이었던가. 임영아의 밑바닥 의식이 '나' 의 그것임을 나는 직감한다. 이 순간 '나' 의 부정이 시작되고, 임영아 속에 '나' 가 자리를 잡는다. 그러나 어느새 임영아는 '나' 를 또다시 부정해버린다. '나' 의 지갑을 훔쳐 어디론가 사라짐이 그것. 이 장면에서 주목되는 것은 '나'의 마음 상태다.

"태어나서 처음으로, 내가 아닌 다른 사람을 위하여 무엇이든 되어주고 싶다고 느낀 그런 여자이기도 하지요. 만일 손톱 끝만큼이라도 도움이 될 수 있다면, 나는 그걸 위해서 무슨 일이든 마다하지 않겠다는 마음이 되기도 했으니까요. 하지만 도대체 어떻게 해서 내가 그런 간절한 마음을 지니게 되었는지는 아직도 불가사의할 지경이지요. 지금까지 살아오는 동안 내가 누군가에게 무엇이 될 수도 있으리라고는, 언감생심 꿈도 못 꿨는데 ……"(『또 하나의 나』, 167쪽)

땡중 몽몽이 임영아와 '나'를 두고 상생(相生) 관계라 한 것도 이를 가리킴이다. 이 장면에서 의식의 스크린을 켠다면 어떻게 될까. 스크린에는 무슨 상념이 왔다가 사라지는지를 기억하는 의식은 이미 없다. 스크린은 그런 식으로 텅 비어 있게 마련. 이를 바라보고 있는 제3의 시선이 의식될 뿐이다. 대체 이 제3의 시선이 이토록 생생히 깨어서 스크린을 지키고 있음이란 무엇인가. 블랙홀 임영아가 떠난 스크린이 텅 비어 있음은 당연하다 해도 이 제3의 생생한 시선이란 무엇이며 어떻게 해야 이 감시망에서 벗어날 수 있을 것인가.

블랙홀 임영아를 찾는 길밖에 다른 묘수가 있으랴. 어떻게 임영아를 찾는가. 물론 '나'는 당연히도 그 방도를 모른다. 다만 방도를 찾아 헤맬 따름. 그 헤맴의 과정이 자연스럽게 펼쳐진다. 임영아를 찾아 해발 5천 미터를 온몸으로 기면서 헤매기가 그것. 굶주림, 한기, 어둠 등등 육체의 한계에까지 육박해가기가 그것. 몸과 마음이 다 함께 어디론가 빠져나가 버린 일종의 공백과도 같은 상태의 지속, 그 여섯 시간 동안의 스크린에는 무엇이 들어 있었던가. 놀라운 장면이 아니었겠는가. 제3의 시선이 사라진 스크린이 여섯 시간 지속되고 있었던 것이다. 해발 5천4백 미터의 토롱고개. 엉덩이로 1천6백 미터를 기어서 여관에 이른 '나'는 자정 무렵에 잠에서 깼다. 스크린엔 무엇이 나타났을까.

"바로 그때였다. 나는 더이상 눈앞에 아무것도 없는 것을 알았다. 육체며 의식도 없다. 어둠의 스크린도 없다. 심지어 그 스크린을 지켜보는 제3의 시선까지 없다. 그렇게 아무것도 없다. 있는 것은 애오라지,

광대무변(廣大無邊)!" (『또 하나의 나』, 287쪽)

핀 계곡에서 제3의 시선이 '나'로부터 분리되어 하늘로 오르고, '나'의 몸과 상념들이 계곡 자갈바닥으로 내려가는 그 환상적 체험(217쪽)이 이제 하나로 통합되어 스크린에 나타났던 것이다. 광대무변, 그 속에 '나'도 상념들도 그 영악스런 제3의 시선도 함께 녹아 있었던 것이다. 헤겔이라면 절대정신이라 불렀을 터이며, 종교가라면 깨달음의 경지라 불렀을 터다. 블랙홀 임영아도 '나'도 동시에 광대무변 속에 녹아버린 이 절대적 무아의 경지란 대체 무엇이며, 또 어떻게 존재할 수 있을까.

6. 광대무변을 본 '나'와 '폰개 성'

광대무변으로 가득 채워진 스크린은 무엇이며 어떻게 그것이 존속하는 것일까. '나'가 아직도 육체를 지니고 있기에 이런 물음은 불가피하다. 스크린 속의 광대무변은 얼마나 지났을까. 저 멀리 아득한 곳에서 어떤 빛이 일어나기 시작, 이를 맨 먼저 포착한 것은 제3의 시선이었다. 한순간 사라진 제3의 시선이 맨 먼저 등장했던 것이다. 제3의 시선에서 포착된 불빛은 둥근 원을 이루어 밝은 불빛이 되고 광대무변의 끝자락이 모습을 드러냈고, 그와 함께 의식이 돌아오는 것이었다. 의식이 돌아오자 제3의 시선이 슬그머니 자리에서 물러나는 것이었다. 이 순간 '나'가 느낀 것은 두 가지. 두려움이 그 하나. 광대무변, 그러니까 사통팔달, 막힘 없는 우주의 호흡이 '나' 속에 들어 있었다는 사실에서 오는 두려움이 그것. 다른 하나는 광대무변의 의미다. 곧 의문이 그것.

"저 광대무변을 보았는데도 나는 왜 아직 남아 있는 것일까?" (289쪽)

이 두려움과 의문이 의식의 작용에서 말미암은 것이기에 또다시 의식

과의 싸움이 치러져야 했다. 감각과 의식을 철저히 학대하여 물리치기가 그것. 감각과 의식을 철저히 학대하고 해체하고자 덤벼도 이미 해체될 수도 물리칠 수도 없는 법. 이를 일러 고행이라 하는 것. 다만 비정상적인 감각, 비정상적인 의식에 빠질 수밖에 도리가 없는 법. 이런 극단적 상태가 지속된 사흘째날, 비로소 '나'의 감각이 제 모습을 찾아낸다. 맨처음 그의 눈(감각)에 들어온 것은 어린아이의 것처럼 작고 새까만 맨발이었다. 일흔이 넘은 노파의 맨발.

"노파는 사뭇 걸게 담배연기를 몇 모금 빨아들이고 있었다. 나의 눈길은 노파가 내 앞으로 아무렇게나 내뻗고 있는 두 발에 우연히 머물게 되었다. 그랬다. 나의 눈길은 단지 우연히 노파의 두 발에 머물고 있었다. 그런데 어느 순간 나는 온몸으로 치밀어오르는 어떤 고양을 견뎌내지 못한 채, 그만 엎드려 두 손으로 노파의 발을 감싸안았다. 그리고 노파의 발에 입을 맞추었다. 그런 나의 눈에서는 생각지도 않았던 눈물이 흘러내려 노파의 발을 적시는 것이었다."(293쪽)

이 맨발이란 새삼 무엇인가. 그가 레의 실버스터 게스트하우스의 살기(殺氣)에서 벗어나 잠시 마음의 평온을 처음으로 찾았을 때 본 그 '아이'의 몸뚱어리가 아니었던가. 세상에 혼자 던져진 자기 자신이 아니었던가. 블랙홀 임영아의 모습이 아니었던가. 결국 그 자신의 모습이 아니었던가. 이 맨발이란 그러니까 '광대무변'을 경험한 뒤의 첫 감각이 아니었던가.

이 경지는 소중하다. 요가적 고행이란 기껏해야 즉신성불(卽身成佛)적 자기 구원일 뿐, 거기엔 타자(사회성)가 없다. 이른바 '悲'(그리움)가 없는 깨침이란 무의미한 감각의 경지일뿐. '비'란 무엇이겠는가. 노파가 그 해답이다. 노파의 발견, 노파의 발에 입맞추기, 이것이 이른바 그리움(悲)의 경지에 해당된다. 대자대비(大慈大悲)에서 '悲'의 문턱. 감각의 되찾음, 의식의 되찾음, 그리고 제3의 시선의 귀환이 새롭게 이루어지고 있었다. 그렇다면 도로아미타불인가. 이 점에서 선재동자의 입법계품이 빛을 내뿜는다. 모든 순례의 길이 원점으로 되돌아오기라는 사실이 그것.

그렇지만 이 원점은 처음의 그 원점일 수 없다. 한 차원 높은 원점이기에 다시 순례의 길이 준비될 수 있는 그 무엇이 아닐 수 없다. 이 점에서 저 임제의현(臨濟義玄)의 『임제록』은 요령을 보여준 바 있다. 탈인불탈경(奪人不奪境)에서 탈경불탈인(奪境不奪人)으로 나아가고 인경구탈(人境俱奪)에 이른다. 끝으로 인경구불탈(人境俱不奪)의 경지가 그것. '나'를 버리기의 단계, 대상을 버리기 단계, 그리고 주 · 객을 동시에 버리기, 마침내는 주 · 객이 동시에 되돌아온다는 것. 잘 만하면 화엄사상의 진수인 사사무애법계(事事無碍法界)도 지척에 놓인 경지라 할까.

여기까지 이르면 처음 내걸었던 문제, 곧 종교와 문학의 관계항에 닿게 된다. 작가 송기원씨는 『화엄경』 해설에 나아가기 위해 이런 소설을 썼을까. 그럴 이치가 없다. 씨는 소설가이기에 소설을 썼을 뿐이리라. 자기의 인도 명상 체험을 바탕으로 하여 한 편의 허구적 얘기를 꾸며낸 것. 이 사실을 증명하는 작품이 씨의 또다른 소설 「폰개 성」(『창작과비평』 2000년 가을호)인바, 이 작품의 의의는 폰개라 불리는 사촌형의 입법계품을 드러냄에 있었다. 작가 송 아무개인 '나'의 입법계품이 『안으로의 여행』 『또 하나의 나』라면 이런 작품이 종교일 수 없고 소설이라는 증거가 요망되었으리라. 「폰개 성」이 그 해답이 아니었겠는가.

「폰개 성」은 '나'보다 다섯 살 위의 사촌형인 '판기 형'의 전라도 사투리이거니와 이 작품의 작중화자인 '나'는 작가 송기원씨이기에 앞서 『안으로의 여행』의 주인공인 '나'(박연호)이자 『또 하나의 나』의 '나'다. 이 작품의 주인공은 물론 폰개 성이다. 아버지가 죽은 뒤 외아들인 그가 시골을 떠나 혼자 온갖 고초를 겪으며 철도원으로, 택시기사로, 회사 간부로 살아왔고, 드디어 김포 지역에 아파트를 장만하기까지의 인생편력기가 이 작품의 내용이다. 폰개 성의 인생편력기인 만큼 전(傳)의 형식이지만 어떤 보편적 교훈이랄까 가치관의 뚜렷한 제시와 거리가 있다는 점에서 보면 일종의 인생유전기(人生流轉記)로 볼 수도 있겠다. 굳이 가치관을 문제삼는다면 가문 지키기라고 하겠지만 그 또한 이 경우 뚜렷한 명분이라 보기 어렵기 때문이다. 이 작품에 유의할 점은 따로 있었는데, 바로 작중화자 '나'의 전면적 노출이다. 여기서 말하는 전면적 노출이란 다음 두 가지 사실에 관련되는바, 그 하나는 '나'의 출생비밀이다.

"어머니에게 술이란, 나로서는 전혀 기억에도 없는 생부이거나 혹은 술이 취했다 하면 으레 주먹부터 휘두르고 보는 의부에 다름아니었다." (155쪽)

생부의 얼굴도 모르고 태어난 '나'가 의부 밑에서 유년기를 보내었음이란 일종의 '업(業)'이 아닐 수 없고, 히말라야 설산행이 불가피한 것도, 자기 찾기의 명상에 나아간 것도, 그리고 명상의 스크린에 나타난 상념들을 향해 '살기'를 무수히 느낀 것도 바로 이 '업'에서 말미암았던 것이다.

또다른 하나로 들 수 있는 것이 '나'의 등신대의 노출이다. 신춘문예를 통해 작가로 등장한 '나'는 자유실천문인운동에 나아갔고, '김대중 내란 음모사건'에 연루되어 10년 형을 받고 3년간 옥살이를 했다. 이 사실을 증거하는 방식으로 작가는 거침없이 실명까지 썼다.

(1) "일찍이 문학청년 시절부터 동고동락해온 시인 이시영과는 당시……" (164쪽)

(2) "그때 박 정권은 소설가 이호철, 정을병, 임헌영 등을 간첩이라 잡아들여……" (164쪽)

(3) "시멘트 바닥에 무릎을 꿇은 채 이른바 조서라는 것을 썼다. 그런데 바로 그 자리에서 나는 고은 선생한테 핀잔을 듣는……" (165쪽)

(4) "그가 정보과 문을 열고 나서기가 무섭게 옆에 있던 이문구 선배가 나에게 작은 소리로 물었다." (166쪽)

소설 「폰개 성」은 폰개 성의 인생편력기와 작가인 '나'의 인생편력기의 병행구조로 이루어졌다. 이 두 편력기를 묶는 끈이란 무엇일까. 무엇을 '나'가 대가로 지불해야 거인 폰개 성을 '나' 속으로 끌어넣어 '나' 역시 거인으로 될 수 있을까. 참주제가 걸린 이 대목에서 작가는 썩 민첩하여 인상적이다.

생부의 첩(작은어머니)을 '어머니'로 받아들이기가 그것인데, 이는 '나'의 감옥행으로 충격받은 생모의 자살에 대응되는 행위다. 생모의 고통을 덜어주기 위해 '나'가 택할 수 있는 행위가 '작은어머니'의 수용이라면, 이 모두는 '업'에 대한 '나'다운 응답행위가 아닐 수 없다. 이는 히말라야의 설산행과 그를 통한 '자기 찾기'의 고행의 결과물과 등가물이 아니었던가.

스크린에 명멸하는 무수한 상념들이 살기를 띠고 육박해오는 과정을 넘어서고, 상념들이 조금씩 흐릿해지는 단계가 왔다. 제3의 시선이 거기 작동하고 있었다. 또다시 피나는 고행이 요망되었다. 스크린에 블랙홀이 생겨 '나'를 송두리째 빨아들이는 단계.

이를 넘어서자 스크린은 텅 비는 것이었다. 여섯 시간이나 제3의 시선이 사라진 장면이 벌어졌다. 의식도 제3의 시선도 사라진 장면, 마침내 스크린 자체가 없어진 장면. 그때 새로운 장면이 펼쳐졌다. '광대무변'이 그것.

'광대무변'을 본 작가 송기원이 쓴 「폰개 성」이 소설인 이유는 이제 자명해졌다. '광대무변'의 자리에서 보면 폰개 성도 현실이며 '나'도 현실인 까닭이다. 노파의 맨발에 입맞추기 그것이 '나'의 현실이듯, '작은어머니' 그것이 현실이었다. 모든 것을 새로이 시작하는 것, 그것이 소설에서는 현실이 아닐 수 없다. "길이 시작되자 여행은 끝났다"(루카치)라는 명제로 소설의 한계를 지적한 논자도 있지만, 길이 시작되어도 여행은 끝나지 않는다. 그것이 소설적 현실이 아닐 것인가.

헤겔의 시선과 베이트슨의 시선

—「미늘」과 『미늘의 끝』에 부쳐

1. '헐리우드 키드'의 이데올로기

객 : 헤밍웨이의 작품들을 좋아하십니까. 선생의 월평 속에 가끔 이 작가가 언급됨을 보았는데요.

주 : 대학 시절 영어공부 하느라 헤밍웨이의 소설들을 제법 읽었지요. 번역판과 대조해가면서.

객 : 대학 시절이라면, 아마도 50년대 초쯤이겠는데요. 안 그렇습니까.

주 : 물들인 군복과 워커(군화)를 신은 채, 갓 수복한 서울의 대학에 들자, 운동장엔 아직도 미군 주둔 철조망이 쳐져 있더군요. 서울역에서 조금 걸어 남대문 앞에서 바라보니, 청계천까지 훤히 드러난 폐허. 기둥만 남은 중앙우체국 건물이 지금도 기억됩니다. 제가 속한 세대는, 그러니까 갈 데 없는 전후세대. 모든 것이 폐허, 제로 지점, 이른바 원점이었던 셈. 청계천 대학천(大學川)을 혹시 아실까.

문리대에서 직선으로 남쪽으로 청계천 쪽으로 오면 마주치는 곳. 여기 수많은 헌책방들이 늘어서 있었지요. 청계천은 복개되기 전이니까 시커먼 물이 그대로 흐르고 있고. 겉모양은 30년대 소설가 구보가 『천변풍경』을 엮던 그대로라고나 할까. 속은 그야말로 더 시커먼 물길. 온갖 장사치들이 들끓는 곳. 거기 책방도 그중의 하나. 미군들이 군사용으로 사용하던 문학교재에서부터 온갖 잡지, 단행본, 통속소설 등이 산더미처럼 쌓여 있지 않았겠는가. 물들인 군복을 입은 시골 출신 대학생인 저를 그토록 매력적으로 이끌던 에로스가 거기 있었지요. 영어로 씌어진 문학이 그것. 헤밍웨이, 스타인벡, T. S. 엘리어트, W. 사로얀, E. 콜드윈, 그리고 헐리우드 활동사진 배우, M. 먼로, 존 웨인, 게리 쿠퍼, 몽고메리 클리프트 등등.

객 : 그러니까 선생의 출발점이란 제로 지점이라는 것. 거기 GI 문화가 있었다는 것. 학문적 출발도 기껏해야 뉴 크리티시즘 언저리였다는 것. 요컨대 GI의 쓰레기장에서 시작되었다?

주 : 자장가를 부른답시고 저도 모르게 일본군가가 흘러나왔다면 어떠할까. 가관이긴 하나 실제로 그러한 세대도 있었다면 어떠할까.

객 : 누구나 자기의 유년기, 청년기를 회고할 권리가 있다?

주 : 그가 할 수 있는 정직함이 아니겠는가. 유년기에 배운 노래란 그것밖에 없으니까. 인격분열증이라 진단할 수 있을지는 몰라도 이를 감히 비난할 수 있을까.

객 : ……

주 : 월명사(月明師)나 송강 혹은 그와 나란히 헤밍웨이가 있었을 뿐.

객 : 월명사나 송강, 헤밍웨이, 엘리어트가 먼저 혹은 나란히 있었다, 그래서 어쨌다는 것입니까.

주 : 그렇다는 것이지요. 가끔 헤밍웨이가 제 의식 속에 출몰한다는 것. 지금까지도 말입니다. 또 헤밍웨이 작품을 헐리우드에서 만든 활동사진을 통해서도 마주쳤다는 것. 〈태양은 다시 떠오른다〉의 배우 에디트

프린의 허무한 몸짓, 〈누구를 위하여 종은 울리나〉의 게리 쿠퍼의 심각한 표정, 〈킬리만자로의 눈〉의 여우 수전 헤이워드의 그 유명한 들창코……

객 : 알 만합니다. GI 문화에 중독된 세대의 권리랄까 어쩔 수 없음, 뭐 그런 것이겠는데. 문득 제 머릿속에 선생보다 제법 아래 세대인 작가 안정효(1941년생)씨의 『헐리우드 키드의 생애』(1992)가 떠오름은 웬 까닭일까요. 헐리우드 영화가 키워낸 세대라고, 마포 공덕동 시장바닥 장사꾼집 출신의 안씨가 깃발처럼 내세우고 있지 않습니까.

주 : 헐리우드 활동사진들이, 아메리카니즘(그들은 Pax Americana라 부르겠지만)을 알게 모르게 내세운다는 것은 모두가 아는 일. 도시의 고층건물 밑에 서 있는 외로운 사내의 표정, 그 얼마나 멋있는가. 그렇지만 그 건물 꼭대기에 Coca Cola 광고판이 한순간 스쳐 지나가지 않겠는가. 갈 데 없는 이데올로기지요. 공덕동 시장바닥 출신의 안씨가 헐리우드 키드라 자처하며 본 무수한 이미지들이 이 이데올로기에 감염된 희생물이라 할 수 없을까.

객 : 선생은 지금 F. 제임슨류의 마르크스주의의 무의식적 이데올로기 형태(내적 형식)를 들추어내고 있군요.(F. 제임슨류의 『변증법적 문학이론의 전개』, 제5장 6절) 어떻게 보면 선생 세대측의 자기 분석이기도 하고. 이 점 아마도 선생의 정직성의 한 가지 표현인지 모르겠네요. 이데올로기 중독증 환자들.

주 : ……

객 : 그건 그렇고. 아니, 그러니까 헤밍웨이겠는데, 선생은 헤밍웨이의 어느 작품이 우선 마음에 드셨던가요.

주 : 처음엔, 『태양은 다시 떠오른다』의 허무주의였고, 『누구를 위하여 종은 울리나』의 자기 희생정신이 그 다음이었고, 『킬리만자로의 눈』을 거쳐, 그 다음은 『노인과 바다』.

객 : 『노인과 바다』란 늙은 낚시꾼이 물고기 낚는 얘기 아닙니까. 비록

노벨상 수상작(1954)이라 하나 그 짤막한 소설의 어떤 점이 그럴 법했던가요. 큰 물고기 한 마리를 오랜만에 잡아, 해안으로 끌고 오는 동안 상어떼의 습격을 받아 뼈다귀만 끌고 오는 늙은 어부. 파멸되어도 패배하지 않는 것이 인간이다라는 알쏭달쏭한 말을 남기기도 하면서.

주 : 전공자도 아니면서 제가 뭘 알겠습니까. 두 가지 시선을 던져보면 어떠할까. F. 제임슨의 마르크스주의적 무의식에서 오는 시선이 그 하나.

객 : 알겠소. 헤밍웨이가 미국의 국민적 작가로 군림하게 된 비결은, 그의 문체에 있다는 것. 문장에 대한 비할 바 없는 전문적 처리방식은, 기술제일주의에 다름아니라는 것. 곧 기술계를 제패함으로써 세계를 제패한 미국 노동자들의 기술제일주의의 이데올로기적 반영에 다름아니라는 것. 토씨 하나에도 무수한 신경을 쓴 헤밍웨이의 글쓰기란 미국을 지탱하는 기능공의 이데올로기라는 것. 그렇다면 미국인도 아닌 선생이 헤밍웨이 문체에 심취한다는 것은 가소로운 일이 아니겠는가. 기껏해야 「무녀도」의 후손인 주제에.

주 : 또다른 시선도 있다는 것까지 검토한 뒤에 비판해도 늦지 않을 텐데.

객 : ……

2. 주인 · 노예의 변증법

주 : 물고기 낚기란 무엇인가. 이 점에 주목한다면 어떠할까. 헤밍웨이의 또다른 작품에 『아프리카의 푸른 언덕』이 있거니와, 여기서는 사냥 아닙니까.

객 : 낚시와 사냥은 동일하다? 그러니까 생각나네요. 선생이 즐겨 주장하는 헤겔주의 『정신현상학』의 핵심인 그 유명한 '주인 · 노예의 변증법'.

주 : 인간의 인간스러움은 무엇인가. '승인욕망'이라 요약되는 것.

'나'와 '너'가 있다 함은, '나'와 '너'의 대결이 있을 뿐. 이 경우 대결이란, 동등한 실력을 전제로 한 것. 이 승인(위신투쟁 Prestigekampf)에 있어 최종결심은 '죽음'을 담보로 할 수밖에. 만일 두 사람의 싸움에서 한쪽이 죽음이 두려워 굴복한다면 어떻게 될까. 노예일 수밖에. 그렇지만 노예로부터 승인받는 주인이란 얼마나 허망할까. 대등한 자의 승인 아닌, 쓰레기 같은 노예의 승인이란 그래 진정한 승인일까. 주인의 가눌 수 없는 허무의식의 발생은 이 때문에 필연적일 수밖에. 주인은, 죽음이 두려워 굴복한 노예를 무자비하게 취급하는 수밖에. 혹독한 노동에 부칠 수밖에. '피라미드를 만들어라!'가 그것.

객 : 그 결과로 주인은 향락(Genuβ)에 빠질 수밖에. 모든 것은 노예들이 해주니까, 할 일이 없을 수밖에. 그 결과는 어떠할까.

주 : 노예는 노동을 통해 자기를 인간스러움으로 회복하는 것. 가령, 노동이란 물건 만들기 아니겠는가. 물건 만들기란 설계도(의식)의 작용이며, 이때 노예는 기술(개념화 작용)에 나아가는 것. 개념화 작용에 임하는 노예란 이미 노예일 수 없는 법. 이 순간 노예는 주인으로 둔갑하고 있지 않겠는가.

객 : 그 대신 원 주인은 향락에 빠져 노예로 전락하고……

주 : 주인 · 노예의 변증법이 이로써 작동되고, 인류문명은 이 변증법의 전개였던 것. 낚시, 사냥이란 그 연장선상에 있는 것이다? 앞뒤가 안 맞지 않습니까. 낚시, 사냥도 일종의 노동인 만큼 주인이 노동에 나아간 셈 아닙니까.

주 : 아주 첨예한 장면에 부딪쳤습니다. 낚시, 사냥이 '향락이냐 노동이냐'의 과제.

객 : 주인 · 노예 변증법이 작동되지 않는 예외적 사례라는 뜻입니까. 노동하지 않는 존재가 주인인 만큼 낚시, 사냥이란 당연히도 향락범주 아니겠습니까.

주 : 엄밀히 말해 사냥, 낚시란 노동이겠지요. 실리적 목적이 '먹을거

리' 이니까. 그런데 주인은 노동을 거부하는 존재. 풀무질, 집짓기, 댐공사 따위를 어찌할까 보냐. 그렇지만 사냥, 낚시만은 경멸하지 않는다 함은 웬 까닭일까. 당연히도 그것이 노동이 아니라는 시점에서 나온 것. 이 예외적 사실은 어떻게 설명해야 적절할까. 특권이 아니었겠는가.

객 : 맹수나 큰 고기란, 그러니까 당초 인간의 위신투쟁(승인욕망)에 맞선 상대방(인간)이라는 뜻이겠는데. 생사를 건 투쟁에서 죽음이 두려워 상대방이 항복을 한 경우가 노예일 터. 이 순간 주인은 형언할 수 없는 공허감에 빠지는데 왜냐면 노예로 된 인간으로부터 승인받기란, 무의미하니까. 따라서 주인은 죽은 상대자(죽음을 두고 겨루었으니까 설사 그가 죽었대도 '나'와 대등한 존재였으니까)를 위해 죽음이 두려워 노예로 된 인간을 무자비하게 다루는 것이고. 이러한 주인인지라 그는 노예가 만든 생산물을 소비만 하는 것. 이른바 향락에 빠져 마침내 그는 노예로 전락할 운명에 놓여 있다, 그가 향락에 빠지지 않기 위한 한 장치가 낚시, 사냥이다?

주 : 인간이란 당초 짐승의 일종. 맹수와의 싸움이란, 죽음을 건, 승인욕망이 아닐 수 없는 것. 주인이 된 '나'가 할 수 있는 것이란, 지난날의 인류가 했던 수렵세계에의 향수 어린 재현이 아닐 수 없지요. 인간의 존엄과 동물에의 경시풍조란 예속적인 농경사회나 기술자의 사회에서 만들어진 생각일 뿐. 자기와 동등한 존재로 짐승을 놓고 그와 싸우는 일이란 신성한 것. 죽은 짐승에 대한 죄의식 따위란 없고, 대등한 자로서 경의의 대상일 뿐, 투우의 경우를 보면 금방 알 수 있지요. 동물의 고귀한 맹목성 위에서 성립되는 이 경기란 당초 스페인의 왕후들의 경기. 직업적 투우사의 출현(18세기 초)은 귀족계급의 쇠퇴에서 가능했던 것. 투우에서, 투우사의 죽음에 가까운 아슬아슬한 장면이 연출되는 순간, 거기에는 예로부터의 그 지고성(至高性)이 휘황해지지 않겠는가. 이 순간 인간 모두는 주인의 자리에 서 있지 않겠는가.

객 : '인간은 패배할 수 있게 만들어진 존재가 아니다. 인간을 파괴시

킬 수는 있되 정복할 수는 없다' 라는 『노인과 바다』의 명제는 막바로 '형제인 이 고기를 죽인 나는 이제 노예의 일을 하지 않으면 안 된다(I have killed this fish which is my brother and now I must do the slave work)에 이어지는 것. 그러니까 헤겔의 『정신현상학』 제4장 A의 소설화라고나 할까. 그렇다면 헤밍웨이 소설은 주인의 처지에서 씌어진 것이겠는데요. 말을 바꾸면 정복자의 소설이다, 혹은 남성적 동물적 공격적 소설이다, 그러니까 그런 소설을 좋아하는 독자의 취향이란 미국식 패권주의에 감염된 것이다, 고로 이데올로기의 일종이다?

주 : G. 바타이유의 해석도 이와 비슷하지요. 헤밍웨이가 구하고 있는 인간의 탁월성이란 주인의 눈에서 볼 때 비로소 가치 있는 탁월성이라고.(G. 바타이유, 『헤겔의 빛에 비추어본 헤밍웨이』)

3. 「미늘」이 선 자리

객 : 선생이 안정효씨의 중편 「미늘」(『문학정신』 1991년 3월호)이 발표되었을 때, 예외적으로 많은 지면을 할애하여 언급한 바 있었는데, 이제 그 의미를 조금 알겠군요.

주 : 제가 그 작품에서 인용한 것은 세 군데였지요.

객 : 기억납니다.

(A) "난 지금까지 감성돔이나 다른 물고기처럼 완벽한 선과 근육을 갖춘 남자의 벌거벗은 몸뚱어리를 본 적이 없어요. 여자도 마찬가지예요."

(B) "찌와 더불어, 물 속에서 이리저리 도망치는 발광체와 더불어, 눈에 보이지 않는 물고기와 더불어 어둡고도 어두운 바다 깊고도 깊은 물 속으로 빨려들어가는 환락 속에서 두 번 세 번 네 번 자꾸만 자꾸만 오르가슴을 한다."

주 : (A)(B)에서 동성애적인 남성지상주의랄까 에로티시즘을 읽어낼

수도 있겠지만, 따져보면 바로 여기에 위신승인을 기본항으로 한 주인의 생리가 뚜렷이 드러나 있지 않겠는가. 완벽주의, 최고의 경지, 그러니까 전문가의 시선.

제가 「미늘」의 등장을 두고 이 나라 소설계에서는 낯선 부분이라 한 것은 이런 문맥에서이지요. 그리고 또……

객 : 묘사에 대한 언급이겠지요, 아마도. 가령 아무렇게나 뽑은 다음 대목. (C) "구찬은 아까부터 똥여를 자꾸만 눈여겨보는 한 전무의 날카로운 눈초리 때문에 불안했다. 두 사람이 올라선 돌출바위도 굴곡과 모양이 꽤 좋아 보였으며 잔물결도 쳐서 고기가 가장자리에 붙을 만도 했지만 웬일인지 벌써 두 시간 이상이나 전혀 어신이 없었고, 그래선지 한 전무는 점점 더 똥여에다 탐욕스런 눈독을 들이는 모양이었다."

주 : 특별한 대목이 아님에 주목할 것입니다. 490장의 중편 거의 전체가 이러한 묘사체로 일관되어 있지 않겠는가. 소설이 제일 잘해낼 수 있는 이런 묘사란 경험(기억)에서 비로소 가능한 법. 제가 좋아하는 헤밍웨이의 또다른 작품에 『킬리만자로의 눈』이 있지요. 재능 있는 한 작가가 있었다. 향락에 빠져 허송세월. 재능을 탕진한 죄과로 죽어가는 순간을 그린 작품이지요.

어떻게 하면 그 재능을 되살릴 수 있을까. 마지막 도박으로, 돈 많은 과부를 얻어, 킬리만자로로 가지요. 창작을 하기 위해. 죽어가면서 그는 이렇게 독백하지요. "여기까지는 받아쓰게 할 수 있겠지만 콩트르 스카르트 광장에 대한 일은 받아쓰게 할 수는 없을 것이다"라고. 대필(代筆) 불가능한 경지, 그것을 묘사라 부르는 것.

객 : 「미늘」의 출현이 지닌 의미란 그러니까 이 나라 소설계의 낯선 부분의 하나다로 요약되는 것이겠는데.

주 : 조금 설명이 없을 수 없지요. 모두가 아는 바와 같이, 칠팔십년대 이 나라 문학의 주류란 '사람은 벌레가 아니다' 라는 명제로 요약되는 것. 이러한 명제 위에 입각한 상상력의 방향을 뒤흔든 사건이 90년대 입

구에서 벌어졌다면 어떠할까. 냉전체제 붕괴가 그것의 하나. 노사문제의 해체 및 약화도 시간문제. 국민소득이 얼마에 오르면 노동자의 자기주장이란 한갓 모순개념에 지나지 않는 것.

그렇다면 앞서가는 새로운 상상력이란 무엇이겠는가.

객 : 이번엔 '사람은 벌레다, 메뚜기다, 물고기다' 가 그것. 사회학적 상상력에서 생물학적 상상력에로 방향전환한 그 앞잡이가 90년대의 선두주자일 수밖에. 윤대녕의 「은어낚시통신」(1994)이 그러한 사례였을 터. 그렇다면 「미늘」의 등장은 무엇일까. 선생의 논법대로라면 헤겔주의의 등장이겠는데. '위신승인' 의 시선에서 보면 '사람은 맹수다' 로 요약될 법한데요.

主 : 차라리 '사람은 남성이다' 라 부르고 싶은 상상력이 아닐까. 90년대를 휩쓴 여성주의적 글쓰기(여성작가와 무관함)에 대한 대타의식화(對他意識化)로서의 의의가 좀더 뚜렷하니까.

4.『미늘의 끝』이 선 자리

객 : 「미늘」에서 '미늘' 의 상징성을 선생은 문제삼고 있지 않은 듯한데요. 낚시 끝의 안쪽에 있는 가스랑이 모양으로 되어 고기가 물면 빠지지 않게 된 작은 갈고리가 이른바 '미늘' 아닙니까.

主 : 그럴까요. 헤겔의 주인 · 노예 변증법이 실상 인간의 급소 곧 미늘이 아니었을까. 어째서 서울의 구기동 범아공업사 전무인 한씨는, 공장일을 팽개쳐두고 콩코드를 몰아 남해 푸랭이섬(靑島), 거기서도 제일 아슬아슬한 파도 속의 바위섬 똥여로 가서 물고기를 잡아야 했을까. 어째서 압구정동 모 백화점 사장인 서구찬씨는 사업 따위보다 낚시에 빠져 푸랭이섬까지 기웃거리며 뛰어다녔을까. 불세출의 탐험가 허영호씨는 또 어째서 남극점을 향해 눈썰매를 끌고 다녔을까.

객 : 헤겔의 '미늘'에 걸렸기 때문이다?

주 : 한 전무나 허영호씨가 아름답게 보이는 것은 미늘을 향해 회의 없이, 스스럼없이, 일직선으로 돌진하고 있음에서 말미암은 것. 이를 '무지개빛'이라 부르는 것. 생명의 빛깔. 횟집의 물고기에는 없는 이 무지개.

"한 전무는 썩은 사과만 골라서 먹는 인생은 참으로 어리석다고 생각했다. 그는 낚시를 하다가 큰 고기를 잡으면 남들에게 보여주고 자랑하기 위해 아이스박스에다 얼음을 채워서 서울로 가지고 올라가는 미련한 짓은 하지 않았다. 그는 가장 큰 고기부터 골라잡은 그날로 회를 쳐 먹어 없앴다. 게르치나 감생이나 무슨 고기나 다 마찬가지였다. 그날 잡은 고기를 회를 치면 달에서 형광 핑크 비슷한 무지개 빛깔이 영롱히 빛난다." (『미늘의 끝』의 한 대목)

객 : '생명의 빛깔'이 바로 한 전무에겐 '미늘'이겠군요. 세속적 '미늘'을 초월한 '진짜 미늘'에 걸린 청동시대의 인물. 평생 그 무지개 추구에 미쳐버린 사내. 그런데, 서구찬 사장의 경우는 다르지 않습니까?

주 : 좋은 지적입니다. 「미늘」의 작가가 이번에 『미늘의 끝』을 쓴 이유랄까 명분도 이 점에 있지 않았을까.

객 : 한밤중, 폭풍우 속 똥여의 바위 벼랑. 백척간두에 매달려 시간과 경쟁하며 죽음과 맞선 한 전무를 고무하며 「산타루치아」를 불러제치던 서구찬 사장은 그러니까 한 전무에겐 생명의 은인. 그로부터 둘은 틈만 나면 바다낚시질에 두 코가 꿰어 있지 않았던가. 그렇지만 자세히 보면 서구찬의 경우 낚시질이란 일종의 방편이었음이 드러납니다. 서구찬이 한 전무에게 실토한 바에 따르면, 숨겨둔 여인이 있었다는 것. 그녀로부터의 도피행이 점점 낚시로 깊어져갔다는 것. 단순한 취미로서의 낚시가 여인의 등장으로 말미암아 죽음을 향한 낚시(자살 낚시행)로 발전해갔다는 것. 취미로서의 단순 낚시가 드디어 '미늘스런 것'이 되고 말았다는 것.

주 : 그게 곧 한 전무의 경우와 결정적으로 구별되는 대목이지요. 한 전무란 누구인가. 장편 『미늘의 끝』 전체를 통틀어도 그의 모습이란 드

러나지 않습니다. 그는 어디까지나 한 전무. 자동차 수리공장인 범아공업사 전무. 실질적인 책임자일 뿐. 말을 바꾸면, 그는 끝까지 본색을 드러내지 않습니다. 그의 과거라든가 성장배경이나 가정 혹 생활관계 따위도 전무하지요. 부재중 공장이 엉망이 되어 낚시를 다시 않겠다고 낚시도구를 몽땅 꺾어버린 적도 있다 하나, 또 아내와 아들을 대동, 낚시에 가기도 했고, 김밥에 끼어든 지렁이를 먹었다든가 구데기가 날개를 달고 날아가는 낚시터 장면을 내비치기도 하지만 오히려 그만큼 그의 현재를 강조하는 데 효과적일 뿐. 그는 당초부터 끝가지 '현재적' 이자 '원형적' 이지요. 이력서 없는 신과 흡사한 존재라고나 할까. 신을 닮은 저 희랍 서사시의 주인공 영웅이라고나 할까. 완벽한 인간 원형이 걸려든 '미늘' 이 거기 있었지요. 진짜 인류의 미늘. 고귀한 헤겔적 미늘.

이에 비해 서구찬 사장은 그야말로 너절한 시정잡배. 우리 보통 인간이지요. 욕계 삼욕에 빠져 허우적대는 초라한 중생.

객 : 중생의 미늘을 다룬 것이 장편 『미늘의 끝』이다?

주 : 지금 갤로퍼 한 대가 서울을 떠나 남해로 향하고 있습니다. 운전대를 잡은 사내가 중년의 한 전무. 그 옆이 같은 또래의 서구찬 사장. 그리고 뒷좌석에 앉은 30세의 가냘픈 여인. 이름은 정수미. 여덟 시간 만에 그들이 닿은 곳은 남해 항도. 이튿날은 명도. 낚시질에 여자를 동반하다니. 한 전무의 사전 속엔 어불성설. 그렇지만 서구찬 사전 속엔 다른 것과 동일한 비중이었던 것. 작가는 이 점을 분명히 하기 위해 노력을 기울이고 있습니다. 그 때문에 작품이 형상화의 밀도가 떨어져 부분적이긴 하나 이른바 통속화로 흐를 수밖에.

객 : ……

주 : 서구찬이란 누구인가. 8세 때 고아. 백부집에 입적. 대학 후배인 재명과 결혼. 32세 적엔 정수미라는 여인을 사귐. 정수미는 또 어떤 과거를 가진 여인인가. 좌우간, 그는 아내에게 들켜, 경제권도 빼앗기고, 두 아들 덕분에 겨우 이혼만은 면한 신세. 이런저런 너절하기 짝이 없는 애

기가 줄줄이 이어지지 않겠는가. 지금 임신중인 정수미를 데리고 낚시질행이란 아내 재명으로부터의 도피행이자 정수미로부터의 도피행이기도 한 것. 미늘에 걸려든 물고기 신세. 낚시질행이 아니라 스스로 바다에 뛰어들어 고기밥이 되기 위한 것이었을 뿐. 문제는, 이러한 사정을 드러내기 위해 작가 안씨는 상당한 부분 묘사를 포기했다는 사실.

(A) "수미는 세상의 모든 새를 싫어한다고 언젠가 서 사장이 한 전무에게 설명했었다."

(B) "한 전무는 대부분의 내용이 벌써 여러 번 들은 얘기였지만 그래도 잠자코 들었다."

(C) "이것도 역시 한 전무가 수없이 여러 번 들었던 얘기였다. 한 전무는 그가 포기한 이유도 이미 알았지만 어차피 또 나올 얘기여서 모르는 체하며 왜 마라톤은 그만두었냐고 물었다."

객 : 남에게 베끼게 할 수 있는 그런 차원이렷다? 장편이 되기 위해 취해진 어쩔 수 없는 조처가 아니었을까요. 서 사장의 죽음이 (1) 자살이냐 (2) 타살이냐 혹은 (3) 우연사이냐를 두고 펼쳐진 이런저런 추리기법의 도입도 손에 땀을 쥐게 하는 훌륭한 작가의 솜씨로 볼 수 없을까요. 뿐만 아니라, 한 전무의 시선으로 드러나는 흐린 바다의 풍경, 특히 두 번씩이나 등장하는 바다에서 벌어지는 황사현상 장면의 묘사……

5. 이중구속 — 개인적 측면과 문화적 측면

주 : 『미늘의 끝』이 지닌 매력은 따로 있는데, 헤겔의 시선이 간과한 측면이 아니겠는가. 노예도 '미늘'을 갖는다는 측면이 그것. 노예이기에 갖는 미늘이란 무엇인가.

객 : ……

주 : 자살의 반대측이란 무엇일까. 호기심의 강도랄까 삶에의 적극성

이 아니겠는가. 이러한 것이 구체적 행동으로 나타나는 것을 두고 탐구라 부르겠지요. 이를 고차의 성격이라 부르겠지요. 고아이자 양자로 자란 서구찬 사장의 경우 그 성격은 어떠했던가. 성격을 변화시킬 수도 있을까.

객 : 성격 바꾸기라면, 일찍이 파블로프의 개에 대한 실험이 연상되는데요. 이른바 신경증 생성 실험. 가령, 일정한 시간을 정해놓고 종을 쳐서 먹이를 주던 단계에 익숙한 개를 이번엔, 수시로 종을 친다든가, 종을 쳐도 먹이를 주기도 안 주기도 한다면 개는 어떤 반응을 보일까. 삶에의 적극성이 둔해지지나 소멸되지 않습니까.

주 : 이번엔 좀 색다른 실험을 해보면 어떠할까. 개에게 두 장의 도형을 보입니다. 한쪽은 원, 다른 한쪽은 타원. 이 둘을 식별하면 먹이를 준다. 식별 못하면 전기쇼크. 개는 열심히 이에 응합니다. 이번에 문제의 난이도를 높인다. 곧 원은 타원에 가깝게, 타원은 원에 가깝게. 개는 식별하기 위해 필사적. 또다시 난이도를 높여, 누가 보아도 원인지 타원인지 구별되지 않는 상태를 보여준다. 그러자 개는 어떻게 반응했을까. 실험자도 구별 못할 정도니까 실험자는 '한층 원에 가까운 것'을 멋대로 정하고 먹이를 주기도, 전기쇼크를 가하기도 할 수밖에. 개는 그래도 노력하지만 번번이 실패할 수밖에. 그러다 돌연 개는 파괴적인 행동으로 나아간다. 실험기구에 몸을 부딪치기도 하고, 먹이를 거부하기도 하고, 혼수상태에 빠지는 놈도 있고.

객 : 선생은 지금 베이트슨(G. Bateson, 1908~1980)의 '이중구속(double bind)' 개념을 말하고 있군요.(『정신의 생태학』) 셰익스피어의 「햄릿」(제3막 3장)에 나오는 유명한 대사 '동시에 두 가지 일에 묶인 사나이처럼(To double business bound)'도 그런 것 아닙니까. 형을 죽인 죄에 떨며 열심히 기도하는 국왕의 독백 장면. 기도하고자 하는 마음과 죄인이어서 기도할 수 없는 마음의 갈등이 그것. R. 지라르는 이를 평론집 제목으로 사용한 바도 있고.(*To Double Business Bound*, 1978)

주 : 신경증이 생겨나는 실험으로 이 문제를 제기한 점에 베이트슨의 특출함이 있겠지요. 실험실의 그 개는 무언가 몰랐다는 것이 이 실험의 핵심이지요. 곧, '식별의 콘텍스트(문맥)' 에서 '도박하기의 콘텍스트' 로 이행되었음을 개가 몰랐던 것. 이러한 변이를 빼앗긴 까닭. 주인과 함께 실험실에 들어갈 시점에서는, 개는 주인의 뜻에 맞게 열심히 노력한다. 그 길이 자기의 생존에 관련된다고 무의식 속에서 느꼈으니까. 그 때문에 개는 열성을 다한다. 그러나 어느새 열심히 하면 할수록 바보스런 상황에 직면. 이러한 상황변화를 모르는 개는 열심히 벌을 받을 뿐. 이때 발생하는 것은 지금까지 안정된 주인과 자기의 관계에 대한 두려움이다. 관계 파탄에 대한 위협. 주인의 명령이, 그리고 실험실의 당초 상황이 '식별하라!' 인데, 어느새 상황 전체가 강요하는 것은 '식별해도 소용없다' 로 되어버렸던 것. 주인은 '내 명령에 따라야 네가 안정된 삶을 살 수 있다' 라는 명령을 발하면서 동시에 '네가 내게 복종할 수 없다' 라고 하는 상황.

객 : 헤겔에서 베이트슨이라. 그러니까 「미늘」에서 『미늘의 끝』이 각각 이에 대응된다는 것. 이 모두는 심리학적이라든가 신경증 생성 실험에 멈추는 것은 아닐 터인데요. 선생이 자주 말하는 '모든 희랍인은 거짓말쟁이라고 한 희랍인이 말했다' 에도 해당되는 것 아닙니까.

주 : 러셀이 지적한 대로, 논리적 계형(logical types)이 다르다는 사실을 알면 쉽사리 풀리는 문제라 할 수 없을까. 개의 경우, '식별하기' 와 '도박하기' 란 논리적 계형이 다른 것. 이를 동일한 것으로 인식하는 한, 모순에 빠질 수밖에. 위의 희랍인 문제도, 진위 판별 불가능으로 보이지만, 집합(class)과 요소(member)의 계형을 설정하면 풀릴 수 있는 과제일 터.

객 : 인간의 경우, '논리적 계형' 들이 하도 많아서 이를 일일이 식별할 수 없을 정도 아닙니까. 더구나 문화적 문맥이 지역마다 시대마다 다르기도 하고. 가령, 서구찬 사장의 경우, 그가 선 기본항이란 일부일처의

계형이겠지요. 숨겨둔 여인, 정수미의 존재와 본처 재명을 동일한 계형으로 인식한 데서 생긴 비극이 아니겠는가.

주 : 장편 『미늘의 끝』이란 서구찬 사장의 신경증 생성 과정을 추적한 것. 동시에 정수미의 그것까지도. 또한 구찬의 본처의 그것까지도.

객 : 첩이란 무엇인가. 일처다부주의의 티베트나 일부다처주의의 이슬람 문화권에서 보면 어떠할까. 한갓된 허구가 아니고 새삼 무엇일까.

주 : 서구찬 사장을 죽게 한 진짜 원인은 무엇일까. 이 문제가 마지막으로 남게 되었습니다. 개인의 신경증일까. 문화도 일종의 마음의 생태계로 본다면 문화의 생태가 원인일까.

객 : 개별적 · 주체적 콘텍스트에서 상위의 콘텍스트에로 옮아가면서 보다 큰 전체가 만들어내는 유형에 대응해가는 방식으로 이 문제를 풀 수 없을까.

주 : ……

객 : 그러고 보니 정작 『미늘의 끝』에 관해 우리는 거의 아무 말도 하지 않은 폭이 되고 말았군요. 멀리서 서 사장이 죽은 마당바위 앞바다 윤곽만 바라본 꼴이라고나 할까.

주 : 이만하면 제가 안정효씨의 독자의 하나라 할 수는 있지 않겠습니까. 비록 서구찬 사장을 죽음으로 몰아넣은 그 신경증(미늘)을 치유해낼 방도를 제가 명석하게 제시하지 못했다 할지라도.(이 글은 1997년 5월 모 월간지의 의뢰로 씌어진 것인데, 모종의 이유로 『미늘의 끝』과 함께 미발표로 오늘에 이른 것임.)

'능바우'에서 '킬리만자로'까지

— 지방성 극복과정의 어떤 궤적

1. 첫 작품이 뜻하는 것

홍상화의 창작집 『능바우 가는 길』(문이당, 2000)엔 「겨울, 봄 그리고 여름」(1990)에서 최근작 「능바우 가는 길」(1999)에 걸쳐 발표된 여덟 편의 창작이 실려 있다. 그 동안 이 작가가 쓴 작품들 중에서 이들 여덟 편만을 추린 이유에 대해서는 언급이 없어 알기 어려우나, 자세히 들여다보면 10년의 세월 속에서 이루어진 한 작가의 정신적 궤적이 손에 잡힐 듯이 선명해 고도의 계산에 의해 선택되었음이 판명된다.

첫번째 작품 「겨울, 봄 그리고 여름」부터 살펴보기로 하자.

"초겨울 어느 날, 김성수는 김포공항으로 가는 차 뒷좌석에 눈을 감고 앉아 지난 세월을 뒤돌아보았다"라고 시작되는 이 작품의 주인공 김성수는 43세의 소기업 사업가다. 15년간 그는 피나는 노력으로 사업에 매달렸으나, 이런저런 이유로 실패, 결국 탈세, 외화유출 혐의로 범죄자 신세가 되어 해외로 도피해야 했고, 도피생활 3개월 만에 귀국, 모든 것을 잃은 그는 모 영어학원 강사후보로 재출발하게 된다. 그러나 그것은 재출발이기에 앞서 사업을 일으키기 위해 겪었던 온갖 수모에 대한 타오르는 분노로 가득 차 있어, 출구가 보이지 않는 형국이다. 특징적인 것은 다음과 같은 장면들.

(1) "그는 집은 말할 것도 없고 값이 나가는 것이면 무엇이든지, 물론 아내의 패물까지 한치의 미련도 없이……"(218~219쪽)

(2) "생활비를 절약하려고 딸을 접골원에 데려간 아내의 모습이 떠오르자, 음 하고 저절로……"(233쪽)

(3) "아! 내가 얼마나 건방졌나! 아내가 자신을 사랑하는 것을 마치 아내 몸 속에 지니고 살아야 할 불치의 병처럼 받아들였다니!"(238쪽)

실패한 사업가 김성수의 삶을 장황하게 펼쳐놓은 이 작품에서 주목되는 것은 위의 인용에서 보듯 가정주의랄까 가족중심주의의 모습이 수시로 출몰한다는 점이다. 아내와 딸이 김성수의 의식을 짓누르고 있음이란 무엇인가. 성패에 대한 심리적 대응물로 작동되고 있을 만큼 그것은 심층적이다. 작가 홍씨의 출세작인 장편 『피와 불』(1989, 『꽃 파는 처녀』로 1999년에 재출간)의 기저에 놓인 가문주의(家門主義)와 대응되는 혹은 그 변형인 이 가족주의(가족중심주의)는 이 창작집을 이해하는 한 가지 지표라 할 것이다.

2. 권력의지의 불타오름

아내/딸로 표상되는 가족주의적 사고란, 일차적으로는 야망으로 치닫고 있는 남성중심주의에 대한 대응물로 설정되고 있다. 이 타오르는 야망이 좌절되었을 때, 그 심리적 부담을 부려놓을 수 있는 대응물로 동원된 이 가족주의란 그러니까 이 단계에서는 한갓 보조선의 몫을 한다고 볼 것이다.

(1) "추악한 인간들이 물어뜯고 뜯기는 세계에서는 강하고 잔인한 인간들만이 살아남는다고. 그리고 살아남은 인간들이 한 짓은 모두 합법적이고 지혜로운 것으로 포장되고 변국에 남은 자들은 졸지에 도둑놈으로 몰린다고."(212쪽)

(2) "연극이 어떻게 끝날지 모르고 조마조마한 마음으로 자신의 연기를 지켜보았을 가족들, 어떠한 종결을 맞이할지 흥미로워하며 자신의 연기를 관찰하였을 친구들, 그리고 비웃음을 머금고 무대와 객석에 시선을 던졌을 각본을 쓴 사람…… 비웃는 그 자의 얼굴을 보고 싶었다. 아마 그 자는 흉악한 모습에 거대한 힘을 가진 그 무엇이리라. 자신의 어리석음을 비웃는 그 자의 웃음이 들려오는 듯했다."(213쪽)

(3) "특히나 힘들었던 여행에서 돌아온 다음날, 월요일 아침 일곱시 중역회의에 참석하려고 세수를 하다 코피를 흘렸던 캄캄한 겨울날 새벽이 떠올랐다. 그 피를 보면서 순간적으로 던졌던 질문—무엇 때문에 내가 이렇게 살아야 하나?—그 질문이 마음속에서 자리잡기도 전에, 그런 질문을 던졌을 안일한 생활을 하는 수많은 사람들에게 속으로 퍼부은 저주…… 그 저주가 최선을 다하지 않은 중역들에게 향했을 때 느낀 고통스럽던 배신감……"(217쪽)

사회제도 및 타인에 대한 타오르는 증오심이란 따지고 보면 자본제 생산양식이 낳은 산물에 지나지 않는다. 이 엄연한 법칙에 대한 타오르는 증오심이란, 이 판에 뛰어들었다가 패배한 자의 헛소리에 다름아니다. 만일 그가 패배하지 않았더라면, 그 사회제도 및 그 타자들의 일원으로 군림했을 터다. 요컨대 김성수의 타오르는 저러한 증오심을 뒤집어보면 그것에 대한 형언할 수 없는 애착이 아닐 수 없다. 거창하게 말해 권력(생명)의지이겠고, 이를 첨예하게 의식함이란 자본제 생산양식이 부추기는 욕망의 분출의 승인 및 그 조직 속의 일원으로 편입되기와 맞물려 있다.

인간에게 누구나 이 권력의지로서의 삶의 욕망이 있겠지만 김성수를 통해 보여주는 작가 홍씨의 그 열정의 강도는 단연 유별해서 인상적이기까지 하다. 이것이 이 창작집의 원동력으로 작동하고 있음을 선명히 볼 수 있다. 박정희의 최후를 다룬 「독재자가 남긴 마지막 말」에서 작가의 이러한 생각이 미처 형상화에 이르지 않은 채 다음처럼 독백형식으로 분출해 올라올 정도로 강렬하여 놀랍다.

"빈곤(貧困)이라는 음탕한 생활로부터 구원받은 창녀는 그들의 구원자를 무시하고, 이제는 몹쓸 뚜쟁이들의 부추김에 속아 자유(自由)라는 오르가슴에 달하고 싶다고 허망한 '자유'를 부르짖는, 힘센 젊은 남자에게 음흉한 유혹의 눈길을 보내고 있었소. 저주받을 년들!

나는 결심했소. 그들 잡년들의 음부에 말뚝을 박아 썩어가는 음부에서 흘러나오는 음액(陰液)으로 이 땅을 비옥하게 만들기로 했소. 비옥해진 땅 위에서 풍성한 수확을 거둬들이는 미래의 자식들에게 기대를 걸기로 했소.

나는 외롭기 시작했소. 외로움은 지루함으로 이어졌소. 배신당한 남자가 지루할 때 무엇을 원하는지 아시오? 전쟁이오. 나는 전쟁을 원했소. 대포 소리, 비행기 소리, 신음 소리, 피비린내…… 모든 것이 정지된 그 순간은 외롭고 지루한 남자의 가슴에 평온을 가져다주었소." (73쪽)

이러한 권력의지가 증오의 형태로 드러남이란, 그것에 대한 비판기능이라 볼 수도 있겠지만 원리적으로 본다면 그 자체의 승인이자 동참의지의 일종이다. 다시금 이 점을 잘 보여주는 것이 첫 작품으로부터 10년 뒤에 씌어진 「독수리 발톱이 남긴 자국」이다.

세계 초강대국 수도인 워싱턴 시 변두리, 스페인계 남미인 이민자들이 살고 있는 지역에 위치한 슈퍼마켓 안 사무실에 한 사내가 바쁘게 그날의 매상을 계산하고 있다. 이름은 최형민. 해직기자 출신, 군사독재에 맞선 정의의 사내. 새로운 인생을 찾아 미국으로 이민, 한국 상품을 위한 시장 개척도 실패의 연속이었다. 그가 혼신의 힘으로 단신 개척한 시장은 어김없이 재벌 자회사의 물량, 가격 공세로 물거품이 되었다. 가까스로 최형민이 이룩한 것은 동네 슈퍼마켓. 이제 잘만 하면 승산이 있을 터였다.

또하나의 인물은 최형민의 죽마고우 박진우. 직장을 그만둔 30대 후부터 사업을 갖기 위해 혼신의 힘으로 일했으나 번번이 실패. 부도가 났고 범죄자로 낙인찍혀 미국으로 도피, 이제 겨우 리쿼스토어를 경영하여 가족에게 송금하는 처지. 박진우의 절박함은 신자도 아니면서 텅 빈 교회에 들어가 예수를 향해 독백하는 다음 대목에서 잘 드러난다.

"이곳 미국에서 저는 최선을 다해 일했습니다. 일한 만큼 보수가 돌아온다는 믿음과 제 자신의 힘으로 가족을 부양한다는 자부심으로 행복하게 일했습니다. 그런 행복감은 한국사회에서는 향유할 수 없었던 것입니다. 한국사회는 죄를 지으며 살아남든지 당장 생계유지에 급급한 생활을 하든지 두 가지 중 하나를 선택하게 했습니다. 저는 죄를 지었습니다. 누구나 그러했으니까요. 사회의 지도층을 이루는 관료와 사업가, 그리고 정치인들…… 누구나 죄를 지으며 살고 있습니다. 그리고 놀랍게도 죄를 짓고 있다고 느낄 능력이 없는 자만이 살아남을 수 있습니다. 이 얼마나 무서운 사회입니까? 그렇습니다. 겉으로 보기에 그들은 인간미를 따지고 예의를 중히 여기고 관대함을 미덕으로 여기는 듯하지요. 그렇지만 따지고 보면 인간미와 예의란 부정부패를 조장하고 은폐하는 도구에 지나지 않고, 관대함이란 지배층에 있는 사람들 사이에서만 적용되는 자기 보호막에 불과합니다. 저는 제 동포지만 지배계급에 속한 그들을 혐오합니다."(36쪽)

최형민도 박진우도 권력의지에 불타는 강력한 인간들(장편 『거품시대』, 1994에서는 이러한 군상들이 득실거리고 있거니와)이었음이 한눈에 들어온다. 그들은 고국에서 패배했고, 그들을 패배시킨 그 원리의 근원지인 미국에 와서 발버둥치고 있다. 여기서도 바로 그 원리의 덫에 걸렸기 때문이다. 좀더 빨리 성공하기 위한 욕망이 바로 덫이었던 것. 최형민의 우정이 덫에 걸린 박진우를 구출할 수 있을까. 작가는 부질없이, 우정이야말로 어떤 덫도 피해갈 수 있는 유일한 희망임을 암시하고 있다. 아마도 소설적 원리 쪽을 희생한 작가의 희망사항이 아니었을까. 그들 두 사람은 당초부터 자본제 생산양식의 사고범주가 지닌 속성을 속속들이 알고 있지 않았던가. 거기서 벗어날 어떤 길도 없음을 누구보다 숙지하고 있지 않았던가. 이 냉혹함이 삶의 법칙이자 작가 홍씨의 열정이자 글쓰기의 근거이고, 또 그 지속성이 아니었던가.

3. 권력의지와 가족주의

지속성이라 했거니와, 앞에서 살핀 첫 작품 「겨울, 봄 그리고 여름」에서 「독수리 발톱이 남긴 자국」까지 꼭 10년의 세월이 흘렀지만, 글쓰기의 원리로서의 열정의 강도는 미동도 하지 않은 채 지속하고 있다. 지속성이라 했을 땐 또다른 의미항도 깃들여 있는데, 앞에서 살핀 가족주의가 그것.

"백인 위생감독관이 박진우가 서 있는 매대 쪽으로 가까이 오면서 선반 위의 물건을 치우고 그곳을 살펴보고 있었다. 그때 최형민의 아내가 위생감독관보다 몇 발자국 앞질러 박진우가 서 있는 바로 안쪽 선반 위의 과자통을 치우고 살피기 시작했다. 어느 한 곳, 과자부스러기가 떨어진 곳에 바퀴벌레인 듯한 것이 움직이고 있었다. 순간 최형민의 아내가 과자부스러기와 바퀴벌레인 듯한 것을 집었다. 움켜쥔 손을 등뒤로 가져간 그녀에게 감독관이 무어라고 말하는 듯했다. 최형민의 아내가 손에 든 것을 입에 털어넣었다. 감독관이 보기에 떨어진 과자부스러기를 먹는 듯이 보였을 것이다. 감독관 뒤를 따라오던 최형민은 아무것도 눈치채지 못한 듯했다. 박진우는 얼른 골목길 안쪽으로 뛰어가 벽에 기대어 토하기 시작했다." (40쪽)

이 장면은 박진우의 시선에 잡힌 최형민 아내의 모종의 행위다. 위생 감독관의 눈을 속이기 위해 갑자기 출현한 바퀴벌레를 눈치껏 잡아 삼킴으로써 영업정지의 위기를 모면하는 장면. 상대방을 이기기 위해 상대방이 토해낸 오물을 먹어치우는 장편 『거품시대』에 나오는 백운직물 사장 백인홍의 행위를 연상시킨다. 박진우로 하여금 구토를 일으키게 한 이 장면이야말로 최형민의 인간됨과 그 가족주의의 원점 확인이 아니겠는가. 작가 홍씨는 아주 직설적으로 박진우의 입을 빌려 이렇게까지 말해놓지 않으면 배길 수 없었다. 바텐더가 한국에서 가장 유명한 것이 무엇이냐는 질문에, "별로 유명한 것이 없는 것 같소. 구태여 찾는다면 한국 여성의 마음씨요. 역사적으로 어려운 환경 속에서도 가족을 이끌어온 것은 한국 여성의 힘이오"(44쪽)라고 대답한다.

최형민의 처가 숨어서 혼자 일으키는 구토는 작가도 감당하기 어려운 것이었다. 박진우가 목숨을 걸고 돈벌이를 하는 것도 고국의 처와 딸에게 송금하기 위함이었다.

"하느님! 이번 일만 도와주시면 저 자신을 위해서는 아무것도 바라지 않겠습니다. 이곳에서 남은 인생을 두 딸과 아내만을 위해 살아갈 것을 맹세합니다. 그렇다고 저 자신이 불행한 인생을 살겠다는 것은 결코 아닙니다. 세상 누구보다도 행복할 자신이 있습니다. 왜냐고요? 제 두 손으로 힘껏 일해 가족을 부양하고 웃음짓는 아내 얼굴을 대하며 사랑 속에 성장해가는 두 딸을 보는 기쁨이 있지 않습니까?"(38쪽)

박진우의 이러한 심정고백은 최형민의 처가 일으키는 구토와 등가물이 아닐 수 없다. 다만 특징적인 것이 있다면, 작가 홍씨 특유의 딸 편향주의다. 청년 사업가 김성수에겐 딸이 하나, 귀국 금지자 박진우에겐 딸이 둘 있었다. 가족주의, 그것은 작가 홍씨에게는 모종의 센티멘털리즘이 깃들일 수 있는 틈이 아니었을까. 이 센티멘털리즘엔 그 나름의 내력과 까닭이 있지 않았을까.

4. 기억과 묘사—글쓰기의 원점

딸을 핵으로 한 가족주의란 무엇인가. 이 물음이 작가 홍씨의 첫 창작집이 지닌 모종의 글쓰기의 또다른 원동력이 아니었던가. 발표순서대로 읽는다면, 「능암리 그 여인」(1991), 「유언」(1992), 「어머니 마음」(1993), 「세월 속에 갇힌 사람들」(1995), 「능바우 가는 길」(1999)이 되거니와, 분량으로 보나 공들인 품으로 보나 단연 이 창작집의 중심부라 하지 않을 수 없다. 10년에 걸친 작가 홍씨의 글쓰기란 이들 작품으로 응집되었다 해도 크게 틀리지 않는다. 그렇다면 그 핵심에 놓인 과제란 과연 무엇이었을까. 「능암리 그 여인」이 작가 홍씨의 두번째 출발점으로 바위처럼 우뚝 서 있다.

'능암리'란 무엇인가. 경상북도 대구에서 떨어진 시골의 이름이다. 1·4후퇴에 밀려, 열 살의 소년인 '나'가 일 년 반 동안 머문 곳이다. '나'에게 능암리가 어째서 '유일한 내 마음의 고향'이었을까.

"어쩌면 인생의 대부분을 시골에서 보낸 어느 누구보다도 능암리에 대한 나의 애정은 더 깊을 것이다. 지금 다시 생각해보니 그 이유는 여러 가지가 있을 것 같다. 내가 성년이 되기 전 오랫동안 가족과 떨어져 있었던 유일한 경험이라든지, 나이가 나이인 만큼 감수성이 예민해졌을 때 나의 뇌리 속에 깊게 파고든 시골의 인정이라든지, 오랫동안 시끌시끌한 도시생활을 하다보니 나이가 들면서 점차 염증을 느껴 일 년 반 정도 지낸 능암리의 생활에 연연하게 되었는지도 모른다. 내 소설 여러 곳에 능암리가 무대로 등장할 만큼 능암리는 내 정신세계의 지주였다."(191~192쪽)

난리통에 집안 어른들이 소년을 외가가 있는 능암리에 보냈고, 그곳에서 소년은 남다른 체험을 했다. 그것은 외숙모와의 관계로 집약된다. 6·25전쟁 전 서울에서 대학을 다니던 외삼촌이 부모의 명으로 시골 양가 출신 규수와 혼인했고, 능암리에서 신접살림에 들어갔다. 두 주일 만에 상경한 외삼촌은 6·25전쟁에 휘말려 의용군으로 갔다. 생사여부가 불투명한 상태, 시부모를 모신 외숙모는 독수공방 신세. 그런 외숙모에게 열 살 소년의 출현은 그야말로 유일한 마음의 의지처였다. 도시에서 자란 소년 역시 낯선 동네 아이들의 텃세 속 타지살이에서 외숙모만이 마음의 의지처였다.

"그녀는 신접살림 몇 달 만에 의용군에 간 남편 대신 시부모님을 모시고 평생을 청상으로 지낼 각오를 하였다. 그녀는 조금도 슬프지 않았다. 혼자 달랑 외가로 피난 와 고아가 된 큰시누이의 열 살 된 아들과 평생을 지내기로 단단히 마음먹었기 때문이다. 낮에는 들일을 나가 그 아이에게서 국군과 인민군의 군가를 배웠고 밤에는 등잔불 밑에서 아이에게 유행가를 가르치며 함께 소리 죽여 불렀다. 갈수록 정이 더해지던 어느 날, 죽은 줄 알았던 아이의 아버지가 나타나 아이를 데려갔다. 그날 밤 유난히 휑뎅그렁해진 방에 앉아 있으려니 온통 세상이 무너지는 듯한 슬픔과 외로움을 견딜 수가 없어 집을 뛰쳐나왔다. 지나가는 버스를 무작정 세워 올라탔다."(196쪽)

이 장면은 작가인 '나'가 일방적으로 상상한 외숙모의 내면풍경이다. 실상 생사불명의 남편을 기다릴 수 없다고 판단한 친가 부모의 은밀한 명령으로 친정으로 되돌아온 외숙모는 개가하여 딸과 두 아들을 낳고 국밥집을 하며 오늘에 이르고 있다. 40년의 세월이 흐른 오늘 열 살 소년은 소설가가 되었고 친구들과 서울 구경에 나선 외숙모가 그의 집필실로 뜻밖의 전화를 해온 것이다.

이 작품에서 지적될 수 있는 것은 열 살 소년의 '기억'에 관해서다. 로브-그리예의 지적대로 기억이란 상상력의 다른 명칭이다. 기억이 필연적으로 묘사를 가능하게 하는 것은 그것이 누구를 시켜 대필할 수 없음으로써 새삼 증명된다. '기억=묘사'란 그만의 것이기에 그 누구도 대신할 수 없는 그 무엇이 깃들이는 영토다. 글쓰기의 기원이랄까 근거가 여기에서 온다. 작가 홍씨의 원점이 '능암리' 라 함은 이런 문맥에서다.

5. 기억의 구체성 — 외숙모

이러한 '기억=묘사' 가 글쓰기의 기원이 되는 뜻은 단지 일반론에 지나지 않는다. 이 일반론이란 사람에 따라 천차만별일 터이거니와, 작가 홍씨에게 그것은 어떤 구체성을 띤 것이었을까. 이 물음에 곧바로 응해오는 것이 「유언」「어머니 마음」「세월 속에 갇힌 사람들」 등이다.

"전쟁은 수많은 순진한 젊은이들의 생명을 앗아갔거나 일생을 망쳐놓았다. 전쟁이 끝난 지 20여 년 후 스무 살 된 딸을 북한에 홀로 남겨둔 채 남한에서 생명을 끝내야 했던, 한 남자의 한 많은 일생이 한 권의 소설 속에 담겨졌다.

그의 딸은 이제 불혹의 나이에 들어섰으나 아직도 아버지의 체취를 잊지 못해 괴로워하고 있을지도 모른다."(150쪽)

이 대목은 「유언」의 입구에 걸려 있는 에피그램. 여기에 나오는 한 권의 소설이란, 설명이 없을 수 없는데 작가 홍씨의 데뷔작인 장편 『피와 불』을 곧바로 가리킴이라는 사실이 그것. 작가 자신이 시나리오 및 제작자로 영화화한 바 있는 이 장편은 작가가 혼신의 힘을 기울인 노작이다. 사람의 일생을 좌우하기도 하는 중요한 우연성들이 대개 그러하듯, 홍씨에 있어서도 이 작품의 창작동기는 운명적이었음이 거의 확실하다. 『피와 불』에 따른다면, 그러니까 운명적 사실에 의거한다면, 대학생인 당숙은 낭만주의적 성향의 인물로 좌익사상의 열병에 걸려 있었다. 6·25를 맞아 의용군으로 갔고, 월북한 뒤엔 그곳 여배우와 결혼, 딸을 낳고 당의 명령에 의해 간첩으로 남파했다. 가문 어른들의 설득으로 자수, 재혼, 사업가로 변신했다가 암으로 죽는다. 이것이 '자살인가 병사인가' 를 두고 이런저런 사건들이 벌어지는 것이 『피와 불』의 내용이다. 문제는 당숙이란 인물이 남파간첩으로 자수했고 또 죽었다는 '사실' 에 있다. 만일 이것이 허구라면 이를 토대로 어떤 소설을 꾸미든 그것은 창작의 자유에 속할 터여서 그 성패 여부는 작품(소설)의 법칙성이 판가름해줄 과제에 속할 터다. 그러나 이것이 '사실 자체' 라면 사정은 어떻게 될까. 다시 말해 당숙의 딸이 북한에서 인민배우로 통용 화폐의 인물로까지 등장하고 있는 「꽃 파는 처녀」의 여배우 홍명희라면 어떠할까.

이 운명적 사실의 원점이 있다면 그것은 능암리(능바우)가 아닐 수 없다. 이 원점이 「유언」에서는 북쪽에 있는 '외숙모' 의 아버지를 창출해낸 것이고, 「어머니 마음」에서는 남쪽에 있는 '외숙모' 를 창출해낸 것이며, 「세월 속에 갇힌 사람들」에서는 그 남쪽의 '외숙모' 의 죽음을 창출해낸 것이다.

압도적인 '사실' 앞에 망연자실, 이를 소화해내기 위한 혼신의 노력이 『피와 불』이 아니었던가. 작가 홍씨에게 허구(소설)란 '사실' 에 맞서는 유일한 '현실' 로 작동되었을 터다. 홍씨의 소설가 되기가 운명적이라 함은 이런 문맥에서다. '사실' '허구' 이 두 세계 한가운데 이 작가 특유의 '현실' 이 있었다. 이 창작집 『능바우 가는 길』이 그 '현실' 의 구체성이라 할 것이다.

6. 덫으로서의 가문주의

이 창작집은, 물론 그 자체로 설 수 있지만, 장편 『피와 불』 및 『거품시대』와 마주하고 있을 때 비로소 제 빛을 뿜어낸다. 이 점을 새삼 환기시켜주는 것이 최근작 「능바우 가는 길」로 보인다.

이 창작집을 이루는 두 기둥을 지금껏 살펴봤거니와 다시 한번 정리해보기로 하자. 한쪽 기둥을 이루고 있는 첫 작품 「겨울, 봄 그리고 여름」에서 「독수리 발톱이 남긴 자국」에 이르는 과정이란 '권력의지' 로 요약될 터다. 이 열정은 작가 홍씨가 저주해 마지않는, 그를 패배시킨 자본제 생산양식이 낳은 원동력이다. '독수리 발톱'으로 표상되는 약육강식의 동물적 의지이며 헤겔의 이른바 '주인 · 노예 변증법'에 다름아니다. 작가 홍씨의 창작의 근거이자, 삶의 의지의 근거가 여기에 놓여 있는 만큼 이것은 권력의지로서의 인간 욕망의 원점이자 글쓰기의 기원이 아닐 수 없다. 이것이 이른바 일반론에 해당된다.

이 창작집의 또다른 기둥의 하나인 「능암리 그 여인」계는 어떠할까. 그것이 당숙으로 말해지는 구체성(운명적)으로 규정됨으로써 원리적인 글쓰기의 근거를 이루지만 그 자체로 제한적임을 면치 못한다. 제2의 글쓰기의 기원이라 함은 이런 문맥에서다. '당숙'이 지닌 구체성이란 그러니까 작가 홍씨에겐 일종의 '덫'이 아니었던가. 글쓰기의 활주로를 떠나 이륙하기 쉬운 지점이기도 했지만 그만큼 그의 비상을 제한적으로 만들지 않았던가. 이를 부추긴 것이 이른바 시대성이다. '분단문학'으로 말해지는 이 시대성이 작가 홍씨의 발목을 잡은 '덫'이 아니었을까.

여기에는 설명이 조금 없을 수 없다. 분단문학 그것은 반세기에 걸친 이 나라 문학판의 소명감각에 걸린 과제였고, 의식적이든 아니든 작가치고 이 수압에서 자유롭기 어려웠다고 봄이 자연스러웠다. 이 점에서 작가 홍씨는 썩 유리한 위치에 있었다. 그것은 홍씨의 의지와는 무관한 영역, 곧 운명적인 이른바 구체성이었다. 작가 홍씨로 하여금 창작의 충동을 그 근본에서 제약한 것이 바로 이 구체성이다. 적절한 비유가 아닐 수도 있겠으나 작가 홍씨는 혹시 땅 짚고 헤엄치는 형국이 아니었을까.

앞에서 여러 번 지적한 '가족주의'의 등장이 이와 무관하지 않다. 그것은 일종의 센티멘털리즘이 아니었던가. 주인 · 노예 변증법의 세계 속에 틈을 내고 있는 이 가족주의란, 주인 · 노예 변증법에 의거한 자본제 생산양식 속의 사고체계에서 보면 한갓 센티멘털리즘이 아니겠는가. 분단문학이란 무엇인가. 한갓 지방성(地方性)의 일시적 현상이 아니고 새삼 무엇일까. 혹시 그것은 긴 안목에서 보면 센티멘털리즘의 일종이 아니었을까.

다시 한번 점검해보기로 하자. 『피와 불』의 근저에 놓인 것은 '가문주의(家門主義)' 라 할 것이다. 가문을 살리기 위한 방편으로 선택된 길이 남파간첩 당숙의 '자수' 였음은 명백하다. 그러나 정작 이를 수락한 당숙은 어떠했던가. 북에 두고 온 '아내와 딸' 을 어떤 힘으로도 이겨낼 수 없었다. 그것은 죽음만큼 강한 그 무엇이었다. '가문주의' 에 대한 '가족주의' 의 우위성이 『피와 불』의 참주제였다. '가문주의' 와 '가족주의' 의 대결과 후자의 우위성이 빚은 비극적 표정이 『피와 불』의 근거라면 이를 단편으로 전개해 보인 것이 이 창작집 전체를 꿰뚫고 있는 신경줄이자 작가 홍씨의 모종의 콤플렉스가 아니었던가.

(A) "나는 그 소녀가 신의주 고급중학교 2학년 때, 자강도 미인대회에서 최고 미인으로 뽑혀 영화 〈꽃 파는 처녀〉의 주연으로 발탁되었다는 신문기사를 기억했다. 아버지와 생이별을 하고 어머니마저 자살한 후…… 북한에서는 부계와 모계 그 어느 쪽도 피붙이를 찾을 수 없는 고아가 되어 신의주로 이주당했을 그 소녀가…… 아버지를 향한 그리움 속에, 어머니에 대한 원망 속에, 만주벌판에서 불어오는 잔인한 겨울바람을 여린 가슴으로 막으며 지내는 동안…… 그 소녀의 얼굴 표정은 육십 성상을 슬픔 속에 견뎌낸 어느 박복한 여인의 표정보다 더 깊은 슬픔에 젖었고…… 그리고…… 그리고……" (「유언」, 173쪽)

(B) "뿐만 아니라 아버지를 뵈러 갈 때 진 빚과 3개월간의 공백기간은 내 가정의 경제상태를 엉망으로 만들어놓았다. 아내가 호구지책으로 파출부로 나설 정도니 집안 사정은 한마디로 박살이 난 셈이다. 그러한 상황 아래서도 두 딸이 경제적인 핍박을 느끼지 못한 것은 순전히 아내의 헌신적인 노력 때문이었다. 그러고 보니 아내가 아주 마음씨 착한 여자라는 사실을 결혼 후 처음으로 깨달은 셈이다.

나도 명색이 한 집안의 가장(家長)인데 어린 두 딸을 생각해서라도 그냥 죽치고 집안에 틀어박혀 있을 수가 없었다." (「어머니 마음」, 134~135쪽)

'가문주의' 에서 '가족주의' 로 옮겨간 장면이 (A)라면, 북쪽의 아비를 만나고자 발버둥친 아들의 자기 반성이 (B)이다. '가족주의' 와 '가문주의' 의 대결양상이 이들 작품의 갈등구조와 구성적 원리를 여지없이 폭로해놓고 있다. 이 점에서 「세월 속에 갇힌 사람들」을 빼면 작가 홍씨의 글쓰기의 편향성이 한결 뚜렷해진다.

'가문주의' 에서 '가족주의' 로의 전환이, 작가 홍씨에 있어 얼마나 힘겨웠던가는 쉽사리 짐작된다. 1990년대 시대성 속에서 그것은 센티멘털리즘에 안주하느냐, 이를 초월하느냐에 걸리는 작가의식의 과제로 보이기 때문이다. 이 센티멘털리즘에의 안주를 거부하는 강력한 권력의지가 작가 홍씨의 원점으로 꿈틀거리고 있었음에 틀림없다. 「독수리 발톱이 남긴 자국」이 분출해 올라왔음이 그 증거다. 주인 · 노예 변증법의 헤겔주의적 욕망이 그것이다. 그러나 센티멘털리즘으로서의 분단문제로 말미암아, 그 헤겔주의적 욕망은 진가를 발휘하기엔 이미 쇠약해졌다. '가문주의' 에서 '가족주의' 로의 전환도 이에 대응된 형국이 아니었을까.

7. 킬리만자로의 표범이 이른 곳

이 지점에 놓인 것이 「능바우 가는 길」로 보인다. 해발 6천 미터, 킬리만자로 상공을 4인승 세스나 단발기로 날고 있는 작가 이진우, 그는 왜 지금 눈 덮인 킬리만자로 정상을 굽어보고 있는가. 대체 그는 무엇을 찾아 헤매고 있는가. 이 물음에 대답을 제시한 것은 다름아닌 작가 헤밍웨이다. 그는 「킬리만자로」(1936) 첫 줄에서 이렇게 썼다.

"킬리만자로는 높이 1만 9천7백10피트, 눈에 뒤덮인 산으로 아프리카 대륙의 최고봉이라 한다. 서쪽 봉우리는 마사이어로 '누가예 누가이', 즉 신의 집이라고 불려지고 있다. 이 서쪽 봉우리 가까이엔 얼어붙은 한 마리의 표범의 시체가 있다. 도대체 그 높은 곳에서 표범은 무엇을 찾고 있

었던가? 아무도 설명해주는 사람은 없었다." (이종구 역)

주인공인 소설가 해리는 그만이 쓸 수 있는 묘사(작품)를 쓰지 않고 재능을 낭비했다. 그 대가가 그에게 닥쳐온 '죽음'이었다. 죽음을 물리칠 수 있는 것이란, 그만이 할 수 있는 '묘사'다. 표범(헤겔주의자)만이 할 수 있는 의지의 소산이며 인간의 고귀성(기품)에 다름아니었다.

여기까지 이르면 작가 홍씨의 창작의 스승이 헤밍웨이였음을 쉽사리 짐작할 수 있다. 모래를 씹는 듯한 문체, 승부를 노리는 강력한 대화체, 형용사에 대한 거부 등등 작가 홍씨의 소설적 운용방식도 혹시 헤밍웨이에게서 영향받은 것인지도 모른다. 샤머니즘적 문체와 분위기로 이루어진 이 나라 소설의 주류에 비추어볼 때, 홍씨의 작품이 매우 동떨어져 있음도 이와 무관하지 않을 터다. 헤밍웨이 역시 근원적으로는 일종의 지방성이겠지만, 좌우간 스승 헤밍웨이를 따라 작가 이진우, 그는 지금 어디로 가고 있는가. 모 신문사 의뢰로 아프리카 오지에서 슈바이처처럼 봉사하고 있는 의사 모씨를 취재하러 가고 있단 말인가. 천만에. 이진우 그는 실상 '능바우(능암리)'로 가고 있었던 것. 능바우로서의 아프리카, 그의 글쓰기의 기원인 그곳. 그것을 떠나서는 어떤 글쓰기도 근원적으로 불가능했던 곳. 지방성(센티멘털리즘)의 시발점이자 초극이 가능한 곳. 인간의 고귀성, 그것이 가능한 지점을 향해 그는 날고 있었다. 그리고 그 끝엔 '죽음'이 가로놓여 있었다.

헤겔의 시선에서 본 『혼불』

1. 시금석으로서의 『혼불』

먼저 제 개인적 얘기에서 시작하면 안 될까요. 어느 해인가 대한출판협회에서 매년 시행하는 독후감 현상 모집에서 여고생인 최명희씨가 당선된 적이 있었지요. 그로부터 세월이 조금 흘러 1980년도 신춘문예에 「쓰러지는 빛」(중앙일보)으로 당선된 사람이 최명희씨였습니다. 그제나 저제나 신춘문예 당선작을 점검해오던 저는 1980년도 작품의 경향에 주목했는데, 여성 작가들이 판을 치고 있었음이 특징적이었습니다. 그것이 제겐 아마추어리즘으로서의 소녀 취향으로 보였지요. 「쓰러지는 빛」에 대한 제 평가는 대충 이러했지요.

"「쓰러지는 빛」은 앞에서 말한 소녀취, 혹은 센티멘털한 요인을 가장 짙게 풍기는 작품이다. 사법고시 준비하기 위해 절에 간 남동생을 가진 화자인 '나'는 어머니와 단둘이 죽은 아버지의 이미지를 양식으로 하여 살아간다.

그것은 '집'(아버지의 서재)으로 표상되는바 그 집을 팔지 않을 수 없는 처지에 놓인다. 새로 들어온 집주인의 상스럽고 촌놈다운 모습과 아버지 서재의 성스럽고 인간다운 기품의 대비에서 참신한 의미가 없는 것은 아니나 일종의 감상주의에 멈춘 것이다. 새로 이사 온 집주인의 그 상스럽고 촌놈적인 쪽이 오히려 소설이 감당해야 할 근대성(近代性)에 다름아닌 것이다."(서울신문, 1980. 1. 17)

신진 작가 최명희씨는 이에 어떤 반응을 보였을까. 『혼불』이 그 해답이라고 아직도 저는 생각하고 있습니다. 동아일보 창간 60주년(1981) 2천만원 고료 현상 모집 당선작 『혼불』(당선작은 한길사판 10권 중 1~3권에 해당되는데, 정확히는 세 권 중에서도 1.「암운」에서 3.「젖은 옷소매」까지임)을 두고 제가 「쓰러지는 빛」의 작가 최명희의 반응이라 보는 그 까닭은 무엇일까. 이 점을 조금 말해보고자 함이 제가 여기에 나온 이유이기도 합니다.

「쓰러지는 빛」을 두고 제가 한 말 중에 '근대성'이란 낱말에 주목해주시길 바랍니다. 위의 같은 글에서 제가 달아놓은 다음 대목도 이 자리에서 내세워보고 싶습니다.

"이 근대성에 관련하여 본다면 신춘문예의 지면은 적합치 않다. 우리의 안목으로는, 소설의 근대성은 중편이 아니면 이젠 불가능할 것이다. 적어도 우리가 말하는 근대성으로서의 오늘날의 우리의 삶은 거칠고 또 많은 점에서 한국 근대사의 문맥과 연결되는 것이어서 인생의 세련된 관조의 세계 제시나 시적 경지의 단편 형식으로는 포착될 수 없다. 중편 형식에 대한 논의는 80년대 소설계의 중요 과제임에 틀림없다."

이러한 제 생각은, 그때나 지금이나 별로 달라진 것이 없습니다. 거창한 논법을 벌인다고 해서 눈살을 찌푸릴 분도 계시겠지만, 소설이란 이 별로 볼품없는, 그러니까 잡스러운 형식에 대해 그럴 법한 이론을 제시한 논객이 아마도 헤겔이 아닐까 합니다. 소설을 '시민적 서사시'로서 규정한 헤겔 미학의 시선에서 보면 『혼불』은 어떠할까. 말을 바꾸면, 「쓰러지는 빛」의 작가가 제게 보낸 반응이란, 이 헤겔주의자에 대한 모종의 응답이 아니었을까. 『혼불』(동아일보사, 1983)이 간행되었을 때의 제 솔직한 느낌이었지요. 그로부터 작가는 『신동아』에 계속 『혼불』을 써나갔고 10권(한길사)으로 마무리되었을 때도 제 생각은 별로 달라지지 않았습니다. '시적 작품' 이라는 것, 그러기에 '산문 형식 미달' 이라는 제 생각엔 변함이 없었지요. 제가 대하소설(A. 모로아의 용어)로서의 『태백산맥』(1983~1989)과 『토지』(1969~1994)를 논할 수는 있었지만 『혼불』에 대해 망설인 것은 이런 사정에서 말미암았습니다.

이제 와서 제가 『혼불』에 새삼 관심을 갖는 이유는 무엇일까. 다음 두 가지 이유인데, '근대소설' 이란 무엇인가에 대한 재음미랄까 재확인이 그 하나라면, 한국 근대소설이란 무엇인가에 대한 재음미가 그 다른 하나입니다. 뚝 부러질 결론이 도출되리라고는 믿지 않지만, 『혼불』이 이 과제에 대한 도전적 존재로 저만치 놓여 있음만은 한 가지 사실이기에, 이 한 가지 점만으로도 『혼불』은 이 나라 소설사의 시금석의 하나가 아닐 수 없겠습니다.

2. 원판과 한길사판 (1) — 작가의 서원(誓願)

앞에서 이미 적었듯 제가 읽은 것은 동아일보사판 『혼불』입니다. 이를 원판이라 부르고 나중에 나온 전 10권을 한길사판이라 불러도 되겠지요. 작가는 어째서 원판에다 잇대어 일곱 권 반 분량으로 엮어내었을까. 과연 그것이 어떤 필연성에 의한 완결성이라 할 수 있을까. 이 물음에는 작가 스스로 분명한 목소리로 다음처럼 말해놓고 있어 인상적입니다.

"그렇지, 한꺼번에 다 말하려고 하지 말자. 오늘 못 한 이야기는 내일 하고, 내일 못 한 이야기는 모래 하자. 생각해보면, 어떤 이야기라고 끝이 있으랴. 사람의 하루가 그러하듯이, 그것을 좇으며 따라 쓰는 소설도 또한 언제나 명확한 起承轉結로 정리되지는 못하리라. 재미난 이야기꾼 같이 놀라운 사건과 줄거리를 찬란하게 엮어내지 않더라도 어떤 상황 속에서 그 스스로 일어나고 스러지는 목숨의 모습을 어떻게 조명하는가, 차라리 이것이 命題일 것이다. 明晳한 작가의 시선은, 캄캄한 어둠의 斷崖에서는 실낱같은 불빛의 다리를 볼 수 있을 것이다."(원판 후기, 447쪽)

'이야기' 라는 것, 그것은 구성적 필연성과 무관한, 그러니까 끝이 없다는 것으로 위의 글이 정리되지 않겠습니까. '소설' 이라 해놓긴 했으나 명확한 '기승전결' 이 없다고 작가가 단정적으로 말하고 있기에 더욱 그러합니다. 소설이란, 그러니까 예술이란 이야기와는 달라서 일정한 구획 짓기(제작 모델)에서 비로소 가능하다는 점에 주목한다면, 작가의 이러한 구획 무시 또는 구획에의 거부 반응은 '이야기' 쪽에 기울어져 있음의 표징이 아닐 수 없지요. 중요한 것이 '스스로 일어나고 스러지는 목숨의 모습' 에 대한 조명에 있고 보면 그것이 소설이든 아니든 무슨 상관이겠는가. '스스로 일어나고 스러지는 목숨의 모습' 을 포착할 수 있기만 하면 그 이상 바랄 것이 없다는 것이 작가의 태도입니다.

이를 또 다르게 작가는 '꾼' 과 '쟁이' 의 비유를 해놓고 있기도 합니다. '꾼' 이란 그러니까 어떤 일을 직업적으로, 혹은 습관적으로 하면서 세월이 갈수록 재주를 익히고 기교를 터득하여 매끄러워지는 사람이라면 '쟁이' 는 어떠할까. 제 목숨의 짓을 못 이겨 저절로 넘치는 피를 끌어안고, 갈고 다듬다가 결국은 구극(究極)에 도달하여 본질(本質)과 한덩어리로 어우러지는 사람을 쟁이라고 말할 수 있다면, "나는 '쟁이' 로서 한평생 살기를 감히 서약해본다"라고 작가는 장차의 포부까지 밝혀놓고 있지요. 36세의 이 여성 작가의 이러한 서약이란 과연 무엇인가. 이런 물음도 음미의 대상이지만, 더욱 소중한 것은 이 서원의 실천에 있었다고 볼 것입니다. 한길사판의 일곱 권 반이 그 눈물겨운 서원의 실천의 결과물이 아니었겠는가. 한 사람의 평생의 서원이 이루어지는 광경만큼 감동적인 것은 많지 않겠지요. 그것은 그 서원의 순수함에서 증폭되는 그러한 감동이 아닐 수 없지요. 이 경우 결과란, 그 실천 과정의 순수성에 비해 대체 무엇이겠습니까.

그렇기는 하나, 바로 그렇기 때문에 원판에 대한 의의가 그럴 수 없이 소중해질 것입니다. 평생의 서원을 가능케 한 원점이 원판이기에 서원의 의의를 음미하는 일에 있어 항시 으뜸 항목이자 출발점이 아닐 수 없습니다. 이 글이 제게 있어 『혼불』론의 첫걸음이라 함은 이런 문맥에서입니다. 첫걸음이기에, 그러니까 원판만 검토함도 벅찬 일이 아닐 수 없습니다. 원판을 고립시켜 고찰할 수밖에 없음도 이 때문입니다.

원판과 원판이 포함된 한길사판을 잠시 비교해볼까요.

(원판)	(한길사판)
(1) 青紗燈籠	(1) 청사초롱
(2) 百草를 다 심어도	(2) 백초를 다 심어도 대는 아니 심으리라
(3) 心情이 軟豆로 물들은들	(3) 심정이 연두로 물들은들
(4) 四月令	(4) 사월령
(5) 암담한 日曜日	(5) 암담한 일요일
(6) 青燈自守	(6) 홀로 보는 푸른 등불
(7) 흔들리는 바람	(7) 흔들리는 바람
(8) 바람닫이	(8) 바람닫이
(9) 出嫁外人	(9) 베틀가
(10) 베틀가	(10) 무심한 어미, 이제야 두어 자 적는다.
(11) 그물과 구름	(11) 그물과 구름
(12) 亡魂祭	(12) 망혼제
(13) 어둠의 사슬	(13) 어둠의 사슬
(14) 나의 넋이 너에게 묻어	(14) 나의 넋이 너에게 묻어
(15) 가슴애피	(15) 가슴애피
(16) 暗雲	(16) 암운

(17) 떠나는 사람들　　　　　　(17) 떠나는 사람들

(18) 젖은 옷소매　　　　　　　(18) 젖은 옷소매

이 대비에서 지적될 수 있는 것은 다음 두 가지. 첫째는 원판 (9)(10)이 한길사판과 다르다는 점. '베틀가'의 경우 원판 쪽이 (10)으로 되어 있음에 대해 한길사판은 (9)로 되어 있습니다. 혹시 여기엔 그럴 만한 이유가 있었을까. 또 원판의 '출가외인'이 한길사판에서는 '무심한 어미, 이제야 두어 자 적는다'로 되어 있습니다. '출가외인'의 경우 다섯 페이지에 불과하며, 친정 아버지, 동생 용원, 그리고 어머니의 편지로만 채워져 있으나, 한길사판에서는 '무심한 어미, 이제야 두어 자 적는다'는 제목으로 바꿔야 할 만큼 많은 설명이 첨가되어 있습니다. 재종매의 이른바 '개구멍 입납' 건이 이 장의 제목 변경을 초래한 것이 아닐까요. 병자년에 혼인하여 정축년에 신행오고, 무인, 기묘 다 지나서도 아직 음양을 모르고 공규(空閨)를 면치 못하는, 손이 귀한 대가문의 종손부인 주인공 효원의 한스러움과 절박한 심정을 드러내는 방식으로 작가는 '개구멍 입납' 삽화를 사용하고 있습니다.

시부모 상을 당했거나 시대에 우환이 있어 피치 못할 경우가 아니라면, 시집간 딸이 친정에 가서 어버이를 뵙는 근친(覲親)을 신행 후 3년 안에 못 하면 그 다음에는 가도 버젓이 대문으로 못 들어가고 개구멍으로 기어서 들어가야 한다는(한길사판 2권, 58쪽) 것을 두고 '개구멍 입납'이라 한답니다.

이 '개구멍 입납' 대목의 도입이란 단순한 제목 변경의 사건에 그치는 것이 아니라고 저는 생각합니다. 곧 그것은 글쓰기 방법론에 알게 모르게 관련되어 있기 때문입니다.

작가 최명희의 창작 방법론이란 무엇인가. 이 점에 대해 어떤 비평가가 '박물지적 형식'이라 규정한 바 있습니다(정호웅, 「박물지의 형식」, 『황해문화』 1997년 봄호). 물론 한길사판을 전제로 한 평가이지요. 박물지란 무엇인가. 온갖 사물에 대한 견문의 높음을 두고 박물학적 지식이

라 부르겠거니와 『혼불』을 두고 '박물지적 형식' 이라 했을 경우 그것은 물론 이 작품의 육체를 이루고 있는 반가의 관혼상제에 대한 상당한 분량의 지식의 활용을 가리킴입니다. 물론 단순한 박물지적 지식의 나열에 그치지 않고, 이를 서사적 언어 속에 용해시켜 이른바 나름대로의 형상화를 이루고 있습니다. 이 박물지적 지식만 하더라도, 혹은 책을 뒤지고, 혹은 현장 답사를 하는 등 취재했음은 물론, 상당한 공부 없이는 불가능했을 터이지요. 그 결과 일찍이 이 나라 소설사에서는 드문 한 가지 형식이 창조된 것입니다. '박물지적 형식' 이라 함은 아마도 이러한 사실을 가리킴이 아니었을까. 그렇지만 그것이 독보적이라 규정되기 위해서는 형상화의 유기적 성격이랄까, 다르게 말해 완성도의 점검이 불가피할 것입니다. 만일 『혼불』의 박물지적 형식이 소설 속의 다른 요소들, 특히 줄거리와 서사적 진행으로서의 역사성 및 성격이 지닌 갈등 등을 억압하는 것이라면 어떻게 될까요. 본말의 전도라고나 할까, 박물지적 형식이 가져온 득실을 점검하는 과정이 불가피할 것입니다. 박물지적 지식이 설사 장면마다의 형상화를 생생히 함에 성공했더라도 서사 구조 전체와 유기적 관련도 없는 이러한 부분적 완결성의 방식이란, 대체 무엇을 의미하는 것일까. 만일 이런 창작 방식이 정밀히 분석된다면 날개가 커서 날지 못하는 조류의 비유로 이 사정이 정리될지 모를 일이지요. '박물지적 형식' 의 의의와 그 논점이 이 부근에 있을 터입니다.

3. 원판과 한길사판 (2) — '개구멍 입납' 의 의의

원판 (9)의 '출가외인' 과 이를 확대한 한길사판 (10)의 '무심한 어미, 이제야 두어 자 적는다' 를 비교할 때 전자가 지닌 '선명함' 과 후자가 지닌 '절실함' 이 크게 대비됩니다. '개구멍 입납' 이라는 박물지적 지식 한 토막이, '선명함' 을 압도하여 '절실함' 을 가져왔지만, 동시에 그것은 서사적 구조를 흐리거나 망각케 한 결과에 이른 것이 아니었겠는가. 선명함이란 '간결성'에서 오는 것이기에 '절실함'이 지닌 시적 상황이랄까 물신적 징후에의 경사와는 상용되기 어려운 것이지요.

한 가지 얘기를 지속적으로 기억하도록 하는 가장 효과적인 방법은 무엇인가. 작가치고 이 명제를 알게 모르게 품지 않은 경우는 없겠지요. '심리적 분석이 배제된 정결하며 간결하게 짜여진 집중적 문체'가 그 해답이라면(『벤야민의 문예이론』, 반성완 역, 민음사, 1983, 174쪽), 원판 (9)쪽이 한길사판 (10)보다 이 해답에 좀더 접근된 형국이 아니었겠는가. 얘기하는 사람에 의해 미묘한 여러 심리적 진행 과정에 대한 묘사가 포기되면 될수록, 그러한 심리 과정이 듣는 사람의 기억에 오래 남게 될 승산이 더욱 커진다는 시선에서 보면, 원판 (9)가 좀더 이에 접근된 형식이라 할 수 있습니다. 다음 대목을 빼면 원판 (9)는 부의 서신, 사제(舍弟) 용원의 서신, 그리고 어미의 서신을 그대로 제시해놓은 것입니다.

"효원은 벼루에 붓을 적시려다 말고 무릎에 얼굴을 묻는다. 손끝이 떨리는 것을 진정하기 위함이었다. 아직까지 시집와서 제대로 문안서도 올리지 못한 까닭은 단순한 인편이 없어서만은 아니었다. 힘주어 버티고 있는 어깨의 천근같은 무게가 손끝으로 쏟아지면 결국 그것이 오히려 더 큰 불효인 것을 그네는 알고 있기 때문이다."(원판, 206쪽)

이에 비해 한길사판 (10)에는 실로 효원의 온갖 심리 진행 과정이 펼쳐져 있습니다. 만일 위에 인용된 유일한 지문인 원판 (9)에서의 이 대목조차 제거되었다면 그만큼 효원의 심리 과정이 독자측의 기억에 오래 남을 승산이 커질 것입니다.

지금까지 '개구멍 입납' 형식 한 가지를 들어 원판과 한길사판의 구조를 비교해보았지만, 중요한 것은 이러한 창작 방식이 이 항목에만 그치지 않음에 있습니다. 원판의 대부분은 물론 한길사판에 오면 '개구멍 입납' 형식이 장마다 박혀 있어 그것이 꼬리에 꼬리를 물어 일종의 살아 있는 육체로 물신화 작용을 일으키고 있습니다. 서사적 요소가 이 물신성에 치여 숨도 제대로 못 쉬고 있는 형국이라고나 할까. 그럴수록 인물들의 심리 과정은, 읽는 그 순간만 지나면 기억에서 쉽사리 사라지게 마련이지요.

원판과 한길사판의 차이점에서 또하나 지적될 수 있는 것은 무엇인가. 원판이 (1)~(18)까지라면 한길사판의 여기까지는 제2부의 중간쯤에 해당되고 있지요. 제1부가 「흔들리는 바람」이고, 제2부 「평토제」, 제3부 「아소 님하」, 제4부 「꽃심을 지닌 땅」, 제5부 「거기서는 사람들이」로 되어 있지 않겠습니까. 이 전체적 구성 속에다 원판을 수용하고자 했기에 취한 형태이겠지요. 이러한 전개 과정이란, 원점 회귀이기에 서사적 진행 혹은 역사적 전개라 하기 어렵지요. 그 이유로 인과 관계랄까 지향 목표의 빈약을 들 수 있습니다. 효원의 남편이자 청암 부인의 종손자인 이강모가 고보를 마치고 전주 부청에 취직한다든가 일본 창녀에 빠져 공금 횡령을 한다든가 집안의 압력을 피해 별다른 이유도 없이 만주행을 감행한다는 등등에는 하등의 인과 법칙이나 방향성이 없습니다. 거멍굴(黑谷) 하인들의 경우도 사정은 마찬가지. 가령 훗날 강실을 겁탈하는 하인 춘복의 경우를 잠시 엿볼까요.

"작은 아씨.

내 자식 하나 낳아주시오.

나는 작은아씨한테 양반 자식 하나 얻고 작은아씨는 나한테 상놈 자식 하나 얻으시오." (한길사판 제4권, 214쪽)

이런 대목이 정합적 의미를 획득하려면 앞서 작품 전체의 방향성이 설정되어야 했겠지요. 그렇지 않은 마당이라면 한갓 관념에 지나지 않겠지요. 『토지』의 경우와 비교해보면 이 점이 좀더 뚜렷해질 것입니다. 최서희와 상놈 길상의 결합을 보증한 것은 이 작품 첫머리에 걸려 있는 이념, 곧 동학 혁명이 아니었던가.

원판과 한길사판의 차이점 중 아주 작은 일부분을 지금껏 살펴왔습니다. 제 논의가 원판에 근거를 둘 수밖에 없는 이유와, 그리고 이 작품이

다름아닌 『혼불』인 이유가 이로써 어느 정도 해명되었으면 하고 바랄 따름입니다. 『혼불』이란 작품이며 그것은 '구획 짓기' 에서 말미암습니다. '꾼' 이 아니라 '쟁이' 에의 서원이 한길사판이라면, 원판은 이와 달리 나름대로의 '구획 짓기' 라 할 것입니다.

4. 혼의 존재 방식과 근친상간의 존재 방식

원판에 근거를 둠이란 새삼 무엇인가. 무엇보다 이 물음의 직접성은 '혼불' 자체에 있습니다. '혼불' 이란 그러니까 그 실체가 '혼' 이라는 사실에서 출발되겠지요.

혼이란 무엇인가. 이 물음도 하나의 '구획 짓기' 입니다. 중국 문화권에서는 혼(魂)과 백(魄)을 구분, 전자를 사람의 정기이기에 양(陽)이자 동(動)이며, 후자를 사람의 형체이기에 음(陰)이자 부동(不動)이라 규정하고 있음이 보통입니다. 혼이 육체에서 떠날 때는 세 가지 형태로 분류되는데, (1) 아주 떠나기(죽음), (2) 일시적 떠나기(병), (3) 썩 오랫동안 떠나기(이 경우 본래의 육체가 소멸되어 다른 육체를 빌려야 함) 등이 그것. 이른바 초혼(招魂)의 사상은 (2) (3)에 관련되며 특히 (2)에서 현저합니다. 송옥(宋玉)의 「초혼」과 더불어 김소월의 절창인 「초혼」도 이러한 사상의 연장선상에 놓인 것입니다. 이때 주목할 것은 이러한 혼의 인식의 기원의 아득함입니다.

"죽게 되면 지붕에 올라가 혼을 불러 말하기를 '아무개 돌아오라' 하였다. 그래도 살아나지 않으면 죽은 사람에 대한 일로 행한다. 날볍쌀로 반함하고 꾸러미로 싸서 불에 익힌 고기로 장송의 전물을 삼았다. 그러므로 하늘을 바라보고 혼을 부르며 땅을 파서 사체를 감춘 것이다. 그런 까닭에 죽은 자는 머리를 북쪽으로 하고 산 자는 남쪽으로 향한다. 이런 일들은 다 예로부터 있었던 예(禮)에 따른 것이고 후세의 창작이 아니

다."(『예기(禮記)』, 「예운(禮運)」편)

'아무개 돌아오라' 라고 망자의 저고리를 들고 지붕 위에 올리고 이름 부르기를 두고 '복(復)' 이라 하거니와, 이러한 행위란 '예로부터 있었던 것' 이며 급조된 것이 아님에 거듭 주목할 것입니다(졸고, 「혼과 형식」, 졸저, 『한국근대문학사상비판』, 일지사, 1978 참조). 인류사의 제도 중 관혼상제만큼 오래된, 그래서 제의화(ritual)된 것은 없지요. 특히 상제가 그러한데, 그것은 '죽음' 이라는 절대성을 산 자들이 가장 알맞게 견디게끔 고안된 시간과 공간의 구획 짓기에 다름아니지요. 송옥의 「초혼」이나 김소월의 「초혼」은 이 '복' 에서 출발되고 있음에 비해, 『혼불』의 원판은 이 '복' 의 직전에서 끝나 있습니다. 한길사판의 제3권의 (4)인 「돌아오라 혼백이여」가 그것인데, 이를 시발점으로 하여 한길사판 전 일곱 권 반이 줄줄이 이어지고 있습니다. 한길사판이란, 그러니까 작품의 주역인 청암부인의 초혼 과정과 장례 과정으로 시작되는 만큼, 어떤 시각에서 보면 후일담계에 지나지 않습니다.

원판을 완결체로 바라볼 때 그 중심부란 어디일까. 이런 물음이 구획 짓기(제작 모델)라면, 그것은 혼이란 무엇인가라는 물음과 이 작품에서의 그것은 어떤 형식으로 드러나는가라는 물음에 동시적으로 관련되게 마련입니다. 여기에 개입되는 것이 어떤 '저주' 입니다. 이 '저주' 가 오랜 문화적 습속에서 연유된 것인 만큼, 인위적 저주가 아닐 수 없는데, '19세' 라는 저주가 그것입니다. 우선 주역인 청암 부인이 청상으로 시집에 온 것이 19세이며, 이씨 문중의 또하나의 청상이자 평생 베틀 위에서 살아가고 있는 인월댁의 운명이 19세의 저주에 걸려 있었고, 4년간 공방을 지키고 있는 손주며느리 효원 역시 19세였으며, 근친상간 콤플렉스에 빠졌다가 끝내 이 터부를 깨뜨리는 가문의 대들보격인 이강모의 결정적 순간이 19세로 되어 있습니다. 이 19세의 주박에 걸린 사람만이 '혼불' 을 볼 수 있다는 것이 작가의 유일한 견고한 구획 짓기가 아니었던가.

"그날 밤 인월댁은 종가의 지붕 위로 훌렁 떠오르는 푸른 불덩어리를 보았다. 안채 쪽에서 솟아오른 이 불덩어리는 보름달만큼 크고 투명하였다. 그러나 달보다 더 투명하고 시리어 섬뜩하도록 푸른 빛이 가슴을 철렁하게 하였다.

청암 부인의 혼불이었다.

어두운 반공(半空) 중에 우뚝한 용마루 근처에서 그 혼불은 잠시 멈칫하더니 이윽고 혀를 차듯 한 번 출렁하고는 너훌너훌 들판 쪽으로 날아갔다.

서늘하게 눈부신 불덩어리가 날아가는 모습을 향하여 인월댁은 두 손을 모은다. 삭막한 겨울의 밤하늘이 에이게 푸르다."(원판, 471~472쪽)

보름달보다 크고 투명한 푸른 불덩이, 또 그것이 너훌너훌 날아간다는 것으로 묘사된 이 혼불을 본 사람은 두 사람뿐임에 주목할 것입니다. 그것은 저주받은 19세만의 특권이 아닐 수 없는데, 인월댁과 청암 부인의 종손주며느리 효원이 그들입니다. 그런데 효원의 경우는 인월댁의 경우와 결정적으로 다릅니다. 인월댁이 혼불을 단지 바라보았음에 비해 효원은 그 혼불을 온몸으로 빨아들임이 그것.

"효원은 사라지는 불꼬리를 놓치지 않으려고 온몸을 조이며 숨을 죽인다. 마치 흡월정(吸月精)을 하던 때와도 같은 무서운 정성으로 그네는 청암 부인의 혼불을 빨아들인다. 한번 들이마신 그 기운에 행여 새어나갈까 하여 그네는 죽은 듯이 고요히 숨을 참는다."(원판, 475쪽)

요컨대 효원은 혼불을 자기 몸 속으로 빨아들여 자기 것으로 동화해버리고 있습니다. 그것은 아들을 낳기 위해, 한밤중 천지의 정기를 온몸으로 흡입하던, 소름끼칠 듯 무서운 효원의 집념과, 그 연장선상의 행위이지요.

『혼불』은 여기서 끝날 수밖에 없지요. 어째서 그러한가. 혼불을 몸에 잉태한 효원의 그후의 생애란, 단지 한갓 청암 부인의 삶의 반복이 아니겠는가. 그러한 되풀이를 굳이 보여줄 이유가 있을까. 만일 효원의 그후의 생애가 별다른 것이라면 별개의 작품의 시작이 되겠지요. 그렇다면 과연 후자의 가능성이 있었던 것일까. 이 물음은 다분히 부정적인데, 그것은 『혼불』의 성격에서 규정되고 있습니다.

원판을 문제삼을 경우 그 한가운데 놓여 압도적인 비중을 띤 것이 (12) 「망혼제」라 할 것입니다. 원래 망혼이란 명혼(冥婚)의 다른 명칭으로, 비명에 간 처녀, 총각(몽달귀신)의 원혼끼리의 혼례를 가리킴이지요. 살아남은 자들의 망자에 대해 갖춘 예법의 일종으로 구상, 전수된 이 민간 신앙상의 사상 계보나 그 본질 및 기능에 관해서는 이 방면 전문가들이 발언할 과제이겠거니와, 문학 독자인 저로서는, 작가의 의도 그러니까 작품의 주제, 구성 및 전체적 구조에서 이것이 차지하는 의의를 음미할 따름입니다.

농경 사회가 지닌 폐쇄 공간과 반가(班家)가 지닌 핏줄의 폐쇄성의 증폭성으로 말미암아 생길 수 있는 모순성의 하나가 근친상간 의식입니다. 말을 바꾸면, 이러한 폐쇄성의 상징이 근친상간이지요.

『에로티시즘』(1957)의 저자 바타이유의 논법에 따르면 이러한 모종의 터부에 대한 침범이야말로 죽음에 직결된다는 것입니다. 죽음이란, 물을 것도 없이 개별적 인간 존재의 부정에 해당되는 것. 에로티시즘이란 죽음에 이르기까지의 생에의 칭찬(이끌어올림)입니다. 섹스 행위를 잠시 음미한다면 이 점이 뚜렷해집니다. 당초 직접적 흥분에 의해 우리들은 모든 것을 초월해가는 인상, 곧 비연속적 존재의 처지에 관계된 음울한 전망을 잊어가는 인상을 갖습니다. 그 다음으로 우리들은 이러한 생생한 생에 열려진 도취의 경지를 넘어선 곳에서 죽음에 정면으로 마주칩니다. 거기에는 불가해하며 알 수 없는 어떤 연속성에의 열린 부분이 발견됩니다. 이 연속성에의 열린 부분이 바로 에로티시즘의 신비이며, 에로티시즘만이 이 신비를 갖는다는 것이 바타이유의 견해이지요. 성의 체험에서 사람이 소박한 도취감을 넘어 이 죽음의 위기에 직면한다 함은 새삼 무엇인가. 성의 체험이란 자기 개체의 부분적 파괴에 다름아니며, 중요한 것은 이 부분적 파괴가 '불가해하고 알 수 없는 연속성에의 열린 부분'

이라는 것이지요.(G. 바타이유 저작집 제7권 『에로티시즘』, 제1장 「내적 체험에 있어서의 에로티시즘」, 二見書房, 1973) 에로티시즘의 영역이란 본질적으로 폭력의 영역이어서 에로틱한 쾌락은 바로 금기 침범과 상관 관계에 있다는 것, 곧 터부가 있고 다음에 이를 범하고자 하는 의식이 없으면 인간의 에로티시즘은 성립되지 않는다는 것, 이렇게 성립된 에로티시즘이란 근본적으로는 죽음의 인식과 그것의 의사 초극(擬似超克)에 해당된다는 것으로 요약되는 바타이유의 견해를 참고삼아 「망혼제」장을 조금 엿보기로 합니다.

"상사(相思)로 병을 얻어 그예 죽게 생겼으니 이런 못난 놈이 세상 어디에 있습니까? 그것도 상피(相避)로 말입니다." (원판, 271쪽)

조카인 강수가 이른바 '패륜'에 나아감을 보고, 가문의 수장인 이기채(강모의 부친)가 모친 청암 부인 앞에서 차마 발설하지 못하고 혼자 중얼거리는 대목입니다. 그 강수가 마침내 죽어 7년이 되는 이 마당에 명혼을 치르고 있습니다. 지푸라기로 인형을 만들고 거기에다 신부, 신랑의 의관을 입혀 혼인 절차를 밟으며, 무당이 이들 망자의 혼을 부르고 있습니다. 명혼 장면을 동네 사람들과 더불어 어둠 속에서 강모와 강실이 엿보고 있습니다. 작가는 이 장에서 썩 민첩합니다. 죽은 강수와 같은 19세이며(한길사판에서는 이 점을 강조, 제2권, 147쪽), 15세에 장가는 들었으나 아직도 아내 효원의 태산같은 그림자에 짓눌려 음양의 관계도 이루지 못한 고보생(高普生)인 강모가 사촌인 강실과 같이 이 밤중에 나란히 명혼굿을 보고 있음이란 대체 무엇인가. 명혼이 진행되는 동안 감지되는 것은 다름이 아니었음이 밝혀집니다. 그것은 실상은 강수의 것이자 동시에 강모와 강실의 명혼이었던 것. 명혼의 연기를 하고 있는 형국.

(A) "그 아래 신부와 신랑은 술을 마신다. 종이 바른 얼굴의 꽃잎 같은 얼굴을 기울여 한 모금 한 모금 술을 마시는 신랑은 강모였다. 강모는 어질어질 취한다." (원판, 291쪽)

(B) "강모는 강실이의 어깨를 쓸어안고 무너진다.

마치 절벽 아래로 떨어지듯이.

붉은 꽃이 된 닭이장풀의 달개비 같은 꽃잎사귀 (……) 민들망초의 흰 꽃, 담자맥꽃이 새끼손톱만한 꽃모가지를 부러뜨리며 쓰러진다. 가문 여름의 들판에서 하찮은 비노리풀, 갈퀴덩굴까지도 아우성치며 꽃대가 부러진다. 그리고 꽃잎이 찢어진다." (원판, 291쪽)

(C) "강실이는 가슴 밑바닥이 찢어지는 통증에 오류골댁(어머니 ― 인용자)을 부른다." (원판, 293쪽)

(D) "강모는 죽은 듯이 누워 있는 강실이 쪽을 바라보지도 못한다. 엄청난 두려움이 어깨를 누른다. 그러나 두려움보다 더욱 그를 짓누른 것은 허망함이었다. 조금만 참았더라면, 그랬더라면 좋았을 것을. 희망이란 이다지도 무거운 것이었던가. 얻는 것이 바로 잃는 것임을 내 몰랐구나." (원판, 295쪽)

(E) "강모는 순간 자신을 으깨어 부수고 싶은 심한 모멸감에 얼굴이 후끈해진다. 어디에다 부딪쳐 쪼개져버리고 싶다. 못나고 못난 사람. 나를 어찌하리, 강모는 죽은 듯이 누워 있는 강실이를 담 밑에 그대로 버려둔 채 휘청이며 일어섰다." (원판, 296쪽)

명혼의 마당에서 정작 실행된 것은 강모, 강실의 혼례임이 암시되어 있지 않겠습니까. 명혼이 가짜이고 따라서 허망하듯, 강모, 강실의 사랑도 이와 한치도 다르지 않다는 것일까요. 혹은 그 정반대일까요. 금기 침범이 에로티시즘의 조건이며, 그 실행에서 발생하는 도취의 경지에서 비로소 죽음(불연속성)을 넘어설 수 있는 '열린 부분'이 지닌 신비스러움이 체험되는 것이라면, 강모가 체험한 도취와 허망이란 그의 구원이 아니었을까. 그는 불가해하고 알 수도 없는 연속성(교류), 곧 '열린 부분'을 본 것이 아니었을까. 굿판에서 혼자 본가로 돌아온 강모가 "아무것도 아니다. 이까짓 몸뚱어리, 나무토막이나 무엇이 다르리. 어디에고 부딪치면 소리가 나는 것이지. 이 사람(효원 ― 인용자)은 누구고 강실이는 누구란 말인가. 아무것도 아니야. 아무것도 아무것도……" (297쪽)라 외치며 혼례 4년 만에 아내에게로 달려들어 겁탈에 가까운 난폭한 침범에 나아갑니다. 손이 귀한 이 가문의 대를 잇는 청암 부인의 손주며느리의 임신이 이로써 이루어지게 됩니다. 이를 두고 명혼의 현실화라 부를 것입니다. 「망혼제」가 『혼불』 전체를 통해 가장 밀도 높은 장면이라 함은 이런 문맥에서입니다.

5. 헤겔의 시선에서 본 시(문학)의 한계

「망혼제」가 대하소설의 외모를 갖춘 거작 『혼불』의 제일 밀도 높은 부분, 곧 중심부라는 시선에서 볼 때 문제점으로 떠오르는 것은 무엇일까. 이 물음 하나를 위해 지금껏 논의를 펼쳐왔습니다. 무엇보다도 그것은 '혼'의 과제, 곧 혼의 존재 방식에 관련됩니다.

혼이란 무엇인가. 앞에서 잠시 언급했거니와 중국 문화권에서의 혼이란 몸의 정수이며, 백은 성품을 결정하는 것(魂者身之精也 魄者性之決也)으로 인식되어 있습니다. 혼은 기(氣)인바, 하늘(天 · 陽)에 속하며, 죽으면 하늘로 돌아가며 형백, 즉 육체는 땅에서 나서 땅으로 환원된다고 믿어오고 있습니다. 이에 비할 때 서양의 혼에 대한 인식은 어떠할까요. 라틴말 anima(생의 근원)에서 유래하는 혼에 관한 데카르트의 견해부터 볼까요. 생의 원리, 사고의 원리 또는 이 둘의 원리를 포함하는 '혼은 넓이 또는 차원과 무관한 본질을 지닌다'고 규정됩니다. 혼(Seele)이 그러하다면 정신(Geist)이란 어떠할까. 마음(Gemüt, Coeur, mind)이 철학 미달이어서 철학적 용어로 부적절하여 제외한다면, 혼과 정신의 변별점이 커다란 과제로 떠오를 것입니다. 만일 '마음'이 실체적, 비합리적이라면 이는 넓이 또는 차원의 무관성의 측면에서 혼과 구별됩니다. 한편 정신이 이념적, 합리적이라면 이 역시 혼과는 구별되겠지요. 혼이란, 실체임엔 틀림없으나, 그것이 합리적이라든가 이념적인 차원과는 무관한 것이겠습니다.(앙드레 랄랑드, 『철학의 기술 및 비판 용어집』, Paris : Presses Univ. de France, 1926 ; 재판, 1976, 42~43쪽) 이 점에서 헤겔 역시 민첩해 보입니다. 혼이란 넓은 뜻의 정신(자연 정신)에 속하지만 즉자태(卽自態)에 있어서의 주관적 정신이어서 대자태(對自態, 매개태)에 있어서의 주관적 정신인 '의식'과는 구별됩니다. 혼이란 그러니까 자기를 자기 자신에 있어 규정하는 '정신 그 자체'보다는 훨씬 얕은 단계로 규정됩니다. 육체성과 정신의 중간에 혼이 놓여 있다, 또는 이 양쪽을 연결하는 끈이기도 하다고 풀이됩니다. 혼이란 동물에도 있으나 인간만이 정신을 갖고 있다는 헤겔 철학의 원점이 여기에서 새삼 뚜렷해집니다. 혼이란 단지 육체적 존재의 육체적인 것 그 자체로서의 관념적인 단순한 대자 존재에 지나지 않으나 정신은 의식적 또 자각적인 생이 그 의식적인 존재의 모든 감각이나 표상이나 목적으로서 대자적으로 존재하는 것이지요(헤겔, 『정신현상학』 서론, 임석진 역, 지식산업사, 1988 참조). 의식이 혼의 단계를 거쳐 정신에로 순화되어가는 과정이 이른바 『정신현상학』이 아니었던가.

이 점에서 보면 혼의 단계란, 헤겔의 경우 정신과 육체를 잇는 매개항이라 볼 것이며, 따라서 예술이 관여할 수 있는 장소이기도 합니다. 예술이란 그러니까 외부에 주어진 감각적인 현상에다 정신의 속성인 이념을 결합시키는 인간 행위에 해당됩니다. 이때 유의할 것은 예술이 취하는 육체, 곧 눈에 보이는 감각적 형태에 대한 인식입니다.

눈에 보이는 감각적 형태 속에 나타나는 아름다운 정신은 그 외형이 정신 그것처럼 조형되어 있긴 하지만, 그러기에 감각에서 이끌어내진(만들어진) 것에는 변함이 없습니다. 그보다 한층 고도의 정신의 상태가 거기에 없다고는 할 수 없습니다. 곧 정신과 외형의 일체화는 정신의 참된 개념과는 모순되는 측면을 가지며, 그 때문에 정신은 물체의 상태에서의 이 화해를 빼내어 자기 자신의 상태에로, 자기의 내면에의 정신적인 화해에로 환원하지 않으면 안 됩니다. 이상형이라는 단일하고 순정한 통일체가 해체되어 그 분열을 겪어 정신은 자기의 내면이라는 정신의 본래의 터전에 한층 깊은 화해를 이루지 않으면 안 되지요. 정신이란 자기와의 합일, 자기의 개념과 존재와의 통일을 원리로 하는 것이기에, 자기의 본거지인 감정이나 심정, 그러니까 일반적으로 말해 내면성의 정신계 속에서만 자기에게 알맞는 존재를 발견하는 것입니다. 정신이 의식에 주어지는 것은 정신의 외부를 이루는 그 존재가 정신의 바탕 또는 정신 속에 있음이 확인되어야 하고, 이리하여 정신의 무한한 자유가 실감되지 않으면 안 되는 것이지요. 이런 연유로 자기의 내면으로 되돌아가는 정신에 대해 외계에 물체의 모습을 따서 세운 예술 작품이란, 적어도 헤겔 미학에 있어서는 완전한 만족을 줄 수 없습니다.

"예술의 왕국 위에 서는 영역이 종교입니다. 종교의 의식(Bewuβtsein)의 형식은 이미지(Vorstellung)이지요. 절대자는 예술의 대상에서 내면으로 옮아가 주관적 이미지로 맡게 하지요. 가슴(Herz)이나 심정(Gemüt), 그러니까 일반화해서 말한다면 내면의 주관성이 종교의 본령이지요. 예술에서 종교에의 나아감을 한마디로 말한다면 예술은 종교적 의식의 기껏 일면만을 담당할 따름입니다. 예술 작품이 정신의 진실을 감각적 대상으로서 처리하여 그 형태를 절대자에 흡사한 것으로 파악한다면, 종교는 그 위에 절대의 대상과 관련되는 내면의 기도(Andacht)를 덧붙이는 것이지요. (……) 기도가 등장되기 위해서는 예술의 감각적 외형으로서의 객관화된 것을 주관의 마음속에 이끌어들어가게 하여 스스로 그것과 일체화함으로써 이미지라든가 내밀한 감정 등, 내면의 상태가 절대자의 존재에 있어 불가결한 요소로 되지 않으면 안 됩니다. 기도란 모인 사람들의 가장 순수하고 내면적이며 주관적 예배 형식입니다. 거기에는 객관적인 것이 잘 먹혀지고 소화되어 객관적인 모습을 잃은 내용이 가슴이나 마음의 소유물로 됩니다." (헤겔, 『미학』, 레크람판, 170~171쪽 ; Knox의 영역 옥스퍼드판, 제1권, 103쪽)

헤겔 미학에서 말하는 다섯 개의 기본적 예술 장르인 건축, 조각, 그림, 음악, 시(문학) 중, 삼차원의 공간에서 성립되는 건축과 조각에 비해 그림, 음악, 시 따위는 예술의 표준에서 보면, 균형이 깨진 저질의 것이 아닐 수 없지요. 예술의 최고의 형식을 조각에서 보고, 그것이 희랍에서 완결되었다는 것이 헤겔 미학의 시선이지요. 예술이 이미 과거의 것이라 말해지는 것은 이를 가리킴인 것. 내용과 형식의 완전한 조화를 미의 표준으로 보는 헤겔 미학이기에 그림, 음악, 시 따위란 종교나 철학 쪽으로 기울지 않을 수 없습니다. 특히 음악이나 시가 그러한데, 거기엔 물질성이 희박하며, 따라서 정신의 힘으로 이를 복원하여 이로써 상상적인 균형 감각을 회복할 수밖에 없지요. 추악하기 이를 데 없는 예술의 고난상에서 느끼는 미의식이 이에 해당되거니와, 이를 미와 구분, 숭고(das Erhabene)라 한 것은 칸트였지요.(칸트, 『판단력 비판』 제1부 제2장) 칸트를 비판적으로 수용한 헤겔이 그토록 절대적인 것으로 상정했던 정신이 지닌 힘의 발현이란, 내면성의 과제이기에 내용과 형식의 불균형이 강화되면 될수록 더욱 이를 복원하려는 힘의 증대를 가져오게 됩니다. 예술에서 종교로 경사되며, 마침내 철학으로 무게중심이 옮아가는 것은 이처럼 필연적인 현상이 아닐 수 없지요. 이 경우 주목할 것은 헤겔이 말하는 종교가 피안 추구 따위에 있지 않다는 점입니다. 현실을 한층 깊이 통찰하고자 하는 정신의 작용, 곧 현실을 이성 쪽으로 이끌어들임에 다름아니지요. 이 단계를 넘으면 바로 이성 자체의 영역인 철학(순수한 앎 Wissen의 형식), 곧 정신적 예배의 완수인 예술과 종교의 양면의 통일에 이르겠지요. '시민 사회적 서사시'의 운명이란, 그러니까 산문 형식으로 귀착될 수밖에 없는 것. 그것은 종교와 철학이 담당하는 산문 형식의 전 단계라고나 할까. 소설이란, 이 잡스러운 형식이란, 종교와 철학이 담당하는 순수한 앎의 형식, 순정한 관념 형태에로 나아가는 길목에 놓인 잡초라고나 할까요. 음악→시(문학)→종교→철학으로 나아가는 자기 의식의 발전사에서 본다면 당연한 귀결이 아닐 수 없지요.

이러한 헤겔적 시선에서 볼 때 『혼불』은 어떠할까. 눈에 보이는 감각적 형태 속에 드러나는 아름다운 정신이란 그 외형이 정신에 알맞게 조형되어 있긴 해도 감각으로 포착된 정신에 지나지 않는 것. 청암 부인의 혼이 '푸른 달덩이처럼 지붕 위로 훌렁훌렁 날아감' 이란, 분명 감각적 요소이며 따라서 누가 보아도 예술(시)의 장소라 할 것입니다. 그것은 또 시(문학)보다도 그림에 월등히 가까운 영역임엔 틀림없습니다. 시에 비해 그 물질성이 직접적이기 때문이지요. '명혼' 이 중심점에 놓인 「망혼제」에서도 이런 논법이 그대로 적용됩니다. 거기에 펼쳐진 명혼 과정이란, 굿의 공간 그대로여서, 그 물질성의 풍요로움이 유별났던 것입니다.

여기까지 이를 때 『혼불』이란 무엇이뇨. '예술(시)이다' 라고 대답하기에 주저할 필요가 있겠습니까. 그렇지만 시(문학)의 경우라면, 한 가지 토를 달아놓을 필요가 있으리라 생각됩니다. 시(문학)임에 틀림없지만 그 물질성의 빈곤으로 말미암아 매우 빈약하다는 점이 그것. 그림이나 음악 또는 연극에 비해 그 물질성의 빈약이란 사실은, 다르게 말하면, 『혼불』이 한사코 그림, 음악, 연극에로 뻗어나가고자 몸부림치고 있는 형국이라 할까요.

6. 서사시와 소설의 분기점 — 시간의 과제

헤겔의 시선에서 볼 때 소설이란 무엇일까. 이 물음은 그가 소설의 출현을 두고 '시민 사회적 서사시(bürgerliche Epopöe)' 라 규정한 데서도 엿볼 수 있듯, 그리고 서사시가 대상의 전체성(Totalität der Gegenstände)에 있기에 시민 사회적 서사시의 의의가 이에 이어져 있다면, 시민 사회의 출현과 소설은 분리될 수 없습니다(헤겔, 『미학』 제3권, 170~177쪽) 헤겔이 살았던 시대란, 교회 및 귀족들이 절대 권력을 쥐고 있던 중세에서 이에 맞선 시민 개개인이 자기를 주장하고자 필사적인 노력을 하고 있던 무렵이었지요. 개인의 '자유' 만큼 소중한 것이 없다는 것, 그것을 담당하는 것이 정신이라는 것. 정신 곧 자유의 등식이 성립된 것은 이 때문이지요. 공동체와 개인의 조화를 추구함이 그 이상이지요. 요컨대 외면적 사물에 의해 정의를 외친다든가 자력으로 획득된 공적을 타인에게 강청한다든가 하는 식은 정신의 빈곤이라는 것. 정신의 깊은 곳의 본질이 오해되고 왜곡되어 법과 정의, 공동체 정신과 양심, 책임 능력과 의무가 뿌리에서부터 썩게 된다는 것. 그러기에 그가 말하는 종교란 약한 자의 도피처인 피안 사상 따위가 아니라 자유를 구하는 강대한 인간 정신의 문제이며, 이러한 정신의 일부를 개신교에서 보았을 뿐이지요. 종교조차 그에겐 방편에 지나지 않지요. 하물며 예술 따위랴. 그러한 시민 사회의 논리와 윤리 감각의 중요한 표현 방식이 헤겔에겐 소설이지요. 소설을 인류사의 나아갈 방향성의 시선에서 바라봄은 이 때문이지요. 왜냐면, 소설이라는 장르는 시민 계급(부르주아)이 창출해낸 최대의 예술 형식이기에 별수 없이 시민 계급 사회(이른바 근대)와 운명을 같이 하지 않을 수 없지요. '이성의 힘으로 세계를 바람직한 방향으로 바꿀 수 있다'는 명제를 표상한 것이 소설 형식이기에 시민 사회(근대)가 해체되거나 끝장나면 소설 역시 운명을 같이하게 마련인 것. 이를 두고 사람들은 리얼리즘이라 불러왔습니다. 거기에는 『정신현상학』(1807)의 핵심인 주인 · 노예 변증법이 은밀히 작동하고 있습니다. '역사의 끝장' 론이 나올 수 있는 근거도 이에서 말미암습니다.(졸고, 「역사의 종언과 소설의 운명」, 『발견으로서의 한국현대문학사』, 서울대출판부, 1997)

'시민 사회적 서사시' 로서의 소설에 대해 최초로 이론적인 해명을 시도한 논객이 G. 루카치(1885~1971)임은 모두가 아는 일 아닙니까. "우리가 갈 수 있고 또 가야만 할 길을 창공의 별이 지도의 몫을 하는 시대는 복되도다"라고 시작되는 루카치의 불세출의 저술 『소설의 이론』(1916)이 헤겔 철학의 연장선상에 놓여 있음은 불문가지. 창공의 별이 우리에게 이미 지도의 몫을 할 수 없는 불행한 시대의 대서사 형식이 소설이니까. 이 책의 핵심이 다음 구절에 집약되어 있음도 널리 알려진 사실이지요.

"'본질은 탐구하지 않으면 안 된다. 동시에 그 본질은 절대로 찾아지지 않는다' 라는 것을 소재로 하는 소설장르에서만 시간은 형식과 더불어 주어진다(Nur im Roman, dessen Stoff das Suchen-müssen und das Nicht-finden-können des Wesens ausmacht, ist die Zeit mit der Form mitgesetzt)." (『소설의 이론』, 루터한트, 1971, 108쪽)

창공의 별이 인류사의 나아갈 방향성을 지시하고 있는 시대란 얼마나 복될 것인가. 왜냐면 그 별을 따라가기만 하면 절대로 실수하지 않으며 방황하지 않고 목표점에 이를 수 있겠으니까(신라 가객 융천사는 그의 「혜성가」에서 지도몫만 아니라 빗자루가 되어 화랑들의 나아갈 길 청소까지 해놓고 있지 않았던가). 신이 인간과 더불어 지상에 있었던 시대라는 비유는 이로써 말미암습니다. 세상은 대낮과 같으며 어떤 곳도 자기 집처럼 낯익은 세계, 이를 두고 시적 세계(서사시, Epopöe)라 하겠지요. 서사시는 그것이 시(die Poesie)이기에 이미 거기서는 '본질적인 것(das Wesentliche)' 이 확보되어 있습니다. 시간을 초월하여 영원의 영역에 들고 있습니다. 니체는 이를 두고 '목가적 황금 시대' 라 불렀고, 클로드 로랭(1600~1682)은 「아시스와 갈라테아」에서 이를 화폭에 담지 않았던가. 도스토예프스키가 스타브로긴의 입을 빌려 읊은, 인류를 미치고 환장케 한다는 그 황금 시대 말입니다. 이 '본질적인 것', 이 불멸의 것을 드러내는 것이 서사시라는 것이지요. 그런데 어느 때부터 여기에 '시간' 이라는 괴물이 침투해 들어오지 않았겠는가. 모든 것을 망가뜨리고자 덤비는 이 괴물 앞에 안전한 것이란 황금뿐이지요. 그렇지만 이 '본질적인 것' 인 황금조차도 이젠 절대적인 것인 시간에 포위되어 맞서고 있을 수밖에요.

대체 이 시간은 어디서 오는 것이며 어디로 가는 것일까. 좌우간 영원과는 무연한 이 시간을 불가결의 양식으로 하여 자기의 생명의 유기체를 이루어가지 않으면 안 되는 이 소설이란 대체 무엇인가. 이것이 루카치의 『소설의 이론』의 출발점이지요. 희망과 추억을 통해 비로소 성립되는 소설 형식이란, 그러나 정지 상태에 있는 서사시와 어느 점에서 닮았고 또 어느 점에서 다른가. 이 물음은 시종 비유의 영역에 머물고 있지만, 분명한 것은 소설 형식이 서사시의 속성인 '본질적인 것'을 내포하면서 시간이라는 이 새로운 괴물을 동시에 그 속성으로 갖게 된다는 사실입니다. 그것은 모순이 아닐 수 없는데, 왜냐면 '본질적인 것'을 갖고자 함과, 이를 깡그리 부수고자 하는 것의 동시성이 거기 작동하고 있기 때문입니다. '본질은 절대로 찾아지지 않는다. 동시에 그 본질을 절대로 찾아야 한다'를 소재로 하는 것이 소설인 만큼, 이는 알튀세의 말버릇으로 하면 '부차적 모순'이 아니라 '주요 모순'이 아닐 수 없지요.(L. 알튀세, 「유물변증법에 대하여」, 1963) 소설 주인공이 '문제적 개인'이라는 것, 따라서 '나는 나를 찾아 떠난다(I go to prove my soul)'가 그의 명제라는 것, 동시에 그는 절대로 자기 찾기에 실패한다는 것, 따라서 소설이란 일종의 역설(Ironie)에 지나지 않는다는 것, 선험적 고향 상실이라는 것, 그러기에 과도기적 형식에 지나지 않는다는 것, 다만 도스토예프스키만이 예외적 존재(그는 새로운 세계에 속한다고 하면서 『소설의 이론』이 끝나고 있다. 이 책이 도스토예프스키론의 서론격임은 이 때문)라는 것 등이 루카치의 『소설의 이론』의 내용입니다.

그렇다면 문제는 무엇인가. 두 가지 점이 쉽사리 지적되겠지요. 언제부터, 왜 시간이란 괴물이 침투해왔느냐가 그 하나. 이 물음에 루카치는 헤겔적 해답밖에 갖고 있지 않았지요. 곧 근대의 출현과 더불어 시간의 침투가 비롯된 것이지요. 훗날 루카치는 '구체적인 사회적 · 역사적인 현실들로부터 유리됨으로써 매우 추상적 상태'였음을 시인하고 있습니다.(루터한트판 서문) 다른 하나는, 이 점이 중요하거니와, 자본제 생산양식이 지닌 훼손된 가치의 세계를 인류의 과도기적인 한 시기로 보고, 이것의 넘어서기의 모색이 그것입니다. 그의 공산당에 나아감도 이와 무관하지 않습니다. 독일 고전 철학이 지닌 이러한 사고의 정당성 여부에 대해서 제가 감히 비판할 처지는 못 되나, 자아와 세계의 화해를 모색하고 그 구경적인 세계(황금 시대)를 꿈꾸는 이러한 유토피아 사상이 한갓 허구라면 어떻게 될까요. 희랍 시대조차 노예 사회임을 지적한 논자(T. 아도르노, 「강탈된 화해」, 1958)도 있을 정도이니까. 이 논의는 여기서 일단 멈추는 것이 바람직하겠지요. "이것이 없으면 인류는 살 수가 없을 뿐 아니라 죽을 수조차 없다"(『악령』 제10장 '스타브로긴의 고백')는 이 유토피아 사상이란 한갓된 환각인지도 모르겠으나, 이것이 인류사를 고무한다면 어떻게 될까. 또 타락시킨다면 어떻게 될까. "사람은 가슴마다 라파엘을 갖고 있다"(『도이치 이데올로기』)의 마르크스까지 포함시켜 우리가 지속적으로 헤겔에게 묻고 싶은 것이 있다면 바로 이 물음이 아니겠는가.

결론을 맺어야겠지요. 『혼불』이란 무엇인가라는 물음이란, 제겐 '『혼불』의 세계'를 묻는 것에 해당됩니다. "지붕 위로 훌렁 떠오르는 푸른 덩어리" "보름달만큼 크고 투명한 불덩어리" "잠시 멈칫하더니 이윽고 혀를 차듯 출렁하고 너훌너훌 날아가는 혼불"의 세계란 이승과 저승의 접점 지대가 아닐 수 없지요. 무엇보다도 중요한 것은 거기에서 비로소 '시간'이 소멸되고 있다는 사실입니다. 이승에서부터 시간이 흐르기 시작한다는 것. 그 시간이 소멸되어가는 과정을 그린 것이 『혼불』이 아니었던가. 시간이 비롯되어 끊임없이 증식되어가는 과정이, 이른바 근대이며 이를 드러내는 가장 분명한 방식의 하나가 소설이라면, 『혼불』은 분명 그 역방향으로 나아가고 있는 형국입니다. 시간과 형식의 병치 상태이기보다는, 궁극적으로는 형식 단독으로 존재하고 있는 형국이라고나 할까.

"열아홉에 죽었다면 내 나이인데, 혼신(魂身)은 나이를 먹지 않는가."
(한길사판, 제2권, 147쪽)

강모가 강수의 명혼을 지켜보면서 토한 말입니다. 원판엔 없는 이 대목을 어째서 작가는 한길사판에서는 삽입해놓았을까. 영원한 것, 그러니까 시간도 감히 넘보지 못하는 '본질적인 것'에 대한 작가의 염원의 발로가 아니라면 무슨 설명이 적절할까. "어떤 상황 속에서 스스로 일어서고 스러지는 목숨의 모습"(작가 후기, 원판, 477쪽)을 그리고자 서원한 작가이고 보면, 더이상 나아갈 곳이 없지 않았을까. 『혼불』 하나에 전 생애를 바친 이유도 이로써 조금은 설명되지 않았을까. 작가의 이러한 서원 앞에서라면 소설 장르라든가, 근대라든가, 뭐 그런 따위란 안중에도 없었을 터. 『혼불』을 두고 『토지』라든가 『태백산맥』 기타와 비교하여 논의하는 것이 당초부터 불가능함은 이런 연유에서입니다.

환각과 울림의 공명관

—협궤열차 윤후명의 헤매기와 그 벗어나기론

1. 자기 얘기를 자기 얘기로 쓰는 작가

(객) 작품을 어떻게 하면 잘 이해할 수 있을까, 이런 물음이 소설을 대할 적마다 강박관념으로 다가오는 독자도 있겠는데, 저도 그런 부류에 속합니다. 무슨 묘수가 있을까요. 혹은 이런 물음 자체에 모종의 결함이 잠복해 있는지요.

(주) 어찌 물음 자체에 결함이 있겠습니까. 다만 다른 범주들도 있지 않을까요. 이해의 범주에 앞서 혹은 나란히 느낌의 범주가 있는가 하면 기호의 범주라든가 마주침의 범주도 있을 터입니다.

(객) 어느 범주에 서 있느냐에 따라 작품의 운명이 결정된다는 뜻으로 들리는데요, 맞습니까.

(주) 그쪽에서 먼저 '작품' 이라 했고, 방금 또 '작품' 의 운명이라 했지 않습니까. '작품' 이라 했을 땐, 한 가지 범주 곧, 작가를 전제로 한 것이

지요. 따라서 먼저 작가를 알 필요가 있다, 혹은 작가를 전제로 하여 작품에 접근하게 되겠지요. 저작권법에 명시됐듯 작품이란 작가의 소유이지요. 작품에 대한 해석이란 원리적으로는 단 한 가지, 이렇게도 저렇게도 해석될 성질의 것이 못 됩니다.

(객) 그러니까 작가의 의도를 정확히 파악하기이겠는데, 따지고 보면 그 범주란 일종의 환상이 아닐까요. 작가의 의도라고 하나, 그것은 다분히 '의식'의 범주이겠는데, 이에 견주어 그는 방대한 '무의식'을 동시에 안고 창작에 임했던 것이겠고. 구식으로 말해 영감이라 불렀던 것이지요. 분석 불가능한 이 창작의 영역이기에 '작가=천재=신'의 도식이 성립되기도 했습니다. 대전제로는 작가의 권위를 승인함 이후의 논의이지요.

(주) 이런 신비주의적 성향도 프로이트 일파에 의해, 상당한 수준에서 논리적으로 분석되었으며, 심지어 집단무의식조차 밝혀진 마당 아닙니까. 많은 인접 학문의 성과로 '작가=작품'의 관계가 상당한 수준에서 정밀도가 확보되었음도 사실입니다. 그렇지만 '작품=작가'의 범주란, 원리적으로는 작가의 해명에로 향하게 될 수밖에 없고, 그것이 이루어지면, 모든 것이 끝나게 될 터. 막다른 골목이랄까, 폐쇄적 상황이 놓여 있습니다.

(객) 작품을 텍스트의 범주 곧 기호론의 범주에서 해명할 경우도 사정은 마찬가지 아닙니까. 일단 그 기호가 해독되면, 원리적으로는, 모든 것은 끝나게 되니까요. 그렇지만 그 원리적이란, 너무 저급한 단계를 가리킴이 아닐까요. 작품이 작가로 환원되고 기호가 해독된다고는 하나, 잘 따져보면 그렇게 간단하지 않겠지요.

(주) 좋은 지적입니다. 작품이란, 복잡한 공간성, 이질적인 물질성이 함께 뒤엉켜 있는 물건이라서 우리가 만나는 하나의 장소인지도 모르지요. 작가론으로도 구조론으로도 완전히 환원되지 않는, 유동하는 존재로서의 물건(엄밀히는 모종의 구조물)이라는, 그러니까 '나'(독자)가 만나는 장소가 아닐 것인가. 이런 만남이란, 일종의 사건성이 아닐 수 없지

요. '나'가 작품을 만났을 때 어떤 변화가 일어날 것이며, 그 변화에 대해 어떤 예측도 불가능하기에 일종의 우연성이 아닐 수 없지요. 사건성이기에 그 다음 장면은, 어떤 것으로도 환원되기 어렵지요. 쉽게 말해 독자가 작품에 접할 때 작가(표현자)가 쓴 언어가 독자의 의식 속에 들어가 의미가 생성되며, 이때 독자의 의식 속에 있는 언어가 작가가 구성한 작품이라는 장소에 마주칩니다. 그때 시공연속체로서의 그 장소에 한순간 뒤틀림이 일어납니다. 이를 사건성(우연성)이라 부릅니다. 읽는 행위란 작품이든 아니든 모두 이러한 사건성의 일종이 아닐 수 없지요. 작품이란 이 점을 원초적으로 보여주는 한 가지 사례라 하겠지요.

(객) 작품으로서의 문학, 텍스트로서의 문학, 사건성으로서의 문학 등의 범주 설정이 가능하다고 들뢰즈를 비롯한 이론가들이 떠들고 있긴 하나, 선생도 그런 어설픈 흉내를 내고 있지만, 물론 각각 그 나름의 의미가 있겠지만, 이런 식의 논의란 결국은 모든 것의 기원(현존)의 불투명함에 대한 의구심에서 비롯된 것으로 이해됩니다. 이런 점은 좀더 음미해볼 만한데요.

(주) 그 방편의 하나로 윤후명씨의 이번 창작집 『가장 멀리 있는 나』를 검토해볼 수 없을까요. 만일 작가를 (A) 남의 얘기를 자기 얘기처럼 쓰는 작가 (B) 자기 얘기를 남의 얘기처럼 쓰는 작가 (C) 자기 얘기를 자기 얘기처럼 쓰는 작가로 분류할 수 있다면, 대부분의 작가는 (A)거나 (B)에 속하며, 좀 특이한 유형인 (C) 범주에 작가 박완서씨가 해당될지 모릅니다. 그러나 (D) 자기 얘기를 '자기 얘기로' 쓰는 작가로는, 윤후명씨가 특이하고도 뚜렷합니다. 작가에로 환원될 가능성이 담뿍 담긴 작품 유형의 존재방식, 이를 음미함이겠는데 그러니까 우리의 이 대화는 잘만하면, 한편으로는 모종의 작품의 존재방식에 대한 논의이자, 다른 한편으로는 윤후명론일 수도 있을 법하지 않겠습니까.

(객) 자기 얘기를 자기 얘기'로' 쓴다 함은 그러니까 '처럼' 쓴다의 범주와는 조금 다른 유형이겠는데요. 그렇다면 금방 오해가 생길 법하지

않습니까. '자전소설' 과는 어떻게 다른가. 또는 '사소설' 과는 어떠할까. 전기와 소설, 자서전과 자전소설 등이 각각 대응되겠는데요. 선생은 그러니까 윤후명을 논함으로써 윤후명론도 얻어내고, 나아가 모종의 소설 유형론도 얻어낼 수 없을까 궁리하고 있습니다그려. 일석이조 말입니다.

(주) 과욕이겠지만, 그런 꿈은 가져볼 법하지 않겠소.

2. 자멸파의 계보

(객) 작품이란 원리적으로는, 작가에로 환원되며 그것으로 끝난다는 명제에 닿기 위해서라면 그 작가에 대한 철저한 탐색에서 출발할 필요가 있겠지요. 윤후명은 1946년 강릉에서 태어났고, 연세대 철학과를 나왔고, 1969년에 시인으로 출발, 시집 『명궁』(1977)을 냈고, 신춘문예를 통해 소설가로 데뷔한 것은 1979년입니다. 시집까지 낸 윤씨가 소설로 전환, 「돈황의 사랑」(1982), 「모든 별들은 음악 소리를 낸다」(1983), 「누란」(1984), 「투구게」(1984)를 발표했습니다. 곧바로 창작집 『돈황의 사랑』(1983)이 간행됐지요. 그때도 선생은 월평에서 여러 가지 지적을 한 것으로 기억됩니다. 이미지소설이라든가, 울림의 소설이라든가, 서사구조의 빈약이라든가, 그럼에도 「돈황의 사랑」과 「모든 별들은 음악 소리를 낸다」를 고평했더군요.

(주) 두 작품의 구성 방식이 80년대 이 나라 문학판에서는 낯선 것으로 회고됩니다. '사람은 벌레가 아니다' 의 명제가 직접성으로 감지되는 문학판에서 아득한 땅 돈황이라든가 별들의 음악을 엿듣기란, 누가 보아도 시대착오스럽지 않았던가. 전자는 아득한 환각(이미지)이고, 후자는 울림이었던 것. 허황하기 짝이 없는 환각, 시원을 알 수 없는 '울림' 이란 그 자체로는 비산문적이고 따라서 매우 낯설었지만 그것이 닿아 있는 곳은 의외로 확실한 것(현실적)이었지요.

(객) 비유를 하자면 아이들 손에 쥐어진 풍선이 울긋불긋하고 또 공중에 둥둥 떠 있어 실끈을 놓치기만 하면 금세 허공으로 가뭇없이 날아갈 형국인데도 끝내 그 풍선은 아이 손에서 떠나지 않은 형국이겠는데요. 아이 손에 쥔 실끈이 의외로 질긴 까닭이 아니었을까.

(주) 맞습니다. 가뭇없는 이미지나 시원 모를 울림이 허황하고 아득함에 비례하여 증대되는 것은 실끈이 갖고 있는 힘, 곧 끈질김입니다. 이 실끈이 지닌 끈질김이란 누에의 실처럼 가뭇없이 연약하고 아득해 보이긴 하지만 어떤 쇠줄이나 바위보다 강인한 것이 아니겠는가. 바로 이런 방식의 창작 방법이 작가 윤씨의 고유성이었던 것.

(객) 그러니까 윤후명식 어법(語法)의 발견이라 할 만하겠는데요? 그렇다면 그 실끈의 긴장력을 가져오는 요소, 곧 구체성을 문제삼아 보여주어야 설득력이 있지 않겠습니까.

(주) 잠시 「돈황의 사랑」부터 볼까요. 여기 맞벌이를 하는 신혼부부가 있습니다. 남대문에서 낡은 이인용 침대를 사와 둘이서 자야 하는 셋방살이 신세입니다. 임신. 아기를 낳아야 하는데, 그런 데서 아기를 낳을 수 있겠는가. 없다. 삼인용 침대여야 했으니까. 이인용 침대뿐이니까. 유산시킬 수밖에. 아내가 병원에서 수술을 받고 있을 동안, 남편은 하루 종일 서울 시내를 헤맬 수밖에. 서울 시내이되 눈물 아롱아롱 서역 3만 리 헤매기였던 것.

(객) 만일 수술당한 그 아이가 아들이었다면 어떠할까. 서라벌 땅에서 맨발로 걸어 당나라 장안으로 가서 공부하고, 실크로드를 건너 다섯 개의 천축국(인도)를 헤매지 않았을까. 혜초 스님이 그것. 만일 딸아이라면 어떠할까. 서울 세종로, 세종회관 동쪽 벽에 새겨진 천녀상(天女像), 그것이 아닐 수 없지요. 저 실크로드에서 출발, 돈황을 거쳐온 사자들, 북청 사자놀이로, 봉산의 탈춤(사자무)으로 이어졌을 터. 아내는 수술실에서 남편은 종로바닥 헤매기에서 아들 딸을 꿈꾸지요. 80년대를 살아가는, 소시민의 꿈과 그 현실의 고달픔이 선연합니다.

(주) 소시민이라, 좋은 지적입니다. 대시민, 대서민, 대중, 좌우간 대자 붙은 것들이 많았던 시대, 아주 작은 시민의 어법이라고나 할까요. 「모든 별들은 음악 소리를 낸다」에서도 사정은 마찬가지. 자동차에 밀려 도시로 와서 마지막 당나귀 몰이꾼인 아비에 대한 울림이 그것. 그 '아비가 하늘의 별이 되어 음악 소리를 낸다' 는 것입니다. 그렇다면 그 아들인 '나' 는 어떠해야 할까. 울림에 귀 기울일 수밖에.

(객) 돈황이 부부관계 곧 '아내' 와의 문제라면, 별들이란 그러니까 '아비' 와의 문제, 부자관계상의 실끈이다?

(주) 부부관계의 실끈과 부자관계의 실끈으로 윤후명씨의 창작방법(어법)을 양분했거니와 먼저 이 두 축 중 전자에 주목한다면 어떠할까. 윤씨 자신이 한동안 그러해왔으니까.

(객) 알 만합니다. 선생이 정식으로 쓴 윤후명론인 「자멸파의 계보」(1993)에서 윤후명의 시 「협궤열차에 관한 한 보고서」(1990)를 인용하지 않았던가요. 어째서 소설가로 변신한 윤씨가 잠시 소설을 보류하고, 어쩌자고 시로 되돌아갔던 것일까요. 이 물음을 선생은 썩 의미 깊게 읽고 있더군요.

저놈의 협궤열차가 아직도 다녀
헤어진 아내가 가 있는
딸애가 타고 왔다가 가는
협궤열차에 흔들리는 삶
꼭 유령같다니까 아니 강시 같다니까
금방 무덤에서 나온 듯
도시에 나타나 어 저게 하는 동안
뒤뚱뒤뚱 아마 고대 공룡전(恐龍展)으로 사라진다니까
거뮈튀튀한 몸통뼈 안에 그러나
흔들리는 삶

아직 살아서 뒤척이는 꿈
날품팔이 아낙네의 질긴 사랑
나도 그래야 한다. 삶 찢기도록
사랑해야 한다.
달이 있음의 질긴 몸뚱이들을
(「협궤열차에 관한 한 보고서」, 『현대소설』 1990년 봄호)

이 시를 두고 선생은 조금 흥분해 있었지요. 그대로 옮겨볼까요.

"『명궁』이란 그의 시집 속에 담긴 종자가 발아하여 서역 3만 리, 눈물 아롱아롱하는 그곳의 하얀 꽃으로 피어오른 것이 돈황의 사랑이고 또 누란(樓蘭)의 사랑이었다. 밤이면 모래가 소릴 내어 운다는 명사산, 거기에 10년에 한 번 비가 오고, 비가 오면 돌밭 여기저기에 양파꽃이 핀다. 언제 시들지 모르는 꽃. 호선무를 추는 선녀들이 살고 있다. 막고굴 속엔 화려한 나라가 펼쳐져 있다. (……) 환각이 그에게 실체로 다가온 것은 80년대 그의 삶에서 말미암지 않았을까. 그는 서해안 아득히 뻗어 붉게 피어 있는 나문재 빛깔의 황홀경에 빠져 있지 않았던가. 그것이 그대로 누란이고 돈황이었다."(졸저, 『작가와의 대화』, 문학동네, 1996, 214쪽)

(주) 저를 탓하지 마십시오. 다만 저는 윤후명씨가 실토해놓은 다음 대목을 음미했을 따름이니까.

"그때의 그 협궤열차만큼 내 인생에 환상으로 달린 열차는 없었다. 가을에 그 작고 낡은 열차는 어차피 노을녘의 시간대를 달리게 되어 있었다. 서해안의 노을은 어두운 보랏빛으로 오래 물들어 있고 나문재의 선홍 빛깔이 황량한 갯가를 뒤덮고 있다. (……) 그것은 이 세상에는 없는 황량한 선경(仙境)이었다."(『현대소설』 1990년 봄호)

(객) 자멸파의 계보가 김관식, 김종삼, 박용래에서 비롯되고 다만 산문에서는 윤씨에서 비롯된다는 것. 그것을 선생이 그토록 부각시키고자 한 까닭은 무엇인가. 이제 조금 짐작이 갑니다. 부부관계, 여자에 관한

모종의 최종적 확인이 아니겠는가. 부부로서의 여자, 그것에서 '이탈할 수 없음'과 '이탈하고자 하는 욕망'의 갈등이 일으키는 긴장의 장소야말로 '협궤열차스런' 환상의 실체가 아니었던가.

(주) ……

(객) 선생은 협궤열차스러움을 자멸파로 규정함으로써 미적(美的) 실체를 이동시키고 있습니다. 작가 윤씨가 그러했으니까. 그는 현실적으로 새로운 여자관계가 요망되었으니까. '협궤열차스런 여자'란 그러니까 다만 '흔적'으로 출몰하는 정화(淨化)의 대상으로만 존재하게 되었으니까. 자멸파란 그 끝에 '죽음'이 놓이는 법이니까. 미의 극치라고나 할까.

(주) ……

3. 환각과 울림의 공명관(共鳴管)

(객) 발레리 풍으로, 바람이 분다, 이제 살아야겠다는 형국인가요? 이 점 심히 궁금합니다만.

(주) '환각'과 '울림'의 두 기둥이 윤후명씨의 출발점에 놓여 있지 않았던가. 이 점에 다시 주목하기로 합시다. '환각'이 협궤열차에 대응된다면, '울림'이란 무엇에 대응되겠는가. 바로 이 물음에 작가 윤씨의 제2의 세계가 펼쳐져 있습니다.

(객) 협궤열차란, 서해안 소금실이의 목적으로 창설된 것이니까 염전 폐쇄와 더불어 어차피 끝장난 것. 실제로 수인선(협궤열차)은 1999년 사라졌으니까. 작가 윤씨는 PD와 함께 사라지는 이 열차의 마지막 장면을 촬영하지 않았던가.

"'살아진다'라는 말이 있을 수 있다면…… 그것은 '살아간다'라는 말의 수동형이 되겠다…… 그렇다면 '사라진다'라는 말은 '살아진다'라는 말과 어느 정도 연관을 갖는 걸까…… 나는 문득 상상 속으로 빠져들었다가 헤어나기를 거듭한다. 이건 마치 마른하늘에 자맥질을 하고 있는 꼴이군…… 얼마나 기막힌 삶이면 살아진다고 표현되는 삶이란 말인가…… 그렇다면 차라리 사라진다고 말해버리는 게 낫지 않을까……" (「외뿔짐승 3」, 71쪽)

이것으로 끝장난 것이니까. 약간의 여운이 남는다 해도 이젠 돌이킬 수 없는 법. 그러니까 다른 기둥인 「모든 별들은 음악 소리를 낸다」의 세계로 나아갈 수밖에. 맞습니까.

(주) 맞소. 이제부터는 작가 윤씨가 도맡아 우리에게 설명할 수밖에. 이 점이 즐거움이고, 이 창작집의 존재 이유가 아닐 수 없지요.

(객) 그렇소. 즐겁군요. 협궤열차에서 벗어난 윤후명, 그러니까 선생(비평가)과 저(독자)는 썩 홀가분하군요.

(주) 잠깐. 홀가분하긴 하나, '아주' 홀가분할 순 없는 법. 협궤열차의 망령(데리다 식으로 말하면 '흔적')에서 누구도 쉽사리 벗어날 수 없으니까.

(객) 이번 창작집이 지닌 모종의 정직성, 끈질김이겠는데요.

(주) 맞습니다. 협궤열차(여자)의 망령에 수시로 시달리면서도 안 그런 척하기.

(A) "그날 나는 예전에 여자와 술을 마셨던 술집에 가서 홀로 술을 마셨다. 그리고 다음날에는 역시 예전에 여자와 함께 눈떴던 여관방에서 아침을 맞았다. 벽에 걸려 있는 달력을 보니, 때는 음력 초순, 밤에는 초승달이 뜰 날이었다." (「가장 멀리 있는 나 1」, 157쪽)

(B) "한국으로 돌아오자마자 나는 지방의 그 도시로 향했다. 남해섬에서 가까운 그 도시는 A의 고향이었다. A의 죽음에 대해 들은 것은 스리랑카를 떠난 지 얼마 지나서였다. 나는 마침내 귀국 길에 올랐으나, 상당히 먼 우회로를 택하기로 했었다. 내게는 아직 모든 게 미정의 상태였다. 그러다가 A의 죽음을 듣게 되었고, 그것이 귀국을 재촉하고 말았던 것이다. 그리고 그 지방 도시에서 하룻밤을 보냈다. 새벽 5시, 옆의 여자는 잠에 곯아떨어져 있었다. 퍼뜩 눈을 뜨고서도 옆에 여자가 있다는 생각은

채 못 하다가, 그랬었지, 하고 그 존재를 인식했었다. 모닝콜을 부탁하지 않았는데도 새벽에 시간 맞춰 눈이 떠진 게 신기하기도 했다. 누운 채 손목시계를 집어 희미한 야광침을 들여다보고 나서야 나는 안심이 되었다. 한겨울의 캄캄한 밤시간은 꿈속인 듯 모호하기만 한 것이었다. 옆의 여자와 간밤에 어울렸다는 사실도 그랬다. 술집에서 만났고, 새벽에 선창에 함께 나가자는 약속을 하고 그 여관에 들었다는 사실이 뒤따라 알려져왔다."(「가장 멀리 있는 나 5」, 219쪽)

(C) "나는 그녀를 만나자마자 빠져나갈 궁리부터 했다. 그러면서 그녀가 용문산에서 나를 불러냈을 때부터 '그것도……' 하고 망설였음을 알았다. 나는 그녀가 원하는 게 무엇인지조차 모호하기 짝이 없었다. 그런 순간 나는 퍼뜩 한 그루의 나무를 기억 속에서 되살려냈던 것이다. 그렇지, 나무가 있었어, 나무가." (「외뿔짐승 3」, 9쪽)

여기 등장하는 여인들은, 그러니까 'A'로 표기되거니와 그 연장선상에서 만나는 이런저런 여인들, 이는 영락없는 협궤열차스런 흔적에 해당되는 것.

(객) 협궤열차스러움에서 벗어나기가 작가 윤씨에겐 참으로 힘들었던 모양이군요. 그도 그럴 것이 그의 의식(무의식)의 한쪽 기둥이었으니까. 이제 바야흐로, 그 한쪽 기둥과 결별할 시점에 이른 것이렷다. 그 문제의 A가 죽었으니까. 21세기에 접어들었으니까. 한 몸으로 두 세기(世紀) 살기의 곡예이니까.

(주) 협궤열차스런 기둥에서 벗어나기란 새삼 무엇인가. A가 죽고 없는 이 마당에 남은 한쪽 기둥이란 무엇인가. 그것에 전력을 기울일 수밖에.

(객) 음악 소리, 곧 달구지 몰이꾼으로서의 '아비상'에 매달리기의 영역!

(주) 이 대목이 소중합니다. '아비 찾기'가 그것. 아비란 무엇인가. 아비 찾기란 바로 '나 찾기'에 더도 덜도 아닌 것. 협궤열차를 송두리째 포기(희생)하고서야 겨우 엿볼 수 있는 영역이라고나 할까.

(객) 협궤열차가 막바로 시베리아로, 타슈켄트로, 우즈베키스탄으로,

모스크바로 달려갔음이란, 그러니까 아비 찾기의 한 '과정'으로 볼 수 있겠다는 점이 이제야 뚜렷해지기 시작했습니다. 「여우사냥」(1993)에 이어 「하얀 배」(1995)가 윤씨에게 그해의 이상문학상을 안겨다준 바 있지 않습니까. 선생은 아마도 이 작품의 창작동기가 '환상'과 '울림'(러시아 말의 울림, 글자의 이미지의 동시적 현상)이라 우기곤 했습니다만, 이미지와 울림의 공명관이 만들어낸 오묘한 증폭현상이겠는데, 좌우간 협궤열차가 수인선을 떠나, 그러니까 남동, 달월, 군자, 고잔 야목, 어천 등을 지나, 붉은 융단을 깐 듯한 갯벌의 그 나문재 꽃밭을 지나 바야흐로, 모스크바로, 타슈켄트로, 그 수도인 알마타로 달려간 형국의 더도 덜도 아닌 것.

(주) ……

(객) 그 협궤열차가 최근엔 스리랑카로 달려갔다 해도, 거기서 미당이 여인의 지독한 사랑의 상징으로 떠올린 '눈썹 이미지'를 연상케 하는 '눈썹 같은 초승달'을 보았다 해도 사정은 마찬가지.

(주) 잠깐, 왜 혼자서 흥분하시는지요?

(객) 그렇게 되었습니까?

(주) 초승달이라든가 '하얀 배'라든가, 이런 것들은, 문자로 쓰자면 환상(이미지)이겠고, 돈황, 누란, 천녀, 봉산탈춤의 '사자무'로 이어지는 것. 그 끝을 따라간다면 어떻게 될까. 이미지(환상)가 그대로 '울림'으로 전환되는 것이 아니었던가. 이른바 공명관이 이루어낸 중독현상.

(객) '하얀 배'가 실상 '아, 버, 지,'라는 조선말(모국어)의 울림이 아니었던가. 주인공인 교포 여인이 몽매에도 외워보던 서툰 조선말, '아, 버, 지,'가 그것.

(주) 시베리아로, 타슈켄트로 달려간 혹은 우즈베키스탄으로 간 협궤열차가 그래도 아직 조선동포 범주의 수준에 머문 것이라면, 말을 바꾸면, 환상(이미지)의 범주에 머문 것이라면, 여기에서 한 단계 나아감이란 무엇이겠는가. '울림'이지요.

(객) '울림' 이란 당나귀 몰이꾼인 아비가 듣던 그 '별들의 음악' 이 아니겠는가.

(주) '가장 멀리 있는 나' 란 무엇이겠는가.

(객) 알겠소. '아비 찾기=자기 자신 찾기' 의 등식이 그것.

(주) 「돈황의 사랑」에서 「가장 멀리 있는 나」로의 전환, 거기까지 이른 과정이란 무엇인가.

(객) 이 물음 속에 이번 창작집의 의의가 있다?

(주) 그것 속에 이 창작집의 의의가 있다 함은 곧, '아비 찾기' 로 향함이다?

(객) 아비 찾기가 그대로 '나' 의 찾기이다?

(주) 당초 부부관계의 기둥인 「돈황의 사랑」이 있었다. 동시에 부자관계인 「모든 별들은 음악 소리를 낸다」가 있었다. 협궤열차가 전자에 비중을 두고 시베리아까지 달려갔고, 그 뒤엔 심지어 스리랑카까지 갔다?

(객) 미당 어법으로 하면 초승달이 눈썹이다! 숲이 눈썹이다!

(주) 그렇지만 그것은 A가 죽은 이 마당에서는 장식음으로서의 이미지(환상)이다. 남은 것은 아비 찾기로의 '울림' 이 아니겠는가. 이 창작집의 머리에 놓인 '울림' 을 좀 보시라.

"스리랑카의 누와라엘리야 산굽이에서 한국의 신갈나무 숲을 생각한 것은 간밤의 월식(月蝕) 때문이라고 헤아려졌다. 누와라엘리야는 분명 스리랑카의 리틀 잉글랜드라고 불리는 산간 마을인데, 내 마음은 아직도 한국의 신갈나무 숲에 머물러 있는 것이었다. 그리고 눈썹 같은 초승달 아래 산길을 가는 내 모습을 더듬었다."(「가장 멀리 있는 나 1」, 139쪽)

스리랑카, 누와라엘라, 잉글랜드란 갈 때 없는 울림인 것. 그것이 그대로 신갈나무(눈썹 같은 초승달)에 막바로 이어집니다. '아비 찾기=나 찾기' 의 징조이지요. 조선동포가 있는 타슈켄트도, 우즈베키스탄도 아니고, 그곳을 훨씬 넘어선 곳. 러시아 영토 중 인구 수십만에 지나지 않는 동부의 작은 불교(밀교) 국가 칼미크 공화국이 아니겠는가. 원초적 나라, 불국토.

(객) 협궤열차가 실로 진짜 낯선 칼미크까지 갔다? 거기서 본 것이란?

(주) 거기서 본 것은 아비였지요. 아비의 이미지, 자기 자신의 이미지.

"포플러나무 뒤로 멀리 뻗어 있는 칼미크의 길은 내 고향 길과 똑같았어. 아니. 똑같은 게 아니라, 그 길 자체였어. 나는 그걸 단순한 착시 현상이라고 옆으로 밀어놓을 수가 없어. 말했다시피 그건 울란콜로 가는 길이야. 체첸 땅으로는 러시아 군대가 차츰 압박해들어간다는 보도가 있었지. 나는 옛날 그때처럼 피난을 가지 못한 채 고향에 뒤처진 것만 같았어. 물론 이제는 어머니도 없이, 나는 새하얀 고향 길을 앞에 하고 홀로 서 있었어.

(……)

그런 어느 순간이었어. 나는 내가 꿈을 꾸고 있는 게 아닌가 하고도 여겨졌어. 하지만 그건 아무려나 꿈이 아니었어. 나는 하얀 길로 오고 있는 많은 사람들을 보았지. 한 무리의 양떼가 지나간 다음, 많은 사람들이 오고 있었어. 함지박에 찐 옥수수를 수북이 담아 머리에 인 아줌마도 있었고, 천주교회 신부도 있었고, 소방서 아저씨도 있었어. 개울에 빨래하는 아줌마들, 바다로 고기잡이를 나가는 아저씨들, 단오장에서 그네를 타는 여자들, 씨름을 하는 남자들…… 그리고 그 가운데는 어머니도 있었고, 이웃집 소녀 세화도 있었어. 나는 눈을 번쩍 떴어. 고향 길로는 여전히 많은 사람들이 오고 있었어. 그리고 그 가운데 어디쯤에는 아버지의 모습도 눈에 띄었어. 내 생전 처음 자세히 보는 아버지의 모습이었어. 나는 소리쳤어.

아버지이!" (「가장 멀리 있는 나 6」, 248~253쪽)

(객) '아비 찾기=자신 찾기'의 도식에서 확실한 것이 있다면 '울림' 쪽이 실눈썹으로서의 환상을 누르고 있었다는 사실!

(주) 요컨대, 협궤열차의 몸부림이 결국 자기 확인(아비 찾기)에로 귀착된다는 사실.

(객) 그러니까 협궤열차의 소임이 이제 바야흐로 끝장나고 있다는 사실. '투구게' 에서 '투구꽃' 으로 변모되는 사실.

(주) 갯벌의 저 나문재 자줏빛이 초승달의 눈썹이었다는 사실.

4. 외뿔짐승의 자기 한계

(객) 여기까지 이르면, 선생도 저도 조금 흥분했던가요?

(주) 그런 것 같소.

(객) 당초 수인선 협궤열차가 있었다. 소금실이 열차가 아니었던가. 그것 때문에 한 인간(작가)이 이런저런 환각에 빠져 괴로워했다. 이 환상에서 벗어나기란 무엇인가. '여자(소시민성)' 에서 벗어나기가 아니었던가.

(주) 아비 찾기가 그것. 이 한쪽 기둥에 매달리기. 그리고 이 점이 중요한데, 아비 찾기에서도 마침내 벗어나기가 그것. 그것은 '동포' 개념에서도 벗어나기. 잘만 하면 '나' 에서도 벗어나기.

(객) 생물학적 범주. 그런 상상력의 범주. 곧 칼미크 공화국행. 거기에서 비로소 자기 확인=아비 찾기의 가능성이 열렸던 것.

(주) 아비는 6·25 때 똥통칸에서 머리를 처박고 죽었다! '나' 는 그 아들이다! 작가 윤씨는 작가임에도 불구하고 맨얼굴스럽게 이처럼 안타까워하고 있습니다.

"그런데 내가 몇 번이나 그 변소 구멍조차 찾지 못하고 돌아선 다음에 은연중에 간직하게 된 것은 그때 변소 구멍으로 감춰져 있던 그것이 바로 아버지의 얼굴이 아니었을까 하는 생각이었다. 이모저모로 따져서 그럴 리는 없었다. 적과 내통했다는 혐의로 저녁 무렵에 어디론가 붙잡혀 들어갈 때 그 사람은 벌써 치워져 있었던 것이다. 그럼에도 불구하고 나는 남몰래 그 모습에 아버지의 모습을 덧씌우고 있었다. 그렇게 명확한 변소 구멍조차 찾을 수 없다는 박탈감이 더욱 그쪽으로 몰아갔다고 해도 어쩔 수 없는 노릇이다. 아니, 그 정도로 나의 전쟁을 덮어두기를 내가 원했다고 해도 좋겠다. 어떤 식으로든 환상이 필요한 사람에게 환상은 억지를 부리더라도 찾아오게 마련인 것이다. 그럼으로써 아버지는 바로 우리집 변소 구멍을 통해 집 안으로 들어오려다가 그만 총에 맞아 저 세상 사람이 되고 말았다. 그리고 어느 가묘에 묻혀 있는 것이다."(「가장 멀리 있는 나 7」, 293쪽)

(객) '아비 찾기=나 찾기'의 도식이 성립되었을 때, 분명해진 것은 협궤열차 콤플렉스(여자관계, 소시민성, 동포의식)에서 벗어나고자 하는 욕망의 표현이라 볼 것입니다. 그렇다면 그 다음 장면은 한쪽 기둥 곧 '나의 정체성' 찾기로 귀결되겠지요. 그 불가능성의 발견!

(주) 그렇소. 그것은 다시 '자멸파의 계보'로 환원되는 것.

(객) '외뿔짐승'으로 향하기이니까. 그 끝에 신(神)이 놓이고, 끝내는 스스로 신이 되기.

(주) 정답입니다.

(객) 대체 '외뿔짐승'이란 무엇이겠는가. 서양 신화에 나오는 일각수(Einhorn)가 아니겠는가. 처녀성(순결성)을 상징하는 일각수란, 릴케의 『말테의 수기』(1910)에서 참으로 오묘하게 처리된 바로 그것이 아닐까.

(주) 너무 자책하지 마십시오. '외뿔짐승'이란, 그러니까 '자기 자신 찾기'로 나아간 중년 작가 윤씨의 내적 불안의식의 표현에 지나지 않으니까. 그 증거로 다음 대목을 인용해볼까요.

"그녀는 이름만 번지르르한 유령 협회의 홍보일을 보며 실속 없이 바쁘기만 했고, 나는 나대로 서울에서 허섭스럽게 원고 일을 맡느라고 허덕였다. 섹스 아래서 사랑 · 행복 · 영원 따위는 상상 속의 동물처럼 모호해지더니 마침내는 섹스마저 그 동물의 눈처럼 빛을 잃어갔다. 상상의 동물은 상상력에 의해서만이 살아 있을 수 있는 것이다. 상상력을 잃자 우리는 상피병(象皮病)을 앓는 것 같은 거친 살갗으로 좁은 방에서 버텼다. 하기야 이렇게 쉽게 이별이라는 결말을 말하고 있는 내가 가증스럽기조차 하다. 그러므로 앞에서 나는 그 만남을 간단히 암시만 하고 넘어가기를 원했던 것이다. 우리는 '돌 속에 뜨는 무지개' 라는 카페에 가서 마지막 말들을 나누었다."(「외뿔짐승 5」, 125쪽)

(객) '나' 란 무엇인가. 이 물음이 마지막 울림이라는 것. 일각수란 새삼 무엇인가. '돌 속에 뜨는 무지개' 라든가, '공룡의 발자국' 이라든가 또 뭐라든가, 좌우간 '고대' 에로의 울림에도 치닫고 있음이란 새삼 무엇인가. 고층적(古層的) 세계로 향하기. 혹시 '낭만적 허위'(지라르)가 아닐 것인가.

(주) 잠깐, 일단 여기서 멈추어야 되지 않겠습니까?

(객) 어째서?

(주) 한쪽 기둥인 '나는 무엇인가' 조차 잃을 염려 때문.

(객) 동감입니다.

(주) 염려스러운 것은 그쪽도 저쪽도 아니지요. 작가 윤씨 쪽이 아니겠는가. 너무 멀리 나아간 형국이니까. 남는 것은 생물학적 상상력이겠는데요. 고층적 세계로 향하기.

(객) 아비 찾기에서 막바로 자기 찾기에로 치달았다? 그렇게 손쉬울까.

(주) 맞습니다. 협궤열차와 그토록 쉽사리 결별할 수 있겠는가. 또한 어째 '아비=자기' 의 등식이 완벽하게 성립되겠는가. 나는 나, 아비는 아비일 뿐이 아니겠는가.

5. 비평가와 작가 — 누가 진짜로 구속되는가

(객) '외뿔짐승' 이란 울림이 조금 고약했나요? 안 그렇습니까? 너무 아득하다고나 할까.

(주) ……

(객) ……

(주) 제가 개인적으로 알고 있는 분 중에 왕년의 승려시인 S씨가 있습니다. 씨가 제게 보내준 책 중엔 씨가 번역한 초기 불경의 하나인 『숫타니파타』가 있습니다. 그 속엔 이런 대목이 있지요.

"소리에 놀라지 않는 사자와 같이 그물에도 걸리지 않는 바람과 같이, 진흙에도 묻지 않는 연꽃과 같이 무소의 뿔처럼 혼자서 가라." (『숫타니파타』, 석지현 역, 민족사, 1993)

이른바 구도자의 자세를 비유한 시구입니다.

(객) 윤씨의 '외뿔짐승' 이란 무소가 아니라 릴케적 의미의 그것. 곧 '일각수' 의 그것이 아니던가요. 그것은 갈 데 없는 또다른 환각이 아닐 것인가. 그대로 보일까요.

"아득한 어느 먼 나라에서 나직한 노랫소리가 들려왔다. 하늘과 땅을 잠재우고, 아기 공룡들을 잠재우고, 어지러운 마음을 잠재우는 자장가 소리였다. 나같이 허덕이며 쫓기는 사람들을 위로하는 노랫소리였다. 그것을 나는 그 아이가 부르는 노래라고 믿고 싶었다." (「외뿔짐승 5」, 136쪽)

(주) '울림' (아비, 나)에로 귀일되는 경지란, 이는 부자관계, 이른바 또다른 '부계문학계보' 의 세움일까요. 그렇다면 도로아미타불이지 않습니까. 뿌리 찾기의 불가능성이 '나' 의 본질 닿기의 경지가 아닐 것인가. 영원한 '외뿔짐승' 의 운명이니까. 결국 돌 속에 화석으로 굳은 무지개를 해체해 보이는 작업이 아닐 것인가.

(객) 잠깐, 그렇다면 이제 결론을 내어도 되겠는데요, 계속 도망칠 생각은 마십시오. 이 글이 일변으로는 윤후명론이지만, 다른 한편으로는, 보다 크고 중요한 과제 곧, 서두에서 제시한 명제인 '자기 얘기를 자기 얘기로' 쓰는 글쓰기의 유형이 그것이겠는데요, 맞습니까?

(주) 제 답변은 간단명료합니다. 작가 윤씨가 그 해답의 열쇠를 쥐고 있다는 사실이 그것.

(객) 그게 비평가(독자)의 한계이겠는데, 조금 억울하지 않습니까? 윤

후명 만세이니까.

(주) 글쎄요. 이 순간 작가 윤후명씨도 구속되지 않았을까.

헤겔의 시선에서 본 박상륭 문학

—어떤 각설이의 힘겨운 귀향

1. 교조가 되고자 한 사나이

『죽음의 한 연구』(1975), 『칠조어론』(1994)의 작가 박상륭씨는 보석이되, 왼손에 끼워진 보석이라는 생각을 떨쳐버리기 어려웠다고 기억됩니다. 이문구씨의 표현을 빌리면, 상당한 분량의 소설 원고를 자기에게 맡기고, 간호원으로 먼저 간 아내를 따라 1969년 박씨가 이 땅을 떠났기 때문입니다.(이문구, 『글밭을 일구는 사람들』, 열린사상, 1994, 102쪽) 풍문에 따르면, 박씨는 이민 천국으로 소문난 태평양 저쪽, 그러니까 박씨의 말투로 하면 호서(湖西)겠는데, 연어떼 우글거리는 밴쿠버에서 책방을 열고 있다는 것이었지요. 어째서 하필 밴쿠버였는가, 또 책방이어야 했는가에 대해 이문구씨도 주석을 달지 않아 헤아리기 어려우나, 좌우간 박씨가 가난하고 참담하기 짝이 없는 이 땅을 떠났던 것만은 분명한 사실이지요. 이따금 이곳 문우들이 거기를 들러 박씨를 만났다는 소문도 없지는 않았으나, 씨의 거처는 신비스런 저쪽 베일에 싸여 있었다고나 할까요. 그런데 기묘한 일은, 계속 씨의 작품이 국내 문예지에 발표되고 있다는 사실입니다. 『칠조어론』이 완간된 것은 1994년이 아니었던가. 한편으로는 국내에서는 대학원 리포트, 또는 학위 논문으로 박상륭론이 씌어지는가 하면, 다른 한편으로는, 이곳에 부재한다는 사실로 하여 『칠조어론』은 매우 난감한 산맥으로 저만치 놓여 있었다고 할 것입니다. 유마거사의 말을 빌려, 「병든 세계와 아프기」(1990)를 쓴 고 김현씨의 해설을 제하면 『칠조어론』이란 무슨 수미산 같은 것이어서 제 글쓰기의 옆을 스쳐가는 것이었다고나 할까요. 망연자실한 심사였다고나 할까요. 그렇다고 해서 제 마음이 아주 편한 것은 아니었지만 다른 한편 마음 편하기도 했음도 사실. 여기에는 설명이 없을 수 없습니다.

망연자실함이란 그러니까 『칠조어론』에서 말미암았던 것. 용수(龍樹)의 중도관(中道觀)에서 비롯, 진화론에서 역진화론(逆進化論, Nivritti)에 이르는 『칠조어론』을 두고, 세상사람들은 문학비평가들의 직무유기설을 유포시키고 있지 않았던가. "『칠조어론』의 세계에 대해서 우리 비평계가 아직까지 단 한 번의 본격적인 보고서도 제출한 바가 없다는 사실이 부끄러울 따름"(김진수, 「되돌아오는 삶, 불가능한 죽음」, 『평심』 해설, 문학동네, 1999, 258쪽)이라 말해짐도 그 한 사례이겠지요. 과연 그러할까요. 저러한 발언은 실은 『칠조어론』을 읽고자 하지도 않은 사람들의 어림짐작에서 나온 풍문이 아니었을까. 『칠조어론』을 펼쳐보시라.

"村僧今日, 事不獲已, 曲順人情, 方登此座, 喝, 소주 맛 좋은 날, 썩 좋은 날 오늘, 乞僧이입지, 몇 모금 소주에 몇 입가심 저육을 보챈다 해도, 그 탓에 너무 허물치들 마십습지. 村僧은 그리고, 헤헵, 저육으로 기름을 삼아, 눈을 밝붉혀, 우리들의 우주의 입이 되는 데를 찾아 열어, 그 목구멍을 통해, 거기다 눈을 던져넣고, 그 안쪽에서 우리들이, 대체 무엇으로 하여금 저렇게도 바쁜지, 그것을 좀 竊視하려 하는바, 이제부터 촌승이 무엇이든 말을 만들 수 있다면, 그것은 다름이 아니라, 村僧의 눈앞에 스쳐가는 풍경에다, 눈이 잉아걸어, 말〔言語〕의 북실 몇 바름 풀어낸 결과일 것입습지. 道流들께서 그런즉 잊어서는 안 될 것은, 그러므로 촌승은 보는 자며, 그것도 훔쳐보는 자며, 무엇을 짓〔作〕거나, 定義하는 자가 아니라는 것이고, 그렇다면, 촌승이 촌승의 혀로 무슨 말을 만든다 해도, 촌승이 그것에다, 촌승 나름의 무슨 질서를 부여할 수도 있다거나, 취사 선택을 할 수도 있는 자가 아니라는 것입습지. 이런 범주의 말하기는 그렇다면, 그 말이, 듣는 이의 귓속으로 들어가, 누룩이 돼서, 때로는 대단히 빠르게, 때로는 대단히 더디게, 그 심정 속에서 의미의 술을 익히는 것이기보다는, 반대로, 듣는 이를, 그 말 속에로 끌어들여, 듣는 이로 하여금, 문맥을 잇게 하는 것일 듯싶습지."

자기를 내세우지 않고 순리에 따라 단상에 오른 시골중이 도류(道流)를 향해 떠벌이고 있지 않겠는가. 듣는 이도 읽는 이도, 종래의 방식에서 완전히 벗어나야 된다는 선언문이 머리에 걸려 있습니다.

화자란 누구인가. 촌에 사는 중 아닙니까. 자기를 돌보지 않고, 곡진한 인정에 따라, 바야흐로 단상에 올라 말씀하고 있습니다. 누구에게? 문제는 이 '누구'에게 있지 않겠는가. 도류(道流)에게가 아니겠는가. 도류란 무엇이뇨. 이른바 도반(道班)을 가리킴인 것. 말을 바꾸면 구도의 길에 나선 출가자(승)를 가리킴이지요. 이들을 상대로 같은 구도자가 장광설을 토해놓고 있습니다. 구도승의 이러한 장광설을 두고 문학(소설)이라 할 수 있겠는가. 독자를 상대로 한 장광설이 아니라 구도자인 까닭에 독자가 접근할 방도가 없지요. '시민적 서사시'(헤겔)로서의 소설이란, 범속한 일상적 삶 속의 독자를 대상으로 함이 아니었던가. 그런데 『칠조어론』은 당초부터 구도승을 상대로 하고 있지 않겠는가. 만일 이를 두고 한갓 알레고리이며, 그러기에 동화라든가 또는 설화의 형식으로 본다면 사정이 조금 완화될 수 있겠지만(실제로 『산해기』에서 박씨는 '동화 한 자리' 시리즈로 나서고 있다) 적어도 『칠조어론』의 경우는 알레고리와 무관합니다.

대체 '칠조' 란 무엇인가. 석가세존께서 초조라면, 동쪽으로 온 달마는 28조에 해당됩니다. 이를 이은 혜가가 29조이며, 이어 승찬, 도신, 홍인, 혜능까지, 그러니까 6조를 보태면 33조에 이릅니다. 6조로 끝났으니까 7조란 사실상 없는 셈이지요(『역대법보기』가 6조 계보로 되어 있지만, 『전법보기병서』에 따르면 6조엔 법여, 7조엔 신수로 되어 있고, 남종선(南宗禪)계, 북종선계 등의 선종계의 분화가 있었고, '보리도 명경도 없는데 어찌 티끌이 있으랴' 로 요약되는 돈오사상이 저 인도적 점수론을 비판, 중국스런 선의 확립으로 볼 수도 있는 일이어서, 7조를 인정하느냐의 여부는 더이상 진전되기 어려운 것으로 볼 수도 있겠지요). 『칠조어론』의 저자는, 이 당나라계 선종의 사상적 배경을 저류에 깔고, 『벽암록』 『임제록』까지를 포함한 선종계 자체가 지닌 가능성과 허점을 논의하고 있지 않겠는가. 그 논의의 출발점은 당연히도, 반야경의 세계를 논파한 용수(龍樹, 기원전 2세기)의 『중관론』에서입니다. 용수가 논파한 것은 기성 개념이지요. 가령 '운동' 이란 기성 개념을 비판한다면 어떠할까. 아직 운동을 시작하지 않은 것에는 운동이 없으며 이미 운동을 마친 것에는 운동이 없겠지요. 그렇기에 지금 운동하고 있는 것에는 '운동' 이 필요치 않겠지요. 만일 별도로 '운동' 이 존재한다면 운동하고 있는 것이 없어지더라도 운동이 일어나겠지요. 이러한 논법으로 생과 멸, 연속과 단절, 동일한 것과 차이 등을 들어 기성 개념에는 자기 모순이 있음을 용수는 지적합니다. 이렇게 함으로써 용수는 부처의 참뜻을 밝히고자 한 것이지요. 이른바 부처의 가르침의 핵심인 '연기법(緣起法)' 을 부정적 논법으로 설한 것이지요. 이것이 유식파(唯識派)와 더불어 대승불교의 2대 유파를 이루는 중도관이겠지요.

『칠조어론』은 중도관에서 비롯, 진화론과 역진화론에로 나아가는 과정으로 되어 있습니다. 어느 경지든, 이들은 모두 진리에 이르고자 하는 인간 정신의 모험에 다름아닐 터. 이를 두고 절대(종교) 경지라 하겠지요. 불교란, 종교이되 그것이 철학과 분리되지 않음에, 헤겔적인 시선에서 보면, 그 특권적 의의가 돋보인다고나 할까요. 어느 쪽이나 잡스러운 문학이 끼어들 판은 아니었지요. 작가 박상륭씨는 어느새 달마를 제치고 새로운 교조를 겨냥하고 있지 않았겠는가. 그것은 문학의 초월이거나 미달이 아니었던가.

2. 밴쿠버 책장수의 3부작

이러한 세월의 한 고비인 1998년 5월, 제가 밴쿠버에 들를 일이 생기지 않았겠습니까. PACKS(태평양 연안 한국학회) 제4차 발표 대회가 밴쿠버의 명문 U.B.C.(브리티시 컬럼비아 대학)에서 열렸던 것. 밴쿠버행 비행기 속에서 제 혼자 생각으론, 비록 초면이나 틈을 내어 박상륭씨를 만났으면 했지요. 그 까닭인즉, 『칠조어론』 때문이 아니고, 씨가 쓴 세 편의 단편 때문이었지요. 어떤 이유에서인지는 알기 어려우나, 1969년에 이민 간 박씨가, 다르게 말해 『칠조어론』을 집필하기 시작하여 15년 만에 완성한 그 박씨가 국내를 향해 두 가지 메시지를 보내고 있는 것처럼 제 눈에 비쳤던 것입니다. 메시지 중의 하나는 창작이며, 다른 하나는 이 창작에 대응되는 산문들입니다. 「로이가 산 한 삶」(1995), 「왈튼 씨 부인이 죽은 한 죽음」(1997), 「미스 앤더슨이 날려보낸 한 날음」(1997) 등이 전자에 해당된다면, '동화(童話) 한 자리' 라는 부제를 지닌 「아으, 누가 이 공주를 구해낼 것인가」 연작 및 「산해기」에 이르는 산문이, 이문구씨의 지적에 따르면, 비록 박씨가 몸뚱이만 밴쿠버에 가 있었을 뿐, 쉴새없이 창작을 해왔을 뿐 아니라, 국내에다 그것들의 발표조차 중단 없이 해온 터이기에, 모양새로는, 저러한 두 가지 글들이 새삼 낯설지 않다고 할 수도 있겠으나, 조금 눈여겨본다면 다음 두 가지 점에서 모종의 변화랄까 분위기의 차이가 감지됩니다. 이러한 낯섦이란, 제 눈엔 일종의 초조감이랄까, 뭔가 절실함이랄까, 좌우간 선뜻 이름 댈 수 없는 모종의 메시지의 전달로 보이는 것이었지요. 밴쿠버의 삶을 창작의 배경으로 했음이 그 하나.

(A) "로이(Roy)는, 비대증이 원인이 된, 여러 종류의 합병증에다, 심장마비로, 서른여섯의 나이에 죽었다(는 부음訃音을 나는 근래에 들었더랬다). 그는, 내가 경영하고 있던, 이 (캐나다에 있는 밴쿠버라는) 도시 변두리의 작은 서점(書店)의 단골손님 중의 하나였는데……"(「로이가 산 한 삶」, 서두 부분)

(B) "왈튼 씨 부인(Mrs. Walton)은, 심장이 튼튼하지 못하다, 관절염기가 있다, 음식을 잘 소화해내지 못한다, 어쩐다 꼬랑꼬랑하면서도, 예순 살까지 살아오다, 선선한 철로 접어들고 있던 어떤 하루는, 감기인지 몸살인지 한기가 든다고 몸져눕더니, 못 일어나고 죽었다(는 부음訃音을 나는, 근래 들었더랬다). 그 부인네는, 내가 경영하고 있는 이 (캐나다에 있는 밴쿠버라는) 도시 변두리의 작은 서점(書店)의 단골손님 중의 하나였는데, 단골손님이라곤 해도, 예를 들면 로이(Roy)모양, 다독가(多讀家)는 아니어서……"(「왈튼 씨 부인이 죽은 한 죽음」, 서두 부분)

(C) "언니 앤더슨은, 읽을 거리가 다 되었다고, 아랫장터에 있는, 파크(Park)라는 성씨를 가진, 한국인 이민이 운영하는 책방에, 책을 사러 간다고 나갔다."(「미스 앤더슨이 날려보낸 한 날음」, 서두 중간 부분)

(A)(B)(C)에서 보듯, 박씨는 작중화자로서 밴쿠버 한국인 이민이자 책방 주인을 깃발처럼 내세우고 있습니다. 이러한 방식은 전에 없던 것이지요. 어째서 박씨는 이러한 방식을 취했을까요. 모르긴 해도, 뭔가 박씨 창작 내부에서 생긴 모종의 징조와 무관하지 않겠지요. 밴쿠버를 표나게 내세우기란, 책방 주인인 '나'를 내세움인 것. 특정 장소와 특정 인물을 내세우기에 다름아닌 것. 이는 구체적으로 무엇을 가리킴일까. 특정한 장소와 인물, 그리고 시간에서 비로소 세속적 의미의 소설이 생겨난다는 사실에 대한 새삼스런 반성이라 할 수 없겠는가. 혹은 소설이라는 이 형편없이 '잡스런' 형식에 대한 박씨 나름의 새삼스런 반응이라

볼 수 없겠는가. 고압적 관념, 아득한 형이상학적 과제를 소설 형식이 감당할 수 없거나 적어도 옹색하기 짝이 없음을 다시 한번 성찰해봄이라 할 수 없겠는가.

다른 하나는, 앞의 경우와 관련된 사항으로서, '동화적 형식'의 제시입니다. 박씨는 '동화 한 자리' 시리즈를 네 편 썼는데, 「아으, 누가 이 공주를 구해낼 것이냐」「아으, 누가 저 독룡(毒龍)을 퇴치할 것이냐」「아으, 누가 저 독룡(毒龍)을 퇴치하여 공주를 구할 것이냐」「음담패설(淫談悖說)이라면 몰라도」 등이 그것이지요. 소설과 동화의 관계를 모색하기 위한 몸짓이었을까. 혹은 소설과 동화란 별개의 것임을 암시하기 위함이었을까요. 좌우간 고압적 관념 형태를 서사화하기에 모종의 한계점에 이른 박씨의 몸부림의 일종으로 제겐 비쳤던 것입니다.

이러한 생각을 제가 품게 된 것은 박씨가 쓴, 밴쿠버에 대한 글 한 편과도 결코 무관하지 않습니다. 밴쿠버가 박씨에겐 '추악할 정도로 아름다운' 고장이라 하지 않았겠는가. 『말테의 수기』의 시인의 말을 떠올리면서, '그 도시에 사는 사람들이 그 도시를 꿈꾼다는 것', 꿈꾸는 자들의 꿈에 의해 그 '중심이 되는 자리'는 늘 움직인다는 것, 따라서 씨암탉만한 해변가 갈매기와 더불어 주정뱅이들, 떠돌이 환쟁이들, 온갖 잡종들이 널브러져 있고, 쓰고 버린 콘돔과 같은 거리이지만, 동시에 화인(火印)에서 나는 외로움 같은 단내일 수도 있다는 것, 이 모두를 체험하는 것이 시인(여행자)이라는 것. 그가 진정 시인이라면 이런 밴쿠버의 모든 체험도 그것이 포화 상태에 이르렀을 땐 그것들을 잊어야 한다는 것. 그리고 큰 인내심으로 그것들이 되돌아오기를 기다려야 한다는 것. 그것은 푸른 풀을 먹은 암소가 흰 우유를 내고 황소는 힘을 낸다는 것과 흡사하다는 것. 그것들이란 결국 무엇이겠는가.

"그것들은 틀림없이 혼(魂)에 날개를 달아 영(靈)이 되게 하는, 그런 젖과 힘으로 바뀌어져 있을 텐데, 필자는 그것을 '혼의 연금술'이라고 이른 적이 있다. 이런 '조용한 세계인'은 자기의 고향을, 고국을 더욱 사랑하기 시작하고 있을 것이다."(박상륭, 「갓 잠깬 단풍나무 숲의 공주」, 『길』, 1997년 7·8월호, 21~22쪽)

이 대목에서 주목되는 것은, 시인과 여행자의 등가사상입니다. 말을 바꾸면, 밴쿠버에 30여 년간이나 머물고 있는 박씨 자신이 시인이자 여행자라는 사실입니다. 여행자란 무엇인가. 방랑객과도 나그네와도 다른 이 여행자란, 실상 자기 자신을 찾아나선 구도자가 아닐 것인가. '나는 나를 찾아 떠난다' (I go to prove my soul)라는 명제가 소설 형식엔 부적절하다고 지적한 것은 불세출의 저작인 루카치의 『소설의 이론』(1916)에서이지요. 자기를 찾아 세계를 헤맴이란, 세계 시민이 되기 위함인 것. 고향으로 되돌아올 수 있는 사람을 일컬어 '조용한 세계인' 이라 했을 터입니다. '혼의 연금술' 과정을 겪은 자라야 비로소 그 경지에 이른다는 것, 30여 년간의 밴쿠버 체류란, 그러니까 '혼의 연금술' 과정이었다는 것, 바야흐로 '조용한 세계인' 의 자리가 보인다는 것.

이 글을 읽고 제가 직감한 것은, 박씨의 심경의 한 모서리의 내비침이었지요. 밴쿠버에 들르면, 서울과 밴쿠버 사이의 거리감의 소멸을 경험하고 있는 박씨의 목소리에 접해볼 수도 있겠다는 것이 제 작은 기쁨이었지요. 그러나 정작 거기 도착해보니 박씨는 귀국하고 없지 않겠습니까. 그것이 제게 실망을 줄 수는 없었는데, 왜냐면 '조용한 세계' 는 언제나 조용한 법이며, 그가 서울에 가든 밴쿠버나 뉴욕에 놓이든 조용함엔 변화가 없을 것이라 느껴졌기 때문입니다. 한량없이 큰 갖가지 토템 기둥이 곳곳에 서 있는 밴쿠버 거리와 브리티시 컬럼비아 대학 박물관의 현란한 인디언의 유물과 그들의 신화 속을 거닐면서도 제게 떠나지 않는 상념의 하나는, 밴쿠버가, 한국 시인의 한 사람이 '조용한 세계인' 이 되기 위해 머물렀던 고장이라는 점이었지요. 그럼에도 제가 박씨의 귀국의 의미를 캐보고 싶었음도 지울 수 없는 사실이었지요. 제가 박씨의 최근작의 두 가지 형식에 주목한 것은 다름이 아니지요. 앞에서 조금 엿본 바와 같이 그의 최근작들이 초조감이랄까 모종의 메시지로 읽혔던 것과 무관하지 않습니다. '조용한 세계인'의 개념과 모순되어 뵈는 이 메시지란 무엇인가.

3. 스탠리 공원과 『노인과 바다』

한갓 나그네로서 제가 밴쿠버에 머문 것은 1998년 5월 9일에서 한 주간 동안이었는데, 제가 대망의 작가 박상륭씨의 부재를 메울 수 있는 그 무엇을 이 도시에서 찾고자 했음이란 자연스런 일이 아니었을까. 그것은 속수무책인 저로서는, 기껏해야 3헥타르에 이르는 거대한 천연림 공원인 스탠리 파크(Stanley park)를 하루 종일 헤매기에 지나지 않는 것. 말을 바꾸면 스탠리 공원의 그 굉장한 토템 폴들(totem poles) 앞에 서 있기였지요. 이 기묘한 인디언의 상형문자 앞에 서 있기란, '보는 법을 배워야 보인다'의 명제에 해당되는 것. 어째서 그러한가. 인디안의 감각에서 보면, 말(문자)이란 실로 무의미한 것. 기호의 흔적만 남아 있는 형국이 아니었던가. 『칠조어론』의 시선에서 보면 실로 이 기호의 흔적조차 어설픈 것이 아니었을까. 그럼에도 이 토템 폴은 호서인에겐 일종의 침묵에 값하는 것이 아니었겠는가.

이러한 토템 폴이 즐비한 스탠리 공원이 바다를 에워싸고 있음에 주목해야 할 것입니다. 해변 일주도로가 있고, 그 곳곳에 바다를 굽어볼 수 있는 휴게소, 거기서 잠시 머물며 목을 축임이란 또 얼마나 자연스러우랴. 어째서 그러한가. 박상륭씨가 이렇게 말해놓았으니까 별수 없지 않겠습니까.

"'어제는, 의사로부터 그런 선고, 글쎄 그것은 사, 사형선고나 같은 것이지 뭐겠어요, 선고를 받은 어제는, 한 뒤십 년 만에, 처음으로, 그이 쪽에서 원해서, 스탠리(Stanley) 공원엘 갔었지요.' 그녀는 다시, 휴지로 눈을 누르고는, '파크 씨와 상의하고 싶었던 건 바로 이 얘긴데……' 그리고 왈튼 씨 부인은, 잠시 침묵했다. '공원엘 가긴 했으나 그인 걸으시려고는 안 하시고, 바다가 발 밑에 와 닿는 곳의 벤치에 앉으시고는, 남은 오후를 다 보내셨답니다.'" (이하 인용은 모두 창작집 『평심』, 문학동네, 1999에 의거, 43~44쪽)

호동(湖東), 그러니까 한국 쪽에서 이민와서, 사분지 일 세기가 되어가면서, 책방을 열고 있는, 영어로 말하기보다는 그저 이심전심으로 뜻을 통하게 된 '백치'와 흡사한 파크 상륭 씨에게, 60세의 왈튼 씨 부인이 암에 걸려 곧 죽게 되었다는 의사의 진찰을 받은 남편 왈튼 씨의 근황을 들려주고 있는 대목이지요. 여기에 스탠리 공원이 나오지 않습니까. 그럴 수밖에요. 밴쿠버 하면 거대한 스탠리 공원이니까. 거기 거대한 토템 폴들이 세워져 있기도 하고요. 그렇지만 이 파크 씨에겐 토템 폴이 별 흥미를 끌지 않는군요. 특수 종족의 족보보다는, 더 근원적인 것이 관심거리였으니까. 한민족의 죽음의 방식에 몰두한 스승인, 제7대 서라벌 예술대학장 김동리의 샤머니즘 취향과는 근본적으로 다른 데서 출발한 파크 씨인지라 당연한 일이 아니었겠는가. 그렇다면 모처럼 스탠리 공원까지 온 왈튼 씨는 바다가 발밑에 닿는 벤치에 앉아 한나절 내내 무엇을 보고 있었을까. 왈튼 씨 부인의 말을 계속 들어볼까요.

"물 속에 잠겨 앉은 것도 아니고, 벤치 위에 안전하게 버티고 앉아 그이는 한데, 한 시간, 두 시간, 시간이 흐르기에 좇아, 익사라도 경험하시는 것모양, 손을 허우적대기뿐만 아니라, 숨을 가빠하고 앓는 소리를 내며, 땀을 죽처럼 흘리고 있어, 내가, 그이의 어깨를 흔들어, 왜 그러냐고 묻지 않으면 안 되었더랍니다. 그러자 악몽에서라도 깨이신 듯, 주위를 한번 살피시더니, 그이가 글쎄, 조금은 기끔스럽다고 하게스리, '헤밍웨이(E. Hemingway)'를 들먹이잖겠어요?" (45쪽)

바다를 발밑에 둔 스탠리 공원 벤치에 앉은 왈튼 씨가 정신 없이 빠져 있었던 상념이란 무엇이었던가. 바다였던 것. 바다이되, 헤밍웨이의 바다였던 것. 그렇다면 바다는 무엇이며 '바다'와 등가를 이루고 있는 '노인' 은 또 무엇인가. 어째서 등가인가. 또 그것이 대칭적인가 비대칭적인가. 거창한 물음이 가로놓인 셈이지요.

이 장면에서 작가 박상륭씨는, 한 번 더 독자를 거절하고 있습니다. 『노인과 바다』를 빙자하여 '요카스테 병증' 을 파헤쳐 그 가면을 벗기기가 그것.

"한 原人은 그 상반신은 男性이며 그 하반신은 女性으로 이루어졌다는 말이다. 이 두 개의 진리. 헌데, 촛불중의 관법을 좇으면, 창조력이든, 性器가 운위되는 우주든 畜生道를 떠나서는 없다." (『칠조어론 3』, 111쪽)

유리(羑里, 사막, 『죽음의 한 연구』는 유리라는 신화적 공간의 40일간의 삶을 연대기적으로 다룬 것)의 촌장격인 7조의 설하는 법문이, 이 남녀 양성의 동일체론에 해당되는 것이 아니었겠는가. 『칠조어론』이란, 그러니까 6조 선사들의 관법에다, 기독교의 사상과 힌두교의 우주관, 발달한 불교인 밀교(몸, 말, 소리의 삼밀 관행), 그리고 어부왕의 신화를 종횡무진으로 엮어, 그 어느 쪽 하나로도 해결되지 않는 우주의 본체(생명의 근거)를 톺아보고자 한 장대한 상상력의 구축물이라 할 것인데, 그러기에 8조에까지 이르는데, 중요한 것은 이러한 시도의 실마리랄까 방법론이 아닐 수 없지요. 어차피 언어의 구축물이니까, 거기엔 초점화자가 없을 수 없기 때문입니다. 『칠조어론』의 초점화자는, 칠조로 자처하는 '촛불중' 이라는 법명(法名)을 가진 자칭 '품바꾼' 입니다. 이로써 『칠조어론』의 구성적 시점을 다음처럼 드러낼 수 있습니다.

(1) 작가 박상륭의 시점, (2) 도류(道流)를 향해 일장 법문을 설하는 촌승(村僧)의 시점, (3) 품바꾼이라 자칭하는 촛불중의 시점. 이중 촛불중의 시점이야말로 심오한 것이어서 (1)과 (2)를 초월하는 형국이지요. 방랑의 버릇으로 뒤꿈치에 화상을 입어 잘 걷지도 못하는 이 촛불중이 유리(사막)의 마을에서 시방 품바품바 하고 각설이를 하고 있습니다. 이 품바 행위가 『칠조어론』이기에, 『화엄경』 '입법계품' 의 선재동자이거나 저 헤겔의 『정신현상학』의 자기 의식의 시점이기도 한 것이지요. 이 품

바꾼을 조종하고 있는 당사자가 작가 박상륭입니다. 우리가 (1)(2)(3) 그 어느 쪽으로도 『칠조어론』 속으로 들어가지 못하는 것은 이 때문이 아니었던가.

"옛날에, 옛날에 옛적에 유리라는 데에, 촛불중이라 불리운 돌팔이중이 하나 살았는데 희한하고도 빼꼼한 얘기는 뭐인가 하면, 아, 글쎄지, 문이 환하게 열린 빈방이 하나 있어설람에, 그 중심 들어, 하룻밤 새우고 난 뒤, 그 문이 환하게 열려 있는 것을 자기 눈으로 훤하게 봄시롱도 그 문을 못 찾았다던가 어쨌다던가 하여서나, 날이 샜어도 그 방을 못 벗어나고, 꽉 갇혀 내렸었다는 그 얘기라 시방"(『칠조어론 3』, 40쪽)

주인공은 촛불중이겠는데, 이를 묘사하고 있는 시점은 품바꾼의 그것이지요. 이 품바꾼의 말버릇이랄까 스타일이 비록 한글 표기이나, 인공어가 아닐 수 없는 것. '문' 이 열려 있되, 문이 닫혀 있음이 아닐 수 없지요. 촛불중(닫힌 문)이지만, 그의 말버릇(스타일)인 품바는 열려진 문이지요. 『칠조어론』의 작가는, 문을 열어놓고도 닫아놓은 형국. 독자를 들어오게 유혹하면서도 실상 은밀히 막고 있었던 것. 형언할 수 없이 설하고자 하는 법문에의 욕망과, 은밀히 이 법문을 닫고자 하는 욕망의 거대한 직조물이 『칠조어론』이라 함은 이런 문맥에서입니다. 소설이되 소설일 수 없음의 근거도 이에서 말미암는 것.

이러한 품바꾼의 스타일에서 한 발 물러난 단계가 삼부작인 밴쿠버의 이민자인 서점 주인 '파크' 입니다. 원래 '촛불중' 인 그는 책방을 경영하는 생활인이자 시민이기에 사업상의 거래, 곧 생활의 표준성에 놓이지 않을 수 없지요. 각설이 타령을 하는 처지일 수는 없는 법이니까. 시민의 표정과 말솜씨, 그리고 거래(계산)를 중심에다 놓아두고 행동해야 합니다. 이러한 시민이 직면하고 있는 경험적 사실이, 그러니까 '시민적 서사시' 로서의 소설이 감당하는 영분이지요. '촛불중' 이 캐나다 밴쿠버에 이민을 와서 바야흐로 책방을 열어 정착하고 있는 형국이 아닐 것인가. 그런데 참으로 딱하게도, 그러니까 제 버릇 개 못 준다는 격으로 '요카스테 병증'이 새삼 도져서 책장사고 뭐고 안중에도 없는 형국이 벌어지고자 하지 않겠는가. 왈튼 씨 집안일에 저도 모르게, 혹은 교묘히 위장된 방법으로 끼어들지 않겠는가. 독자를 유혹하면서 독자를 거절하기의 수법이 그것. 이제 '요카스테 병증'의 정체를 왈튼 씨 집안을 중심으로 분석해보기로 할 단계입니다.

사업가 왈튼 씨가 암에 걸렸다고 하지 않았겠는가. 이 정보는 책가게에 가끔 들르는 왈튼 씨 부인으로부터 입수한 것. 그런데 왈튼 씨는 오진이었던지 죽기는커녕 점점 건강해져갔고, 반대로 피둥피둥하던 왈튼 씨 부인이 죽어버리지 않겠는가. 이 죽음은 그 한가운데에 두 개의 매개항 같은 것이 놓여 있습니다. (A) 헤밍웨이의 『노인과 바다』가 하나라면, (B) 책장수 파크 씨가 그 다른 하나입니다. 매개항이라 했거니와, 왈튼 씨 부부 사이에 『노인과 바다』가 무당 노릇을 하고 있다면, 책장수 파크 씨가 왈튼 씨 부부의 고해승(무당)의 몫을 하고 있음이 그것.

"왈튼 씨 부인네가 그리고, 매우 시든 듯한 몸짓으로 돌아가고 난 뒤, 책장수와 『노인과 바다』라는 인연 때문에 나는, 원하지도 안 했으려니와 의식하지도 못했던 중에, 한 가정의 고해청문사가 되어 있었음을 깨달아야 했다."(51쪽)

책장수 파크 씨인 '나'가 왈튼 씨 부부(가정)의 고해청문사 됨이란 무엇인가. 그것 또한 일종의 무당이라 할 수 없겠는가. 이 무당스런 자리 확보야말로, 『칠조어론』의 저자가 소설가에로 향해 나아오는 첫번째 징표라 할 수 없겠는가. '책장수'와 왈튼 씨 부부 사이에 매개항으로 『노인과 바다』가 놓여 있음과, 왈튼 씨 부부 사이에 '책장수'가 또 한번 매개항으로 놓여 있음이 의미 있는 것은, 그것이 소설적 과제에 접근되었다는 점이지요. 우선 『노인과 바다』가 소설이 아니겠는가. 굳이 말해 그 역시 신화, 전설, 민담 등의 층위 속에 포섭될 수 있겠지만, 아무래도 소설 범주가 자연스러운 법이니까. 더욱 소설스러움은, 초점화자의 도입에서 찾겠지요. 소설의 화자란, 남의 애기를 자기 애기처럼 말하기('보봐리 부인은 나다')와 자기 얘기를 남의 얘기처럼 말하기(무수한 성장 소설류), 그리고 자기 얘기를 자기 얘기처럼 말하기(묘사를 하는 작가)로 구분할 수 있다면, 책장수의 개입은 별도의 말하기 방식이라 하겠습니다. 적어도 『칠조어론』식 품바꾼(촌승)의 말하기 방식과는 구별되고 있기 때문입니다. 그럼에도 왈튼 씨 부부 사이의 청문사로의 책장수의 말하기 방식이 또 한번 독자를 거절하는 몸짓으로 보이는 것은 웬 까닭일까.

4. 고해청문사인 책장수인 '나'

『칠조어론』의 말하기 방식에서 책장수의 말하기 방식에로의 이행이 자못 소설적 개입(접근)이라 하겠으나, 그럼에도 이 책장수의 방식이 여전히 통상의 독자를 거절하고 있는 것은 역시 작가 박상륭씨의 아킬레스건이라 할 수 없겠는가. 아직도 저 『칠조어론』의 경지, 그러니까 '영태성'(제로 개념, 空사상)이 목소리에 그대로 끈적끈적 묻어나기 때문이 아니라면 어떤 설명이 적절할까. 이 사실은 한번 더 음미될 필요가 있는데, 이는 품바꾼 박상륭이 자기의 본고장 주민으로 진입함에 반드시 거쳐야 될 성황당 같은 대목으로 보이기 때문이다.

왈튼 씨 부인이 책장수 '나'에게 한 말에 따른다면, 스탠리 공원 벤치에 앉아 발밑에 놓인 바다를 굽어보는 왈튼 씨의 표정은 이러합니다.

"'헤밍웨이는 말이오, 어쩌면 말이오, 바다를 말이오, 저렇게도 공포스럽게 꿈틀거리는, 시꺼먼 바다를, 아프리카의 무슨 초원이나, 약간의 바람기에 출렁이듯이 흔들리는 무슨 숲 같은 것쯤으로 상념했을지도 모르겠다는 생각이 드는군' 하시기에, '당신 혹간 『노인과 바다』라는, 그가 쓴 책에 관해 말씀하고 계신가요?' 하고 묻게 되더군요. '그렇다우. 두 번쯤 읽었었다는 기억인데, 처음엔, 나름으론 감동도 해가며, 작가가 뭘 말하고 싶어하는지, 그 숨결을 좇아, 작가 쪽으로만, 아주 잘 기울어져갔소만, 그런 후 아마 한 십 년도 더 지나서였지, 한 번 더 읽었을 땐, 그 감동이 처음과 같지는 안 했었다는 말은 할 수 있소. 오늘 여기 앉아, 아주 오랜만에 바다를, 바로 눈 밑에 놓고 보고 있자니, 문득 그 책 속의 '노인' 네 생각이 난다 말이오. 그래서 기억을 좇아, 이렇게도 저렇게도, 여러모로 고려해보고 난 뒤의 생각인데……' "(45~46쪽)

사업에 몰두하며 사업체를 나름대로 키워낸 왈튼 씨의 만년의 내면풍경이 그 부인의 시선에서 드러나 있지 않습니까. 암으로 죽게 될 의사의 진단을 받은 왈튼 씨가 시방 부인과 함께 스탠리 공원 벤치에 앉아 바다를 내려다보면서 바다를 명상함이란 새삼 무엇인가. 바다란 그러니까 헤밍웨이의 『노인과 바다』에 나오는 바로 그 바다가 아니겠는가. 왈튼 씨는 소시적에 이 소설을 두 번쯤 읽었으며, 만년에 다시 읽었다는 것, 만년의 독서 체험은 매우 달랐다는 것을 시방 아내 앞에서 '고백' 하고 있음이 드러납니다. 익사라도 경험하는 양, 숨을 몰아쉬며 땀을 '죽처럼' 흘리고 있지 않겠는가.

여기까지가 왈튼 씨 부인이 책장수 '나' 에게 보고한 내용입니다. 이에 대한 '나' 의 개입이 시작됩니다. 왈튼 씨 부인이 '나' 에게 고해를 하고 있고, 나는 그것에 대해 죄를 보속케 하는 고해승모양 이런저런 방책을 제시해주고 있습니다. 이 점에 '나' 는, 무당스런 몫을 하는 셈이지요. 독자를 한번 더 다른 방식으로 거절하는 대목. 책장수 '나' 의 개입이 얼마나 철학적이자 본질적인가는 바다 앞에서 땀을 '죽처럼' 흘리고 있는 노인을 두고, 대번에 왈튼 씨가 『노인과 바다』에 나오는 노인과 동일시했거나, 전혀 다른 자신임을 문제삼음에서 확연해집니다. 만년의, 그러니까 암에 의한 사형 선고(죽음)를 받은 호서인(湖西人) 왈튼 씨가 본 바에 따르면, 작가 헤밍웨이가 착각을 했거나 독자 왈튼 씨가 착각했음에 틀림없다는 것입니다. 뭣을? 바다를 잘못 인식했다는 것이죠. 둘 중 어느 편이, 바다를 대상으로 하고서는 '가짜배기의 몽상의 부표에 첨매어져 부표(浮漂)하고 있다' 는 것입니다. 왈튼 씨가 보기엔 작가 헤밍웨이는 뭔가 착각을 하고 있다는 것. 작품 속의 노인이 체험하고 있는 바다란, 겉으로 보기엔 제법 '관조(觀照)의 바다' 처럼 되어 있습니다. '바람은 나의 형제, 물고기도 나의 형제, 별도 나의 형제' 라는 투로 노인이 바다 위에 붕 떠서 온몸으로 애쓰고 있다손 치더라도, 그러니까 노인이 스스로 바다와 일체가 되었다고 떠벌여싸도, 따지고 보면 실상은 어디 평원이나 숲모양 '경치' 에 머물러 있는 상태일 뿐, 관조의 세계, 곧 '그 몸 속에 잠겨 있는 바다' 가 아니라는 것. 작가 헤밍웨이가 무식했거나 아니면 사기를 치고 있거나, 좌우간 왈튼 씨로서는 납득할 수 없다는 것입니다. 그런데 중요한 것은, 작품 속에 나오는 그 '노인' 이, 그러니까 작가의 사상(분신)이 자꾸만 왈튼 씨를 괴롭히고 있다는 사실에 있습니다. 작가가 그러니까 작품 속의 노인이 왈튼 씨에게 쉴새없이 도전해오고 있지 않겠는가. 무엇이 왈튼 씨에게 도전해오고 있는가. 그 도전의 정체란 무엇인가.

망망대해에 쪽배로 이틀 동안이나 떠다니며 낚시질에 온갖 고초를 겪었지만 그 노인은 단지 자기의 죽음에 대한 상념, 그러니까 '그 모두 직접적으로 본능에 이어져 있는 것들' 에 대해선 '백치적이리만큼 눈을 돌려대지 않고 있음' 이 그 정답입니다. 어째서 헤밍웨이의 노인은 이 근본적인 문제인 '죽음' 에 대해 백치적이리만큼 둔감한가. 이 죽음에 비하면 물고기, 물새 따위가 '나의 형제' 라고 고스랑거리거나, 상어떼까지도 형제로 부를 법도 한데, 다시 말을 바꾸면 바다와 노인이 제법 일체화된 듯하긴 한데, 여기까지는 그럴 법한데, 정작 중요한 과제인 '죽음' 을 까맣게 잊고 있다는 것. 잠깐, 혹시 헤밍웨이가 그 사실을 알고서도, 그 사실이 두려워 일부러 짐짓 감추고 있다면 어떠할까. 그럴 리가 없다는 것이 왈튼 씨의 헤밍웨이 비판 곧 『칠조어론』의 작가의 『노인과 바다』에 대한 비판이 아닐 수 없지요. 어째서 그러한가. 헤밍웨이가 본능에 속하는 '죽음' 을 알고도 짐짓 꺼내놓기가 두려워 감추고자 한 것이 아니라, 거기까지 생각이 미치지 못한, 그래서 바다를 관조하지 않고 단지 경치(풍경)로밖에 파악하지 못한 증거로 왈튼 씨가 내세운 것은 헤밍웨이가 여자에 관해 함구하고 있다는 사실입니다. '여자', 그러니까 여성성(女性性)이겠지요.

헤밍웨이 논자들이 한결같이 헤밍웨이 문학의 특성으로 '사자 꿈꾸기' '야구 경기' 그리고 '여성으로서의 바다'를 들지 않겠는가. 이 세 가지 꿈꾸기가 한 실에 꿰어져 구체화를 당하지 못했다는 것.

"저 재료들(위의 세 가지—인용자)은 조금만 주의 깊게 살펴본다면 '성(性)'과 관계가 있음을 부인할 수가 없음에도 불구하고, 그의 삶에, 어떤 식으로든 뛰어들었을 어떤 '여자'에 대해서까지도 추억을 하고 있지 않아, 어느 팀이 그 날의 경기를 이겼는지도 모르는 '야구경기'와도 같이, 몹시 메마른, 고자스런 성교로 끝나버린다는 것도, 작가에 의해 장치가 된 것 같지는 않다 말이지. 결과는 그렇게 되자, 그 한 삶을 사는 자나, 삶 자체가 '그림자'보다도 더 '실체감'을 획득지 못하고 있다는 데 있는 듯하다 말이지."(48쪽)

왈튼 씨의 시선에서 보면 헤밍웨이 노인은, '고자스런 성교'에 빠져 있다는 것, 그런 삶이란 바다 위에 떠 흐르는 한 '그림자'에 지나지 않는다는 것.

헤밍웨이의 『노인과 바다』가 기껏해야 '경치'의 수준에 지나지 않으며 진짜 '바다' 그러니까 '관조'의 수준, 다시 말해 '바다 위에 떠 있기'가 아니라 '바다에 잠기기'(바다와 '나'의 일체화되기)란 어떤 경지일까. 바로 이 물음은 『칠조어론』의 저자의 본령에로 향하게 합니다. 작가(예술)의 경지를 벗어나 종교에로 나아가기, 다시 철학에로 나아가기가 그것. 적어도 '종교+철학'의 광학(光學)으로 『노인과 바다』를 바라보기가 그것. 이 광학에 따른다면, 어부에 있어 바다란 너그러운 여성(모성)이자 극복하기 어렵고 치유할 수 없는 거대한 상처(죽음)라는 것이지요. 자궁에서 벗어나면 생명은 그 당장에 죽음(해골의 골짜기)이니까. 『칠조어론』의 저자는, 호동 쪽의 표현에서 벗어나, 호서인의 표현법을 사용하고 있어 인상적입니다. 요카스테 병증(Jocaster Syndrome)이 그것.

요카스테란 누구인가. 라이우스의 왕비이며 오이디푸스의 어머니이자 동시에 부인이었던 여인이 아니겠는가. 오이디푸스 신화의 그 장본인. 너그러운 여성이자 극복하기 어렵고 치유할 수 없는 거대한 상처의 근원. 자식의 어머니이자 동시에 남편의 어머니, 그러니까 전여성적이며 전모성적인 것. 바로 말해 성창성(聖娼性). 생명이란, 그러니까 우주라는 자궁 속에 있는 것. 죽을 수도 없고 살 수도 없는, 아니 '죽고 살고의 경지' 자체가 무용한 곳이겠는데, 이러한 증상이 왈튼 씨 부인의 얼굴에 잠시 나타났던 것. 이 장면이 바로 영태성(零態性, 제로 상태).

만년의 왈튼 씨가 암에 걸려 죽게 되었다는 진찰을 받은 다음 『노인과 바다』를 음미하고 있지 않았던가. 이 작품 속의 노인에로 왈튼 씨가 점점 빠져들며 마치 그 노인이 바다 자체인 듯이, 생명과 죽음 자체인 듯이 그 속으로 자맥질해 들어가지 않겠는가. 그 결과는 어떻게 되었을까.

여기까지 이르면 '요카스테 병증'과 '영태성'이 문제점으로 떠오르지요. 자기 얼굴 외에 남편, 아들의 모, 남편 아들의 아내의 얼굴.

5. 『칠조어론』의 번안자와 소설의 관련성

『노인과 바다』를 매개로 하여 왈튼 씨가 삶과 죽음의 동시성의 경지에로 나아가기, 이를 매개항으로 하여 그 부인 역시 삶과 죽음의 동시성에로 나아가기에 또하나의 매개항 몫을 한 것이 책장수 '나'라는 것, 이를 철학(말벌 한 마리를 귀에 넣기)하기라는 것으로, 지금까지의 얘기가 요약될 것입니다. 헤밍웨이의 『노인과 바다』가 일종의 계기였던 것. 이를 통해 왈튼 씨는 삶과 죽음 속으로 자맥질을 강행했고 그 부인 역시 이 속으로 끌여들여진 형국이지요. 그 결과가 '요카스테 병증'입니다. 왈튼 씨 부인의 세 가지 자아 중, 세속적인 자아(가짜 얼굴, 가면)가 벗겨지고, 그 속에 드러나는 성창성(남편 · 아들의 모이자, 남편 · 아들의 아내)의 자아 둘이 밝혀집니다. 왈튼 씨 부인의 죽음은 그러니까 이 사실의 확인에 다름아니며 따라서 그것은 죽음이자 삶이지요. 그렇다면 오비드의 『전신부(轉身賦)』를 들어 작가는 왈튼 씨 부인의 죽음 이후 그녀의 환생을 나무, 비, 이슬, 꽃 등 모든 현상에서 보고 있지 않았겠는가(68쪽). 그렇다면 부인이 죽은 뒤에도 오히려 피둥피둥 60세까지 살아가고 있는 왈튼 씨는 어찌 되었을까요. 이 물음이야말로, 작가 박상륭의 소설에의 귀환, 곧 본국 귀환의 계기에 해당되는 의미심장한 대목입니다. 『노인과 바다』를 가운데 둔, 왈튼 씨 부인과 책장수 '나' 의 대화 장면의 심도와 꼭 같은 비중으로, 왈튼 씨와 책장수 '나' 의 대화 장면이 벌어지고 있습니다. 중심점은 물론 '영태성' (제로 개념, 백치성)일 수밖에.

(왈튼 씨) : "왈튼 부인 생각에는, 파크 씨는 '백치(白痴)' 임에 틀림없다는 것이었소. ……파크 씨, 화를 내는 대신 웃고 있나요? 허허흐, 이렇게 말했으면, 그 이유를 대야겠지요? 가맜어봅시다, 먼저 나부터 이 자리에서 구출을 해놓고 봐야겠지요?라는 말은, 앞으로 하는 말은, 내가 내 입으로 하고 있음에도, 나는 이 현장에 부재(不在)며, 무고하다는 것이오. 그러니까 나는, 왈튼 부인의 얘기를 하고 있을 뿐이라는 것인데, 가맜어봅시다, 그 '이유' 랄 것을 대보기로 했었지요?"

(파크 씨) : "……"

(왈튼 씨) : "이곳에 이민 온 지 사분의 일 세기가 되어간다는, 파크 씨의 영어(英語)에 관해서였었쇠다. 하도 오래 사귀다보니, 자기(왈튼 부인)는, 파크 씨의 말이 아니라 심정(心情)을 듣게까지 되었으므로, (……) 또하나는, 저 계산기와 관계된 것이었는데, 파크 씨는, 저 같은 계산기를 십 년보다도 더 오래 사용해왔었을 것이었는데도, 처음이나 지금이나 마찬가지로, 보태기(+)밖에는, 빼기(—)라든가 하는 것은 할 줄을 몰라, 누가, 샀던 책을 물리러 온다거나 하면, 쩔쩔매고시나는, 꼭히 누구를 불러내야 되는데……"

(파크 씨) : "……"

(왈튼 씨) : "내가 느끼고 알고 있는, 매우 긍정적인 것 한 가지 것은 저 엔네(왈튼 씨 부인)는 파크 씨의 그 이상스레 '백치적임' 그것을, 그 여자 나름으로는 몹시 소중한 것으로 여겨 좋아해왔다는 그것이오.

(파크 씨) : "……"

(왈튼 씨) : "허, 허허, '백치'란 사실, 최저 · 최소 단위가 아니던가요? 영零의 상태 말이외다, 또 무성태無性態—무엇이든 그러니, 저 영태零態에 닿으면, 별수 없이 무성화할(neutralize) 수밖에. 이를 두고 나는 뭐래야겠소, '파크 씨의 철학화'라고밖에."

(파크 씨) : "……"

(왈튼 씨) : "나로서는 말이외다, 그러나 말이외다, 파크 씨의 저 '영태성零態性'을 상찬하고 있었던 편은 아니었으므로 하여, 파크 씨를 상대로 어떤 종류의 질투심도 젖 먹일 까닭이 없었소만, 파크 씨의 생각에도, 왈튼 부인은, 속이 꽤나 깊었던 여자 같지 않소?"

(파크 씨) : "……"

(왈튼 씨) : "이 사람을 보시구랴! 이 사람은, '풍문의 죽음'에게, 삶의 살과 기름, 영광과 존엄성을 다 발김받은, 매우 잘못된 운명의 고해변告解邊에 버려진 형해形骸, 한때는 영광스러운 한 가장家長이었던, 이 사람을 보시구랴!" (70~72쪽)

이 대화는, 왈튼 부인이 죽은 뒤, 먼저 죽을 것으로 기대되었던 왈튼 씨가 피둥피둥 살아서 책장수인 '나'(파크 씨)에게 와서 주정하는 장면을, 제가 대화체로 옮겨본 것입니다. 왈튼 부인의 앞선 죽음이란 무엇이겠습니까. 여자의 죽음 자체가, 성창성이기에, 그러니가 '요카스테 병증'이기에, 왈튼 씨에 있어 그 부인은 아내이자 어머니였을 터이지요. 이 심오한 논리를 받아들이기엔, 그러니까 '저 커다란 덩치의 운명'을 수용하기엔 일상적 삶의 수준에 있던 왈튼 씨로서는 참으로 난감했을 터이지요. 왈튼 씨 부인이 지닌 세 가지 얼굴(아내+모, 모+아내, 그리고 세속적인 왈튼 씨 부인) 중에서, 왈튼 씨 부인의 얼굴(가면)만 걷어낸다면, '저 커다란 덩치의 운명'에 마주칠 수밖에 없을 터이지요. '요카스테 병증'에서 보면, 일상적 인간이 쓴 가면들이 모조리 떨어져나간 형국이었을 터이지요. '백치적임'이라든가 '영태성'이 여지없이 드러난 곳, 이른바 '맨얼굴'이 드러나지 않을 수 없을 터이지요. 자의 반 타의 반으로 왈튼 씨 집안의 고해승이 된 책장수인 '나'의 관찰한 바에 따른다면, 왈튼 씨가 자기의 일상적 가면의 불편함을 느끼기 시작한 계기가 헤밍웨이의 소설 『노인과 바다』였음이 판명됩니다. 어부대왕, 촛불중으로서의 '노인'에 대한 사유가 저도 모르게 왈튼 씨에게 짚여졌던 것이지요. 이를 두고 '갈마 분열(羯磨分裂)'이라든가 '균세(菌世)'라 부르겠지요(『칠조어론 4』, 268쪽). 일상인으로서의 아버지인 그를 아내이자 아이들의 어머니인 왈튼 부인은 참으로 견디기 어려웠는데, 왜냐면 만일 왈튼 씨 부인이 일상적 가면(얼굴)을 벗어버린다면, 성창성(아내이자 어머니, 어머니이자 아내)의 두 얼굴이 그 모습을 드러내기 때문입니다. 그녀가 왈튼 씨의 잔과 자기의 잔을 함께 홀딱 마셔버린 것은 이 때문이 아니었겠는가. 죽음(생명)의 잔을 마신 왈튼 씨 부인이 죽고 난 뒤에, 혼자 남아 있던 왈튼 씨는 또 어떠했던가. 영태성이 뭔지 어렴풋이 깨치기는 했지만 아직도 피둥피둥 살아서, 그 본질까지를 꿰뚫지 못하고 머뭇거리는 지경에 빠져 있지 않았겠는가. 죽음을 직시하지 못하고 '풍문의 죽음' 수준에 있다고 보겠지요.

여기까지 이르면 독자인 제게 주목되는 것이 두 가지 있습니다. 하나는, 남자이자 남편이자 아버지인 왈튼 씨의 운명에 관해서입니다. '매우 잘못된 운명의 고해변에 버려진 형해'에 지나지 않는 것이 왈튼 씨의 것이라면, 그 자체가 '남자 일반'의 운명이라 할 수 있는가에 관해서입니다. 말을 바꾸면, 남자란 영태성이랄까 무성태에 이를 수 없는 것일까에 관해서입니다.

다른 하나는, 책장수인 '나'의 역할에 관한 것. 청문사, 곧 고해승이자 무당의 몫을 맡은 '나'란 실상은 저 『칠조어론』의 번안자가 아닐 것인

가. 품바꾼이거나 각설이에서 벗어나, 『칠조어론』의 번안자로서의 변신이야말로, 작가 박상륭의 새삼스런 부활이라 할 수 없을까. 이러한 번안자에로의 변신을 가능케 한 계기가 밴쿠버의 책장수의 삶이며 헤밍웨이의 『노인과 바다』가 아니었겠는가.

6. 헤겔적 처방으로서의 잡스러움을 위하여

밴쿠버에서 책장수로 있던 '나'의 세 가지 경험담으로 구성된 삼부작 「로이가 산 한 삶」「왈튼 씨 부인이 죽은 한 죽음」「미스 앤더슨이 날려보낸 한 날음」 중, 단지 「왈튼 씨 부인이 죽은 한 죽음」을 지금껏 조금 살펴보았거니와, 왈튼 씨의 한 죽음만 하더라도, 『죽음의 한 연구』와 『칠조어론』의 번안이기에, 쉽사리 이해될 성질의 과제가 아님엔 틀림없지만, 그럼에도 이 번안자의 자세는 소설적 수용을 가능케 했음도 사실입니다. 독자인 제가 읽어낼 수 있었음이 그 증거이겠지요. 이런 현상은 칠흑의 밤중에서 길고도 아픈 수련 끝에 마침내 저 사자와 독수리를 앞세워 하산하는 차라투스트라의 자세와 흡사하다고 할 수 없겠습니까. 모르긴 해도 이 차라투스트라는, 세속화를 겨냥한 것은 아니었을까. 초인의 사상이란, 그러니까 세속화에서 비로소 이루어지는 것이 아니었을까. 이 깨달음에 이르기엔 천재 니체조차 만년의 세월이 요청되지 않았을까. 그것은 타락인가 불가피함인가.

일찍이 헤겔은 그의 『미학강의』에서 절대정신의 범주로 예술, 종교, 철학을 내세웠으나, 이중 예술을 제일 낮은 단계로 설정한 바 있습니다. "예술의 왕국 위에 서는 영역이 종교입니다"(레크람판, 170쪽)라고 헤겔이 언명하고 있거니와 눈에 뵈는 감각적 형태 속에 드러나는 아름다운 정신은 그 외형이 정신에 그럴싸하게 조형되었더라도 '감각으로 파악된 정신임'에 변함이 없다는 것, 그러니까 그보다 더 고도의 정신적인 것이 따로 있다는 것으로 이 사정이 설명됩니다. 종교가 그것이지요. 또 헤겔은 덧붙이지요. 예술은 기껏해야 종교적 의식(Bewußtsein)의 일면만을 담당할 따름이라고. 물론 종교보다 한 단계 위의 것이 바로 철학입니다.

헤겔의 미학에 따른다면, 예술의 기본 장르는, 그 완성도의 순서를 역사적으로 따진다면, 건축→조각/그림→음악→시(문학)로 됩니다. 내용과 형식이 건축, 조각에서 완결되었으며, 그 이후로 모든 예술은 내용과 형식의 균형이 깨져왔다는 것입니다. 그러니까 후대로 올수록 저질일 수밖에요. 그림보다는 음악이 더 저질이고, 음악보다 문학(시)이 더 저질일 수밖에. 이 문학을 말한다면, 시 쪽보다는 '시민적 서사시'로서의 소설이야말로 더욱 '잡스러운 것'이 아닐 수 없지요. 루카치조차 소설을 '반예술'이라 규정할 정도였던 것.

이러한 논법에 따른다면, 시민 계급이 창출한 최대의 예술 양식인 소설 나부랭이가 그나마 나름대로의 문학(예술)의 기능을 수행할 수 있기 위해서는 어떤 몸부림이랄까 불가피한 노력을 필사적으로 기울여야 했을까요. 이 물음이 결정적이라고 저는 자주 생각해오고 있습니다. 소설이 종교로 향하기, 그리고 마침내 철학에로 나아가기가 그것. 잡스럽기 짝이 없는 이 소설 장르를 철학화하기 위한 온갖 방도를 모색하기가 그것. 헤겔의 논법을 조금 흉내낸다면 예수의 고난상을 들 수 있지요. 누가 보아도 추악한 그 고난상이지만, 이를 숭고(정신)의 경지에로 이끌어올리는 것은 정신의 힘의 도입에서 말미암은 것. 이와 꼭 마찬가지로, 잡스러운 소설에다, 종교적 기도의 도입, 그리고 철학적 사유의 도입으로 하여 정신(예술)의 경지에로 이끌어올리기가 그것.

여기까지 이르면 『칠조어론』의 작가 박상륭이 놓인 자리가 조금은 바라보이지 않겠습니까. "어찌 되었든, '말'로써 세계며, 우주를 조립하는 자들께는, 그 세계며 우주가 하나의 서사시말고 다른 것은 아니라는 것이 나의 믿음이다"(『칠조어론 2』, 10쪽)라고 「김현에게 보내는 마지막이 될지도 모르는 편지」에서 박상륭씨가 스스로 규정한 바 있는데, 이 서사시란 물론 '영웅적 서사시', 곧 종교의 영역이거나 철학의 범주가 아닐 수 없지요. '영웅 서사시' 에서 '시민적 서사시' 에로의 전환이란, 세속화에 다름아닌 것. 이 세속화로서의 소설을 그 나름으로 예술이게끔 하는 방식이 리얼리즘(인간은 벌레가 아니다의 이데올로기)이 아니었던가. 분단 문학과 노동 문학도 이 범주에 드는 것. '인간은 벌레가 아니다' 에서 이번엔 '인간은 벌레다, 메뚜기다, 연어다' 에로 전환된 90년대 이후의 문학은 이에 비추어 어떠할까. '인간은 죽음(인간)이다' 의 또다른 범주가 설정될 수 없겠는가. 늪에 빠진 소설(노동)의 새로운 활성화의 계기가 될 수는 없겠는가. 소설의 철학화의 길이 혹시 열리지 않겠는가. 여기까지 물을 때 박상륭씨의 귀향이 그 바른 의의를 갖지 않았을까.

1999년 11월 24일, 모처에서 제2회 김동리문학상 시상식이 있었습니다. 수상자는 창작집 『평심』의 작가 박상륭씨. 이 상의 심사위원의 말석에 있었던 까닭에 저도 그 자리에 나아갔지요. 처음으로 이 거대한 작가에 마주칠 수 있었습니다. 씨의 수상 소감이 썩 인상적이었습니다. 조금 옮겨봄으로써 이 글을 마무리할까 합니다.

"각설이가 있었소. 그의 고장 땅에서 얻어먹기에 하도 힘들어 먼 땅으로 가서 품바품바 했지요. 이제 그도 지쳐, 고장 땅으로 되돌아오게 되었습니다. 그런데 막상 들어설 수 없어 동구 밖 서낭당 쯤에서 서성거리고 있자니 옛 친구가 나타나 손을 이끌더군요. 독자들이 마련한 '박상륭 문학제' 가 그것. 그래도 아직 머뭇거리고 있는데, 또 한 명의 옛 친구가 나타나 '김동리문학상' 에로 이끌지 않았겠습니까. 각설이가 돌아왔습니다." (필자의 기억에 의해 복원한 것이라, 혹시 기록에 착오가 있다면 이는 필자의 책임이다.)

냉혹함의 미학

—오정희의 비극적 세계 인식

1. '허둥거림'으로서의 세계의 아득함

소년은 어머니와 함께 외갓집에 가고 있다. 시골길. 날씨는 덥고 다리는 아팠다. 이미 업혀 가겠다는 나이는 아니었다. 달리 어쩔 수 없음을 뻔히 알면서도 소년은 어머니의 손을 뿌리치고 휑하니 앞질러 가보기도, 일부러 뒤처지기도 했다. 무어라 달래는 소리를 귓전으로 들어가면서 그렇게 앞서거니 뒤서거니 하다가 한순간 소년은 멈춰 섰다. 어머니가 보이지 않았다. 대낮. 자기가 뒤처졌는가 싶어 풀이 우거진 모퉁이까지 달려갔다. 인적이 없다. 오던 길을 되돌아 달려갔다. 지나온 길만 휑하니 보일 뿐. 아무도 없다. 하얀 시골길. 소년은 허둥거렸다. 그때 바로 옆 풀숲에서 어머니가 나오셨다. 소년은 달려가 매달리며 울음을 터뜨렸다. 어머니는 다시 그러면 이번엔 놔두고 가버리겠다면서 소년을 달랬다.

불세출의 작가 최인훈씨의 대작 『화두』(민음사, 1994) 제1부에 나오는 이 장면을 나는 사랑한다. 인문학적 상상력의 본령을 소설 속에서 전형적으로 구현해 보인 『화두』의 원점이 소년의 '허둥거림' 이라고 믿기 때문이다.

아마도 소년은 어머니와 남은 길을 그럭저럭 사이좋게 걸었을 것이다. 그런데 참으로 이상한 것은, 소년은 조금 전의 소년이 아니었다는 사실. 그럴 수 없는 이유를 작가는 이렇게 회고했다.

"어머니가 없는 것을 알고 난 다음 그녀가 다시 나타날 때까지의 사이, 그것이 아마 '영원' 이라는 것이었던 듯싶다. 그런데 이 '영원' 은 비어 있다. 나에게 나타난 영원의 형식은 비어 있음이라는 모습이었다. 비어 있다고 해서 있던 것들이 사라지고 아무것도 없게 되었다는 말이 아니다. 어머니가 사라진 것을 알고 달려가서 풀숲 모퉁이를 돌아섰을 때 길의 저쪽에 있던 철교와 그 밑으로 빠져나가 오른쪽으로 휘어지는 길이 지금도 따라갈 수 있을 것처럼 보인다. 뒤돌아가서 보았을 때 저 숲 모퉁이로 사라지는 길 위에 하얗던, 바랠 줄 모르는 햇빛이 눈에 부시다. 그런데도 그것들은 없는 것이나 마찬가지였다. 방금 곁에 있던 어머니가 사라지고도 남아 있는 온갖 것들은 그 이전의 것들이 아닌 낯선 것들이었다. 나 자신조차도 바로 전까지의 내가 아닌 누군가였다."(제1부, 282~283쪽)

40대 초반의 작가 최인훈이 미국 중부에 있는 아이오와 대학 문예창작과 워크숍에 참가하고 있던 어느 날 밤, 그곳 교수와 만나 의견을 주고받은 뒤, 숙소인 '메이플라워'(국제 창작 프로그램으로 초청된 회원들이 묵는 아파트)에 돌아와 빈방에서 불을 켜놓고, 하루를 되돌아볼 때, 문득 소년기의 '허둥거림' 의 기억이 엄습해왔다. 『광장』(1960)의 작가 최인훈이 이른바 양간도(洋間島)라 불리는 미국 땅에 던져져 있음이란 과연 무엇인가. '세계의 아득함' 의 체험, 바로 그것이 아니었던가. 북쪽도 남쪽도 안주의 터전일 수 없었던 이 작가에게는 '양간도' 에서도 사정은 마찬가지. '나는 무엇인가' 라는 실존적 인식에 부딪히고 있었다고 볼 것이다.

중립국행 타고르 호에 몸을 싣고, 크레파스로 칠한 해도보다 진한 동중국해를 항해하던 『광장』의 이명준이 돛대 위의 두 마리 갈매기를 보는 순간 체험한 그 '세계의 아득함' 도 이와 같지 않았던가. 문제는, '허둥거림' 으로서의 아득함의 순간적 체험의 성격이랄까, 있음의 방식에 있다고 할 것이다. 나는 그것을 최인훈스런 방식이라 부를 것이다. 인식론적 방식이 그것인데, '허둥거림' 의 체험 이전과 이후의 세계 인식의 달라짐이 그것이다. '허둥거림' 이란, 그러니까 어디까지나 '허둥거림' 이지 그 이상도 이하도 아니다. '비어 있는 영원' 이기에 이 '허둥거림' 은 항시 열려 있다. 반복될 수 있음도 이 때문이다. 세계란, 『화두』의 작가에게는, 언제나 '허둥거림' 을 예비하고 있어 함정이나 덫이 아니라 샘물이 아닐 수 없다. 언제나 현재의 '나' 를 새롭게 태어나게 하는 그 무엇이 아닐 수 없다. 『광장』의 이명준도 『화두』의 '나' 도 비관적 세계 인식과 무관한 것은 이 '허둥거림' 의 성격에서 말미암는다. '비어 있는 영원' 이기에 그 속엔 '공포' 의 그림자란 얼씬거리지 못한다. 『광장』을 다섯 번씩이나 고칠 수 있었던 것이 '허둥거림' 의 체험의 다섯 번과 정비례한다고 보는 것은 이런 문맥에서이다.

2. '거대한 붉은 거울' 에 갇힌 소년의 공포

'허둥거림' 의 기억은 보편적이다. 소년은 부모가 설정해놓은 원 속에서 보호받고 자란다. 악마들이 못 들어오게끔 금을 그어놓고 부모는 소년을 금 밖으로 나가지 못하게 한다. 그러나 이 규칙을 깨뜨리게 되는 때가 반드시 온다. 금 밖으로 나서자 돌연 그는 길을 잃게 마련이다. 규칙을 모르는 세계 속으로 던져진 까닭에 허둥거릴 수밖에. 이번엔 스스로 규칙을 찾아내야 한다. '허둥거림' 이 보편적이라 함은 이 소년뿐 아니라 누구나 이런 경험을 거치게 되기 때문이다. 그런데 문제는 이 '허둥거림'이 인식론적 과제, 곧 '나는 누구인가'에로만 향하게끔 되어 있지 않음에 있다. 어떤 소년에겐 이 '허둥거림'이 형언할 수 없는 '공포'로 작동, '나는 무엇인가'에로 열려 있기는커녕 공포의 핵으로 고정된다는 사실이다. 이런 사례의 한 전형으로 작가 오정희를 들 것이다.

작가 오정희 역시 한 소년을 그렸다. 소년은 삼촌이 만들어준 연을 날렸다. 연은 바람의 흐름을 타고 너울대다가 방향을 바꾸어 하늘 높이 솟구쳐오른다. 줄은 끊어질 듯 팽팽히 당겨졌다. 멀리 간 연을 불러오려고 힘껏 얼레를 돌렸지만 줄은 감기지 않았다. 오히려 작은 소년의 몸을 무서운 기세로 끌어당기지 않겠는가. 소년은 까마득히 솟구쳐올라 멀어져 가는 연을 따라 뛰었다. 바람 소리 사나운 벌판을 지나고 낮은 둔덕을 넘었다. 바람에 등 떠밀려 발이 땅에 닿지 않게 달리면서 소년은 얼어붙은 무논의 한가운데 처박혀 있거나 앙상한 나뭇가지에 찢기고 더러워져 걸려 있는 연들을 보았다.

"얼마나 달렸을까, 하늘만 보고 달리던 그가 멈춰 섰을 때 그는 자신이 거대한 붉은 거울의 한가운데 있음을 알았다. 단단하게 얼어붙은 저수지는 저녁 햇살을 받아 원반처럼 빛나고 있었다. 이미 산그림자가 검게 내려앉은 산도, 저 멀리 주황빛의 노을 속에 잠겨가는 동네도 낯설었다." (「얼굴」, 『작가세계』 1999년 봄호, 92쪽)

『화두』에서 소년의 '허둥거림'과 이 장면은 한치도 다르지 않은 '세계의 아득함'이 아닐 수 없다. 무엇이 소년으로 하여금 연을 따라 달리게 했을까. 무엇이 소년으로 하여금 부모와 마을의 규칙을 깨뜨리게 했을까. 경계선을 침범했을 때, 소년이 '허둥거림'에 빠지는 것은 너무도 당연한 일. 문제는 소년으로 하여금 터부를 범하게끔 내몬 힘의 정체에 있다. 소년은 그것을 알지 못한다. 소년은 다만 그 힘에 이끌려 자기를 잃고 있었다. 덫에 걸린 한 마리 짐승이었다고나 할까.

소년을 꼼짝 못 하게 마술을 건 것은 무엇이었던가. '거울'이 그 정답이다. '거대한 붉은 거울'이 소년을 꼼짝 못 하게 옭아맨 것이었다. 단단하게 얼어붙은 저수지가 저녁 햇살을 받아 원반처럼 빛나고 있었다는 것은 작가의 부차적 설명일 뿐, 소년의 의식은 아니다. 다만 소년은 정신없이 연줄을 따라 달리던 상태에서 한순간 자기 자신을 잃은 것이었다. 하늘에 연과 더불어 있어야 할 자기가 '거대한 붉은 거울'의 한가운데 놓여 있지 않겠는가. 거울 속에 속수무책으로 갇힌 자기의 발견이 아닐 수 없다.

소년은 그러니까 금기를 깨뜨린 죄로 시방 형벌을 받고 있는 형국이 아닐 수 없다. 다른 소년들과 달랐던 까닭이다. 아이들은 어느 곳에서건 틀림없이 자기의 연을 알아보게 마련이지만, 줄을 끊고 날아간 연에 마음 두는 일은 없었다. 훨훨 날아가는 연을 따라 마을을 벗어나는 일도 하지 않았다. 줄 끊긴 연을 따라가다보면 길을 잃기 십상이기 때문이다. 아무리 정성을 들이고 공을 들여 만든 것이라 해도 줄이 끊기면 그만인 것. 바람 탄 연이 되돌아오는 일이 없다는 것을, 힘이 다할 때까지 바람을 탈 뿐 종내는 처참히 찢겨 한살이를 마친다는 것을 누가 일러주지 않아도 모두들 알았다. 이것이 이른바 규칙이다. 이 규칙 바깥으로 소년이 나아가고자 했을 때 그는 '거대한 붉은 거울' 속에 갇혀버렸던 것. 그것은 마을의 규칙의 저편에 놓인 또다른 규칙이 지배하는 세계였다. '거대한 붉은 거울'이란, 경계선을 넘어서는 접점이랄까 DMZ의 대문과 같은 것이었다.

'거대한 붉은 거울'에 포위되어 그 속에서 바라본 세계란 얼마나 황당했던가. 자기가 빠져나온 동네란 얼마나 낯설었던가. '거대한 붉은 거울' 속에 포위되어 그 속에서 자기 자신은 과연 어떻게 보였을까.

"그가 우두망찰해 있는 사이 얼레의 줄이 스스로 풀리고 연은 까마득한 점으로 시야에서 사라졌다. 그때 그는 얼음 밑의 얼굴을 보았다. 투명한 얼음 아래서 검고 긴 머리칼을 올올이 푼 흰 얼굴이 그를 보고 있었다. 그를 보고 놀란 것일까. 무엇인가 말하려는 듯한, 자신이 만난 낯선 세계에 대한 공포를 나타내는 순간 얼어붙어버린 듯 눈과 입이 한껏 둥

그렇게 열려 있었다."(92쪽)

'거대한 붉은 거울'의 한가운데 놓였음을 소년이 깨달았을 순간 그는 자기 자신을 잃을 수밖에 없었다. 그 거울이 하도 거대하고 붉은, 그러니까 일찍이 보도 듣도 못한 실로 낯선 것이었던 까닭이다. 정신이 차려졌을 때 소년이 본 것은 또 무엇이었던가. '검고 긴 머리칼을 올올이 푼 흰 얼굴'이 아니었겠는가. 영락없는 귀신의 형상이 아니었던가. 자신이 마주친 낯선 세계에 대한 '공포'의 표정에 다름아니었다. 그것은, 물을 것도 없는 소년 자신의 공포에 찬 얼굴이었다. 눈과 입이 한껏 동그렇게 열려 있는, 긴 머리칼을 올올이 푼 흰 얼굴은, 공기조차 휘어질 만큼 공포에 질려 두 귀를 막고 소리없는 아우성을 외치고 있는 저 뭉크의 〈절규〉와는 질적으로 다르다. 하도 놀란 나머지 절규할 수조차 없는 정적의 공포인 까닭이다. 예비된 공포가 아니었던 까닭이다. 모든 것이 한순간에 맞닥뜨린 까닭이다. 그러기에 이 소년의 공포의 직면 방식은 저 『화두』의 소년의 그것과도 질적으로 구분된다. 『화두』의 소년이 한순간 본 것은 '영원'이었다. '영원'이되 비어 있는 그런 것이었다. 비어 있음이란 또 무엇이었던가. 공(空)이 아니라, 모든 것이 이전과 같이 있되, 그 의미가 달라졌음에 지나지 않았다. 거기엔 아무런 공포감도 끼어들지 않았다. '허둥거림' 뒤에 오는 정적이라고나 할까. '허둥거림' 이전과 이후의 차이란, 그러니까 '나는 누구인가?'에 기반을 둔 깨달음에 다름아니었다.

「얼굴」의 소년은 어떠했던가. 눈과 입이 벌어질 대로 벌어진 만큼 소년은 놀라고 있지 않겠는가. 그런데 그 '놀람'이란 경탄과 구별되는 '공포'였다. 그 '놀람'은 가치중립적인 '영원'과 구분되는 '공포'였다. 몇 달을 두고 소년의 목소리를 앗아간 이 '공포'의 정체란 대체 무엇일까.

3. 삶 속으로 들어온 검은 죽음

'거대한 붉은 거울'의 한복판에 놓인 소년은 길을 잃는다. 그것이 소년을 가두어버렸기에 그는 그 주술의 힘에서 빠져나올 수 없다. 그것은 모든 것을 송두리째 차압하려 드는 덫이었던 것. 그의 영혼까지 몽땅 흡수해버리는 덫이었던 것. '나는 무엇인가?' 따위의 반성적 사유란 끼어들래야 그럴 틈이 없는 것. 소년이 본 공포의 정체가 자기 자신의 모습이었다 함은 이 경우 무의미하다는 것.

그렇다면 무엇이 근원적인 문제인가. 소년이 본 것이 자기 자신의 모습이었다 함의 '근원적 의미'란 과연 무엇일까. 이 물음에 「얼굴」의 작가야말로 민첩하기 이를 데 없다. 이 소년이 그 '근원적 의미'를 깨치기까지 무려 칠십 평생이 소요되었다. 한평생을 몽땅 쏟아넣어야 비로소 해독되는 그런 것이다. 오 남매를 키우고, 사업도 하고, 실패도 하면서 칠십 평생을 보낸 뒤에야 바로 '거대한 붉은 거울'의 덫의 의미가 해독되기 시작하는 것이었다. 얼음 속에 갇힌 그 눈과 입을 한껏 벌린 기호인 '얼굴'이 비로소 해독되는 것이었다. 아내도 외출한 빈집에 혼자 남은 그 정적의 시공 속에서 세상을 살 만큼 살아온 그 소년이 알아낸 '공포'의 의미는 어떠했던가.

"그는 자신이 말을 할 수 없게 되던 순간을 기억한다. 그의 전 생애가 반란을 일으키며 목구멍으로 밀고 올라오는 듯한 그 이해할 수 없는 메스꺼움. 어떤 제어할 수 없는 힘이 내부로부터 솟구쳐 그를 팽이처럼 돌려대던 어지럼증을 기억한다. 그때 그는 끝없이 작고 거대한 심연 속에서 얼음 속에 갇힌 얼굴을 보았다. 어린아이들이, 그들이 떠나온 세계의 비밀을 누설하지 않기 위해 말을 하지 못하듯이 얼음 속의 얼굴을 본 그는 말을 잃었다."(101쪽)

칠십 노인이 해독한 그 '의미'란 바로 이런 것이었다. 여기에는 설명이 없을 수 없다. 지금 이 노인에게 남아 있는 기억(의식)의 '마지막'이 바로 '얼음 속의 그 얼굴' 이라는 사실이 그것이다. 이 마지막 '기억' 의 의미란 과연 무엇일까.

이 물음에로 집요히 이끌어오던 작가는 마침내 난데없이 '개' 한 마리를 내세웠다. 어디서 온 개일까.

뇌혈관이 터져 반신불수가 된 지 오래된 그 노인에겐 50년이나 함께 살아온 아내가 전부이다. 똥오줌 받아내기는 물론, 기저귀까지 채우며 보살핌을 받는 신세. 그런데 '며칠 전' 아내는 쉬쉬하는 표정으로 그에게 개가 들어왔노라고 말하지 않겠는가.

"요 앞 시장에 잠깐 갔다오느라고 대문을 잠그지 않았는데 그새 웬 개가 한 마리 떠억 들어와 있더라구요. 온몸이 시커먼 게 고개를 쳐들고 뻔히 쳐다보는데 왠지 가슴이 섬뜩합디다. 내쫓고 나서 문을 잠그고 한참 후에 이젠 갔거니 싶어 열어보았더니 그때까지 꿈쩍도 않고 앉아 있다가 제 집처럼 들어옵디다. 무슨 징조인지 몰라. 집에 들어온 목숨은 내모는 것이 아니라는데 갈 때 되면 또 제 갈 데로 가겠지요." (97쪽)

아내의 설명대로라면 이 개는 순전히 우연하게 들어온 것. 어느새 아내는 이 개와 친숙해져 혼잣말 같은 푸념을 개에게 늘어놓는 처지. 그 목소리엔 들척지근한 응석기까지 스며 있지 않겠는가. 그런데 '엊그제' 개가 현관 앞 땅을 파고 간혹 흉한 울음을 내기도 한다고 하면서 불길한 표정을 짓지 않겠는가.

개가 집 안에 들어온 것이 '며칠 전' 이며, 불길한 징조가 '엊그제' 임에 주목할 것이다. 그런데 다시 주목할 시간제 부사 두 개가 등장한다는 점. '어제 저녁' 과 '오늘' 이 그것들.

'어제 저녁' 에 아내는 전화를 한 통 받았던 것이다. '유령을 본 듯한 얼굴' 로 아내는 말했다. 다들 죽은 줄로 알았던, 의형제 맺은 경자 언니로부터라 했다. '오늘' 아내는 그 경자 언니를 만나러 외출했다. 빈집에 식물인간과 다름없는 '그' 만이 남았다. 아니다. '그' 와 '개' 가 남았던 것이다. 노인은 개를 보고 있었다. 잠든 개. 꿈꾸는 개의 모습이 노인의 눈엔 어떻게 비쳤을까.

"잠든 개는 나쁜 꿈을 꾸고 있나보다. 간혹 몸을 떨며 두려움에 찬 비명을 지르거나 고통스런 신음 소리를 내기도 했다. 개의 회백질 속에서 부유하는 악몽은 무엇일까. 나쁜 꿈은 밀폐된 유리상자 혹은 얼음 속에서의 소리낼 수 없는 비명과 같다. 나쁜 꿈을 꾸는 목숨은 가엾다." (101쪽)

노인이 본 개는 바로 '거대한 붉은 거울'의 덫에 걸린 그 자신에 다름아니었다. 밀폐된 유리상자, 혹은 얼음 속에 갇힌 소년이 거기 개의 형상으로 놓여 있었던 것. 그것은 바로 '죽음'의 형상에 다름아니었다.

4. 발견으로서의 거울

작품 「얼굴」이란 무엇인가. 작가는 대체 무엇을 그리고자 했던 것일까. 이런 물음은 작가의 깊은 의도를 묻는 것에 다름아닌 것. 이를 두고 작가의 개성이라 부를 것이다. 그런데 이 작가적 개성은 창작방법론과 분리되지 않음에 주목할 것이다. 작가적 개성이란 '기법으로서의 개성'이며 그것은 또 '발견으로서의 기법'이 아닐 수 없기 때문이다.

죽음의 공포를 많은 예술가들이 이미 이런저런 방식으로 발견했고 또 할 것임에 틀림없다. 지난 세기에 씌어진 가장 섬세한 기록 중의 하나인 『말테의 수기』(1910)의 작가도 죽음의 공포 그 자체를 유려하게 그린 바 있다. 죽은 아버지의 수첩에서 찾아낸 쪽지에서 청년 말테는 왕 크리스티안 4세의 임종 장면을 보았다. 죽어가던 왕이 알 수 없는 소리를 중얼거렸다. 마침내 의사가 말을 걸었다. 왕이 무슨 말이 하고 싶은지 알아보려 했던 것이다.

"잠시 후 왕이 그의 말을 가로막고 갑자기 또렷하게 말했다.

'오, 주치의, 자넨가? 이름이 뭐지?'

의사는 갑작스런 질문을 받고 정신을 차리려고 애를 썼다.

'슈페를링입니다, 폐하.'

그러나 이제는 그런 것이 중요한 게 아니었다. 자신의 말을 사람들이 이해하는 것을 들은 왕은 그에게 남아 있던 오른쪽 눈을 치켜세우고 얼굴에 모든 힘을 집중시켜 단 한마디, 몇 시간 전부터 그의 혀가 만들고 있던, 유일하게 남은 말을 했다. '죽음' 이라고. 그는 '죽음' 이라고 말했던 것이다."(『말테의 수기』, 이준서 · 정미경 역, 고려원, 1996, 178~179쪽)

어째서 말테의 아비는 이런 내용이 적힌 쪽지를 지갑 속에 그토록 애지중지 간직했던 것일까. 그로부터 말테가 알아낸 것은 죽음이 가져오는 '공포' 의 발견이었다. 사람은 그 누구도 태양과 죽음을 직시할 수 없다. 청년 말테가 깨달은 것은 무엇이었던가. 죽음에 대한 공포가 사람들의 최후의 힘이라는 사실, 그리고 아무도 그 힘이 무엇인지를 모른다는 사실이 아니었던가. 여기에 시인 릴케의 중세적 신비주의가 도사리고 있다.

작가 오정희의 죽음은 현저히 방법론적이다. 신비주의를 깡그리 몰아낸 오정희식 방법론은 무엇이었던가. '발견으로서의 거울' 속에 그 해답이 들어 있다.

오정희식 거울이 가장 잘 드러난 작품이 그의 대표작 범주에 들어가는 것은 당연하다고 할 때, 나는 서슴없이 그런 것의 하나로 「동경(銅鏡)」(1982)을 들 것이다. 4 · 19 때 대학생인 외아들 영로를 민주제단에 바치고 만 노부부의 만년의 삶을 다룬 이 작품에 사용된 '발견으로서의 기법' 이 다름아닌 '거울' 이었다.

제목은 구리로 된 거울이지만 여기에 나오는 거울은 모두 네 가지. (1) 만화경, (2) 목욕탕의 거울, (3) 박물관의 구리 거울, (4) 이웃집의 어린 계집아이 손에 쥐어진 작은 손거울 등이 그것들. 그러나 압도적인 것은 (4)항. 곧 계집아이의 손거울이 그것. 노부부의 삶 속으로 종횡무진 질주하고 있기에 그것은 그러하다. 거울로 조직된 작품이라고나 할까. 그렇지만 거울이 발견으로서의 기법으로 작동되는 장면은 다음 두 대목이다.

(A) "영로를 묻었을 때 그는 그가 묻고 돌아선 것이, 미쳐가는 봄빛을

이기지 못해 성급히 부패하기 시작한 시체가 아니라 한 조각 거울이었다고 생각했었다."(『야회』, 나남, 1990, 30쪽)

(B) "거울 빛의 반사가 잠시, 천장으로 벽으로 재빠르게 움직이다가 마침내 유리컵에 머물고 밖의 빛으로 어둑신하게 가라앉은 정적 속에서, 물 속에 담긴 틀니만이 홀로 무언가 말하려는 듯 밝고 명석하게 반짝거렸다."(위의 책, 37쪽)

어느 봄날 바람개비처럼, 채 자라지 않은 머리칼을 성난 듯이 불불이 세우고 달려나갔다가 스무 살의 나이로 죽은 외아들 영로를 땅에 묻은 지 20년의 시점에서 시청 하급관리로 평생을 보낸 노부부는 틀니를 하고, 세상의 거울 속에 무방비로 노출되어 있지 않겠는가. 땅속에 묻힌 생명, 땅속에 갇혀 아우성치는 빛들, 하마 영로는 구리 거울로 승화되어 있지 않았겠는가. 토우나 동경 따위를 부장품으로 사자와 함께 묻었던 시대란 얼마나 아득한 세월이었을까. 그 구리 거울이 박물관 진열실에서 빛나고 있음이란 얼마나 인간 그것처럼 정겹게 느껴지는 것일까. 천년의 세월이 거기 응축되어 흡사 한순간 같지 않았던가. 20년의 세월이 천년으로 느껴질 수 있을까. 땅에 묻은 한 조각 거울이 20년 만에 구리 거울로 승화될 수 있을까. '그렇다'와 '그럴 수 없다'가 마주치는 틈에 '틀니'가 끼어 있지 않았던가. '그렇다'일 수 없음, '그렇다'일 수 있음이 동시에 작동하는 의식의 혼란이 노부부의 '틀니'가 지닌 형언할 수 없는 삶의 이질감이 아니었던가. 천년 세월 속에서 이제 말끔히 녹을 닦아낸 구리 거울과 어린 계집아이의 손거울에 사정없이 드러난, 물컵 속에 담긴 노부부의 틀니에서 드러나는 그로테스크함의 대조가 아무런 결말도 없이 그대로 공존해 있음. 작가 오정희의 비극적 세계 인식이 이로써 선명하다.

5. 냉혹함으로서의 완성도

작가 오정희의 비극적 세계 인식이 발견으로서의 기법인 '거울'에서 유려하게 확인되었음이란 무엇을 가리킴이겠는가. 이런 물음에 어느 수준에서 대응될 수 있는 문학적 대답이 있어야 한다면 아마도 작품의 완성도 개념이 아닐까. 나는 이 점을 「얼굴」에서도 확인해보고 싶었다.

뇌혈관이 터져 식물인간이 된 노인의 의식의 원점은, 앞에서 자세히 살폈듯 '거대한 붉은 거울'의 덫에 갇힌 소년의 그것이어서 이를 넘어설 그 아무것도 남겨져 있지 않다. 이 원점의 의식에서 포착되는 형상을 순서대로 지적하면 다음과 같다.

(가) 서자 출신의 손재주 많은 삼촌. 소년에게 청룡과 황룡이 그려진, 동네에서 소년밖에 갖지 않은 그런 것을 만들어준 장본인. 삼촌은 어느 단옷날 마을에 들른 탈춤패를 따라가고 말았다.

(나) 피난지 부산 국제시장에서 화재로 죽었다는, 아내와 수양형제를 맺은 경자 언니.

(다) 아내의 생모. 아내가 두 살 때의 일. 외간 남자와 사통했다는 누명을 쓰고 축출된 생모를 만나기 위해 16세의 소녀가 낯선 시골을 찾아갔으나 끝내 만나지 못한다.

(라) 40세 적에 아내는 양잿물을 마셨고, 한동안 목소리를 잃고 살아났다.

소년의 의식(원점)에서 기억된 (가)~(라)는, 어느 것이나 불확실한 것으로 일관되었음에 주목할 것이다. 진짜 삼촌이 있었던가. 모른다. 진짜 경자 언니가 있었던가. 모른다. 진짜 생모를 만나러 갔을까. '그곳이 어딘지 전혀 기억에 없다'고 하지 않겠는가. 다섯 아이의 도시락을 싸고, 와이셔츠를 다리고 빨래를 하다가 양잿물을 마셨다는데, 정말 마셨을까. 그 어느 것도 불확실한데, 이는 무엇을 가리킴일까. 이 물음에 작가는 아주 정교하기 짝이 없는 기법을 사용했다. 40년 전에 죽었다던 경자 언니를 만나러 가는 아내와 개의 동시적 등장이 그것.

"그는 손을 들어 문밖의 개를 가리켰다. 그의 몸에서 오직 살아 있는 한 부분을 온 힘을 다해 내뻗으며 아내에게 말한다.

개, 가, 문, 뒤, 에, 있, 다, 구.

으 어어 하는 어눌한 비명에 돌아본 아내는 투정부리는 아이 달래듯 그에게 말했다.

죽었다던 사람이 살아 왔는데 어찌 모른 척하우. 곧 돌아올게요." (96쪽)

경자 언니는 40년 전 국제시장에서 타죽지 않았던가. 그녀가 살아서 전화를 걸었다는 것은 있을 수 없는 일. 개의 등장이란 그 자체가 죽음의 등장이 아니고 새삼 무엇이었던가. 그렇다면, 하고 독자인 나는 순간 몸이 오싹함을 느껴 마지않는다. 어느새 아내조차 일종의 환각이자 허구라는 사실이 그것. 경자 언니=개=아내의 등가 사상이 그것. 이 모두가 '죽음'의 관념성이었던 것. 말을 고치면 죽음이 가져오는 '공포'의 실체였던 것. 소년은 이처럼 '죽음'과 더불어 평생을 살아왔던 것.

'거대한 붉은 거울'의 덫에 갇힌 소년이 본 것은 세계의 아득함이자 동시에 그 아득함의 구경적 형식이었다. 자기와의 첫번째 마주침이었다. 그 자기 자신이 바라본 자기의 실체란 '공포' 그 자체였다. 그것이 '죽음'의 표상임을 알아차리기까지는 그의 전 생애가 요망되었다. 서서히 완성되어가는 죽음의 실체를 그는 눈앞에서 체험하고 있었다. 그는 구제당할 수 없다. 그는 그 '죽음'을 '공포'로서 그대로 받아들일 수밖에.

오정희의 비극적 세계 인식은 이처럼 냉혹하다. 이 나라 소설의 완성도를 말해주는 '냉혹함의 미학'이라 할 것이다.

『당신들의 천국』의 세 가지 텍스트론
—이규태의 르포, 이청준의 소설, 조창원의 삶

1. 『당신들의 천국』과 대학 신입생들

대학 신입생들은 어떤 소설에 흥미를 가졌을까? 이 물음을 향해 나는 30여 년간을 그들과 함께 걸었다. 처음엔 신출내기 교수로서 제도적으로 주어진 학과 과정인 문학개론을, 제법 나이든 뒤엔 문학개론을 개혁한 '한국 근대문학의 이해'(지금의 교양선택)를 자진해서 맡았던 까닭이었다. 이 과목으로 말미암아 책임 아홉 시간을 넘어서 열두 시간까지 한 적도 빈번했던 사실로 미루어보면 이 과목에 대한 열정 때문이었을까. 대형 강당을 가득 메운 신입생들의 초롱초롱한 눈망울을 대할 때, 번번이 느꼈던 그 가슴 설렘이란, 지금 생각해봐도 잘 설명할 수 없다. 그렇지만 그 동안 이 강의의 흐름이랄까 어떤 공통 관심사랄까 좌우간 그런 것에 대해서는 어느 수준에서 논리적으로 분석될 수는 있다.

이 강의에는 반드시 과제가 주어졌으며, 또 이 과제는 공동 토론을 거치게 되어 있었다. 근대소설 열 편을 제시하고, 그중 한 편을 선택해 리포트를 제출하면, 그중 몇 편을 뽑아 본인이 발표한 다음, 이에 대한 토론이 이루어지는 방식이었다. 다만 나는 사회자의 처지에 머물면 되었다. 돌이켜보건대, 70학번 세대의 가장 큰 관심사는 『무정』(이광수, 1917)이었고, 80학번 세대의 그것은 『삼대』(염상섭, 1931)였다. 『무정』에 대한 그들의 가장 큰 관심사는 작가 이광수의 친일 문제였다. 그것도 그럴 것이 『무정』의 중심부에 놓인 참주제가 '삼랑진 수해 사건'(민족주의)에 놓여 있었던 까닭이다. 주인공 다섯 명(이형식, 김선형, 박영채, 신우선, 김병욱)이 함께 모여 장차 이 나라 건설을 위해 힘을 모으자고 외침으로써 끝나는 『무정』을 읽은 신입생들은 친일 작가로 변신한 훗날의 이광수를 이해할 수도 용납할 수도 없었다. 이때 문제되는 것이 곧 작품 『무정』이다. 작가의 인격이랄까 윤리적 과제가 가로놓일 때 이를 논리적 수준에서 이해하기란 신입생이 아니더라도 결코 쉬운 일은 아닐 터다. 『삼대』의 경우 가장 큰 쟁점은 조덕기(경도 3고 졸업반, 오늘날 대학 졸업반)와 친우인 맑스보이 김병화의 존재였다. 서울 중산층 상속자인 조덕기와 목사 아들이자 맑스주의자 김병화 사이에 놓인 계급성과 우정이 빚어내는 관계란 역시 신입생에겐 심정적으로는 매력적이기는 하나, 논리적으로 이해하기엔 솔직히 어려웠던 것이 아니었을까.

90학번 세대의 경우는 어땠을까. 이들에게 제시된 과제물은 자주 작품이 바뀌기도 했으나 대체로 해방 뒤의 장편 열 편이었는데, 『취우』(염상섭, 1953), 『카인의 후예』(황순원, 1954), 『낙서족』(손창섭, 1959), 『광장』(최인훈, 1960), 『시장과 전장』(박경리, 1964), 『나목』(박완서, 1970), 『당신들의 천국』(이청준, 1975), 『을화』(김동리, 1978), 『노을』(김원일, 1978), 『난장이가 쏘아올린 작은 공』(조세희, 1978) 등이 그것들이다. 이들 중 『을화』를 빼면 한결같이 이 나라 최근대사의 거센 출렁임과 직접 · 간접으로 관여된 것들이다. 소설과 사회사의 관계의 어떠함이랄까, 소설을 통해 현대사 공부에 나아간다는 통념을 소설미학의 이름으로 쉽사리 물리치기 어렵다는 것도 하나의 상식이 아니었겠는가. 90년대 학번들도 그 앞세대와 같은 반응을 보이긴 했으나, 그 나름의 변별성 또한 뚜렷했는데, 『당신들의 천국』에 가장 큰 관심을 보여주었음이 그 증거로 보였다. 소록도(나병환자의 섬)를 무대로 해서 그 섬의 지배자와 피지배자(나병환자) 사이에 벌어지는 권력관계를 다룬 이 작품이 어째서 구소련 붕괴를 목격한 90년대의 대학 신입생을 그토록 매혹시켰을까. 이 점을 조금 살펴보고자 함이 이 글의 의도거니와, 그들이 의식했든 못 했든 이 작품이 지닌 매력점들이 이로써 좀더 투명해진다면 하고 혼자서 생각해본다.

2. 야심적 창작욕의 발단

『당신들의 천국』(『신동아』, 1974. 4~1975. 12)이 연재되고 단행본(문학과지성사, 1976. 이하 이 작품의 인용은 이에 의함)으로 나온 것은 그 이듬해였다. 1974년이라면 긴급조치 1 · 2호의 선포, 동아일보 광고탄압 사건으로 특징지을 수 있다. 1975년이라면 유신헌법 통과와 더불어 긴급조치 9호에까지 이른 시점이었으며, 단행본이 나왔을 때는 교수 재임용 사건(탈락 460명)이 벌어진 후에 해당된다. 바야흐로 군사정권이 명목상 민간정치로 이동되었으나 여전히 그 강도를 유지하고 있던 시기에 이 작품이 씌어졌다는 사실은 이 작품 이해의 거멀못에 해당된다.

"병원에 새 원장이 부임해 왔다. / 혁명이 있고 나서 병원은 한동안 원장이 없이 운영되어오고 있었다. (……) 한여름 복더위에 시달리던 섬 거리가 시원한 바닷바람에 식어가고 있던 8월 하순 어느 날 저녁, 그러다가 문득 현역 의무장교 한 사람이 이 섬 병원의 새 원장으로 부임해 온 것이다. / 조백헌(趙白憲) 대령." (서두)

여기에서 주목되는 것은 현역 의무장교가 새 원장으로 왔다는 것, 그가 조백헌 대령이라는 것이지만, 이 현역 대령과 똑같은 의미의 무게를 진 것이 '8월 하순 어느 날 저녁'이다. '현역' '조백헌'이란 누가 봐도 구체성을 띤 현실성임에 비해, 그의 부임 시기는 어떠한가. '어느 날 저녁'이란 얼마나 불확정적인가. '8월 하순'이 지닌 구체성이 그 상위개념인 연도의 소멸로 말미암아 실로 모호함으로 변해버린 형국이 아닐 수 없다. 이러한 모호성이 작품의 소이연, 곧 보편성의 획득을 겨냥한 것이지만, 이 작품이 모델 소설임을 염두에 둔다면 작가 이청준의 가파른 심리적 부담감의 작동과 이 사태는 결코 무관하다고 보기 어렵다. 작가 이씨를 시종일관 괴롭힌 것은, 그러니까 작가의 자의식의 증폭을 가능케 한 데에 이 작품의 긴장력의 원천이 자리하고 있었던 셈인데, 그것은 작가를 꼼짝 못 하게 얽매고 있었던 어떤 두 가지 모델과 관련 있다. 편의상 모델(A)와 모델(B)로 나눌 수 있다면 먼저 모델(A)부터 검토해보기로 한다.

모델(A)란 무엇인가. 이 물음엔 곧바로 작품후기를 보면 되게끔 강구되어 있다.

"마지막으로 이 책을 내기까지 은혜를 입은 많은 분들께 감사드린다. / 연재의 기회를 주신 『신동아』 여러분과 취재를 도와주신 조창원(趙昌源) 전 원장님, 그리고 조선일보의 이규태(李圭泰)님 — 특히 한 미숙한 문학청년에게 제법 야심적인 창작의욕의 발단을 마련해 주었을 뿐 아니라, 소설 곳곳에서 그의 빼어난 취재의 눈을 의지하지 않을 수 없었던 이규태님을 만날 수 있었던 것은 나의 비길 데 없는 자랑이며 행운이었음을 고백하지 않을 수 없다."(『당신들의 천국』 후기 '쓰고 나서')

이 작품의 주인공이자 직접적 모델인 조창원 대령이 모델(B)라면 모델(A)는 물을 것도 없이 당시 조선일보 문화부장 이규태 기자다. 이규태 기자를 얼마나 작가 이청준이 의식하고 있었는가를 위의 기록이 너무도 생생히 드러내고 있어 인상적이기까지 한데, 이는 물을 것도 없이 그물에 걸린 나비의 발버둥질에 비견될 수 있을 만큼 처절한 심리적 메커니즘의 발로라 할 것이다. 이규태 기자의 시선에 매달리면서도 어떻게 하면 그 시선에서 벗어날 수 있을까. 이러한 강렬한 충동이 이 작품을 이루어낸 보이지 않는 저항선이다. 작가와 기자(논픽션), 작품과 논픽션 사이의 생사를 건 싸움이 벌어지고 있었던 것으로 이 사정이 정리된다.

작가 이청준으로 하여금 기자 이규태와의 대결을 벌이게 한 직접적 계기는 '논픽션 180장짜리' 인 「소록도의 반란 — 땅에서 못 사는 한(恨)」(『사상계』 1966년 10월호)이다. 이 논픽션과 작품 『당신들의 천국』을 결정적으로 구분짓는 장치 중의 하나를 지적한다면 무엇보다 먼저 논픽션 쪽이 갖고 있는 다음과 같은 압도적 현장감을 들 것이다.

"조 원장이 현역 군인으로 소록도에 부임한 것은 1961년 8월 24일 밤이었다. 그날은 때마침 만월이었다. 고흥만을 굽도는 길목에서 차가 고장나 사장에 내려와 앉아 있었다.

'바다가 확처럼 잠잠하군요. 거 신비스러울 정도로……' 마중 나왔던 직원들은 웃으면서, '원장님은 시인이셔. 시상을 깨뜨려 죄송합니다만 눈앞에 펼쳐진 건 바닷물이 아니라 뻘입니다, 뻘.' 바닷물만 나가면 흙벌판이 된다는 것이다. 조 원장은 시인이 아님을 더 강조해주고 싶었다.

'저걸 막으면 새로운 평야가 될 게 아닌가.'"(『사상계』 1966년 10월호, 337쪽)

현장감의 근거가 정확한 날짜개념에 의해 달성되었음이 한눈에 들어오지 않았겠는가. 1961년 8월이라면, '기아선상의 민생고를 시급히 해결' 하기 위해 군사혁명(5 · 16)이 일어난 지 3개월의 시점이었다. 바야흐로 혁명공약 실행이 맹렬한 속도로 진행되던 때, 시류를 타고, 권총을 허리에 찬 현역 대령이 소록도에 부임해 왔음을 위의 날짜개념이 웅변하고 있었던 것이다. 점진적 개혁을 진보의 개념으로 하는 민주적 정치의 기본이념과는 달리 혁명이란, 그 자체가 전면적 개혁을 이념으로 하는 폭력의 일종이라면, 이 이념이 천하를 휩쓰는 시기를 전제하지 않는다면 논픽션의 소록도물은 물론 소설 『당신들의 천국』도 그 설자리를 잃게 되어 있다. 소록도의 특수성, 곧 소록도 병원 원장이 특수 주민 5천 명(조창원의 기록에 따르면 당시 소록도엔 5~6천여 명의 나환자가 있었고, 그중 절반은 건강한 몸이었다)에 대한 전권을 쥐고 있었다 할지라도 5 · 16군사혁명의 위세에 비하면 그 빛을 잃게 되어 있다. 이 관념성으로서의 군사혁명이 현장감의 절대적 조건이었음에 비추어볼 때, 그것은 단연 일회성이라 할 것이다. 개별적이고 특수적인 이 사건의 일회성을 갖지 못하는 편에 선 것이 작가 이청준이었다. 따라서 그는 '현장감' 이라는 아주 소중한 보물을 자기 것으로 할 수 없었다. 그 대신 그는 이 '현장감' 에 대응하는 장치를 개발해야 했다. 이 개별적 특수적인 사건을 보편적 일반적인 것으로 전화하기가 그것이다. 날짜개념을 모호하게 처리하기도 그것인데, 그로 말미암아 이 사건은 언제 어느 곳에서도 일어날 수 있는 것으로 인식시킬 수 있게 된다. 그렇다고 해서 '소록도' 조차도 일반적 보편적인 범주로 전화시킬 수 있겠는가. 곧 『페스트』의 작가 카뮈와는 정반대의 창작방법이 가능한가. 이 물음 속에 작가 이청준의 정치학 성공 여부가 걸려 있다고 볼 것이다.

3. 『소록도의 반란』과 '편집후기'

논픽션이 지닌 현장감의 압도적 우위성을 보증해준 것이 5 · 16군사혁명이었음을 거듭 강조할 필요가 있다. 그것은 논픽션 쪽도 소설 쪽도 함께 적용되는 사항이지만, 전자 쪽의 정도가 후자 쪽에 비해 한층 강렬하다는 사실이 이를 뒷받침하고 있다.

논픽션 쪽과 소설 쪽의 그 혁명적 요소의 강도를 잠시 비교해보기로 한다.

제목이 잘 말해주듯 논픽션 『소록도의 반란』은 시종일관 현역 의무관 대령 조 원장의 거인적 모습을 그려내고 있는데, 그것은 물을 것도 없이 거대한 '소록도의 반란 진압'에서 말미암은 것이다. 어떤 역대의 원장도 해내지 못한 거대한 사업인 오마도(五馬島)의 간척사업의 이룸이란 과연 무엇이었던가. 아무런 장비도 없는 마당에, 더구나 손발이 다 망가지고 없는 나병환자들에게 간척공사를 하게 하고, 마침내 그 일을 해내고 마는 조 원장이란 누가 봐도 거인이자 영웅이 아닐 수 없다. 기적에 가까운 사업이었던 까닭이다.

이러한 일이 어떻게 일어날 수 있었을까. 이 물음은 물론 단순한 해답이 주어질 성질의 것이 아니지만, 원칙적으로는 지배자와 피지배자의 경계선 소멸이랄까, 완전일치의 경지에 이르기로써 설명될 수 있을지 모른다. 지배자와 피지배자의 경계선 소멸이란 따지고 보면 인류사에서 한 번도 실행돼본 적 없는 이상이 아니었던가. 종교에서 말하는 극락이거나 천당에서 유추되는 이러한 경지를 지상에 출현시킬 수만 있다면 하고 염원하지 않는 사람이나 사회는 일찍이 없었다. 그것은 인류가 생각해낸 것 중 가장 황당무계한 일이 아닐 수 없지만, 도스토예프스키는 스타브로긴의 입을 빌려, "이것이 없으면 모든 사람은 살 보람을 느끼지 못할 뿐더러 죽은 보람도 생각할 수 없다"(『악령』 제2부 제10장)라고 읊어대지 않았던가. 이 황당무계함을 현실로 이루어낸 조 원장의 거인스런 기적의 모습을 논픽션의 기자가 사용한 것은, 군사혁명의 힘이었다. '권총'이 바로 그것이다.

소록도를 천국으로 만들기 위한 사업이란, 겉으로는 오마도 간척사업이지만, 그리고 그것은 압도적인 군사정부의 국토개발사업의 자장(磁場) 내에서의 현상이지만, 속을 들여다보면 소록도 전체와 조 원장의 싸움에 다름아니었다. 그것은 지배자와 피지배자의 권력상의 등가성에 대한 인식에서 출발했다. 피지배자를 대표하는 황 장로와 조 원장이 소록도에서 성서에 손을 얹고 서약함으로써 이 거창한 사업이 시작되기 때문이다.

"그 약속이 속임수였다면 문둥이 손에 맞아죽어도 좋다"(343쪽)가 그것이다. 그 약속이란 출애굽기에 견준 출소록(出小鹿)으로 표상되는 '우리의 땅 갖기' 다. 바다를 메워 지상낙원을 건설하기 위한 '약속' 이란, 따지고 보면 당초부터 비대칭적임이 드러나 있다. '우리의 땅 갖기' 란 황 장로로 대표되는 나환자들만의 것이지 조 원장의 것은 아니었다는 사실이 그것. 이분법이 그 한가운데를 가로지르고 있었기에 일방적인 천국 건설사업이 그 출발점이며, 이를 양쪽이 성서를 두고 승인, 서약한 것이었다. 이 서약은 당연히도 간척사업 성공과 그것이 황 장로들의 것으로 온전히 돌아가는 순간 그 유효성이 사라지게 마련이었다. 그 순간 조 원장에게 주어지는 것은 무엇이었을까. 현실적으로는 아무것도 없다. 다만 조 원장의 성취욕 충족, 말을 바꾸면 범속한 인간 욕망의 하나인 '오만함' 에 이를 뿐이었으리라. 그러한 짓을 스스로 택해서 하는 사람도 있을 수 있으므로 별로 탓할 일은 아니다. 그로써 족한 것이 그 '서약' 이 지닌 의미다. 그러나 만일 간척사업이 실패한다면 어떻게 될까. 여기에는 두 가지 경우를 구별해둠이 사건 이해의 요체가 아닐 수 없다. 그 '서약' 의 핵심 단어로 '속임수' 가 놓여 있음에 주목해야 할 것이다. '서약' 의 이행불능이 조 원장(지배자)의 속임수일 경우, 그는 응당 문둥이 손에 죽어 마땅할 것이다. 그러나 그 서약의 이행불능이 '속임수' 와 무관한 모종의 조건(천재지변이라든가 바다 조건 등)에 의해서라면 어떻게 될까. 논픽션의 핵심은 이 물음에 놓여 있었다.

공사를 시작한 지 삼 년째인 1963년 9월, 솟아올랐던 둑이 태풍으로 송두리째 사라졌을 때, 그리고 인부들이 여기저기서 깔려죽는 사태가 일어났을 때 마침내 소록도의 반란이 시작된 것이었다. 물을 것도 없는 '서약' 위반 사건이 아닐 수 없었다. 황 장로 쪽이 배반한 사건으로 규정되는 것은, 둑의 무너짐이나 인부들의 죽음이 조 원장의 속임수와는 무관한 까닭이다. '약속' 을 배반한 쪽이 황 장로라면 당연히 조 원장은 '서약' 을 준수한 쪽인 것이다. 따라서 삼 년간의 일부 노동자의 희생에 대한 대가로 조 원장의 희생을 요구하는 황 장로 쪽 처사는 누가 봐도 불공평하다. 조 원장의 자결 요구가 정당화되기 위해서는, 소록도 주민 5천 명 전체의 자결이 동시에 진행되어야 공평할 것이다. 사태가 이 지경(실패)에 이르렀다면, 황 장로측도 스스로의 판단 미숙을 두고 가슴 치며 통곡은 할지언정 무턱대고 조 원장을 비난하거나 책임져라 윽박지를 수 없음이 상식적 판단이 아닐 것인가. "세상에서 있을 수 없는 일이 문둥이 세상에서 많이 일어나고 있다"(357쪽)는 것은 결코 그 참된 이유가 될 수 없다. 조 원장이 횃불 든 문둥이 떼에 둘러싸여 "지금 나는 내가 나를 쏠 이유를 못 찾고 있다"(359쪽)고 외치는 것은, 또 "그러기에 너희가 (나를) 쏘아 죽일 수밖에 없는 것이다"라고 권총을 내밀며 말하는 것은 누가 봐도 사리에 맞다. 조 원장의 허물을 굳이 캔다면, 가만히 있는 사람들을 선동, 천국 만들기로 몰아넣은 그 무상성(無償性)의 동기에서 찾아야 할 것이다. 황 장로가 마침내 이 사실을 깨닫는 다음 장면이 논픽션의 백미에 해당된다는 것은 이런 문맥에서다.

"원장 듣게. 오마도는 성서와 곡괭이만으로는 이룰 수 없다는 것을 방금 느꼈구만…… 거기에 더 한 가지, 이 권총이 있어야 해. 이 권총이. 자, 갖게. 이 권총으로 빨리 오마도에 가서 둑을 쌓으라고. 이 문둥이 떼를 쫓아버리게. 어서 보다 고된 시련을 겪도록 쫓아버리게."(359쪽)

이 '권총'의 힘의 작동으로 마침내 1963년 12월 오마도 간척사업이 그 결실을 거두게 된다. 돌덩이 6천만여 개를 바다에 던져 2,200여 미터의 해역을 쌓아 만든 330만 평의 땅이 그것. '당신들의 천국'이 건설되었다는 사실을 그해 크리스마스 축제연으로 장식함으로써 논픽션 『소록도의 반란』은 화려하게 끝난다.

이 결말을 두고 볼 때, 조 원장은 거인이 아닐 수 없다. 이 논픽션의 창작의도가 한 현역 대령의 영웅담의 화려한 드러냄에 있었음은 의심의 여지가 없다. 그것은 어디까지나 사실의 기록(보도)에 바탕을 두는 논픽션의 윤리적 감각의 본능이기에 그만큼 감동적일 수 있었다고 할 것이다.

그러나 이 감동에 젖은 독자들이 그 감동에서 깨어나면 어떻게 될까.

(가) 황 장로의 천국은 이루어졌는지 모르지만, 조 원장의 천국은 어떻게 되는 것인가. 다만 그는 남의 천국을 바라다봄으로써 만족해하고 있을 수밖에 없는 그런 보살이나 성자(聖者)일까. 그렇다면 그가 지닌 그 '권총' 은 어떻게 되는 것일까. 결국 황 장로의 천국은 노력, 희생, 성서 그리고 '권총' 의 힘에 의해 달성된 것이 아니었던가. 이러한 한 묶음의 물음과 더불어 또 한 묶음의 물음이 잇따르게 마련. (나) 곧 천국 만들기란 인류가 생각해낸 미망 중 가장 황당무계한 것이라는 사실이 그것. 절대로 그 미망을 물리칠 수 없지만, 그것이 절대로 이루어지지 않는다는 이 역설을 음미함이 그것. 어찌 소록도의 천국 건설이란 이 황당무계함의 범주에서 벗어날 수 있겠는가.

이런 두 가지 물음에 대해 논픽션 작가 이규태 기자는 함구하고 있지만, 민감하게도 작가 이청준은 편집후기를 빌려 나름대로의 해답을 이렇게 제시해놓고 있어 인상적이기까지 하다. 노련함이라 할 것이다.

"이규태(조선일보 문화부장)씨의 논픽션 『소록도의 반란』은 본지로서는 처음 게재하는 실화다. 이 글 가운데서 조창원씨를 제외하고서는 전부 가명이다. 그는 끝내 그 땅을 옥토로 만들지 못하고 그곳을 떠나지 않을 수 없었다. 순전히 음성 나환자들의 문드러진 손으로 건져진 그 '영토' 가 선거를 앞두고 하늘을 치는 한(恨)에도 불구하고 갈리웠다는 그 후의 이야기가 더욱 '땅에서 못 사는 한' 을 가슴 아프게 한다."(『사상계』의 편집후기)

당신들의 천국 건설이라는 이 황당무계한 인류의 꿈이 한갓 미망이었을까. 후기는 '그렇다' 고 암시하고 있다. 그러나 이 후기가 지닌 진정한 의미는 '권총' 에 있다고 할 것이다. '권총' 이 여지없이 무력해지는 때가 온 것이었다.

박정희씨가 민정이양을 발표한 것은 1963년 7월 27일이었고, 대통령 선거가 실시된 것은 그해 10월 15일(투표율 84.99퍼센트, 공화당 박정희 당선, 469만 2,644표)이었다. 국회의원 선거가 실시된 것은 그해 11월 26

일(투표율 69.8퍼센트, 공화당 압승)이었고, 이른바 제3공화국이 탄생한 것은 그해 12월 17일이었다. 군사혁명 정권의 연장선상에서 탄생한 제3공화국이지만, 적어도 '권총'이 모든 것을 지배할 수는 없는 그런 시대가 온 것이었다.

4. 논픽션과 픽션의 관계항

논픽션 『소록도의 반란』의 어떤 점이 작가 이청준씨로 하여금 '야심적인 창작욕'을 불러일으켰을까. 이 물음이 논픽션과 픽션에 대한 본질적인 물음으로 향하고 있음은 새삼 말할 것도 없지만, 그렇다고 해서 그 해답이 쉽사리 주어질 수 없음 또한 새삼 말할 것도 없다. 양자가 모두 '언어'의 산물이기에 이 숙명에 함께 매달려 있기 때문이다.

작가 이청준씨의 고백에 따르면, 자기가 쓴 『당신들의 천국』 곳곳에서 『소록도의 반란』의 "빼어난 취재의 눈을 의지하지 않을 수 없었다"('쓰고 나서')고 했거니와, 이 사실은 소설 『당신들의 천국』을 읽어보면 그 조목조목의 삽입을 확인할 수 있어, 『당신들의 천국』이 얼마나 『소록도의 반란』에 의거하고 있었는가를 알아차릴 수 있다. 뿐만 아니라 작가 이청준은, '이정태 기자'라는 이름으로 기자 이규태로 보이는 인물을 두 번씩이나 등장시키고 있음이 판명된다. 그것도 결정적인 대목에서 그러한데, 이 사실은 아무리 강조해도 지나침이 없다. 왜냐하면 픽션과 논픽션에 대한 본질적 고찰로 우리를 이끌어들이는 강요사항 몫을 하기 때문이다.

소설 『당신들의 천국』은 논픽션 『소록도의 반란』을 끊임없이 모방함으로써 씌어졌다. 이 사실을 나는 낭만주의적 상상력(환각)의 종언과 관련시켜 논의해보고자 한다. 『당신들의 천국』의 앞에 『소록도의 반란』이 있었다는 사실은 소설가 이청준씨에겐 일종의 구속상황이 아니면 안 되었고, 이 구속상황과의 싸움에서 가까스로 픽션『당신들의 천국』이 탄생했음이 어째서 낭만주의적 상상력의 종언과 소설(로마네스크)적 탄생에 해당되는 것일까. 다시 말해『당신들의 천국』이 한 명민한 작가의 자발적 상상력의 소산물이 아니라 견고한 구조물의 일종임을 입증함으로써 한편으로는 이 작품의 근거를 드러내는 일과, 동시에 소설 자체의 장르상의 의의를 드러낼 수 있다면 그야말로 일석이조일 것이다. 그 일석이조의 확인이『당신들의 천국』뿐만 아니라 소설과 논픽션 모두에 영광일 수 있는 가능성도 배제되지 않는다면, 이에 대한 논의란 결코 무의미하지 않을 것이다.

『당신들의 천국』에 대해 많은 논객들, 가령 김현에서 권택영에 이르기까지 적절하고도 날카로운 지적들이 이미 이루어졌다.(김현, 「이청준에 대한 세 편의 글」, 1978, 권택영, 「다름과 닮음의 긴장관계」, 1991) 이러한 기존의 논의들의 중심부에 놓인 것은 인간사회에서 '자유'와 '사랑'의 존재방식, 그리고 이를 초극하는 것으로 제시된 '자생적 운명(운명적인 공동체의식)'의 해석여부라 할 수 있다. 이를 싸잡아 형이상학적 윤리감각이라 불러도 될 것이다. 이러한 논의는 아무리 근원적인 것일지라도 그때그때의 상황논리를 떠나면 항시 공허하기 쉽다. 추상적임을 면하기 어려운 것은 이로 말미암는다. 인류의 형이상학적 질병에 대한 논의가 지닌 이런 한계에 부딪혀 절망해본 논자라면 매우 간단한 사실의 신선함에 놀랄 수도 있다. 소설 장르란 무엇인가가 바로 그것이다.

『당신들의 천국』의 모델이 있고, 그것이 논픽션『소록도의 반란』이라는 사실만큼 단순하고도 견고한 신선함이 달리 있을 것인가. 이 단순·견고함을 양식으로 하여 작가 이청준은 비로소 그의 소설적 이름에 어울리는 상상력의 샘을 발견했다. '소설적 이름에 어울린다' 함에 주목하면, 그것은 모델의 이중성이랄까, 겹으로 된 '간접화'를 가리키므로 이를 세밀히 분석해볼 필요가 있다. 왜냐하면 작가 이청준의 창작방법론 해명으로 향하고 있는 것처럼 보이기 때문이다.

작가 이청준 앞에 놓인 모델을 잘 따져보면, 일차적으로 모델 『소록도의 반란』이었고, 따라서 그것은 갈 데 없는 직접성이 아니면 안 되었다. 이 직접성이 뿜어내는 강렬한 매력이 현실을 모델로 했음에서 연유되었음을 깨우친 것은 작가 이청준의 직감적 민첩성이었을 터다. 현실적으로 주어진 소록도와 그를 가로지르고 있는 지배(조 원장)와 피지배(황 장로)의 살아 움직이는 메커니즘의 구도를 직감할 수 있었던 것은 두말할 것 없이 작가 이청준의 창작원리 속에 그 구도가 먼저 자리잡고 있었기 때문이다. '모든 권력이란 지배와 피지배의 갈등구조에서 연유한다는 것.' 이를 창작의 원리로 삼고 있었기에 이 원리가 그로 하여금 『소록도의 반란』에 야심적 창작충동을 불러일으켰던 것이다. 그런데 이런 사정은 따지고 보면 기자인 이규태에게도 똑같이 적용되었다고 볼 수밖에 없다. 육하원칙을 깡그리 무시하고 곧바로 나병환자들의 기묘하기 짝이 없는 축구경기를 앞세움으로써 『소록도의 반란』을 쓰지 않으면 안 될 만큼 현실의 모델인 조 원장의 거인스런 모습이 매력적이었기에 그 기록은 논픽션(실화)이되 실화를 초월했다. 논픽션과 픽션의 차이란 무엇인가를 이 장면에서 논의하는 일은 이 때문에 별다른 의미를 얻어내기 어렵다. 무엇이 논픽션을 픽션스럽게 또는 픽션을 논픽션스럽게 만들었느냐를 문제삼을 만큼 시대가 진행되어버린 마당이기에 이 현상 자체를 분석함이 보다 생산적일 터다.

논픽션의 작가인 이규태의 처지에서 볼 때, 현실의 모델은 '조창원' 대령이었다. 후기에 적힌 대로라면 조 원장에 맞선 황 장로 및 흑인 소녀 리자 자매라든가 인형사건 등은 픽션화된 것이다. 그러나 현실이란 그 자체가 원리적으로는 우연성과 필연성으로 가득한 불투명체에 다름아닌 것. 비유컨대 그것은 칸트의 물자체(物自體)와 같아서 어떤 논리적 접근도 어렵다. 선인들이 이 점을 알아차려 경(經)과 전(傳)을 구분한 바 있다. 가령 『춘추(春秋)』와 이에 대한 주석인 『춘추좌씨전(春秋左氏傳)』의 관계를 들 것이다. 희공(僖公)의 한 대목을 비교해보기로 한다.

(경) : "16년 봄, 왕의 봄, 정월 무신 삭에 송에 운석이 있었는데 5이다. 이 달에 여섯 날개의 새가 거꾸로 날아 송의 수도를 지나갔다.(十有六年春五月戊申朔隕石于宋五 是月也六鳥退飛過宋都)" — 제1권 제6장

(전) : "16년 봄 송(宋)에 운석이 있었다. 5라 함은 운성(隕星)에 해당된다. 여섯 날개의 새가 거꾸로 날아 송의 수도를 지났다 함은 강풍을 말한다. 이 무렵에 주(周)의 대사 숙흥이 송을 방문중이었다. 송의 양공이 이를 물었다. '이는 무슨 징조뇨? 길이냐 흉이냐' 라고. 대답하기를 '금년에 큰 우환이 많습니다. 내년 제나라에 난리가 있겠습니다. 군께선 패권을 한 번은 손에 넣겠으나, 지속하기는 어렵습니다' 라고. 물러나 그는 사람들에게 말했다. '양공께서 묘한 것을 물었다. 운석이나 대풍이란 음양에 의한 자연현상. 길흉의 근본이 아니다. 길흉은 사람의 언행에 의한 것. 그러나 좌우간 왕의 앞이라서 적당히 대답했다' 라고."

이처럼 주석 쪽이 훨씬 구체적이고 흥미로울 뿐 아니라 상상력이 크게 작동될 가능성의 유혹이 숨어 있다. 그렇기는 하나 그것은 원전(모델)으로서의 '경' 이 쳐놓은 울타리랄까 자장(磁場)을 결코 벗어날 수 없다. '전' 으로 향하고자 하는 유혹의 강도에 비례해 '경' 의 구속력이 증대되는 만큼 이 보이지 않는 원심력과 구심력이 밀어내는 긴장관계가 이른바 술이부작(述而不作)으로 말해진 고전적 글쓰기라 할 것이다. 논픽션과 픽션의 관계도 이와 유사한 점이 많다. 누가 봐도 조창원 원장이 권총을 차고 소록도에 부임했고, 이런저런 곡절을 겪어 오마도 간척사업이 완성되었다는 사실은 '경' 에 속하는 대목이리라. "1961년 8월 24일 현역 의무관 대령 조창원이 소록도에 부임, 이런저런 곡절을 겪다. 1964년 성탄절에 공사완료, 축제를 벌이다" 가 '경' 이라면, 이에 대한 무수한 주석이 논픽션 『소록도의 반란』인 셈이다. 궁극적으로는 주석한 자의 주관이랄까 세계관에서 완전히 벗어날 수 없다. 주석자 이규태씨의 시선이란 어디까지나 간척사업의 완성에까지 이른 조 원장의 거인스러움에 놓여 있었다. 실제로 조 원장이 군사정권의 종언과 더불어 불어닥친 선거열풍에

휘말려 쫓겨나는 참담한 결과에 이르렀음에도 불구하고 작가 이규태씨는 이를 묵살해버린 것이다. 그렇다고 그것이 '경'의 구속력에서 아주 벗어난 것은 아니었음에 주목할 것인데, 간척사업만을 문제삼는 일이 소록도의 싸움이자 조 원장의 싸움이라 본 까닭이다.

『당신들의 천국』은 현실 속의 '경'인 조 원장과 그것의 '전'인 『소록도의 반란』을 양쪽 날개로 하여 씌어졌다. 이 경우 작가 이청준의 창작욕을 일으킨 일차적인 모델이 '전'이었음은 그의 고백에서도 확인된다. 그렇다면 작가 이청준의 시선은 어디로 향하고 있었을까. 그 역시 조 원장의 압도적 매력인 거인스러움이라 볼 수밖에 없지만, 그 '거인스러움'의 해석엔 이청준다운 특징이 따로 있었다. 압도적 매력인 '거인스러움'이란 승리자로서의 측면과 패배자의 측면이 공존한다는 것. 이 양자를 동시에 드러낸다면 어떻게 될까. 그래야 적어도 공평하지 않겠는가. '승리자로서의 거인스러움'이 논픽션 『소록도의 반란』이라면, '패배자로서의 거인스러움'을 부각시켜 이 둘을 동시에, 그러니까 종합적으로 보여주고자 함이 작가 이청준의 글쓰기의 전략이었다. 『당신들의 천국』이 두 개의 모델을 두고 있다는 것, 모방의 '이중적 간접화'라는 사실과 더불어, 이청준의 창작방법론인 '지배와 피지배의 권력관계'와 관련되었다는 것이 이 작품 논의의 핵심 과제가 아닐 수 없다.

5. 두 개의 모델 — 일본인 원장과 조 원장

『당신들의 천국』은 3부작으로 되어 있다. '사자(死者)의 섬' '낙원과 동상(銅像)'이 제1부인데, 이것은 조 원장의 '거인스러움'에 초점이 놓인 만큼 논픽션 『소록도의 반란』에서 크게 벗어난 것은 아니다. 미감아 출신 보건과장 이상욱과 미감아 출신 서미연을 두고 라이벌 관계에 있는 음성환자 윤해원을 등장시키고 있지만, 그리고 이 세 인물이 소설가 이

청춘의 고유한 창작적 요소지만, 제1부가 소록도 전체를 대표하는 역사적 인물인 황 장로에게 압도적인 무게중심이 실려 있기 때문에 그러한 판단을 가능케 한다. 뿐만 아니라 "그것은 (참으로) 묘한 축구경기였다"로 시작되는 『소록도의 반란』의 첫 대목을 두 페이지나 소설 속에 원문대로 삽입해놓고 있지 않겠는가. 이 묘한 축구경기 장면에서 가장 인상적인 것은, 그러니까 논픽션 작가 이규태의 강조점이기도 한 것은 바로 권총이었다.

"빨간 유니폼(음성 나병환자 팀)을 응원하는 관중은 하나도 없었다. 다만 군복 입은 한 고급 장교가 라인 밖을 쳇바퀴 돌듯 맴돌며 발악에 가까운 응원을 했다. 군의관 대령인 이 장교는 지칠 줄을 몰랐다. 팀이 몰려 머뭇거리면 권총을 빼들고 힘을 내도록 협박까지 했다."(『당신들의 천국』, 문학과지성사, 1976, 140쪽 ; 『소록도의 반란』, 334쪽)

이 권총이 지닌 압도적 힘이 소설 제1부를 관통하고 있기에 단연 현실감을 준다. 그것은 물을 것도 없는 5 · 16군사혁명을 가리킴이다. 권총으로 표상되는 지배자와 문둥이로 표상되는 피지배자의 관계항에 해당되는 것이 바로 권총이었다. 그런데 이 관계항으로서의 권총이 관념성이자 동시에 삶 속에 현실적으로 작동하는 구체성이었다. 역대 원장마다 소록도를 당신들의 천국으로 만들어주겠다고 덤볐고, 그중 이 일의 가장 성공적인 사례인 일본인 원장 '주방'이란 자와 조창원(조백헌) 원장의 차이도 이 권총에서 비로소 드러날 만큼 권총은 논픽션의 중심부에 위치한 것이었다. 문둥이들에게 맞아죽은 일본인 원장 주방(소설에서는 주정수)과 조 원장의 차이란 무엇인가. 이 물음의 전제는 두 원장이 근본적으로 지배자라는 사실이다. 지배자와 피지배자의 싸움에서 피지배자가 지배자를 살해한 역사를 이 소록도가 갖고 있었다. 그러기에 주정수는 조 원장의 모델이 아니면 안 되었다. 주정수의 죽음의 원인이란 무엇이었던가. 천국을 약속하고 이를 시행한 동기의 불순함에서 그 죽음이 왔다. 곧 자신의 '동상 세우기'로 이 사정이 정리된다. 조 원장이 그렇지 않은 예외적인 존재일 수 있을까. 이 근본적인 물음에 '권총'이 별다른 의미를 이끌어내지 못한다고 지레 짐작하기 쉽지만 사실은 그렇게 간단치 않았다. 앞에서 지적했듯이, 권총이란 이 경우 '구체성'의 다른 명칭이다. 5 · 16군사혁명 속에서 진행된 국토건설사업의 연장선상에서 나온 사상이 오마도 간척사업이었음을 전제하지 않는다면 권총 찬 현역 대령의 출현과 그의 천국건설의 발상은 생각할 수 없다. 논픽션의 후기(편집후기)에서 드러났듯 조 원장의 천국건설 좌절은 조 원장의 오만이랄까 지배자의 일방적인 명예욕이랄까 좌우간 그런 것에서 온 것이기에 앞서, 군사혁명 정권의 종언에서 말미암았던 것이다. 그러기에 조 원장의 '거인스러움'이란 이 권총이 지닌 힘의 '거대함'에 다름아니었다. 황 장로로 대표되는 피지배자의 반란이 이 권총의 힘으로 진압되는 것은 이로써 설명된다. 지배자와 피지배자의 권력구조가 지닌 형이상학적 과제라든가 인간 일반이 지닌 근원적인 결함에 대한 형이상학적 고찰이 논픽션에서는 원리적으로 다루어질 수 없다.

픽션과 논픽션을 가르는 이 근본적인 지점을 작가 이청준에게 가르쳐준 것이 『소록도의 반란』이기에, 작가는 『당신들의 천국』 제1부를 온통 『소록도의 반란』의 원형 그대로 유지해놓았을 뿐만 아니라 동시에 이 원형(모델)에서 끊임없이 벗어나고자 발버둥쳤다. 어떻게 하면 이 '권총'이라는 거대한 돌기둥에서 벗어날 수 있을까. 이것만큼 작가를 충동질한 창작동인은 없었다. 원리적으로 그것은 박정희 군사독재의 부정이었던 까닭이다. 작가 이청준의 창작방법의 원론이 바로 '권총'이라는 거대한 돌기둥에서 벗어나기이고, 돌기둥의 강렬함에 비례해 '권총 없음'으로 표상되는 원리적 과제, 곧 형이상학적 관념성이 타올랐던 것이다. 『당신들의 천국』이 지닌 매력이 작가 이청준의 창작방법, 곧 '소설론'의 제시라 함은 이런 맥락에서다.

『당신들의 천국』의 제1부에서 비록 이상욱과 윤해원, 서미연을 예비해놓긴 했지만, 이 제1부는 어디까지나 『소록도의 반란』의 복사판, 그러니까 그것을 좀더 극적으로 증폭시킨 경우이며, 여기에 작가 이청준의 주밀한 전략이 놓여 있었다. 『당신들의 천국』의 본론인 제3부를 향한 전략이 그것이다.

6. '배반 I'과 논픽션의 결별

『당신들의 천국』 제2부는 '출소록기' '배반 I' '배반 II'로 구성되어 있다. 제3부 '천국의 울타리' 준비과정이 제2부다. 지배자와 피지배자의 권력관계에서 가장 중요한 것이 '배반'에 있기에, 이것이야말로 인류사 전개과정의 원리 중 원리에 해당되기 때문에 많은 논의의 가능성을 안고 있음에 틀림없다.

'배반 I'은 무엇이었던가. 이 물음은 작가 이청준의 글쓰기 전략(소설 운용방식)의 1단계로 향하고 있다. 황 장로로 대표되는 소록도의 첫번째 배반은 '동상' 콤플렉스다. 그것은 논픽션 『소록도의 반란』의 복사판에서 크게 나아간 것은 아니다. 바벨탑 축성 공사가 이런저런 장애물에 봉착할 때 사람들의 배신이 일어나듯 그것은 그러하다. 이 대목은 단연 논픽션 작가 이규태의 그것에 다름아니다. 오마도 간척사업에 이런저런 장애물이 나타났을 때, 사람들이 일으키는 배반은 논픽션의 이규태가 거뜬히 해결해내지 않았던가. 권총의 위력이 그것이었다. 이것에 대해 소설가 이청준도 군말이 있을 수 없었다. 조 원장이 살기등등한 군중 앞에서 권총으로 서약한 오마도 간척사업의 실패에 대한 책임추궁에 몰렸을 때, 이를 심판하는 잣대가 바로 '권총'이었다.

(논픽션) "원장 듣게. 이 오마도는 성서와 곡괭이만으로는 이룰 수 없다는 것을 방금 느꼈구만. 거기에 더 한 가지 이 권총이 있어야 해. 자, 갖게." (359쪽)

(픽션) "자, 그럼 이제 이 권총으로 문둥이들을 쫓아주게. 이 못된 문둥

이들에게 다시 오마도 돌둑으로 내려가서 제 각자 자기 몫의 시련을 마저 감당해내도록 어서 그 총부리로 녀석들을 쫓아주게."(280쪽)

'배반 I'의 기본항이 논픽션 그대로임은 이로써 잘 드러나지 않았겠는가. 그 핵심에 '권총'이 있었다는 것은 지금껏 강조해온 그대로다. 이 강조가 작가 이청준의 소설적 전략임이 '배반 I'에서 새삼 확인되어 인상적이다. 바로 이 대목이 논픽션과 소설의 갈림길이기에, 그 인상은 이 소설 전체에 걸쳐 작가의 강렬한 창작충동을 엿보게 만들기에 모자람이 없다. 그것은 작가 이청준이 논픽션 작가 이규태에 대한 결별이자 도전의 의미까지 갖고 있기 때문이다.

7. '배반 II'의 전략

'배반 II'는 작가 이청준의 음험한 작전에 알게 모르게 관여된다. '배반 I'에 엄밀히 대응하기에 비로소 의미를 얻는 만큼 그것은 '배반 I'과 표리의 관계에 놓이지 않으면 안 된다. 어떻게 하면 '배반 I'에서 벗어나 이를 뒤집고, 또 무화시킬 것이며 그 대안은 무엇일까. 이청준의 이 물음 자체가 일종의 작전이 아닐 수 없다. 그렇기에 '배반 I'이 총두리째 기자 이규태의 것이라면 이에 대한 배반의 음모를 꾸미고 있음이 작가 이청준의 몫인 '배반 II'가 아닐 수 없다.

'배반 I'이란 무엇인가. 도대체 무엇에 대한 배신이었던가. 이런 물음에서 작가는 민첩하고도 단호하다. '배반 I'이 외부에 대한 문둥이의 배신이라면 '배반 II'는 이와는 차원이 다른 것, 곧 문둥이 '내부'에 대한 배신이었다. 말을 바꾸면 논픽션 『소록도의 반란』에서 완전히 벗어난 독자적인, 특유의 '반란'을 가리킴인 것. 작가 이청준의 타오르는 창작욕이 그것인데, 이는 '배반 I'에서 씨앗으로 은밀히 심어놓은 이상욱(윤해원, 서미연)과 무관하지 않다. 논픽션을 전적으로 내세우면서도 이에 대한 은밀한 배반을 꿈꾸고 있는 이상욱류에 대한 전면적 제시가 '배반 II' 의 핵심이다. 이상욱류란 무엇인가. 이 물음이 작가 이청준 싸움의 핵심이자 소설과 논픽션의 갈림길에 다름아니다.

만일 이 점에 주목한 사람이 있다면, 『소록도의 반란』의 진짜 핵심이 이상욱으로 말해지는 자체 내의 '반란' 임에 대한 형언하기 어려운 사정에 주목할 것이다. '권총' 이 결코 내밀 수 없는 자리, 그것이 바로 논픽션과 픽션(소설)의 갈림길에 놓인 눈금이었다. 제1부에 은밀히 예비되어 온 미감아 출신의 보건과장 이상욱의 존재가 그 눈금이었다.

'배반 II' 의 참주제란 무엇인가. 미감아 출신성분을 은밀히 감춘, 그러니까 성한 사람 부류에 속하는 조 원장과 그 범주가 다른 차원에 놓인 보건과장 이상욱이 봉착한 딜레마란 무엇이었던가. 이 물음은 논픽션의 범주에서 곧바로 벗어남을 가리킴이 아닐 수 없다. 그것은 '권총' 과의 모순 갈등(대결)이 아니라, 황 장로(문둥이 집단)와 '준(準)문둥이 집단' 의 대결, 곧 성한 자와 음성환자의 경계선을 한 몸에 지닌 이상욱의 기능을 활성화함으로써 이 사정이 정리된다. 『당신들의 천국』 제1부가 기자 이규태의 연장선상에서 논의된 사항이라면, 그리고 그것의 핵심에 '권총' 이 놓여 있었다면, 이에 맞서는 이상욱의 자체 내부의 배신이란 무엇인가. '권총' 이 제거된 순수한 관념성으로서의, 알몸뚱이로서의 권력구조에 대한 과제가 거기 걸려 있지 않겠는가. 말을 바꾸면, 지배자와 피지배자의 관계에 대한 본질적 규정이 거기 걸려 있지 않겠는가. 그것은 구체성으로서의 5 · 16군사혁명 정부를 넘어선 원론적 자리에서 나오는 물음이 아닐 수 없다. 그러기에 '배반 II' 란 외부에서 강요된 권력의지에 대한 저항이 아니라 권력 자체의 내부에서 생긴 저항에 다름아닌 것이다.

'배반 II' 가 소설(픽션) 고유의 영역임을 증명하기 위한, 작가 이청준의 필사적 노력이 바로 작품 『당신들의 천국』이다. 미감아임을 은밀히 숨긴 보건과장이자 조 원장의 직접적 영향권에 있는 이상욱은 어떤 연유로 소록도 탈출을 시도함으로써 조 원장에게 정면으로 도전했던가. 이 물음은 음성환자인 윤해원과 미감아임을 은밀히 감춘 서미연과의 관계항으로 정리될 수 있다. 이 장면에서 독자들이 당황해 마지않는 동시에 안도감을 금하기 어려움은 웬 까닭일까. 이런저런 설명이 가능하겠지만, 그중의 하나로 외부와의 싸움과 내부끼리의 싸움의 차이점을 들 수 있다. 전자가 '권총'으로 상징될 수 있다면, 후자는 보다 본질적인 과제, 그중에서도 인간의 형이상학적 질병이랄까 모종의 본질로 상징될 성질의 것이다. 4 · 19와 5 · 16 혁명을 함께 살아온 작가 이청준과 그 동시대적 의식에 비추어볼 때, 이 '권총'과 '권총 없음'의 의식에 대한 차이는 참으로 선명한 바 있다.

소록도란 무엇인가. 물론 특수공동체지만 한 공동체임엔 틀림없는 것. 공동체의 위기와 그 위기의 극복방식도 공동체 일반의 법칙에서 크게 벗어날 수 없음이 원칙이다. 미감아인 이상욱의 존재가 이른바 트릭스터(trickster)에 해당된다. 그의 소록도 탈출은 조 원장에 대한 저항이자 공동체에 대한 도전이 아닐 수 없다. 이 내부반란을 수습하는 방도가 '자유'와 '사랑'인가, 그 이상의 무엇이어야 하는가에 대한 장황하기 짝이 없는 소설적 논의란, 따지고 보면, 이규태의 논픽션 『소록도의 반란』에 대한 작가 이청준의 도전이자 동시에 논픽션에 대한 소설적 도전이 아닐 수 없다. 이청준의 이 야심찬 도전은, 그 성취여부와 관계없이 일종의 조백헌다운 현상이 아니었겠는가.

지배자와 피지배자의 권력구조에서 이 도식을 깨뜨리는 방식이 '자유'와 '사랑'으로 완결될 수 없음은 상식적 판단으로도 이해되기 어렵지 않다. 이에 대한 이런저런 논란이 있을 수 있겠으나 중요한 것은 미감아 출신 이상욱의 존재에 걸려 있다. 조 원장에 대항함과 동시에 황 장로에 대항하는 이상욱의 존재란 무엇인가. 이 양면성이 이른바 인류학에서 말하는 제3자적 배제의 원리다. 어떤 공동체도 위기를 맞는 법이며 그 극복방식에는 제3자적 존재의 활용(희생)이 요망되게 마련이다. 소록도의 경우도 사정은 크게 다르지 않다. 실상 소록도에서 역시 다른 공동체처럼 오마도 간척사업이 아니더라도 수시로 크고 작은 사건이 벌어지고 있었다. 무수한 주정수, 조백헌 등이 출몰했고 또 출몰하고 있으며 앞으로 그러할 것임에 틀림없다. 이러한 상황에 결정적 몫을 해온 존재가 이른바 제3자적 존재(배제의 원리)다. 큰 틀로 보면 작가 이청준은 이러한 공동체 위기극복의 원리적 과제에 입각해 있지만, 그 구체적 전개방식에서는 단연 윤리적이었다. 황 장로와 조 원장의 대결에 '배반 II'의 대부분을 할애해놓았음이 그것이다.

이 대결에서 작가 이청준은 인류가 개발해온 심오하고도 까다로운 과제에 매달렸는데, '자유'와 '사랑'이 그것이다. 지배자와 피지배자의 균형감각 유지에서 첫번째 개입되는 것이 '자유'이겠는데 그것은 '자율'을 전제로 한 것이었다. 그러나 이 작품에서 작가는 '자율'에 관해 썩 둔감했다. 권총이 눈앞에 있었음과 그 배후에 5 · 16혁명 정부가 도사리고 있었음에 대한 작가의 조급성의 작용에서 말미암았는지도 모를 일이다. '사랑'의 경우에도 사정은 비슷하다. 황 장로가 조 원장에게 실토한 다음 대목에서 보듯 '사랑'은 추상적인 것에 멈춰 있다.

"원장은 그래도 하느라고 했거든. 지금 와서 보면 원장이 이 섬에서 행해온 것은 모두가 사랑으로 해서였던 게란 말야. 그 원장을, 원장과 함께 사랑으로 행할 수 없었던 못난 문둥이들이 받아들일 수가 없었던 게야. 그 알량한 자유 하나로 모든 것을 행하려 한 옹졸스런 문둥이들이 외려 그 원장을 용납할 수가 없었던 게란 말씀야. 일이 왼통 거꾸로만 되어왔던 셈이지. 하지만 그렇다고 뭐 그 동안 원장이 이 섬에서 행해온 일들이 오늘로 모두 허사가 되어버릴 수는 또 없을 게야. 이 황량한 문둥이들의 가슴속에 원장은 그래도 제법 훈훈한 사랑을 보여주려 했었거든."(334쪽)

'사랑'이란 무엇인가. 결과적으로 보아 사랑하게 된 이유가 밝혀지긴 하나, 본래적으로 사랑이란 이성으로 파악되지 않은 그 무엇이다. 맹목적이라 말해지는 것은 이 사실을 가리킴이다. 『당신들의 천국』에서 작가는 이 사랑의 본질적 과제에 접근해가지 않았다. '자유'에서 '자율'을,

'사랑'에서 '맹목성(비이성적 측면)'을 건너뜀으로써 결과적으로 작가가 공들인 '자생적 운명'에 대한 논의가 탄력성을 잃게 되었을 터이다. 그럼에도 불구하고 이 '자생적 운명'에 관한 논의는 단연 이 작품의 핵심이자 이청준식 독자성이 아닐 수 없다. 그것은 소록도와 관련시킬 때 그럴 수 없는 생동감으로 다가오는 것이기 때문이다. '사랑' '자유' 등의 추상성이 여기서 비로소 그 구체성에 마주칠 수 있었던 것이다.

대체 '자생적 운명'이란 무엇인가. 운명 자체가 자생적임에도 불구하고 굳이 자생적이라 함은 무엇을 뜻하는 것일까. 이 물음에 주목할 것은 '운명'의 뜻이다. 극복될 수 없는 영역, 그것이 운명이라면 이 '운명'을 공유하지 않는 한 '자유'도 '사랑'도 무의미하다는 것에 대한 성찰이란 과연 무엇일까. 이 물음은 하도 원시적인 것이어서 지금까지의 논의를 무화시킬 만큼 특이한 것이라 할 만하다. 핏줄의 공통성, 지역의 공통성, 학벌, 문벌, 기타의 공통성이 그 운명적 모습으로 부상하기 때문에 그것은 그러하다. 미감아인 이상욱, 미감아인 서미연이 아니고서는 결코 이 소록도에 관심을 둘 수 없음, 그리고 그들이 끝내 음성환자인 윤해원을 매개로 맴돌 수밖에 없었음을 보장할 수 있는 근거를 물어본다면 사태가 훨씬 명확해질 것이다. 내부의 배신인 '배반 II'란 따지고 보면, '권총'에 대한 작가 이청준의 도전에 지나지 않음이 판명되지 않았겠는가. 이 '자생적 운명'이 지닌 구체성에 비추어보면 명민한 작가 이청준은 실로 우직하다고 할 것이다.

8. 이 기자와 조 원장의 대화

제3부인 '천국의 울타리'를 깡그리 무시한 이 논의에서 남은 과제란 무엇인가. 다시 말해 논픽션 『소록도의 반란』과 이에 촉발되어 이를 뛰어넘고자 한 작가 이청준의 야심이란 과연 무엇인가. 이 논의에서 우리

가 문제삼은 것은 작가 이청준의 창작방법론에 관해서다. '권총'이라는 '구체성'에서 벗어나 이를 원리적인 자리로 옮겨놓음이 그것이다. 그것은 소록도라든가 조창원 원장이라든가, 오마도 간척사업과는 무관한 자리, 곧 이른바 보편성의 자리 확정에 알게 모르게 관여된다. 문학의 경우를 보면 그것은 곧바로 작가의 창작방법론으로 향하게 마련이다.

작가 이청준의 창작방법론이란 무엇인가. 이 물음은 『당신들의 천국』의 그것을 묻는 것이기도 하여 둘을 분리시키기 어렵게 되어 있다. 『당신들의 천국』이 『소록도의 반란』을 일차적 모델로 해서 씌어졌다는 것이 이 논의의 출발점이었음을 이 자리에서 다시 상기할 필요가 있다. 픽션과 논픽션에 대한 관계항을 문제삼기에 앞서 이 사태는 작가 이청준의 창작방법론에 직접적으로 관여되는 만큼 약간의 논의가 불가피해진다. 논픽션 『소록도의 반란』이 지닌 참주제로서의 강력한 힘이 조 원장의 거인스러움의 드러냄에 있었음은 이미 지적한 바 있거니와 이는 물을 것도 없는 논픽션 작가 이규태의 창작의도이며 당연히 그것은 사태의 일면성에 지나지 않는다. 논픽션의 모델인 조창원 대령은 거인스런 인간임에도 불구하고 실상은 소록도에서 쫓겨나 마산 병원으로 가지 않으면 안 되었다. 논픽션 작가 이규태는 이 사실을 다만 '편집후기'를 빌려서나마 실토해놓지 않으면 안 되었던 것이다. 작가 이청준을 야기하게 한 것은 바로 '편집후기' 속에 있었다. 조 원장이 소록도에서 쫓겨남이란 무엇보다도 엄연한 사실이 아니었던가. 그것은 군사혁명 정부의 종언을 뜻하는 것이었다. '권총'의 힘으로 유지된 소록도 지배원리가 이제 종언된 것이었다. 그렇다면 여의주를 잃기 전의 거인 조 원장의 모습은 어떠할까. 다시 말해 '편집후기'가 똑바로 말해주고 있는 여의주 잃은 조 원장의 초라한 모습이야말로 '또다른 거인'이 아니었겠는가. 이 뒤집기야말로 창작충동이었다. 그것은 논픽션의 일면성을 완성시키는 일에 다름아니었다. 『당신들의 천국』에서 눈여겨보아야 될 점의 하나로 C일보 기자 이정태의 등장을 들지 않을 수 없다. 오마도 간척사업이 진행되는 시기에 신분을 감추고 공사 현장에 인부로 위장해서 취재활동을 하다가 발각되어 곤욕을 치르는 기자 이정태란 무엇인가. 누가 보아도 『소록도의 반란』을 쓴 바로 그 기자임에 틀림없다. 조 원장 앞에 나선 기자 이정태는 놀랍게도 조 원장보다 이 섬의 내력은 물론 작업 현장의 감각까지 정확히 알고 있지 않겠는가. 더욱 놀라운 것은 그가 조 원장에게 황 장로의 과거를 정확히 말해주고 있었다는 사실이다. 논픽션 『소록도의 반란』의 압권이 황 장로와 조 원장의 대결 장면에 있다는 점은 독자 모두가 아는 사실이다. '권총' 이 모든 것을 해결해줌으로써 조 원장의 거인스러움을 효과적으로 드러낼 수 있었다.

이와 같은 원리로 이번엔 또다른 조 원장의 거인스런 모습을 보여주고자 함이 작가 이청준이 겨냥한 몫이었다. 소록도에서 쫓겨난, 여의주 잃은 초라한 사나이 조창원이란 무엇인가. 논픽션에서 미처 그리지 못한 이 후일담 속에도 또다른 거인스러움이 있지 않았겠는가. '한 미숙한 문학청년에게 제법 야심적인 창작욕의 발단' 을 마련해준 것은 현실의 조창원에 비해 논픽션 『소록도의 반란』이 일차적이라 함은 이런 문맥에서다. 제3부에 이정태 기자를 전면적으로 등장시켜 그의 안목으로 결말까지 이르게 한 것도 이 때문이다. 조 원장이 섬에서 쫓겨난 지 7년의 세월이 지난 시점에서 작가 이청준이 지켜보는 가운데, 다시 취재차 찾아온 이정태와 개인 자격으로 아예 섬 주민이 된 조창원이 대화를 하고 있는 장면의 설정은 따라서 필연적이라 할 것이다.

조 원장을 거인으로 묘사한 이 기자의 속셈이 여기서 비로소 드러나게 되기 때문이다.

(이 기자) : "전 그때 원장님을 위해서 원장님을 거인으로 썼던 게 아니라, 이 섬을 위해서 필요한 거인을 한 사람 만들고 있었던 것입니다. 그런데 일이 결국 이렇게 되어왔고 보면, 이 섬을 위해서 그런 거인이 진실로 필요한 존재였느냐 아니었느냐 하는 회의가 생기게 마련이었지요. 원생들은 아직도 섬을 빠져나간다더군요. 아무도 이제 이 섬에서 낙토를

꿈꾸는 사람이 없다더군요. 오마도 일이 저렇게 되고 보니까 원생들의 불신은 전보다도 더 심해졌다더군요. ……영웅은 결국 실패를 했더군요. 영웅의 실패는 더욱더 고통스럽고 외로운 법이지요. 섬을 위해서도 그건 견딜 수 없는 불행입니다. 전 기사를 다시 써야 했습니다. 영웅이 왜 실패를 하느냐, 영웅이 섬을 다스리는 데 섬은 왜 더욱 불행해져가야만 했느냐, 이 섬에 진실로 영웅이 필요했느냐, 이 섬사람들의 행복은 과연 어디에서 찾아져야 하느냐……."

(조백헌) : "……."

(이 기자) : "미안한 일입니다만 해답은 모두가 원장님께 대해서는 부정적인 쪽뿐이었습니다. 제가 다시 써야 할 기사도 물론 원장님에 대해서는 지극히 부정적인 것이 될 수밖에 없었습니다."

(조백헌) : "그렇담 이 조백헌이가 죽일놈이었다고 써버리면 그만일 것을 뭘 그깟 일로 숙제니 뭐니 그토록 망설이고 있을 필요가 있었지요?"

(이 기자) : "아니, 그렇지는 않습니다. 원장님이 정말 이 섬에서 끝끝내 실패를 하고 만다 하더라도 전 아직 원장님의 희생과 선의의 동기만은 믿고 있으니까요. 원장님의 희생과 선의의 동기가 있었더라도 다스리고 다스림을 받는 일은 다스림을 받는 사람들 사이의 관계 속에서 이루어져야지 어느 한쪽의 선의나 의욕만으로 끝나지는 않지 않습니까. 원장님의 실패도 아마 원장님께 그런 선의나 희생이나 의욕이 없어서가 아니라 원장님의 다스림을 받는 원생들과의 관계의 실패일 것입니다. 그래서 전 다음번 기사를 전번과는 아무리 부정적인 방향으로 쓴다 해도 원장님 개인의 선의와 동기만은 배반을 하고 싶지가 않았던 것입니다. 원장님께서도 그것은 참으로 견딜 수 없는 고통이 될 것임에 틀림없었기 때문입니다. 전 원장님 개인만은 구해드리고 싶었다는 말씀입니다. 하지만 막상 저의 부정적인 기사 속에선 개인적으로나마 원장님을 구해드릴 방법이 늘 막연했습니다. 그런데 이번에 원장님을 뵙고 보니……"

(조백헌) : "날 구해줄 방법이 떠올랐단 말요?"

(이 기자) : "그런 것 같습니다."

(조백헌) : "어떻게 말요?"

(이 기자) : "원장님께서 미쳐 계시는 걸 보고…… 저는 미친 이야기만 쓰면 그걸로 제 글에서도 원장님은 구해지실 수가 있을 것 같단 말씀입니다."

(조백헌) : "고맙소. 내 구원을 그처럼 늘 생각하고 계셨다니! 하지만……" (354쪽)

조 원장만이 구원될 수 있는 지점이 뚜렷해졌다. 그렇다면 이 섬의 구제에 관해서는 과연 어떻게 되는 것일까. 이 기자가 찾아낸 그 가능성의 빛은 미감아 서미연과 음성환자 윤해원의 결혼식 직전에 행한 조 원장의 축사 독백에서였다. 이 독백을 듣고 있었던 또하나의 인물은 미감아 출신의 전 보건과장이자 섬을 뛰쳐나갔던 제3의 존재인 이상욱이었다. 이 결혼식을 가능케 한 매개항이 이상욱이었던 까닭이다. 윤해원, 서미연, 이상욱이 함께 '자생적 운명'에 묶여 있었기에 이를 실현해 보인 결혼식은 자연스런 일이라 할 것이다. 그러한 운명을 공유할 수 '없는' 조 원장과 섬의 관계는 사실상 더이상 진전될 수 없다고 볼 것이다. 지배자인 원장의 선의의 동기가 피지배자와의 관계에서 자그마한 결실을 맺었기 때문으로 이 사정이 설명된다. '자생적 운명'에 묶이지 않는 국외자가 할 수 있는 일이란, 실상은 '자생적 운명'에 묶여 있으면서도 그 본질을 깨치지 못한 사람들의 무지를 깨우치는 데 있었을 뿐이다. 『당신들의 천국』이 형이상학적 물음을 함의한 관념소설이 못 되고 계몽적 성격으로 규정될 수 있는 것은 이런 문맥에서다. 이 깨우침을 위해 소록도와 현역 대령 조창원, 이규태 부장, 소설가 이청준이 혼심의 힘을 쏟았다. 그 계기가 된 것은 물을 것도 없이 5 · 16군사혁명이었다.

9. 관념소설의 겉모양

『당신들의 천국』이 지닌 문제성은 훌륭한 소설이 모두 그러하듯, 논리의 틀에 알맞게 재단되지 않는다는 점에 있다. 그것은 언제나 후일담을 불러일으키게끔 열려 있는 공간이다. 그러나 아무리 대단한 작품이라도 특정 작가의 산물이며 따라서 작가라는 인간을 초월할 수 없다. 루카치의 소설론에 맞서, 한동안 크게 유행했던 이론가에 『도스토예프스키의 시학』(1929)의 바흐친이 있다. 이른바 '다성어' 론 또는 대화론으로 말해지는 바흐친의 소설론은 작가란 자기가 만든 작중인물과 같은 레벨에 있다는 것으로 요약될 수 있다. 그러나 과연 그러할까. "작가는 회화의 참가자(그리하여 그 주재자)에 지나지 않는다."(「언어창조의 미학」)의 한 대목을 인용해 이러한 생각에 이의를 제기한 것은 바흐친 소개 및 연구의 권위자인 토도로프였다.(T. 토도로프, 「인간적인 것과 인간관계적인 것」, 『비평의 비평』, 1984, 일역판, 134쪽) 위의 인용문의 괄호 속의 것이 그 앞의 발언의 과격함을 무화시키고 있다는 것이다. 만일 회화의 주재자라면 어찌 단지 참가자일 뿐이랴. 바흐친이 혼동한 것은 다음 두 가지. (1) 작가의 사상은 다른 사상가들의 사상과 같은 비중으로 논의의 대상이 될 수 있는 것으로 작가 자신에 의해 소설의 내부에 표현된다는 것. (2) 작가는 자기의 작중인물과 같은 레벨에 있다는 것. 이러한 주장들은 결코 정당화될 수 없다. 어째서 그러한가. 자기 자신의 사상을 표현하는 것도, 다른 작중인물의 사상을 표현하는 것도 작가임엔 변함이 없으니까. 가령 도스토예프스키가 알료샤와 자기를 혼동하지 않는 한, 정당할 수 없다. 이 경우에는 알료샤의 목소리가 이반의 목소리와 같은 레벨에 있다고 말해질 수는 있겠다. 그러나 따지고 보면 『카라마조프 가의 형제들』을 쓰고, 알료샤와 이반의 양쪽을 묘사한 것은 도스토예프스키 바로 그 혼자다. 도스토예프스키는 그 소설 속의 몇 개의 목소리 속의 하나의 목소리가 아니라, 특권적이게도 다른 모든 작중인물과는 근본적으로 다른 유일한 창작자인 것이다. 소설 속의 목소리들의 복수성 그 자체의 창작자가 바로 도스토예프스키임에는 틀림없는 사실이니까. 바흐친의 소설론 근본에 놓인 사상이 '인간적인 것' 을 비판하고 '인간관계적인 것' 으로 향하고 있었다고 토도로프는 지적했다.

『당신들의 천국』을 논의하는 자리에서 바흐친의 대화론을 문제삼는 까닭은 한편으로 도스토예프스키 소설과 관련되며 다른 한편에서 보면 '관념소설' 에 대한 음미에 있다. 『당신들의 천국』의 겉모습이 관념소설로 무장된 듯이 보이는 것은 별로 놀랄 일이 아니다. 조 원장과 황 장로의 극적인 대치에서 두 번씩이나 빚어지는 '자유' 와 '사랑' 에 대한 대화도 그러하며, 미감아 출신 이상욱의 '편지' 로 구성된 '자생적 운명' 론에 대한 논의도 소록도를 괄호에 넣고 보면 그 자체로는 일종의 형이상학적 물음에 관여된 것이기 때문이다. 그렇지만 '자유' 라든가 '사랑' 의 핵심에 놓인 과제가 빠져 있기에 이것들은 한갓 일상성 속에서의 논의에 그치고 있었다. '자생적 운명' 론도, 미감아와 음성환자의 관계 문제도 현실적 일상 속의 문제의식에 멈추었을 뿐 그 이상으로 나아가지 못했기에 관념(사상)의 범주에 들 수 없게 되어 있다. 이러한 관념성이 현실 속에서 나온 것이어서 현실 속에서 해소되면 그만이었던 것이다.

여기까지 물을 때, 도스토예프스키 독자라면 그것이 신의 부재와 관련되었음에 쉽사리 동의하지 않을까 한다. 절대적 타자로서의 신(기독교적 신)이 전제되지 않는 마당이기에 성서로 서약한 조 원장과 황 장로 사이의 '천국건설' 건도 한갓 상대주의로 전락되지 않으면 안 되었다.

"도대체 당신들의 자비하신 주님은 어째서 당신들 편에만 있고 내게는 그 주님이 있어주시지 않는단 말이요. 내게도 그 당신들의 주님이 함께하고 내가 그 주님의 뜻을 배반한 일이 없다고 믿고 있다면 당신들은 또 누구의 이름을 팔아 나에게 서약의 약속을 이행해 보이라 하겠소." (274쪽)

조 원장의 이러한 주장이야말로 '인간적 범주' 에 다름아니다. 이 상대적인 관계로 설정된 인간적 범주 앞에는 그 어떤 것도 용허되게 마련이다. '권총' 이 개입되는 것은 이 때문이 아니었던가. '절대적인 타자(준거)' 가 없는 마당이고 보면 한갓 힘의 도구인 '권총' 에 모든 해결권이 주어지고 말 것이다. 절대적 존재인 신으로 말미암아 인간은 자신에 대해 자기 자신의 모습을 철저하게, 그러니까 내재적인 전개에 의해 분명히 할 수 있고, 자기 자신의 죄를 인정할 수 있고 또 자기 자신에 대해 반박조차 할 수 있다. 인간이란, 객체(존재)로 볼 땐 죽을 수밖에 없는 운명에 번롱당하기도 하는 존재에 지나지 않는다. 그러나 이런 인간도 '의미' 의 처지에서 보면 '자유' 가 아닐 수 없다. 존재의 차원에서 보면 '인간적 자유' 란 '상대적인 자유' 지만, 의미(의식)의 차원에서는 그 '인간적 자유' 란 '절대적 자유' 가 아닐 수 없다. 이 '절대적 자유' 를 보장하는 것이 '신' 이었던 것이다. 서구적 형이상학적 근거로 데카르트를 문제삼는 것도 이런 문맥에서가 아니었던가.

10. 복수의 세 가지 위상

절대적 타자의 부재 위에서 성립된 『당신들의 천국』이 지닌 그다운 매력이 있다면 그것은 새삼 무엇일까. 작가 이청준의 글쓰기 전략의 정교함이 이에 대한 해답의 하나일 터다.

단편 「지배와 해방」(1977)에서 작가 이청준은 주인공의 말을 통해 이렇게 적었다.

"문학 욕망은 애초 우리가 살고 있는 현실 질서와의 싸움에서 패배한 자가 그 패배의 상처로부터 자신을 구해내기 위한 위로와 그를 패배시킨 현실을 자기 이념의 질서로 거꾸로 지배해나가려는 강한 복수심에서 비롯된다."

동기로서의 복수심과 수단으로서의 지배의지를 구분해놓고 있는 것이다.

이 문맥으로만 보면 작가의 강렬하고도 치열한 오만성으로 보이기 쉽다. 작가의 강렬한 자의식의 드러냄으로 읽히는 이 대목에서 주목할 것은 '지배'와 '복수'의 내실에 관해서다. '지배(수단)'와 '복수(동기)'가 '용서'와 '화해'에 대응된다는 것, 그리고 또 나아가 '사랑'과 '자유'에 대응되기도 한다는 것. 이 세 쌍의 덩어리가 실은 한 가지 사실의 발현현상에 다름아니었다. '복수'와 '지배'를 동기와 수단의 관계로 파악하고 전자의 파괴적 질서를 후자의 창조적 생산질서로 바라본다면(창작집 『예언자』, 문학과지성사, 1977, 128쪽) 이 사정이 훨씬 선명해진다. 이에 대한 작가의 목소리를 그대로 옮기면 아래와 같다.

"현실적인 삶에서 패배당했을 때 그 현실에 대해서 복수를 하기 위해 글을 쓴다는 것은 자기를 패배시킨 현실을 이념적으로 지배함으로써 그것이 가능하게 된다는 것인데, 이 지배는 두 가지 전제하에서 해방이 됩니다. 첫째는 소설을 통한 지배나 복수는 현실을 구체적으로 지배하지 않고 이념적으로 지배한다는 점에서 대상이 되는 현실에 대해서 어떤 구속이나 피해를 주지 않는다는 것이고, 또 한 가지는 글쓰는 사람은 숙명적인 이상주의자라는 점에서 어떤 이념을 창출해낼 때 그 이념의 세계가 현실화하는 순간에 그는 거기에 머무르지 못하고 다시 새로운 이념의 문을 향해 자기 성과를 뒤로하고 떠나가야 한다는 점에서 역시 현실적으로 지배를 하지 않게 된다는 것이지요. 그러면 독자는 작가에게 복수당하기 위해서, 지배당하기 위해서 소설을 읽는 것이냐…… 그럴 이유는 없지요. 작가 쪽에서는 독자의 삶에 기여가 될 수 있는 어떤 지배 수단을 찾아야 되는데, 그 유일한 수단이 자유라는 지배 수단입니다. 그러니까 작가는 독자의 현실을 재배하되 그 지배의 유일한 방법이 자유니까, 그 자유를 확대시켜나가는 것이 곧 독자를 지배하고 자기 문학을 발전시켜나가는 것이 되지요. 그렇게 본다면 자유로써 독자를 지배한다는 것은, 독자 쪽에서나 작가 쪽에서나 바로 지배하고 지배당하는 것이 해방이 되는 것이지요. 거기에서 비로소 복수와 지배의 관계는 용서와 화해의 관계가 되고 나아가서는 사랑과 자유의 구조가 된다는 것입니다." (김치수,「이청준과의 대화」, 『신동아』 1981년 10월호)

이 육성은 누가 보아도 분명하지만 동시에 모호하다. "자기를 패배시킨 현실을 자기 이념의 질서로 거꾸로 지배해나가려는 강한 복수심" (『작가의 작은 손』, 열화당, 1978, 217쪽)에 글쓰기의 근거를 둔다고 했을 때 이청준의 그 '복수심' 은 3중성으로 무장되었다고 보지 않을 수 없는데, 이를 증명하는 사례의 가장 구체적인 것이 『당신들의 천국』이라 할 수 있다. 어째서 그러한가를 밝히는 것이 이 항목의 마지막 순서다.

「이청준과의 대화」에서 엿들은 작가의 육성이란, 일종의 일반론이어서 그 자체로는 별다른 논리적 모순이 없다. 소설을 통해 지배하기나 복수함이란 상상력 속의 것이기에 그 자체로서는 아무런 구속력이 없다는 점에서 자유일 터이며 지배당하는 쪽도 따지고 보면 소설 속의 가공상태의 일이어서 아무런 구속력이 없다. 복수(지배)가 용서(화해)이자 자유(사랑)라는 주장은 따라서 별다른 의미가 없는 한갓 일반론이라 할 것이다. 일면적이라 함은 이 때문이리라.

그러나 글쓰기의 내면에 치열하게 놓인 의식의 측면에서 보면 '복수성' 이 지닌 의미는 특별하고도 중요하다. 그것은 곧바로 독자와의 싸움을 가리킴이어서 앞의 일반론에 비하면 그야말로 구체성을 띠고 있다. 이청준의 독자로 향한 싸움의 초기 단계는 편지형식(「씌어지지 않은 자서전」「소문의 벽」「자서전들 쓰십시다」)이었고, 그 다음 단계가 소설형식이었다. 이 경우 소설형식이란 무엇인가. 『당신들의 천국』이 가장 근사치에 이른 답변이 아닐 수 없다. '독자와의 싸움' 에서 특히 그러하다.

"글로써 사람들을 만날 때 글쓰는 사람의 모습을 은밀히 잘 숨기고 있어야 유리한 싸움을 벌일 수 있으며, 그러므로 그 글쓰는 사람의 시선이 깊이 숨겨진 글일수록 독자와의 싸움에선 세련된 전술을 구사한 글이라 말할 수도 있으니까. 따라서 글쓰는 사람의 복수심과 지배욕이 강하면 강할수록 그의 얼굴과 시선은 더욱 음흉하게 숨어들게 마련이다." (『작가의 작은 손』, 218쪽) '작가의 얼굴과 시선이 독자 속으로 더욱 음흉하게 숨어들기란 무엇인가. 자기의 흔적을 눈치채지 못하게 은밀히 감추기, 그리고 그 완벽성을 향한 노력이 복수심의 강도에 비례한다고 했을 때 『당신들의 천국』이 그 해답이라면 이 작품의 등장인물 중 누가 가장 작가의 얼굴과 시선을 닮았는가. 이를 설명할 수 없을 만큼 『당신들의 천국』은 완벽한가, 또는 그렇지 못한가에 이 작품의 완성도가 걸려 있는 셈이다. 어떤 독자가 미감아임을 은밀히 감춘 문제의 인물인 보건과장 이상욱을 작가의 얼굴에 가까운 인물로 짐작했다면 그것은 작가의 실패로 간주될 수밖에 없다.

'지배' 와 '복수' 가 지닌 제3의 의미층이란 무엇인가. 일반론으로서의 그것도 아님은 물론, '독자와의 싸움' 으로서의 그것도 아닌 자리가 이 작가에겐 보이지 않은 은밀한 곳에 따로 있었다고 보는 것에 제3의 의미가 깃들여 있다. 이것은 하도 은밀한 것이어서, 작가의 육성이 미칠 수 없는 곳이 아닐 수 없다. '독자와의 싸움' 의 차원에서 벗어나 당대의 구체적 현실과의 싸움인 까닭이다. 이를 '이청준의 정치학' 이라 부를 것이다. 어째서 『당신들의 천국』에서 작가가 '권총' 을 그토록 큰 얼굴로 등장시켰으며, 또 그 '권총' 이 어째서 철저히 패배(두 가지 배신을 통해)했는가를 보여주어야 했던가. 이 물음 속에서 '이청준의 정치학' 이라 불리는 제3의 복수의 의미가 은밀히 잠겨 있으며, 그 소설적 발현이 『비화밀교』(1985)에서 빛났고, 『인간인』(1991), 『흰옷』(1994) 등으로 이어졌다.

11. 나이롱의사 조창원 작 『당신들의 천국』

지금까지 『당신들의 천국』을 작가 이청준의 창작이라는 시각에서 분석, 검토해왔기에 이 글은 그러므로 일종의 이청준의 시학에 해당된다. 그 핵심에 놓인 것은 '지배와 복종' 으로 요약되는 '정치의 시학' 이었다.

'지배와 복종'이 '자유와 사랑'에 은밀히 대응되었음도 이 이청준식 정치학이 지닌 형이상학적 관점이었다. 그러나 이것만으로는『당신들의 천국』이 지닌 문학적 힘을 모조리 설명할 수 없다. 이 사실은 작품이 지닌 초월성을 의미하는 것과는 구별될 성질의 것이다. 어떤 작품도 불규정개소(不規定個所)가 있다든가, 분석을 넘어서는 미지로 열려 있는 텍스트성을 안고 있음도 사실이나,『당신들의 천국』의 경우도 작품인 이상 응당 그렇지만 이와는 별도의 강렬한 힘이 이 작품을 뒷받침하고 있었던 것이다. 더욱 중요한 것은 작품에 개입된 모종의 작품 외적 힘의 강렬성 못지 않게 그 지속성이 작동하고 있었다는 사실이다. 이 보이지 않는 힘이 실상 이 작품의 남다른 특성을 이루어놓고 있었다. 사람들은 이 보이지 않는 힘의 작동을 두고 마치 그것 자체가 작품이 지닌 형이상학적 요소랄까 미학으로 착각해오고 있었던 것이다. 이 작품 외적 힘의 개입이란 무엇인가. 이 물음에 곧바로 나서는 것이 등신대의 의사 조창원이다. 다시 말해『당신들의 천국』은 세 종류의 텍스트(작품)가 있는데, 하나는 지금까지 논의해온 작가 이청준이 지은 창작이고, 다른 하나는 사회부 기자 이규태의『소록도의 반란』(1966)이며, 의사 조창원의『허허, 나이롱의사 외길도 제길인걸요』(1998)가 또다른 하나다. 위의 둘이 의사 조창원을 모델로 했던 만큼『당신들의 천국』과『소록도의 반란』이 함께 묶일 수 있는 이차적 층위에 속하는 산물이라면, 후자는 단연 상상력의 원천인 현실적 층위가 아닐 수 없다. 이 현실적 층위가 지닌 잠재력의 변화 발전의 중요성은 따로 있었는데,『당신들의 천국』을 이 잠재력이 끊임없이 감시하고 수정하고 제한하는 힘으로 지금까지, 또 앞으로도 작동하고 있다는 사실에서 말미암는다.

"벌써 20여 년 전 일이다. 이청준이라는 젊은 소설가가 조선일보 이규태 기자의 소개편지를 가지고 소록도로 나를 찾아왔다."(『허허, 나이롱의사 외길도 제길인걸요』, 명경, 126쪽)

의사 조창원이 현역 대령으로 소록도 원장으로 온 것이 1961년 9월이었으니까 이청준이 찾아갔을 때는, 조창원이 쫓겨났다가 다시 부임해 온 1970년 3월 이후였다. 따라서 조창원이 『당신들의 천국』을 다음처럼 읽었음은 자연스럽다.

"이청준씨는 소록도가 우리들 쪽 나환자들의 땅이 못 되고 제3자인 '당신들'의 땅이 되었다고 생각한 것이다. 그 생각은 바로 오마도의 핵심이었다. 소설가답게 그는 명쾌하게 핵심을 찔렀고 그 동안 소록도에서 있었던 미담들조차도 보도하기를 꺼려하던 사회풍조를 거부하고 문둥이 이야기를 만들어 세상에 알려주었던 것이었다. 나는 지금도 이청준씨의 노고와 용기에 깊이 감사한다." (128~129쪽)

뿐만 아니라 나이롱의사 조창원의 이 회고록에는 『당신들의 천국』 속에 나오는 중요 인물로서 바다에 투신자살을 기도한 미모의 처녀 환자 등의 갖가지 인물 및 사건들이 그대로 들어 있어, 작가 이청준의 상상력을 제한, 증폭시켜놓았음이 엿보인다. 『당신들의 천국』이 갈 데 없는 모델소설임을 증명하고 있다. 이에 대해 작가 이청준이 응당 대답할 차례가 온 것이다. 이 응답이야말로 『당신들의 천국』이 지닌 힘의 근거에 해당되는 결정적 대목이다.

"하지만 생각해보면 그 소설은 그것으로 다 끝이 맺어진 게 아니었습니다. 섬은 소설 속으로 사라져 들어가버릴 수 없는 실재의 현실이었고, 원장님 역시 계속해서 그 섬의 현실과 삶을 함께해가야 할 현실 속의 인물이셨으니까요. 살아 있는 모델로서의 조창원 원장님의 삶은 소설 이후에도 계속 소설 밖에서 작중의 주인공 조백헌 원장의 삶과 운명을 현실적으로 좌우하고 증거해 보여야 할 처지에 남아 계셨고, 원장님의 성공과 실패는 바로 작중 주인공 조백헌 원장의 최종적 성패의 가시적 현실 증거로 읽혀질 수밖에 없는 형편이었으니까요. 그런 뜻에서 제 소설이나 주인공 조백헌 원장의 운명은 아직도 미완의 상태인 채, 그 마지막 완성은 현실의 조 원장님께로 책임이 넘겨진 셈이었지요. 그래 원장님은 여전히 끝나지 않은 소설의 살아 있는 모델로서 작중 주인공에 대해 희생적 순교자와 독선적 군림자 간의 미결성 시험 인물로 남으실 수밖에 없었고, 저 또한 그런 원장님의 삶의 행로와 뒷날의 섬의 운명에 계속적인 관심을 기울일 수밖에 없었던 것입니다.

원장님의 삶이 제 소설의 뒤를 이어 쓰고 계셨다고 할까요. 그리고 저는 이 20여 년 동안 계속 원장님의 속편을 읽어온 셈이구요. 그것이 어떤 것이었는지 이번에는 제가 거꾸로 원장님께 그걸 말씀드려볼까요?"(이청준, 「살아 있는 주인공 조창원 원장님께」, 『이청준 깊이 읽기』, 문학과지성사, 364쪽)

소설 『당신들의 천국』이란 이처럼 완결된 것이 아니라 열린 작품이었다. 조창원이 계속 『당신들의 천국』 속편을 쓰고 있었던 까닭이다. 나이롱의사라 자처하는 조창원은 어떤 방식으로 아직도 작가 이청준이 쓰다만 『당신들의 천국』을 완성해가고 있었던가.

조창원이 세번째로 신 모씨의 모함으로 소록도에서 쫓겨난 것은 1974년이었다. 공장 의무실을 전전한 그는 강릉 성모병원의 봉사활동을 거쳐 근로복지공사 장성병원 규폐센터 소장 및 원장에 취임했고, 정년(1990) 퇴직 이래 현재(1998)까지 대전 유성 선(宣) 병원장으로 진폐환자를 돌보고 있다. 이러한 삶은 그의 고유한 삶이자 이청준의 처지에서 보면 소설 속의 주인공 조백헌 대령의 고유한 삶이 아닐 수 없다. 이는 허구인 조백헌의 살아 있는 모델로서 그의 뒷날의 삶에 '훌륭하게 살아 보임'이 아닐 수 없다. 이로써 조창원은 그 이후의 섬의 운명과 허구적 주인공 조백헌과 소설의 운명을 다 함께 성스럽게 완결짓고 있었던 것이다.

소설 『당신들의 천국』의 자립적 근거가 바로 여기에서 말미암기에 이 대목은 거듭 강조할 필요가 있다. 곧 허구가 지닌 강렬한 생명력이란 이처럼 현실적 삶으로 뒷받침됨으로써 비로소 발휘될 수 있다는 사실이다. 『당신들의 천국』이 놓인 이러한 상황이야말로 단순한 모델소설의 범주를 뛰어넘은 이 작품만이 지닌 생명적 불변성의 근거다.

여기까지 이르면, 그러니까 조백헌의 그 뒤 삶까지 살아버린 나이롱의사 조창원에 대해 작가 이청준은 책임을 져야 하는 일이 발생했을 터다. 『당신들의 천국』에서 작가는 권총을 찬 조백헌 원장을 소설상에서 '시험' 하고 있었던 점이 그것이다. 20여 년이 지난 이 시점에서 작가 이청준이 나이롱의사 조창원에 대해 사과하는 다음 장면은 '희귀한 아름다움의 고백록' 의 하나가 아니면 안 된다.

"제가 지금 감히 이렇게 말씀드릴 수 있는 것은 이후 서울의 신림동과 인천 지역, 강원도 탄광촌과 대전 유성의 선(宣) 병원 등지에서 또다른 나환자들과 그에 못지 않은 어려운 처지의 빈자들, 깊은 절망의 수렁에 빠진 진폐증 환자들을 위해 원장님께서 베풀어오신 한결같은 사랑의 인술과 성자적 희생의 과정을 멀리서나마 끊임없이 지켜보아왔기 때문입니다. 특히나 근자엔 유성 선 병원에서 이미 고희를 넘기신 고령으로 온 나라 방방곡곡에서 찾아든 수많은 중환들과 노년의 고락을 함께하고 계신 원장님의 자비행 앞에 지난날 제 소설 속에 조백헌 원장의 지나친 사명감과 과격성을 들어 그의 독선적 군림의 위험성을 시험하려 했던 제 작의의 일면이 부질없고 부끄러워지기까지 했습니다. 이를테면 전 그런 식으로 작중의 조백헌 원장을 낙원 건설 과정상의 총체적 문제 인물로 제시한 데 그쳤다면, 원장님은 그의 살아 있는 모델로서 소설 밖에서 원장님 자신의 뒷날의 삶으로 그 해답을 마련하고, 미완으로 남겨진 그의 운명과 소설의 참 결말을 힘 있게 완성해 보이신 셈이지요. 그리고 그런 뜻에서 작중의 조백헌 원장은 저와 원장님이 함께 빚어 완성해낸 우리 두 사람의 공동의 분신이기도 하구요. 소설을 쓴 제게 그보다 더 고마움과 보람이 있을 수 있겠습니까."(365~366쪽)

12. 세 가지 『당신들의 천국』

'대학 신입생들은 어떤 소설에 흥미를 가졌는가?' 라는 물음을 이 글

머리에서 내세웠거니와 이제 그 해답의 실마리가 조금은 드러났으리라 고 믿는다. 『당신들의 천국』이 소설이자 소설 이상이었음이 그 해답일 수 있다.

당초 『당신들의 천국』은 세 편의 작품으로 이루어져 있었다. 첫번째 작품이 이규태 작 『소록도의 반란』이었다면 두번째 작품은 소설 『당신들의 천국』이었다. 이 둘은 어디까지나 그 모델인 의사 조창원에 의해 열려 있는 텍스트였다. 텍스트란 완결을 거부하는 공간적 개념이다. 이 텍스트를 완결시켜 앞과 뒤, 그리고 중간이 있는 완결체로 이루어냈을 때 이를 두고 '작품'이라 부른다. 나이롱의사 조창원의 『허허, 나이롱의사 외길도 제길인걸요』가 이에 해당되는 것일까.

이 물음은 아직도 미정형으로 남겨둠이 바람직하다. 이 점은 텍스트로 남겨둠이 소설 『당신들의 천국』의 또다른 활력으로 요망됨과 관련된다. 이 사실은 조창원이 아직도 건재하고 있음과 관련되기도 하지만 물론 그 이상의 의미도 내포하고 있다. 제2, 제3의 조창원이 있어 이 땅에 빛을 던지고 있다고 믿는 사람이라면 응당 그렇게 생각할 것이다.

이제 결론을 맺을 때가 왔다. '대학 신입생들은 어떤 소설에 흥미를 가졌는가?'에 대한 해답이 그것이다. 좋은 소설에 흥미를 갖는다는 것. 좋은 소설이란 새삼 무엇인가. 적어도 세 가지 이상의 텍스트를 갖는 소설이 그것이라는 것. 누군가에 의해 완결되어야 하는 열려 있는 텍스트라야 한다는 것. 이 점에서 『당신들의 천국』이 그들 앞에 빛나고 있었다. 다만 그들은 아직 젊은지라 이 사실을 직시하지 못하고 한갓 관념성으로 받아들이고 있을 따름으로 내겐 보였다.

모란꽃 무늬와 물빛 무늬

—전(傳) 형식으로서의 소설 미달 또는 소설 초월의 이문구 문학

1. '수필' 의 불가피성

작가 이문구씨의 뿌리는 『관촌수필』(1977)이다. 그것은 유별난 글쓰기의 전략이다. 뿌리의 글쓰기이자 전략의 글쓰기인, 1972년에서 1977년에 걸쳐 단속적으로 발표된 이 연작소설집은 고전적이기도 하다. 「일락서산(日落西山)」「화무십일(花無十日)」「행운유수(行雲流水)」「녹수청산(綠水青山)」「공산토월(空山吐月)」「관산추정(關山芻丁)」「여요주서(輿謠註序)」「월곡후야(月谷後夜)」 등 여덟 편의 연작들의 제목이 큰 제목 『관촌수필』과 쌍을 이루고 있기 때문이다.

'관촌' 이란 무엇인가. 소설에 따르면 충남 대천읍(大川邑) 대천리(大川理) 387번지, 작가 이씨의 생가가 있는 마을을 가리킴이다. 대천을 '한내' 라 읽는 것은 대전(大田)의 본디말이 '한밭' 이었음과 같다. 관촌이란 그러니까 한내읍 머리맡이기도 한 한 갈머리를 가리킴인 것. 작가 이씨

가 태어나 18년간 살았던 이 마을 이름을 유독 '冠村' 이라 부르고 또 표기함에는 토정 이지함의 후손인 한산 이씨 명맥을 깃발처럼 내세우며 칠십 생애를 살다 간 이씨 가문의 수장 조부를 알게 모르게 의식함에 관여되어 있거니와, 이 사실의 중요성은, 이것이 작가 이씨의 글쓰기의 방법론과 분리되지 않음에서 찾아진다. 굳이 도식화하자면 '자연(한내)' 과 '문명(대천)', '토착' 과 '유학(儒學)' 에다 글쓰기의 기본항을 설정한 형국이다.

자연 또는 토착이 한내로 표상되었다면 이와 맞선 문명의 표상인 유학이 오랜 세월 속에서 마침내 토착과 융합되었을 때 전개된 세계의 명칭이 '관촌' 이었고, 조부란 이에 대한 한 가지 명칭에 다름아니었다. 이 조화로운 세계 속에 유년기를 보낸 소년에게 있어 그것은 목가적 황금시대가 아닐 수 없다. 그러나 이 조화로운 세계에 근대라는 또다른 문명이 진입해왔을 때는 어떻게 될까. 근대가 한내마을 이씨 가문의 조화로운 세계의 대타의식화(對他意識化)로 등장했을 때, 이씨의 조부는 어떤 존재로 변질되지 않으면 안 되었을까.

이 물음에 대해 작가 이씨의 의식은 어떤 의미에서 상당히 불투명하다. 근대란 무엇이겠는가. 큰 의미에서 그것이 마르크스주의임은 새삼 말할 것도 없거니와, 이 시선에서 바라볼 때, 조부로 표상되는 '조화로운 세계' 란, 토착(자연)으로 전락되어 근대를 향해 격렬한 대항의식으로 작동하여 마땅하다. 매우 기묘하게도 『관촌수필』에선 그러한 적대관계랄까 대응의식이 전무함은 웬 까닭이며 또 이것이 무엇을 뜻하는 것일까. 이 물음에 막바로 나오는 대답이 결여형태(缺如形態)로서의 부(父)의 존재다. 근대(마르크시즘)로서의 부개념항(項)이 결여형태임은 그것이 내면화되었음을 가리킴인 것. 토착항과 대결을 거쳐야 그 대결항이 비로소 조화를 이룰 터인데, 대결을 이루기도 전에 그것이 결여형태로 내면화될 때, 자연(토착)은 제 구실을 할 수 없어, 서서히 대결해야 할 대결항을 갈망하는 자세를 취하기에 이른다. 먼저 대결항을 만들어놓은 다음에 이와 대결해야 함이 바른 순서이기 때문이다. 이 결과는 과연 어떻게 되었을까. 그것은 대결항인 근대를 한없이 그리워하기에 다름아니며 이 심리적 메케니즘이 이른 곳은, 당연히도 토착(자연)에서 한 발자국도 벗어나지 못함의 경지다. '한 갈머리' 가 '관촌부락' 으로 되지 않을 수 없는 논리적 귀결에 이르는 것도, 또 '소설' 이 아니라 '수필' 이라 이름 붙여진 것도 이런 문맥에서다. 소설이란, 그러니까 근대소설이란 무엇보다 자연(토착)과 근대의 치열한 대결의 산물임을 염두에 둔다면, 소설 미달이거나 소설 초월의 사태를 가리키는 명칭은 '수필 '일 수밖에 없다. 조부로 표상되는 세계가 토착 · 자연임을 깃발처럼 내세우기를 두고 근대를 토착으로 위장하려는 글쓰기의 전략이라 보는 것도 이런 문맥에서다.

이 전략의 특이성은 문체에서 비로소 달성되었는데, 전략의 생리화가 그것이다.

자연(토착)의 대타의식화인 근대(마르크스주의)를 자연화하기로 정리될 수 있는 이 전략의 수행이란, 근대가 갖고 있는 견고한 논리(변증법)를 자연으로 치환하는 방식에 다름아니었다. 이성으로 세계를 바람직한 방향으로 바꿀 수 있고, 또 바꾸어야 한다는 이 결정론적 진보주의 사관에 맞설 수 있는 것이 과연 있었던가. 세계를 바꾸기에 앞서 그것의 바른 해석이 요망되었을 때 마르크스주의만큼 전면적이자 과학적인 인식의 틀이 달리 있었던가. 자본주의 및 제국주의의 첨예한 수탈 속에서 허덕인 한국의 근대사에서의 구원의 길이 마르크스주의 운동밖에 또다른 것이 있었을까. 넥타이 매고, 구두 신고, 기차를 타지 않고도 살아갈 방도가 있었던가. 주인 · 노예의 변증법의 고리를 끊는 방도가 과연 따로 있다고 믿었던가. 이런 물음에 알게 모르게, 그리고 은밀히 대응되는 글쓰기가 근대소설이다. 근대를 자연화하기의 전략이란, 그러니까 소설을 '이야기' 의 범주로 끌어내리는 길이 아니면 안 되었다. 소설이 지닌 자아와 세계의 대립성을 무화시키는 방도가 이로써 어느 수준에서 가능해질 수 있었다.

"우연히 되잖은 글줄이나 쓰게 됐다고 내가 이제 와 복산의 월단(月旦)을 함부로 논할 수 있을까. (……) 비록 몽당붓일지언정 그런 대로 제법 낙필(落筆)하여 주어진 내 몫의 삶이라도 떳떳하게 지탱해왔다면 가능한 일일지도 모른다. 그러나 나는 현실에 투생(偸生)하여 이 오죽잖은 생활이나마도 누릴 수 있기를 도모하였고, 애초부터 사문(斯文)을 따르지 못하여 나이 넉 질〔四秩〕이 다 되도록 구이지학(口耳之學)으로 활계(活計)함에 그쳤으니, 얼굴은 들 수 있어도 뒤통수 부끄러워 못 다닐 지경에 이르지 않았던가." (『관촌수필』, 문학과지성사, 1977, 291쪽)

'월단(인물평)' '투생(삶을 훔침)' '사문(주자학)' '넉 질(한 질이 책 열 권 안팎이니까 곧 40 전후를 가리킴)' '구이지학(몸으로 익혀 배움)' '활계(살아갈 방도)' 등의 도입이란 무엇인가. 근대적 논리인 소설을 이야기로 이끌어내리기의 방식이란, 이처럼 역설적 상태로 전개된다. 한내와 '관촌'의 대응과 꼭 같은 방식으로 자연과 근대가 대응관계에 놓이게 되었을 때 발생하는 보이지 않는 긴장력을 창출해내기로 이 사정이 정리될 수 있다. 다시 말해, 그것은 근대를 자연 속에 내포시킴으로써 근대 자체를 자연화하기의 전략이다. 근대를 자연화함이란, 그러니까 마르크스주의를 배제하지 않고 내면화하는 한 가지 방도이자 동시에 소설을 이야기 범주에서 구출해내는 길 그것이기도 하였다.

이야기체 속에서 소설체를 내포시키는 글쓰기의 방식, 이를 일러 '수필'이라 부르게 한 것은 1970년대를 짓누른 역사의 압력이었다. 근대를 생리화하는 글쓰기의 길이 이로써 그 지평을 열어 보일 수 있었는데, 다음 두 가지 사실에서 그 지평이 확실성을 갖춘 것임에 주목할 것이다. 작가 이씨의 뿌리라는 점이 그 하나라면, 다른 하나는, 그것이 고전적이라는 사실이다. '수필'이란 새삼 무엇인가. 이야기체(體) 속에 소설체를 내포시킨 글쓰기의 형식이 '수필'이다. 그럼에도 주인 · 노예 변증법이 내포된 글쓰기임에는 변함이 없다. 이야기체를 육체로 삼고, 소설체를 두뇌로 삼았기에 이문구스런 독창적 글쓰기가 아닐 수 없다. 두뇌가 육체를 지배하는 글쓰기이기에 고전적이지 않으면 안 되는 그런 글쓰기이기도 했다. 마사(馬史), 곧 사마천의 『사기』에 닿아 있는 두뇌이기에 부계(父系)의 글쓰기가 아닐 수 없다. '낙필' 이라 불린 잡스럽고 수필스런 표정의 지평 저 너머에서 샛별이 지켜보고 있는 글쓰기이기에 '낙필' 은 표정이 견고한 소설체, 곧 '마사' 의 글쓰기로 금세 환원될 수조차 있었다.

2. '전(傳)' 형식의 발견

'낙필(장난삼아 쓰는 글)' 또는 '희서(戱書)' 와 사마천의 『사기』와의 대응에서 비롯되는 『관촌수필』의 아이러니컬한 이중성이 첨예한 양상을 드러내는 것은 이 연작 중 다섯번째인 「공산토월」이다.

'빈 산에 달 뜨기' 로 풀이되는 이 제목은 문자 그대로, 보잘것없고 내력조차 없는 빈 곳에서 한밤중을 훤히 밝히는 달덩이가 솟아오름, 곧 어둠을 밀어내며 세상을 밝히는 아들, 아비 인물들을 가리킴인 것. 빈 산에 떠오른 달이란 대체 누구인가. 작가는 이 물음에 여간 뜸을 들이고 있지 않다. 작가 이씨가 말머리를 아끼는 방식은 특이하다. '역시 객담이지만……' 이라고 말머리를 삼음에서 조금씩 드러난다. 이 객담의 분량이 크고, 말솜씨가 은근하고 뒤틀리고 복잡하게 되어 있음은 객담을 넘어선 '본담' 의 중요성에 엄밀히 대응된다. 이를 이 작품의 (A)층위라 부른다면, '본담' 에 해당되는 (B)층위란 무엇인가.

"그것은 자기 자신이 희생되더라도 이웃과 남을 위해 몸을 버릴 수 있었던, 진실로 어질고 갸륵한 하나의 구원한 인간상이 내 정신 속에 굳게 자리잡고 있기 때문인지도 모를 일인 것이다."(192쪽)

그는 누구이며 '나' 란 누구인가. 먼저 '나' 에 주목할 것이다. (A)층위에서 '나' 는 작가 이문구다. 청진동 『한국문학』 편집실에서 몽당칫솔 하나를 뒷주머니에 넣은 채 먹고 자고 하던 편집인 이문구임을 깃발처럼 내세우기 위해 「강아지풀」의 시인 박용래를 실명 그대로 등장시켰을 뿐 아니라 대낮부터 함께 벌겋게 취해 있지 않았던가. '나' 를 분명히 하기란 무엇인가. '그' 를 분명히 하기 위한 예비잔치에 다름아니라면 '그' 는 누구인가. 이름은 신현석(申鉉石), 향년 37세. 살아 있다면 올해(1977년 현재) 48세. 별명은 석공(石公). '나' 가 누구인가를 가장 분명히 드러냄에 비례하여 '그' 를 드러내겠다는 글쓰기의 전략인 이 작품에서 분명해지는 것은 '그' 의 우상화다.

신현석이란 누구인가. 그의 일대기를 줄줄이 엮어내는 이 작품은, 그러니까 형식상으로는 고래로 글쓰기의 한 전형인 '전(傳)' 에 해당된다. 사마천의 『사기』 '열전' 이 그 표준형이며 이에 이어져 씌어진 것이 우리의 『삼국사기』 '열전' 임은 천하가 아는 일. '열전' 의 형식이란 그러니까 『사기』가 표준이다. 평전의 형식이기에 열전에 등재된 인물상이란 인간성의 한 가지 특징, 가령 용(勇) · 지(知) · 우(愚) · 악(惡) · 의(義) · 추(醜) 등의 대표성을 유형적으로 드러내는 글쓰기 형식이었다. 일정하고도 엄격한 평가가 전제되었음은 이런 연유에서다.

이 '전(傳)' 형식이 다른 한편으로는 『사기』의 권위를 업은 채 한 인간의 일대기를 그리되, 우상화하는 방식으로 변질되어갔음도 숨길 수 없는 사실이었다. 이를 전형성의 세속화(世俗化)라 부를 것이다. 별 대단치도 않은 조상들 치레를 위해 편집된 조선조의 무수한 문집(文集)류에 붙여진 평전이 이 범주에 드는 한 가지 전형이다. 그렇다면 「춘향전」을 위시한 전자(傳字)류의 고대소설(이야기)은 어떠한 글쓰기일까. 「유충렬전」이 충절을, 「춘향전」이 사랑을 유형화하듯 이 허구적 형식 역시 '전' 형식에서 벗어나지 못했다. 조선조 문집들이 보여주는, 실존인물전 · 탁전(托傳) · 가전(假傳) · 가전(家傳) · 사전(私傳) 등의 개념과 그것이 소설 형식과 맺고 있는 이동점(異同点)에 관해서는 학계에서 아직도 쟁점을 남겨두고 있음도 사실이다. 과연 '전' 이 소설의 일종이냐, '전' 자체의 특성이란 무엇인가. 그 이동점에서 소설로의 이행의 가능성이 확인되는

것도 사실이다.(박희병, 『조선후기 전의 소설적 성향 연구』, 대동문화연구소, 1993 참조)

「공산토월」이 어째서 '전' 형식으로 되지 않으면 안 되었으며, 어째서 '수필'이라 외치지 않으면 안 되었으며, 또 어째서 이런 일들이 '고전적'인가 하는 물음도 이로써 조금은 설명된다. 신현석의 일대기를 '전' 형식으로 쓰겠다는 것, 그러니까 인간성의 가장 소중한 것 중의 하나인 어떤 '덕목'을 신현석을 통해 보여주겠다는 것이 그것. 여기에는 소설 형식을 물리치고 조선조 유생들의 문집(文集) 속의 '전(傳)' 형식으로의 편향성이 뚜렷하다. 그 인간상은 가히 성자(聖者)의 그것에 다름아니다. 일찍이 프랑스 레지스탕스의 일원이자 시인인 루이 아라공(L. Aragon)은 『공산주의적 인간』(1948)에서 이 성자개념을 내세운 바 있다. 남을 위해 서슴없이 자기희생으로 나아가는 레지스탕스의 인간상에서 이 시인은 체험적으로 이 성자개념을 얻어내고 있었다. 신현석의 경우도 이와 흡사하다. 2남 2녀 가운데 맏이로 태어난 신현석은 소학교 외엔 신식 교육의 근처도 못 간 가난한 농군의 자식으로, 이문구씨의 이웃에 살았다. 한산 이씨로, 또 유생으로 매우 지체 높은 이문구씨의 조부와는 감히 얼굴도 마주칠 수 없을 만큼의 하층민급 출신이었다. 「공산토월」은 그런 신현석이 어떤 곡절로 해서 '나'의 조부 앞에 나타날 수 있었고, 심지어 하늘처럼 아득히 뵐 수조차 없던 '나'의 아비와 겸상까지 하였으며, 또 '나'의 아비를 위해 어떻게 성심껏 살다 갔는가를 그야말로 '전' 형식으로 그려내었다. 우상화 작업으로서의 형식에 온몸의 무게중심을 실었기에 붓이 일사천리로 내달을 수밖에 없었고, 따라서 자기도취형에서 한 발짝도 벗어날 수 없었다. 훗날 이문구씨는 가작 「유자소전(兪子小傳)」(1991)을 썼거니와 이 역시 '전' 형식에서 벗어난 것은 아니었다.

한내 마을의 청년 신현석이 어떤 인물임을 드러내는 글쓰기가 '전'의 세속화임은 새삼 말할 것도 없다. 우상숭배에서 한 발자국도 벗어나지 못했기에, 이는 여러 덕목의 균형감각을 유지한 『사기』의 법도에도 속하기 어려울 뿐더러, 무엇보다 근대의 산물인 소설 범주에 들기가 어렵다고 볼 것이다. 영웅숭배로 일관되는 이런 식의 글쓰기란 '권선징악'을 일삼는 고대소설(이야기 범주)의 전유물이 아니었던가. 인간성을 규정함에 어떤 유형화도 거부함에서 근대소설이 비롯됨은 삼척동자도 아는 일이다. 그럼에도 작가 이문구씨가 이 방식에 유독 매달렸음이란 웬 까닭이었을까. 이 물음에 결정적인 대답이 「공산토월」 장의 세번째 (C)층위가 지닌 의의에서 찾아진다.

(C)층위란 무엇인가. 작중화자인 '나(이문구)'에게 있어 (C)층위는 막바로 평생 지게만 지던 청년 신현석의 등짝에 '모란꽃 무늬'를 씌운 아비의 발견에 바쳐진 헌사의 형식에 다름아니었다.

신현석이 장가든 밤, 그의 마당에서 벌어진 그 밤에 일어난 일이란 무엇이었던가. 잔치 마당에 일곱 살짜리 '나'가 나가보니 거기엔 참으로 기묘한 일이 벌어져 있지 않았겠는가. '석탄백탄 타는데 ……'라는 노랫소리가 들렸고 사람들 틈으로 뵈는 것은 무엇이었던가. 주안상 가장자리를 두들겨가며 노래하는 사람은 코와 눈이 그렇게 크고 음성 또한 굵직한 신사. 아버지였다. 소년은 숨조차 제대로 쉴 수 없었는데, 난생 처음 대하는 아비의 기묘한 행적이었던 까닭이다. 그것은 실로 전무후무한 장면이 아니면 안 되었는데, 전무함이란, 30년을 함께 산 '나'의 모친에게까지 해당되는 것이었고, 후무함이란, 가족은 물론 그를 아는 세상 그 누구에게도 해당되는 것이었다. 6 · 25 이전에 그가 죽었음과 결코 무관하지 않은 이 '전무후무'함이란 구체적으로 무엇인가.

"나는 가슴이 벅차올라 숨조차 제대로 쉴 수가 없었다. 황홀하기도 하고 의심스럽기도 하여, 얼마를 두고 뚫어지게 바라보았으나 분명 아버지였다. 당신으로서는 도저히 있을 수 없는 일에 도취된 모습이기도 했다. 우선 석공네 울안에 들어왔다는 사실이 현실 같지 않았고, 노래를 하는 것도 사실일 수가 없으련만, 모든 것은 눈에 보인 그대로였다. 아버지는 안팎 동네 어느 누구네 집도 울안은 들어가본 적이 없는 터였다. 일가간인 한산 이씨네로서 노인을 모시는 집안, 그리고 당내간의 사랑이라면 더러 출입이 있었을 따름, 울안에 발들인 일이란 절대 없는 터였으니, 하물며 일갓집 행랑살이를 해온 상사람네 집이겠던가. 신 서방은 덩실덩실 춤을 추었고, 아버지 맞은편에 꿇어앉은 석공은 연방 싱글벙글 웃어가며 솟음솟음하는 신명을 어쩌지 못해 답답한 표정이었다. 아버지가 노래를 마치자 요란스런 박수 소리가 터져나오고, 신 서방이 두 무릎 꺾고 두 손에 술잔을 받쳐드니 석공은 주전자를 기울였다. 아버지가 술잔을 받아들자 신 서방은 일어서며 노래를 부르기 시작했는데, 아, 나는 그때 또 한번 크게 놀라고 말았다. 다시 한번 뜻하지 않은 일이 벌어졌음이니, 그것은 아버지가 일어서서 어깨춤을 추기 시작한 거였다." (209~210쪽)

우상숭배의 극치라고나 할까. 경이로움의 경지를 넘어 바야흐로 성스러운 장면이 신현석의 마당에서 펼쳐졌던 것이다. 일곱 살 소년은 이를 감당할 수 없었다. 아침에 일어났을 때 소년의 이불은 한강이었다. 오줌을 싼 것이었다. 부끄러워 일어날 수도 없었다. 마찬가지로 그날 밤 귀로의 아비도 외아들을 뒤에 거느린 채 한쪽 발목을 헛딛어 양말 한 짝이 마당가 우물 도랑물에 젖었던 것이다.

아비의 이날 밤의 행위가 어째서 그토록 충격적이었을까. '모두들 처음이며 아울러 마지막이겠음을 미루어볼 줄 알았기 때문' (211쪽)이라고 훗날의 작가는 썼다.

3. 체험에서 경험으로의 전환

6 · 25 전, 그러니까 작가 이문구씨가 일곱 살 나던 가을에 벌어진 아비의 기억이란 무엇인가. 물을 것도 없이 이씨의 글쓰기의 기원에 해당되는 아비의 기억은 그 자체가 막바로 글쓰기에 전용될 성질의 것이 아니다. 앞에서 살펴본 대로 '전' 형식에 지나지 않기 때문이다. 어떻게 해

서 이씨는 이 기억으로서의 '전' 형식을 소설 형식으로 전환해낼 수 있었을까. 이 물음 속에 작가 이문구씨의 방법론이 잠복되어 있다.

무엇보다 먼저 고찰되어야 할 점은, 일곱 살 소년의 기억 속에 있는 아비상이다. 한밤중 신현석의 잔치마당에서 본 '춤추는 아비상' 이란, 외아들인 소년에겐 충격 그 자체였다. 그 충격의 어떠함은 소년의 이불이 한강이 될 만큼의 오줌싸기에서 엿볼 수 있다. 아비의 '기억' 이란 이 경우 절대적임을 가리킴이어서 소년은 평생을 두고 이 기억에서 자유로울 수 없다. 물을 것도 없이 이 기억은 아비에 대한 기억의 총체를 가리킴이다. 소년의 아비에 대한 기억이란, 일상성 속의 조용한 아비상에서부터 경찰 · 형사에게 수없이 쫓기어 도망치는 아비, 그로 인한 온 집안의 처참한 분위기, 그리고 마침내 아비의 죽음까지의 일 등 모두가 포함되어 있다. 이 기억의 총체성에서 아들이 잊지 않고자 한 소중한 기억이 바로 '춤추는 아비상' 이었기에, 이 기억은, 아비상 전체를 대표하는 상으로 각인되었던 것이다. '춤추는 아비상' 하나를 아비에 대한 총체적 기억으로 삼고, 이것만을 절대성으로 고정시켜 마음속에 새겨넣었을 때, 그 결과란 어떻게 될 것인가. '춤추는 아비상' 만이 절대성으로 표상됨이란, 따지고 보면 '아비상' 의 총체성에 대한 절대성의 각인이 아닐 수 없다. 이를 아비상에 대한 '체험' 이라 부를 것이다.

'체험' 이란 무엇인가. 사람은 누구나 '경험' 을 떠날 수 없는 존재다. 경험을 통해 자기를 완성해가기 때문이다. 그런데 어떤 사람에게 있어서는 경험 중 일부가 특히 '귀중한 것' 으로 고정되어 그 뒤의 그 사람의 행동 전부를 지배하는 경우도 있다. 경험 속의 어떤 것이 과거적인 것인 채 현재에 그대로 살아서 작동되는 경우를 두고 '체험' 이라 부를 것이다.(모리 아리마사, 『경험과 사상』, 이와나미 서점, 1977 참조) 체험과 경험의 독특한 이러한 구별은 릴케에게서도 잘 드러나 있다.(『젊은 시인에게 보내는 편지』, 1929, 참조) 이에 비해 경험이란 끊임없이 새로운 것으로 변형되어 창조되어감이 원칙이다. 근본적으로 미래를 향한 인간 존재개체의 활동방식이 경험이라면, 체험이란, 경험이 과거의 어떤 특정한 시점에 응고되어 '변용을 완강히 거부하는 것' 으로 규정된다. 당연히도 체험에 집착하는 동안, 그는 미래로, 새로운 삶의 창조로 나아갈 수 없다. 아무리 깊고 굉장한 경험이라도 그것이 응고되어버리면 '체험' 의 차원으로 전락하여 과거형, 퇴행성으로 머물게 마련이다. '경험의 과거화' 라 함은 이런 문맥에서다. 가령 군에 갔다 온 청년들이 몇 번이나 전투의 기억을 되풀이한다든가 노인이 가족 앞에서 지난 특정한 기억 장면을 되풀이하는 것은 경험이 아니라 체험의 범주에 드는 것이다. 참된 경험이란 그러니까 이러한 체험을 부단히 경험으로 전화하는 노력의 산물이 아닐 수 없다. 그렇다면 체험을 경험으로 전환케 하는 방도는 무엇이었던가. 그 해답은 경험의 성격에서 저절로 나온다. 경험의 속성이 미래적 · 개방적이라면 그것은 끊임없이 새로운 사실들을 수용함을 가리킴이다. 끊임없이 일정한 정도의 사실과 현상을 도입함이란, 우연성의 개입을 전제로 한다. 불가지론적 요소가 도입되지 않으면 개방적이라 할 수 없다. 우연성의 개입, 불가지론적 요소의 수용으로써 비로소 경험이 미래적 · 개방적 성격을 획득한다면 이 불가지론적 요소란, 경험의 본질적 요소가 아닐 수 없다. 왜냐하면 그것이야말로 경험의 황폐화됨을 막아내는 직접성이기 때문이다.

여기까지 이르면 소년 이문구로 하여금 숨조차 쉴 수 없게 한 사건, 이불에다 한강만큼 오줌을 싸게 만든 그 경험적 사건이란, 과거적 한순간의 기억이며, 따라서 응고된 폐쇄적 기억으로서의 '체험' 에 지나지 않는다. 이 기억을 체험의 영역에 계속 가두어두는 한 그것은 응고되어 소년 이문구를 옴짝도 못 하게 만들기에 모자람이 없다. 하도 성스러운 너울을 쓴 존재였기에 그것을 뺀 어떠한 현세적 가치관도 즉시 무화될 수밖에 없는 그런 상태가 벌어진다. 이 지점에서 한 발짝만 앞으로 디디면 그 성스러운 존재 속에 소년 자신이 빠져들어 영영 헤어나지 못하는 상태, 곧 절대성의 늪이 아닐 수 없다. 종교나 몽환의 영분이 거기 입을 벌리고 있는 형국이다. 이문구 소년이 여기서 탈출하는 길을 모색하지 않으면 안 되었는데, 왜냐하면 자기의 인생을 몽땅 차압하려드는 아비상이기 때문이다. 이를 물리치는 방도의 모색은 이제 불가피하다. 그것은 문학적 사건에서 실마리가 주어진다.

「날개」의 작가 이상은 자기의 인생을 송두리째 차압하려드는 모조기독(模造基督)으로서의 아비상을 어떻게 초극하였던가. '분총(墳塚)에 계신 백골(白骨)까지 내게 혈청(血淸)의 원가상환(原價償還)을 강청(强請)하고 있다' (「문벌(門閥)」)고 선포함으로써 이상은 과거적 경험으로서의 아비상을 무화시킬 수 있었고, 그로써 나아가 「날개」(1936)를 쓸 수 있었다. 「날개」라든가 「오감도」(1934)가 작품 이전에 체험의 응고로부터의 필사적 도주라 함은 이런 의미가 아닐 수 없다. 13인의 아이란 공포에 질려 그 공포를 안고 막다른 골목을 향해 질주하는 형국이었다. 이 절대적 도주(절망)에서 마침내 길이 열렸는데 「날개」 「오감도」가 그 성과다. 그에겐 불패의 무기가 주어졌기에 이런 기적적 전환을 이룰 수 있었는데, 비유클리드기하학이 그것이다. 식민지 수탈을 위해 일제가 서울에 세운 경성고등공업학교에서 그가 배운 것은 유클리드기하학이었다. 그가 여기에 충실했음은 새삼 말할 것도 없는데, 동시에 그것은 이에 반역함이 아닐 수 없었다. 유클리드기하학이 정당하다면 비유클리드기하학도 정당하다는 사실이 그것. '평행선은 절대로 교차하지 않는다' 는 유클리드기하학의 제5공리와 '평행선은 어느 무한점에서 교차한다' 는 비유클리드기하학에 마주쳤을 때, 식민지 학생 이상은 늪에 빠진 형국이 아니었던가. 그는 이 늪을 돌파할 수 있는데, 체험으로서의 유클리드기하학(지상의 눈, 귀, 입으로 측량한 지식)을 경험으로서의 비유클리드기하학(관념성, 추상성)으로 초극하기가 그것.(졸저, 『이상문학텍스트연구』, 서울대출판부, 1998, 제3장 참조)

유클리드기하학이 구이지학(口耳之學)이라면 비유클리드기하학은 사문(斯文)이 아닐 수 없다. 체험의 영역에서 응고되는 유클리드기하학을 뛰어넘기 위해 고안해낸 필사적 방법론이 바로 비유클리드기하학적 글쓰기였다. 그것은 막바로 기호(記號)적 사유다. 관념적 사유로써 체험적 세계를 경험적 세계로 전환시키는 방법론이 기호적 사유였다. 「오감도」 2천 수를 일어(日語)로 쓴 것이 그 움직일 수 없는 증거다. 일어란, 이 경우 일본국가의 언어와 전혀 무관한 단순한 기호, 곧 인공어에 다름아니었다.

체험에서 경험으로의 전환이 경험의 성격이 지닌 개방성, 미래적 지향에서 필연적으로 개입되는 우연성, 불가지론성을 전제로 하는 것이라면 「오감도」의 작가에 있어 그것은 경성고등공업학교 건축과에서의 공부였고, 총독부 기사 노릇이었고, 다방 '제비'의 경영하기였고, 금홍이의 기둥서방 노릇이었고, 마침내 6개 국어 공부를 위한 제국의 수도행이었다. 이문구씨의 경우는 어떠했던가.

4. '전' 형식 속의 '모란꽃 무늬'

이 물음을 검토하기에 앞서, 이문구씨의 「날개」「오감도」를 문제삼는 것이 그 순서에 알맞다. 『관촌수필』이 작가 이문구씨의 「날개」이자 「오감도」임은 새삼 증명할 필요가 없다 해도 여기에는 다음과 같이 토를 달지 않으면 안 된다. 곧 『관촌수필』이란, 그 다섯번째인 「공산토월」 한 편을 위해 씌어졌음이 그것이다. 오줌을 한강처럼 싸버린 이문구 소년이 『관촌수필』을 쓰기까지의 과정이 「공산토월」에 집약되어 있다. 실상 『관촌수필』이란 「공산토월」을 위한 위장전술이자 들러리 세움에 지나지 않는다. 첫 장인 「일락서산」의 할아버지 이야기도 따지고 보면 부정확하다. 6·25 전에 소년 이문구가 '중2학년'이라 함이 그것이다. 실상 이문구 소년은 그때 초등학생이었을 터이다. 「공산토월」에서는 정확할 수밖에 없는데 일곱 살 나이였음이 그것이다. 그렇다면 필시 「공산토월」 속엔 체험이 경험으로 전환되는 핵심적인 과제가 잠복해 있을 것이다. 다음 장면이 그 지점이다.

"그 이튿날 해돋이 어름이 되자마자 석공(신현석)은 우리집에 인사를 왔었다. 그 틈에 나는 질척한 이부자리를 가동쳐 개어얹고 빠져나올 수 있었고, 할아버지께 석공이 큰절로 인사드릴 때, 그의 물색 공단조끼 등허리 한복판에서 무늬 널따란 모란꽃잎이 문창호 엷은 빗살에 윤기를 내뿜으며 빛나는 것도 보았다. 지게 멜빵밖엔 걸어본 적이 없던 그의 두 어깨였지만, 생전 처음 걸쳐진 비단조끼였음에도 조금치의 어색함이 없음을 나는 아울러 발견했던 것이다." (211~212쪽)

오줌을 한강처럼 싼 이문구 소년을 구출하여 새로운 경지를 발견케 한 것은 바로 신현석이었음이 위의 인용에서 선연하다. 그것은 '모란꽃' 으로 표상되며, 나아가 막바로 그것은 '모란꽃 무늬' 였다. '모란꽃 무늬' 로 표상됨이란 새삼 무엇인가. 그것은 응고되고 말 체험으로서의 아비상이 바야흐로 경험으로서의 아비상으로 전환되는 결정적 장면의 다른 명칭이 아닐 수 없다. 이 장면은 아무리 강조되어도 이문구 문학 해명엔 지나침이 없는데, 왜냐하면, '모란꽃 무늬' 가 헤겔 식으로 말해 체험으로서의 아비상(특수성)이 경험으로서의 아비상(보편성)으로 전환되는 거멀못의 표정인 까닭이다. 이 장면을 위해 그 들러리로 길고도 지루하고 복잡한 '수필' 을 썼다. '수필' 이 자기보호용의 방패이기에 앞서 방법론이 빚어낸 필연적 산물이라 보는 것은 이런 근거에서다. '수필' 이 그대로 '소설' 로 전용되는 유례 없는 현상도 이 방법론의 산물이 아닐 수 없다.

'모란꽃 무늬' 의 발견에 이르기까지란 무엇인가. 누누이 되풀이해온 바와 같이 그것은 체험의 경험화에 대한 이문구식 방법론이었다. 경험이 미래적 · 개방적이며 우연성, 불가지론성의 개입이 불가피함을 염두에 둔다면 이문구에게 있어 그것은 무엇인가. 우연성의 개입, 불가지론성의 개입이 무엇이었던가에 대해서는 이문구만이 이에 대해 대답할 수 있겠지만, 이것만으로 그 우연성의 해명이 전부 밝혀지는 것은 아니다. 사회적 · 객관적 조건으로서의 우연성이 문제될 수밖에 없는데, 그 체험 자체가 사회적 · 역사적 산물인 까닭이다. 작가 이문구씨는 훗날 이렇게 적었다.

"나는 작가가 됐으면 하기 이전부터 막연하게 '문학가'가 되는 것이 꿈이었다. 그것도 무슨 문학적인 포부가 있어서가 아니었다. 시를 쓰건 시조를 쓰건 또 무엇을 쓰건, 그저 '문학가'로서 이름만 나면 된다는 생각이었다. 내가 그런 꿈을 꾸게 된 데에는 어린 생각에도 말 못 할 이유가 한 가지 있었다. 중학교 2학년 여름이었다. 한번은 여러 문인의 글을 한 권에 모은 책에서 매우 고무적인 수필을 한 편 읽게 되었는데, 누가 누구 이야기를 쓴 것인지는 벌써 다 잊었지만, 그 수필의 뼈대인즉, 경북 지방의 한 시인이 난리 속에 부역을 했다가 검거되어 내일을 모르는 신세가 됐더니, 대구시 일원의 문인들이 일어나서 대통령에게 구명을 탄원하였고, 마침 경무대에 비서관으로 있던 이산(怡山 : 김광섭)이 적극 힘을 써주어, 결국 다 죽어가던 목숨이 쉽게 풀려나게 되었다는 내용이었다.

그렇구나. 문학가가 되면 죽은 목숨이 산 목숨으로 돌아서는 수도 있겠구나. 난리통에도 최소한 명색 없는 개죽음만은 면할 수가 있겠구나. 나도 앞으로 문학가만 되면 적어도 함부로 잡아다가 맘대로 죽이지는 않겠구나."(이문구, 『소리나는 쪽으로 돌아보다』, 열린세상, 1993, 92~93쪽)

살얼음판을 딛던 겁쟁이 소년 이문구가 서라벌예대에 입학하기, 우익의 두목격인 김동리를 스승으로 모시기, 월간 종합문예지 『한국문학』 편집인 되기, 그리고 소리나는 쪽으로 돌아보기 등등이란, 우연성의 수용, 불가지론성의 개입으로서의 경험적 성격에서 말미암았다. 그것은 개인 이문구로서도 설명할 수 없는 성질의 것, 곧 과거적 사실로서의 응고된 체험에서 벗어나 경험으로 나아가기 위한 필연성에 지나지 않는다. 그러나 참으로 중요한 것은, 이 체험에서 경험으로의 전환이 지닌 이문구다운 어려움의 밀도에 있다.

이 겁 많은 소년 이문구에게 있어 체험으로서의 아비상이란, 절대적일 수밖에 없었다는 사실이 그것이다. 『관촌수필』을 통틀어 가장 뚜렷이 떠오르는 것은, 3대에 걸친 '외아들'로서의 이문구 모습이다. 조부를 그린 「일락서산」에서도 조부의 일가붙이란 없고, 「공산토월」의 아비상에서도 아비는 오직 홀로 아비일 뿐 그 어떤 피붙이도 없다. 『관촌수필』 어느 곳에서도 유년기 관촌에 살던 친구인 만복이 복만이만 있을 뿐, 소년 이문구의 피붙이는 없다. 조부, 아비, 어미 그리고 하녀격인 옹점이가 가족의 전부였다. 3대에 걸치는 이 기막힌 외로움을 세속적으로 불러 3대독자라 할 것이다.(이 경우 실제 이문구씨 가계와는 관련 없다. 적어도 의식의 수준에서 『관촌수필』의 세계는 그렇게 되어 있다.) 고립무원, 절체절명, 살얼음판 딛기란, 이런 '외로움의 의식'을 가리킴이다. 이문구가 지닌 김동리로 표상되는 서라벌예대와 그에 이어지는 가부장제로의 지향성(intention-ality)이란, 따지고 보면 이 외로움의 극대치가 빚어낸 '조부=부=자기'에 대한 대응물이 아닐 수 없다. 이 극대치로서의 외로움이 글쓰기로 전환되는 곳에 이문구 문학의 본질이 놓여 있다. 그것은 어떤 것으로도 대체될 수 없는 절대성으로서의 글쓰기인데, 다른 선택의 여지가 없었던 까닭이다. 이래도 좋고 저래도 좋은 그때그때의 글쓰기와 이문구의 글쓰기가 근본적으로 구별되는 것은 이런 곡절에서 말미암는다. 이문구 문학의 치열성이랄까 절대성의 근거란 따지고 보면 이 3대에 걸친 '외로움'이 빚어낸 필연성에서 설명될 성질의 것이다.

이 외로움의 밀도로 말미암아, 체험에서 경험으로의 이문구식 전환은 그만큼 힘겹고도 난감한 아득함이었을 터이다. 성스러운 아비상에서 벗어나 신현석상으로 전환하기까지 무려 30여 년의 세월이 주어졌을 만큼 그것은 힘겨운 변신이었다. 「공산토월」이란, 그러니까 아비상의 신현석화 과정에 다름아니었다. 그 길고도 힘겨운 과정에서 비로소 조금 열린 세계가 '모란꽃 무늬'였다. '모란꽃 무늬'를 발견한 것은 일곱 살 소년 이문구가 아니라, 김동리의 제자이며 『한국문학』지 편집자이자 동시에 민중문학의 심부름꾼인 40대의 작가 이문구였다. '소리나는 쪽'에 귀기울이는 스스로를 '생리적'이라 부른 것도 이와 결코 무관하지 않다.

그렇다면 글쓰기 형식인 '전(傳)'은 어떠할까. 「공산토월」이 '전' 형식에서 벗어나지 않은 것은 그것이 '신현석전'임을 가리킴이자 동시에 '아비전'에 해당된다는 사실과 분리되지 않는다. 그것은 아직도 근대소설의 형식에의 미달이거나 초월에 다름아닌 상태다. '전' 형식이란, '모란꽃 무늬'의 발견에 혼신의 힘을 기울인 나머지, 작가적 에너지를 몽땅 소모한 이문구가 이른 한 '지점'이 아닐 수 없다. 이 '지점'에서 그는 이른바 근대소설 형식으로 나아갈 처지에 가까스로 놓여 있었다. 소설 형식 미달이거나 초월에 계속 머무는 한 그의 체험에서 경험으로의 전환의 혁명적 자기변신 사업은 미완성에 응고되겠기 때문에 그것은 필연적인 길이 아니면 안 되었다. 『관촌수필』이 안고 있는 최종적 과제가 바로 이 점에 있었다.

5. '수필'에서 연작체로

수필(체험)에서 소설(경험)로의 전환을 문제삼은 것이 『관촌수필』 여덟 편임을 지금껏 논의해왔거니와, 그렇다면 수필에서 연작체(소설)로의 이행이 생각대로 제대로 될 수 있었을까를 묻지 않을 수 없다. 이 물음은 이문구씨가 어째서 무려 4년에 걸쳐 '우리 동네' 시리즈(1977~1981)를 쓰지 않으면 안 되었는가를 해명하는 것으로 향하지 않을 수 없게 된다. 이유 있어, 박(朴)씨만 빠진, 김씨 · 황씨 · 최씨 등 아홉 명의 성씨만 가진 인물로 구성된 연작 '우리 동네'란 무엇인가.

먼저 지적될 것은 연작 '우리 동네'가 『관촌수필』과 그 뒤에 씌어질 '나무' 연작의 한가운데 놓인다는 점이다. 민족문학작가회의의 모체인 자유실천문인협회 실무간사로, 『한국문학』 편집장을 사임한 작가 이문구씨가 결혼을 하고(1976) 명색만인 한진출판사 편집장으로 있으면서 서울을 떠나 이사한 곳이 경기도 화성군 향남면 행정리 205번지, 이른바 발안 쇠면 마을이었다. 군사혁명 정부의 이른바 국보위(國保委)가 문인으로는 유일하게 이문구씨를 정치쇄신 특별법 해당자로 발표한 1980년까지 그는 3년 간 이곳에서 농사를 지었다. 그 경위에 대해서는 「우리 동네 시대」(『소리나는 쪽으로 돌아보다』 수록)에서 밝혀져 있긴 해도 그것은 한갓 후일담일 뿐 진짜 경위라 할 수 없다. 비록 그 자신이 농촌 출신이라 하나 뜨내기와 다름없는 이곳 삶이란 고추나 마늘 키우기가 아닌 글쓰기에 몰두함이었을 터이다. 방편으로서의 농사짓기, 그러니까 흉내내기 농사이었을 터이다.

(가) "내가 업으로 삼은 글짓기를 농사짓기에 비추어서 말한다면 나는 과연 어떤 농부라 할 수 있을 것인가. (……) 추세에 어두워서 호미를 놓지 못하고 지게를 벗지 못한 채 오로지 호락질로 지탱했을 따름이다. 뿐만 아니라 하잘것없는 농사나마 하고많은 날 느릿느릿 갈고 쉬엄쉬엄 가꾼데다 그마저도 잡곡이 거의라 추수도 애시당초 보잘것이 없고, 소출도 봄 가을에 늦되고 가을장마에 올되어서 쭉정이가 태반에 나머지는 검불이니, 먹잘것이 있을 것은 보나마나한 노릇이다." (『우리 동네』, '작가의 말', 『이문구 전집 7』, 솔, 1996)

'글농사'와 '밭농사'의 대비로 토로하고 있는 작가의 말은 물론 한갓 수사학이겠으나 또한 사실 자체로 받아들여서는 못쓴다는 이유도 발견하기 어렵다. 이 사실 자체로 받아들일 때 비로소 '우리 동네' 연작의 실체와 그 의의가 드러날 것이다. 어째서 그러한가를 밝히는 것은, 한편으로는 '우리 동네' 연작 자체의 해명이지만 동시에 이문구 문학의 본질로 육박하기 및 나아가 이 나라 근대소설의 존재방식에 관한 한 가지 물음에로 향하고 있음에 대한 해명이라 할 수 있다. '소설'이냐 '수필'이냐에 여전히 결착이 이루어지지 못한 형편이라는 것, 그 이유가 작가 이문구씨만의 고민사항이 아니라는 것, 다시 말해 근대소설의 초월이거나 미달일 수밖에 없는 이 나라 소설계에 대한 통렬한 반성에 알게 모르게 연작 '우리 동네'가 관여되어 있는 것처럼 보이기 때문이다.

글짓기와 농사짓기의 대비에서 드러나는 것으로 주목할 점은 농사짓기 자체가 원리적으로 수공업적이자 생명적이라는 사실이다. 거칠게 말해 공업화 및 상품성으로 말해지는 근대에 대응되는 산문 형식이 소설이다. '부르주아적 서사시' 라 헤겔이 규정한 것도, 선천적인 고향상실자의 고향회복의 형식이라고 루카치가 맞장구를 친 것도 이와 무관하지 않다. 공업화 사회로 진입한 시대를 근대라 통칭한다면(가토 슈이치, 『일본문학사서설(하)』, 치쿠마쇼호, 1999 참조) 농경사회란 그 자체로 제한적임을 가리킴인 것. 따라서 소출이라 해도 태반이 검불이거나 쭉정이가 아닐 수 없다. 설사 농부들이 나름대로 농산물도 상품임을 강조하며 농산물도 얼굴 있는 농산물을 선별, 포장해서 내놓아야 값이 나간다 주장하더라도, 작가의 말대로 '그것도 여름비가 알맞고 겨울눈이 넉넉하여 자랄 때 자라고 여물 때 여물은 것을 거두어들인 다음의 일' (작가의 말)인 만큼 반공을 국시로 하면서 총칼을 든 유신군사통치 아래에 숨도 쉴 수 없는 판에서의 농사짓기란 그 자체가 태반이 검불이거나 쭉정이가 아닐 수 없다. 농산물이 상품(공업)화될 수 없음의 이러한 이중성이 작가 이문구씨의 소설사적 의의지만 또하나의 조건인 이데올로기로서의 '아비상' 이 고유성으로 잠복해 있어 이 3중의 의의가 증폭하는 곳에서 생겨난 글쓰기가 '전' 형식을 띤 '수필' 형식이었다.

'전' 형식을 띤 수필에서 벗어나 한 단계 앞으로 나아감이란 무엇인가. 그것은 몽매에도 그리던 '소설' 로의 길이었을 터이다. 연작 '우리 동네' 가 '수필' 에서 벗어나고자 하는 작가 이문구씨의 필사적 도주행위라는 시선에서 바라보면 어떠할까. '전' 형식을 빌린 『관촌수필』로써 작가는 '수필' 형식을 이루어냈지만, 그것이 소설 초월이며 또한 미달임을 직감하고 있었을 터이다. 어떻게 하면 소설이 되어야 하는가. 작가가 발안 쇠면 마을로 스며들고, 그 낯선 동네를 '우리 동네' 라 우기면서 '수필 아닌 소설이 되라!' 고 무수히 외치고 있는 모습이 연작 '우리 동네' 속에 은밀히 배어 있기에 이 연작은 그러니까 '체험' 에서 '경험' 으로 열려 있는 공간이 아닐 수 없다. 체험에서 경험으로의 개방성이 그대로 '수필'에서 '소설'로의 이행에 대응되었던 것이다. 이 사실은 강조될 필요가 있는데, 작가 이문구의 개인적 사정에서 소설사적 전환의 실마리가 심어져 있는 것으로 보이기 때문이다.

이러한 의도와 노력에도 불구하고 작가는 다시 실패하게 마련이었는데 그 이유는 과연 무엇일까. 곧 연작 '우리 동네'가 '수필'의 영분에서 조금은 벗어났고 따라서 '전' 형식에서 한 발자국 앞으로 나아갔음은 사실일지 모르나, 여전히 소설 형식의 미달 혹은 초월이었음이 사실이라면, 이 사정은 어떻게 평가해야 적절할까. 작가 이씨의 역부족일까, 이 나라 1970년대가 지닌 특수성이 그 이유일까, 혹은 또다른 이유, 소설 장르 자체가 안고 있는 문제성에서 말미암은 것이었을까. 이런 물음들은 단연 문학사적이다.

이 나라의 문학사적 사건성이자 이문구의 특이성으로 규정되는, 소설 미달 또는 소설 초월로서의 연작 '우리 동네'란 과연 어떠한 표정을 짓고 있는가. 어떤 연유가 있어 박씨만 빠진(박씨 성을 가진 집권자에 대한 당국의 눈초리) 이 아홉 편의 연작 첫머리에 놓인 김씨의 묘사이자 연작 전체의 입구랄까 머리에 해당되는 주춧돌부터 보이면 다음과 같다.

(나) "전부터 묵힐 땅은 있어도 놀릴 터는 없다던 동네가 놀미라고 일렀으니, 사람 곯리느라고 그새 소나기 한 죽만 있었더라도 봄것 거둔 터에 뒷그루로 푸성가리를 부쳐, 벌써 여러 뭇 솎아 가용푼이나 해 썼을 거였다. 그러나 못자리 버무리며 무살미하기 앞서, 그나마 날포를 못 넘기며 긋던 가랑비만 서너 물 한 뒤, 보리누름 해서부터 입때껏 구름마저 드물었으니, 일 반찬 하게 열무라도 삐어본다고, 아무리 씨앗을 배게 부어도 푸서리 틈에 개똥참외 움 나듯 씨 서는 게 드물어, 아예 한갓지게 버림치로 돌려 묵정이 만들고, 그 위에 호랑이 새끼 쳐도 모르게 깃고 욱은 바랭이 개비름 따위나 베어다가 돼지 참 주는 집만 해도 여러 가구였다. 그럼에도 밭 놀리기를 남우세스러워하던 사람은 없었다. 버린 자리로 몰

라라 했다가 칠석물이라도 비치면 그때 가서 갈아엎고 김장이나 갈리라고 미뤄두었던 것이다.

'날이 워낙 이러닝께 흐르는 물두 밍근헌 게, 홀랑 벗구 뒤집어쓰면 때는 잘 밀리겄다.'

참이랍시고 불어터진 수제비 한 양재기만 호박잎 덮어 달랑 들고 온 아내가 물길 뚝셍이, 뺑쑥 덤불에 굴축스럽게 쭈그리고 앉아, 물을 빨아올리는 호스 끝에 허벅지를 감기고 나서 들으란 사람 없이 중얼거렸다.

'원체 논바닥에 들앉어서 게 좀 벅벅 닦구 가. 암만 더워두 슬 때는 문 닫구 쓰야 개운헌디, 나오기 전버텀 찐덕거리니 워디 쉰내 나서 허겄더라.'

젓가락 끝에서만 헤엄치는 멸치 서너 마리를 이리 돌리고 저리 떠다밀며 국물만 뒤적대던 서방이 덜미를 조이며 말했다.

'논물이 들어가두 상관 않구?'

아내는 고개를 저리 조아리며 볼때기로 웃었다.

'날이 가물면 사람두 가무니께 거기루 물 대면 더 좋지.'

'김승두(金升斗)는 먹고 난 것들을 거듬거려 접어놓으며 담배를 찾았다.'"(『우리 동네』, 15~16쪽)

초여름 가뭄으로 시달리는 마을의 청년 농부 김승두(金升斗)가 외상으로 200미터짜리 호스를 사서 양수기로 물을 퍼올리는 일면, 약간의 여유(아내와의 육담), 친구들과의 알력, 외부 사람과의 언쟁 등을 거쳐 꿈땜까지 하면서, 민방위 소집에까지 나가 하루를 마감하는 이야기가 연작 제1번이다. 이 민방위 소집 장정 속에 이 동네를 '우리 동네'라 부르는 작가 이문구씨가 끼어 있음은 새삼 말할 것도 없다. '우리' 면서 '우리' 일 수 없는 '거리감' 이야말로 그의 특이하고도 뒤엉킨 문체를 낳은 모체다. 이 뒤엉킨 문체가 가까스로 소설의 육체몫을 하고 있지만, 그것은 '공허함' 을 본질로 하고 있다. 당국의 요주의 인물로, 담당 순경이 고정배치되어 사사건건 감시당하고 있는 문제작가 이문구란 이 동네 사람들에겐 무엇이었던가. 이런 이질적 정치범에 속하는 지식인 중에도 유별난 지사급 인물로서 시방 이 동네에서 자의 반 타의 반으로 와 있는 작가 이문구란, 그 존재 자체가 '망명객'의 신분이 아니었던가. 이 고귀한 '망명객'이 민방위대원은 물론 자기들과 꼭 같은 복장 · 표정 · 행동을 하고 있음이란 새삼 무엇인가. 이 물음은 물론 일반적 비유법에 지나지 않는다. 수원 사람 열이 화성 사람 하나 못 당하고 화성 사람 열이 발안 사람 하나를 못 당한다는, 발안 사람만큼 짠 인종이 없다고 하는 것도 마찬가지. 인간이란, 구안자의 시선에서 보면 영악스럽고 슬기롭기는 어느 지역, 어떤 마을의 사람도 꼭 같은 법이다. 망명객의 경우도 사정은 꼭 같다. 세상살이에서 권력과 지배의 관계, 곧 정치적 감각에서 자유로운 경우란 없다. 그렇다면 무엇이 이 망명객으로 하여금 고향 관촌도 아닌 생판 낯선 이곳을 '우리'라 부르게 만들었던가. 이와 꼭 같은 물음이 이 발안 마을 농민에도 그대로 적용된다. 자의 반 타의 반으로 망명객으로 자처하며 고정순경(3년간, 10여 명이 넘었다)을 노상 달고 다니며 소설 나부랭이를 쓴다는 이 30대 중반도 넘어선 사내를 '우리' 속으로 편입시켜줄 수 있었던 진짜 곡절이란 무엇인가. 『관촌수필』 속에 그 정답이 들어 있어 놀랍다.

"이 마을의 주민이 된 첫해 1년 동안 나와 아내는 온 동네 사람의 구경거리 혹은 관찰 대상자였던 모양이었다. 동네 사람들은 이해할 수 없는 일이 많았다. (……) 그러나 모르는 일보다는 아는 일이 더 많았다. 내가 술을 먹어도 보통으로 먹는 술이 아니라는 것, 어디서나 두루춘풍에 무골호인처럼 물렁한 사람이라는 것, 담배와 커피에 인이 박인 사람이라는 것. 말수가 적고 숫기가 없으며, 생전 가도 노래하는 법을 못 보고 스포츠에 무관심이라는 것. 내외가 검소하여 모양낼 줄 모르며, 새우젓이고 개고기고 모든 음식을 가리지 않되, 입맛은 경기비렝이로 미각이 발달한 사람이라는 것, 부화장에서 나온 갓 깬 병아리를 백 마리씩 사다가 길러도 도중에 한 마리도 실패하지 않고 오롯이 기를 정도로 보기보다 찬찬한 성격이라는 것, 그리고 특히 농사가 직업인 사람 못지않게 농사일에

익숙하다는 것, 기타 생략."(『소리나는 쪽으로 돌아보다』, 103~104쪽)

작가 스스로 말해놓은 이 대목이 『관촌수필』의 핵심인 경험에서 왔다. 또 그것은 체험으로서의 『관촌수필』이 경험으로서의 『관촌수필』로 변모되었음을 가리킴이 아닐 수 없다. 이 장면에서의 『관촌수필』이란 새삼 무엇이었던가. 인간성으로서의 기품이랄까 품격의 근거인 성실성이 그 정답에 가깝다. 이 성실성은 물론 천성이겠으나, 굳이 토를 달자면 '모란꽃 무늬'로 비유될 수 있다. '모란꽃 무늬'로서의 아비상의 변모양상이란, 기실 따지고 보면 3대독자로서의 '외로움'과 결코 무관하지 않다. 수원 사람보다 짜다고 소문난 경기도 발안 사람이라고 해도 이 '모란꽃 무늬'를 등짝에 짊어진 순종 인간을 몰라볼 이치가 없었다. 그들이 지닌 성실성의 부분이 이문구의 '모란꽃 무늬'에 촉발되어 저마다 '모란꽃 무늬'화되어갈 수밖에 없었던 곳에 연작 '우리 동네'의 터전이 마련되었던 것으로 볼 것이다. 그렇더라도 어디까지나 터전으로서의 '모란꽃 무늬'인 것이다. 『관촌수필』이 경기 깍쟁이로 소문난 낯선 동네 발안으로 옮겨간 형국인 만큼 연작 '우리 동네'란 두 겹의 이중성으로 규정된다. '모란꽃 무늬'의 발안화가 그 한 겹이다. 이문구에게 있어서의 체험의 경험화가 이문구를 매개로 한 발안 사람의 체험의 경험화에로 이행되어감이 이에 해당된다면 또다른 이중화란 무엇인가. '관촌'과 '발안'의 겹쳐짐이 그것이다. 두 물줄기가 마주치는 곳, 그러니까 '두물머리(兩水里)'라 부르는 자리, 그것이 연작 '우리 동네'인 셈이다. 생어사장어사(生於斯長於斯)한 '관촌'이 놀던 물이라면, 그래서 그것이 추억(기억)이라면 낯선 물로서의 '발안'이란 '현실'이 아닐 수 없다.

'기억'과 '현실'이란 또 무엇인가. 이 물음은 이문구 문학을 울리는 리듬이자 멜로디가 아닐 수 없어 지속적인 강음부(强音符)가 찍혀져야 마땅하다. 응고된 체험으로서의 '춤추는 아비상'을 경험으로 변모시킨 것이 '신현석 평전'이었음은 앞에서 상세히 보아왔거니와, 그러니까 '전' 형식의 글쓰기가 『관촌수필』에서 말하는 '수필'이었거니와, 또 다르게 말해 소설 미달 및 그 초월이었거니와 연작 '우리 동네'는 또다른 방식의 체험의 경험화가 아닐 수 없다. '두물머리'라 함은 이런 문맥에 다름 아니거니와, 그렇다면 문제는 어디에 있는가. 이 물음이 이문구식 글쓰기의 결정적 대목이다.

6. 연작체의 '우리 동네' — 공허함의 미학

작가 이문구씨의 글쓰기의 출발점이 여덟 편으로 이루어진 『관촌수필』이었고, 그 형식이 '전'이었다고 할 때, 그리고 그것이 '체험'의 단계에서 '경험'의 수준으로 변모되었음을 가리킴이었다고 볼 때, 연작 '우리 동네'란 새삼 무엇이며 어떤 종류의 글쓰기 형식일까. 결론부터 말해 '공허한 글쓰기 형식' 또는 '언어 자체의 공허한 증식'이라 규정할 수 있다고 나는 생각한다. 대체 이 공허한 언어의 자기증식을 '미학'의 수준으로 끌어올림이란 무엇인가. 먼저 그 사례들을 촘촘히 엿보기로 한다.

(다) '모르는 소리두 되게 해쌓네. 있으면 읍는 것버덤 낫지 무슨 초상에 개 잡는 소리라나? 테레비가 하루만 읎어보게, 지미 카터가 원제쯤 미군 철수를 해가며, 밴스가 천안문에 들어가 화국뵈이구 무슨 호이담을 혔는지, 이런 촌간에서 위치기 알겄나.'

'빤스가 남댑문에 들어가 좆뵈이허구 무슨 회담을 허는지, 짐치 한 가지루 건건이 허는 우리네가, 모른다구 세금 물리지 않는 담에야 안다구 젓 담을 거여?'

하고 홍이 뽀루지마냥 불거져나왔다. 그러자 장병찬이가 나섰다.

'좌상(座上) 말두 좀 들으슈. 좌중에 민방위 끝낸 사람은 황 좌상 혼잔 모양인디…… 황 좌상 말씀두 뭐가 있긴 있는 게, 테레비 안 보면 상식 얻을 디가 워디 있슈? 그나마 테레비 덕이지.' (『우리 동네』, 솔, 1996, 77쪽)

(라) '왜 대꾸가 읎수? 우리네헌티 농약을 팔어두 특정 회사 것만 팔

은건 뭐구, 우리네헌티 소굼, 새우젓을 이자까장 붙여서 외상 놓은 건 뭐여? 장사를 해두 꼭 딸라 장사를 허야 조합이 되겄더라 이게여?'

'……'

'왜 대꾸가 웂수? 나만 해두 이십 년 농민인디, 이 이십 년 농민 금년 추수가 월만지 아우? 까놓구 말해서 뒷목까장 싹 쓸어담은 게 쌀 스무 가마여. 요새 쌀금이 월맙디야? 이만 육천오백 원이지? 알기 쉽게 따져 봐두 열 가마면 이십육만 오천 원이구 스무 가마면 오십삼만 원…… 이게 뭐여? 중견사원 두 달 월급여. 지서기두 아다시피 일년 내내 몸달어봤자 남는 건 겨허구 지푸래기뿐인 게 농민인디 뭐? 출자를 혀?' (114쪽)

(마) '그 호랭이 담배 먹는 소리 구만 허구, 그 뭣이여, 이쁜이계, 그거나 좀 설명해줘.'

슬기어매는 짐작이 있었던 듯, 류석범이가 혼자 쓴다던 건넌방 쪽을 힐끔거리며 목소리를 잡고 말했다.

'설명이나마나, 이쁜이를 이쁘게 수술허자면 수술비만두 십만 원이나 뭉돈이 드니께, 장터 여편네들은 계를 하고, 계를 타면 수술을 헌다 이거라.'

'워디가 워뗘서 수술을 허간유?'

김승두 여편네가 정신을 바싹 차리고 물었다.

'수술이나마나, 집이는 병원에 가서 낳았으니 상관읎어. 병원서 낳으면 그 자리에서 츠녀 때처럼 좁으장허게 꼬매주거던. 그런디 우리는 워디 그려? 두 애구 시 애구, 애마두 집에서 낳았으니 이쁜이가 헐렝이 다 되였지……' (214쪽)

(바) '자던 구신이 듣구 일어나 보더래두 생활 수준이 나아진 건 틀림읎어. 이런 디서두 양말 꼬매 신는 사람 못 보겄구, 십 리 이십 리 걸어댕기는 사람 안 보이데. 집이나 내나 즌기 밥솥이 읎어 즌기 후라이판이 읎어. 믹사에 마호병에, 읎는 게 뭐여? 한갓 냉장고 하나 안 갖다놓은 거 아녀? 이북 갔다 온 소리 말어. 요새는 이런 촌구석에 시집오는 색씨 혼수에두 세탁기가 따러오는 판이여.'

'말으나마나 그게 뭣인디? 이런 디서 집을 지어두, 가시사 중깃에 설외 누물외 엮어서 안벽 밭벽 치구 새벽 허면, 겨울에 우풍 읍구 여름에 선헌 중 알면서 안허는 거 도섭아버지두 알잖여? 알면서 눈만 흘겨두 부스러지는 비싼 부로꾸를 운임 들여가며 사다 바람벽 허구, 여름에 쪄서 헐떡대구 겨울에 얼어 요강 터지는 게 뭣이여? 지푸래기루 구럭 뒤트레 삼태미 틀어 쓰면 짱짱허구 돈 안 들구, 비바람에 반만 삭어두 골동품으로 사가는 중 뻔히 알면서, 쓰다 깨지면 내버릴 디두 읍는 푸라스틱제를 사다 쓰는 건 뭐여? 논밭에 기음이 깃으면 호미루 맬 생각 않구 제초제 사다 찌없는 것은?' (288쪽)

(다)~(바)에 걸치는 사례들이 막바로 연작 '우리 동네'의 육체를 이루고 있거니와, 중요한 것은 이러한 육체가 작품의 부분적 요소가 아니라 전면적이라는 사실에 있다. 비유컨대 육체가 전부인 만큼 이에 대응되는 정신이랄까 혼이랄까 좌우간 알맹이라 할 수 있는 '그 무엇'이 빠져 있는 형국이 아닐 수 없다. 그렇다면 글쓰기의 알맹이란 대체 무엇인가. 이 물음에는 상당한 설명이 뒤따르지 않으면 안 되게 되어 있다.

첫번째 설명은 연작 '우리 동네'가 지닌 이중성의 성격에 관련된다. 작가 이문구씨가 발안 부락에 수용될 수 있었던 것이 씨가 지닌 '모란꽃 무늬' 스러움에서 말미암았다 할지라도, 그리고 어느 수준에서 마을 사람도 '모란꽃 무늬'의 간접화를 경험할 수 있었음도 사실이긴 하나, 당국의 감시하에 놓인 '준(準) 망명객'으로서의 이씨가 지닌 거리감(이질성)이 이씨와 발안 마을 사람 사이에 건널 수 없는 선을 긋고 있었던 것으로 볼 수 있다. 글쓰기에 대한 의무감이 이씨의 의식을 지배하고 있는 동안은, 이 간극은 메울 수 없게 되어 있다. 이씨는, 두 가지 전략을 은밀히 구사했음이 판명되거니와 그 하나가 마을 행사에 철저히 참여하기다.

발안국민학교 운동장에서 하는 민방위 교육에 개근상을 탈 만큼 착실히 참석한다든가, 농촌지도소의 영농교육에 빠지지 않는다든가, 노력봉사는 물론 마을의 온갖 계(契)에도 끼어들어 마지않았는데, 물을 것도 없이 글쓰기 위한 자료수집 때문이었다. 작가 이씨는 인간다움의 성실성을 바탕으로 하여 이토록 영악스럽게 발안 마을 사람들을 자신의 글쓰기의 소재로 삼고 있었음은 이에 멈추지 않았다. '마을방' 열기가 그것이다. 긴 밤이 되면, TV 종영 무렵 술과 안주를 집에다 마련해놓고 동네 청년들을 불러들였다. 이야기판을 벌였는데, 이는 글쓰기 위한 소재 취재를 은밀히 감춘 행위였다.

이러한 전략적 행위란, 발안 마을이 송두리째 실험용 모르모트의 지위로 전락한 형국이 아닐 것인가. 이 사실을 마을 사람들이 몰랐을 이치가 없는 일이고 보면, 연작 '우리 동네' 란 공생관계의 산물이었음이 판명된다. '모란꽃 무늬' 로 표상되는 '전' 형식은 이 때문에 그 존재의의를 잃지 않을 수 없게 된다. 작가측에서도 대상에 대한 자의식(거리감)이 생겼고, 대상 쪽에서도 자의식이 생겨 체험의 경험화에 모종의 불투명한 막이 형성된 상태가 벌어져 있었다. 연작 '우리 동네' 는 이 이중의 자의식의 투영이 아닐 수 없다.

두번째 설명이란 이중의 자의식의 투영이 어떤 유형의 글쓰기를 창출해냈는가로 향하게 된다. '공허한 글쓰기' 의 형식이 그것이다.

박씨만을 뺀 김씨 · 황씨 · 이씨 · 최씨 · 정씨 · 류씨 · 강씨 · 장씨 · 조씨 등 아홉 성씨는 물론 발안 마을의 실제인물들이겠으나, 동시에 이들은 장삼이사(張三李四)임에 주목할 것이다. 가령 김씨라면 김승두, 황씨라면 황선주(黃善株), 이씨라면 만근이 아빠 리낙천(李樂千), 최씨라면 종순이 아빠 최진기(崔鎭基), 정씨라면 품삯 좀 아껴볼까 하고 도시에서 온 중학생 노력봉사대를 기대했다가 데모로 낭패당한 정승화(鄭承和)다. 류씨라면 어떠한가. 이름은 류상범. 달식이 아버지. 당국의 농사종자 추천에 따르다 몽땅 망해버린 순종 농민. 참다 못한 류씨 부인이 유산균 음료 배달원으로 나서 달식아비 대신 류구르트로 불리고 있는 판. 리낙천의 여편네, 정승화의 마누라 등이 모두 어울려 농사 대신 '헐렁한 사타구니 수술하기' 위한 계꾼들이 되어가는 판. 이 틈에 끼인 순종농민 류서

방이 당하는 사건 등이 희비극으로 펼쳐졌다. 강씨라면 욱하는 성미의 강만성. 정승화, 리낙천과 함께 보리수매 현장에서 벌인 싸움 한바탕도 구경거리가 아닐 수 없다. 장씨라면 도시의 부동산 투기꾼을 따라다니며 신세망친 장일두(張一斗). 조씨라면 간덩이가 몸뚱이보다 큰, 문자속도 있고, 결국 내주장(內主張)에 휩싸인 조태갑(趙太甲).

이러한 인물들은 그 자체가 발안 마을에 살고 있는 실체이자 동시에 1970년대 후반 이 땅 농촌의 보편적 인물이라 할 것이다. 연작 '우리 동네'란 그러니까 1970년대 후반 한국 농촌 풍속화이자 현실 반영으로서의 리얼리즘계일 터이다. 이러한 현실 반영을 가능케 한 것이 작가 이문구가 서 있는 거리감(위치)에서 왔다. '두물머리'의 시선이 그것이다. 자의 반 타의 반으로 이루어진 '망명객'이 가져다준 모종의 자의식(마을 사람과의 거리감)에다 '두물머리'의 거리감(이 속엔 관촌으로서의 친밀감도 내포되어 있다)이 빚어낸 이른바 합작품이 연작 '우리 동네'다. 마을 사람들의 처지에서 보면 어떠할까. 한편으로는 망명객이자 작가라는 신분에 대한 집단무의식에 자리한 조선조적 경외심이 작동되었지만, 그래서 일정한 거리감이 가로놓였지만, 다른 한편에서 보면 '두물머리'의 성격에서 빚어진 친근감이 작동되어 오묘한 거리감을 빚어낸 형국이 아니었을까. 동류로 받아들일 수는 물론 없지만 그렇다고 물리칠 수만도 없는 요소가 작가 이문구 속에 있었다는 이러한 지적은 물을 것도 없이 객관적 분석이다. 그러나 이것만으로는 설명되지 않는 그 무엇이 이 망명객과 동네 사람 사이에 작동하고 있었는데, 인간 이문구의 됨됨이가 그것이다. 사람과 사람의 됨됨이끼리의 부딪침이 긍정적으로 작동하지 않고는 연작 '우리 동네'가 지닌 인간의 기미(機微) 포착은 불가능한 것으로 보이기 때문이다.

이러한 설명은 이 연작소설을 반영론의 범주에서 바라볼 때의 논의다. 중요한 것은 이와 더불어 논의될 이 연작의 형식이 아닐 수 없다.

이 물음에 대한 논의의 출발이 『관촌수필』이다. 앞에서도 이미 지적했듯 『관촌수필』은 여덟 개의 연작형이긴 하나, 그 핵심은 「공산토월」에 있었다고 할 때, 그 형식은 '전' 이었다. 신현석(석공)의 일대기를 다룬 「공산토월」 한 편을 위해 「일락서산」을 위시한 나머지 작품들이 들러리를 선 형국이었음이 그 증거다. 연작이되 연작이 아님이어서 감히 소설이라 이름지을 수 없었다. 소설이란, 일정한 주제의 완결체인 까닭에 『관촌수필』은 이에 미달이거나 초월이었는데, 이 사실을 증표하기 위한 기호가 '수필' 이었다. '수필' 이 연작을 거느린 '전' 형식으로 규정되는 것은 이런 연유에서다. 이에 비할 때 연작체 '우리 동네' 는 어떠한가. 장삼이사이긴 해도 아홉 편의 인물과 그 주변을 다룬 방식은 일종의 또다른 '전' 형식이다. '전' 형식이긴 하되, 어떤 특정한 인물의 성격이나 운명을 탐구한 것이 아님을 특징으로 하고 있다. 아홉 편의 연작에 등장하는 김씨나 이씨나 류씨 등은 고유명이 아니라 그 자체가 한 '성씨' 를 대표하는 것도 가문을 가리킴도 아닌 동네 사람, 곧 장삼이사에 지나지 않는다. 그 증거로, 등장인물들의 행위가 절대로 그들 각자의 '뿌리' 로 향하지 않음을 막바로 들 수 있다. 말을 바꾸면 등장인물의 내면성 탐구를 철저히 기피하고 있었던 것이다. 도대체 인물의 내면성 탐구의 기피를 철저히 도모하면서도 '전' 형식을 유지할 수 있는 것일까. 연작 '우리 동네' 의 문학사적 개입은 이 물음 속에 있지 않으면 안 된다.

'전' 형식을 취하되, '전' 형식이 갖추어야 될 인물의 성격, 유래, 내면성이 깡그리 제거되었을 때 '전' 형식은 성립될 수 있을까. 작가가 연작 '우리 동네' 에다 '수필' 이란 명칭조차 달지 않은 이유가 위의 물음에 대한 해답일 터이다.

『관촌수필』을 '수필' 이라 했을 때, 거기에는 '전' 으로서의 「공산토월」이 깃발처럼 마주 서 있어 공명(共鳴)하고 있었지만, 연작 '우리 동네' 에는 바로 있어야 될 「공산토월」이 빠져 있지 않았겠는가. '우리 동네' 에다 감히 '수필' 이라 붙이지 못하고 망건 없는 갓 모양 그냥 맨대가리의 '우리 동네' 라 한 것은 이로써 설명된다. 그 대신 「공산토월」이 빠진 부분을

'우리 동네'에서는 무엇으로써 '전' 형식의 공허함을 채워놓았던가. 1970년대 중반 이후의 농촌의 '정치적 감각'이 그것이다. 연작 '우리 동네'는 1970년대 발안 마을의 풍속묘사라 부를 수도 있지만, 또 그것이 경기도 발안 마을에 국한되지 않는, 이 나라 전 농촌의 풍속묘사라 우겨도 사정은 마찬가지다. 풍속묘사 중에서도 오직 '정치적 감각'에 집중되었고, 이와 무관한 요소란 여지없이 외면해놓고 있었던 까닭이다. 어째서 달식이 아비 류씨가 트랙터에 치여 죽었으며, 왜 김씨가 그토록 긴 호스를 사야 했으며, 무엇 때문에 이낙천은 '리낙천'으로 문패를 바꾸지 않으면 안 되었던가. 이 모든 내용들이 '정치적 감각'인 것은 당국의 행정적 불합리랄까 좌우간 보이지 않는 정치적 힘의 작용에서 빚어진 것들이기 때문이다. 요컨대 작가 이씨는, '농민은 절대로 잘못 없다'에 서 있고, 당국은 '절대로 나쁘다'에 서 있다. 이 절대성은 하도 견고한 잣대여서 그 어떤 타협도 있을 수 없는 강경하기 이를 데 없는 선악 이분법, 그러니까 유치하기 짝이 없는 도식성이다.

이 절대성을 위장한 방식이 저 화려하고도 공허한 문체가 아닐 수 없다. 이 점이 작가의 망명객으로서의 한계가 아닐 수 없다. 이 한계성을 한계성으로 보이지 않게끔 감싼 것이 그의 화려한 문체라 할 때, 그 문체의 성격은 어떻게 규정되는가. "그의 문체는 아마 평단 전체가 달라붙어 연구해도 모자랄 그런 풍요한 숲이다"(김지하, 『이문구 전집 7』 뒤표지문)라고 할 수도 있겠으나, 문제는 그 문체의 성격에 있었을 터이다. '수필'이라 이름 붙일 수조차 없을 정도로 껍데기만 남은 '전' 형식에 의탁한 글쓰기이기에 이 공허함에 대응되는 내용은 '정치적 감각'이 빚어낸 풍속 또는 정서의 과잉이었다. 이 과잉으로서의 풍속이나 정서가 실체이긴 하나 진짜 실체일 수 없었던 만큼 공허함이 아닐 수 없는 형국이었다. 흑백 이분법의 절대성 위에 성립된 것이기에 형식도 내용도 함께 공허한 것이었다. 그렇지만 연작 '우리 동네'란 '전' 초월이거나 미달은 물론 나아가 '수필'의 미달이거나 초월이기는 하나, 좌우간 형식은 형식이 아닐 수 없고, 여기에 기대어 글을 쓰지 않으면 안 되었을 때, 이에 맞서는 내용이 견고한 실체로 존재할 수 없음은 자명하다. 그럼에도 '우리 동네' 연작물이라는 공허한 형식에 대응되는 내용(현실)이 있어야 한다면 그것은 무엇일까. 문체가 그 정답이다. 화려하고 현란하고, 복잡하기 이를데 없는 문체가 공허한 현실을 위장하여 흡사 '실체' 몫을 수행한 형국을 빚어놓았다. 거기엔 기품이란 약에 쓸래야 없다.

현실(대상)의 빈곤에 대응하여 문체의 화려함이 만든 간극이 문학사적 과제임은 식민지 아일랜드의 작가 조이스의 『율리시즈』(1922)의 성립 근거가 어느 정도 설명해준다. 식민지하에서 종주권의 언어를 사용하면서 자란 조이스의 현실인 더블린(수도)이란 얼마나 빈곤하고도 초라한 것이었던가. 작가 조이스에게 있어, 또 아일랜드의 문학에 있어 현실이란 부정해버릴 수는 없지만 그 빈곤한 현실을 기록하기 위해 자의식에 가득 찬 정교한 언어가 동원되었음은 웬 까닭이었을까. 정교한 언어와 빈곤한 현실 사이에서 아이러니컬한 균열이 입을 열고 있다고 볼 수 없겠는가. 형식과 내용 사이의 이 희극적인 낙차가 『율리시즈』 미학의 근거다. 문자를 쓰자면 그것은 시니피앙(기표)의 과잉과 언급 대상의 비속성이 창출해낸 간극이 빚어낸 미학이 아닐 수 없다.(T. 이글턴, 『히스클리프 또는 위대한 굶주린 자』, Verso, 1995, 150쪽) 이와 꼭 같은 현상이 이 나라 소설사에도 엄존해 있었다. 박태원의 「방란장주인」(1936)과 김유정의 「두꺼비」(1936)가 그것이다.(김윤식, 「'날개'의 생성과정론」, 『문학과 의식』 2000년 봄 · 여름호) 연작 '우리 동네'는 박태원, 김유정의 글쓰기 전략에 이어졌음에서 문학사적이며 또한 『칠조어론』(1990~1994)의 작가 박상륭과 쌍벽이란 점에서도 문학사적이라 할 것이다. 이들 망명객스런 작가의 몸짓이 종래의 소설 형식의 미달이거나 초월일 수밖에 없는 이유도 이로써 조금은 설명될 터이다. '수필'이라고조차 이름 붙일 수 없는 연작 '우리 동네'란 무엇인가. 그것은 정치적 감각화를 일부러 강조함으로써 생긴 현실의 빈곤함과 언어(문체)의 극단적 정교로움(공허)

이 만든 틈에서 생긴 아이러니의 산물이 아닐 수 없다.

7. 연작 '나무'의 네 가지 유형

'수필'이라고조차 이름 붙일 수 없었던 글쓰기가 연작 '우리 동네'라면, 그것은 내용도 형식도 함께 공허함을 가리킴이 아닐 수 없다. 이 '두물머리'의 공허함에서 벗어나는 길이 모색되지 않으면 안 되었을 때 작가 이문구씨가 발안 마을 생활의 청산에 나아갔음은 너무도 당연한 일이 아닐 수 없다. 박씨 성을 가진 대통령의 죽음(1979. 10)과 잇달아 12 · 12 사태가 발생했고, 마침내 비상시국인 계엄령으로 1980년이 시작되었다. 광주의 5월이 벌어진 1980년을 맞아 자의 반 타의 반의 망명객인 작가 이문구씨가 발안 마을에서 벗어남은 너무도 당연한 일이 아닐 수 없다. 상경한 씨에게 정치활동규제법이 적용되었음도 당연한 일이었다. 『실천문학』의 주간을 맡았으나 곧 물러나야 했다. 자의 반 타의 반의 두번째 망명객 신세가 되지 않으면 안 되었음도 씨의 경우는 거의 순리로 보는 것은 웬 까닭이었을까. 『관촌수필』 속에 그 해답이 들어 있지 않다면 어디서 그 대답을 들을 수 있으랴.

그가 가족을 서울에 남겨두고, 충남 보령군 청라면 장산리로 내려간 때가 1989년이었고, 상경과 낙향의 되풀이가 1991년까지 이어졌다. 이 낙향은 '두물머리스러움'이 아니라, '두물머리스러움'에서 벗어나기 위한 길, 그러니까 온갖 잡스러운 것들이 덕지덕지 몸에 붙어 78킬로그램까지 몸무게가 늘어 있음에서 벗어나기, 자기 무게 찾기에 다름아니었다. 이 세속적인 헛된 살덩이를 빼고 본래의 자기 몸무게 찾기가 이번 낙향이었다. 가족을 떼놓은 홀로 낙향이라는 것, 이 사실은 거푸 강조될 점이 아닐 수 없다. 죽장에 망혜 신은 김삿갓의 모습이거나, 좀더 과장되게는 구름 좇아 표랑하는 매월당의 흉내내기라고나 할까, 좌우간 그는 홀로 낙향했고, 거기서 한 일이란 농사일의 그림자밟기 행위였다. 고향에서의 이문구씨의 삶이란, 낯선 동네 발안에서의 그것과는 전혀 다를 수밖에 없었다. 망명객일 수도 없었는데, 향당엔 막여치(鄕堂莫如齒)일 뿐, 거기엔 어떤 정치적 감각 따위도 있을 수 없는 곳인 까닭이다. 농사꾼일 수도 없었는데, 향당엔 향당으로서의 명분이 있을 뿐이었던 까닭이다. 그가 향당에서 할 수 있고 해야 될 과제란 자명한 것이었는데, '자기 자신 찾기'가 그것이다. '자기 자신 찾기'의 형식으로서는 '수필'에 대한 재음미일 터이며, 그 내용으로서는 이미 살아버린 자기 자신의 반성이랄까 자기비판이 아닐 수 없었다.

『관촌수필』과 연작 '우리 동네'를 쓴 '나'는 누구이며 또 무엇인가. 이 물음에 대한 해답을 씨는 '나는 나무다'라는 명제에서 찾아내고자 했다. 연작 '나무'가 씌어지기 시작한 것은 이로 보면 필연이다.

'나는 나무다'라는 명제에서 떠오르기 쉬운 것은 '거목스러움'이며 뿌리를 대지에 박기이며 풍우에 견디는 믿음직스러움이며 불변성이지만, 이문구의 나무는 나무이긴 하되 그런 이미지와는 사뭇 다른 나무였다. 고욤나무거나 싸리나무, 개암나무, 또는 화살나무거나 소태나무와 같은 것들이었다. 잡초와 함께 초동의 낫에 여지없이 잘라지는 그런 푸나무였던 것이다.

(A) "기출씨는 그러면서도 후텁지근한 답답증이 덜 가셨는지 여름에나 맞바람이 치도록 터놓던 북창문을 열어제끼는 것이었다.

북창문을 여니 고욤나무가 보였다. 손을 안 타고 자라서 곁가지가 땅에 끌리도록 이리저리 늘어지고, 화라지를 쳐주지 않아서 절반은 삭정이로 묵어버린 볼품없는 나무였다."(「장곡리 고욤나무」, 창비신작소설집 『우정 반세기』, 1991)

(B) "그 노인네는 나무루 치면 으름나무여 으름나무. (……) 그건 나무두 아니고 풀두 아니구 나무랑 풀 사이에 어중간허게 걸치구 양쪽 눈치나 보구 사는 덩굴이라고, 다른 나무를 타구 올라가서 그 타구 올라간

나무 덕에 키가 자라는 덩굴 말여. (……) 으름이라고 열리지만 그게 어디 과일이여? 우리 또래나 입에다 대두 되는 건줄 알지, 요새 애들은 이건 또 뭐여 허구 쳐다두 안 보는 게 으름이라구."(「장척리 으름나무」, 『신동아』 1994년 10월호, 537쪽)

(C) "겨울철로 접어들면 조선낫으로 싸잡아서 벤다 하여 싸재비나무라고 부르면서 아무 산이나 다니며 푸서리나무를 쪄다가 땔감으로 하는 집이 많았다. 게다가 산 임자가 말리는 나무갓도 진달래나 노간주 같은 나무는 두어야 쓸모가 없어 아무나 와서 싸재비나무를 해가도 말리는 법이 없었다. 따라서 진달래나무라고 하면 어느 산을 가더라도 성하게 있는 나무가 없었다."(「장동리 싸리나무」, 『한국문학』 1995년 여름호, 71쪽)

(D) (아내) "꾸지뽕낭구는 조경업자덜이 오며 가며 쳐다나 본다구 허지, 저까짓 깨금낭구는 둬서 뭘 헌더구 쓸디업이 둬두는지 몰러. 밭에 그늘만 지게. 비여버리라구. 내가 톱질만 쪼끔 헐 중 알었어두 벌써 자빠트리고 말었을껴."

(동네사람) "이게 깨금나무라메유? 깨금나무가 워치게 생겼나 했더니 이냥 생겼구먼유. 보니께 나무가 미끈허질 않구 다다분허니 영 개갈 안나게 생겼네유. 그란디 안 없애구 왜 그냥 내버려두신댜. 밭둑에 있는 나무를 살리니께 올 적 갈 적에 걸리적거려싸서 일허만 만허구 들 좋다면." (「장이리 개암나무」, 3인 신작소설집 『샛길에서 나 홀로』, 강, 1997)

(E) "씨는 지금도 그 생각을 하면 마치 소태나무 껍질을 핥았을 때처럼 입맛이 썼다."(「장천리 소태나무」, 『창작과비평』 1998년 여름호, 252쪽)

(F) "홍은 곰솔밭이 파도에 끊어지면서 돌너덩겅으로 바뀌어 갯벌로 이어져 있음도 진작부터 알고 있었다. 돌너덜겅에는 그루마다 마디게 자란데다 다다분한 잔가지가 갯바람에 모지라져서 나무도 같지 않은 화살나무들이 떼를 이루고 있다는 사실까지도 알고 있었다. 그 화살나무의 잔가지에는 늙은 곰슬껍질의 보굿처럼 부드러운 것이 화살대의 깃 모양새로 붙어 있게 마련이었다. 홍은 그 보굿질의 주름살이 참빗살과 비스

름한 것 같아서 한때는 참빗살나무라고 제멋대로 부른 적도 있었다. 홍은 화살나무 잔가지의 보굿질을 골라잡아가며 미끄러지지 않고 돌너덜경을 타내렸다."(「장석리 화살나무」, 『해양과문학』 제2호, 1999)

(G) (시동생) "반갑잖은 사람유. 반갑잖은 사람 또 걸었슈. 반갑잖은 사람이 자꾸 전화 걸어서 미안스러유."

(형수) "작것아, 반갑잖기는 나두 매일반이여. 회장은 그때마다 그렇게 속으로 대꾸를 하면서 들어주곤 했다. 그러면서도 회장이 벌써 몇 해째나 그럭저럭 참고 견딘 것은 생각하는 것이 우물처럼 풍덩풍덩하게 깊거나 두멍처럼 홍덩홍덩하게 넓어서가 아니었다. 은돈이가 해왔던 그 순금 한 냥짜리 행운의 열쇠 때문이었다."(「장평리 찔레나무」, 『한국문학』 2000년 봄호, 81쪽)

(A)~(G)에 걸쳐 등장하는 나무들이 지닌 특징은 다음 두 가지 계열로 분류해볼 수 있다. 주인공의 성품에다 나무를 직접 내세워놓고 이를 관찰하면서 그 속성을 대응시켰음이 그 하나라면, 단지 나무의 속성을 상징적으로 대응시켰음이 그 다른 하나이다. (C) (E) (G)가 후자에 속한다. 어째서 이러한 형태를 취하게 되었는가를 따진다면, 우선적으로 고려되는 것이 작가의 작위성이라 할 것이다. 연작 '우리 동네'의 성립근거인 망명객이 지닌 정치적 감각에서 벗어나고자 하는 심리가 이러한 작위성으로 분출해 올라왔으리라 추측되는 근거는 연작 '나무'가 다름 아닌 작가의 뿌리에 해당되는 고향 '관촌'에서의 글쓰기라는 사실에서 찾아진다. 관촌이란 '수필'로서만 가능한, 그래서 소설 초월이거나 미달을 선험적으로 머금고 있는 '성스러운 공간의식' 혹은 '성소의식(聖所意識)'이 작가의 무의식 속에 구조적으로 잠복되어 있었기에 단순한 풍속묘사라든가 정치적 감각으로 대할 수가 없었던 것이다. '나무'가 선택된 것은 나무만큼 대지의 생리에 충실한 존재가 없다고 판단한 데서 근거된 것이며, 그 나무 중에서도 남의 눈에 잘 띄지 않거나 별로 쓸모없는 나무에 집착하는 것도, 원리적으로는 같은 심리적 선택이 아닐 수 없다. 이러

한 심리적 기제(메커니즘)가 고향의 어떤 인물도 능히 '나무' 에 대응시키게끔 이끌어갔다. 이 강박관념이 특정한 인물의 성격에 해당되는 나무가 그 마을에 없더라도 부재하는 특정 나무로 상징화시킬 수조차 있었던 것이다.

(A)~(G)에 이르는 연작 '나무' 에서 주목되는 것은 이러한 '인간 대 나무' 의 대응관계가 지닌 심층에 놓인 의미층에서 찾아진다.

이 심층에 놓인 의미층은 과연 무엇인가. 연작 '나무' 를 이 의미층에서 바라보면 다음 네 가지 층위가 선명해진다. 그 첫번째 층위는 '우리 동네' 계이다. 당국의 행정과 자식들 등쌀에 견디지 못해 자살과 다름없이 죽어간 농민 봉출이라든가(A), 입심이 걸기로 소문난 노인 이상만(李商萬)이라든가(B), 이장을 역임한 바 있는 이송학(李松鶴)이라든가(E), 못된 시동생을 둔 장평리 부녀회장 김학자(G) 등이 이 부류에 들 것이다. 이른바 풍속적 층위가 그것. 이들 특정인물을 다루는 작가의 시선은 연작 '우리 동네' 의 그것과 별로 다르지 않다. 굳이 양자간의 차이를 구한다면 그 풍자성의 밀도라 할 것이다. '우리 동네' 에서 그토록 전면적인 풍자성의 난무가 '나무' 에서는 현저히 제한적이지만, 풍자의 도입이라는 점에서 같다. 당국의 정책에 대한 전면적 비판으로 퉁겨져나간 것이 '우리 동네' 라면 '나무' 에서는 그런 정치적 감각에 대응된 인간성에 대한 신뢰가 제한적으로나마 작동되고 있다. 이를 나무의 속성으로 바라보았음이 그 증거다. 그렇지만, 여차하면 '우리 동네' 계로 치달을 가능성이 잠복되어 있음도 사실이 아닐 수 없는데, 최근작 「장평리 찔레나무」가 이를 암시해놓고 있기 때문이다.

두번째 층위로 지적될 수 있는 것이 「장이리 개암나무」인바 나무에다 미래를 향한 가치관을 의탁함을 특징으로 하고 있다. 풍자의 층을 넘어선 '현실긍정의 층위' 라 부를 것이다. (D)에서 인용된 바와 같이 도토리 모양의 열매가 달리는 활엽수며 신탄용으로밖에 쓸 데 없는, 산기슭 양지에 나는 높이 2~3m의 개암나무를 일밖에 모르는 두 아들의 아비인

농민 전풍식(田豊植)의 처는 '꾸지뽕낭구'라 불러 멸시했고, 동네 사람들은 '깨금나무'라 하여 업신여겨 마지않았으나 정작 전풍식에게는 그럴 수 없이 소중한 존재가 아닐 수 없었다. 그것은 고전적인 것의 토착화로 설명될 수 있다. 이 고전적인 것의 토착화의 근거는 유몽인(柳夢寅)의 『어우야담(於于野談)』과 차천로(車天輅)의 『오산설림초고』에서 왔다. 까치가 사람 사는 집 나무에 집을 지으면 그 집 아들이 반드시 급제한다는 속설이 이 두 고전적 저술 속에 들어 있다는 것이다. 길조 중에서도 길조라는 것이 농민 전풍식의 신념인데, 군대에 간 맏아들이 휴가차 가져온 이 두 저술에서 까치와 과거급제에 관한 대목을 발견한 뒤의 농민 전풍식은 사람들이 그토록 업신여기는, 특히 노처가 오금을 박아가며 미워하는 논두렁에 자라고 있는 별볼일 없는 개암나무를 그토록 옹호하기에 이르게 되는데, 바로 그 나무에 까치가 깃들이고 있었던 까닭이다.

"잘 헌다. 여편네는 뙤약볕에 허리가 끊어지는지 어깨가 빠지는지 안중에두 없구, 집구석이라고 기어들어오면 허구장천 까치 새끼만 보이구. 서방이라고 있는 것이 넘이 아니라 웬수니……"(「장이리 개암나무」)

전풍식에게 개암나무란 무엇이었더뇨. 대한제국 때 태어난 나무여서, 그 자체가 전통이자 삶 자체이며, 거기 깃들인 텃새인 까치란 전씨 자기와 마찬가지의 주인이 아닐 수 없었다. 이에 비해 동네 인심은 대조적으로 매우 시대적이자 눈앞의 일에 매달린 형국이었다. 가뭄이 들고 WTO로 농촌 삶이 위기에 직면하자 기우제를 지내기 위해 남의 무덤 훼손하기에 중론이 모아질 때, 이에 정면으로 반대한 것은 까치신봉자 전풍식이었다. 이를 또한 이해하고 동조한 것은, 고2년생인 조카 석문이었다. 전씨의 막내인 고3년생 학문보다 한 살 아래인 이 조카에다 전풍식이가 거는 기대로써 이 작품은 마무리된다. 기우제야말로 농심(農心)하고 거리가 멀다는 것. 콩 심은 데 콩 나는 것이 농심이라는 것이 개암나무에 깃들인 까치의 생리이자 논리라는 사실이 뜻하는 것은 단연 고전적이다. 까치가 튼 둥지란 막내 석문의 과거급제에 해당되는 것인 까닭이다. 그가 조카 학문을 향해 "시방버터 열심히 하거라. 내년 봄이면 둥지 하나가 더 생길 텐디, 그늠은 네꺼다"라고 중얼거리는 것도 이런 문맥에서다. 까치와 과거급제란, 그러니까 따지고 보면 한산 이씨 토정 이지함의 후손인 작가 이문구씨의 '유생적 기질'에 다름아니라는 점에서 이 작품의 본뜻이 은밀히 읽혀진다.

세번째 층위를 대표하고 있는 작품이 (F)에 해당된다. 「장석리 화살나무」가 그것인데, 작가 이문구씨의 뿌리에 걸려 있다는 점에서 연작 '나무'계의 원점이라 할 것이다. 원점으로서의 화살나무란, 화살의 방향키를 가리킴이기에 역사적 방향성의 의미층이라 부를 수도 있겠거니와, 또 이 의미층의 형식을 문제삼을진댄 『관촌수필』의 그 '전' 형식에 이어진다고 볼 것이다. 화살나무란 80세의 남로당 출신 홍쾌식의 일대기에 상응되기 때문이다.

팔순잔치를 했다는 소식을 듣고 있을 수가 없어 고깃근이나 사들고 찾아간 '나'에게 홍쾌식옹이 들려주는 지난날의 삶이란 대체 무엇인가. 6·25동이들이 벌써 손자·손녀를 보고 있을 만큼 세월이 흐른 이 마당에 '나'가 화살나무스런 삶을 살아온 이 노인에게서 배울 교훈이란 무엇인가. 이 물음 속에 '전' 형식을 답습하면서도 이를 넘어서는 거멀못이 감추어져 있는바, 곧 '나' 속에 잠복해 있는 완강한 오기가 그것이다. 노인이 자신 있는 목소리로 들려준 삶의 지혜란 단순 명쾌한 것이었다.

"있지, 딱 하나 조심헐 게 있어. 그게 뭣인고 허면 세상이 뒤숭숭헐 적마다 누가 물어보기두 전에 나는 중도며, 중간이며 허구 돌아댕기는 사람덜."(「장석리 화살나무」)

살아남기 위해 갑쪽이 세 불리해지면 갑쪽을 모함하여 그 공으로 을쪽에 가 붙고, 또 그 반대로 행동하다보면, 자기 주변의 사람들이란 결국 남아나는 사람이 없어지고 만다는 이 사실의 깨달음이 홍쾌식옹 팔십 생애에서 깨친 삶의 슬기였다. 이러한 중도적 삶의 방식의 거부가 흔히 말해지는 중도론 또는 중용적 삶의 방식과는 별개임은 새삼 말할 것도 없다. 이 작품의 첫 대목에서 이 점이 분명하게 드러난다.

'잡히면 죽었다, 들켜도 죽었다' 라는 절체절명의 장면에 놓인 젊은 홍쾌식을 무턱대고 가마니 속에 감추어주고 당국의 추궁에 목숨을 걸고 거부했던, 죽은 동지 이용출의 아내의 삶의 방식이 바로 중도식 삶의 태도를 거부하는 장면으로 깃발처럼 부각되어 있기 때문이다. 80세까지 살아남기의 참된 슬기란 새삼 무엇이뇨. 간단명쾌한 슬기, 곧 '중도파' 의 본심을 알아차림이 그것이다. 이 슬기가 생리적일 수 없고, 경험의 소산임을 「장석리 화살나무」가 상세히 점검함에 이 작품의 그다운 밀도가 보장되어 있다. '바다가 살려주고 개펄이 살려줬다' 고 스스로 말할 만큼 그 경험은 생리적이었다. 그럼에도 이번의 '전' 형식이 『관촌수필』「공산토월」의 '신현석전' 만큼 순수하지 못한 것은 거기엔 성스러운 존재가 빠져 있었음에서 말미암았다. '모란꽃 무늬' 가 그것이다.

네번째, 그러니까 마지막일지 모를 의미층이란 무엇인가. '물빛 무늬' 의 의미층이 그것이다.

8. 물빛 무늬와 묵란도(墨蘭圖)

연작 '나무' 의 핵심은 「장동리 싸리나무」다. 진행중인 연작 '나무' 는 이 한 편을 위해 존재했고, 또 존재할 것인데, 그 이유는 분명한 곳에 있다. 어째서 이 작품이 『관촌수필』과 맞서고 있는가와 표리의 관계에 있는가.

장동리(질뜸)란 대체 어떤 곳인가. 이 물음에서 막바로 드러나는 사항은 작가 이문구씨의 '관촌' (고향)이라는 사실에 있다.

18세에 집과 가산을 모개 흥정해 선로원(線路員) 김씨에게 팔아넘기고 홀가분하게 관촌을 떠난 이 3대독자(작품상) 이문구씨가, 40대에 접어들어 제법 이름난 인물로 알려진 마당에 가족을 서울에 둔 채 귀향한 사실에 대해 그 마을 사람들의 반응은 어떠했을까. 이 물음이 핵심인데, 이는 자기가 자기 자신에 대한 의식, 헤겔 식으로 말해 '자기의식'에 해당되는 사항이 아닐 수 없기 때문이다. 연작 '우리 동네'에서는 이런 의식이란 전무하며, 그 연장선상에서 연작 '나무'의 '1~3'에 걸치는 의미층이 씌어졌고, 따라서 이러한 의미층들은 그 낙차가 있음에도 불구하고 싸잡아 자기 자신을 시렁 위에 올려놓고 변죽만 울리는 글쓰기의 형국이었다. 공허한 문체로써 농촌현실을 대응시키고 있었을 뿐, 따라서 성과가 있다 해도 엄밀히 말해 자기 자신이 빠져버린 일종의 공허(헛소리)로 규정될 성질의 범주였다. 공허함의 미학(문체)이라 함은 이를 가리킴이었다. 「장동리 싸리나무」는 이런 종류와는 그 범주가 다른 단 하나의 심도 있는 자기의 자기를 위한 자기만의 작품이다.

주인공 이름은 하석귀(河石龜). 그것은 자라의 별칭에 해당된다. 하석귀의 귀향을 두고 마을 친구들의 개구일성이 이러하였다. "아, 우리찌리 톡 까놓구 말해서, 솔찍이 부동산 투기하러 내려와 있는 거 아녀. 거기두 앞으루 괜찮을 디여. 벌써 배는 올렀을걸"이라고. 하석귀의 저수지 옆댕이의 임시 귀향 정착지를 두고 옛 불알친구들이 하는 말이었다.

(하석귀) "이 친구야, 나는 처음부터 저수지가에서 살았어야 할 사람이야. 내 이름을 보라구, 물 하짜 하가에 거북 귀짜가 들어간 이름 아닌가."

(동네친구) "그건 그려. 그래서 한강이 내려다뵈는 잠실에 아파트가 있다는 것두 들어서 알구 있어."(「장동리 싸리나무」, 『한국문학』 1995년 여름호, 75쪽)

여기서 말하는 동네 친구란, 은밀히 말하면 「강산토월」(『관촌수필』)의 주인공인 등짝에 '모란꽃 무늬'를 새긴 그 '신현석'이 아니었겠는가. 연작 '우리 동네'에서의 그 잘난 척하는 자의 반 타의 반의 망명객인 작가 이씨와는 질적으로 다른 범주다. 성스러움이 사라진 고향에 돌아옴이란 이처럼 냉정한 비판 속에 놓였음을 가리킴이며, 그것은 그가 고향을 버리고 떠났음에서 결과된 것이었다. 이미 '동류의식'에서 벗어난 타자,

혹은 이질분자에 지나지 않는다. 이런 이질분자를 선선히 받아들일 사람은 그 아무 데도 없는 법이다. 세계가 자기와 적대적 대상일 때를 두고 위기의식이라 부른다면, 작가 이씨가 바로 그런 장면에 노출된 형국이라 할 것이다. 이 절체절명의 장면에서 비로소 드러나는 것이 자기반성, 자기 자신의 성찰, 그러니까 자기가 자기를 바라봄이 아닐 수 없다. 내면화의 과정이 불가피해지는 것은 이 때문이다. 비로소 주인공 하석귀는 자기만의 세계를 드러낼 수 있었는데, 그것은 '신현석전' 에서 '하석귀전' 으로의 질적 전환에 해당된다. 이를 두고 '체험' 에서 '경험' 으로의 질적 전환의 또다른 측면, 곧 '경험' 의 내면화라 부를 것이다.

질뜸으로 내려온 하석귀가 거처하는 집은 마을 저수지가 내려다보이는 곳에 위치해 있었다. 이름 그것에 걸맞게 물가에 서식하는 '자라' 인 하석귀는 아침부터 낮결까지, 또 낮결이 지나고 세 나절씩이나 청처짐하게 앉아 저수지를 바라보며 해찰을 부릴 만큼 겉으로 보기엔 한가하다. 그러나 조금 자세히 들여다보면 저수지 물빛의 일렁거림이란 미묘하게 스스로 무늬를 이루며, 또 빛을 내며 변모하고 있지 않겠는가. 무엇이 그러한 변화를 가져오는 것일까. 바람 탓이었을까. 혹은 햇빛에서 말미암은 것이었을까. 하석귀 자신의 마음의 일렁임에서였을까.

"해가 있는 날은 으레 점심나절이 거울어질 만해서부터 바람결과 함께 물이 설레이게 마련이었다. 그리고 그에 따라 수채(水彩)가 되살아나고 뒤미처서 파란(波瀾)이 일기 시작하면, 물결마다 타는 듯이 이글대며 반짝이는 서슬에 누구도 저 먼저 실눈을 뜨지 않고는 물녘을 바라다볼 수가 없었다.

물결마다 그렇게 눈이 부실 수가 없이 햇빛에 타고 있을 적에는 꼭 해가 어리중천에 있는 것이 아니라 수심(水心)에 들어앉아 날이 저뭇하도록 들썽거릴 것만 같아 은연중에 마음까지 어수선해지던 것이 그 다음 순서였다.

나 역시 저냥 저랬던겨. 저냥 물에 뜨는 물마냥 살아온겨. 못나게. 지

지리도 못나게." (서두)

이 저수지가 뿜어내는 물의 광채가 바람과 햇볕과는 구별되는 '햇빛'에 의해 생긴 것이었음이 서두에 깃발처럼 올려져 있다. 바람이 지상의 것이라면 햇빛은 하늘의 것. 이 양쪽에 저수지가 놓여 있어 천지를 반영하는 거울 몫을 하고 있다. 실상 따지고 보면 저수지에 태양이 내려앉아 수심을 이루고 있고, 수시로 불어오는 바람이 수심을 일렁이게 하는 형국인데, 어째서 이를 바라보는 하석귀의 마음까지 어수선해지는 것일까. 창천에 있어야 할 태양이 저수지의 한가운데 들어앉아 있는, 실로 있을 수 없는 장면이 거기 벌어져 있었다. 뿐만 아니라 바람에 그 무늬가 생겨나고 있음이란, 저수지 · 태양 · 바람으로 구성된 수채가 하석귀의 '마음 자체' 에 다름아니었다. 만 44세의 망명객인 작가 이문구가 망명객의 탈을 벗고, 알몸뚱이로, 유년기에서와 같이 고추를 내놓고 물가에서 불알친구들과 미역을 감고 있는 자기 자신을 보고 있었다. 그런데 그 유년기는 간 곳 없고 속절없이 세월은 흘렀고, 귀향한 고향땅은 새삼 낯설기만 하지 않았겠는가. '나' 는 땅투기꾼인가, 가짜 망명객인가. 『관촌수필』의 작가인가, 연작 '우리 동네' 의 작가인가. 식구들을 서울에 두고 요양한답시고 달랑 혼자 내려와 농사도 글쓰기도 아닌 기묘한 생활을 하고 있는 '나' 란 대체 무엇인가. 자라가 물가를 찾아온 것은 자라의 생리적 욕구에서이기에 이처럼 자연스러움은 없다고 할 것이라면 그 '생리적 욕구' 의 본질은 무엇인가. 만 44세의 작가 이문구가 부딪친 자기의 거울화가 바로 '저수지' 였다. 그 거울 속에 비친 자기 모습은 어떠했던가. '물무늬' 바로 그것이 아니었던가.

이 자기찾기(나는 나를 찾아 떠난다 I go to prove my soul)가 소설주인공의 운명임을 발견한 것은 불세출의 헝가리 출신 비평가 루카치였다.(『소설의 이론』) 그러나 세계가 훼손된 가치 속에 놓여 있다면 어떻게 될까. 자기찾기를 위해 아무리 발버둥쳐도 그 자기는 찾아지지 않는다는 것, 여기에서 소설의 근거를 찾았던 루카치의 생각은 이문구씨에게도 그대로 적용되지 않았겠는가. 『관촌수필』에서의 그 '수필' 도 아니고, 연작 '우리 동네' 처럼 공허한 허풍도 아닌 진짜 소설에 대한 모색의 실마리로 연작 '나무' 가 시도되었다고 본다면, 이 질뜸의 저수지에까지 온 '싸리나무' 는 단연 소설적 의의를 지닌 것이다. 소설로 나아갈 실마리 찾기로 보이는 까닭이다. 저수지의 거울화, 그 거울의 '물무늬' 에 잇달아 달빛의 거울화를 확신하는 것도 당연한 순서라 할 것이다.

낮 동안의 거울화가 저수지라면 밤의 그것은 달빛이다. 창가에 놓인 난초 화분에 달빛이 스며들고, 그 달빛 속에 노출된 난초의 그림자란 무엇이었던가. 귀족 취미로 기른 난초가 아니라 마을 주민 김두홉(소주 두홉짜리 인간)이 던져준 두어 뿌리 산에서 캔 난초였지만, 그 난초가 달빛을 받아 그림자를 만들었고, 그 속에 '나' 가 서 있었던 것이다. 한밤중 문득 깨어 달빛에 노출된 난초 그림자를 보았을 때 '나' 의 놀라움은 클 수밖에 없었는데, 그 이유란 유생(儒生) 출신성분을 가진 하석귀에겐 분명하다. 그것은 한 폭의 묵란도(墨蘭圖)였던 것이다.

"저도 모르게 여태껏 묵란도 한 폭을 함부로 밟고 있었던 것이다. 그는 망연자실하였다. 누가 새로 그린 그림을 모르고 밟아 때를 묻히고 구겨놓은 것 같아 눈앞이 아뜩했던 것이다. 그러나 곧 모르고 밟기는 했지만 때 하나 묻지 않고 구김살 하나 간 데가 없다는 데에 적이 마음이 놓이면서, 그런데 도대체 이게 어디서 난 그림이며 어째서 여기에 있었단 말인가 하는 생각이 그를 다시 붙들어 세웠다." (61쪽)

달빛에 노출된 묵란도란 무엇인가. 첫째로 그것은 한산 이씨인 유생 이문구씨의 기질적 근거에 다름아닌 것. 또 그것은, 시나 소설 대신 '수필' 을 쓰지 않을 수 없었던 문사 이문구씨의 자의식의 반영에 다름아닌 것. '성스러운 것' 에 대한 모종의 귀족취향이랄까 기품이 그것. 이 점에서 '우리 동네' 계는 일종의 불가피한 허위의식이었음이 판명된다.

이 묵란도의 도도한 취향에 이어지는 것이 저수지에 모여드는 철새들이다. 그 물무늬, 그 달빛, 그 난초, 그 물새들의 울음소리를 차례로 되새

기다가 문득 하석귀는 생각한다.

"내가 지금 왜 이러는 것일까. 내가 어쩌다가 이렇게 된 것일까. 내가 이러는 것이 제목(題目)은 무엇이며 뜻은 또 무엇일까. 이러면서 있는 것이 옳은 것인가 그른 것인가. 옳으면 무엇이 옳고 그르면 무엇이 그른 것일까."(68쪽)

이 자의식에 가득 찬 자기반성엔 물론 해답이 없는데, 물음 자체가 해답을 내포한 까닭이다. 있는 그대로 받아들이기, 그것이 40대 중반의 인간 하석귀의 생리이자 논리이며 또 현실이 아닐 수 없었다. 망명객일 수도, 그렇다고 부동산 투기꾼일 수도 없는 자리, 그렇다고 동네 불알친구들과 동류일 수도 없지만 또 완전한 이방인일 수도 없는 자리, 고향을 버렸다가 다시 찾아왔긴 했으나 다만 마음 위안 얻기 위한 방편에 지나지 않은 그런 자리, 요약컨대 이는 어느 곳에도 뿌리박을 수 없음으로 규정되는 유령과 흡사한 그런 자리에 지나지 않았다. 이 자리의 확인이 작가 이문구씨에게 무엇을 가져다주었을까. 이 물음에 대한 정답은 매우 유감스럽게도 '시(詩)다'가 아닐 것인가.

"바람은 점심나절이 거울어질 만해서부터 일었다. 언제나 수심의 수채가 수갈색(水褐色)을 띠면서부터 수문(水紋)과 함께 일었다. 수갈색은 차츰 물가를 찾아서 수묵색으로 입었다. 수문도 파란으로 바뀌고 물은 물 위에서 타는 듯이 빛났다. 물이 물 같지 않게 황홀해지는 것이었다. 만약에 꽃밭이 그렇게 아름다운 꽃밭이 있을 수 있다면 그 꽃밭을 가꾼 사람은 끝내 실성을 하고 말 수밖에 없을 것처럼, 만약에 옷이 그렇게 아름다운 옷이 있을 수 있다면 그 옷을 입은 사람은 결국 이 세상 사람이 아닐 수밖에 없을 것처럼."(79쪽)

여기까지 이르면 물가의 자라 하석귀의 생리의 완성체(完成體)를 선명히 볼 것이다. 황홀경이란 무엇이뇨. 시적인 상태의 절정, 그러니까 자연과 '나'의 '거리 소멸'에 다름아닌 것. 황홀경이란 그러니까 시적 상태의 별칭에 다름아닌 것. 이 경지에 이르면 자연과 인간의 거리 소멸은 물론,

인간과 인간의 거리조차 소멸된 이른바 '무인지경'이 아닐 수 없다. 귀신을 맨눈으로 바라볼 수 있는 경지로 이 사정이 설명된다. 실제로 주인공 하석귀의 김두흡 부부에 대한 고찰에서 이 점이 놀랄 만큼의 수준으로 드러나 있어 참으로 인상적이다. 김두흡 부부란 이 관촌 마을의 유일한 어부였다. 그들 부부의 새벽 고기잡이를 하석귀는 환각 속에서 보고 있었다. 왜냐하면 실제로 김두흡 부부가 하필 '어떤 특정한 날'에 부재(不在)했음에도 불구하고, 하석귀는 그들 부부가 새벽 안개 속에서 고기를 잡고 있는 장면을 '생생히' 보고 있었던 것이다. 바야흐로 '귀신'도 맨눈으로 볼 수 있는 참으로 놀라운 경지가 펼쳐져 있었다. 작가 이씨는 이를 '황홀경'이라 불렀다.

연작 「장동리 싸리나무」가 그 자체로 연작 '나무'와 관계없는 작품, 또는 절정에 이른 작품이라 규정되는 것은 이로써 확연하다고 할 것이다. 이를 두고, '수필'도 아니고 그렇다고 소설일 수도 없는 '시' 또는 '시적 경지'라 한다면 어떻게 될까. 다르게 말해 '황홀경'에 이른 작가 이문구 씨의 소멸이랄까 새로운 탄생에 해당된다고 본다면 어떠할까. 또 다르게 말해 장르 초월이거나 장르 미달의 경지, 그러니까 또다른 소설 초월 또는 소설 미달의 경지라 부르면 어떠할까.

9. 남은 과제 — 소설 초월과 소설 미달의 꿈꾸기

지금까지 『관촌수필』의 작가 이문구씨의 행적, 그러니까 연작 '우리동네'를 거쳐 연작 '나무'계에까지 이른 궤적을 살펴왔거니와, 그 논점을 다시 정리하면 다음과 같다. 어째서 『관촌수필』이 소설 초월 또는 소설 미달일 수밖에 없었는가에 대한 문학사적 해명이 그 하나다. '수필'이란 무엇이던가. 여덟 개의 연작을 한 끈으로 묶을 수 없음에 대한 작가의 결사적이자 불가피한 항의의 목소리와 그 정당성에 대한 응답이 '수필' 이었다. '수필 '은 따라서 작가 이문구씨에게 있어 가능한 최대치의 가치관으로서의 글쓰기의 선택이자 목소리의 주장에 다름아니었다.

둘째로 지적될 수 있는 것은 '수필' 의 핵심에 놓인 형식이 '전' 이었다는 점이다. 그것도 「공산토월」 한 편으로 대표되는 것이며, 이것을 위해 『관촌수필』이 존재하는 형국을 빚었다. 그것은 구체적으로 말해 '신현석의 전기' 며, 이 '전' 형식의 중요성은 일회성으로서의 '체험' 이 '경험' 으로 전화됨을 가리킴이었고, 그것이 곧 글쓰기의 이문구식 독자성이자 불가피성이었다. 소설 초월이라든가 소설 미달 현상 따위란 이 절박한 글쓰기마당에 선 이문구씨에겐 별로 대단한 과제일 수 없었다.

'모란꽃 무늬' 로 대표되는 '수필' 형식은 소설 초월 또는 미달에 대한 이문구식 답변이 아니면 안 되었다. 이러한 사실의 정당성은 6 · 25 이후 이 나라 소설사적 문맥에서 비로소 점검되고 승인될 수 있는 그 무엇이었다.

셋째로 문제되는 것이 연작 '우리 동네' 계이다. 자의 반 타의 반의 망명객의 자격으로 관촌(고향) 아닌 경기도 발안 마을에서의 3년간의 삶과 그 체험을 그린 '우리 동네' 계는, 공허한 수사학으로 충만해 있어, 그것들이 소설 초월 소설 미달임은 한눈으로 알아차릴 수 있다. 소설의 외형을 그것들이 그래도 겨우 갖출 수 있었던 것은, 현실의 공허함을 메울 수 있었던 작가 이문구씨의 '전' 형식을 바탕에 깐 '문체' 에서 가까스로 말미암았을 따름이다. 현실이 공허하며 단지 그 공허함을 입심에다 대응시켜 의사(擬似)소설을 창출해내었던 것이기에, '수필' 이라 감히 부를 수조차 없고, 그렇다고 소설이라 부르기에도 곤혹스러웠지만, '망명객' 의 자리이기에 현실 부재의 수사학이 그대로 가짜 소설의 몫을 나름대로 해낼 수가 있었다고 볼 것이다. 이 포화점 돌파가 연작 '나무' 계이다.

셋째로 지적될 것은 연작 '나무' 계가 지닌 문제점이다. '나무' 계란 무엇이뇨. '우리 동네' 계와 『관촌수필』계를 동시에 뛰어넘고자 하는 곳에 그 글쓰기의 근거(원점)가 놓여 있었다. 이문구식 글쓰기의 처지에서 보면 이처럼 자연스런 이행은 따로 없다. '나' 가 관촌으로 돌아온 이유는 무엇인가. 이 물음은 '나는 나를 찾고자 한다' 는 명제로 요약될 터이다. 그렇다면 그것은 '소설' 에의 귀환이랄까 '수필' 에서의 벗어남 또는 공허한 수사학에서의 벗어남이 아닐 것인가.

이 물음을 단적으로 보여주는 것이 「장동리 싸리나무」다. '나무' 계 중에서도 아주 이질적인 이 작품이 지닌 의의가 작가 이문구씨를 논의함에 있어 거멀못에 해당되는 이유는 자명하다. 자기 자신을 찾아 헤매는 여로에 해당되기 때문에 그것은 소설주인공의 자격 획득에 다름아닌 까닭이다. 그러나, 매우 딱하게도 작가 이문구씨의 이러한 염원은 스스로 그 한계점을 드러내고 말았는데, 그러한 '자기의식' 의 결과가 시적 상태인 '황홀경' 에서 정지되었음과 결코 무관하지 않다. 소설 초월이나 그 미달에의 탈출모색의 의지가 이른 곳은, 딱하게도 시적 상황에 멈추었던 것이다. 『관촌수필』로 대표되는 '모란꽃 무늬' 에 대응되는 질뜸의 '물빛 무늬' 에 이르기의 과정이란, 작가 이문구씨에겐 운명적으로 치러내야 할 과제가 아니었겠는가. 이 절박한 과제 앞에서 작가 이문구씨는 스스로에게 정직해야 했을 터이다. '시적 자리' 에 되돌아옴이 그것이다. '모란꽃 무늬' 가 그것이다. 이 '모란꽃 무늬' 에 대응되는 경지의 획득이 제일의 과제라 할 때 이씨는 시방 거기에 먼저 이를 필요가 있었다. 그것이 '시적 상황' 이라 할지라도 어쩔 수 없지 않았겠는가. 이 단계를 '체험' 하며 이를 '경험' 으로 전환하는 길은 진짜 소설로의 길이 되지 않을 수 없을 터로 보이기 때문이다.

끝으로 남은 과제. 그렇다면 시방도 계속 씌어지고 있는 '나무' 계란 또 무엇인가. 혹시 그것을 진짜 소설로 나아가기 위한 슬픈 몸짓의 하나라 볼 수는 없을까.

스스로 '모란꽃 무늬' 와 '물빛 무늬' 를 송두리째 깨뜨려버리는 방도란 과연 없는 것일까. 갑년(甲年)을 맞이하는 거인 작가 이문구씨에 대한 문단적 기대의 어떠함도 이런 과제와 결코 무관하지 않을 것이다. 『장한

몽』(1970)까지 포함, 소설을 쓰고자 하면서 결국 '수필'이나 시적 범주로 맴돌았던, 작가 이문구씨의 이러한 작가적 편력은 안타까움이 아닐 수 없다. 그 안타까움의 정당성이 이 나라의 문학사적 과제에 걸려 있기에 역사적이라 할 것이다. 소설을 쓰되 '소설 초월'이거나 '소설 미달'에 이를 수밖에 없었던 이 기묘하고도 거창한 싸움에서 살아남은 작가 이문구씨란 무엇이뇨. 이는 영락없이 제7대 서라벌예술대학장 김동리의 또 하나의 직계인 『칠조어론』의 작가 박상륭과 쌍벽으로 더불어 던져지는 물음이기도 하다. 언젠가 이 나라 소설사가 이에 대한 대답을 마련해야 할 것이다.

소설이란 이름의 화두
—김동리, 최인훈, 이청준의 경우

1. 절맥설과 상 / 쌍룡설

이 글은 우리에게 널리 알려져 있는 '아기장수 설화'를 가운데 놓고, 그것이 우리 소설 속에서 어떤 표정을 짓고 있는가를 검토하기 위해 씌어진다. 김동리의 「황토기」(1939), 최인훈의 「옛날 옛적에 훠어이 훠이」(1976), 이청준의 「비화밀교」(1985)를 분석대상으로 삼은 것은 아기장수 설화가 이들 작품 속에 직·간접적으로 뻗어 있되, 아주 은밀히 작동되어 창작방법론의 형국을 이뤄놓고 있는 것처럼 보임에서 말미암는다.

『김동리대표작선집』(전5권, 삼성출판사, 1967)의 단편선집(제1권) 첫머리에 실린 작품은 「황토기」다. 「무녀도」(1936)는 그 다음에 나온다. 이는 1967년 현재, 이 작가의 창작의 원점이 어디 놓였는가를 시사하는 장면이라 할 것이다.

"술개재에서 금오산 쪽으로 뻗쳐내리는 두 산맥이다"로 첫줄을 삼은

「황토기」는 고래로 전해오는 세 가지 용에 대한 전설의 소개에서 시작된다. 상룡설, 쌍룡설, 절맥설이 그것들이다. 등천하려던 황룡 한 쌍이 때마침 금오산에서 굴러떨어지는 바위에 맞아 허리가 상했고, 거기서 나온 피로 말미암아 황토골이 생겼다는 것이 상룡설이라면, 쌍룡설도 이와 대동소이하다. 등천을 앞둔 한 쌍의 용이 그 전야에 잠자리를 삼가지 않아 상제의 노여움을 사서 그들의 여의주를 하늘에 묻으매 이에 비통해진 그들이 머리를 물어뜯어 그 피로 말미암아 황토골이 생겼다는 것이 쌍룡설이기에 전자보다는 다소 윤리적이다.

그러나 절맥설에 이르면 사정이 썩 달라진다.

"옛날 당(唐)나라에서 나온 어느 장수가 여기에 이르러 가로되, 앞으로 이 산에서 동국의 장사가 난다면 감히 중원을 범할 것이라. 이에 혈을 지르니, 이 산골에 석 달 열흘 동안 붉은 피가 흘러내리고 이로 말미암아 이 일대가 황토지대로 변하리라."

세 전설의 공통점이 좌절감으로 되어 있긴 하나, 절맥설은 단연 보편적이다. 당나라와 우리나라로 대응되어 있고, 당나라 쪽에서 일방적으로 우리 쪽의 혈을 끊었다는 발상이 작가 김동리에겐 직접적이었던 것으로 보인다. 아기장수 설화를 기본형으로 한 절맥설은 일제하의 조선을 곧바로 연상시키지만, 신화적 수준에서 바라본다면 권력과 질서의 구조로 환원된다. 모든 법적 질서에는 폭력이 잠재되어 있다는 벤야민의 폭력론은 이 점에서 시사하는 바 있다. 법으로 말해지는 질서창출 폭력을 신화적 폭력이라 부른다면 절맥설에서 보여지는 아기장수 설화는 단연 보편적이다. 현실적인 질서유지의 처지에서 보면 아기장수의 출현은 단연 위협적이며, 따라서 폭력으로 저지하지 않으면 안 되게 되어 있다. 이 신화적 폭력의 신화다운 특징은 그 반복성에서 찾아진다. 어떤 현실적 정치질서도 불완전하며, 따라서 그 결함을 메우려는 힘이 도처에서 출몰, 어느 수준에 이르면 폭발 직전에 이르게 마련이다. 이를 사전에 조정하는 방도가 고안되었으며, 아기장수 설화는 그 방도의 후일담의 신화적 투영에 지나지 않는다. 이 후일담의 본질이 가장 잘 드러난 것이 이른바 유토피아 사상이며, 그 대표적 형태가 천년왕국설이다. 물론 여기에는 상당한 논리적 해명이 뒤따르지 않으면 안 되겠으나, 그중 한 가지만은 잠시 짚어두고 나아갈 필요가 있다. 신화적 폭력을 정치적 시선인 지배/피지배의 구도에서 벗어나 인간성의 자리에 놓아두고 바라보기가 그것이다.

인간이란 무엇인가에 대한 무수한 정의가 가능하겠으나, 무엇보다 뚜렷한 것은 자의식을 가진 동물이라는 명제다. 자살조차 할 수 있는 동물은 인간밖에 없다. 이러한 광기란 어디서 말미암는 것일까. 과잉의 생산개념으로 이 사정이 쉽사리 풀이된다. 살고 생산하고 죽는 것에 대한 질서구조가 동물에서는 규칙적이며 이를 자연질서라 부른다면 인간도 동물인 이상 이 질서에 따라야 하겠으나, 어이없게도 번번이 이 질서는 교란되고 만다. 광기로도 표현되는 과잉의 발생으로 말미암아 자연질서를 넘어섰을 때, 이를 조정하는 방도가 고안되지 않으면 파멸에 직면한다. 탕진의 개념이 도입되는 것은 이 때문이다. 허용된 범위 속에서의 과잉의 탕진방식이 이른바 축제, 카니발, 제도 등이다. 뜨거운 사회단계인 자본제 사회에 이르면 탕진은 과잉의 증대에 비례한다. 매일 축제 같은 세일이란 이름의 시장경제의 굿판이 벌어지지 않으면 안 되게 되어 있다.

이러한 과잉생산의 근원이 자의식, 곧 언어사용에 있음은 주지의 사실이다. 언어가 인간의 인간다운 질서창출의 근거이자 동시에 그 혼란의 근거이기도 하다는 사실은 '인간≒언어'의 도식을 가능케 할 정도다.(마루야마 게이자부로, 『생명과 과잉』 제3장, 1987)

아기장수 설화를 가운데 놓고, 이를 정치적 시선에서 바라보기와 인간론의 시선에서 바라보기로 구분할 수 있다면, 「황토기」의 절맥설의 경우는 어떠할까. 인간론의 시선에서 썩 멀리 떨어져 있음은 한눈에 들어오지만 정치적 시선에서 보면 너무 직접적이다. 정치적 시선의 원점인 지배/피지배의 구도에서 한 단계 아래인 현실적 구도의 노출로 되어 있기 때문이다. '당나라'와 '동국(조선)'의 대응구도가 이를 말해준다. 당나라와 조선의 대립구성으로 드러난 절맥설이 「황토기」의 민족주의적 성격을 드러낸 것이며, 따라서 이 직접성이 자칫하면 이 작품의 이데올로기적 과잉노출로 치달을 위험성이 없진 않았으나, 이 위험성을 용케도 벗어나게 만든 것이 상/쌍룡설이다. 말을 바꾸면 「황토기」로 하여금 아기장수 설화의 본질(신화적 성격)에로 나아감을 막은 것도 상/쌍룡설이며, 민족주의적 이데올로기로 말해지는 직접성에로 치닫는 것을 저지한 것도 상/쌍룡설의 힘이었다.

2. 억쇠와 사반—김동리

황토골에서 벌어지는 작품 「황토기」의 중심인물은 억쇠다. 날 때부터 힘이 장사였던 억쇠가 집안의 걱정을 염려해 부모 모르게 스스로 낫으로 오른쪽 어깨를 끊어 피를 흘렸으며, 조부 및 부의 힘 자랑 말라는 유언을 지켰다.

"늬가 어릴 때 누구에게 사주를 뵜더니 너의 팔자에는 살이 세다고 젊어서 혈기를 삼가지 않으면 큰 화를 당할 게라더라…… 그렇지만 사람에게는 힘이 보배니 너만 알아 조처할 양이며는 뒤에 한번 크게 쓸 날이 있을 게다. 조용히 그때가 오기만 기다려라." (삼성출판사, 18쪽)

'그때가 오기를 기다려라'는 유언대목을 '계시'로 받아들이고, 오늘인가 내일인가 하는 사이에 어느덧 그의 머리털과 수염이 희끗희끗 반 넘어 새고 만 것이다. 이무렵 득보라는 이름의 사내가 황토골에 찾아들었는데 가히 억쇠의 적수였다. 둘이서 힘겨루기의 향연이 수시로 벌어졌다. 표층적으로는 치정관계의 적수로 되어 있으나, 중요한 것은 힘의 적수라는 사실에 있었다. 술판을 벌이고, 피투성이가 되어 힘이 다할 때까지 싸우기, 그것만큼 가슴이 시원한 황홀경이 따로 없었다.

"네놈이 내 초상 안 치르고 자빠질 줄 아나"라는 말이 이 황홀경을 대

변한다. 힘을 사용할 수 있는 기회란 그 대상을 만났을 때에야 가능했던 것이다. 그러나 그 대상이란 '죽음' 으로써만 가능한 것이었다.

"그 한 뼘도 넘어 될 득보의 단도날이 자기의 가슴 한복판을 푹 찔러 이 미칠 듯이 저리고 근지러운 간과 허파를 송두리째 긁어준다면, 하는 생각과 함께 자기 자신도 모르게 몸서리를 한번 치고 문득 걸음을 멈추며 고개를 들었을 때 해는 이미 황토재 위에 설핏한데, 한 마장 가량 앞에는 득보가 터덕터덕 혼자서 먼저 용냇가로 내려가고 있었다." (34쪽)

조금만 주의 깊은 독자라면 「황토기」의 이러한 내용을 앞에 놓고 선명한 아기장수 설화와 비교한다면 상당한 저항감을 느낄 수 있겠다. 억쇠의 경우, 그는 아기장수 기질을 타고나긴 했으나, 그것이 드러난 것은 열 세 살 때였으며, 스스로 어깨의 혈을 끊은 것은 스무 살 때였다. 조심하면서 기회가 오기만 기다리다 이제 반백의 나이 쉰둘에 이른 형국이었다. 아기장수 설화의 모티프가 이처럼 변형되어 긴장도가 미미한 상태인 만큼 「황토기」를 지탱하는 보조선 몫을 하는 정도로 보아도 좋을 것이다. 주조선이란 그러니까 앞에서 보아온 상/쌍룡설이다. 이 주선율이 뜻하는 것은 이무기 사상으로 요약될 수 있다. 당초부터 용이 될 운명을 타고났다는 것, 언젠가 용이 되게 운명지어졌지만, 이런저런 이유로 아직도 용이 되지 못한 이무기의 상태에 머물러 있다는 것, 언젠가 비구름 회오리를 타고 승천하기를 꿈꾼다는 것, 그러나 결국 그런 기회가 오지 않은 채 죽음(허무)이 닥쳐온다는 것, 그럼에도 끝내 그 꿈을 버리지 못한다는 것, 억쇠는 이러한 이무기 사상을 표상하는 한 전형성이다.

앞내 소에
앞내 소 이무기 산다
소낙비에도
다시 나는 햇빛에도
하늘 내음 어림인가

쉰 길 물속에서
이무기는
몸을 뒤친다(김동리, 「이무기」 전문)

전설에 따르면 이무기란 천년 묵은 구렁이로 미처 여의주(如意珠)를 얻지 못해 용 되어 하늘로 날아오르지 못한 채 물 속에 사는 존재이거니와, 이 점에 비추어보면 억쇠는 어떠할까. 아기장수로서의 억쇠가 아니라 '오래된 구렁이'의 존재에 다름아니다. 이 구렁이가 기다림에 지쳐 이제 그 기다림에서 해방되고자 한다. 득보의 칼날에 찔려 이 기다림에서 해방될 수만 있다면 얼마나 시원할 것인가에 「황토기」의 핵심이 걸려 있다.

이렇게 볼 때, 「황토기」는 이무기의 사상을 드러낸 것으로 일종의 운명론의 전개라 규정된다. '구경적 생의 형식'으로 김동리가 스스로의 문학관을 명제화한 바 있거니와, 이러한 형식의 발견이 그에겐 참된 문학이었기에, 본령정계(本領正系)의 문학이라 불렀다.

이 운명론이 「황토기」에서 유독 뚜렷한 의의를 갖는 것은 웬 까닭일까. 앞에서 이미 지적했듯, 절맥설의 성격 규정에서 모종의 암시가 주어졌다. 당나라와 동국(조선)의 지배/피지배 구도가 절맥설의 핵심을 이루고 있기에 이 구체성은 쉽사리 일제와 조선의 그것에로 유추된다. 상/쌍룡설이 원형적이며 구경적 생의 형식에 해당되는 것이라면, 절맥설은 다분히 역사적·현실적인 셈이다. 보조선인 절맥설이 주선율인 상/쌍룡설을 압도하고 있다. 이 이중성이 「황토기」의 보이지 않는 긴장력의 근거를 이루고 있었다. 조선민족이 이무기인 만큼 언젠가 열 길 청수를 휘몰아 승천할 터며, 이 기대감이 모든 악조건을 견뎌낸다는 점에서 이른바 유토피아 사상의 일종이다. 이 기다림이 설사 운명적이며 끝내 죽음(허무)으로 끝장난다 할지라도 이에 대한 열망을 버릴 수 없는 존재 그것이 인간인 만큼 이는 형이상학적 과제일 터다. 그런데 만일 절맥설이

유려하게 극복된 역사적 순간이 왔다면 사정은 어떻게 될까. 이 물음은 김동리에겐 단연 구체적이자 현실적이 아닐 수 없는데, 8·15광복이 그것이다. 여의주를 얻은 이무기란, 그러니까 승천하는 용으로서의 억쇠 김동리는 어떻게 해야 적절했던가. 드디어 힘을 쓸 날이 도래한 해방공간은 억쇠로 하여금 붕새처럼 덩실덩실 춤출 수 있는 마당이 되어주었다. 이 점에서 보면 8·15로 말미암아 「황토기」의 세계는 무화되었다고 볼 것이다. 그럼에도 이 작가가 「역마」(1938)를 쓴 까닭은 무엇이며, 6·25를 겪은 뒤엔 다시 『사반의 십자가』(1957)를 쓴 까닭은 또 무엇일까.

이 물음엔 다음 두 가지 설명이 가능해진다.

첫째, 절맥설의 근거였던 역사적·현실적 과제의 소멸이 새로운 문제점으로 부상했다는 사실. 해방공간은 김동리로 하여금 여전히 이무기 상태로 멈추게 했는데, 그가 섰던 초기의 김구 노선 및 후기의 이승만 노선이란 남로당 및 북로당의 존재와 대결국면으로 되고 말았으며, 끝내 단독정부로 귀착되고 만 것이다. 그가 '대한민국정식정부'라 하면서도 이 역사적 현실을 직시하지 않으면 안 되었을 때, 여의주는 아직 하늘에 묻힌 형국이었다. 이런 상태를 두고, 이무기와 용의 중간자라 부를 것이다.

둘째, 이무기와 용의 중간자의 몸놀림의 둔감함이랄까 밀도의 저하를 초래한다는 사실. 중간자란 이무기도 용도 아닌 별종의 괴물이다. 이 괴물이 할 수 있는 첫번째 작품이 「역마」(1948)로 나타났다. 절맥설에서처럼 「역마」 역시 당사주에서 근거한다. 늘 이리저리 떠돌아다니게 된 액운을 두고 시천역(時天驛) 또는 역마살이라 하거니와, 이에 근거한 주인공 성기는, 이를 극복하기 위해 온갖 노력을 기울였으나 끝내 성과를 이루지 못하고 역마살에 따르게 된다. 죽음(허무)을 이기기 위해선 팔자에 따르기밖에 없다는 것, 거기에 생명의 의의가 발견된다는 것이 「역마」의 주제라면, 「황토기」의 그 절대적 조건인 기다림의 의의가 전면적으로 사라졌다고 할 것이다. 이 기다림의 긴장력을 현실감각이라 할 때 「역마」는 단지 유형화에 떨어져 응고될 처지에 놓인다. 긴장력이 소멸된 '구경적 생의 형식' 이란 한갓 유형적 분류개념인 고담이거나 민담 수준에 멈추기 십상이다.

『사반의 십자가』에 오면 사정은 더욱 선명해진다. 복음서에 근거한 이 대작의 주인공은 골고다 언덕 처형장 십자가에 매달린 예수와 그 양쪽에 함께 매달린 도둑 중 왼쪽 도둑이다. 이름은 바로 사반(Shaphan). 허구이기에 아무래도 상관없겠으나, 이 사반이 「황토기」의 억쇠라는 점에는 설명이 없을 수 없다. 사반이 혈맹단의 두목이 된 것은 그의 나이 스물다섯일 때였는데, 그의 가출 동기는 두 가지로 되어 있다. 출신성분의 불투명(부계불명, 모계는 정절 부족)이 그 하나이고, 다른 하나는 그의 이상한 힘이다. 열일곱에 혼인한 그는 신부와 넉 달 만에 사별하게 되는바, 작가는 그 이유를 다만 "첫날밤에 신부가 기절했다"고 적었다. 출신성분의 불투명성이 집단으로부터 배척당할 운명이었다면 첫날밤의 사건은 사반이 지닌 모종의 이상한 육체적 힘과 무관하지 않다. 이로 볼진대 6·25를 치른 직후 「황토기」의 작가는 억쇠를 2천 년 전 갈릴리 호수 쪽으로 보낸 것으로 이 사정이 설명된다.

어째서 김동리는 억쇠의 사반화를 도모하지 않으면 안 되었을까. 당나라와 조선, 지배와 피지배의 역사적 현실 구도에서 해방된 상태가 8·15 광복이라면, 정신사적 의미에서 억쇠는 그 힘을 한껏 발휘할 기회로 볼 것이다. 이는 절맥설의 무효화이며 상/쌍룡설의 처지에서 보면 여의주를 손에 쥔 이무기, 곧 승천하는 용의 형국이었으리라. 그러나 현실적으로는 어떠했던가. 강대한 또다른 저항세력이 그의 앞에 나타나지 않았던가. 좌우익 대립의 연장선상에 놓인 분단현실이 이를 여지없이 증명해 보였다. 이 역사적 현실 앞에 억쇠 김동리의 다음 행보는, 당나라/조선의 구도 너머에 있는 이무기의 운명의 구경적 형식에로 향하기가 아닐 수 없었다. 어째서 인간은 이무기에서 멈추어야 하는가. 어째서 인간에겐 끝내 여의주가 주어지지 못하는가. 광복이 되고, 6·25를 겪었지만 어째서 억쇠는 여전히 억쇠이며 기약 없는 기다림에 속절없이 머리카락이

반백으로 되어갈 따름인가. 이런 물음을 향해 김동리는 억쇠를 시공을 초월한 데로 향하게끔 만들었다. 『사반의 십자가』를 인류사적 과제로 올려놓은 것은 '억쇠=인간'의 또다른 실험이기에, 억쇠는 당나라/동국의 구도에서 벗어난 자리, 곧 이무기의 운명에 대한 실험이 되는 셈이다. 『사반의 십자가』가 기실 '억쇠의 십자가'인 까닭은 이런 연유에서다.

장대한 구상으로 씌어진 『사반의 십자가』의 대결구도는 다음 두 가지다. 이스라엘 독립군인 혈맹단의 두목 사반과 지배자 로마군의 대결이 그 하나. 이 대결구도에서 사반이 패배하지만 그것은 결코 그에겐 결정적인 것이 아니었던 만큼 도전할 수조차 있는 패배 아닌 패배에 지나지 않는다. 다른 하나의 대결은 그가 믿었던 자기 스스로의 패배이며, 따라서 이 패배는 그로서는 만회할 수 없는 결정적인 것이었다. 그것은 사반의 믿음, 곧 메시아사상에서 왔다.

"사반은 본래부터 여호와 하느님도 어떠한 신도 믿지 않았으며 또 어느 교파의 어떠한 교의도 계율도 지키지 않았으나 다만 인력(人力) 이상의 신이력(神異力)과 특히 메시아의 모든 권능을 믿고 있었던 것이다. 따라서 그가 예수를 쉽사리 메시아로 믿으려 든 것은 예수의 모든 이적을 믿고 있었기 때문이다."(일신사판, 319쪽)

예수를 메시아로 믿었음이란, 유대인 사반으로서는 한편으로는 자연스러운 일이지만, 다른 한편으로 자기 공동체에서 벗어난 사반으로서는 실수라 할 성질의 것이다. 후자의 처지에서 볼 때, 예수는 메시아로서가 아니라 한갓 인간으로 십자가에 사반 자신과 다름없이 처형당하는 존재에 지나지 않았다. 이 사실이야말로 사반을 결정적으로 패배시킨 원점으로 인식되었던 것이다. 지상천국을 꿈꾸는 인간 사반에겐 유대인의 피가 흐르지 않았기에 메시아를 인식할 수 없었다. 지상의 천국이냐 천상의 왕국이냐의 대결구조에서 전자를 선택한 사반의 패배란 8·15와 6·25를 겪은 작가 김동리의 패배 그것이었다. 어떤 신이나 교의도 믿지 않았던 이무기 김동리의 세계만이 바로 사반의 것이기에 사반의 메시아사상에의 실수는 만회할 수 없는 것이었다. 무위자연의 신봉자로 나아갈 수도 없고 어떤 신도 경배하기를 거부한 김동리가 믿은 것이 있다면 과연 무엇이었던가. 이무기 사상뿐이며 그것은 전설(민담)의 세계가 아닐 수 없다.

상/쌍룡설, 절맥설이 함께 민담 전설의 범주에 속한다는 사실로 말미암아 억쇠가 2천 년 전 갈릴리 호숫가를 헤매도 결코 황토골에서 벗어날 수 없는 형국이었다. 대한민국정식정부의 작가 김동리는 끝내 여의주를 손에 넣을 수 없었는데, 그것이 하늘에 묻혀 있다고 믿었던 까닭이다.

8·15가 도래했을 때 억쇠는 종로 바닥을 헤매며 「윤회설」(1946)을 썼고, 「혈거부족」(1947)을 썼다. 여의주가 지척에 있어 보였다. 바야흐로 억쇠의 양쪽 어깨에 날개가 돋는 듯했다. 그러나 해방공간은 또다른 당나라, 이른바 양극체제의 도래에 지나지 않았다. 동국의 억쇠라면 이 양극(미·소)체제와 전면대결에 들어가야 했는데, 왜냐면 그들이 절맥설을 들고 나섰기 때문이다. 6·25를 겪고 난 이무기 김동리는 어떠했던가. 전설 속으로 아득히 도주하고 있었다. 종로 바닥의 억쇠를 2천 년의 시간을 초월, 공간조차 초월했던 갈릴리 호숫가로 내몰았다. 시공간의 초월이란 무엇이뇨. 시적 상황이 그 정답이다.

이무기 턱주걱처럼 삐쭉삐쭉 깎아지른
쉰 벼랑길 아래 청수가 있다.

쉰 길 청수 속에
진수성찬 늘여 놓고
늙은 이무기는 낮잠을 잔다

벼랑에 지고 피는 꽃
벼랑에 가고 오는 철

감은 눈 졸음 속에 환히 드는 채

이무기는
쉰 길 청수를 기둥처럼 쌓아올릴
그런 회오리바람만이 아쉽다 한다 (김동리, 「이무기는」 전문)

시적 상황이란 또 무엇이뇨. 파토스이자 열정이며, 어떤 마음의 격한 흐름에 다름아니다. 본질적인 것만 있었지 소설이 기본항으로 하는 시간성은 아무래도 끼어들 틈이 없었다.

3. 희곡의 화두 — 최인훈

4 · 19가 낳은 가장 탁월한 소설 중의 하나로 최인훈의 『광장』(1960)을 들 때, 아마도 그 기준은 소설양식이 갖출 수 있는 서사적 구조와 형상화, 그리고 이 모두를 가능케 하는 현실적 힘(이데올로기적 효과)을 훌륭하게 갖추었음에서 찾아질 터다. 이 작가가 희곡 「옛날 옛적에 훠어이 훠이」(1976)를 쓰고, 이어서 「봄이 오면 산에 들에」 「둥둥 낙랑둥」 「달아달아 밝은 달아」 등을 쓴 이유는 무엇일까. 이 물음은 최인훈론에 관심을 가진 사람이라면 응당 다시 다음의 물음을 유발시키기에 모자람이 없다. 장편 『화두』(1994)가 나오기까지 어째서 그는 그 뒤에 소설을 쓰지 못하고 말았는가가 그것. 그러나 만일 『화두』가 작가 최인훈의 자전적 기록물의 성격이 강한 것이어서 『광장』이나 「회색의 의자」(1964) 같은 견고한 산문예술과는 구분되는 것이라 한다면, 최인훈 문학의 도달점이, 잠정적으로는 희곡양식에 있다고 볼 수조차 있다. 『광장』의 작가는 어째서 희곡작가로 나서지 않으면 안 되었을까. 이런 물음에로 향하는 길목에 아기장수 설화가 바둑돌처럼 가로놓여 있는데, 「옛날 옛적에 훠어이 훠

이」가 그것이다. 소설양식과 희곡양식의 깊은 변별성이 『광장』의 작가를 통해 검정되었다는 사실은 따라서 단연 소설사적 사건이나 희곡사적 사건이 아니면 안 된다. 소설가 김동리가 어째서 시적 상황에로 향했는가와 이 문제는 극히 대응된다.

「옛날 옛적에 훠어이 훠이」의 등장인물은 아내, 남편, 아기, 개똥어멈(옆집 사람), 할머니(옆집 사람), 마을 사람 한두 명, 포졸 두서너 명이 전부이며, 장소는 두메 산골마을. 때는 없다. 그러니까 공간(무대)과 인물만 있고, 시간성이 소멸된 형국인데, 이 경우 시간성은 잠재적 현재를 가리킴이다. 무대는 모두 네 마당으로 되어 있는바, 이는 공간개념의 현재화로 볼 수 있겠다. 이 작품에는 '작가의 말'이 따로 지시되어 있다.

(1) 이 얘기는 평북에서 내려오는 전설이라는 것, (2) 전설원화는 아기를 눌러 죽이는 데까지라는 것, (3) 이 전설의 상징구조는 예수의 생애와 구약성서 출애굽기의 과월절의 유래와 동형이라는 것, (4) 희곡으로 읽는 경우엔 종교적 선입관 없이 인간의 보편적 비극으로 읽힐 수 있을 것 등등이 그것들이다. 줄거리는 극히 단순하다. 아내가 아들을 낳자 그게 아기장수였다. 용마의 울음소리가 산에서 들렸다. 남편이 아이를 눌러 죽이자 아내가 대들보에 목을 단다. 이를 본 남편도 목을 매단다. 포졸들이 도착했을 때 이들과 마을 사람이 본 것은 다음과 같은 장면이었다.

"아니, 저,

세 식구가 말을 타고 하늘로 올라가는군.

꽃을 던지는군.

가거던 옥황상제께 여쭤주게. 우리 마을에 다시는 장수를 보내지 맙시사구." (『최인훈전집 10』, 문학과지성사, 120쪽)

이 작품이 과연 희곡이냐에 대해서는 잠시 전문가의 견해에 귀를 기울일 필요가 있다. "나는 소설가 최인훈은 알지 못한다. 그러나 극문학의 시인으로 그를 안다"라고 말한 극평론가 이상일씨는 최인훈을 넓은 뜻에서 '시인(Dichter)'이라 하고 덧붙이기를 "소설가에서 극시인으로의 찬란한 변신을 확고히" 했다고 규정했다(「극시인의 탄생」, 『최인훈전집 10』 해설). 극작가와 극시인의 변별성에 대해 자세한 언급이 없어 뭐라 하긴 어려우나, 그것이 소설형식과 썩 다른 장르임은 분명하다 할 것이다.

다시 한번 분명히 해두기로 하자. 어째서 자기 경지에 오른 바 있는 소설가가 극시인으로 '찬란한 변신'을, 그것도 '확고히' 했으며, 그것이 의미하는 것은 무엇일까. 그 곡절을 담은 글이 대작 『화두』다. 다시 말해 대작 『화두』는 이 곡절 하나를 위해 씌어졌다. 그만큼 그 곡절은 깊고 복잡하고 넓었는데, 『광장』의 작가의 전 생애의 무게가 걸린 과제인 까닭이다. 다른 선택의 여지가 없었다는 그 곡절은 어떻게 요약하면 적절할까. 최인훈이자 이명준(『광장』의 주인공)의 율리시스적 모험에 관련된 이 곡절은 결코 한두 마디로 요약될 수가 없다.

『화두』를 펼치면 "낙동강 칠백 리, 길이길이 흐르는 물은 이곳에 이르러 곁가지 강물을 한몸에 뭉쳐서 바다로 향하여 나간다" 하는 첫줄에 부딪치게 되어 있다. 어째서 하필 낙동강이냐. 이 물음이 『화두』의 입구다. W(원산)고등중학교 1학년 국어시간에 교재에 실린 포석 조명희의 「낙동강」(1927)에 대한 공부가 작가 최인훈의 문학적 원점임을 보이는 운명적 대목이다. 카프문학의 백미인 「낙동강」의 작가에 촉발되어 최인훈은 『광장』에로 나아갈 수 있지 않았던가. 정작 식민지 백성 조포석의 운명은 어떠했던가. 1932년 소련으로 갔고 그곳에서 옥사했다. 대체 이 옥사가 뜻하는 것은 무엇인가. 작가 최인훈의 문학이란 「낙동강」의 작가의 민족사적이자 유랑민적 성격과 나란히 가고 있었던 것이 아니었던가. 작가 최인훈의 상상력의 기조저음이 인문지정학(人文地政學)적 상상력임은 그의 고향 H읍(함경도 회령)과 결코 무관하지 않았다. 정주민의 상상력과는 썩 다른 국경선의 감각이 거기 작동하고 있지 않았던가(졸고, 「유죄판결과 결백증명의 내력 — 최인훈의 『화두』론」, 1994). 이 「낙동강」의 작가에 대한 유죄판결이 그대로 고등중학 1학년 최인훈의 유죄판결에로 이어진 상황 속에서 『광장』의 이명준이 탄생했다. 이 점은 강조될 필요가 있는

데, 국경선 지점 H읍에서 일제시대의 유년기를 보낸 소년이 함남 W시에로 옮겨 해방공간 소련군정 아래 고등중학을 다녔고, 6 · 25를 맞아 LST(상륙용 선박)로 흥남철수에 묻혀(김동리의 「흥남철수」, 1955) 부산에 닿지 않았겠는가. 이 피난민에겐 저녁이면 서녘 하늘에 여자의 커다란 다리가 애드벌룬처럼 걸려 있는 환각이 빈번히 나타났다. 중편 「하늘의 다리」(1970)가 나를 잘 증언하고 있다. 그러기에 이 작가에 있어 H읍도 W시도 한갓 경유지에 지나지 않는다. 동시에 남한도 부산도 서울도 한갓 「하늘의 다리」의 환각에 지나지 않는다. 정주민의 상상력과는 극단적으로 상용되지 않는 인물이 바로 『광장』의 이명준이 아니었던가. 그는 비록 동중국해상에서 투신자살했지만 그것은 단지 소설적 결말일 뿐, 살아 있는 현실 속의 작가는 그럴 수가 없었다. 「낙동강」의 작가가 샛별처럼 등대 몫을 해주고 있었다.

작가 최인훈이 미국 중서부 아이오와 대학이 창설한 WRP(World Writing Program : 세계 작가 워크숍)에 참가한 것은 1973년이었다. 6개월 체미의 기회인 이 과정에서 작가는 귀국하지 않고 3년을 머물렀다. 부모를 포함한 가족 전부가 이른바 '양간도(洋間島)'로 이민 간 사실과 이 문제는 결코 무관하지 않다. 일제시대 북간도 이민의 역사적 경험을 가진 조선족에 있어 미국이민이란 이러한 역사적 경험의 연장선상에 놓인 삶의 감각이었다. 북간도와 양간도는 이 점에서 쌍둥이 감각이 아닐 수 없다.

H읍인 국경선에서 낳고 W시에서 자라고 LST를 탄 최씨 일족에 있어 이 지정학적이자 인류학적 감각은 모조의 생리화된 것이었는지도 모를 일이다. 아무리 『광장』의 작가일지라도 최씨 일가의 일원임에는 변함이 없지 않았던가. 이 점은 다시 한번 강조되어 마땅한데 태생지 H읍도 경유지 W시도 그리고 LST의 귀향지 부산도 서울도 일종의 환각에 지나지 않았으며, 그 연장선상에 양간도가 있었을 터다.

이 진술한 이명준식 상상력에 결정적인 비판을 가한 사건, 그것이 바로 아기장수 설화였다. 이 대목은 한국문학사의 이름으로도 강조되어 마땅한데, 왜냐하면 『광장』의 작가 최인훈을 양간도에 빼앗기지 않고, 귀국시킨 진짜 이유인 까닭이다. 양간도 체류중 한 교포가 운영하는 서점 창고에서 본 것은 다름아닌 아기장수 설화였다. 평북도지(道誌)에 실린 '장수 잃은 용마의 울음' 이 그것.

"한 옛날. 박천(博川) 원수봉(元帥峰) 기슭에 오막살이 한 채가 있었는데, 어느 날 이 집 아낙네가 옥동자를 해산했다. 워낙 가난할 뿐 아니라 근처에 인가가 없기 때문에 산모는 자기 손으로 태끈을 끊고 국밥도 손수 끓여먹는 수밖에 없는 형편이었다. 해산한 다음날 부엌일을 하고 있노라니까 방 안에서 갓난아기의 울음소리 아닌 재롱떠는 소리가 들려왔다. 산모는 이상히 여겨 샛문 틈으로 들여다보았다. 아니! 아기가 혼자서 벽을 짚고 아장아장 거닐며 재잘거리고 있지 않은가. 아낙네는 이거 웬 일인가 하고 뛰쳐올라가 아기를 붙안고 몸을 이리저리 살펴보았다. 다시 한번 놀랐다. 겨드랑이 밑에 날갯죽지가 싹트고 있지 않은가. 장수로구나. 비범한 인간이라는 것을 깨닫는 순간, 어머니에게는 기쁨보다 걱정이 앞섰다. 만약 관가에서 이 일을 알게 되는 날엔 온 집안이 몰살당하게 될 것이 아닌가. 아낙네는 생각다 못해 남이 알기 전에 이 아기를 죽여버리기로 결심하고 아기 배 위에 팥섬을 들어다가 지질러놓았다. 곧 죽을 줄 알았던 팥섬에 깔린 아기는 이틀이 지나도 죽지 않는다. 다시 팥섬 하나를 더 포개 지질렀다. 아기는 이겨내지 못하고 마침내 억울하게 숨을 거두었다. 그날 밤부터 한동안 원수봉 절벽 위로부터 난데없는 말 울음소리가 들려와 마을 사람을 놀라게 했다. 알고 보니 장수 잃은 용마(龍馬)의 울음소리였던 것이다. 그후 마을 사람들은 이 바위를 마시암(馬嘶暗)이라 이름했다."(『화두 I』, 민음사, 457쪽)

이 대목이 어째서 『광장』의 작가에겐 '벼락처럼'(『화두 I』, 458쪽) 의식되었던 것일까. 어째서 그것이 '찬란한 변신' 에 관련되는 것이었을까.

4. 용마 울음의 울림이 지닌 술어적 세계

양간도로 갔고, 가지 않을 수 없었고, 또 거기서 기회만 있으면 부모와 더불어 머물고자 한 『광장』의 작가 최인훈의 지정학적 · 문화인류학적 상상력이 아기장수 설화와 맞부딪쳤을 때 그 '벼락처럼' 일어난 현상을 어떻게 설명하면 적절할까. 대장편 『화두 I』은 그 설명을 위해 씌어졌고, 『화두 II』는 '벼락' 이후의 사정을 위해 씌어졌다. 『화두 II』를 따라 그 '벼락'의 현장감각을 잠시 복원해보기로 한다.

『광장』의 작가는 양간도에서도 작가일 수 있을까. 아일랜드 작가 조이스처럼 그는 양간도 말로도 작품 쓰기를 꿈꾸었는지 모른다. 세계시민의 『광장』을 꿈꾸었는지도 모른다. 이보다 큰 야망이랄까 유혹이 따로 있었겠는가. 이 기막힌 유혹(꿈)을 물리치고 그가 망설임도 없이 귀국하게 된 이유란 무엇이었던가. 아기장수 설화란 한 계기였을 뿐 울음, 용마의 울음 때문이었다. 그 울음은 소설로서는 도저히 감당할 수 없는 그 무엇이었다. 중요성은 '소설장르'와 '희곡장르'의 변별성에 관련된 만큼 장르상의 과제에로 향하게 된다.

소설과 희곡의 양식상의 차이와 그것의 현상적 과제를 한 전문가는 이렇게 지적한 바 있다.

"많은 극작가들이 산문으로 표현할 수 있는 것을 그의 재주인 극작술로 회칠을 해서 서사적 요소와 드라마적 요소를 혼동하고 있는 데 비하면, 이 산문작가 출신인 최인훈은 서사적 양식에서 얻을 수 있는 효과와 양식의 표현에서 얻어지는 감동의 폭을 계산할 줄 알며 또 그들을 구별할 수 있는 재능을 가졌다. 따라서 드라마를 드라마로 표현하며, 하지 않을 수 없는 필연성을 작가가 가짐으로써 그 긴장감은 백열해지지 않을 수가 없는 것이다."(이상일, 앞 글, 372쪽)

희곡이란 단순히 형식에 담긴 이야기체가 아니라 그 자체가 독자성을 가진 예술양식인데도 불구하고, 그 동안 대부분의 사람들이 희곡을 단지

'대본'으로 취급해왔으며, 그 결과 희곡은 예술영역에서 밀려났음이 사실이었는데, 이 사각지대를 돌파하여 희곡을 대본 아닌 예술의 양식으로 이끌어올린 희유한 재능의 소유자가 다름아닌 『광장』의 작가였다는 것으로 위의 인용이 이해된다. 서자 취급을 받아온 이 나라의 희곡을 적자의 수준으로 이끌어올렸다면, 그 결정적 계기란 무엇이었을까. 그리고 그 결정적 계기가 작가 최인훈의 위기의식이랄까 실존적 과제에 다름아니었다면 이 위기감이 소설양식과 희곡양식의 변별성의 자각에서 이어진 것이 아니었을까.

아기장수 설화를 평북도지에서 보았을 때, 이런 설화를 이미 알고 있었음에도 불구하고, 그 순간 그것이 어째서 최인훈의 의식을 '벼락처럼' 쳤는지 최인훈 자신도 잘 설명하지 못하고 있음에 주목할 것이다. 다만 의식되는 것은 스스로 그 설화 속에 스며들었다는 것. 옛날의 그 시간 속에 '나'가 있었다는 것이다. '나' 속에 설화가 의식된 것이 아니라 설화 속에 '나'가 있는 느낌이란 과연 무엇일까. 그것은 유년기의 모자의 나들이길에서 느낀 어떤 느낌, 곧 텅 빈 영원의 감각이 아니었을까. 그 모친의 죽음에서 오는 아득함이 아니었을까.

설화(얘기) 속에 '나'가 있음과 그 바깥에 '나'가 있음의 차이에 주목하기로 하자. 전자가 희곡의 세계에, 후자는 소설의 세계에 각각 대응된다. 「옛날 옛적에 훠어이 훠이」를 '하룻밤 만에' 썼다는 것은 그것이 '나' 속에 있었음을 가리킴인 것. 『광장』을 비롯 그 동안 소설을 무수히 썼음이란 그에겐 '의식'의 작동에 다름아니었으며, 따라서 소설은 '나'의 바깥에 있는 현실이었다. 그가 바깥에서 바라보는 현실이란 어떠했던가. 『광장』을 비롯 「서유기」「회색의 의자」「구운몽」「열하일기」「총독의 소리」 등이 그 해답이거니와, 통금 속에 갇혀 정상적 시간이 금기된 살림살이에 대한 불안을 그려내는 것이 이른바 그의 소설들이었다.

"몸은 비록 노예일망정, 자유민의 꿈을 유지하는 것, 작품이란 것은, 꿈의 필름이 아니라 의식이 스스로 연기(演技)하여 꿈을 발생시키기 위한 연기 순서의 기록"(『화두 I』, 460쪽)이라면 조만간 '연기'에 문제가 발생하기 마련인 법이다.

연기가 습관화됨이 그것. 습관이 된 연기는 처음 같은 꿈을 발생시키지 못하고 그저 현실의 육신을 놀리는 '동작'이 되고 만다. 이때 그는 꿈의 도움 없이 현실의 흔들림 위에 서 있는 자신을 발견한다. 그 자신의 비유로 하면 '글을 쓴다는 것은 밑 빠진 항아리를 채우는 콩쥐의 물 붓기 같은 것'인 셈이다. 습관이라 하나, 일정한 틀의 되풀이인 삶의 습관과는 달리 글쓰기란 습관이되 뭔가 놀라움을 던져야 하는 법이다. '삶의 뒤로 몰래 다가가서 갑자기 삶의 눈을 두 손바닥으로 가리는 그런 것'의 기교가 요망되는 습관이어야 하는데, 이 점이 점점 불가능해졌던 것이다. '자유민의 꿈 유지하기' → '연기의 발생' → '습관화' → '기교의 불가능(한계)'의 순서로 그는 걸어왔다. 양간도 생활 3년이 속절없이 이 허망 속에서 낭비되었다. 소설의 한계점에 닿은 것이었다. '글'이라는 중재자 없이 벌거숭이의 증상과 마주한 형국, 이는 작가 최인훈의 실존적 위기라 부를 성질의 것이다. 그 순간 '장수 잃은 용마'의 울음이 들렸다. '나' 최인훈이 그 울음소리를 들은 것이 아니라 그 울음소리가 들린 것이다. 주어인 '장수 잃은 용마'가 아니라 다만 '울음'이 들렸던 것. 바로 주어적 사고에서 '술어적 사고'에로의 전환이 이루어졌다. 주어적 사고, 주체적 세계란 무엇이뇨. 의식의 세계이고 '나는……'으로 시작되는 이른바 헤겔적 세계다. 그것은 의식의 '나'의 바깥에서 세계를 본 이른바 서사적 양식이 담당하는 장소다. 반대로 '장수 잃은 용마의 울음'이란 '울음'만 남아 '나' 속에서 울리지 않았겠는가. 술어적 세계가 펼쳐져 있었다. 한 순간의 세계였다.

"나는 하룻밤 만에…… 희곡으로 옮겼다"라고 그는 적었다. 아기장수도 자기였고, 용마도 자기였기에 그 울음은 자기 속에서 항아리처럼 울렸다. 세계 전부가 '울음'으로 가득 찼기에 이 울림이 바로 실체이자 진짜 세계인 셈이다. 주체인 최인훈도 객체인 용마도 아기장수도 없다. '울음' 만이 있는 세계, 텅 빈 영원의 장면. '극시' 가 머무는 경지를 『광장』의 작가는 양간도 체험 3년 만에 헤쳐가고 있었다.

그의 귀국 명분이 여기에 있었다면 이는 응당 시학(문예학)적 과제라 할 만하다. 일제시대 H읍에서 태어나고, 해방공간에 W시에서 공부하고, 6·25로 LST에 실려 남한에 와서 살게 된 그의 삶이 그로 하여금 소설을 쓰게 만들었는데, 서사양식이 꿈꾸기를 바깥에서 바라보게 하는 가장 적절한 장치였던 까닭이다. 그러나 거기엔 연기가 요망되었고 연기엔 습관의 벽이 서서히 닥쳐왔다. 소설쓰기가 불가능해졌다. 화두가 요망되었다.

"양간도에 영영 주저앉느냐 귀국하느냐"가 그것.

위기의식을 일러 화두라 한다면, 그리고 습관적 사고, 요컨대 주어적 사고로는 결코 풀리지 않는 것이 화두라면 '술어적 사고' 에로의 전환이 불가피했다. '울음' 이 그것이다. 불교에서 말하는 사사무애법계(事事無碍法界)가 이에 가까운 세계이리라. 문제는 이 화두의 성격에 있었는데, 그것이 희곡양식 또는 극시의 양식이라는 점에 있고, 그것이 또 서사양식과 어떤 각도에서 측정되느냐에 있다고 할 것이다. 시학(문예학적)의 과제라 함은 이런 문맥에서다. 이것이 한 소설가가 어떤 곡절을 겪어 '극시인' 으로 변신하기에 이르렀는가와 극시인의 탄생이 또 어째서 '비극의 탄생' 이었는가를 알아보기 위해 장편 『화두』를 읽는 이유이기도 하다.

당초 W시의 고등중학생으로 LST를 타고 남한 땅에 온 최인훈에 있어 화두가 있었다. '나는 무엇인가' 가 그것이다. 이 화두를 푸는 방식으로 선택된 것이 소설쓰기였다. 어째서 하필 소설이어야 했을까. 바깥에서의 꿈꾸기가 가능한 글쓰기로 소설이 제일 적합해 보였기 때문이다. 그가 작가가 된 까닭이다. H읍에서 소자산 계급의 집에서 태어나고 W시에서 배우고 서울에서 방황한 그의 '나' 를 찾는 행위가 『광장』이었고 「회색의 의자」요, 「소설가 구보씨의 일일」이었다. 그러나 어느 단계에 왔을 때 더 이상 소설쓰기를 지속할 수 없었는데, 그것으로써도 '나는 무엇인가' 가 확인되지 않기 시작했던 까닭이다. 양간도행에서 그는 소설쓰기의 한계에 부딪쳤고 무려 3년을 거기서 가족과 더불어 헤매어 마지않았다. 양간도에 먼저 가서 터전을 잡아 뿌리를 내린 부모형제 속에서도 그는 여전히 자기 확인의 불가능에서 자유롭지 못했다. 그 이유는 자명한데, 그가 관습에 침윤된 작가였음과 무관하지 않았다. 양간도 3년간 그가 글 한 줄 쓸 수 없었음이 그 증거다.

해방 전 시골에서 살 때, 어머니를 따라 시골 외갓집에 간 적이 있었다. 모자는 앞서거니 뒤서거니 숲길을 걸었는데 걷기에 지친 소년이 짜증을 부리자 어머니는 갑자기 길 옆 숲에 몸을 숨기지 않겠는가. 순간 소년은 빈 길 한가운데 혼자였다.

"어느 사이엔지 어머니가 곁에 보이지 않았다. 하얗게 햇빛이 부신 한낮이었다. 나는 뒤처졌는가 싶어 시골길 풀이 우거진 모퉁이까지 달려갔다. (……) 나는 그 자리에서 허둥거렸다."(『화두 I』, 282쪽)

어머니가 숲에서 다시 나타나기까지 몇 분 동안의 그 세계의 텅 비어 있음을 두고 훗날 그는 '영원'이라 불렀다. '비어 있는 영원'이란 무엇인가. '나에게 나타난 영원이란 비어 있음이라는 모습이었다'는 이 감각은 무엇인가. 아기장수 잃은 용마의 울음, 바로 그것이 아니었을까. 그때 최인훈은 비어 있는 영원을 보지 않았던가. 어머니가 사라진 것을 알고 달려가서 풀숲 모퉁이를 돌아설 때 길의 저 앞쪽에 있던 철교와 그 밑으로 휘어진 길이 지금도 따라갈 수 있는 것처럼 보인다. 뒤돌아보았을 때 저쪽 숲 모퉁이로 사라지는 길 위에 하얗던 햇빛이 눈부시다. 그런데 그것들은 없는 것이나 마찬가지였다. 방금 곁에 있던 어머니가 사라지고 남아 있는 온갖 것들은 그 이전의 것들이 아닌 낯선 것들이었다. '나 자신조차도 바로 전까지의 내가 아닌 누구였다.'

이러한 '비어 있음'을 정작 그는 혈육이 모두 가서 뿌리를 잔뜩 내리고 있는 그 양간도에서 무려 3년(1973~1976) 동안 순간순간 느끼고 있었다. '나는 무엇인가'라는 화두란 '비어 있는 영원'에 대한 것이었을 터인데, 그리고 그 근거였던 어머니의 죽음이 겹쳤는데, 이를 풀기 위한 계기로 작동된 것이 '장수 잃은 용마의 울음' 이었다. '나는 무엇인가' 의 화두를 풀기 위해서는 '비어 있는 영원' 의 터전에로 되돌아와야 했다. 양간도 아닌 그 공포의 땅으로의 귀환, 그것이 바로 아기장수 설화였다.

1976년 5월 초순 귀국한 그는 어떤 곡절을 겪어 화두에 부쳤던가. 글쓰기가 그 정답이었다. 희곡 아닌 소설을 씀으로써 그는 마침내 화두를 풀었을까. 장편 『화두』가 그 해답일까.

여기에서 상당한 설명이 요망될 터다. 첫번째 화두를 풀기 위해 그는 꿈꾸기를 바깥에서 바라보는 소설을 택했고, 그로써 일정한 성과를 보였다. 그러나 한순간 그는 또다른 화두에 봉착했는데, 소설형식이 지닌 '관습' 의 벽이 그것이었다. 양간도 3년간의 헤맴 속에서 풀어야 될 화두를 그는 찾아냈는데, 주어적 사고에서 술어적 사고에의 전환, 곧 소설에서 희곡(극시)에로의 나아감이 그것이다. 자기 안에서의 울림의 형식, 그것이 극시였다. 그렇다면 소설 '화두' 란 무엇일까. 도루아미타불일까 혹은 극시에 이른 과정의 해설서에 지나지 않는 것일까.

5. 소설적 화두 — 이청준의 「비화밀교」

화두란 무엇인가와 그것이 어째서 하필 아기장수 설화와 관련되어야 했던 것일까를 통해 최인훈식 화두의 성격을 살펴봤거니와, 글쓰기 자체가 화두임을 또다른 측면에서 제기한 작가로 「소문의 벽」(1971), 「비화밀교」(1985), 「벌레이야기」(1985) 등을 쓴 이청준을 들 수 있다. 이들 작품 중 「비화밀교」를 통해 이청준이 던진 화두는 소설 쪽에서 바라볼 때 아주 구체적이어서 주목된다. 최인훈에 있어 화두란 '나는 무엇인가' 또는 '내 인생 어떻게 살 것인가' 쪽에 무게중심이 놓여 있었고, 아기장수 설화를 온몸으로 실천하는 영웅적 행위로써 스스로 풀 수 있는 그런 것이었다면, 또 다르게 말해 인생문제와 글쓰기 문제를 동시에 푸는 것이었다면, 그 때문에 단연 모험적이었다면, 이청준의 화두는 소설이란 이름의 글쓰기 그 한 가지 문제에 국한되었다는 점에서 소설적 과제에 본격적으로 관련되어 있다. 어느 쪽이든 이들 화두가 아기장수 설화를 배경으로 한 점에서 일치되어 있음은 웬 까닭일까. 이 물음에도 「비화밀교」는 유력한 실마리를 제시하고 있는 만큼 작품 줄거리부터 잠시 살필 필요가 있다.

작중화자인 소설가 '나'가 옛 은사이자 민속학자 조 선생을 만나 그의 안내로 서울을 떠나 G읍에 있는 제왕산 꼭대기에서 펼쳐진 제야행사에 참여하여 거기서 벌어지는 놀라운 광경을 기술한 「비화밀교」는 일종의 그 지방 민속놀이를 소재로 했다. 지방마다 그 역사적 조건과 특징으로 말미암아 민속놀이도 다양할 수밖에 없겠지만 이 지방의 민속놀이는 매우 특이했는데, 역사라면 비사(秘史)가 되겠고 종교라면 일종의 비교(秘敎)가 될 수 있는 그런 성격을 띤 점에서 사람들의 흥미를 끌 만했다. 정사에 기록된 바 없이 사람의 입으로만 쉬쉬하며 전해진 것이 '비사'라면 설교할 교리(敎理)나 통일된 명문의 경전(經典)이 없는 종교가 이른바 '비교'다. 이 두 말의 사이에 작가는 '화두'와 '밀(密)'을 끼워넣음으로써 '비교'의 밀도를 한층 고조시키고 있다. '비교'이되 불로써 은밀히 행하는 민속놀이란 대체 어떤 것일까. 조 선생이 '나'에게 주의시킨 점이 이 놀이의 성격을 규정해준다.

"내 자네한테 미리 한번 당부를 해두겠네만 오늘밤 여기서 있었던 일들은 듣고 보고 행동한 모든 것이 여기서 끝나 없어지고 마는 걸세. 산을 내려가면 그것으로 모든 건 없었던 일이 되고 마는 거란 말일세. 내 더이상 덧붙이지 않더라도 이 고을 태생인 자네마저 여태까지 이 일을 모르고 지내온 걸 생각하면 내 말이 무얼 뜻하는지 짐작이 갈 걸세. 그걸 머릿속에 잘 새겨두게."(『비화밀교』, 나남, 173쪽)

제왕산 정상의 넓은 분지에 매년 제야엔 이 고을 출신의 온갖 계층의 인물들이 모여들어 서로 용서하는 기묘한 행사로서 불을 지피게 되며,

그 불씨를 마지막으로 간수한 자가 이른바 종화주(種火主)로 된다. 그는 다음해 제야에 먼저 와서 불을 피워놓는다. 증오와 억울함과 원한과 용서에 사무친 사람이면 누구나 종화주가 될 수 있다. 이 놀이가 의미하는 핵심이 연년세세로 이어오되 제야 하룻밤의 일로 끝남에 놓여 있다. 세속에서 온갖 죄를 지은 악한이나 배신자라도 이 산정의 제야 불놀이에서는 서로 형제간이 된다는 것, 이 기묘한 화해의 방식이 민속으로 이어온다는 것, 그리고 아주 은밀하여 그 지방 출신조차도 잘 모를 지경으로 되어 있다는 것 등이 이 놀이의 특징이다. 나쁘게 말해 세속의 권력자나 악당들이 교묘하게 꾸며낸 자기 합리화의 장치일 수도 있고, 좋게 말해 억울한 피해자들의 사무치는 원한을 불의 환락 속에서 복수하는 장치일 수도 있다. 이 양면성이 불놀이의 긴장력의 근거인 만큼 만일 가해자측과 피해자측의 절묘한 균형감각이 깨지거나 어느 한쪽이 강해지면, 가령 그날 밤의 피해자 측의 젊은이들의 불손한 움직임이 정도를 넘으면 이 놀이 자체가 파괴될 위기에 직면하게 된다. '폭발(반란 · 혁명)이 없는 대신 끈질긴 소망과 기다림' 으로 요약되는 이 정리된 놀이와 족히 비교되는 것이 있다면 그것은 무엇일까. 드러냄을 대전제로 한 아기장수 설화가 아니었겠는가.

앞에서 거듭 살펴본 바와 같이 아기장수 설화의 비극성은 그 '드러남' 에 있다. 「황토기」에서의 억쇠는 물론이고 「옛날 옛적에 훠어이 훠이」의 용마의 울음도 세상에 드러남으로 인한 비극이면서도 그것은 당초 그 드러냄이 없이는 성립될 수 없는 얘기라는 점이 특징적이다. 애초에 그 드러남의 비극이 전제되어 꾸며진 설화인 만큼 그 비극이 완성되려면 비밀(사실)은 그 정체를 송두리째 드러내야 했다. 그러나 「비화밀교」의 대전제는 이와는 결정적으로 달랐다. 앞에서도 잠시 보았듯 「비화밀교」의 등장인물이 작가인 '나' 와 민속학자이자 옛 은사인 조 선생 사이에 놓인 제야에 벌어지는 제왕산 정상의 불놀이에 대한 대전제는 '절대로 발설하지 않음' 이었다. '드러냄' 을 대전제로 한 아기장수 설화와 이 점에서 결정적으로 구분된다. 끝없는 기다림과 상호 용서의 기묘한 불놀이의 대전제가 절대로 발설하지 않음을 전제로 한 것이기에 민속학자 조 선생도 소설가인 '나'도 절대로 이를 소재로 한 연구 논문도 작품도 쓸 수 없게 되어 있다. 그렇다면 조 선생은 왜 작가인 '나'에게 이 사실을 보여주고자 했을까. '절대로 소설로 써서는 안 되는 것을 소재로 한 소설을 써보라!'라는 것일까.

민속학자인 자기의 한계를 돌파해보라는 조 선생의 절망적 몸부림이었을까. 요컨대 조 선생의 '나'에 대한 이런 요구란 일종의 화두 또는 공안(公案)이 아닐 수 없다. 절대로 드러내서는 안 되는 것을 절대로 드러내야 함이 소설이고 학문이라면 제왕산의 제야 불놀이는 결코 풀 수 없는 화두가 아닐 수 없지 않겠는가. 과연 소설은 이 공안을 뚫을 수 있을까.

"영원히 세상에 알려져서는 안 되는 기이한 비교의 기이한 예배행사, 그것이 세상에 알려질 때는 그것으로 그만 그 교리와 예배처가 소멸되고 말 운명의 지하밀교행사 (……) 그는 내게 하나의 충격적인 소설거리를 보여주고 나서, 동시에 그것을 쓰지 못하게 하는 침묵의 굴레를 씌워온 것이었다."(213쪽)

이 화두는 어떻게 풀어야 되는 것인가. 작가 이청준에 있어 소설, 그러니까 '소설질'이란, 세상에 은밀히 감추어진 얘기를 들추어내 교묘히 햇빛 속에 드러내는 인간의 정교한 발명품의 하나인데, 이를 정면으로 금지하는 것이 제왕산 불놀이라면 과연 소설가는 이 화두를 풀 수 있을 것인가. 이 물음에 작가 이청준은 썩 민첩하여 인상적이다. 논리적 상식적 수준으로는 결코 풀 수 없음이 공안이 지닌 일반적 성격이라면, 작가 역시 상식에서 벗어난 모종의 특단적 장치를 매설하지 않으면 돌파해갈 수 없다. 조 선생이 제시한 '쓰지 못하게 하는 침묵의 굴레'에다 실낱같은 틈을 냄으로써 불놀이 자체의 금기사항을 부분적으로나마 깨뜨리는 보조선을 만들어냄이 그 방법이다. 그날의 불놀이 도중, 불손한 젊은이들의 격렬한 몸짓이 그것. 자칫하면 '폭발'에로 치달아 불놀이 자체를 소멸시킬지도 모를 징조가 거기 움트고 있지 않았던가. 그 폭발은 시간 문제에 다름아니었다. 이 보조장치를 도입함으로써 작가는 금기사항의 가시화를 도모할 수 있었다. 이 점에서 「비화밀교」는 홑겹으로 된 현실반영의 리얼리즘계와 구별되며 동시에 이청준 소설의 웅숭 깊은 창작방법론의 드러냄도 되는 것이다.

「비화밀교」는 제왕산 불놀이가 마침내 폭발로 치달을 조짐을 드러냄으로써 끝낼 수가 있었다. 폭발해버릴 수도 있는 제야의 이 불놀이로 말미암아 그 동안의 금기사항이 사실상 부분적으로나마 무효화되었기에 조 선생이 던진 공안은 저절로 풀릴 수 있는 틈이 생긴 셈이었다. 그렇다면 다시 한번 화두 또는 공안이란 무엇인가를 묻지 않으면 안 된다. 풀리기 위해 던져져 있는 것이 세상에서 말하는 화두 또는 공안이라면 소설도 이 공안의 일종일 수밖에 없다. 그러기에 소설이란 리얼리즘(현실반영)이 아닐 수 없다. 다만 홑겹의 현실반영이 아니라 겹겹의 현실반영이어야 한다는 것이 작가 이청준의 창작방법론이다. 공안 또는 화두가 겹겹의 현실반영이기에 이청준의 소설은 이를 반영하고 있을 따름이다. 따라서 그의 소설은 공안이 지닌 난해성을 그대로 보존하지 않을 수 없게 되어 있다. 그 난해성의 근거인 공안의 난해성을 그대로 보이면 다음과 같다.

"하나의 사실이라는 것은 어떤 조작이나 은폐의 기도에도 불구하고 결국은 그 자체의 힘으로써 자신의 존재와 질서의 운명을 스스로 증거하게 마련인 것이라고나 할까. 그런 의미에서 그것은 어쩌면 보다 직접적인 공안의 실현이자 나의 소설에 앞선 해답이랄 수 있으리라."(221~222쪽)

사실을 은폐하고자 하는 인간의 은밀한 욕망과 이를 드러내고자 하는 인간의 은밀한 욕망이란 실상 등가이며, 이 긴장력 속에 사실과 진실이 동시적으로 공존한다는 점이야말로 모든 화두나 공안이 지닌 일반성이 아니었던가. 작가 이청준의 소설이 이 공안의 모방이기에 그의 소설은 리얼리즘계가 아닐 수 없다. 그것이 난해성 소설로 보이는 것은 공안 자체의 난해성, 곧 겹으로 된 현실반영이었음에서 결과된 것이었다.

6. 세 가지 문학적 과제

아기장수 설화를 가운데 두고 이를 직접 · 간접으로 다룬 「황토기」 「옛날 옛적에 훠어이 훠이」 「비화밀교」를 여러모로 살펴본 이 글에서 드러낼 수 있는 문학적 과제란 과연 무엇일까. 다소 정밀도가 모자랄지라도 다음 세 가지를 잠정적으로 제시해볼 수도 있지 않을까 싶다.

첫째, 아기장수 설화가 드러냄을 대전제로 한 비극이며, 그래서 비극이 지닌 정화작용을 수행함으로써 그 비극성이 승화될 수 있었고, 따라서 예술적 장치로 수습되어 오늘에 이르렀다는 점. 「비화밀교」도 이 사실을 한층 첨예화하기 위한 보조장치로 씌어졌다. 감춤을 대전제로 한 것이 「비화밀교」라 하지만 제야에 행해지는 제왕산 불놀이의 금기사항도 바로 그 자리에서 침범되고 있었음을 그 증거로 삼을 수 있다. 하나의 '사실' 이란 '어떤 조작이나 은폐의 기도에도 불구하고 자체의 힘으로써 자신의 존재와 질서의 운명을 스스로 증거하게 마련' 이라는 것, 이 명제란 뒤집어보면 드러냄을 대전제로 하는 아기장수 설화와 동격이 아닐 수 없다. 아기장수 설화가 직접적이라면 제왕산 설화가 역설적 방식으로 구성되었음이 양자의 차이점이다.

둘째, 비극이란 화두 혹은 공안에서 비롯된다는 점. 어떤 화두도 풀리기 위해 던져진다는 사실은 강조될 필요가 있다. 상식적 해법으로는 풀리지 않기에 어떤 공안 또는 화두도 형이상학적 초월이다. 칸트는 이를 이성에 대한 도전으로 보고, '물자체(物自體)' 라는 개념을 설정해 보였다. 이성이 지닌 속성, 곧 사물 또는 현상에 대해 물리칠 수도 없고 그렇다고 풀 수도 없는 운명을 가리켜 칸트는 이성의 자연본성이라 불렀다.(『순수이성비판』 서두)

풀 수 없는 문제란 그것이 이성의 범주를 넘어서기 때문이며, 이를 그냥 방치하지 못함이 또한 이성의 자연본성이기에 칸트는 '물자체' 라는 범주를 설정했거니와, 이런 장면은 결국 일종의 인간적 비극이 아닐 수 없다. 이성이 지닌 비극성, 이는 곧 인간의 운명이 아닐 수 없다. 공안이나 화두는 '물자체' 에 몸으로 부딪치는 인간의 몸부림이 아닐 것인가. 그 몸부림에서 모종의 벼락같은 깨우침이 생겨날 수도 있을 터다. 그 벼락같은 순간의 도래 가능성은 몸부림(절망)의 심도에 비례할 것이다. 화두란 절망에 몸부림치는 자의 비명이긴 하나, 그 때문에 결국 풀리기 마련이었다. 김동리는 억쇠(사반)를 그런 형태로 보여주었고, 최인훈은 '장수 잃은 용마의 울음' 을 통해 스스로의 운명을 풀어나갔고, 이청준은 제왕산 불놀이에서 자기 소설의 공안을 풀어냈다. 김동리는 억쇠를 저 시공을 초월하여 2천 년 전 갈릴리 호숫가를 헤매게 함으로써 화두를 풀어냈고, 최인훈은 양간도에서 3년 만에 귀국할 수 있었고, 이청준은 하늘을 태우는 제왕산 불놀이의 화광을 보면서 「서편제」(1976) 연작을 쓸 수 있었다.

셋째, 이 점이 중요하거니와, 김동리의 억쇠(사반)와 최인훈의 「옛날 옛적에 훠어이 훠이」나 이청준의 「비화밀교」의 장르상의 성격에 관한 점. 「황토기」나 『사반의 십자가』는 누가 보아도 소설일 터이며, 「옛날 옛적에 훠어이 훠이」는 당연히도 희곡(극시)이며, 「비화밀교」는 소설이다. 그러나 이러한 통념상의 장르개념이란 문학 본질론에서 볼 땐 별 의미가 없다. 장르란 웰렉의 지적대로 일종의 관습(『문학의 이론』 제17장)에서 도출된 형태상의 분류개념에 지나지 않는다. 이 점은 자주 강조될 필요가 있다. 형태상의 관습적 분류개념이 문학 본질론에 별 도움이 되지 않는다면 굳이 그런 분류개념에 매달릴 이유가 없다. 이 점에서 슈타이거의 『시학의 근본개념』(1946)은 시사하는 점이 많다.

슈타이거는 먼저 서정시, 서사시(소설), 극 등의 명칭으로 문학의 본질을 논하기 어렵다는 사실을 역사적 관습적 사례를 들어 분석하고, 그 대신 형용사인 '서정적' '서사적' '소설적' '극적' 이라는 용법을 내세웠다. 이러한 세 가지 형용사적 용법은 어느 일정한 문학작품이 관여할 수 있기도 하고 않기도 한 간단한 성질의 명칭을 내포한다. 그러므로 '서정적 담시' '극적인 소설' '서사적 비가' 등의 용법이 요망되며 이러한 용법이 문학 본질론에 육박할 수 있다는 것이다(이유영 · 오현일 역, 삼중당, 320쪽). 슈타이거에 따른다면, 서정적 양식은 회감(회상 · 기억 Erinnerung)에, 서사적 양식은 표상에, 극적 양식은 긴장에 각각 대응된다. '느낌' '가리킴' '증명함' 에 각각 대응되는 이 세 가지 형용사적 장르개념에서 주목되는 것은 표상(가리킴)으로서의 서사적인 것과 느낌으로서의 서정적인 것의 구별점에 관해서다. 슈타이거는 전자가 영혼(Seele)에 관여된다면 후자는 정신(Geist)에 관여된다고 보았다. 여기서 말하는 영혼이나 정신은 종교적 용법과는 무관한 것으로, 전자는 '회감' 속에 떠오르는 정경의 유동성이며, 후자는 '보다 큰 전체적인 것을 자체 속에 제시하는 기능적인 것' (286쪽)을 가리킴이다. 필자는 '혼의 시' 와 '정신의 시' 를 나누고, 김소월과 이육사를 각각 대응시킨 바 있다.(졸저, 『한국근대문학사상 비판』, 일지사, 1978, 제3장 제1절 「혼과 형식」 참조)

이러한 논법을 참조할 때 김동리의 억쇠(사반)는 혼에 관여된 '서정적인 것' 에 좀더 기울어진 것이 아닐까. 거기에는 2천 년 전이나 지금이나 시간적 구별이 없다. 인간은 회감하면서 현재에서부터 흐름 속에 뛰어들어 이끌려가는 물결 위에 같이 헤엄쳐가는 형국이다. 정착이란 있을 수 없다. 시간의 3분법에 대응시킨다면 서정적인 것의 생명은 회감에, 서사적인 것은 현존(現存)에, 극적인 것은 예시(豫示)로 될 터다. 「옛날 옛적에 훠어이 훠이」가 예시에 해당된다면 「비화밀교」는 현존화라 할 것이다. 눈앞에서 벌어지는 정경의 묘사를 두고 현존화라 부른다면 「비화밀교」는 뚜렷해진다. 「옛날 옛적에 훠어이 훠이」는 이와는 달리 생명이 나아갈 목표와 그것이 좌우되는 핵심을 예견한다. 억쇠가 서정적인 것에 좀더 본질적으로 기울어졌고, 「비화밀교」가 서사적인 것에, 그리고 「옛날 옛적에 훠어이 훠이」가 극적인 것에 기울어졌음이 좀더 설득력 있는 논의로 나아가기 위해서는 상당한 공부가 요망되겠지만, 요컨대 이로써 하나의 공안을 삼을 수는 있을 터다.

어떤 공안도 풀리기 위해 던져지는 법인 만큼 그러한 기대는 헛되지 않을 수도 있으리라 믿는다.

끝으로, 이 글을 마무리함에 있어 한 가지를 다시 한번 확인해두기로 한다. 곧 소설이란 이름의 화두가 그것이다. 소설이란 이름의 공안을 내걸고, 이를 골똘히 풀어낸 작가 이청준의 방식을 다시 한번 음미하기로 하자.

절대로 발설해서는 안 되는 것을 어떤 방식으로든 발설함이 소설이 짊어진 이청준식 공안이었다. 이 공안을 작가 이청준은 이에 멈추지 않고, 아기장수 설화에도 적용시켜 풀어내고 있었다. '사실이 일단 비극으로 완성이 되고 난 다음에는 그것을 다시 만인의 삶으로 함께 완성시켜나가는 이야기의 과정이 뒤따르는 형식' (이청준)을 이번에 극작가 최인훈이 극명히 보여주었다. 아기장수와 그 부모가 용마를 타고 승천하는 장면을 지켜보던 마을 사람들이 신명난 춤을 추면서 외쳐대고 있었음이 그것이다. "훠어이 훠이, 다시는 오지 마라 훠어이 훠이"라고. 여기까지 이르면 만인에 의한 이러한 완성의 방식이 현실에서 왔음을 확연히 깨칠 수가 있다. 어떤 사실에 가해진 어떤 금기사항도 그 사실 자체의 힘으로써 자신의 질서와 운명을 스스로 증거하게 되기 마련인 만큼 깨지게 되어 있다는 점에 착목할 때 어떤 공안도 스스로 한계를 안고 있다고 할 것이다. 소설의 공안이란 이처럼 기껏해야 현실의 반영(모방)에 지나지 않는다. 일찍이 불세출의 작가 루카치도 이 점에 착목, 소설의 화두를 헤겔 식으로 이렇게 풀어낸 바 있다.

"'본질은 탐구하지 않으면 안 된다. 동시에 그 본질은 절대로 찾아지지 않는다' 를 소재로 하는 소설장르에서만 시간은 형식과 더불어 주어진다(Nur im Roman, dessen Stoff das Suchen-müssen und das Nicht-finden-können des Wesens ausmacht, ist die Zeit mit der Form mitgesetzt)"라고(『소설의 이론』, 루터한트, 108쪽). 절대모순을 불러온 것이 '시간'이라 봄으로써 그는 소설의 운명의 표정을 묘파했던 것이다. 희랍의 서사시와 근대소설의 변별성에 주목한 결과였다는 점에서 루카치 쪽이 추상적, 관념적, 그래서 예술사적 문맥에서 도출된 이론이라면, 이청준의 방식은 역시 추상적 관념적이긴 하나, 예술사와는 무관한 현실정치사적 과제라 할 것이다. 현실반영론에서 도출된 논리이기 때문이다.

최일남 문학의 3박자 균형감각
—『노신전집』『국사대관』『사정한 조선어 표준말 모음』

1. 글쓰기의 지속성과 단편중심주의

「쑥 이야기」(1953)로 등단한 이른바 전후세대 작가군에 속하는 최일남(1932)의 근작은 '노을지경'을 다루고 있다. 작가 스스로 여덟 편에 이르는 근작들을 싸잡아 '노을지경'이라 부르고 있거니와, 여기까지 이르도록 씨는 그야말로 쉽이 없었다. 뜀박질에 비유한다면 분명 장거리 선수라 할 것이다. 이 점에서 그는 악전고투의 마라토너를 연상시킨다. 『타령』(1977), 『춘자의 사계』(1979), 『손꼽아 헤어보니』(1979), 『거룩한 응달』(1982), 『누님의 겨울』(1984) 등의 창작집을 거쳐 『흐르는 북』(1986)에 이르고, 『젖어드는 땅』(1988), 『숨통』(1989)에 이르기까지 그는 쉽이 없었다. 반짝 빛나는 작가도 있고 쉬어가면서 쓰는 작가도 많지만 이처럼 노익장의 지속성은 단연 유별나다. 이 유별남을 잘 살펴보면 그의 글쓰기의 형식이 단편중심주의임을 알 수 있다. 장편 『거룩한 응달』은 따라서 한갓 외도이거나 정치적 감각의 일방적 비대로 말미암아 균형이 깨진 실패작이었음이 판명된다(1996년에 발표한 장편 『덧없어라 그 들녘』도 이와 대동소이하지 않을까). 대체 이 단편중심주의란 무엇이고 어떤 곡절이 그 속에 잠복되었으며, 어째서 그것이 최일남 문학의 지속성의 근거일 수 있는가를 근작 '노을지경'을 통해 검토하고자 함이 이 글이 겨냥한 곳이다. 이러한 작업을 통해 밝혀질 성과는 응당 '최일남 문학의 글쓰기'의 근거 해명에 국한되겠지만, 만일 이에 멈추지 않고 '글쓰기 일반'의 근거 해명으로 나아갈 수 있다면 의외의 성과라 할 것이다.

2. 네 사람의 대화와 한 사람의 독백

연작 '노을지경'의 여덟번째 작품인 「아주 느린 시간」(『문학사상』 2000년 6월호)에는 다섯 명의 노인들이 등장한다. 이들의 처지가 '대화≠독백'과 어떤 층위에 있는가를 잠시 엿보기로 한다. 먼저 민 노인의 경우. 친구의 죽음에 대한 문상을 가기 직전 아내와의 대화로 일관되어 있다.

(A) "지관이라면."

"종이로 만든 관이 지관 아닌가."

"그런 관이 생겼어요? 처음 듣네."

"실은 나도 금시초문이었는데 골판지로 만든 거래. 기왕 태워 없앨 것 나무면 어떻고 종이면 어때. 기다리는 지루함을 덜기 위해서도 빠를수록 좋지. 안 그래?"

"거기까지 갈 것 뭐 있수. 병원에 누웠다가 해부학 교실로 직행하는 사람도 더러 있습디다. 빠르기로 따지면야 그게 제일이겠네."

"암. 맘먹기에 따라서는."

"화장 다음엔 납골당인가요."

"그렇지. 값의 고하에 따라 재질이 다른 단지에 가루를 담아 가까운 납골당으로 향하는데, 개중에는 장례장 안에 붙은 작은 동산에 올라 그 자리에서 뿌리는 사람도 있더라구."

"산에다 곧장?"

"아냐. 바로 뿌리면 산을 오염시킬 염려가 있기 때문에 산림법 제 몇조에 걸린대나."

"비료 구실을 해서 토양이나 나무에 이로울 텐데."

"그쯤 여기는 게 보통인데 실지로는 그렇지 않은가 봐. 별도로 마련해 놓은 대형 단지 투입구에 촉감이 아직 따끈따끈한 뼛가루를 조르르 쏟게 되어 있어요."(146쪽)

아직 죽음과는 거리가 먼, 그럼에도 죽음을 앞둔 민 노인과 아내의 이 대화에서 빚어지는 해학적 분위기란 무엇인가. 이런 헐거운 말투가 죽음의 어두운 중압감의 또다른 반사가 아닐 것인가. 죽음을 한없이 가벼운 존재로 끌어내려 계제만 닿으면 찧고 까불고 있다. 진정 도통한 경지에 접어든 때문일까, 언젠가는 어김없이 닥쳐올 죽음에 대한 예습일까. 부부가 아직 건재하고 있는 이 마당엔 어느 쪽인지 단정할 수 없지만 분명한 것은 '죽음 끼고 살기'의 한 형태라는 사실이다.

두번째는 3년 전에 이곳 당산으로 이사 온 김 선생과 달포 전에 이사 온 친구 정 선생과의 대화로 일관되어 있다.

(B) "나 지금 농담을 하고 있으니 너무 놀라지 말게."

"표정은 정색인데 입으로만 농담이라고 하면 누가 믿어."

"그래? 내 얼굴이 정색한 얼굴이라고?"

"말장난 그만두게. 내 진담에 대답할 차례야."

"그전에 내 말 더 듣게."

"계속 힘들게 만드는구먼."

"누구는 힘 안 드는 줄 아나. 나에겐 말일세, 세월과 더불어 차차 지워지기는커녕 갈수록 덩치가 커지는 수치심이랄까 회한이 몇 가지 있네. 아냐 그것들이 새끼를 치는 바람에 생긴 소소한 것들까지 합치면 수도 없다구. 불시에 엄습하여 잠을 설치기 일쑤라네. 그러라고 누가 다그치는 것도 아냐. 사서 지랄하는 거지. 자네도 알잖나. 내가 고등학교 졸업장을 위조해서 삼류대학이나마 들어간 것. 뿐인가. 나는 자기 살림도 말이 아닌 친구 하나가 가족 몰래 빌려준 돈까지 떼어먹었다네. 그가 일찍 죽었거든. 당연히 유가족을 찾아 저간의 사정을 고백하고 돈을 갚았으면 좀 좋아. 차일피일 미루다가 아주 기회를 놓치고 인생 제대 말년에 이중 삼중의 뉘우침을 겹겹이 안고 살아."

"그러기로 들면 누군들 마음이 편할까."

"속이 편하고 불편하고를 떠나 연만한 자는 내남없이 그만한 자충수와 싸우는 것 같애."

"지나치게 소극적인 네거티브 발상이야. 이룬 업적은 어쩌고. 크건 작건 자신이 선택한 직업에 기를 써 가족 먹여살리고 자식 기르는 일이 어딘데. 얼마나 벅차고 보람 있는 사업인데."

"우리가 지금 문제삼는 건 그런 상식이 아니잖아."(152~153쪽)

이 대목에서 보석처럼 반짝이는 단어는 '자충수'다. 6·25 직전 한밤중 시골 모 중학에서 좌익 청년들이 삐라를 등사하고 있음을 배탈난 소년이 측간을 들락거리다 목격, 자랑삼아 이를 발설했고, 경찰에 체포된 이들 중 정 선생의 형이 끼여 있었다. 그 소년이 바로 오늘의 김 선생이며, 정 선생의 형은 결딴난 몸으로 피난터를 옮겨다니다 죽었다. 그러니까 프로이트도 미처 생각지 못한 이데올로기였던 것. 이를 표나게 의식, 물신화의 수준에까지 끌어올리는 것이 한(恨)의 사상이고 이를 거꾸로 해소하는 장치로 고안해낸 것이 굿이라면 자충수란 새삼 무엇인가. 삶이란 바둑판인지도 모를 일. 바둑을 둘 때, 자기의 돌을 자기의 호구에다 놓아 자기 수를 줄이기만큼 어리석은 일은 없지만 또한 어쩔 수 없는 상황도 벌어지는 법. 이를 논리적으로 따지는 일은 어리석기에 앞서 사치스러움이 아닐 것인가. '모든 걸 털고 해결하고 세상을 뜬다는 생각 자체'란 대체 무엇이겠는가. '가당찮은 허영'이 아닐 수 없다. 이러한 인식은 '죽음 끼고 살기' 에서 온 것이다.

세번째 경우는 박 선생의 초등학교 여자 동창생 만나기. 병석의 모 동창의 청으로 박 선생이 수소문해서 알아낸 여자 동창생과의 두번째 데이트 장면의 대화를 보면 이러하다.

(C) "이런 자리에서 입 밖에 내기 면구스럽지만 급전 좀 돌릴 수 없을까요. 사정이 하도 급해서……"

(……)

"얼마나."

"이백만원이면…… 뻔뻔하지요? 웬만하면 꾹 참으려고 했는데. 부끄러워요."

"오죽 다급했으면 이러겠소. 집에 가서 통장을 보겠습니다. 군자금으로 넣었다 뺐다 하는 내 통장이 따로 있는데 그만한 여유가 있는지 알아보리다."

"넉넉잡고 서너 달 후에는 갚을 수 있을 거예요."

"이자는 안 받을 테니, 다행히 입금이 되거들랑 그때 가서 꼭 갚아요." (158~159쪽)

아무리 그리운 사이라도 혹은 남녀의 은근한 사이라도 돈 문제가 끼어들면 결딴나거나 적어도 그리움의 망상은 금가기 십상이다. 어차피 '눈앞의 현실에 이리저리 휘둘릴밖에 없다' 는 명제란 산사람의 의무의 하나가 아닐 수 없다.

이에 비할 때, 다섯번째의 홍 노인은 어떠한가. 앞에서 이미 검토한 것들과 같은 대화이긴 하되 다른 점은 '죽은 자' 와의 대화라는 사실이다.

(D) "여기가 어딘고 하니 에스빠르라는 양식집이야. 당신과도 한 번 왔던가. 이탈리아 요리 전문집인데 상호를 왜 희망이라는 프랑스어로 붙였는지 모르겠어. 그야 어쨌건 메뉴가 다양해. 혀에 선 것들이 대부분이긴 해도 벤처 정신이 뭐야. 이런 데에도 적용해서 나쁠 것 없지.

내가 방금 주문한 게 뭔 줄 알아. 설마 피자를 시켰겠느냐구? 물론이지. 그딴 피자나 파스타 유를 먹자고 먼 길을 찾아왔을까. 있기야 있되 여기 것은 본바닥 솜씨 그대로이기 때문에 다른 데 것과 월등히 차이가 나지만, 내가 오늘 주문한 것은 치즈 퐁뒤야. 끓는 치즈 속에 빵조각이라든가 고기를 꼬챙이에 끼워 적셔 먹지. 스위스에서는 올리브 기름에 익혀 먹기도 한다는데 내 입맛에는 치즈가 낫더라구. 별미야."(160쪽)

홍 노인의 이런 별취미, 그러니까 세상의 상식에 도전, 돌출행위로 나아가기란 새삼 무엇인가. 매사를 뒤집어보기, 과거를 볶아먹거나 재탕하면서 살지 않기, 돌출행위 하기 등등 '노인은 노인다워야 한다'는 명제에 도전하기란 그래서 한식 대신 서양요리, 그것도 신식 피자먹기로 당당히 나아감도 따지고 보면 일종의 오기이자 죽음에 대한 아이러니에 지나지 않는 심리적 뒤틀림이어서, 영락없는 '죽음 끼고 살기'의 센티멘털리즘이지만, 그것이 죽은 자(아내)와의 대화라는 사실은 분명하다.

문제는 무엇인가. 죽은 자와의 대화도 '대화' 축에 드는 것일까. 한갓 '독백'의 범주가 아닐까. 대체 독백은 무엇이며 대화와는 어떻게 다른가. 이 물음에는 이런저런 전문적 설명방식이 있겠거니와 그중의 하나로 소쉬르의 언어시스템론(한 음운체계 내의 기표, 기의의 일치를 체계화한 것)에 대응되는 비트겐슈타인의 언어게임론을 들 수 있다. 비트겐슈타인 철학의 중심 개념의 하나인 언어게임론이란, 사람의 언어활동이 대강의 규칙에 의해 일단 행해지긴 하나, 구체적인 상황에서는 그때그때 만들어진다는 것으로 정리된다. 이때 주목되는 것은 다음 두 가지. 게임이기에 상대편과 '나'가 있음이 그 하나. 다른 하나는, 상대와의 게임에서 세세한 규칙이란 미리 따로 정해진 것이 아니라 그때그때 만들어진다는 사실이다. '언어생활 속에서 우리들은 언어로써 게임을 하고 있다'라는 생각을 그가 하기에 이른 것은 그의 실토에 의하면 어느 날 그가 축구장에서 경기를 구경함에서였다.(말콤, 『비트겐슈타인 회상기』, 1958, 제5장 참조)

대강의 경기규칙(가족적 친근성)만 있었지 세세한 규칙은 그때그때 만들어가며 게임이 진행되는 경기와 똑같이 언어생활도 미리 정해진 대강의 규칙 외에 구체적인 것은 그때그때의 상황에 따라 서로가 창조해낸다. 이 경우 상대방과의 격렬한 타협이 전제된다. 이를 대화라 부를 것이다. 대화란 규칙만들기의 다른 이름이 아닐 수 없다. 비유컨대, 그 어려움은 문법(언어체계)이 전혀 다른 두 사람이 직면한 의사소통 행위와 흡사하다. 서로의 의사소통을 위해 필사적일 수밖에 없지 않겠는가. 영어만 아는 사람과 한국어만 아는 사람의 의사소통 경우를 상상해보라. 양쪽이 결사적일 수밖에 없다. 이를 대화라 한다면 독백과는 어떻게 다른가. 언어게임론에 따른다면 문법체계가 같은 두 사람의 대화가 이에 해당된다. 두 사람이 의사소통을 한다 해도, 원리적으로는 한갓 독백에 지나지 않는다. 문제는 그러니까 언어규칙을 공유한 두 사람의 의사소통이냐, 언어규칙이 서로 다른 두 사람의 의사소통이냐에서 독백과 대화가 어느 수준에서 구분된다.

이러한 언어게임론에 비추어볼 때 위의 다섯 명의 노인들의 경우는 각각 어떠할까. 노인끼리의 의사소통이기에 문법(죽음 끼고 살기)을 공유한 말하기로 규정될 수밖에 없고, 따라서 모두가 독백 범주로 분류될 터이다. 문법으로서의 죽음 끼고 살기가 어떤 난관도 돌파하기 때문이다. 그렇기는 하나 홍 노인의 경우는 독백이긴 해도 좀 별난 독백이라 할 만하다. 죽은 자를 향한 말하기 방식인 까닭이다. 독백이긴 하되 혼의 대화로 규정될 터이다. 혼의 대화란 또 무엇인가. 그것은 작가 최일남의 글쓰기의 혼이랄까 핵심에 관련된 것이 아닐까.

3. 최일남식 독백의 근거로서의 책

'죽음 끼고 살기' 에서의 대화와 독백을 문제삼을 때 다섯 명의 노인 중 홍 노인의 경우의 유별남을 지금껏 살펴왔거니와, 그것이 어째서 작가 최일남의 글쓰기의 근거(혼)에 관련되었는가를 검토하는 일이 우선 과제로 떠오르게 된다. 독백과 대화를 구분함에 있어 죽은 아내와의 대화란 무엇인가. '죽음 끼고 살기'의 판에서 감행되는 이 대화는 분명 대화이긴 해도 저승과의 대화가 아닐 수 없다. 이 대화를 독백의 일종으로 규정하는 것은, 문법을 공유한 자들끼리의 대화의 일환이란 점에서의 독백이지만, 상대방의 부재라는 점에서 단연 일방적 독백이라 할 것이다. 상대방의 부재로 말미암아 홍 노인의 대화는 그 자체로 절대적이며 따라서 수정 불가능하다. 앞에서 이미 살핀 김 선생과 정 선생의 경우와 비교해보면 이 점이 좀더 분명해진다. 김 선생의 초청으로 모처럼 정 선생과 점심식사를 하면서 6·25 이전의 이데올로기와 관련된 대화가 아주 천천히 그리고 에둘러 힘겹게 진행되지만, 그 결과는 어떻게 되었던가. 실수로 말미암아 가해자의 처지에 놓인 김 선생의 지난날 죄의식의 고백에 대한 피해자 측과 정 선생의 대화 한 토막을 보이면 다음과 같다.

(정 선생) : "모든 걸 털고 해결하고 세상을 뜬다는 생각 자체가 무의미하고 사치스럽다고. 아니 주제넘어. 죽는 날까지 사람인 것이 사람의 노릇인데 완전 종결이 어딨어. 가당찮은 허영이지."

(김 선생) : "혹 떼러 왔다가 혹 붙이고 가는 격인가."

(정 선생) : "떼었다 붙였다…… 하다가 가는 거지."

(김 선생) : "허. 둘러대기도 잘한다."

(정 선생) : "헛헛." (154쪽)

상대방이 있는 대화란, 이처럼 타협도 자기 수정도 가능한 법이다. 혹은 정반대의 경우도 일어날 수 있다. 문법을 공유한 경우엔 이 점이 타협 일변도로 기울어질 공산이 크지만, 미미할지라도 그 역기능도 인정될 터이다(바흐친이 말하는 대화란, 근본적으로는 문법공유를 전제한 경우에 해당되는 것인 만큼 언어게임론과는 구별된다). '죽음 끼고 살기'를 문법적으로 공유한 김 선생과 정 선생의 대화가 화해 일변도로 귀결됨은 당연하지만 적어도 그 귀결에 이르는 과정에서 이런저런 수정과 타협은 뚜렷하다.

이에 비할 때 홍 노인의 경우는 어떠할까. 저승의 아내에게 일방적으로 말하고 있는 홍 노인은 실상은 고립무원의 처지에 놓여 있다고 볼 것이다. 스스로를 '독보적' 이라 믿고 실천해온 홍 노인이기에 아내 생존시에도 그러했으리라 볼 것이다. 현실 속에 안주하여 콩팔칠팔, 추한 일상을 합리화하는 따위를 '죽도록 싫어' 하는 홍 노인이 할 수 있는 유일한 수단은 죽은 아내를 향해서 시와 때, 장소를 가리지 않고 '독백≠대화' 함뿐이다. '독보적인 대화≠독백' 이라 부를 수밖에 없는 그만의 경지다. 이 경지의 특징은 '고립무원' 과 '절대성' 으로 정리될 것이다.

그렇다면 그 '독보적' 인 '대화≠독백' 의 근거(욕망)는 어디서 말미암은 것인가. 홍 노인의 생래의 총명성이랄까 기질적인 특이성일까 그렇지 않으면 어떤 것의 '간접화' 일까. 이 물음은 단연 최일남적이자 문학적이다.

"혼자 식사하는 모습이 쓸쓸해 뵌다구? 몸에 붙은 습관인데 어때. 나는 이게 편해. 참 최근에 읽은 일본의 문학평론가 에토 준의 책에 이런 구절이 나오더군. '서양요리라는 것은 남자 혼자 먹고 있더라도 그런대로 모양이 이상하지 않은 유일한 요리겠구나' 생각했다는 게야. 똑 나를 두고 하는 소리 같았어. 그이 역시 아내를 암으로 떠나 보내고 자신도 심장병에 시달리다가 스스로 목숨을 끊었다는군. 감동이 커."(160쪽)

홍 노인이 시방 서양요리를 즐기고 있다. 이 사실은 홍 노인의 독백이 서양요리에서 시작되었음을 가리킴인데, 그것은 곧 홍 노인의 독백의 시발점이기도 하다. 서양요리에서 그의 독백이 시작된다 함은 구체적으로 무엇을 뜻하는 것일까. 일목요연한 해답이 위의 인용 속에 고스란히 들어 있다. 곧 '에토 준의 책' 이 그것이다. 에토 준의 '책' 을 읽지 않았더라면, 홍 노인의 독백은 성립될 수 없다.

'똑 나를 두고 하는 소리 같았어' 가 결정적인 실마리에 해당된다. 그러나 이 사태는 아내의 죽음에 충격을 받아 자결한 에토 준과 홍 노인 스스로를 완전 동일시하고 있었음이 판명됨에 멈추지 않는다. 홍 노인은 스스로가 에토 준만큼의 애처가임도 강력히 암시하고 있다. 주지하는 바

에토 준(江藤淳, 1933~1999)은 일본의 대단한 문학비평가였다. 개성의 뚜렷함, 쌀값 시세모양 분명한 문장, 일본 사회의 보수주의를 대표하는 날카로운 감수성으로 당대 최고의 비평가로 평가된 에토 준이 자결한 것은, 아내의 죽음과 직·간접의 관계로 설명되고 있거니와 아내의 죽음을 지켜보며 그가 쓴 글(책)이 『처와 나』(1999)이다.(졸고, 「미완성의 형식과 완성의 형식」, 『문예중앙』 2000년 여름호 참조) 이 책 속에 바로 홍 노인이 인용한 서양요리 대목이 들어 있거니와(문예춘추사판, 61쪽) 여기서 우리는 다음처럼 묻지 않을 수 없다. 곧 홍 노인으로 하여금 에토 준만큼 애처가임을 암시케 한 장본인은 과연 누구인가. 싫든 좋든 이제 우리는 작가 최일남의 맨얼굴과 대면할 수밖에 없는 지점에까지 이른 셈이다.

홍 노인의 저러한 독보적 생각이나 삶의 방식이란 에토 준의 『처와 나』의 모방(간접화)에 지나지 않는다는 것. 말을 바꾸면 홍 노인의 독백의 진짜 저자는 홍 노인도 작가 최일남도 아니고 에토 준이 아닐 수 없다. 이 대목은 R.지라르의 말을 빌린다면 '에토 준이 그 홍 노인의 독백이자 최일남 소설의 저자다' 로 될 터이다.

4. 낭만적 허위와 소설적 진실

'우리는 현대의 이론에 비추어 문학적 걸작을 해석하지 않고 문학걸작들에 비추어 현대의 이론을 비판하지 않으면 안 된다' 라고 주장하고, 이를 실천해 보인 이론가로 R. 지라르와 그의 평론 『낭만적 허위와 소설적 진실(Mensonge romantique et Verité romanesque)』(1961, 졸역, 『소설의 이론』, 삼영사, 1977)을 들 수 있다. '작품이 우리(현실)에게서 배우는 것 이상으로, 우리가 작품에서 배워야 한다' 는 명제가 지닌 의의는 이중적이다. 헤겔을 비롯 마르크스·프로이트·루카치·데리다·라캉 등의 이론으로 문학작품을 분석, 비판하는 비평의 의의와 한계를 반성한다는 점이 그 하나라면, 다른 하나는 문학작품이 지닌 독자성이랄까 예술품이 지닌 특이성(소우주)에 대한 성찰을 새삼 음미케 함에 있다. 그렇다고 해서 작품이란 초월적인 낭만주의를 채용하고자 함도 아니며 작품을 절대적 존재로 치부하는 것도 아니다. 미(美)의 숭배자도 환원주의자도 아닌 자리, 곧 작품 속에 숨겨진 진실찾기에 지라르의 이론적 독보성이 깃들여 있는바, 자칫하면 모방론으로 오해되기 쉽기에 이 점을 좀더 자세히 설명해둘 필요가 있다.

이 과제는 단테의 『신곡』에 연결되어 있는 만큼, 『신곡』 쪽의 것을 검토해보는 것이 좀더 근원적일 터이다. 『신곡』에 등장하는 의롭지 못한 두 연인 파오로와 프란체스카가 19세기 초두 서양에서 큰 인기였음은 널리 알려져 있는데, 이것은 이 두 연인들이 인간과 신의 계율에 도전하여 지옥에 떨어지면서도 사랑을 성취한 영웅들이었던 까닭이다. 두 사람의 열정(사랑)의 근거란 무엇일까. 이런 물음에서 즉각적으로 제시되는 대답은, 그것이 두 사람의 고유성, 곧 주체성에서 말미암았다는 것이다. 두 사람의 사랑의 근거란 두 사람의 고상하고도 확고한 본래성(자질)에서 말미암은 것이기에, 그 자체가 인간성의 고귀성을 뜻한다고 보는 것이 이른바 낭만주의적 열정의 핵심을 이룬다. 개인주의에의 신뢰가 여기에 기대고 있음도 의심의 여지가 없다. 지옥도 불사하는 열정의 두 사람의 로맨스로 『신곡』의 이 대목을 읽어왔음에 대해 그것이 한갓 '낭만적 허위'에 지나지 않으며 따라서 '소설적 진실' 축에 들지 못한다고 비판한 것은 지라르였다. 그 증거로 지라르가 『신곡』에서 찾아낸 것은 '갈레옷이 그 책이자 저자이다(Galeotto fu il libro e chi lo scrisse)'라는 구절이다(R. Girard, *To double Bussiness Bound*, The Johns Hopkins Univ. Press, 1978, 2쪽). 정작 문제된 『신곡』의 그 장면을 보면 다음과 같다.

"어느 날 우리는 심심풀이삼아 랜슬롯이 어떻게 해서
사랑에 끌렸는지 그 이야기를 읽고 있었습니다.
단둘이었으나 별로 꺼림칙한 마음은 없었습니다.

그 책을 읽는 도중 수차 우리들의 시선이 맞부딪쳐
그때마다 얼굴빛이 변했습니다만
다음 한 구절에서 우리는 지고 만 것이에요.
그 동경하던 미소에 그 멋진 여인이 입을 맞추는
그 구절을 읽었을 때 이이는,
나에게서 영원이 떠날 수 없는 이이는 떨면서 나에게 입을 맞추었습니다.
책이, 책을 쓴 이는 갈레옷입니다.
그날 우리는 더 읽지를 못했습니다."(『신곡』, 동서세계문학전집, 1990, 27쪽)

대체 갈레옷은 누구이며 이 구절은 무엇을 뜻하는 것일까. 여기에는 설명이 조금 없을 수 없다. 원탁의 기사라면 누구나 아서왕의 전설을 떠올릴 것이다. 열두 기사 중의 하나인 랜슬롯(Lancelot)은 왕비 귀네비아(Guinevere)를 사랑함으로써 큰 환란이 초래되거니와 이 두 연인의 가슴에 사랑의 불씨를 심은 장본인이자 아서왕의 적이 된, 배반한 기사가 다름 아닌 갈레옷이다. 어째서 『신곡』의 저자는 프란체스카의 입을 빌려 갈레옷이 '그 책이자 저자' 라고 했던가. 어느 날 파오로와 프란체스카 두 사람이 무심코 랜슬롯 전설을 읽고 있었다. 기사 랜슬롯과 왕비 귀네비아가 사랑을 나누는 장면을 읽고 얼굴을 붉힌다. 전설의 연인들이 처음으로 키스하는 장면을 읽으며 파오로와 프란체스카는 저도 모르게 키스를 하게 된다. 이 행위는 두 사람의 자발적인 욕망, 고상한 사랑의 자질에서 말미암은 것이 아니라, 단지 아서왕의 전설(책)에서 촉발된 사랑이고 열정에 지나지 않았던 것이다. 먼저 관념성으로 '책'(전설)이 있고, 이를 모방했음에 지나지 않음이란 과연 무엇을 가리킴일까. 이 물음에 전면적인 해답을 제시한 것이 지라르의 유명한 욕망의 삼각형(간접화)론이다. 돈키호테의 욕망의 근거란, 먼저 관념성으로 중세 기사 이야기(책)에 있었다. 기독교인의 그것은 예수이며, 랜슬롯의 그것은 반역 기사인 갈레옷이며 프란체스카에게 있어 그것은 랜슬롯 전설이다. 인간이란 실로 변변찮은 존재여서 욕망조차도 자발성에 근거된 것이 아니라, 어떤 매개자를 통해 겨우 '모방' 한 것에 지나지 않는다는 것, 이를 지라르는 '간접화' 라 불렀다. 그리고 이 '간접화' 야말로 소설적 진실 축에 든다는 사실을 그는 다름아닌 명작 소설들로 증명했던 것이다.

낭만주의적 사고(인간 곧 신이라는 사상)의 허위성을 폭로한 것으로도 평가되는 지라르의 주장이 지닌 강점은 지라르의 표현대로 하면, '내 이론은 문학 작품에서 생겨났다' 로 요약된다. 다른 학문 영역의 성과를 무기로 문학 작품을 난도질함이 문학연구의 실상임에 비추어볼 때, 지라르의 욕망 모방론이야말로 문학작품 분석에서 도출된 것이어서 순종 이론이 아닐 수 없다. '나의 이론 만들기는 문학적이다' (R. Girard, 위의 책 서론)라고 하는 것은 이 사실을 가리킴이다.

지라르의 간접화론에서 주목되는 것은 새삼 무엇인가. 매개항(책, 소설 등 관념성)이 없는 소설이란 '낭만적 허위' 에 지나지 않는다는 것, 말을 바꾸면 '소설적 진실' 범주에 드는 것은 반드시 이 매개항의 설정에서 비로소 가능하다는 것, 이 이론에 비추어볼 때 최일남 소설은 과연 어떠한가.

5. 『노신전집』과 『국사대관』의 사상

훌륭한 작가에겐, 특히 지속적인 작가에겐 '한번은 꼭 써야 할 작품' 이 있는 법이다. 그것은 '간신히 꼭 한번 씌어지는 소설' 일 터이다. 그럴 수밖에 없는 것이, 거기에 그 작가의 글쓰기의 모든 비밀이 들어 있기 때문이다. 글쓰기의 출발점이자 도달점이 거기 작동하고 있어 하나의 사건성이 아닐 수 없다. 글쓰기의 반복성을 필연화하는 그런 작품이 최일남에겐 무엇인가. 「그들은 말했네」가 아니겠는가.

연작 '노을지경'의 하나에 「그들은 말했네」(『라뻴륨』 1999년 가을호)가 있다. 이사를 앞둔 'Lee D. Soo(이두수)'라는 이름을 가진 초점화자이자 주인공인 '그'가 맞닥뜨린 첫번째 난관은 사오천 권쯤 되는 장서처분이었다. 그의 직업이 명시되어 있지는 않으나 글쓰기(작가, 기자 등)를 업으로 해왔음이 암시되어 있다. 줄거리는 간단하다. 장서의 상당수를 추려내어 공공도서관에 기증할 것을 결심하고 이를 실행하는 과정에서 겪는 이런저런 일을 다루고 있을 뿐이다. 비록 공공도서관이 책 기증을 공적으로 원한다고 표명하긴 해도, 그것은 어디까지나 기증자가 포장, 운송 및 기타까지를 책임져야 한다는 사실이 그를 크게 곤혹스럽게 만들었으며 이 곤혹스러움의 성격을 분석해보면 의외로 이 작품의 참주제에 쉽사리 마주칠 수 있다. 비용이 문제가 아니라는 사실이 그것인데, 책이란 그 자체로 가치 있는, 성스러운 너울을 쓴 그 무엇이기 때문에 그 소중한 것을 기증하겠다는 그의 결의란 일종의 비장감 없이는 말하기 어렵다.

1930년대 문필가 상허는 "'冊'만은 '책'보다 '冊'으로 쓰고 싶다"(『무서록』, 박문서관, 1941, 149쪽)고 하여 책에 대한 물신주의적 취향까지 보였으며, 이러한 가치관이 문자 이래의 인류사를 지배해왔음도 가릴 수 없는 진실이다. '책 속에 길이 있다'는 명제가 활자 문명의 기본항이었으며, 이 '구텐베르크의 은하수체계'(맥루한)가 서서히 해체되기 시작한 것은 TV의 등장과 함께였다. 비디오 시대에서 다시 사이버 시대로 인류사가 진입함으로써 책이란 이젠 거의 결정적인 사멸의 장면에까지 내몰리고 있는 형국이 아니겠는가. 이러한 현실을 앞에 놓고, 책중독자들은 어떻게 대처해야 적절할까.

이 물음에 작가 최일남은 실로 안타까운 표정을 짓고 있을 뿐, 아무런 대책이나 의견도 모색하고 있지 않다. 어떤 대책이나 의견을 모색하기엔 작가의 안타까움의 크기와 밀도가 하도 엄청났기 때문이다. 그 밀도와 크기를 작가 최씨 일류의 솜씨로 유감없이 발휘해놓은 것이 이 작품의 참주제다. 이 점에 한국의 작가 최일남은 다음 인용구에서 잘 드러났듯

저 『신곡』의 저자와 마주 보는 자리에 서 있어 인상적이기까지 하다.

"그가 기억하는, 몇 안 되는 멋있는 말마디 중에도 비슷한 것이 없지 않다. '그는 인생을 바라보기 위해 거리의 행인을 바라보지 않았다. 그보다는 행인을 바라보기 위해 책 속의 인생을 알고자 했다.'

소싯적에 읽은 아쿠타가와 류노스케 소설에서 얼핏 귀동냥한 아포리즘이다."(「그들은 말했네」, 93쪽)

현실을 알기 위해 책(작품)을 읽는다는 주인공 이두수의 이 논법은 현실을 모방하는 리얼리즘 소설관에 정면으로 위배된다. '디테일의 진실성과 전형적 상황에서의 전형적 성격 창조'(엥겔스, 「발자크론」, 1933 공개)로 요약되는 리얼리즘미학에 대한 통렬한 아이러니를 아쿠타가와 류노스케(芥川龍之介)를 통해 작가 최일남이 진작에 눈치채고 있었음을 위의 대목이 증거하고 있는 형국이다. '갈레옷이 그 책이자 저자다'라고 단테가 말했고, '아쿠타가와가 내 책(소설)이자 저자다'라고 최일남이 복창하고 있기 때문이다.

그렇다면 작가 최일남의 그 '아쿠타가와'란 구체적으로 무엇인가. 『노신전집』(일역판), 『국사대관』(이병도, 1953), 『사정한 조선어 표준말 모음』(조선어학회편, 1936) 등이 그것들이다. 이 세 권의 '책'이란 작품(책)에서 현실을 배운다는 지라르의 논법에 대한 최일남스런 응답인 만큼 각 권에는 인생이 무엇이며 현실은 무엇이며 삶이란 그 본질상 어떠하고 또 어떠해야 한다는 아주 기본적인 학습이 잠겨 있지 않으면 안 된다. 이 세 권을 분석함이 작가 최일남의 인생 교과서의 분석에 엄밀히 대응됨은 이런 문맥에서다.

먼저 『노신전집』.

이사를 앞둔 그가 책을 총정리하는 마당에 제일 먼저 그의 앞에 나서는 '의식'의 책이 바로 『노신전집』이었다. 이 책의 내력은 박복한 그의 작은누님의 추억과 더불어 분리되지 않음을 특징으로 하고 있다. 착하기만 했지 왼다리를 가볍게 저는 무식한 작은누나는 첫 남편에게 석 달이 못 가 차이고 두번째는 기막히게도 씨받이 소실로 들어갔다 보따리를 쌌고, 그 뒤로 친정에서 썩다가 어렵사리 작은매형과 연이 닿아 구제된 몸이었다. 6·25전쟁 직후의 그 암담하던 시절, 하루살이 일꾼인 작은매형이 책보따리를 든 채 시장 바닥을 헤매는 어린 처남을 만나자 대뜸 꿀꿀이죽부터 한 그릇 사주었고, 요기가 끝나자 장바닥에 펼쳐진 책전에 눈을 떼지 못하는 처남에게 이렇게 말했다.

(작은매형) : "사."

(이두수) : "?"

(작은매형) : "사고 싶은 게 있으면 한 권 고르라고."

(이두수) : "……"

(작은매형) : "걱정 말고 어서." (89쪽)

책을 사자 책값을 치르고 애써 아무렇지 않다는 기색을 가다듬으며 어린 처남의 등을 떠밀던 매형이 "가봐라. 공부 잘하지?"라고 덧붙였는데, 이는 말수 적은 매형의 책 좋아하는 어린 처남에 대한 남다른 신뢰이자 동시에 작가 최일남의 '책 좋아하기'의 감동적인 표현에 해당된다. 구질구질한 해설을 마다하고 요점 위주로 말의 기둥만 세우고 물러서는 성미를 가진 작은매형이 구구절절이 읊어대는 어떤 묘사보다 감동적인 것은 웬 까닭일까. 이런 물음엔 희랍 최초의 진정한 이야기꾼을 들어 벤야민이 그럴 법하게 대답한 바 있다. 헤로도토스의 저술 『역사』 제3권 14장에 나오는 이집트 왕 메니트우스의 사례가 그것이다. 페르시아 왕의 포로가 된 메니트우스를 모욕주고자 페르시아 왕은 메니트우스의 딸로 하여금 물동이를 이고 하녀의 모습으로 아비 앞을 지나게도 했으나 메니트우스는 눈도 깜짝하지 않았고, 그의 아들의 처형을 보고서도 마찬가지였다. 그러나 늙고 불쌍한 그의 하인이 포로 행렬 속에 있음을 알아차린 바로 그 순간 왕은 손으로 머리를 치며 가장 깊은 슬픔을 내보였다. 이 사례를 들어 벤야민은 진정한 이야기꾼이란 무엇인가를 암시하고자 했다. 어떤 해설도 거부하고 건조하기 짝이 없는 보고에 속하는 장면이야말로 감동의 근원이라는 것, 감정이 배제된 간결하게 짜여진, 그러니까 이두수의 작은매형모양 '요점 위주로 말의 기둥만 세우기' 로 일관하기 바로 그것이 진짜 이야기꾼의 자질이다.(『발터 벤야민의 문예이론』, 반성완 역, 민음사, 1983, 173쪽)

우리 시대의 이야기꾼 중의 이야기꾼인 최일남이 산 단권으로 된 일역판 『노신전집』에는 「아큐정전」은 물론 「광인일기」 「고향」 「단오절」 등이 고스란히 들어 있었다. 대작가로 꼽히는 노신이긴 하나 의외로 그의 소설은 몇 편 안 되며 더구나 단 한 편의 장편도 없다. 그럼에도 그를 대문호 축에 넣는 것은 중편급의 「아큐정전」과 결코 무관하지 않을 터이다. 반편이자 잘난 체하는, 그러면서도 스스로 그런 줄도 모르는 아큐란 무엇인가. 그것은 중국 민초들의 초상화 바로 그것이 아니었던가 '아큐가 혁명에 가담하면 나도 가담한다' 라고 노신은 말했거니와, 이 아큐 식 민초에서 작가 최일남은 아기를 낳지 못해 씨받이에서도 쫓겨와서 들판에서 허연 엉덩이를 까놓고 방뇨하며 망을 봐달라는 작은누나를 겹쳐보고 있지 않았던가. 그 누님도 매형도 10년가량 지난 뒤에 모두 죽고 남은 것은 오직 이 한 권의 『노신전집』이다.

두번째 교과서인 『국사대관』은 무엇을 가르치는 선생이었을까. 이 물음에는 설명이 조금 없을 수 없다. 시골 돌밭에서 자란 청소년들의 출세길은 오직 고시 합격뿐이었다. 서울 법대의 별칭이 '우골탑(牛骨塔)' 인 시절, 어찌 법대생만의 길이었으랴. 다급하기는 대학생 모두가 마찬가지였다. 꼭 붙어야 할 이유가 너무 많아 대학의 졸업반이 되기 전에 누구나 고시공부에 한 번쯤 매달렸는데, 사법 행정 교육 외교 등 그때의 고시 과목엔 꼭 '국사' 가 필수로 들어 있었다. 그 교재로 『국사대관』이 꼽혔던 것. 『국사대관』을 마르고 닳도록 뒤져 역사를 배우고 나갈 길을 노린 과정에서 대체 개인의 역사는 어떻게 되었던가. 극히 소수의 개인이 출세하였을 터이나 대다수의 개인은 속절없이 비극으로 끝맺고 원한 속에서 죽어가지 않았던가. 이두수의 친구 B는 자살했고 A는 벌거벗고 달을 향해 용두질을 쳤다. 광기와 죽음의 장면이 아니었던가.

최일남의 첫번째 교과서가 인간을 단위로 한 민초의 사상교육이었다면 두번째 교과서의 교과내용은 거룩한 국가의 역사 속에 은폐된 개인사의 속절없음이었다. 그렇다면 세번째이자 마지막인 교과서는 무엇이었던가.

6. 『사정한 조선어 표준말 모음』의 사상

민초(民草)의 사상도 은폐된 개인사도 소중하기 그지없는 삶의 기본항임엔 틀림없지만, 작가 최일남을 작가이게끔 한 교과서라 하기는 어렵다고 봄이 자연스럽다. 민초의 사상이라면 민중운동가의 몫으로 봄이 직접적이며, 역사 속에 치인 개인사의 아픔을 고발함이란 역사가의 몫으로 봄이 일반적이기 때문이다. 최일남은 무엇인가. 이야기꾼이자 소설쟁이며 작가에 지나지 않음은 상식 중의 상식이다. 민권운동가일 수도 역사가일 수도 없는 작가 최일남의 교과서는 따로 있었는데 그것은 앞에서 든 『사정한 조선어 표준말 모음』(1936)이다.

작가도 이 책의 첫 대목에서 이렇게 썼다. "앞의 두 책이 고향에서 입수한 것이라면 시간에 쫓긴 그가 손놀림에 가속도를 붙이다 눈길이 멈춘 『사정한 조선어 표준말 모음』은 서울서 산 책이다. 고서점에서 구입한 것이다"(98쪽)라고. 고향과 서울을 가르는 그 한가운데 놓인 교과서가 이 책의 운명임을 암시한 것으로 볼 것이다. 그 운명이 이중적임에 주목할 필요가 있다.

첫째, 서울에 정착해서 살아가기 위한 필수적인 교과서라는 점. 최일남의 소설 곳곳에서 나오는 고향을 제물로 하여 서울에 겨우 정착한 출세한 촌놈들(「디오게네스의 변절」「너무 큰 나무」 등이 이에 속한다)의 고민을 볼 수 있거니와, 이런 현상은 이청준 소설에서도 빈번히 등장한다.

이청준은 다음처럼 '서울사수'를 처절한 육성으로 내뱉은 적도 있었다.

"서울을 사수하자—

서울을 다시 쫓겨나지 않도록 하자. 어떻게 올라온 서울 길이었던가. 어떻게 버티어온 서울의 6년이었던가. 그리고 어떻게 얻게 된 이 자랑스런 도시의 시민이 된 영광이던가. 그것을 다시 잃게 해서는 안 된다. 다시 쫓겨나게 되어서는 안 된다. 친척과 친지가 없음으로 해서 내가 이 자랑스런 도시의 시민이 되고자 겪어야 했던 수많은 고초들을 자손만대 나의 후손들과 이웃들에게는 다시 겪게 하지 말아야 한다. 내가 이 서울을 쫓겨나지 않고 버티고 남아 있어야 한다. 나의 6년과 6년의 고초를 헛되이 하지는 말아야 한다."(이청준, 『작가의 작은 손』, 열화당, 1978, 216쪽)

둘째, '서울사수'를 가르치는 교과서가 지향하는 바가 곧, 직업으로서의 작가를 선택함이라는 점. 일제 강점기인 1936년 조선어학회가 지역따라 다른 말떼를 취합, 서울 중산층 중심의 표준어로 사정(査定)한 이 책은 그러니까 일종의 사전에 가깝다. 비록 나라를 잃었지만 이러한 표준어 사정작업은 대단한 민족주의의 드러냄이 아닐 수 없었다. 표준어란 무엇인가. 이 물음은 막바로 국가를 전제함에서 비로소 던져질 성질의 것인데, 왜냐면 표준어란 국어를 전제로 하기 때문이다. 국어란 새삼 무엇이겠는가. 국가가 강제로 정한 '국가어 · 국민어'의 준말이 국어다. 근대국가란 국민국가(nation-state)를 가리킴이며 이는 일종의 '상상의 공동체'가 아니었던가. 인공어(人工語)인 국어를 제정하여 국가가 이를 강요함이란 지방성, 계층성, 기타의 감정 등을 획일화하는 수단에 다름아니었다. 개인의 감정이라든가 지방색, 기타 특유의 요소들을 깡그리 없애고 단일한 국민적 가치관으로 획일화하는 데 제일 큰 공헌을 한 것이 '국어'와 더불어 '소설'이었다.(B. 앤더슨, 『상상의 공동체』, 1983 참조) 조선어학회의 탄생과 이 학회가 주관한 『한글 맞춤법통일안』(1933) 및 그 연장선상에 있는 『사정한 조선어 표준말 모음』이 예사로운 작업일 수 없음은 명백하다. '숨은 국가'랄까 좌우간 그들은 그런 국가가 할 수 있는 몫을 해놓고 있었다고 볼 것이다. 불알밖에 없는 촌놈인 이두수, 그러니까 작가 최일남이 서울 입성을 위해 갖추어야 될 최소한의 무기가 『사정한 조선어 표준말 모음』이었음이 이로써 판명된다. 서울에서 살아야 한다는 이 서울사수주의가 바로 출세의 다른 명칭이었던 것이기에 이 무기는 필수적이지만 그 서울사수주의의 목표(생업)가 글쓰기(작가 · 기자)일 때는 사정이 한층 절박해질 터이다. 서울사수에다 글쓰기 직업이 선택되었을 때, 표준어에 대한 자의식은 서울 토박이보다도 민감하지 않으면 안 되었다.

작가 최일남이 기를 쓰고 배운 것은 물론 『사정한 조선어 표준말 모음』에 기초한 '책'에서였다. 그 '책'이 바로 '소설'임은 새삼 말할 것도 없다. 평안도 촌사람인 이광수, 김동인이 그토록 부러워해 마지않은 서울 토박이 작가인 염상섭과 「천변풍경」(1936)의 박태원이 최일남의 스승이었다.

(1) "요 계집들이 돈푼 생긴 것을 보더니 다랍게 요리나……"

(2) "왜 그리 풀이 죽이셨에요."

(3) "조년 벌써 하이칼라만……" (염상섭)

'아닌뎁쇼' '하니깐두루' '기집' (박태원) 등등 서울식 사투리에 최일남이 그토록 민감해진 것은 너무도 당연하다. 어찌 최일남뿐이겠는가. 이 나라 말로 글쓰기에 임하는 사람이면 당연한 반응이 아닐 수 없다.

"지난번에 내가 어느 졸작 소설에서 '저는 이미 마음속에 정한 사람이 있에요' 라는 말을 썼더니 편집자는 친절하게도 '있에요' 를 '있어요' 로 고쳐놓았었다." (『김학철작품집』, 연변인민출판사, 1987, 308쪽)

'있에요' 와 '있어요' 의 어감의 차이를 연변작가 김학철에게 가르쳐준 것은 물론 『임꺽정』(홍명희)이다. 20대의 황천왕동이의 아내 옥련이 "제가 무슨 생각이 있에요" 라 했고 30대의 황천왕동이조차 "제가 무슨 재주루 그걸 알아내겠에요" 라고 하지 않았던가.

대체 최일남의 서울사수와 작가로서의 생업 선택이란 생래적인 것인가 노력의 결과일까. 이 물음에 똑 부러지게 대답할 방도는 없지만, 최일남 자신의 응답을 들어보는 것도 한 가지 방도다.

"서로 얽혀 살 때는 의식하지 못하다가 삶이 모체에서 벗어나 몹시 고달프고 허전할 때 일쑤 거머잡는 원초적 심정이겠는데, 백 퍼센트의 순정으로 광복된 조국의 참모습을 맞은 감동은 말할 나위 없다. 나의 문학 다가가기는 게서부터 시작되었다. 네 똥 굵다고? 감수하련다. 되찾은 모국어 공부 재미가 나라를 되찾은 기쁨 못지 않았다. 붓대 놀리는 직업이 앞으로는 무엇보다 유리하리라는 실리적 계산 또한 있었다. 저장해둔 자기 언어가 매우 부실하기 때문에도 감히 꿈꾸지 못했을 일에 일찍 몸을 부린 폭인데, 다들 출발지점이 비슷한 까닭에 문학의 기본 연장인 말의 곳간이 휑뎅그렁하기는 매일반일 것이라는 짐작으로 소지(小志)를 품었다. 덕택에 글과 활자로 먹고사는 동네에 운 좋게 뛰어들어 어영부영 좌판을 벌였다고 볼 수 있다."(4인 산문집, 『아름다운 시간의 나무』, 한울, 2000, 114~115쪽)

'소지를 품었다'가 윗글의 핵심임은 그것이 '대지(大志)를 품었다'의 겸양어인 까닭이다. 여기서 말하는 '모국어'란 물론 '국어'를 가리킴이다. 그것은 국가가 강제한 '인공어'이거나 적어도 '준인공어'이다. '민족어'라 해도 사정은 달라지지 않는다. 김동인은 아예 일본어로 착상을 하고 그것을 조선어로 번역했고(졸저, 『김동인 연구』, 민음사, 참조), 염상섭은 주저없이 '彼/彼女'를 썼으며 「날개」의 작가 이상은 아예 일본어로 「오감도」를 썼다. 시인 편석촌의 「기상도」(1936)는 한글로 되어 있으나 실상 인공어에 지나지 않았다. '국어' '준인공어' 계냐 '민족어' '준민족어' '토착어' 계냐의 혼동이 바로 해방공간이었다. 어느 쪽이나 그것은 '광복의 감격'과 분리되지 않는다. 그것은 '원초적 심정'이었고, 이것이 바로 글쓰기의 모태이자 기원에 다름아니었다. '허기'로 요약됨직한 이 갈 데 없는 언어에의 탐욕이 최일남 소설의 지속성의 근원이거니와 그것은 쉼없는 독서(책)로 이루어졌다. 인생 고희인 70을 넘어선 이 마당에서도 에토 준의 『처와 나』를 즉각 구입하여 읽지 않으면 안 될 만큼 그의 허기는 다함이 없다.

그렇다면 이 '허기'의 다함 없음과 소설은 어떤 상관성을 갖는 것일까. 이 물음이 최일남론의 끝에 놓여 우리를 압박한다. 소설이 지닌 본질적인 '허기'와 최일남의 '허기'의 대면이 쉽사리 우리를 가만히 놓아두지 않기 때문이다.

7. 양서류 의식의 균형감각, 서사성과 묘사의 균형감각

『노신전집』『국사대관』『사정한 조선어 표준말 모음』이 최일남 글쓰기의 교과서이자 사상이고 또 저자임을 지금껏 열심히 톺아왔거니와, 이를 다르게 정리하면 작가 스스로 규정했듯 '양서류 의식(兩棲類意識)'이 될 터이다. 최일남 글쓰기란 진작부터 소설쓰기와 기사쓰기, 문단과 저널리즘의 양다리 걸치기였다. 이 양서류 의식이 지닌 절묘한 균형감각이 최일남식 글쓰기의 특이한 유형을 낳았다. 『노신전집』을 오른팔로, 『국사대관』을 왼팔로 삼아 그 한가운데서 『사정한 조선어 표준말 모음』이 작동된 결과다. 이 3박자가 양서류 의식을 낳았다. 이때 중요한 것은 거듭 말하지만 이 3박자의 절묘한 균형감각 유지다. 혹 이 3박자의 균형감엔 최일남 외에도 한동안 이른 문사가 있었던 터이다. 그러나 그것을 흐트러짐 없이 지속한 문사는 그밖에 없다.

절묘한 균형감각이라 했거니와 「쑥 이야기」 이래, 또 대학 재학중 저널리즘에 뛰어들어 오늘에 이르기까지 실로 50여 년에 걸친 글쓰기 놀음에서 자주 그 절묘한 균형감에 틈이 생기거나 균열이 생기거나 했을 터이다. 때로는 『노신전집』 쪽으로 비대해지기도 했고, 혹은 『국사대관』 쪽으로 무게중심이 옮겨가기도 했을 터이다. 가령 장편 『거룩한 응달』(1982)을 그러한 사례의 하나로 볼 수 없을까. 『거룩한 응달』은 이 작품의 제목이 암시하듯 현실 정치 속에 매몰된 모종의 성스러운 것에 대한 작가의 안타까운 고발의식이 주조를 이루고 있다. 이른바 친일파를 가운데 둔 정치적 감각과 공동체(민족)의 윤리적 감각의 갈등을 후자 쪽에서 그리고 있거니와, 그 때문에 그 절묘한 균형감각은 파탄을 면치 못했을 터이다. 그 연장선상에 해직기자 최일남, 해직언론인 위원회 대표 최일남의 큰 얼굴이 있다.

또하나의 사례로 들 수 있는 것은 1970년대 초반의 작가적 침묵이다. 어떤 연유에서인지는 알기 어려우나 한동안 최일남의 소설은 보이지 않았다. 절묘한 균형감각 유지가 모종의 이유로 균열이 생겼다고 볼 수밖에 없다. 그가 균형감각을 어느 수준에서 회복한 것은 창작집 『타령』(1977)에서로 보인다. 그러나 시장바닥을 묘사함에 그치고 만 이런 균형감각 회복은 서사성의 복수를 당하기에 맞춤했다. 저널리즘과 소설의 균형감각은 이루어졌지만, 소설 속의 또다른 균형감각에는 미달 또는 초과해버린 형국이었던 까닭이다.

소설이란 무엇이겠는가. 서사성과 묘사로 규정될 수도 있지 않겠는가. 『나나』(졸라)와 『안나 카레리나』(톨스토이)를 논하는 자리에서 루카치는 이를 적대적 관계로 보고 있거니와 서사성 없는 묘사는 소설일 수 없다고 보았다(루카치, 「서사냐 기술이냐」, 1936). 시장 바닥 묘사로 일관한 『타령』은 이 점에서 소설적 균형의 파탄이 아니었던가. 한편 서사성만 있고 묘사가 없는 경우도 딱하기는 마찬가지였다.

여기까지 이르렀을 때 작가 최일남의 또 한 번의 비약이 이루어졌다. 중편집 『춘자의 사계』(1979)가 그것이다. 시골 출신의 식모인 춘자의 시선으로 서울의 상 · 중 · 하류층 모두의 삶을 춘자 스스로까지 송두리째 묘사한 이 작품집의 표제작 「춘자의 사계」는 서사성과 묘사성이 절묘한 균형감각을 어느 수준에서는 이루고 있었다. 그것은 최일남 특유의 판소리식 문체의 개발에서 마침내 달성되었다.

"후유, 나도 입이 아프지만 듣는 분도 지루하셨죠? 내 이야기는 다 끝났어요. 다만 한마디, 그런 세월을 살고 은퇴하는 사람으로서의 소감이랄까, 뭐 그런 것을 덧붙여야겠는데 내 입으로 줄줄 섬기기도 그렇고, 누군가가 질문하고 내가 답변하는 식으로 했으면 좋겠네요. 이를테면 방송국의 아나운서 선생님이, 내 앞에 마이크를 댄다든가…… 그러나 그런 건 감히 나 같은 게 바랄 수도 없으니까, 일인이역으로 그런 형식만 빌려서 말해보겠습니다."(『춘자의 사계』, 문학과지성사, 184쪽)

춘자의 이러한 목소리는 균형감각의 회복이면서 동시에 그 초월을 향한 위험성 또한 내포하고 있었다. 자기 목소리에 도취되어 서사성을 쇠약하게 만드는 듯이 보이기 때문이다. 비유가 적절할지 모르나, 「별주부전」 삽입가사의 하나처럼 춘삼월을 노래하는 마당인데, 점점 신명이 나자 기러기 소리까지 나오고야 마는 형국과 비교됨직하다.

이러한 위험성을 물리치고 다시 절묘한 소설적 균형감각을 회복한 작품의 하나가 「흐르는 북」(제10회 동인문학상 수상, 1986)이다. 정치적 감각이 서사성의 골격을 굳건히 버티어주었기에 서사성은 판소리식 목소리가 지닌 물신성과 족히 맞설 수 있었던 것이다.

이로부터 오늘에 이르기까지 작가 최일남의 소설적 균형감각은 절묘하게 유지되어오고 있다. 그 끝에 매달린 붉은 열매 '노을지경'이 지울 수 없는 증거품이 아닐 수 없다. 이 절묘한 균형감각의 소중함은 수시로 점검되고 강조되어 마땅하다. 번번이 한쪽으로 편중되어가곤 한 이 나라 문학판을 봐온 사람이라면 최일남식 글쓰기의 절묘한 균형감각이 지닌 진가를 확인하고도 남을 것임에 틀림없다.

성지 의식(聖地意識), 체홉, 비트겐슈타인
—이호철론

1. 문학의 힘

한파(寒波) 이 년인 1998년 12월 2일 1시 30분 세종문화회관에서는 감동적인 한 장면이 벌어졌습니다. 문학사상사 주관 5개 문학상 시상식장, 축사에 나아간 원로작가 이호철씨의 온몸수사학이 그것. 문학이란 얼마나 굉장한 것인가를 드러내는 방식의 하나로 씨는 거침없이 시 한 편을 읊지 않았겠는가.

山새도 오리나무
우헤서 운다
山새는 왜 우노, 시메山골
嶺넘어 갈나고 그래서 울지.

눈은나리네, 와서덥히네.
오늘도 하롯길
七八十里
도라섯서 六十里는 가기도헷소.

不歸, 不歸, 다시不歸,
三水甲山에 다시不歸.
사나희속이라 니즈련만,
十五年정분을 못닛겟네

산에는 오는눈, 들에는 녹는눈.
山새도 오리나무
우헤서 운다.
三水甲山가는길은 고개의길.

소월 시집 『진달래꽃』(1925)에 나오는 「山」(전문)이 아니겠는가. 어째서 '산새가……' 도 '산새는……' 도 아니고 '산새도……' 여야 했을까. 바로 이 의문 속에 소월 시의 비결이 잠겨 있다고 고 박재삼 시인이 자주 우리 속인들에게 일깨워준 그 시가 아니겠는가. 한번 가면 좀처럼 되돌아올 수 없는 삼수갑산, 15년 정분을 뒤에 두고 차마 발이 떨어지지 않지만 그래도 떠나가야 할 그곳. 다시 오기 어려운 그곳.

이 시의 요체가 '불귀, 불귀, 다시 불귀' 에 있음은 한눈으로 알 수 있습니다. 그러나 여기서 우리가 알 수 있다는 식의 생각은 논리적 분석의 세계일 뿐. 7, 80리 길을 가다가 되돌아 60리로 온다면 겨우 10~20리 정도 간 거리라는 계산이 그런 범주에 들겠지요. 그러나 이러한 분석은 별 쓸모가 없는데, 왜냐면 '불귀, 불귀, 다시 불귀' 가 던지는 '울림' 이 시 전체를 압도하고 있기 때문. '산' 이 주어이지요. 그 속의 산새란 한갓 산의 주민에 불과하기에 '산새도……' 일 수밖에. '불귀, 불귀, 다시 불귀' 라는 이 삼박자의 울림이 산 전체를 울리고 있기에 그럴 수밖에. 이 울림은 슬픔도 기쁨도 아니지만 생명적이지요. 아름다움(미적인 것)이 아니라 칸트가 말하는 '숭고' 의 범주에 속하는 것. 이 '울림' 이 접동새의 넋과 통하는 것임은 쉽사리 알 수 있겠지요.

이렇게 말해놓고 나면 물론 부당합니다. 논리 쪽이 가만히 있지 않겠기 때문. 되돌아온 60리란 과연 어느 지점인가. 소월 스스로 「삭주구성(朔州龜城)」에서 이 점을 아래와 같이 밝히고 있습니다. 그것은 실로 '六千里' 라고 말입니다. 그도 그럴 것이 소월이 10년 동안(명년이면 10년이라 했으니까) 그가 머문 곳이 바로 삭주구성이었으니까.

> 물로사흘 배사흘
> 먼三千里
> 더더구나 거러넘는 먼三千里
> 삭주구성은 山을넘은六千里(「삭주구성」 첫 연)

뿐만 아니라, 「次岸曙先生 三水甲山韻」에서는 이미 삼수갑산에 와 있음을 노래하고 있지 않겠는가.

> 내 故鄕을 도로 가자
> 내 故鄕을 내 못가네.
> 三水甲山 멀더라도
> 아하 蜀道之難이 예로구나
>
> 三水甲山 어디메냐,
> 내가 오고 내 못가네
> 不歸로다 내 故鄕을

아하 새더라면 떠나가리(2, 3연)

논리 쪽은 주장하겠지요. 60리가 6천리로 되기도 한다는 것, 삭주구성이 바로 삼수갑산이라고. 거기서 벌서 10년이나 갇혀서 살고 있었다고. 그렇지만 이러한 논리란 '불귀, 불귀, 다시 불귀'의 울림 앞에 여지없이 흡수되고 마는 것. 「삭주구성」이나 「차안서선생 삼수갑산운」이 저 「山」의 밑그림이거나 습작 수준이라 보는 것은 이런 문맥에서이지요. 「옛님을 따라가다 꿈깨어 탄식함이라」가 절창 「초혼」의 밑그림이듯이.

'산새가……' 라든가 '산새는……'의 세계가 논리 쪽이라면 '산새도……' 란 단연 시적 세계라는 사실, 이를 제가 실감한 것은 1995년 7월 5일, 실크로드 중간 기점인 우룸치의 어느 지하실 노래방이었지요. 우리 일행의 단장 이호철씨가 그 굵은 목소리로 노래 대신 읊지 않았겠습니까. '산새도 오리나무 우헤서 운다' 라고. 모두가 숨을 죽였던 것은 웬 까닭이었을까. 혼의 흐느낌이 스며 있었던 까닭이 아니면 무슨 설명이 적절했을까. 6·25 이래 최대의 국난의 해라고 말해지는 1998년을 마감하는 장면에서 다시 그 울림을 듣는 일이란 무엇일까.

이번에 읊은 씨의 「山」이 지닌 특별한 이유가 거기 있었지요. 모두가 아는 바와 같이 「큰 산」의 작가인 씨는 '불귀, 불귀, 다시 불귀'의 터부속을 뚫고 평양을 다녀왔습니다. 신문에서 잡지에서 그 보고문이 발표되었지요. 평양에 닿아 북한인과 첫 만남에서 씨가 내세운 방식은 과연 무엇이었을까. '산새도……' 였다는 것. 정확히는 '불귀, 불귀, 다시 불귀' 였던 것. 그 순간 씨의 안중엔 평양이 사라졌던 것. 그 증거로 씨가 제시한 것이 '불귀, 불귀, 다시 불귀'에 화답한 평양 쪽의 다음 노래.

인생의 길엔/상봉과 리별/그 얼마나 많으랴/헤어진대도/헤어진대도/심장속에 남아 있는/아아, 그런 사람/나는 귀중해.

오랜 세월을/같이 있어도/가슴속에 없는 이 있고/잠깐 만나도/잠깐 만나도/심장속에 남는 이 있는/아아, 그런 사람/나는 못잊네.

이만 하면 문학의 소중함이랄까 위대함이 증명되지 않았을까. DMZ를 뚫는 가장 확실한 방도 중의 하나이니까. 19세에 단신 월남한 원산고급중학 3년생의 평생에 걸친 염원이었기에.

2. 운명의 문학, 문학의 운명

원산고급중학생 이호철씨와 그 후배 최인훈씨가 이 나라 문학판에서 성취해놓은 업적이랄까 성과를 논의함이란, 문학사적 과제에 속할 터입니다. 이 과제가 미래의 그것임은 무엇보다 이 두 작가의 지속적 활동에서 한층 뚜렷하다고 볼 것입니다. 특히 이호철씨의 경우가 그러한데, 고희를 바라보는 시점에서도 씨의 지속적인 창작 활동이 분출해 나오고 있지 않겠습니까. 「이산타령 친족타령」(『라쁠륨』 1999년 가을호), 「사람들 속내 천야만야」(『창작과비평』 1999년 겨울호), 그리고 개작 「탈각」(『한국문학』 1999년 겨울호) 등이 그것들입니다. 이중에서 「탈각」은, 옛 잡지 『사상계』(1959년 2월호)에 발표된 것의 개작이어서, 유별난 행위가 아닐 수 없지요. 개작으로 말하자면 「무녀도」의 작가 김동리 선생만큼 유별난 경우가 달리 있을까. 「무녀도」(1936)를 무려 세 번씩이나 고쳤고 기타 『먼산 바라기』, 심지어 대작 『사반의 십자가』(1958)조차 고쳐 마지않았지요. 『카인의 후예』(1954)의 작가 황순원 선생도 마찬가지. 『움직이는 성』(1972)의 과감한 개작이 놀랍지요. 동시대 작가 최인훈씨의 『광장』(1961)도 유별나지요. 무려 다섯 번씩이나 개작했으니까. 이에 비하면 이호철씨의 경우는 어떠할까. 이것만 해도 흥미거리가 아닐 수 없지요. 자기 작품에 대한 불만이랄까, 완벽성에 대한 타오르는 열정이 아니라면 어떻게 이 사태를 적절히 설명할 수 있으랴. 창작의 고갈이 이런 현상(되돌아봄)을 가져온다는 일반론은 한 가지 편견에 지나지 않을 터.(씨가 「탈향」, 「나상」도 개작한 바 있습니다. 『이호철의 소설창작 강의』, 정우사, 1997 부록 수록)

19세 적 원산고급중학 3년생으로 인민군에 편입되어 단신 월남한 씨의 문단 데뷔작이 「탈향」(『문학예술』 1955년 7월호)과 「나상」(동, 1956년 1월호)임은 모두가 아는 일. 이를 처녀작이 그 작가의 회귀점이라는 일반론에 비추어보면 어떠할까요. 씨의 경우 그것은 일반론의 한 원형이라 할 수 없겠는가. 이 점은 강조될 성질의 것인데, 문학사적 개입보다 월등히 소중한 자리에 속하는 것으로 보이기 때문입니다. 어째서 그러한가. 이 물음에는 세상을 살아보아야 비로소 알 수 있다는 것과, 그것의 역사적 형식인 신화에서 그 해답이 주어질 것입니다. 나이든 사람이라면 누구나 자기의 과거를 되돌아보면, 이 사실이 분명해지지 않겠는가. 곧 한 인간의 생애란, 그 과정을 치르는, 생명의 어린 시기에 이미 그 본질에 있어 남김없이 노출되어 있음이 그것. 이는 분명 비통함 그것이지만 동시에 한없는 위안이 아닐 수 없지요. 희랍 신화라든가 구약성서를 들추어보시라. 신전의 예언자들이 등장, 갓 태어난 사람의 장래의 영광이라든가 비극적 운명을 점치고 있지 않았던가. 어린 생명 속에 어떤 본질적인 의미에서, 이미 그 사람의 생애 전부가 포함되어 이것이 드러나게 된다는 믿음이랄까 사실이 없다면 어찌 이런 예언들이 일어날 수 있으랴. 만일 그렇지 않다면, 저 희랍 신화나 구약성서의 기록자들이 그토록 흥분하여 그런 예언을 주저 없이 기록했겠는가. 한 사람이 태어나 살고 사랑하고 죽습니다. 사회 속에서의 지위라든가 그것을 지배하는 닻이라든가, 그러한 것에의 불가피한 배려, 가정, 연애, 벗과의 사귐, 이들에서 배양되어 나오는 곡절과 경위 등등에 이 운명이 뒤덮여 있었던 것. 그 뒤덮임이 아주 은밀히, 때로는 아주 분명히 걷혀져 운명의 모습이 백일하에 드러나게 마련인 것. 이럴 때 그 사람은 비로소 그 자신의 죽음을 죽을 수 있지 않겠는가. 마침내 그 사람은 죽음을 두려워하지 않겠지요. '저마다에 고유한 죽음을!' (릴케)이라고 감히 말할 수 있는 죽음을 죽는 것, 이 사실만큼 자연스러운 생애가 따로 있겠는가.

이 점에서 보면 「탈향」, 「나상」은 문학사적 과제이자 그 이상임이 판명됩니다. 그것은 일종의 원형적이랄까 운명적인 차원에 놓일 것으로 보이기 때문입니다. 무엇보다 작가 이호철씨의 지금까지의 생애란, 작가로서의 생애라는 점이 지적될 것입니다. 작가로서가 아닌 다른 삶이란 당초 부재하며, 따라서 생각조차 할 수 없다는 것. 그 많은 전후 세대 중 한 발자국도 문학판을 떠나지 않은 단 한 사람(?)이 이호철씨라는 점이 이 사실을 증거하고도 남음이 있습니다.

다음 두 가지 사실을 덧붙일 수조차 있습니다. 하나는 국군 포로가 된 19세의 원산고급중학생 이호철이 국군 헌병 앞에서 신문을 받는 장면. 씨의 소지품 속에는 가죽 커버의 성경책으로 된 수첩이 들어 있었던 것. 1950년 7월 7일, 인민군으로 동원되는 아침 깜장 가죽 커버 성경책 겉커버를 뜯어내고, 수첩을 만들어 그날그날 일기, 단상 따위를 깨알같이 쓴 수첩이 아니겠는가. 대체 난생 처음 사지로 떠나면서 그런 엄두를 내었음이란 무엇인가. 기록이란 무엇이뇨. 일기, 단상이란 무엇이뇨. '문학'이 아니고 새삼 무엇이랴. 신문관 헌병조차 이 사실을 알아차렸던 것.

"'너, 문학하니?'

아마 그때의 그 구세주라도 만난 듯한, 온몸이 반짝하며 화듯하게 달아오르는 느낌이라니." (『남녘사람 북녘사람』, 프리미엄북스, 1996, 15쪽)

다른 하나는, 당선 소감 「질서에의 반항」의 한 대목.

"어쩔 수 없는 외로움의 굴레를 잠시나마 벗어나려고, 이것저것의 옷치레와 도구를 마련하려는 그런 값싼 연극을 하지 않을 것이고 그런 값싼 신념과 투쟁할 것이다.

그러나 과연 나는 이 참스런 외로움에 견뎌낼 것인가? 스스로 자신이 서진 않는다.

먼 어느 훗날, 어느 종소리에 귀를 기울이며 내 의지의 등뒤에서 나는

무엇 앞에 공손히 꿇어앉을 것 같은 예감을 벌써부터 느낀다."(『문학예술』 1956년 1월호, 115쪽)

'외로움' 이란 씨에 있어 다름아닌 '문학' 이었던 것. 어떻게 또 얼마나 이 '문학' 을 보듬고 살 것인가. 지금 당장은 평생 '문학' 을 버리지 않겠다는 의지의 표명이 여기 완강히 버티고 있습니다. 중요한 것은, 이 '문학' 이 '운명' 의 표정을 갖추고 있다는 사실. 씨는 당초부터 스스로의 운명을 염두에 두고 있었던 것. 스스로가 저 구약성서와 희랍 신화의 예언자 몫을 하고 있었던 것. 어째서 그러한가. 이 물음은, 막바로 「탈향」, 「나상」의 작품성을 묻는 것이 아닐 수 없습니다.

"하룻밤 신세를 진 화차칸은 이튿날 곧잘 어디론가 없어지곤 했다. 더러는 하루 저녁에도 몇 번씩 이 화차 저 화차 자리를 옮겨잡아야 했다. 자리를 잡고 누우면 그런 대로 흐뭇했다. 나이 어린 나와 하원이가 가운데, 두찬이와 광석이가 양 가장자리에 눕곤 했다."(「탈향」 서두)

장소, 인물, 그리고 상황이 실로 간결히 드러나 있지 않았겠는가. 이른바 세 가지 '했다' 체의 종결형 어미. 더이상 덧붙일 것 없음, 거추장스런 부사나 형용사의 제거에서 오는 간결함이란 무엇인가. 단편이 형식성을 염두에 두지 않는다면 이 점은 이해 불가능인 것. 저 도데, 모파상, 체홉이 그 앞에 놓여 있지 않았다면 정말 이해 불가능한 장면이지요.

임시 수도 부산. 한 고향에서 월남한 네 소년이 있었다. '나' , 하원이, 택진과 삼손이 그들. 삼손과 택진이 '나' 와 하원을 에워싸고 있다. 이들은 낮 동안 부두 노동에 헤매다 밤이면 빈 화물 열차에 스며들어 잤다. 이들을 묶고 있는 줄이란 다음 한 구절의 더도 덜도 아닌 것.

"야하, 이제 우리 넷이 떨어지는 날은 죽는 날이다, 죽는 날이야."(66쪽)

이 줄이야말로 '운명' 의 줄이라 하지 않을 수 없는 것. 그렇지만 이 '운명' 의 줄도 자주, 그리고 한없는 시련 속에 놓이지 않을 수 없는 법. 운명의 줄이 그 운명다움을 증명하고 또 수행하기 위해 필수불가결한 요소로 자체 내의 균열과 이로 인한 시련을 겪게 마련인 것. 그 시련의 끝에 마침내 운명의 참모습이 드러나는 법. 이 점에서 「탈향」은 이호철 문학의 운명이자 직접성으로서의 분단 문학의 원점이 아닐 수 없습니다.

그 운명의 줄이 겪는 시련을 불러 '탈향'이라 했습니다. '고향 벗어남'이란 무엇이뇨. 고향 벗어남을 위해 아무리 발버둥질해도 절대로 벗어나지 못한다는 사실, 그러기에 「탈향」은 운명스럽다고 할 것입니다. 어째서 그러한가? 우선 네 개의 운명의 끈 중, 삼손이 먼저 떨어져나갑니다. 나이가 조금 위라든가, 덜렁대는 성격이 그 원인으로 지적되지만 인간의 양면성을 염두에 둔다면 썩 자연스러운 처리 방식이겠지요. 4인행에서의 삼손의 이탈이 삼손의 죽음의 형태로 나타났을 때, 남은 3인의 미묘한 감정의 파문이 일어납니다. 그 결과로 냉철한 택진이 이탈하는 차례. 무엇을 대가로 지불해야 이탈이 가능했던가. '풀이 죽은 낯색'과 '큰 울음'이 그것. 삼손의 죽음에 비해 덜 비극적이라 할지 모르나, 작가의 의도랄까 배려는 죽음의 내면화라고나 할까. 참혹한 냉철함이 빚은 통곡이 아니었을까. 고향에 대한 통곡이 그것.

그 다음 차례에 '나'의 이탈이 옵니다. '나'보다 한 살 어리고 또 조금 바보스런 18세의 하원을 홀로 두고 '나'는 과연 어떻게 해야 했을까. 바로 여기에 「탈향」의 참주제가 걸려 있습니다.

"나는 그저 나도 모르게 이런 말을 지껄이고 있었다.

'바람도 없이 내리는 눈송이여, 아, 눈송이여'

무엇인가 못 견디게 그리운 것처럼 애탔다. 그러나 누가 알랴! 지금 내 마음 밑 속에서 일어나는 돌개바람 같은 것을…… 아, 어머니! 이미 내 마음은 하원이를 버리고 있는 것이다. 순간 나는 입술을 악물었다. 와락 하원이를 끌어안았다. 눈물이 두 볼에 흘려내렸다."

'어머니'라 부를 수밖에 없는 그 무엇, '아, 눈송이여!'라는, 형언할 수 없는 무엇인가에의 그리움이 '나'의 안에서 싹터올랐던 것. 이는 과연 무엇인가. '나'만의 세계, '나'만의 것을 향한 첫걸음이 아닐 수 없지요. 이 내면의 '나'가 다름아닌 '문학성'이었던 것. 그것은 육친과도 다름없는 하원이를 버리기에 다름아닌 것. '나' 의 도움 없이는 금방이라도 쓰러질 듯한 바보스런 하원이를 완강하게 떼어버려야 했던 것. 눈물로써 떼어버려야 했던 것. 그렇지 않고는 '나' 의 독립(비상)이란, '나' 만의 세계 확보란 불가능했으니까. 고향에서 벗어나지 않고는, 다시 말해 '나' 를 운명적인 끈으로 꽁꽁 묶는 주박(呪縛)으로서의 '고향' 을 벗어나지 않고는 '나' 를 찾을 수 없으니까. 다시 말해 '하원' 이란 특정 인간이 아니라 고향의 메타포였으니까. 작가가 하원의 혼잣말을 곳곳에서 되풀이했고, 마침내 작품 결말에까지 이어놓았음이 그 증거.

"이 새끼, 술두 안 먹구 취핸?…… 참 부산은 눈두 안 온다. 잉? 눈두…… 원산 말이다. 눈 오문 말이다. 삼손이 아저씨네 움물 말이다. 야하 잉? 굉장헌데…… 잉…… 새벽엔 까치가 막 울구, 고 상나무 있쟎, 장사골집 형수 원래 잘 웃쟎, 하하하 하구…… 그 형수 꽤 부지런했다. 가마이 보문, 언제나 젤 먼저 물 푸러 오군 하는 게, 그 형수드라. 잉? 야하 눈이 보구 싶다. 눈이." (결말)

고향으로서의 하원에서 벗어나기란 무엇인가. '나' 의 세움이 아닐 수 없는 것. 원산고급중학 3년생이자 19세의 이호철에 있어 그 '무엇' 이란 뚜렷한 해답이 나와 있었는데, 체홉(문학)이 그것. 이를 증명해 보인 것이 「탈향」이었던 것. 고향을 버리고 이를 초월해가지 않고는 결코 자기를 세울 수 없음이란 또 무엇인가. 분단이라든가 월남 피난이란 이 경우 한갓 핑계이거나 상징에 불과한 것. 사람은 누구나 유년기의 고향을 떠나, 자기 세계를 찾아나서는 법이니까. 작가 이호철에 있어 이런 일반론이 민족 분단이라는 역사적 과제에 전면적으로 걸려 있었음이 특징적이었을 따름.

3. 성지 의식(聖地意識)과 균형 감각

다섯 번 고쳐 쓴 「탈향」에 막바로 이어진 두번째 추천작 「나상」(『문학

예술』 1956년 1월호)도 사정은 같습니다. 액자형으로 된 「나상」은 모파상의 「쥘르 삼촌」과 흡사한 구조로 씌어진 가작이지요. "철이와 나는 베란다 위에 앉아 있었다"라는 서두가 펼쳐집니다. 철이 불쑥 말합니다. 현실 속의 인간 규정, 가령 잘났다, 모자란다 등등으로 말해지는 인간관계란 그렇게 대단한 것일까. 그러한 일정한 규정(측도)도 따지고 보면, 일종의 현실의 틀 속의 일이며 일단 이 틀을 넘어서면 무용지물이 아니었겠는가, 라고. 그 사례로 철이 내세운 사건이 이 작품의 내용이지요. "형은 스물일곱 살이었고, 동생은 스물두 살이었다"로 시작되는 철이 보여준 얘기는 이러하지요.

1951년 가을, 조금 모자라는 형과 칠성이라 부리는 아우가 통천 거리에서 함께 인민군 포로로 잡혔군요. 형은, 그 상황 속에서 사사건건 상식을 벗어난 짓을 감행합니다. 그것이 모두 흡사 유아와 같은 수준의 행위여서, 아우의 처지에서 볼 때 이루 말할 수 없이 거북했지요. 아우는 이런 형에게서 될 수만 있다면 벗어나려 온갖 마음고생을 하지요. 결국 형은 이런저런 곡절을 겪어 죽게 되는데, 그 원인을 따져보면 천생의 바보스러움에서 말미암았음이 드러납니다. 그렇다면 살아남은 '나' (칠성, 철의 아명)는 무엇인가. 그 상황에서 약삭빠르게 처신함이었고, 바보스런 형을 될수록 모른 척함에서 왔던 것. 아마도 아우 칠성이는 그 오연함을 의상처럼 떨쳐입고 앞으로도 빈틈없이 살아가겠지요. 그렇지만 칠성의 삶은 그늘질 수밖에 없겠지요. 실상 따지고 보면, 순진무구함으로 표상되는 형이란 '나' 의 내면의 한 측면의 상징화에 다름아닌 것.

"이미 우아하다든가 민감하다든가 교양이 높다든가 앞날이 촉망된다든가 이런 것을 결판지을 수 있는 표준이 상실된 그 속에서 과연 누가 더…… 남은 것은 발가벗은 몸뚱아리뿐이다."(「나상」, 『문학예술』 1956년 1월호, 102쪽)

형의 행위가 알몸뚱이의 '나' 라면, 그 위에 덕지덕지 걸쳐입은 누더기가 다름아닌 우아함, 민감함, 교양의 높음, 촉망됨 등이었을 따름. 이 점에서 「나상」도 「탈향」과 꼭 같이 성장 소설(발전 소설)의 범주에 드는 것입니다. 그 인물 구조 역시 두 작품은 닮아 있지요. 「탈향」에서의 '나'와 제일 어린 하원의 관계가 「나상」에선 '나'(칠성)와 형의 관계로 변형되었음이 지적될 수 있습니다. 「탈향」이란 그러니까 고향 이탈에의 원심력과 고향 회귀에의 구심력 사이에서 벌어지는 내면의 드라마이며, 「나상」 역시 이와 같은 범주이지요. 이때 주목되는 것은 다음 두 가지. 원심력과 구심력의 강도랄까 긴장감의 밀도가 그 하나. 다른 하나는, 이 점이 중요한데, 성장 소설 범주란 구심력에 대한 원심력의 우월성에 있다는 사실이 그것.

이 경우 우월성이란 작가 이호철씨에 있어서는 지극히 윤리적이어서 인상적입니다. 구심력에서 이탈하려는 욕망(의지)의 강도와 원심력으로 이끄는 힘의 강도 사이에 놓인 윤리적 감각이란 구체적으로 무엇인가. 이 물음에 그럴싸한 대답으로 내세울 수 있는 것이 바로 '자존심'입니다. 인간다움을 입증하는 기품이라 불러도 되겠지요. 처녀작 「탈향」에서 이 점이 주춧돌 몫을 하고 있습니다. 죽어가는 삼손이를 지켜보는 '나'의 시선이 그것.

"사실 나는 삼손이의 곁으로 갔을 때, 어떤 자조(自嘲)도 느꼈다. 또 어떤 자랑스러움도 느꼈다. 다만 이렇게 삼손이 곁으로 온 바엔 삼손이가 죽고 안 죽고는 내가 알 바 아니다. 삼손이가 죽을 때까지 삼손이를 지키고 있었다는 것을, 이 다음에 고향에 가더라도(갈 수만 있다면) 조금도 부끄러움을 느끼지 않고 떳떳할 수 있으리라……"(70쪽)

이 대목은 강조되어야 하는데, 작가 이호철씨의 원점이자, 이 나라 분단 문학의 한 가지 전형인 까닭입니다.

이 원점의 확인이 분단 의식에 비례함이야말로, 작가 이호철씨의 원점의 강인성입니다. 「탈향」을 발표한 지 4년이 지났을 때, 그 원점의 강도의 어떠함을 새삼 보여준 작품이 「탈각」(『사상계』 1959년 2월호)입니다. 월남한 3인이 등장하지요. 먼저 자리잡고 가정을 이룬 형석의 집에 주변

머리 없는 동향의 친구 필구와 걸걸한 성격의 여자 동연이 동거하지요. 국군이 진격했을 때 강준장과 동거생활에 들어간 동연에겐 딸이 하나 있군요. 이 셋을 묶고 있는 끈은, 물을 것도 없이 동향 의식이지요. 그 동향 의식의 강도가 '성지 의식' 에 이르렀음에 주목할 것입니다.

(A) "한 달에 한 번만큼씩 오는 강준장을 얼씬 집채 안으로 들이지 않는 동연의 그 외고집, 뭐랄까 동연의 성지 의식(聖地意識) 같은 것, ……" (387쪽)

(B) "적어도 형석이 이 '집안' 이란 것도 정확히 인식했건 안 했건 그 '성지 의식' '고향 의식' 을 두고 하는 말인 것은 물론이었다." (387쪽)

(C) "이러한 동연의 고집엔 만만치 않은 위엄도 위엄이려니와 그 예의 성지(聖地)나 지키는 듯한 고향 의식이 서려 있는 것이었다." (388쪽)

(D) "그래에?…… 바야흐로 성지(聖地)가 속지(俗地)로 떨어지시는군." (397쪽)

보다시피 성지 타령으로 엮고 있지요. 강준장의 첩이었음이 판명되었을 때 동연을 구출한 것, 그러니까 동연의 자존심을 회복시킨 것은 바로 이 '성지 의식' 이지요. 강준장의 본처가 들이닥쳤을 때, 공손히 그녀를 떠받들고 순순히 물러나온 동연의 의식은, "고향과 아바지 체신 깎일 일을 해서는 안 된다" (390쪽)에 있었던 것. 이토록 강렬한 구심력으로서의 성지 의식의 강도보다 한층 더 강도 높은 것이 원심력으로서의 탈향 의식, 그리고 탈각 의식이겠지만, 그 가운데 매개항으로 놓인 '성지 의식' 으로 말미암아 균형 감각의 확보가 가능했을 터이지요. 이 균형 감각에서 삶의 긴장력이 확보되었고, 그대로 그것이 이호철 소설의 긴장력이었을 터이지요. 동연과 필구의 대화 한 토막을 잠시 볼까요.

(F) "'허지만 적어도 마음속으루래도, 최소한 마음속으로래도 건강한 걸 지니구 있어야 되어요. 최소한 마음만이래두. 돌아가는 날까지. 그렇다, 돌아가는 날까지.' 이러자 문득 필구는 '돌아가다니, 돌아가다니, 어디루 돌아가?' 생각하여, 이미 돌아와 있는 것이 아닌가. 여기 이 방이

바로 고향이 아닌가. 따로 떨어져 살긴 하지만 형석이랑 모두 함께 법석거리며 돌아와버린 것이 아닌가, 이런 감미한 착각에 빠져들다가,

'암, 돌아가야지. 돌아가야 하구말구, 돌아가야 하구말구.' 이렇게 받는 것이었다."(399쪽)

이런 장면을 두고 의식의 측면과 무의식의 단층이랄까, 의식의 분열증으로 지적할 수도 있겠지요. 고향을 향한 형언할 수 없는 지향성(심층 의식)과, 여기에서 일탈하고자 하는 삶의 현실적 지향성이 한 인격체 속에 잠복되었을 때, 이를 제어하는 기제(심리적 메커니즘)란 무엇인가. 성(聖)과 속(俗) 사이의 아슬아슬한 곡예, 평형 감각 유지에서 생기는 긴장감이 곧 작가 의식으로 퉁겨나온 데 이호철 문학의 원점이 있습니다. 이 사실은 강조되어 마땅한데, 처녀작에서 이미 운명적으로 주어졌음이 그 이유입니다. 실상 「탈향」과 「나상」의 개작이 1997년에 이루어졌고, 「탈각」의 개작은 앞에서 이미 보인 대로 1999년 겨울입니다. 물론 개작 일반이 갖는 현장감 상실을 대가로 치른 것이지요. 그렇지만 성지 의식으로 지적한 대목은, 다소 윤색되긴 했으나, 원형 그대로임이 드러납니다. 이 점은 강조되어야 할 사항이 아닐 수 없는데, 왜냐면 이 원점이 지닌 의의와 그것의 지속성이 이호철 문학의 핵심을 이루는 순금 부분인 까닭입니다. 이 점은, 같은 월남 작가인, 「오발탄」(1960)의 작가 이범선과 비교해보면 뚜렷하게 드러납니다. 월남한 사람들의 친목단체의 야유회를 다룬 이범선의 「면민회」(1979)에서 드러난 인물상들은 세 가지 부류로 정리됩니다. 입만 벌리면 고래등같은 기와집을 두고 왔다고 허풍을 떨지만 실상은 양조장 배달부로 겨우 연명한 부류들이 그 하나. 다른 하나는, 이북에서 제법 잘 살다가 월남하여 몰락한 부류. 또다른 하나는, 거기서나 여기서나 푼수를 지키며 성실히 살아가는 군상들. 작가 이범선은 이 세 부류를 가감 없이 객관화시켜 보여줍니다. 양조장 배달부였던 박똥팔이 명예직인 면장이 되어 허풍 떠는 장면이 여지없이 희화적이어서 '성지 의식' 따위란 당초부터 약에 쓸래야 없는 그런 경지이지요. 이호철씨

의 경우는 이와는 너무도 판이하여 놀랍습니다. 『남녘사람 북녘사람』에서 그 본질이 더욱 밀도 있게 형상화되어 있습니다.

4. 19세 고급중학 3년생의 체험의 성격

「남에서 온 사람들」(1984)을 비롯, 「칠흑 어둠의 질주」(1996), 「변혁 속의 사람들」(1987), 「헌병소사」(1996), 「남녘사람 북녘사람」(1996)으로 발표된 자전 연작 소설을 재편성하여 묶은 창작집이 『남녘사람 북녘사람』(프리미엄북스, 1996)입니다.

19세짜리 원산고급중학 3년생이 인민군으로 동원된 것은 1950년 7월 7일. 대학생급이 아닌지라, 또 성분상의 이유로 소대장이 못 되고 부소대장의 몫을 하며 진군하다, 삼척, 양양 근처에서 북상하는 국군의 포로가 된 이호철 청년은, 기묘하게도 국군 헌병 인솔 아래 도로 북상길을 걷고 있습니다. 남하한 인민군 패잔병이 후퇴하는 길목이었던 탓이었지요. 고성읍에 닿은 포로 일행이 읍내 극장 안에 수용됩니다. 금강산 쪽 인민군 잔병들이 공격해올 것에 대비, 여차하면 극장 안의 포로들을 총살해버릴 수밖에 없는 상황이 벌어집니다. 다행히 무사해진 일행은 민간 어선 두 척에 실려 장전으로 갔고, 다시 북로로 해질녘에 통천에 닿았습니다. 이호철 청년은 여기서 청년단 위원장인 막내 당숙을 만나, 그 빽으로, 현지 주둔 헌병에 손을 써서 간단히 포로 대열에서 벗어납니다(흡곡에서 놓여나 귀가했다가 남쪽으로 피난왔다는 대목(51쪽)이 진실인지 알 길이 없긴 합니다. 여기에 대해 작가는 아직 쓰지 않고 있습니다). 연작 소설집 『남녘사람 북녘사람』은 그러니까 1950년 7월에서 같은 해 10월까지 인민군에서 국군 포로가 된 삶의 체험을 기록한 자전적 소설인 셈이지요. 그렇지만 이 자전적 기록의 특이성에 주목하지 않는다면 이호철 문학의 전형성을 올바로 바라볼 수 없습니다. 이 나라 분단 문학판을 이호철 문학 이전과 이후로 갈라볼 수 있는 근거도 이와 무관하지 않을 것입니다.

이 기록물이 자전적 성격을 띤다는 것은 쉽사리 동의됩니다. 그렇다면 먼저 이것이 발전 소설이랄까 성장 소설의 범주에 들 수 있을 것인가, 라고 물어볼 것입니다. 모든 성장 소설이 그러하듯, 어른이 된 시점에서 '후일담'의 일종, 다시 말해 작가의 현재의 시선에서 창작된 것이기에, 실재의 사건(사실)과는 별개의 세계가 아닐 수 없습니다. 허구인 까닭이 여기서 옵니다. 어떤 성장 소설도, 유려하기 짝이 없게 되어 있음은 이 때문인 것. 사후 검열이 철저하면 할수록 과거는 투명해질 수밖에 없지요. 성장 소설 일반의 문체가 유려하고 흠이 없음도 이 때문이지요. 여기에는 아주 특이한 트릭이 은폐되어 있는데, 신의 시선이 그것입니다. 당면한 현실 속에 행동하는 인간은 그 누구도 한치 앞을 내다보지 못함이 원칙 아닙니까. 그러나 지나고 나면 '아, 그땐 이렇게 했어야 했는데……' 라고, 후회하기도, 또 기뻐하기도 합니다. 과거를 되돌아보는 한, 누구나 신이 되는 까닭이 아니라면 이런 일을 무슨 수로 설명하겠습니까. 이 사실을 작가 이호철씨는 소설 속에서 머리를 내밀어 다음처럼 내세워 이 성장 소설의 성격을 스스로 규정해놓았군요.

"시간의 순서로 말하자면 이야기의 전후가 바뀌지만, 나는 일부러 삼팔선 접경 인구 못 미쳐에서 있었던 그 자그마한 삽화를 미리 앞에다 놓았다. 그 이유는 나 자신도 잘 모르겠다. 아니, 아슴아슴 전혀 짐작이 안 되는 건 아니다. 90년대의 오늘과 같은 생판 달라진 일정정황 속에 편편하게 앉아, 후일담으로 근 50년 전 그 시절을 이야기할 때는, 반드시 시간 순서를 지킬 필요 없이 극적 효과 같은 것도 생각해야 하는 것이다. 그러나 이것이 반드시 극적 효과만을 고려해서일까. 그런 것만도 아닐 것이다. 부지불식간에 나는 지금, 선악의 순서를 나름대로 요량(料量)하기도 하고 있는 것이다. 사람은 그때그때의 형편에 따라 지극히 선량해질 수도 있고, 극악으로 떨어질 수도 있는 것이다." (36~37쪽)

신의 시선에서 바라보기에 다름아니지요. 19세인 고급중학 3년생의 시선에서 본 남북인의 모습이 아니라는 사실을 깃발처럼 내세우고 있습니다. 온갖 힘을 다 기울여 당시의 정황과 체험을 복원하겠다는 결의와는 정반대인 이러한 목소리를 그것도 다름아닌 작품 속에다 불쑥 삽입함이란 대체 무엇인가. 이 물음 속에 이호철 문학의 원형에 대한 철학이 함의되어 있습니다. 곧 '19세 체험' 이란, 다른 어떤 세대의 어떤 연령층의 체험과도 판연히 구분되는, 이호철 특유의 체험이라는 자부심에 다름아닌 것. 이 자부심의 강도의 어떠함이란, 작품 속에 작가가 얼굴을 내밀어 목소리를 낼 만큼한, 그 때문에 작품이 무너져버린다는 사실을 뻔히 알면서도 태연히 이런 데까지 나아가고 있는 형국입니다. '19세 체험' 의 고유성, '19세 체험' 의 절대성을 내세움이 아니라면 이 사정을 어떻게 설명할 수 있겠는가. 소설이 아니어도 좋다는 것, 소설 나부랭이보다 앞서는 것이 있다는 것, 이를 19세 체험이라 부른다면, 이것이야말로 이호철 문학의 원점이 아닐 수 없겠지요. 소설 나부랭이가 아니어도 좋다는 것이 거꾸로 소설의 절대성을 증명하는 것이니까.

19세 체험의 절대성이란 구체적으로 무엇인가. 다음 두 가지 점을 들고자 합니다.

19세 체험이란, 극한 상황의 체험이라는 사실이 그 하나. 이 자전 창작집 『남녘사람 북녁사람』의 전체적 상황이란 인민군 부소대장인 '나' 와 국군 포로가 된 '나' 의 4개월간의 체험이 전부입니다. 전시중이라는 것, 군인이라는 것, 또한 포로 신세라는 것 등은 극한 상황을 가리킴이기에 여기엔 실존적 상황이 모든 것을 결정합니다. 말 한마디 행동 하나에 목숨이 왔다갔다하는 그야말로 살얼음판이지요. 이 속에서 살아남기 위한 기민한 처세술이란 무엇인가. 극한 상황일수록 분명해지는 살아남는 방법이란, 인간의 '생득적인 됨됨이' 밖에 없다는 데 이호철 문학의 인간성 통찰의 깊이가 드러납니다. 아무리 어수선한 상황이지만, 이데올로기라든가, 남쪽 사람, 북쪽 사람 사이이지만, 깊이 따져보면 알몸뚱이의 인간에 다름아닌 것.

"해방이 되고 소련군이 진주하자 그는 백팔십도로 표변하여 제1착으로 공산당에 입당하여 설치고 돌아다니기 시작했다. (……) 내 선친은 그를 여간 미워하지 않았는데, 그것은 그의 그런 행태에 대해서였기보다는 훨씬 더 깊은, 거의 원천적이고 생태적인 그의 사람 됨됨이에 대한 것으로 보였다. 나도 반드시 선친의 영향만도 아니게, 이모부의 그 사람됨을 좋아하지는 않았다."(112쪽)

성장 소설이 그대로 극한 상황이었다는 사실, 그 속에서의 생존 전략이란 원천적, 생래적일 수밖에 없다는 것으로 이 사정이 정리됩니다.

다른 하나는, 이 점이 중요한데, 성장 소설로서의 19세 체험이 그대로 분단 의식이라는 사실이 그것. 분단 의식이되, 철저한 분단 의식이지요. 따지고 보면 이는 특정인 이호철의 개인사적 문제였겠지만 그것이 막바로 민족 분단의 과제의 중심부라는 사실은 아무리 강조되어도 지나침이 없습니다. 이호철이라는 인간이 '문제적 개인' 일 수밖에 없는 것도 이로써 설명될 터입니다. 19세의 체험이 가장 극한적 분단 상황의 체험이기에, 그의 체험이 빚어내는 일거수 일투족이 낱낱이 민족 분단 의식의 각인이 아닐 수 없기 때문입니다. 여기엔 설명이 조금 없을 수 없겠지요. 19세 체험에서 보면, 실상 남녘 사람을 체험한 것은, 기껏해야 인민군에 지원한 남쪽에서 올라온 남로당인 대학생들, 가령 '홑껍데기 잠바차림'의 중뿔난 장서경, 또 이를 비판하는 장세운, 서울과 부산서 온 남로당계 대학생들, 그리고 의정부에서 온 전남로당 갈승환 등등의 군상들과, 국군의 헌병 및 인솔 장교가 전부입니다. 이들을 통틀어 작가는 '남녘사람' 이라 부르고 있지요. 기껏해야 극한 상황 속의 이념으로 무장된 남녘사람이기에 극히 제약된 것에 지나지 않지요. '북녘사람' 의 경우도 사정은 마찬가지. 해방이 되어 바뀌어진 세상 속에서 철이 난 이호철 소년의 5년 동안이 유년기 기억의 전부이며, 그러니까 이 5년 동안이란 학교와 정치로 표상되는 이념의 과정에 지나지 않습니다. 19세가 바로 이 5년에 이어져 있습니다. '북녁' 이라 하여 현지 발음 '북늑' 에 가깝게 표기해놓은 것의 한 가지 의미도 이와 관련이 있겠지요. 그러나 잘 따져보면, 19세에 체험한 남녘사람이나 북녘사람이란 분단 의식을 가장 심각히 각인했음에 그 특징이 주어져 있습니다. 동서라든가 남북만큼 뚜렷한 분별심이 따로 있겠습니까. 그 원체험이 19세에 이미 송두리째 완료형으로 달성되어버린 형국이라 할 것입니다. 성장 소설이 그대로 분단 소설일 수 있는 경우라고나 할까. 분단 의식을 문제삼는 한 작가 이호철이 원점으로 놓이는 것은, 그로서도 어쩔 수 없는 운명적 사실입니다. 전무후무한 문학사적 사건이라 함은 이런 문맥에서입니다.

이제 남은 과제란 무엇일까. 당연히도, 이호철 문학의 19세 이후의 경험의 원리, 말을 바꾸면 19세 체험에서 빚어진 세상 읽기의 법칙입니다. 그 원리랄까 법칙이 어떻게 규정되든, 그것은 갈 데 없는 가부장제적 남성 중심주의이겠는데, 이는 분단 의식이란 이데올로기의 표상에 다름아님과 결코 무관하지 않겠지요.

5. 극한 상황과 세계 인식

19세 체험에서 획득한 세상 읽기의 법칙이란, 구체적으로 분석한다면, 그러니까 논리화한다면 어떻게 될까. 이 물음은 19세 체험의 특수성과 분리시켜 논의할 수 없습니다. 앞에서 극한 상황(Grenzsituation)이라 했지 않았겠습니까. 야스퍼스적인 실존적 상황의 용어이지요. 사람의 존재란 현실적으로는 단지 한 개의 주관적인 점만은 아니라는 것. 주관적인 점이란 객관 일반과 대립하는 보편적인 입장을 대표하는 추상적인 관념적 존재에 지나지 않는다는 것. 그러나 현실적으로는 여러 상황 속에 존재한다는 것. 이를 상황적 존재라 부른다는 것. 그런데 사람의 실제로 있음(현존재)이란, 이 주어진 상황들에서 벗어날 수 없다는 것. 우리가 이런 상황을 알고 이를 알았음에서 비로소 이를 변화시킬 수 있겠으나,

중요한 것은 변화시킬 수 있기는커녕 절대로 어쩔 수 없다는 상황이 따로 있다는 것입니다. 어떤 상황이 그러할까. 우리가 항시 어떤 주어진 상황 속에 있지 않으면 안 된다든가, 싸우지 않으면 안 된다든가, 괴로워하지 않으면 안 된다든가, 죽지 않으면 안 된다든가 등등의 상황들은 구극적으로는 우리가 어쩔 수 없이 좌절당할 수밖에 없는 벽과 같은 것이지요. 이를 극한 상황이라 하여 야스퍼스는 체계적으로 삼분합니다. 현존재로서 어떤 특정 상황이 그 첫째 유형. 둘째 유형은 죽음, 투쟁, 고뇌 등 특수한 역사성에서 생긴 상황이며, 셋째 유형은 첫째와 둘째 유형을 겪은 다음, 이를 바탕으로 하여 세계 존재와 자기 존재가 의문에 놓이는 것을 가리킴입니다. 이 셋째 유형에서 도출되는 것은, 일종의 무상관(無常觀)이지요. 세계란 구극적으로는, 신뢰될 수 없는 상대적으로 존재하는 것에 지나지 않는다는 것이니까 철저한 고독과 절망의 의식인 까닭입니다. 이러한 극한 상황의 의식에 직면하여 자기의 좌절을 어떻게 경험하는가는 그 사람의 어떠함을 결정할 것입니다. 곧 극한 상황에 직면했을 때 인간은 다음 두 가지 행동이 가능하겠지요. 고의로 한계 상황을 도피하여 잊고자 한다든가 속이고자 함이 그 하나. 다른 하나는, 이를 초극하고자 노력함이 그것. 이 후자에서 비로소 철학이 비롯된다는 것입니다. (야스퍼스, 『철학』, 1932)

이러한 점에 비추어볼 때 19세의 체험이란 무엇이겠습니까. 고성읍에 닿은 인민군 포로 일단이 읍내 극장에 수용되었고, 밤중에 헌병의 총부리 앞에 불려나가 총살 직전에 놓였습니다. 역사성에서 생긴 극한 상황이 아닐 것인가. 이 상황에서 19세 이호철이 대처한 행동 방식이란 어떠했던가.

"근 50년이 지난 지금에도 그때의 나의 그런 행태는 이때까지의 내 평생에 가장 풀리지 않는 불가해한 것 중의 하나거니와, 다만 한 가지, 썩 자신 있게 말할 수 있는 것은 그날 저녁 나는 절대로 죽지 않을 자신이 있었던 것이다. 하긴 그 점으로 말하면, 지금 현재도 논리적으로 스스로도 납득이 안 된다. 당장 눈앞에 벌어지고 있는 상황은 너무나도 명명백백하였기 때문이다. 그렇지만 아무리 앞뒤 정황은 그랬을망정, 그때 그냥 느낌으로 와 닿았던 '절대로 오늘 밤 나는 죽지 않는다' 고 하는 그 확신은, 근 50년 세월을 상거하고도 선열한 기억으로 남아 있다. 하긴 혹자는 나의 이런 이야기를 듣고 자못 그럴듯하게 설명해주기도 한다. 살아날 길이 완전히 차단된 정황 속에서 거의 무의식적인 도피심리였을 것이라고. 과연 그렇게 듣고 보면, 그 말도 일말의 진실을 담고 있는 듯이도 여기지지만, 그럼에도 불구하고 나는 그때의 내 느낌 쪽에 여전히 더 무게가 실리며 신빙성이 가곤 하는 것이다." (105쪽)

'절대로 오늘 밤 나는 죽지 않는다' 의 의식이란 대체 무엇일까. '무의식적인 도피심리' 였을까. 그렇게 보기엔 19세의 체험이란, 고급중학 3년생의 직감적 감수성에 다름아닌 것. 이 감수성의 정체란 과연 무엇일까요. '체홉이다!' 가 그 정답입니다. 19세의 고급중학 3년생의 불패의 무기란, '문학하기' 로 요약되는 것. 문학에 대한 취향이 아니라, 생래적(生來的)인 문학이 19세 체험의 밑바닥에 깔려 있었기에 어떤 극한 상황도 이 체험 앞에서는 무화(無化)될 수 있었던 것.

(헌병) : "너, 문학하니?"

(인민군 포로 19세 이호철) : "아아, 그때의 그 구세주라도 만난 듯한 반짝하며 화듯하게 달아오르는 느낌이라니." (15쪽)

한 번 더 인용하지만 극한 상황에서 드러난 감수성의 정체가 바로 여기에서 빛납니다. 성경책 커버를 뜯어내고 수첩을 만들어 깨알같이 적어 넣은 일기(기록). '문학 수첩' 바로 그것이었던 것. "19세기 러시아의 톨스토이, 체홉, 특히 체홉을 좋아합니다" (15쪽)란, 바로 명민한 19세 고급중학 3년생의 원점에 다름아니었던 것. 이 원점으로 말미암아 어떤 극한 상황도 초극할 수 있었던 것. 그러나 중요한 것은 바로 이 원점의 50년 동안의 한결같은 지속성 유지 및 확보에 있습니다. 이 지속성이 문학, 문학 수첩, 체홉을 '성스러운 것' 으로 밀어올렸던 것입니다.

그렇다면 이 지속성을 가능케 한 추동력이라 무엇이었을까. 성지 의식(聖地意識)이 그 정답이 아니고 새삼 무엇이겠습니까.

(A) "이 넷이 떨어지는 날은 죽는 날이다."(「탈향」, 66쪽)

(B) "정확히 인식했든 안 했든 그 '성지 의식' '고향 의식'을 두고 하는 말이었다."(「탈각」, 387쪽)

문학(체홉)의 '성스러움의 의식'과 고향(원산)의 '성지 의식'의 완전 일치 속에 그 지속성의 근거가 있었던 것. 만일 후자가 없었더라면 전자만이 50년간 독야청청할 수 있었을까. 만일 전자가 없었더라면 후자가 그토록 무궁무진할 수 있었을까. 두 의식의 상승 작용이 그 지속성의 근거였던 것.

이러한 사실을 작가 이호철씨는 어떤 방식으로 설명하고 있었을까. 이 물음이 끝으로 남았습니다.

6. 세계의 있음과 그 표현—비트겐슈타인

자전 창작집 『남녘사람 북녁사람』을 규정하는 원리랄까 법칙성이란, 또 그것은 19세 고급중학 3년생의 체험의 본질이기도 한 것인데, 이를 두고 50년 후에 이른 작가 이호철씨는 다음처럼 규정하고 있어 인상적입니다.

"그리하여 '이 세계란, 그렇게 있는 것의 전부이다.' 그리고 '세계는 여러 사실에 의해서 그것 모두가 사실이 되어 있다는 것에 의해서 결정되어져 있다. '왜냐하면 사실의 전부야말로 바로 그렇다는 것도 또한 그렇지 않다는 것의 모든 것도 결정하기 때문이다.'"(109쪽)

이것은 저 불세출의 철학자 R.비트겐슈타인(1889~1951)의 『논리철학논고 *Tractatus Logico-philosophicus*』(1922)에서 따온 것. 이 난해하기로 소문난, 철학을 부정하는 이른바 반철학에 해당되는 이 저술의 태도란 무엇이었던가. 철학이란 뭔가 특별한 것, 놀라울 수 있는 것을 하는 것이라든가 또는 뭔가 중요하고 창조적인 것을 함이 아니라, '있는 그대로를 있게 하는 것' 이라고 비트겐슈타인은 규정하고 있습니다. 유명한 파리잡이통(파리를 잡기 위해 유리로 만든 통)의 비유가 그것입니다. 철학의 목적은 '파리로 하여금 파리잡이통에서 벗어나게 그 출구를 보여주는 것' (『철학적 탐구』, 309쪽)이지 무슨 굉장한 혼의 자유로운 비상 따위와 무관하다는 것이죠. 철학이란 그러니까 일상적 언어의 실제적 용법에로 되돌림으로써 막힌 곳을 눈에 보이지 않는 속박에서 벗어나게 하기에 지나지 않는다는 것. '우리들의 무이해의 주요한 원천은 우리들이 말의 용법을 전망하지 않음에 있다.' (22쪽) 이 용법의 확인이 바로 철학하기이기에 종래의 진리 탐구(형이상학)에 비해 반철학(反哲學)이 아닐 수 없지요. 이를 확실성에로 좀더 탐구한 것이 『철학적 탐구』(1929~1930)이지요. 이호철씨가 인용하고 있는 비트겐슈타인의 『논리철학 논고』는 다음 일곱 장으로 구성되어 있지요.

(1) 세계는 이루어진 일들의 전부이다.

(2) 이루어진 것은, 곧 사실이란 여러 가지 사태로 존립한다.

(3) 사실의 논리상(像)이 사상이다.

(4) 사상이란 유의미한 명제를 이름이다.

(5) 명제는 요소 명제의 진리 함수이다.

(6) 진리 함수의 일반적 형식은 P. N.이다.

(7) 말할 수 없는 것에 대해서는 침묵하지 않으면 안 된다.

『논리철학 논고』는 먼저 '세계' 가 무엇인가를 규정하고 '세계' 의 구성체를 규정합니다. '세계' 란 '사실' 이라 불리는 실제로 이루어진 일들의 전부라는 것. 곧 '세계' 란 '사실' 의 총체라는 것. 그런데 세계를 구성하고 있는 사실들은 그 이상 분석되지 않는 단일한 '사실' 로서 이루어진다는 것입니다. 이 단일의 '사실' 은 '사태' 라 불립니다. 이 '사태' 는 서로 독립되어 있어 하나하나의 '사태' 는 대상들(사물들)의 결합으로 이루어진 것이죠. 또 '사태'에는 존립하고 있는 사태와 존립하지 않은 사태가 있으며 사태가 존립하고 있다 함은 현실로서 어떤 사태가 일어났다는 것이고, 사태가 존립하지 않는다 함은 현실에 사태가 일어나지 않음을 가리킴이지요.

다시 출발점인 명제에 되돌아가볼까요. '세계는 이루어진 일들의 전부이다'라고 하는 것은 현실에 대한 규정입니다. 그러나 '세계'란 현실의 사태들만이 아니라 가능한 사태도 포함하고 있습니다. 따라서 세계를 단지 현실로 기술되는 세계로서가 아니라 논리적 공간에 있어 파악되는 것입니다. "논리에 있어 어떤 것도 우연이 아니다. 일이 사태에 나타날 수 있으면 사태의 가능성은 일에 있어 이미 미리 결정되어 있지 않으면 안 된다"(『논리철학 논고』, 2. 12) "논리적 공간에 있어 사실들의 세계이다"(『논리철학 논고』, 1. 13)라고 비트겐슈타인이 말할 때 그가 말하는 '세계'를 논리적 공간에 있어서의 '논리적 형식', 곧 언어에 의해 표현되는 것으로 파악함입니다.

여기까지 이르면 '논리적 형식'에 막바로 부딪칩니다. '논리적 형식'이란 무엇인가. 이 물음은 막바로 저 아리스토텔레스에로 향하게 됩니다. 아리스토텔레스에서 칸트를 거쳐 비트겐슈타인에 이르기까지 기본적 사항으로 걸린 것이 바로 이 '논리적 형식'입니다. 곧 언어 표현의 선험적 형식이 존재의 선험적 형식을 반영한다는 명제가 그것. 대체 이것은 무슨 소리인가. 조금 설명을 해볼까요. 퍽 유치하게 들릴지 모르겠으나, 언어로 개개 구체적인 무엇을 말하든 그것에 앞서 주어진 표현의 형식이 있다는 것입니다. 개개의 구체적인 어떤 존재에 대해 그것이 어떠한 사태로 되어 있더라도, 그것에 앞서서 일반적으로 존재하는 것인 이상 갖추어져 있지 않으면 안 되는 것이 '형식'이며, 이것이 먼저 모든 것을 결정한다는 것. 이를 '논리적 형식'이라 부릅니다. 논리적 형식이 먼저 있고, 그 다음에 언어 형식(표현 형식)이 뒤따른다는 것이죠. 표면상의 문법적 표현 형식을 넘어서, 그 감추어진 논리 형식을 분명하게 분석하는 것이 비트겐슈타인의 생애에 걸친 노력이었던 셈입니다.

"바르든 그르든 일반적 실재(實在)를 묘사하기 위해서는 어떤 종류 상(像)이든, 좌우간 어떤 것을 실제로 공유하지 않으면 안 된다. 그것이 논리적 형식 곧 실재의 형식에 다름아니다."(『논리철학 논고』, 2. 18)

일견 유치해 보이기까지 하는 이러한 생각의 중요성은 어디에서 오는가. 우리는 언어가 세계를 표현한다는 것을 자명한 것으로 보아버리지 않았던가. 이 함정에 빠져 있는 동안 사람은 '논리적 형식'이라는 본질적인 것의 중요성을 망각하게 되며 따라서 언어 사용의 혼란(철학이라는 골치거리)에 빠진다는 것. 언어 사용의 혼란이란 다름아닌 세계의 혼란이 아닐 수 없지요. 가령 다음 두 문장을 봅시다.

(가) '나는 왼손에 아픔을 느낀다'와 (나) '나는 10m 앞의 나무를 본다'를 비교해봅시다. 문법상 두 표현은 꼭 같지요. 그러나 논리적 형식은 전혀 다릅니다. (나)는 지향적 내용을 갖고 있어, 진위, 정오가 논증될 수 있습니다. 실제로 나무가 없으면 그 경험은 착각이겠지요. 이에 비해 (가)는 어떠한가. 실제로 그 진위를 문제로 삼을 수 있는 지향적 내용이 없습니다. '논리적 형식'을 무시할 때 온갖 언어(세계)의 혼란, 오해, 착종이 일어날 수박에요. 이 혼란, 오해, 착종 등을 밝혀 '본래의 있는 그대로'에로 되돌려놓겠다는 데 비트겐슈타인의 논리철학이 빛나는 것입니다.

여기까지 이르면 사람들은 이렇게 물을 것입니다. 비트겐슈타인의 '논리적 형식'과 19세 고급중학생 이호철의 그것과는 무슨 관계가 있는가, 라고. 19세에다 50년을 더 보탠 시점에서 작가 이호철씨가 19세의 체험의 성격을 비트겐슈타인의 『논리철학 논고』의 세계 인식에로 귀착시켰다고 해서 우리가 비트겐슈타인의 철학적 기반과 그 전개 과정 전체를 다 알아야 될 이유가 있겠는가, 라고. 뿐만 아니라, 작가 이호철씨더러 비트겐슈타인 철학을 해명해보라고 윽박지를 필요가 있겠는가, 라고.

7. 불귀(不歸)의 사상과 체흠

이러한 의견들에 대해 저도 동감합니다. 그렇지만 한 가지 토를 달아 놓아야 될 것처럼 느껴짐은 웬 까닭일까. 어느 글 대목에서 아주 흥분된 작가 이호철씨의 목소리를 제가 들었음과 결코 무관하지 않습니다. 그대로 옮겨볼까요.

"소위 지식인의 오만, 주제넘음, 지식인의 준(準)권력 지향성, 잘나려고 하는, 맑스 같은 사람도 그 대표적인 사람이었지요. 그런 것들에 대해서는 본원적인 혐오를 가지고 있었죠. 러셀 같은 사람이 세계인류를 위해서 여러 가지 좋은 일을 했지요. 평화운동 등 말이죠. 그가 이 비트겐슈타인하고 처음에는 사제지간이었다가 나중에는 동료가 되지요. 그리고 좀 틀어져요. 틀어지는 요점이, 러셀은 세계적인 지식인으로서 평화를 위해 공헌하려는 입장인데, 비트겐슈타인은 그런 일 주제넘은 짓이라고, 지가 뭐라고 잘난 척을 하나, 가장 중요한 것은 자기에 대한 성실이 앞선다, 자기 자신에 대한 진정한 성실에서 뭐가 나오는 거지, 그것을 제쳐놓고, 세계평화를 위한다 원자탄 반대를 위해 일한다 하는 것은 굉장히 작위적인, 조금 과한 표현을 쓰라면 비트겐슈타인 눈에는 사기 치는 것으로 보인 거죠. 이런 점, 나는 아직도 비트겐슈타인 생각에 전폭적으로 지지를 보낼 수는 없고, 러셀 나름의 몫이 있을 거라고 생각하는 쪽이지만, 그러나 암튼 비트겐슈타인이 생각했던 이런 문제가 요즘 들어서는 실제 상황에서 두드러지게 맞아 돌아가고 있어요."(『이호철의 소설창작 강의』, 정우사, 1997, 89쪽)

이호철씨의 비트겐슈타인에 대한 경사가 그의 철학적 사유에서 말미암았다기보다는, 그의 삶의 태도에서 연유되었음이 위의 진술에서 잘 드러나 있지 않습니까. 삶의 태도가 바로 철학적 사유 그것이 아니겠느냐고 말할 수도 있겠으나, 위의 인용문의 정황으로 보아 지식인 비판 쪽에 기울어져 있음이 드러나 있기 때문입니다. 작가 이호철씨의 지식인에 대한 혐오증의 근거가 19세의 체험에 있음은 새삼 말할 것이 못 되지만, 그 근거로 작용된 논리 해명에까지 이르지 않는다면 사태를 악화시킬 우려가 아주 없지 않습니다. 소위 지식인의 '오만, 주제넘음, 지식인의 준권력 지향성' 따위에 대한 혐오증의 근거가 단지 개인적 기질이나 취향에서 오는 것이라면 그것은 그 개인에 국한된 사항에 지나지 않겠기에 논란의 여지란 없겠지요. 개인의 취향을 두고 시비를 벌일 수는 없는 노릇이니까. 그러나 만일 그 개인 취향이 동시에 어떤 인문학적 사항과 관련된다면 어떻게 될까요. 작가 이호철씨의 지식인 혐오증이란, 따지고 보면 이 나라 지식인의 그것이라 할 수 없겠는가. 여기에는 조금 설명이 없을 수 없습니다. 대개의 이 나라 지식인의 생태란 어떠했던가. 서구 사상가의 생각이나 이념을 그대로 빌려와 흡사 자기 것모양 휘두르고 있지 않았던가. 이 경우 서구 사상에 잘못이 있지 않음에 주목할 것입니다. 서구인들의 선진된 사상이란 고투를 겪어 이루어낸 사유하는 정신의 소중한 산물이 아니었던가. 이러한 사유하는 방식을 공부한 사람이라면, 어떤 사태에 나름대로의 해결책을 찾아낼 수 있을 것입니다. 진짜 지식인인 이유가 여기 있겠지요. 이에 비해, 이 나라 지식인 대부분은 어떠했던가. 서구인의 사유하는 방식에 대한 공부보다는, 서구인이 고투하여 이루어낸 '해결책'을 그대로 수입하여 떠들고 있지 않았던가. 새로운 사상이 나오기만 하면 '웰컴!' 하고 떠들고 있는 얼치기 사상 수입가들이야말로 혐오의 대상이 아니었을까. 다시 말해 사상 자체에는 잘못이 있지 않습니다. 서구 사상이든 동양 사상이든 그것이 문제 해결을 위한 인간 능력의 최선의 대응책이기에 그러하지요. 이러한 사상을 공부한 사람이라면 응당 그는 이를 실행활의 과제에 적용하여 살아가면 되겠지요. 참 지식인은 이런 유형이 아니겠는가.

여기까지 이르면, 인문학에 있어서의 문학의 위치가 큰 얼굴로 떠올라 옵니다. 19세의 고급중학 3년생이 처음부터 문학에서 출발했음이 그것입니다. 이 경우 '문학'이란, 물을 것도 없이 서양 것이지요. 막바로 체홉, 톨스토이, 모파상이었던 것.

그렇다면 이 '문학'이란 무엇이뇨. 자기식 어투, 자기식 문체로 말해지지 않으면 어떤 생각이나 사상도 남의 것, 빌려옴, 앵무새꼴, 해결책까지 수입하기에 지나지 않는다는 사실 속에 이 물음의 정답이 들어 있습니다. 19세 고급중학 3년생에게 체홉이 전부였다는 것은 무슨 뜻인가. 체홉처럼 사고하고, 체홉처럼 쓰고, 체홉처럼 행동하기가 삶의 목표이며 그 이하도 이상도 아니었던 것이지요. 체홉에서 세계를 인식하는 방법을 배우고, 이로써 19세 고급중학 3년생은 「탈향」과 「나상」을 썼던 것. 이때, 「탈향」이나 「나상」은, 체홉의 사상이지만 슬라브어가 아니라 '조선어'였던 것. 말을 바꾸면 19세 고급중학 3년생의 '어투'이고 '문체'였던 것. 체홉에게서 배운 것은 세계 인식의 공부였고, 이를 '표현의 단계'에서 '실천함'이었던 것.

자기의 어투, 자기의 문체로 표현함이란 세계를 비로소 자기 인식 속에서 파악함이라는 것.

이 근본적 세계 인식의 시선에서 볼 때, 앞에서 장황히 살핀 '성지 의식'이란, 새삼 무엇이겠습니까. 체홉(문학)에로 향하기에의 다른 명칭이 아니었던가. 혹시 이 체홉에서 잠시라도 벗어나거나 이 거울(체홉)에 혹시 먼지라도 낄까 봐 끊임없이 자기반성을 하게끔 하는 장치가 바로 저 '성지 의식'(고향 의식)이 아니었던가.

"不歸, 不歸, 다시不歸,
三水甲山에 다시不歸."

이러한 울림도 실상은 체홉의 거울이 흐려질까 두려워한 19세 고급중학 3년생의 자기식의 목소리가 아니었겠는가.

결론을 맺어야겠지요. 놀라운 것은 고희를 바라보는 이 시점에서도 이 19세 고급중학 3년생의 목소리가 생생하다는 사실에 있습니다.

작품 바깥에서 언뜻 비친 박완서씨

—작가 박완서의 고희를 기리며

1975년의 어떤 만남

원고청탁서엔 이렇게 적혀 있다. "박완서 선생의 문학 원점에서부터 함께해오신 선생님과 박완서 선생의 교류기. 사적 관계망 속에서 바라본 작가 박완서. 또는 인간 박완서에 대한 에세이 형식의 글"이라고. 한 가지 점은 조금 틀리고 또 한 가지는 조금 애매하다. '문학 원점에서부터'라 했으나, 『나목』(1970)과는 나는 별로 관련이 없다. '사적'이란, '역사적'의 준말인지 '개인사적'의 그것인지도 판단이 잘 서지 않는다. 둘 다라면 내겐 벅차고, 후자라면 그런 대로 씌어질 것도 같다. 편한 쪽으로 받아들이고자 한다.

작가 박완서씨를 내가 처음 만난 것은 시내 열두 곳에 흩어졌던 직장이 관악산으로 함께 옮겨온 바로 그해 1975년이다. 문학사 시간이었던가. 강의가 끝났는데도 시간이 조금 남은 터라 질문을 해보라 하자, 누군가가 요즘 문단의 작품 경향이랄까 읽을 만한 것이 어떤 작품인가 궁금하다는 청이 들어왔다. 그때도 나는 '월평 나부랭이'(외우 K씨는 늘 이렇게 표현하고 있거니와)를 쓰고 있었기에 그런 질문이 나온 것 같았다. 신인 박완서씨의 「카메라와 워커」(『한국문학』 1975년 2월호)가 일독해볼 만하다 했다. 잘 썼다든가 훌륭한 기량의 단편이라는 뜻이기보다는, 대학생이 주인공으로 되어 있었기에 그들에게 호소력이 있어 보였던 것이다. 이데올로기 콤플렉스에 풍비박산이 된 가문의 장손인 대학생을 돌보며 지금껏 키워온 고모가, 너만은 절대로 그런 이데올로기 냄새나는 쪽 근처도 가지 말라고 타이른 결과 그는 공과대학 그것도 토목과를 택했고, 그의 삶의 목표는 고모의 소망대로 공휴일이면 카메라를 메고 가족과 더불어 즐기는 중산층 보통 시민 되기에 놓여 있었다. 그러나 결과는 어떻게 되었던가. 졸업하자 그는 강원도 산골 탄광에 취직했다. 고모가 찾아갔을 때 그는 그야말로 워커 군화 신세로 찌들어가고 있지 않겠는가. 이것이 고모가 염원한 삶의 결과였던가. 그의 고모에 대한 항변도 항변이지만, 고모의 형언할 수 없는 아픔이 거기 깊게 울리고 있었다. 주제상 분단 문제에 걸려 있는 이 작품의 감동은 내게 썩 기묘하게 다가왔는데, 모종의 작가적 실감이 거기 작동하고 있어 보였던 것으로 회고된다. 그때까지도 나는 이 작가의 가문 배경이나, 기타에 대해 백지 상태였기에 이 감동은 쉽게 분석되기 어려웠다.

연구실로 돌아오자 한 여학생이 뒤따라 들어왔다. 학생들이 기피하는 내 연구실에 찾아온 여학생이라 멀거니 바라보는 내게 그 학생은 재빨리 말했다. 방금 강의실에서 말한 그 작가가 바로 자기 어머니라고. 그러냐 했고, 그뿐이었다. 그로부터 보름쯤이었을까. 한복 차림의 중년 부인이 연구실로 찾아왔다. 작가 박완서라 했다. 무슨 표정을 지었는지 또 어떤 대화를 나눴는지 기억에 없다. 다만 내가 그때 말이 많았던 것만은 확실해 보인다. 다음 기록이 그 증거이다.

"작품집을 하나 갖고 싶다는 생각은 했었다. 그러나 이렇게 일찍 갖고 싶진 않았다. (……) 그렇던 게 이렇게 빠르게 내 작품들을 한 권의 책으로 묶게 된 것은 평소 일면식도 없었던 김○○ 교수의 주선과 격려에 힘입은 바가 컸다." (창작집 『부끄러움을 가르칩니다』, 일지사, 1976, 후기)

이어서 이 작가는 대형작가임을 예견케 하는 장편 『도시와 흉년』(『문학사상』, 1976)을 연재하기 시작했고 신인으로서는 파격적이라 할 신문 연재에 막바로 나아갔다. 『휘청거리는 오후』(동아일보, 1976)가 그것이다.

「엄마의 말뚝」과 '천의무봉'

세월은 흐르는 법. 송충이가 솔잎만 먹듯 나는 남의 글을 읽는 재주밖에 없는지라, 작가 박완서씨의 왕성한 창작도, 다른 많은 작가들의 그것과 함께 읽으며 오늘에 이르고 있다. 작품을 삶의 의미체로 믿고, 그 속에 담긴 섬세한 감각을 얻고자 애쓰며 살아왔다고 해야 좀더 정직할 터. 작가 박완서씨에게 내가 배운 것은 많다. 그중에서도 의미 있는 부분이 있다면, 작품만이 전부일 수 없다는 모종의 암시였다. 그러한 암시가 진하게 내게 온 것은 「엄마의 말뚝」 연작과 관련된다. 그 (1)이 씌어진 것은 『문학사상』(1980년 1월호)이었고, (2)는 동지(1981년 2월호)였다. (2)가 그해 이상문학상 수상작으로 결정되었거니와, 그 심사의 말석에 나도 끼어 있었다. 선정 이유는 이러했다.

"박완서의 「엄마의 말뚝 2」는 북쪽에 고향을 둔 한 가족사의 특수성을 이 민족과 이 시대의 특수성에서 유려하게 파악함으로써, 소설 속의 인물의 특성을 시대의 특성으로 이끌어냄으로써 높은 수준의 성과를 거두었다. 특히 이 작가의 유려한 문체와 빈틈없는 언어 구사는 가히 천의무봉이라 할 만한 것으로 우리 소설사에 기여하는 바가 크다고 인정된다. 개인과 민족의 관계가 오직 가족사 속에서 깊게 파악됨으로써 추상적이기 쉬운 분단 문제가 새로운 양상으로 전개되었음은 이 작가의 삶을 바라보는 눈과 그것이 형상화하는 작가의 능력이 함께 높은 경지임을 말해 주는 것이어서, 이에 본 심사위원은 이 뛰어난 작가의 작품에 제5회 이상문학상을 수여할 것을 결정한다."

이 선정 이유는 내가 쓴 것으로 기억된다. 백철, 김동리, 최정희, 유주현씨 등 그야말로 대가급이 포진하고 있는 말석에 낀 내가 이 작품에 대해 제법 큰 소리를 쳤고, 그 때문에 모종의 책임도 내게 돌아온 것이 아니었던가 회고된다. 지금 생각해보아도 좀 뭣하다 생각되는 대목이 '천의무봉' 이란 표현이다. 어째서 「엄마의 말뚝 2」가 '천의무봉' 인가를 그 뒤 내게 시비하는 사람들이 더러 있었다. 평론가의 자질을 의심케 한다는 독자의 투서도 있었다. 이에 대해 나는 묵살했는데, 지금도 이 표현을 나는 취소하지 않고 있다. 정확히는, 그 뒤의 이 작가의 역량이 내 표현을 구해준 형국이었다. 내가 지금도 작가 박완서의 신작을 읽는 이유도 이와 결코 무관하지 않다. 「환각의 나비」(1995)를 대하고 즐거웠던 것도 이런 문맥에서이다.

씨가 한갓 독자인 내게 가르쳐준 것은 과연 무엇일까. 곰곰이 생각해보면, 단순 명쾌한 데 있다. '작가≠작품' 의 도식이 그것이다. '천의무봉' 이란 무엇인가. 작가를 삼분한다면 어떠할까. (A) 남의 얘기를 자기 얘기처럼 하는 부류가 있다. (B) 자기 얘기를 남의 얘기처럼 하는 작가가 있다. (C) 자기 얘기를 자기 얘기처럼 하는 작가가 있다. 작가 박완서씨는 (C)의 전형이다. 이를 두고 내가 '천의무봉' 이라 했던 것. 그러하기에 무소부지, 유려할 수밖에 무슨 도리가 있으랴. '허구' 를 교묘히 보편성으로 바꾸는 재주를 가진 자를 작가라 한다면 박완서씨는 이와 거리가 멀다. 재주가 무용한 곳, 거기 씨가 서 있었다. 유별난 일이 아니면 안 된다.

'작가≠작품' 의 등식 관계를 정교히 파악한 이론가로 『비극의 해독』(1979)의 저자 요시모토 다카아키(吉本隆明)를 내가 읽은 것은 훨씬 훗날이지만, 나와 비슷한 생각의 비평가도 있음에 나는 적이 안심이 되었다.

씨가 작가≠작품의 도식을 내게 등식대로 보여준 것이 「엄마의 말뚝 3」이었다. 말뚝 노릇을 한 그 엄마의 비석에 새겨진 이름은 기숙(己宿). 「카메라와 워커」에서의 그 토목과 출신 조카놈이 할머니 기숙 여사의 유언(강화 앞바다에 다비한 재를 뿌려달라는 것)을 깡그리 무시, 공원 묘지에 매장한 사실도 나는 (3)에서 잘 볼 수조차 있었다. 『그 많던 싱아는 누가 다 먹었을까』(1992)와 『그 산이 정말 거기 있었을까』(1995)가 이어졌다. '천의무봉' 이란 '묘사' 의 다른 이름이었음이 저절로 드러나 있었다.

루이제 린저와 박완서

이런저런 인연으로 나는 작가 박완서씨와 몇 차례 여행을 한 바 있다. 베를린 장벽이 무너진 직후인 1991년의 독일 여행도 그중의 하나이다. 베를린 소재 훔볼트 대학 주관 '한국의 통일과 문학의 역할' 이라는 표제의 세미나가 6월 24일부터 26일까지 고젠 분교에서 열린 바 있었다. 당초 여기에는 북한 문인도 초청되어 있어 남북한 문인들의 통일 논의로 기획된 것이었다. 유감스럽게도 북한측이 오지 않아, 이 세미나는 통일에 관심 있는 유럽 문인과 서울서 간 문인들의 모임으로 축소되었지만, 내게는 썩 인상적이었다. 두 가지 점에서 그러했는데, 『생의 한가운데』로 우리에게도 널리 알려진 루이제 린저 여사의 한복 차림이 그 하나라면, 박완서씨의 육성이 그 다른 하나.

특별 초청된 팔십 고령의 린저 여사는 한복 차림. 먼저 그녀는 책상 위에 두 가지 물건을 펼쳐 보이는 것이었다. '광주 명예시민증' 이 그 하나. 다른 하나는 김일성 주석이 수여한 '사회주의 친선 훈장' . 그녀의 주석에 따르면 남한에서 받은 인세를 옥중에 있는 김지하씨를 위해 그 모친에게 주었다는 것. 북한에서의 인세는 평양 가톨릭 성당 건축 기금으로 내놓았다는 것. 이만하면 나도 이 자리에 나올 자격이 있지 않겠는가 하는 표정이 그녀의 주변을 감돌았다. 린저 여사의 남북한 동시 체험기가 통역의 목소리로 담담히 들려왔다.

작가 박완서씨의 발표문 제목은 「나의 문학과 고향의 의미」. 그 첫마디는 이러했다.

"나는 31년생이다. 태어나서 60년을 아직 다 못 살았다. 우리식으로 회갑 해라 그런지 문득문득 내 생애를 돌이켜보면서 회상에 잠길 적이 있는데, 그럴 때마다 나는 내가 한 5백 년쯤 산 것처럼 느끼곤 한다."

무엇이 이제 회갑을 맞는 이 작가로 하여금 5백 년이나 산 것 같은 느낌을 안겨다주었을까. 대체 5백 년이라 숫자란 무엇이며, 그 길이란 무엇인가. 밤도 너무 어두우면 밤일 수 없듯 한도 너무 길고 깊으면 벌써 한일 수 없는 법. 그러니까 작가 박완서가 지금 문학적 발언을 하고 있는 것이 아니겠는가. 문인의 목소리를 이곳에서 듣는 일이란 감회 깊은 일이 아닐 수 없었다.

씨가 말하고자 한 것은 고향 곧 어머니라는 것. 「엄마의 말뚝」 연작을 알고 있기에 나는 이 글이 그대로 「말뚝」의 밑그림이라는 사실을 직감할 수 있었다. 「엄마의 말뚝」이 멀리 시간과 공간을 넘어 이곳 고젠 분교 숲 속 세미나실에서 육성으로 울리고 있는 장면이라고나 할까. 훗날 안 일이지만, 이 세미나의 목소리는 말뚝보다 더 깊은 『그 많던 싱아는 누가 다 먹었을까』의 밑그림에 다름아니었다.

"나에게 그때 당신이 나를 데리고 무작정 상경하지 않았으면 지금쯤 네 신세가 어찌 되었겠느냐고 생색을 내고 싶어했다. 그럴 때 어머니의 상상 속의 고향은 박적골이 아니라 단지 이북 땅일 뿐이고 이북 땅은 사람 못 살 데라는 확신에 차 있었다. 그러나 어머니가 전쟁중에 겪은 악몽 같은 경험으로 미루어 으레 그러려니 짐작한 고향의 모습이 결코 현재 북에 실재하는 고향 땅의 참다운 모습은 아니듯이 어머니가 죽는 날까지 이상향처럼 그리워한 고향 역시 지금 현재 이북에도 그 밖에 어떤 곳에도 실재할 수 있는 고장은 아닐 것이다. 결국 어머니의 애착도 증오도 다

당신이 꾸민 허상에 바쳐진 것뿐이었다."

이것이 씨의 발표문의 결론이었다. 이 순간, 나는 기묘한 환각에 빠졌다. 도무지 이곳이 이역 독일 땅인지, 한국 땅인지 구분이 되지 않는 기묘한 느낌이 그것. 이러한 환각이 씨의 육성에서 왔음을 알아차리기엔 긴 시간이 걸려 마지않았다. 고향도 어머니도 조국도 한갓 '허상'이라는 것, 꾸며낸 '허상'만이 진실이라는 것. 이 치유할 수 없는 인간 고유의 질병이 거기 작동하고 있었다. '묘사'란 '육성'의 다른 명칭이라는 놀라운 사실. 이 점에서 나는 『그 많던 싱아는 누가 다 먹었을까』가 발표되기, 아니 씌어지기보다 훨씬 먼저 읽은 독자라 할 것이다.

어미와 스승 동시에 모시기

1996년도 가을. H시의 문학 축제 초청을 받아 씨와 함께 간 적이 있다. 거기서 일박 후 상경하기로 되어 있었는데, 김해공항으로 가는 도중 씨가 내게 제안을 하지 않겠는가. 비행기표를 뒤로 물리고 잠시 부산 시내로 나가 산책이라도 하면 어떻겠느냐는 것. 잠깐 망설였으나 시간이 남았기에 그러마 했다.

씨는 민첩했다. 리무진 표를 샀고, 재빨리 올라탔고, 일사천리로 달렸다. 익숙한 솜씨였다. 리무진은 두 종류였는데 해운대행과 부산역행이 그것. 해운대행임을 탄 뒤에야 비로소 알아차렸다. 드디어 바다가 보이는가 했는데, 리무진이 선 곳은 큰 호텔 앞이었다. 내리자 중년 부인이 손을 흔들지 않겠는가. 차를 가지고 마중 나와 있었다. 씨의 큰딸이라 했다.

부산으로 시집 와서, 내일 모레 대학 갈 아들놈까지 둔 큰딸은, 그날 오후 전체를 비워놓고 있었다. 해운대의 명소인 달맞이 고개와, 이름난 '추리 문학관'(작가 김성종씨가 세운 것)에도 들어가보았고, 송정까지 해변 드라이브도 즐겼다. 다시 해운대로 차를 몰아, 이번엔 바다를 제일 잘 볼 수 있다는 C호텔에 갔다. 기묘하게도, C호텔 바에는 아일랜드 문인 사진으로 장식되어 있지 않겠는가. 예이츠, 싱, 조이스 등등. 흑맥주가 없을 수 없었다.

흑맥주 힘으로 바라다보이는 해운대 바다는 수년 전에 가본 더블린의 부두를 떠올리게 했다. 아름다웠다.

비로소 나를 초청한 씨의 의도를 조금 알 것 같았다. 큰딸에게 옛 은사에 대한 예의를 갖추게 함이 그것. 그러한 기회를 친정 어미가 마련한 형국이 아니었을까. 큰딸의 처지에서 보면 친정 어미 모시기와 옛 은사 모시기를 동시에 해치우는 기회였는지도 모를 일. 그야 어느 쪽이든 나는 즐거웠다. 씨도 그러해 보였다. 모녀의 대화가 흡사 수학여행 온 여학생 말투로 내게 들렸다.

긴 오후였는데, 어느새 해가 지고 있었다. C호텔 앞에서 공항 리무진을 기다렸다. 그때 큰딸은 멜빵이 달린 제법 커다란 가방을 제 어미에게 내미는 것이었다. 잠시 엿듣자니, 이 속에 뭐뭐가 들었다는 것. 서울의 누구에게 전하라는 것. 나는 절로 쓴웃음이 나왔다. 딸년들이란 모두가 저 모양이라는 것. 친정 어미를 어떻게 하든 부려먹기로 작심한 족속들이라는 것.

이러한 내 쓴웃음이 조금 빗나갔음을 내가 깨달은 것은 정작 리무진이 도착했을 때부터였다. 설마 그 멜빵 달린 제법 근수 나가는 가방을 나보다 연치가 높을 뿐 아니라 더우기 여자인 씨로 하여금 메게 할 수 있겠는가. 그렇다면 그 큰딸의 속셈이 여기까지 뻗어 있었던가. '출가외인' 이란 말 못지 않게 '여제자란 아무 소용 없다' 는 항설이 만고의 진리처럼 머리를 스쳤다.

김포공항에 내리자 어둠이 짙었는데, 건장한 청년이 씨를 향해 손을 흔들고 있었다. 둘째 사위라 했다.

"여기는 김○○ 선생……" 하고 씨는 청년에게 내 소개를 할 참이었는데, 내가 손을 훼훼 내저으며 내 소개를 스스로 했다. "박여사의 짐꾼 김

○○입니다"라고. 차를 가지고 왔다며 어리둥절해하는 청년에게 가방을 넘기며 나는 재빨리 택시 승강장으로 향했다. 혼자 택시로 귀가하면서 나는 속으로 이 결정이 얼마나 잘했는가에 대해 만족했다. 계속 박씨 권속들 속에 끼어 있다가는 어떤 봉변을 또 당할지 모르는 판이 아니었던가.

그로부터 몇 달이 지났다. 새해가 왔고, 봄도 어김없이 왔다. 염치도 없이 자하연에는 꽃도 멋대로 피어버렸다. 그 틈을 비집고 어수선한 내 연구실에 보송보송한 애송이 신입생이 조심스럽게 들어오지 않겠는가. 주뼛주뼛하며 그가 무딘 부산 사투리로 이렇게 자기 소개를 하는 것이었다.

"제, 외할머니가, 소설 쓰는, 박완서……"라고. 그렇다면 이 어수선한 연구실엔 박씨 3대가 드나든 곳이 아니겠는가. 불도에서는 옷깃만 스쳐도 인연이라 했다는데, 이 3대와의 만남이란 무슨 인연이라 해야 적절할까.

1999년 한겨울 히에이 산 속의 소원

1월 22일 하순, 교토(京都) 소재 국제문화센터 객원으로 가 있던 K교수의 배려로, 유람차 교토로 갔다. 윤동주의 시비도 보았고, 정지용이 읊은 한겨울 가모카와도 보았고, 오하라(大原)의 왕생극락원의 아미타 여래상도 구경했다. 맛있는 요리도 사먹었다. 『선의 연구』로 이름 높은 니시다 기타로(西田幾多郎) 교수가 거닐던 '철학의 길'도 함께 걸어보았다.

이곳이 초행길이 아니었던 만큼 좀더 별난 곳에 안내되길 바랐는데, 정작 K교수의 생각은 조금 달랐다. 명소란 계절에 따라 그 맛이 다르다는 것. 한겨울 눈 쌓인 히에이 산(比叡山)행도 그중의 하나. 이 산 속엔 일본 불교의 총본산인, 사이쵸(最澄, 767~822)가 세운 엔랴쿠지(延暦寺)가 있다. 해발 848m. 유네스코 지정 세계문화유산으로 등재된 절. 한겨울 히에이 산엔 그 많다는 원숭이 한 마리 볼 수 없었다. 천이백 년 전에 세워진 동탑, 서탑, 횡탑을 포함한 절의 규모가 하도 커서 한 바퀴 도는

데 많은 시간이 걸렸다. 인상적인 것은 두 가지.

본당 회랑을 가득 채운 소학생들의 습자들이 그 하나. 매년 이 절의 주최로 공모를 해서 선발하여 입상작을 벽에 전시하는 것. 절 입구에서부터 자주 눈에 띄는 표어 국보(國寶)와 관련이 있었다. '헤아리는 마음으로써 한구석을 비추는 것, 이것이 국보니라' (사이쵸)라는 가르침이 이 절의 기본정신이라 했다. 도심(道心)을 굳게 하여 국가 사회를 위해 일하는 인재 양성이 그 모토. 이를 두고 '국보운동'이라 했다. 일명 '히에이산의 가르침'. 전국 소학생의 습자 대회도 이 연장선상에 있어 보였다.

인상적인 다른 한 가지는 본당 내부. 긴 회랑으로 돌아 이층으로 된 낭하를 오르면 본당이 있다.

한겨울이라 어둡고 높은 낭하는 머리가 띵할 만큼 싸늘했다. 그 중간 지점에 꿇어앉을 수 있는 크기의 전기 담요 한 장이 달랑 희미하게 드러나 있었다. 주변엔 씨와 나밖에 아무도 없었다. 전기를 꽂자 곧 온기가 스며왔다. 꿇어앉은 작은 쪽문으로 내부를 들여다보았다. 어둠에 눈이 익숙해지자 그 속으로 희미하게 드러나는 정경이란! 실로 금빛 은빛으로 은은히 떠오르는 법계(法界)가 아득히 펼쳐져 있지 않겠는가. 얼마나 시간이 지났을까. 정신이 든 것은. 한순간이었던가. 영원이었던가. 도무지 짐작이 되지 않았다.

발길을 옮기다 문득 뒤돌아보았다. 작가 박완서씨가 아직도 그 전기 방석에 앉아 두 손 모으고 있었다. 몇 발짝 걷다가 다시 뒤돌아보았다. 씨가 주뼛주뼛 몸을 움직이는 것 같았다. 지전을 꺼내는 것이었다. 시주함에 그것을 넣는 것이 아닌가. 내가 환각을 본 것인가. 혹은 현실이었던가.

지금도 나는 이 장면을 잊기 어렵다. 과연 씨는 무슨 소원을 빌었을까. 씨의 작품 중 「저문 날의 삽화 5」(1988)가 있다. 공직에 종사하다 정년을 맞은 부부가 주인공. 이 노부인에겐 남편도 모르는 비밀이 하나 있었다. 혼자서 기도하는 방을 따로 마련하기가 그것. 왜? 기도하기 위해서. 이 나이에 이르러도 무슨 소원이 그리 절실했던가. 남편에게 마침내 이렇게 실토했다. "내가 허구한 날 비는 한 가지 소원은 순서껏 죽게 해달라는 것이니까요"라고. 씨의 히에이 산에서의 소원 속엔 혹시 '순서대로 죽기' 그것도 포함되어 있지 않았을까.

풍문에 따르면, 씨는 서울을 떠나 경기도 모처의 산자락에 초가삼간을 짓고, 또 마당엔 살구나무까지 심어놓고 외손주와 살고 있다 한다. 무딘 사투리의 그 외손주 놈이 3대 절문(絶文)의 하나인, 이밀(李密)의 「진정표(陳情表)」를 읽는다면 장히 좋으랴.

동양 3국 속의 황순원 문학

—「땅울림」에 대하여

'미학적' 이라는 것

지난 9월 14일, 그러니까 추석을 막 지난 다음날, 작가 황순원 선생이 타계했다. 빈소에 들러 조의를 표하자 맏상제께서는 이렇게 말씀하시는 것이었다. "단 며칠간이라도 자식들에게 모실 수 있는 기회를 주셔야 했는데……"라고. 5일장이라 했다. 가족장이라 했다. 모 신문은 사설에서 이렇게 썼다.

"원로작가 황순원씨의 타계로 우리는 큰 별을 잃었다. 그는 20세기 우리 문단에서 순수와 서정문학을 대표하는 작가다. 어린 시절 교과서에 실린 그의 소설 「소나기」를 읽고 느낀 감동은 아직도 많은 사람들의 가슴속에 남아 있다. 「소나기」는 그가 이뤄놓은 문학적 성과 중 극히 일부에 불과하다. 그는 대다수 국민의 기억 속에 선명하게 남아 있는 몇 명 안 되는 문인이다. 그는 '국민작가' 로 부르기에 손색이 없다. (……) 그는 오직 '작가' 로만 살기 위해 세속적인 명예와 감투를 마다했다. 예술원 회원과 교수라는 직함말고도 관직도, 박사라는 칭호도, 훈장도 모두 사양했다. '작가는 작품으로 말한다' 는 신념 때문에 시와 소설 이외에 다른 글은 일절 쓰지 않았다."(동아일보, 2000. 9. 16)

이례적이라 할 것이다. 작가 황순원에 대한 코멘트를 모 신문으로부터 요청받았다. 이 나라 소설을 '미학적 수준으로 이끌어올린 작가' 가 아니었을까요, 했다. '미학적' 에 대해 보충 설명을 요청받자, 이에 민첩히 대응할 수 없었다. 민족이나 계급, 종교, 혹은 그러한 존대한 이념보다 문학 자체에 좀더 기울어진 작가라는 뜻으로 들리기 쉽겠지만, 꼭 그렇지만도 않다. 『학』(1953) 『카인의 후예』(1954)라든가, 만년의 대작 『움직이는 성』(1972)이 '미학적' 이라는 말로서는 포괄되기를 거부하고 있어 보이지 않는가. 그럼에도 '미학적' 에 작가 황순원만큼 어울리는 경우는 많지 않다. 작품의 가치란 '완성도' 에 있다는 생각이 당대의 다른 작가들보다 좀더 의식되지 않았던가 하는 느낌이 유독 황순원 선생에게서 강하게 느꼈음은 웬 까닭이었을까.

소설이란 누가 보아도 잡스러운 형식이다. 『소설의 이론』(1916)을 쓰는 마당에서 루카치조차 '반예술' 이라 하지 않았던가. '소설 쓰고 있네' 라는 빈정거림도 있거니와, 이를 예술의 범주로 이끌어올리는 일이란 대단한 사업이 아니었겠는가. 반제 투쟁, 반봉건 싸움, 분단 문제, 그리고 '사람은 벌레일 수 없다' 는 저 노사 문제에 닿아 미학적 수속을 염두에 두지 못할 만큼 다급했던 시절, 그토록 혹사당한 이 나라 소설판에다 작가 황순원은 누구보다 민첩했지만 동시에 늘 그것들을 넘어서고 있어 보였다.

모 방송국에서 두 가지 점에 대해 언급해보라는 요청이 있었다. 문학과 삶에 얽힌 에피소드를 하나쯤 소개하라는 것. 문학사적 평가가 그 다른 하나. 소주를 즐기시더라는 말을 했다. 문단에 갓 데뷔한 시절 신인들은 가끔 현대문학사에 들르곤 했다. 주간 선생은 사무적이었고 편집장은 부드러웠다. 황순원 선생이 들르시는 날엔, 편집장은 선생을 모시고 근처 술집에 가곤 했는데, 애숭이 신인들도 끼워주곤 했다. 선생이 마시는 술은 소주였다. 서민층으로 보였다. 문학사적 평가에 있어서도 똑같은 말을 되풀이했다. 이 나라 소설을 '미학적 수준으로 이끌어올린 작가' 라고.

다행스럽게도 그들은 보충 설명을 요청하지 않았다.

그렇다고 이 글이 그 보충 설명이냐 하면 꼭 그렇지는 않다. 다만, 그것에 가까이 가고자 애쓴 한 가지 나름대로의 반성을 담은 흔적에 지나지 않는다.

「땅울림」이 놓인 자리

황순원 전집(문학과지성사, 12권)이 완결된 것은 1985년 3월이다. 선생의 세속 나이 71세. 그 전해엔 선생은 시 「밀어」 「고백」 등을 발표한 바 있지만, 『신들의 주사위』(1980~1981)의 완결까지도 마무리된 것처럼 보였다. 이러한 문단적 감각이 얼마나 빗나갔는가를 증명하는 일이 일어났는데, 「땅울림」(『세계의문학』 1985년 겨울호)의 발표가 그것이다.

이 작품은 두 부분으로 구성되어 있었다. 첫째 부분은 동양 3국의 금기(禁忌)에 대한 것. 우리의 민담 중 금기를 표나게 문제삼은 것이 「나무꾼과 선녀」. 민담이 모두 그러하듯 조금씩 변형이 있을 수 있는데, 우리의 경우 다음 두 변형이 있다. (A) 나무꾼이 사냥꾼에 쫓긴 사슴을 구해준 대가로 사슴으로부터 선녀의 목욕 현장을 안내받고 사슴의 지혜에 따라 하늘옷을 감춘다. 애기 셋을 낳을 때까지 하늘옷을 보여서는 안 된다는 금기 사항이 주어진다. 선녀가 아기 둘을 낳았을 때 나무꾼은 하늘옷을 보여주었고 선녀는 아기를 양 겨드랑이에 끼고 승천했다는 것.

이에 대한 작가 황순원의 비판은 이러했다. 판도라의 상자에서처럼 호기심에서 금기를 깬 것도 아니고 롯(구약에 나오는 인물)의 아내처럼 두고 온 재물이 아까워서 금기를 깬 것도 아니다. 애를 둘씩이나 낳은 아내를 믿지 않는 남편이 있다면 이야말로 곤란한 일이 아닌가. 애정보다 타산이 앞선 남녀관계라면 살벌한 일이 아닌가라고. 작가의 못마땅함은 또 다른 변종인 (B)에 이르면 분노에까지 이른다. (B)란 이러하다. 지상을 떠나 선녀를 따라 하늘에 올라가 잘 살고 있는 나무꾼에겐 또 한 가지 근심거리가 있었다. 지상에 홀로 두고 온 노모 생각이 그것. 선녀는 천마 한 필을 주며 말이 세 번 울 때까지 그 말을 타야 한다는 금기를 제시하며 지상에 다녀오라 했다. 노모가 아들에게 점심 한 끼를 먹이려 하는 바람에 시간이 많이 걸렸다. 말이 두 번 울었다. 세 번 울기 직전에 나무꾼은 노모를 팽개쳐두고 뛰어갔으나 그 순간 말은 세 번 울고 말만 승천하고 말았다. 이에 작가 황순원은 아주 못마땅한 투로 다음처럼 비판하다.

"오래간만에 뵙는 홀어머님이 그 동안 더 늙으셔서 이제는 운신조차 힘들어하시니 이 이상 혼자 계시게 할 수는 없다. 천상엔 아내와 아이들이 함께 있으니 외롭지들 않을 거다. 이제부터라도 나는 어머니 곁에 있어야겠다. 이래서 말이 세 번 우는 걸 듣고도 안 타야지, 그렇지 않고 어서 말을 타야 할 텐데, 기왕에 어머님은 젊어서 혼잣몸이 되셔서 외로움에도 익숙해졌으니 괜찮다. 어서 처자식이 있는 데로 가야지, 천마를 놓치기라도 하면 큰일이다, 큰일이고말고. 그래 허둥지둥 밖으로 달려나가보니 천마가 세번째 울음을 울고 하늘로 날아오르기 시작한 때여서, 이봐 천마, 잠깐만 게 섰어, 잠깐만 게 섰으라니까, 이 불쌍한 나를 여기 놔두고 가면 어떡헌단 말이냐, 어이 천마, 이 지경에 이르면 우리들의 주인공은 참말로 불쌍한 인간이 되고 말 것이다." (315쪽)

이에 비할 때 중국의 민화는 어떠한가. (C) 중국 근대의 대문호 루쉰(魯迅)이 편한 위나라 때의 민담인 「담생(談生)」의 경우를 보자. 나이 40세까지 장가 못 간 담생이 어느 날 밤 처녀를 만나 부부가 된다. 금기는 아내를 밝은 불빛에 비추면 안 된다는 것. 다만 3년 뒤에라야 금기가 해소된다는 것. 아들을 낳는다. 두 해가 지났다. 아내를 불에 비추어보았다. 몸 아랫부분이 해골이었다. 그 나라 공주의 귀신이었던 것이다. 담생이 사과했으나 이미 끝난 일. 그렇지만, 아내는 남편과 아기를 위해 뒷바라지까지 걱정해주었다는 것. (C)가 (A)나 (B)에 비해 얼마나 인간적이며 기품 있고 또 고졸스럽고 따라서 진실미가 있느냐고 작가 황순원은 감탄하고 있다. '선녀의 매몰찬 처사에 비해 얼마나 아름답고 갸륵한가' 라고 지적하는 황순원은 작가 황순원인가 자연인으로서의 황순원인가. 이 물음은 매우 중요하지만, 일단 여기서는 작품에 있는 그대로를 보기로 한다.

한편 일본의 대표적인 민담인 「우라시마다로」는 어떠한가. (D) 일본 작가 다자이 오사무(太宰治)가 각색한 이 민담은 자연질서를 어긴 것에 대한 허망함을 담고 있다. 갯마을에 우라시마다로라는 총각이 산다. 거북을 놓아준다. 용궁에 가서 호강한다. 보물 조가비를 얻어온다. 절대로 열지 말라는 금기를 깨고 총각은 조가비를 연다. 폴싹 연기가 나며 총각은 3백 살의 노인이 된다.

이상의 동양 3국의 금기 설화를 제시한 황순원은, 자기가 쓰고자 마음먹고 있는 작품을 소개하고 있다. 이것이 이 작품의 두번째 부분이다.

두번째 부분은 황순원의 창작 방법의 내면 풍경을 송두리째 드러낸 것인데, 그것은 두 개의 삽화로 이루어져 있다.

삽화 (1)은 강 노인의 얘기다. 6·25 때 처자를 두고 월남한 강 노인은 재혼하여 가정을 이루어 오늘에 이르렀다. 그것을 깨뜨리면 목숨을 잃는 금기로 전제할 때 성립되는 삶의 방식의 선택을 가리킨다.

"강 노인이 며칠만 전쟁의 소용돌이에서 비켜났다가 고향으로 돌아가리라 생각했던 것은 어이없는 판단이어서 그만 부산까지 밀려 내려가게 되었고, 그리고는 남북을 넘나들 엄두도 못 낼 정황에 부딪히고 말았던 것이다. 그러나 고향 가족과의 이별을 굳힐 수 없었다. 혼잣살림의 불편을 겪으면서도 참고 견뎠다. 일 년, 그리고 또 일 년……

'말이 삼사 년이디 한창 나이에 홀애비루 산다는 게 생각터럼 쉽디가

않습데다레.'

결국 강 노인은 주위에서 권하는 대로 지금의 마누라와 짝을 짓고 가정을 이루었다. 그리고는 아무리 안타까와해봤자 소용없는 북의 가족을 잊어버리기로 작심했다. 그러지 않고는 그쪽이나 이쪽이나 제대로 생활을 영위해나갈 수가 없다고 나름대로 결단을 내렸던 것이다. 그리고는 꿈속에서라도 북의 가족을 되살려선 안 된다고 강 노인은 굳은 맹세로 오늘날까지 살아왔던 것이다."(322쪽)

이것은 강 노인 스스로 선택한 금기이자 동시에 운명처럼 강요된 금기에 다름아니다. 좌우지간 금기임엔 틀림없는 것이다. 금기란 깨뜨리지만 않으면 아무런 지장이 없다. 인간의 운명적인 조건은 그 어느 것을 막론하고 모조리 금기에 해당되는 것인 만큼 누구나 무수한 금기를 안고 살아가고 있을 터이다. 강 노인의 이러한 금기는 작가 황순원에겐 없는 금기이다. 그 대신 작가 황순원 또는 인간 황순원은 다른 터부 하나를 더 갖고 있는지도 모를 일이다. 그것은 저마다의 운명을 물어보면 알아낼 수 있는 것이리라. 여기서의 문제점은 강 노인의 금기 삽화 자체에 있기보다는 강 노인의 금기 깨뜨리기를 관찰하고 있는 작가 황순원의 시각에 있다. 강 노인이 애써 지켜온 금기를 깨뜨리게 된 것은 1985년에 벌어진 남북 이산가족 고향 방문단이 정부급 차원에서 평양과 서울에서 벌어짐에서 왔다. 이것은 상상도 할 수 없는 일의 일종이었던 것이다. (A)「나무꾼과 선녀」에서는 아내인 선녀를 잃는 대신 노모를 얻는 일에 지나지 않고, (B)에서는 아내와 자식을 잃는 대신 노모를 얻는 일에 지나지 않았으며, (C)에서는 아내를 잃음에 멈추는 것이며 (D)에서는 3백 살 먹은 백발에 돌아감에 불과했던 것이지만 강 노인에게 있어 금기의 깨뜨림은 무엇이던가. 강 노인에겐 그것은 죽음이라 할 수 있다. 강 노인이 금기를 깨뜨렸다는 것은 강 노인의 일상적 삶의 균형감각이 무너졌음을 말한다. 눈에 핏발이 서는 일, 끊었던 담배와 술을 하는 일, 그리고 설움에 견디지 못하는 강 노인의 상태는 바로 그 앞에 강 노인의 죽음이 걸려 있음에 해당되는 것이다. 그것은 먼 곳에서 들려오기 때문에 뚜렷하지 않지만 틀림없이 들리고 있는 땅울림과 흡사하다. 따라서 강노인의 금기는 (A)(B)(C)(D) 어느 것보다 내밀한 것이어서, 새로운 유형의 민담 하나를 이룬다고 말해질 수가 있다.

삽화 (2)는 강 노인으로 대표되는 이러한 인간의 감정의 내밀함을 사할린 교포에서 이끌어낸 것이다. 코리아 해럴드(영문 신문)엔 사할린 교민의 비극이 보도된 바 있다. 사할린 교민 김씨는 물론 일제 때 징용 가서 못 돌아온 사람이다. 김씨는 강 노인모양 모든 것을 체념하고, 고국(고향)에 대해서는 입 밖에도 내지 않기로 하고 살아왔다. 40년 만의 어느 날 김씨는 고향의 가족의 소식을 듣고 심장마비로 죽었다. 금기의 깨어짐은 죽음에 직결되는 것이었다. 강 노인의 경우도 마찬가지다.

여기에서 우리가 주목하는 것은 이 작품의 작중화자인 소설가 '나' 가 '실향민' 이라는 사실이다. '나' 를 작가 황순원이라고 막바로 보아도 크게 낯설 이유는 없다. "ㅅ교수가 내게 코리아 해럴드의 기사를 보여준 것은 나 자신 실향민인데다 앞으로 무슨 글을 쓸 때의 자료로 삼으라는 뜻"(324쪽)이라고 표나게 내세웠음에서도 이 점이 확인된다. 가작 「목넘이 마을의 개」(1948), 「이리도」(1950) 등에서 보듯, 작품 뒤에 '후일담' 스런 주석이 달린 전형적인 황순원스런 창작방법이기도 하다. 삽화 (2)는 따라서 김씨모양 강 노인의 죽음도 바로 눈앞에 있음을 암시하기 위한 보조장치로 볼 수가 있다. 이와 꼭 마찬가지 이유로 삽화 (1)도 삽화 (2)를 위해서만 그 존재이유를 갖는다. 두 삽화의 은밀한 동질성을 문제 삼는 것이 작가 황순원이 이 작품에서 드러내고자 하는 참주제인 셈이다. 그것은 땅울림만큼 은밀하나 분명히 존재하는 '그 무엇' 이 아닐 것인가. 작가가 이렇게 주장까지 하고 있는 형국을 보이고 있음에랴.

조급성으로서의 민족적 형식

이상이 「땅울림」에 대한 줄거리 요약이거니와 매우 부주의하게도 나는 이 민담에 대한 문제성을 '민족적 형식'의 시선에만 바라보고자 했다. 졸문 「민담, 민족적 형식의 길」(『소설문학』 1986년 3월호)이 그것이다. 이 글의 도입부에서 나는 「학」의 세계를 샤머니즘적 세계로 비판했다. 논리의 범주와 비논리(초논리)의 범주로 이분한다면, 「학」은 후자에 속한다는 것. 만일 소설(근대)이 논리의 범주에 드는 것이라면, 「학」은 비판될 수 있다는 것. 이 지적은 「학」이 지닌 간결성 및 문체가 민담 그것에로 연결된다는 점을 강조하기 위한 보조선이었던 셈이다. V. 프로프의 『민담의 형태학』(1928)을 도입한 것도 이 때문이었다.

「땅울림」에 대한 내 견해는, 이런 투의 실로 거칠기 짝이 없는 논조로 일관되었었다. 그 일부를 보이면 다음과 같다.

"작가가 강 노인의 죽음을 눈앞에 보면서 다음처럼 다만 균형감각을 잃은 강 노인의 핏발 선 눈만을 그리는 대목에서 작품을 중단해버린 이유는 무엇인가.

여기서 나는 작품을 일단 보류키로 밀쳐두는 수밖에 없었다. 더이상 강 노인을 어디로 끌고 갈 수가 없는 것이었다." (325쪽)

금기설화에서 주인공의 죽음을 다룬 것은 (A)(B)(C)(D) 중 어디에도 없기 때문이 아니었을까. 모든 금기설화가 주인공의 죽음을 보여주는 유형이 없다는 뜻이 아니다. 두고온 재물이 그리워 돌로 변해버린 롯의 아내 설화라든가, 우리나라에도 널리 퍼져 있으며 강경애의 대표작 『인간문제』(1934)의 도입 모티프로 사용된 장자못 전설에서의 인정 많은 며느리의 경우가 모두 죽음에 관련된 것들이다. 황순원은 강 노인을 그런 지경에까지 끌고 가고 싶지 않았다. 어디까지나 (A)(B)(C)(D)의 수준에다 놓아두고, 거리를 재고 싶었다. 작가 황순원의 욕망과 패기가 바로 여기에 숨어 있을 것이다.

그 욕망은 황순원 자신이 (C)의 루쉰 또는 중국, (D)의 다자이 오사무 또는 일본과 겨누고, 또 그것을 능가할 수 있는 방법의 모색이란 점에서 찾을 수 있다. (C)나 (D)를 비판하거나 칭찬함으로써 작가는 자기의 위치를 (C)나 (D)로 올려놓거나 나란히 해둘 수가 있을 것이다. 뿐만 아니라 (A)(B)를 둘러싸고 있는 윤리적 감각을 이끌어내고 그것을 비판함으로써 우리나라의 것조차 넘어서고자 했다고 볼 수 있다. 이것은 노대가의 대단한 작가적 패기라 할 만하다라고.

독자성의 바른 의미

이 졸문에 대해 선생은 「말과 삶과 자유 III」(『현대문학』 1986년 9월호)을 통해 부실한 점을 지적했는데, 문단에서는 이를 큰 사건으로 떠들었다. '원로작가 황순원 중견 평론가 김윤식씨 문학논쟁' (중앙일보, 1986. 8. 29)이라는 큼직한 기사로 드러났고, 여기저기서 반론을 쓰냐는 문의가 있었다. 그러나 나는 입을 다물었고 지금도 사정은 마찬가지다. 선생의 비판이 빈약한 평론가에 대한 '준엄한 꾸짖음' 으로 보였기 때문이다.

선생의 지적은 두 가지. 문학이란 '논리' 를 뛰어넘는 곳에 있다는 점이 그 하나. 카뮈의 '손님' 을 사례로 보여주었다. '합리적 논리를 바탕으로 하는 세계에서는 결코 용납될 수 없는 것을 다루는 게 소설의 세계' 임을 일깨워주고 있었다.

또 한 가지는, 이 점이 중요하거니와, 작가의 독자성 발견에 나아감이 평론의 소임이라는 것.

매우 어리석게도 나는 금기 민담을 다룸에 있어 한 · 중 · 일엔 각각 그 나름의 '민족적 형식' 이 있을 터이고, 이를 루쉰, 다자이 오사무, 황순원 등을 비교해봄으로써 엿볼 수 있다는 점에 정신이 팔려 정작 중요한 '인류적 형식' 엔 눈이 멀었던 것이다. '독자성을 지닌 작가에게는 이런 식의 비교란 욕이 될 수 있다'는 선생의 지적이 이 점을 잘 말해준다. 비교민담론이라면 모를까 루쉰급의 작가 황순원이라든가, 무슨 급의 작가 황순원 투의 비교란 어불성설이라는 것. 결국 선생을 욕되게 하고 만 것이었다. "진정으로 루쉰과의 비교를 하려거든 피상적인 것이 아닌, 두 작가를 버티어주고 있는 정신의 구조를 비교해야 할 것"(『현대문학』 1986년 9월호, 65쪽)이라 지적한 점이 새삼 눈에 띄어 마지않았다.

이상 두 가지 점을 선생은 한 빈약한 평론가에게 엄하게 가르쳐주었다. 혹시 이 두 가지가 '미학적'에 관련된 과제가 아니었을까.

김동리의 「목공 요셉」 3부작
— 미수록 자료 「마리아의 회태」에 대하여

1. 「솔거」 3부작

김동리(1913~1995)의 30년대 작품 속엔 「솔거」(1937), 「잉여설」(1938), 「완미설」(1939) 등이 있거니와 이를 두고 나는 「솔거」 3부작이라 규정한 바 있다.(졸저, 『사반과의 대화』, 민음사, 1997) 일명 「불화」라 쓰기도 하는 「솔거」는, 일본서 공부하다 귀국한 청년 화가 재호가 절간에 머물러 전설 속의 천재 화가 솔거를 그리워하는 이른바 예술가 소설 범주에 드는 것이며, 같은 주인공이 이번엔 세속으로 나와, 그가 구해준 소년과 함께 그림 공부에 매진하는 과정이 '정원'이라 부제를 단 「잉여설」이며, 소년이 자라서 사랑을 찾아갈 무렵 나이가 든 주인공이 아이 낳지 못하는 기생 출신의 여인을 골라 결혼하는 것을 다룬 것이 「완미설」이다. 이 3부작에서 일관하여 스며 있는 사상은 허무의식이다. 식민지 청년 화가 재호가 실연하여 산사에 들어갔다고 하나, 그것은 한낱 핑계인 것. 그에 있어 중요한 것은 그가 필생을 건 예술, 곧 그림 그리기였다. 그렇다면 솔거에 육박하는 그런 경지에 그가 이를 수 있었을까? 또 어떻게 하면 예술작품이 얻어질까? '솔거→재호→소년'의 도식이 연기설에 기반을 두었다든가, 소년이 소녀를 사랑함으로써 재호를 배반한다든가 또 무슨 이유를 들 수 있겠지만, 결국 이 모든 시도가 한갓 허무에 부딪치고 만다는 점이 「솔거」 3부작의 참주제로 볼 것이다. 예술도 삶 그것처럼 아무런 의미도 없는 인간 영위의 일종인 것. 그렇다고 삶을 포기할 수도 없는 것. 작가 김동리가 제시하고자 한, 그의 창작 목표인 '구경적 생의 형식'이란, 이 경우 무의미한 삶을 그대로 수용하여 무의미하게 살아가는 길밖에 없다는 것으로 요약된다. 석녀(石女)와 결혼함이 그것이다. 이것은 일종의 역설이 아닐 수 없는데, 허무를 허무답게 하는 방법인 까닭이다. 허무에 정면으로 대결함으로써 허무를 일층 강화해 보여주기, 여기에 '구경적 생의 형식'에 육박하는 작가의 숨은 노력이 뚜렷했다.

이러한 역설적 방식은, 「두꺼비」(1938)에서 좀더 적극적이었다. 민족주의자의 아들인 주인공이 각혈을 즐김으로써 죽음에다 모욕을 주는 방식은, 능구렁이를 자극하여 그에게 잡혀먹힘으로써 능구렁이의 뼈마디마다 두꺼비 새끼가 태어난다는 바로 그 능구렁이의 역설이 아닐 수 없다. 이러한 역설적 방식이 고전적 형식을 획득한 것이 「황토기」(1939)였다. 억쇠와 득보의 무의미한 힘의 낭비란 허무 그것을 즐기는 형식으로 형상화되었던 것이다.

이러한 김동리의 창작계열의 밑바닥엔 모종의 시대적 압력이 작동되었음을 쉽사리 알아차릴 수 있다. 강대한 일제의 통치 아래 놓인 조선민족의 생존 방식의 과제가 그것. '구경적 생의 형식'이 보이지 않은 시대적 수압계 몫을 했기에 그만큼 그 구경 및 허무는 생동하는 역사 감각을 대동할 수 있었다.

이러한 민족주의적 아우라(성스러운 감각)가 소멸된 해방공간에서는, 그 '구경적 생의 형식'이 어떤 방식으로 존재, 작동할 수 있었던가.

이 물음을 위해서라면, 「솔거」 3부작에 대응되는 또다른 3부작을 검토해볼 수 있다.

2. 두 종류의 3부작의 내력

「솔거」 3부작에 맞서는 3부작이 「마리아의 회태」(1955), 「목공 요셉」(『사상계』 1957년 7월호), 「부활」(『사상계』 1962년 11월호)이다. 이 3부작이 대작 『사반의 십자가』(1955~56)와는 별개로 씌어졌음이란 김동리 문학에서 보면 과연 어떤 의의를 갖는 것일까. 이 물음은 김동리 문학연구자들에겐 상당히 곤혹스러웠는데, 정작 이 3부작의 첫번째 작 「마리아의 회태」가 그 동안 어느 작품집에도 수록되어 있지 않았던 까닭이다. 나도 그런 부류의 한 사람이다. 내가 「마리아의 회태」를 본 것은 60년대 초였다. 청계천 고서점에서 한 권의 헌책을 구입했는데, 『青春別冊』(1955. 2. 1)이었다. 김현송 발행으로 된 『청춘』은 1953년 3월에 창간된 잡지. 이 별책은 문학특집호였다. 국내편 창작엔 김동리의 「마리아의 회태」를 비롯 피난지에서 겪는 한 여인의 표정을 그린 윤금숙의 「공의 거리」, 남한산성에서 욕정을 불태우는 한 여교사의 퇴폐적인 사랑을 그린 유주현의 「산성의 거화」, 그리고 '현준이 죽었다' 로 시작되는, 죽마고우의 극한적 삶을 '나' 와 대비시켜 그린 김성한의 실존주의계 작품 「창세기」 등 4편이 실려 있었다. 언젠가 이들 작품을 검토하려니 하고 지내다가 김동리 연구에 나아갔을 때 나는 이 책을 찾았으나 허사였다. 연구실에까지 옮겨다놓은 기억도 생생한데, 참으로 별일이었다. 민음사에서 김동리 전집을 낼 적에도, 『김동리와 그의 시대』 3부작을 끝낼 때까지도 나는 이 책을 찾아내지 못한 채 내 머릿속에 입력된 「마리아의 회태」에 기대어 논의를 펼 수밖에 방도가 없었다. 딱한 노릇이 아니면 안 되었다.

이러한 사정을 들은 조영복씨의 수소문 끝에 마침내 「마리아의 회태」

가 내 책상 위에 놓이게 되었는데, 책 소장자는 장서가 서상진씨(전북 장수군 장수읍 노곡하리 밤실)였다. 이 자리를 빌려 씨에게 고마움을 표하고자 하거니와 이로써 김동리 문학의 또다른 3부작을 논의할 수 있는 여건이 이루어진 셈이다.

내친김에 작가 김동리의 자기 작품 관리에 대한 태도랄까 방식에 대해 언급해두고자 한다. 1972년 현재 김동리는 자기의 쓴 작품(시, 평론, 수필을 뺀 순수 창작)이 약 2만 5천 내지 3만장(200자 원고지)이라 하고, 이들 작품을 모조리 읽은 독자(평론가)가 한 사람도 없다고 장담한 바 있다.

"아까 나는 샤마니즘, 불교, 기독교, 휴머니즘, 민족주의, 허무주의 하는 따위가 그 밑바닥에 있어서는 서로 얽혀 있다고 했는데, 그 '서로 얽혀 있는 것' 을 밝히기 위해서도 일단은 전체적인 검토에서 출발해야 되지 않을까. 이렇게 볼 때 이런 문제를 얘기할 수 있는 사람은, 적어도 오늘날까지는 내 자신밖에 없을 줄 아네. 왜 그러냐 하면 내 작품(소설)을 그렇게 전체적으로 검토해본 사람은 없을 테니까. 아마 자네들은 대학에서 직접 나의 지도를 받고 있었던 관계로 나의 작품을 비교적 많이 읽었다고 했지만, 그러기에, 내 작품세계에서 위에 말한 바와 같은 그러한 잡다한 요소랄까 특징 같은 것을 들추어낼 수도 있었다고 했지만, 그렇다고 해도 아마 약 3만 장의 삼분지 일인 1만 장을 읽은 사람도 없을 겔세. 이런 일이 있어. 어떤 청년이 와서 내 작품은 거의 다 읽었다고 자신있게 얘기를 하길래, 대뜸 「늪」을 읽었느냐고 하니까 못 읽었다고 그래. 그건 그럴 거야, 그 작품이 나에게 있어서는 지극히 중요한 작품의 하나지만 일반적으로는 별로 알려져 있지 않을 테니까. 그러면서 다시 다른 작품을 몇 편 들먹였더니 거의 하나도 못 읽었다는 거야. 그때부터 나는 이런 문제에 대해서는 전혀 생각을 달리하고 있어." (『문학사상』 창간호, 1972. 10, 263~264쪽)

아마도 사실이리라. 대가다운 면모가 「을화」(1978) 이전에 이미 이 지점에까지 이르고 있었다. 그런데, 연구자들이 참으로 난감한 것은 김동리의 전 작품을 대하기 어려움에 있었다. 출판 사정 때문이었겠지만, 이 대가급의 작가에게도 완벽한 전집이 만들어지지 않았던 것이다.

김동리 문학의 대표작 선집이 6권으로 나온 바 있고, 『무녀도』(1947), 『황토기』(1949), 『귀환장정』(1951), 『등신불』(1963), 『실존무』(1958), 『까치소리』(1973), 『꽃이 지는 이야기』(1978) 등의 창작집들이 있지만 이들 속엔 작가 스스로 의의 있다고 판단한 것들만이 수록되었을 뿐 기타의 것은 수록되어 있지 않다. 해방 후 첫번째 작 「윤회설」(서울신문 1946. 6. 6~26)은 그의 어느 작품집에도 빠져 있지 않겠는가. 「두꺼비」의 후일담격인 「윤회설」은 김동리 연구자의 처지에서 보면 빠뜨릴 수 없는 작품이다.

좌익과 맞선 청년문학가협회의 실세인 김동리의 해방 후의 첫 창작이며 그것은 다른 세력권의 작가들과 경합하는 창작 릴레이로 씌어진 작품인 만큼 「윤회설」은 문학가동맹의 초대 서기장 이원조의 날카로운 공격앞에 전면적으로 노출되지 않으면 안 되었다.(졸저, 『사반과의 대화』 43~55쪽) 이런 「윤회설」을 김동리는 그의 어느 작품집에도 수록하지 않았다. 민음사 전집(제2권)에 「윤회설」을 실은 것은 내가 편집인 중의 한 사람이었던 사실과 무관하지 않거니와 이는 김동리의 뜻에 위반되는 후세인 연구자의 특권 남용의 일종인지도 모른다.

김동리가 수록하지 않은 작품 중에 「회계」(『삼천리』 1939년 10월호)도 있거니와, 다솔사 강원 교사생활 속의 내면을 그린 이 작품을 미수록 발굴이라 하여 내가 소개한 바 있고(『현대문학』 1999년 5월호), 이어서 「山祭」 (1936)의 개작 「산이야기」(『민주경찰』 1947년 9월호)도 역시 『현대문학』(2000년 6월호)에 전문 소개한 바 있다. 이상 세 가지의 경우는, 미수록 작품의 발굴이란 점에서 일치한다. 이에 비할 때 이번에 소개할 「마리아의 회태」는 사정이 썩 다르다. 김동리 자신이 이 작품을 소중하게 생각하고 있었음이 다음 사실로 확실하기 때문이다. "1954년. 한국 유네스코 위원, 예술원 회원 등에 피선. 「살벌한 황혼」 「마리아의 회태」 발표."

이 대목은, 『김동리 대표작 선집』(전6권, 삼성출판사, 1967)의 자작 연보에 실린 것이다.(제6권, 461쪽) '1954년' 이란 1955년의 착오로 보이거니와, (「마리아의 회태」가 1955년 2월호에 실렸으니까 집필은 1954년으로 볼 것이다) 좌우간 「마리아의 회태」를 중요한 창작으로 스스로 인정했음이 이로써 분명해 보이기 때문이다. 그렇다면 어째서 그는 이 작품을 어떤 작품집에도 수록하지 않았을까.

3. 「마리아의 회태」와 「목공 요셉」

「마리아의 회태」는 「사반의 십자가」와 더불어 구상, 발표되었음에 일단 주목할 것이다. 「사반의 십자가」의 구상이 기독교계 학교를 다녔고, 평생 교적을 지녔던 이 작가(결혼은 가톨릭식, 장례 역시 같음. 믿음은 모친을 따라 개신교, 김정숙, 『김동리, 삶과 문학』, 집문당, 1996, 185쪽)에 있어 신약성서는 그야말로 내면 깊숙이 자리를 채운 중요한 이념의 지표이자 세계 인식의 잣대였음에 틀림없다. 성서 속의 예수의 기적, 그것이야말로, 민족주의자를 맏형(김범보)으로 둔, 이 막내에겐 철날 무렵부터 매력적이자 강대한 이념의 표상으로 자리잡았을 터이다. 로마 군사를 물리친 혹은 그보다 우위에 서는 여호와의 왕국, 그것은 이념의 표상으로 무한한 창작의 원동력일 수도 있었을 터이다. 서양 이천 년 문명이 이를 보장해놓고 있었기에 한낮 망상에 멈출 수 없는 그 무엇이었다. 그렇지만 그는 단지 천년 고도이자, 폐도인 경주에서 삶을 배정받지 않았던가. 요컨대 그는 억쇠이자 득보(「황토기」, 1939)였다. 이 또한 그의 운명이었던 것. 이 운명과 성서의 만남이 창출해낸 인물이 바로 '사반' 이다. 아기장수 설화에 바탕을 둔 「황토기」의 억쇠를 2천 년 전 저 먼 갈릴리 호숫가로 옮겨, 로마군과 대치시켜 놓은 장대한 구상이 「사반의 십자가」의 밑그림이었다.(졸저, 『사반과의 대화』 참조) 여기에는 역사적 사회적 '시간성' 이 제거되어 있는데, 그도 그럴 것이 '시간성' 을 비유법으로 대치시켰던 까닭이다. 뜻을 이루지 못한 사반의 원한, 그것은 곧 이무기일 수밖에 없는 작가 김동리이자 동시에 인간 자체일 수밖에 없다는 것. 이 비유법이 「사반의 십자가」의 참주제이다. 육신을 가진 인간이면서도 영원을 엿보기, 피조물이면서 창조주이고자 하는 이 모순성이야말로 인간적 비극성이 아닐 수 없다는 것. 여기에 칸트도 절망한 '이성'의 비극성이 깃들이고 있었다. 희랍적 사유체계의 핵심에 놓인 이성주의적 철학의 한계 앞에 타자(他者)로서의 히브리즘(기독교)이 있었다. 합리적으로 이해되거나 설명될 수 없는 것, 이를 두고 칸트는 '물자체'(Ding an sich)라 불렀거니와 따지고 보면 '나' 아닌 '타자'(외부)야말로 '물자체'가 아닐 것인가. 사랑이라든가 이웃에 대한 생각이란, 일종의 우발적인 것이어서 어떤 논리도 대등하지 못한다.

성경의 세계 인식이 이를 대표하고 있지 않았던가. 억쇠들이 이 사실을 어떻게 이해하고자 했을까.

(A) "요셉은 집에 돌아오자 곧 자리에 들어 누어버렸다. 그리하여 사흘 동안이나 일어나지 않았다."(「마리아의 회태」, 43쪽)

(B) "그러자 마리아가 또 입을 열어,

'그래, 오늘만은 아버지 시키는 대로 문을 짜놓고 떠나렴아'

했을 때였다.

예수는 그 투명하고도 냉연한 목소리로,

'저는 아버지께서 시키는 대로 떠나가야 하겠읍니다.'

하고 딱 짤라 말했다.

바로 그 순간이었다. 요셉의 두 눈에 불길이 번쩍 하는 것과 동시에 그의 손바닥은 어느듯 예수의 왼쪽 따귀를 철석 소리가 나게 훌쳐 때리고 있었다.

그러나 그와 거의 동시에 터져나온 심한 기침은 그로 하여금 더 입질이나 손질을 계속할 수는 없게 하였다. 쿨룩쿨룩 쿨룩쿨룩 사뭇 기침에 꼬꾸라져가는 요셉을 남겨두고, 예수는 먼저와 같은 냉연한 목소리로,

'저 다녀오겠어요'

하고 집을 나가버렸다.

요셉의 가슴앓이는 그날 이후로 점점 더 심해졌다. 그리하여 그의 나이 설흔네 살 나던 해, 그러니까 그날에서 두해 뒤이다 — 그는 결국 그 병으로 인하여 죽고 말았다."(「목공 요셉」, 『실존무』 수록, 234~235쪽)

마리아의 약혼자인 요셉이 마리아의 회태를 알자 사흘 동안 앓았다는 것이 (A)이거니와, 이어서 마리아가 찾아간 예루살렘의 이모부는, 60세가 넘은 처의 임신에 놀라, 열 달간 벙어리가 되었고, 그리고 마리아의 모친은 요셉의 말을 듣고 기절해버렸다(42쪽)라고, 작가는 적었다. 물론 성경에 없는 대목이다.

(B)에 보면 더욱 이 점이 강조되어 있다. 마리아의 무염잉태(無染孕胎)란, 여호와의 백성으로 스스로 선택된 종족이라 우기던 이스라엘 백성들조차도 감히 인정하기 어려웠음을 성서는 도처에서 지적하고 있다(누가 1~34, 마태 1~23). 작가 김동리가 성서에도 없는 요셉의 놀람, 이모부의 벙어리 되기 등을 도입한 것은 결코 멋대로 썼다고 할 수 없다. 이스라엘 사람도 그러하거늘 항차 억쇠로서는 어떠하랴. 이성중심주의로 일관해온 희랍적 사유(독일 고전철학계)에 대한 히브리즘의 커다란 도전으로 이 사정이 설명된다. 성서의 이러한 '타자' (신)의 사상이 얼마나 낯설고 도전적이었는가는 이천 년 서양 사상사가 증명하고 있다.

3부작의 첫머리에 놓이는 「마리아의 회태」는 임신한 마리아의 행적을 담담하게 그렸다. 그중에서도 중심부를 이루고 있는 곳은 큰이모 엘리자벳과의 만남이다. 3일간 앓았던 요셉이 기력을 회복하는 것은 '하늘의 목소리' 에 의해서였다. 그 계시는 이러했다. '그녀의 잉태함이 성신으로 된 것이며 아들을 낳거든 이름을 예수라 하라' 가 그것(마태 1~22, 성서 인용은 모두 생명의말씀사 판 『현대인 성경』(1979)에 의거함). 마리아에게 계시한 그 목소리의 반복이라 할 것이다. 두번째 작 「목공 요셉」은 그 기본 골격은 전작과 같지만 한층 갈등구조가 고조되었을 뿐 아니라 표현도 예각화되어 작가의 이에 대한 확신에 찬 느낌을 내비치고 있다.

"그는 잠간 대패질을 쉬고 꽁무니에 차고 있던 수건을 빼어 얼굴의 땀을 씻으며 뜰악 안을 돌아다 보았다. 거기서는 마리아가 해볕에 눈을 찌프린 채 어린애의 똥기저기를 들쳐내고 있다. 빨래를 보내려는 모양이다. 봄에서 가을까지 육칠 개월 동안은 통 비가 없는데다, 우물 물도 흔치 않은 이 고장에서는, 비철이 아니면, 똥기저기 같은 것도 제때마다 빨지를 못하는 것이 보통이었다. 똥을 대강 털어버리고는 그대로 말려서 쌓아두었다가 한꺼번에 냇물로 가져가야 하였다. 그러나, 냇물이라고 하지만 그것이 그리 쉬운 것이 아니었다. '나사렛' 마을에서 가까운 냇물이라고 해야 '기시온강' 상류인데 비철이 아니고는 상류가 말라버리기 때문에 보통은 삼십리(한국 이수) 길이나 실히 걸어 가야 물구경을 하였다. 이것을 갔다왔다 하노라면 완전히 하루품이 되었다. 그것이 또한 마리아의 경우와 같이 두 살 터울로 아기를 자꾸 낳아야 하는 여인에게 있어서는 여간한 부담과 고통이 아니었다. 그녀는 올해 설흔한 살이었다. 그러니까 그녀가 요셉에게 시집을 온 지도 어느덧 열다섯 해나 지나 있었다. 그 열다섯 해 동안에 아들 넷, 딸 둘 해서 모다 여섯남매를 낳은 것이다. 아니, 야곱과 스산나 사이에 하나 잃어버린 아이까지 합치면 일곱남매를 낳은 셈이다. 게다가 장남 격으로 있는 예수까지 보태면 모두 여덟 남매를 낳은 셈인 것이다. 이렇게 아이를 여럿 낳긴 했어도, 그중 여섯은 다행이 비철에 났으므로 기저기 빠는 고생을 면할 수 있었는데 다섯째 아이 시몬과 요번의 유다만은 비철이 아니어서 골몰에다 골몰을 더하게 된 것이다. 그러고 보니 이 기저기의 골몰 때문인지, 그보다도 이번의 아이가 워낙 만산(晩産)이 되어 그런지 본래 그렇게 희고 깨끗하던 마리아의 얼굴도 이제는 잣다란 주름살투성이가 되어버렸다." (「목공 요셉」, 220~221쪽)

두 가지 점이 예각화되어 있다. '똥기저기'가 무려 다섯 번이나 반복되었음이 그 하나. 다른 하나는, 결혼 15년간 8남매를 키워냈음이다. 이

두 가지는 물론 서로 표리의 관계에 있는데, 마리아의 고초를 효과적으로 드러내기 위한 작가의 수법에 지나지 않는다. '어느 날의 목공 요셉과 그의 가족들'을 '원제'라고 적은 작가의 의도가 이러한 표현을 낳았다고 볼 것이다. 성가족(聖家族)의 이미지를 갖고 있는 독자라면 이 두 가지 표현은 가히 충격적이었으리라. 이 작품의 발표 직후 가톨릭계의 두 여성 독자가 작가에게 '질문이기보다 힐문'을 감행했음이 어찌 우연이랴. 그녀들의 힐문은 다음 세 가지.

(A) 어디다 근거를 둔 얘기냐

(B) 성서에 그런 구절이 없지 않느냐

(C) 작가 당신은 그것을 믿느냐

이에 대한 작가 김동리의 답변은 이러했다. (A)는 작품 끝에 밝혀져 있다. 곧, 「부기」①에 적은 마태 제13장 54~56절, 누가 제2장 49~50절. (B)에 대해서는 신교계의 성서에 근거되었다는 것. (C)에 대해서는 신교계의 성서를 사실로 믿는다는 것.

똥기저기 속에 묻힌 마리아상의 근거는 어디인가. 작가는 막바로 성서를 내세웠다.(『김동리 대표작 선집 6』, 31쪽)

"이는 그 목수의 아들이 아니냐. 그 모친은 마리아. 그 형제들은 야고보, 요셉, 시몬, 유다라 하지 않느냐. 그 누이들은 다 우리와 함께 있지 아니하냐."(마태 13장 55~56)

그렇다면 이 장면에서 무엇이 문제인가. 주지하는바, 성서를 가운데 둔 신구 양교파의 원전에 대한 이견이 예로부터 있어왔다. 교단이나 교파에 따라, 구절 해석이 다른 것도 이 때문이다.

한 연구자에 따르자면 신약성서를 정전(正典)으로 치는 경우에도 이에 대한 신약 외전(外典)이 상당수 있으며 이를 그 성격으로 분류하면 다음과 같다.

(1)베드로 묵시록 (2)베드로 묵시록과 비슷한 2, 3세기에 성립된 문서 (3)이 예를 많이 포함한 단편적 문서들 (4)콥트 말로 된 문서들 등등이

그것들. 이들 외전이 문학작품의 소재로 많이 사용되었음도 알려진 사실이다. '공인된 것(homoloumena)' '의심스러운 것(amphiballomena)' '가짜 문건(pseude)' 등으로 분류된 내용항목에는 학자에 따라, 교단에 따라 다소 출입이 있다. 위의 어느 부류에 속하는지 알지 못하나, 『야고브 원 복음서』에 따르면, 마리아의 임신이 알려져, 사제단에 의해 요셉이 엄한 재판을 받은 장면이 들어 있고, 요셉의 말이 이렇게 되어 있다. "나는 이미 자식들이 있으며 나이도 들었습니다. 이 아이(마리아)는 소녀입니다. 이스라엘 사람들의 웃음거리로 되고 싶지 않습니다"라는 대목은 어떻게 이해해야 적절할까(아라이 사사구 편, 『신약성서 외전』, 고단샤 문예문고, 31쪽). 성스러운 존재인 마리아의 보호자로 목공 요셉이 대사제에 의해 선택(요셉의 지팡이에서 비둘기가 나온 기적)되었기에, 그는 남편이 아니라 소녀 마리아의 보호자였던 셈이다.

4. 『사반의 십자가』와 「부활」

「마리아의 회태」는 작가의 부기에 따르면 「목공 요셉」과는 자매편이다. 물론 그 역사적 기준은 서로 다르다. 전자가 아직도 예수의 탄생 이전의 상황이라면 후자는 15세의 예수가 또다른 자기 '아버지'를 찾아 예루살렘의 성전에 간 때로부터 시작, 학자 바사바라를 찾아 집을 나선 뒤까지를 다루고 있기 때문이다. 후자의 강조점은 '아버지'에 놓여 있다. 예수는 열두 살 때 성전을 가리켜 '아버지의 집'이라 했고, 15세엔 가족 몰래 이 성전에 들아갔기에 온 가족이 그를 찾는 소동이 벌어졌다. 「목공 요셉」은 '아버지'를 찾아, 요셉과 충돌하는 사건이 다루어져 있다. 목공 요셉이 자기 아닌 '아버지'를 찾아 나서는 예수로 말미암아, 가슴앓이가 도져 34세로 죽었다는 작가의 허구적 설정은 그만큼 이 사안의 중대성이랄까 신심 깊은 이스라엘 사람조차도 받아들이기 어려운 이질성(타자성)

임을 강조하기 위한 작가적 수법일 터이다.

「솔거」 3부작에 맞서는, 「목공 요셉」 3부작의 끝 작품이 「부활」(『사상계』 1962년 11월호)이다.

“골고다의 언덕 위에 세 틀의 십자가가 세워졌다. 가운데가 예수, 왼쪽이 사반, 그리고 바른쪽이 마나엔이었다”로 시작되는 「부활」은 예수의 처형과 3일 후의 부활 그리고 다시 3일 뒤 승천하기까지를 다루고 있거니와, 먼저 지적될 점은, ‘사반’이 거명되었음이다.

온 힘을 기울어 20여 년의 세월 속에서 완성한 대작 「사반의 십자가」는 김동리의 사상인 ‘구경적 생의 형식’의 구현이다. 민족의식과 인간의식의 극한 속에서 헤매던 작가 김동리가 ‘허무/절망’을 구현한 인물에 사반을, ‘희망/구원’을 구현한 인물에 예수를 대치시키고, 사반 쪽에다 승부를 건 것은, 작가 스스로의 고백대로, 8·15 덕분이었다. 일제 강점기의 조국, 그것은 로마 강점기 속의 이스라엘에 다름아니었다면, ‘허무/절망’과 ‘희망/구원’의 대치에서 어떤 타협이나 해결방도란 있기 어려웠는데, 이 난관을 뚫게끔 한 것이 8·15였다. ‘8·15, 해방이란 한밤중 도적과도 같이 온 것’(함석헌, 『성서적 입장에서 본 조선역사』, 성광문화사, 1950, 280쪽)이라는 주장도 있거니와 8·15로 말미암아 ‘허무/절망’이 ‘희망/구원’에로 연결될 수 있었던 이 역사적 해방의 경험이야말로 김동리의 ‘사반’을 가능케 한 문학적 근거이다. 6·25를 겪으면서 이 문학의 근거가 한층 깊어졌다. 앞에서 지적했듯 황토골의 억쇠를 작가는 저 시공을 초월한 2천 년 전 갈릴리 호숫가로 내몰 수 있었다.

그렇다면 ‘사반’이란 무엇인가. 물론 허구적 인물이며 「황토기」의 억쇠에 그 뿌리를 두고 있었다고는 하나 작가의 노력은 대단한 것이었다. 사반을 ‘Shaphan’으로 표기케 한 것을 비롯 기타의 성서적 지식 획득은 사전 및 참고서에 의거했는데 이때 조언을 김동리에게 해준 인물은 신학자 김재준, 김형식, 김경수 제씨로 알려져 있다.(『사반의 십자가』, 일신사판, 1958, 후기)

사반은 누구인가. 작가 김동리는 십자가에 매달려 죽어가는 사반이 예수를 향해 외친 마지막 말을 이렇게 적었다. "비겁한 자여, 너는 유대나라와 너의 생명을 버리고서 오히려 낙원을 찾고 있느냐?"(일신사 판, 365쪽)라고. 정작 성서에는 이 대목이 어떻게 적혔던가.

"다른 두 죄수도 예수님과 함께 사형을 받으려고 끌려가고 있었다. 그들이 해골이라는 곳에 이르러 예수님을 십자가에 못 박고 두 죄수도 하나는 예수님의 오른편에 하나는 왼편에 못 박았다. (……) 함께 십자가에 달린 죄수 중 하나도 '당신이 그리스도가 아니오? 당신 자신과 우리를 구원하시오' 하며 예수님을 조롱하였다."(누가 23장 33~39)

작가 김동리는 왼편 죄수를 사반이라 설정, 오른쪽을 다니엘이라 했다. 물론 허구이다.

「부활」은 「사반의 십자가」를 완성한 지 6년 뒤에 씌어졌거니와, 이 작품의 특이성은 초점화자 '나'의 설정에서 찾아진다.

"그리고 보면 예수는 그의 마지막 작별에 있어서도 또한 최선의 선물을 나에게 끼친 셈이다. 왜 그러냐 하면 내가 이 십자가에 달린 사반을 보게 된 것은 오로지 그(예수)의 덕택이기 때문이다. 그가 아니더면 나는 여기(골고다)까지 나왔을 턱도 없다. 내가 나온 동기는 오직 예수의 최후를 지켜주는 데 있었을까 말이다. 그가 최후를 어떻게 마치는가, 그는 과연 십자가 위에서 숨을 거두고 마는가, 로마 병정들과 바리새교인들의 조롱과 비웃음 속에서 그냥 사라지고 마는 것일까, 나는 그런 것을 내 눈으로 똑똑히 보아두기 위하여 여기까지 따라왔던 것이다.

그런데 정작 나와서 보니, 예수는 그냥 비참할 뿐이요, 보는 사람들의 가슴에 깊은 충격을 주는 것은 오히려 생각도 하지 않았던 사반이 아닌가. 저 분노와 원한이 활활 타는 듯한 부릅든 두 눈, 그것은 한 번 깜짝일 줄도 모르는 듯, 해가 무색할 정도로 쏘아보고 있다."(「부활」, 『등신불』, 정음사, 1963, 323쪽)

대체 여기에 나오는 초점화자 '나'란 누구인가. 다음 두 가지 대목이

'나'의 비허구성을 잘 드러내고 있어 인상적이다.

(A) "내가 빌라도(총독)에게 그(예수)의 시체를 빌어서 손수 장사지내기로 한 것도 나로서는 여러 가지 생각이 있었기 때문이다."(「부활」, 327쪽)

(B) "몰약(沒藥)과 침향(沈香)과 가는 삼베는 나와 같은 공회(산히드린)의 동료인 니고데모가 가져오기로 되어 있었다. 공회에서 예수에게 형틀(십자가)을 거부한 이는 그와 나 둘뿐이다. 그는 시체에 필요한 향약품(香藥品)들과 삼베를 가져오기로 하고 나는 무덤을 마련하기로 했던 것이다.

무덤은 내 친구 아볼로의 것이다. 골고다에서 가까운 동산 속에 있었다. 거기다 아볼로는 미리 굴을 뚫어서 무덤을 만들어두었었다. 나는 그에게 적당한 금액을 주기로 하고 이것을 그로부터 양보받게 되었던 것이다."(「부활」, 327쪽)

이 두 장면이 허구적 설정이 아님은 성서에 그렇게 적혀 있기 때문이다.

(A´) "그래서 그날 저녁 아리마대 요셉이 용기를 내어 빌라도를 찾아가 예수님의 시체를 요구하였다. 그는 덕망 높은 의회의원이며 하느님의 나라를 기다리는 사람이었다. 빌라도는 예수님이 벌써 죽었을까 하고 미심쩍어서 장교를 불러 알아본 후 시체를 요셉에게 내어주었다."(마가 15장 42~44)

(B´) "그후에 아리마대 요셉이 예수님의 시체를 가져가게 해달라고 빌라도에게 청하였다. 요셉은 예수님의 제자였으나 유대인들이 두려워서 그것을 숨기고 있었다. 빌라도가 허락해주자 그는 가서 예수님의 시체를 내렸다. 또 밤에 예수님을 찾아왔던 니고데모도 몰약에 침향을 섞은 것을 삼십 킬로그램 가량이나 가지고 왔다. 그들은 예수님의 시체를 모셔다가 유대인의 장례법대로 향료를 바르고 고운 베로 쌌다. 예수님이 십자가에 못 박히신 곳에 동산이 있고 거기에는 아직 매장한 적이 없는 새 무덤 하나가 있었다. 그날은 유대인들의 준비일이었고 또 무덤도 가

까이 있었으므로 그들은 예수님을 거기에 모셨다." (요한 19장 38~42)

작가 김동리는, 아리마대 요셉의 시선으로 「부활」을 형상화했음이 이로써 분명해졌다(신약성서 외전의 하나인 『니고데모 복음서』에는 아리마대 요셉의 기록이 좀더 상세하다).

5. 「부활」에서 맞선 예수와 사반

「목공 요셉」 3부작은 '사반' 과 더불어 시작되었고, 또 마무리되었다. 사반이 이들 3부작에 그림자를 드리우고 있었다고 보는 것은 이런 문맥에서이거니와, 이 경우 문제되는 것은, 「솔거」 3부작과의 관계가 아닐 수 없고, 나아가서는 「무녀도」 「을화」와의 관계에로 귀결된다.

이를 밝히는 것은 또다른 과제가 아닐 수 없다. 작가는 어느 자리에서 그의 성서관을 다음처럼 피력한 바 있다.

"나는 계몽주의적인 관점에서 반드시 성서를 해석하려는 사람이 아니다. 그보다도 오히려 인간의 세계에 이적과 신비가 있을 수 있다고 믿고자 하는 사람의 하나다. 그러기 때문에 나는 「마리아의 회태」란 작품에서, 성령의 존재를 소설 속에서 인정하기까지 했던 것이다. 이것은 나의 보다 넓고 보다 더 미래적인 인간관 및 세계관에 속하는 일이거니와 그렇다고 해서 나는 예수나 마리아를 무조건 신비의 안개 속에만 묻어놓고 우상화시키고 싶지는 않다. 왜 떳떳이 성서에까지 나와 있는 사실을 부인하며, 왜곡하려 하느냐 말이다." (『김동리 대표작 선집 6』, 210쪽)

작가 김동리의 '신 / 인간' 관의 어떠함을 엿볼 수 있는 대목이라 할 것이다. 그러니까 그의 원점인 '구경적 생의 형식' 은 신과 인간의 '구경적 만남의 자리' 로 설명될 터이다.

김동리가 스스로 아니라고 한 '계몽주의적 관점' 이란 무엇인가. 그 핵심은 이성중심주의에 놓여 있다. 플라톤을 머리로 한 이성중심주의에서 문제되는 것은 이성이 지닌 '비극적 운명' 이 아닐 수 없다.

"인간의 이성은 어떤 종류의 인식에 대해서 특수한 운명을 담당하고 있다. 곧 이성을 물리칠 수도 없고 그렇다고 대답할 수도 없는 문제에 골머리를 앓는 운명이 그것이다. 물리칠 수 없음이란 이런 문제가 이성의 자연 본성에 의해 이성에 가해졌기 때문이다. 또한 대답할 수 없음이란, 이러한 문제가 인간이성의 일체의 능력을 넘어서기 때문이다." (칸트, 『순수 이성 비판』 서두)

비극적 운명, 이성의 시금석으로 '물자체' 를 내세운 칸트의 의도는 이처럼 이성이 지닌 아포리아(난점)를 가리킴이었다. 철학(이성의 학문)이 지닌 이 아포리아를 향해 해결은 아닐지라도 적어도 고려의 대상으로 열려 있는 처방전이 있다면 단연 기독교 사상이라 할 것이다. 희랍철학에서 보면, 이적을 수없이 행하는 성서의 세계 인식이란 단연 낯설고 도전적이었을 터이다. 이성을 초월하는 갖가지 사태를 그래도 수용한 성서의 세계 인식이란 철학(계몽주의)의 처지에서 볼 땐 타자성(他者性)이 아닐 수 없다. 이성의 비극적 운명을 칸트는, '물자체' 로 비유했거니와, '타자성' 이란 바로 이 '물자체' 가 아닐 것인가. 그것은, 철학의 처지에서 보면 외부성(外部性) 곧 이질성이었다. 사도 바울이 표현한 '육체의 가시' 라 함은 이 '이질성' 의 희랍적 인식이다. '타자성' 의 수용을 거부함이 '죄' 라고 인정하는 것은 성서적 처지가 아니었던가. 이웃사랑, 신의 사랑을 거부함이 '죄' 라 함은 바로 이를 가리킴인 것. 현상유지, 자폐증이야말로 죄악임을, 재산을 증식한 종과 현상유지한 종의 비유를 통한 마태 25장이 공언하고 있지 않았던가.

여기까지 이르면 '진정한 자기 인식' 이란 무엇이냐에로 향하게 된다.

이성을 가운데 둔 이러한 아포리아를 논의할 처지는 아니지만, 계몽주의를 거부한 작가 김동리의 처지란, 위의 견지에 비추어볼 때 어떻게 규정할 수 있을까. 이 물음에 실마리를 내보이는 것이 「목공 요셉」 3부작이다. 「마리아의 회태」에서 작가는 '성모 무염잉태' 를 청년 목공 요셉의 3

일 동안의 앓음을 통해 가까스로 수용했고, 「목공 요셉」에서는, 끝내 요셉이 그것을 수용하지 못한 채 가슴앓이가 도져 34세로 죽게 만들었다. 그만큼 계몽주의의 처지에 설 때, 김동리에 있어 이 '타자성'의 인식전환이 어려웠음을 가리킴이라 할 수 있다. 신심 깊은 여호와 백성인 요셉조차 그러하지 않았던가. 항차 억쇠 김동리에 있어서랴.

그렇다면 「부활」은 어떠할까. 앞에서 살핀 대로, 기적 중의 기적, 타자성 중의 '타자성'인 예수 부활을 작가 김동리는 담담히 수용하고 있지 않겠는가. 이러한 상태의 도달이 사반의 개입으로 겨우 이루어졌음은 명백하다. 빌라도의 허락을 받아 예수의 시체를 인도받은 아리마대인 부자이자 덕망 높은 의회의원이자 하느님의 나라를 기다리는 요셉에게 작가 김동리는 '사반'을 보여줌으로써, 비로소 마음의 평온을 얻을 수 있었다. '사반'을 '예수'와 동렬에 놓았음이 김동리의 마음의 평온을 가져왔던 것은 무엇을 뜻하는 것일까. 사반과 예수, 인간과 신에 대한 균형감각의 확보로 이 사정이 설명된다.

결론을 맺기로 하자. 3부작 중 마지막 「부활」이란 무엇이뇨. 표면상으로 보면 그것은 작가 김동리가 성서를 전면적으로 수용한 작품이라 규정된다. 그러나, 속을 들여다보면 의외의 사실에 새삼 놀라게 되는바, '사반'의 개입이 그것이다. 「부활」의 100퍼센트 수용이란, 계몽주의 극복에 다름아닌 것. 그것은 '사반'의 개입을 전제로 했던 것. '사반'이란 무엇이뇨, 「황토기」의 주인공 '억쇠' 바로 그 사람이 아니었던가. 예수와 억쇠의 동시적 수용, 그것이 「부활」의 참모습이었다.

문학동네 평론집
우리 소설과의 대화

초판인쇄	2001년 9월 10일
초판발행	2001년 9월 17일

지 은 이	김윤식
책임편집	김현정 조연주 장한맘 손미선
펴 낸 이	강병선
펴 낸 곳	(주)문학동네
출판등록	1993년 10월 22일 제22-188호

주 소	136-034 서울시 성북구 동소문동 4가 260번지 동소문빌딩 6층
전자우편	editor@munhak.com
	하이텔 : podo1
	천리안 : greenpen
전화번호	927-6790~5, 927-6751~2
팩 스	927-6753

ISBN 89-8281-427-2 03810